茅 盾 文 学 奖

获奖作品

金瓯缺

第二卷

徐兴业 著

刘旦宅 插图

河南文艺出版社
·郑州·

第十二章

1

宣和四年四月二十三日，即大军从东京开拔后的第十三天，河北宣抚使童贯、宣抚副使蔡攸亲自统带这支已经有十分之二的官兵开了小差而缩小了的大军，到达高阳关。

既没有坚强的作战意志，又缺乏严密的纪律组织的一部分官兵，无法适应部队生活和艰苦的行军，他们开小差是必然的事情。正式列入编制的官兵虽然迅速减少了，随着大军一起行进的闲杂人员却不断膨胀起来。他们多数是沿途被强迫拉来搬运行李、辎重的夫子，还有通过转运衙门直接或间接的介绍，前来承揽军用商品的专卖商人，还有一批批自动跑进部队来跟官兵做些小买卖的零售商，也有一些和官兵们沾亲带故的人员，他们一时还摸不清可以从哪里入手，先混进部队观望观望，等到有利可图时，再相机行事。这一大批人抵充了开小差的名额，壮大了声势，使得大军抵达高阳关时，仍然不失为一支受命征伐的浩浩荡荡的大军。

根据宣抚副使的命令，大军进关时要举行一次声势浩大的入城式，以鼓士气。虽然他们要进的是自己这方面、而不是从敌人手里拿下来的城池。通常只有在后面一种情况下，而且又是特别重要的城市，才有必要举行这样一个军事仪式。可是在宣抚副使看来，这点微小的区别，似乎是无足轻重的，一切都可以随心所欲地创造出来为他们的需要服务。他们现在需要借这个仪式来调剂一下枯燥无味的行军生活，用来娱乐自己。长途行军，征尘仆仆，毕竟是件苦差事。虽说一路上都有地方官竭诚款待，恨不得把他们所属的地皮刮下来招待长官，可是贫瘠的边界地面，早已被他们刮得天高三尺，所剩无几，怎可与繁华的东京相比？蔡攸早在心里抱怨："早知如此吃苦，不走这趟也罢。这都是王将明（王黼字）挑我的好差事，他自己倒窝在田令人怀里纳福。"

老实说，只要有差可开，不论是公差、私差，不论是大差、小差，宣抚副使蔡攸第一个想滑脚溜走了。

靠着御用钧容直的吹吹打打，一路上笙簧齐鸣、金鼓鼎沸，入城式举行得好像迎神赛会的行列一样，倒也显得威武热闹。童贯曲尽地主之谊，热热络络地款待了蔡攸。其实河北宣抚使童贯是高阳关的地方最高级别长官，如果是主人，河北宣抚副使蔡攸又何尝是客人？何必让童贯来款待他？但是根据习惯势力，童贯在任何场合中都喜欢以主人自居，一有机会就要喧宾夺主，加上他深知蔡攸是一种专靠官场的荣华富贵喂养肥大的软体动物，是一条只知道以吮血为生的蚂蟥和懒得蠕动一下的蜒蚰，受不得一点委屈。他童贯必须主动地多多替他掘下一些陷阱，让这条没骨虫全体软软地陷进陷阱里，自己才好腾出手脚来干"正经"事。他童贯到前线来有许多正经事要干，就是嫌这个"副使"在旁边碍手碍脚。蔡攸一离开东京就忘掉了自己的使命，童贯却一直牢牢地记住这条懒虫是官家特别派来"监视"自己行动的。

"杀"进高阳关以后，童贯一面下令大军休息三天，大举犒赏官兵，每名士兵发给二斤熟肉、一瓶美酒，以酬答他们连日行军之劳；一面以宣抚使的名义，命令正在雄州待命的西军分兵两路：种师道统率泾原、秦凤、熙河军由东路，刘延庆统率环庆、鄜延和胜捷军由西路分别出雄州城向白沟河推进，开到边境线上驻屯，听待宣抚使后命。

西军已在雄州驻了一个多月，迟早总得离城开赴前线。这道命令的用心深密之处是在表面上不落痕迹，实际却在不知不觉间贬损了种师道的地位，把他从指挥全军的统帅地位上拉下来，变为局部战区的指挥官，将他和刘延庆放到相提并论的地位上。一向对权力和地位十分计较的种师道当然不能够容忍这样一道命令，当夜就把它顶回去，并且还火气十足地说，他是奉御笔拜为全军都统制的，如果朝廷别有差遣或贬谪，也要以御笔为准。

种师道的理由很充足，童贯知道这道命令下得过火了，对于别人也许还可以，对付种师道可不能如此简单、粗暴。他把幕僚们埋怨一番，暂时收回成命，说到雄州开过军事会议后，再定大军的行止。

六天以后，宣抚副使又一次声势浩大地"杀"进雄州城，拜领了知雄州和诜的接风宴会，当夜就召开第一次军事会议。

会议开得剑拔弩张，火药味十足。种师道先发制人，一上来就用明白无误的措辞表明自己对伐辽战争的态度。

"伐辽决策，师道与全军将士丝毫未尝与闻。"种师道摆一摆他那有分量的手，加重语气，"朝廷一旦贸然用兵，强畀师道以都统制之职，师道唯有鞠躬尽瘁，以勤王事。倘获寸进，此乃社稷之灵，官家之福，师道不敢居以为功；如若事机不顺，稍有蹉跎，责有攸归，师道亦不任其咎。今日开宗明义，师道当着诸将之面，把这话讲清楚了，免得将来再有后言。"

从雄州宣抚司不断发往东京的文书，以及和赵隆吵架以来，童贯早知道种师道不赞成这场战争。他也深知种师道之为人，在军事会议上并不抱有软化他的希望，这些原来都在意料之中。但是现在种师道这席话说得如此坦率，丝毫不为他、为朝廷留些余地。"责有攸归"四个字简直是指着鼻子骂人，这使他非常狼狈。

"今日之事，朝廷早……早有成算，"童贯嘿嘿嘿嘿地嘿了半天，才说出一句与他的气派不大相称的话，"朝廷用节下为都统制，无非是借节下的威名以镇服群情。事之成败，自有朝廷任责。"

童贯这句话说得十分勉强，他的目的原想贬损种师道，结果却反而抬高了他的身价。种师道巴不得童贯说这一句，立刻接下去敲钉钻脚地把它牢牢钉住，说道："辽事成败，自有朝廷任责。这句话众将军都听明了。师道正要修本上奏，太尉这句话师道要写在奏章里，太尉休得见怪。"

童贯去年以镇压方腊之"功"被晋升为太师，封楚国公，目前正被宣抚司的僚属们空前绝后地称呼为"宣相"，叫得他自己也飘飘然起来。如今种师道完全无视这些事实，仍然以童贯十年前到西军来任监军时的官衔称呼他。这种称呼如果不是他的旧属对他表示特别亲热的关系，那就是充分表示轻蔑。这使童贯感到受到了极大的侮辱，宣抚司的僚属们也为之愤愤不平。

然后会议进入第一个议程——关于进军路线的方案。童贯仍然坚持他在高阳关颁发的命令。种师道虽然同意两路进兵，却顽强地反对由刘延庆和他分统两军。理由仍然是那一个，他的都统制是官家御笔亲封的，都统制要统率全军，不能分统一路。如有撤换，也要以御笔为准。

会议之初，是种师道咄咄逼人、不可一世的阶段。

"节下直如此以御笔为重，怎见得没有御笔，就不能分统一军，开赴前线？"童贯奸诈地向蔡攸笑了一笑，问道，"刘太尉，你意下如何？"

刘延庆被种师道的声势慑住了，期期艾艾回答不出话来。

事情有点僵化了，童贯事前安排下的两个主要幕僚述古殿学士刘韐、龙图阁直学士赵良嗣乘势出来转圜，提出一个折中方案：大军仍分两路进兵，西路改用辛兴宗统率，东路改由杨可世统率。辛、杨二人都是童贯赏识提拔的将领，辛兴宗久在刘延庆麾下，杨可世却是种师道手下一员得力大将。这样安排仍有种师道、刘延庆分统两路之实，但在形式上避免了刘延庆与种师道分庭抗礼的现象，这就使种师道比较容易接受。向来在童贯与种师道两人之间充当调停者角色的刘韐，想出这个方案来，也算是煞费苦心。双方无话，这一条就算通过。

在分兵统将问题上略作让步，是童贯的"将欲取之，必先予之"的策略的一部分。他的根本目的是要削减种师道的统帅权，钳制他的活动，使之不得妄自主张、胡作非为。这时他看到种师道由于初步胜利，站稳了脚跟，正要提出用兵作战的具体战略方案时，就摊出了手里的王牌。

"朝廷吊民伐罪，有征无战。"他完全摆出宣抚使的架势，气势威猛地宣布，"诸军开抵前线后，务要善体朝廷及本使之深意，严戢士兵毋得与辽军持械相斗。本使已经印制了大量书榜旗帜，招徕辽人，前来降附，稍停就可由宣抚司分发各军应用。诸将倘与辽兵相接，只可以旗榜招抚，切勿动兵，衅自我开。"

远迢迢地把十万大军从西北边区调到河北战场上来，与辽军夹河相持，战事一触即发。没料到在这个紧要关头忽然由宣抚使本人宣布禁令，不准与辽军持械相斗。既然不准交战，他们到这里来干什么？莫非吃饱了干饭，到河北地面上来游览一番？诸将听了这道命令，不禁面面相觑。

童贯看到诸将领困惑的表情，进一步向大家解释道："辽、金用兵以来，辽军屡蹶，五京已失其四，士气萎靡，人心瓦解。朝廷对此，筹之已熟。大军所到之处，只消揭示旗榜，辽军自然望风投拜。破竹之势，成在俄顷。诸位将军，切遵此令！"说着他又加重语气重申禁令道："本使言出法随，诸军如敢擅杀一人一骑者，定以军法从事。"

"不得衅自我开"还不排斥自卫的还击，"杀一人一骑者，定以军法从事"，这就意味着只好俯首帖耳地叫敌人任意宰割了。这两句话在逻辑上也是自相矛盾的。这种宋襄公式的仁义自然不能够使诸将心服，杨可世不禁问了一句："戢兵不战，自是朝廷盛德，"他杨可世戎马半生，还不曾听说过这样离奇的命令，说话时，不自觉地浮现了一个讽刺的微笑，"只怕辽军不识仁义，持械前来相杀，难道我军真的束手受刃不成？"

杨可世这一问，连同他的讽刺的表情，受到在座大部分将领的支持，但是这大大触怒了童贯。

"只要我军不去挑衅，"童贯厉声道，"辽军绝无持械来斗之理，本使对此深有把握。诸将但当恪遵将令，如有故意抗违者，自都统制以下，一律以抗旨论罪，本使决不徇情枉法，轻恕尔等。"

这话说得重了，种师道也变了脸色，问道："太尉如此决策，可也出自庙算？"

这一问正好堕入童贯计中，他又嘿嘿地冷笑两声，但已经不是战败的阉鸡的哀鸣，而是狼子的阴险的嗥叫了。他又一次向蔡攸点点头，然后转向种师道说："节下喜欢御笔，具见爱君忠忱。现在即请蔡副使申读《御笔三策》，这是出师之日，官家亲手交与本使的。节下听了，也可放心。"

童贯只有在对付种师道时，才需要蔡攸的合作。蔡攸默契在心，果然从怀中探出御笔，音调铿锵地读起来。

既有御笔为证（还盖上了种师道熟悉的"宣和天子之玺"），正、副使又各自补充了文件中没有写下来而由官家口头告诫他们的话。对于这些直接和间接的煌煌天语，种师道还有什么可以争辩？原来他这个都统制只是个摆摆样子，而不准与敌军对垒作战的都统制！他的指挥权早在战争以前就被褫夺殆尽，成为一匹告朔的饩羊了。他的气势顿时萎瘪下来。童贯看到自己的目的完全达到，种师道被击得体无完肤，不由得又嘿嘿地笑起来，这一次的笑声就像一匹驴子施用了阴谋诡计把坐骑者掀翻在地时那种得意忘形的嘶鸣。

会后，种师道要求把马扩调到统帅部去工作。童贯不客气地拒绝道："节下倒真有知人之明，只是本司对马子充已别有差遣，碍难遵命。"于是他模拟着官家的口气，大模大样地接下去说："此事却再理会。"

连这样一个小小的要求也被拒绝，种师道愤然地离开会场。他明白这次童贯气焰之高，绝非当日在西军中当一名有名无实的监军可比。在名与实两方面，统统颠倒过来了。

的确，这次童贯气焰之盛，有着非种师道所能理解的依据。原来童贯成竹在胸，已经暗暗布下一着妙棋，这一着下去，不但能够堵塞西军立功的机会，同时也可以剥夺蔡攸在伐辽战争中的发言权。现在是万事俱备，只欠东风。他深信一旦大功告成，奏捷之日，他要独自垄断胜利，使得种师道跌足叹气，无可奈何；使得蔡攸目瞪口呆，罔知所措；也要使官家暗中叫苦，让他明白他派来监视他童贯的蔡攸，原来也不过是一只听凭他玩之于掌腹之间的"摩睺罗"而已。

摩睺罗是一种用泥土抟成，或者讲究一点用木雕或用金属铸制、像小孩儿之形的玩偶。事实上，从官家派蔡攸来监视他的第一天开始，他就在亲信幕僚中间给蔡攸加上这顶光荣的冠冕了。

他是多么瞧不起蔡攸！

2

童贯这步妙棋是采纳了他的主要僚属赵良嗣的建议，又加上几个亲信的精心擘画，反复推敲成熟后才付诸实行的。因为事涉机密，直到如今，完全了解内情的，也只限于这少数的几个人。

原名马植，后来经过北宋朝廷两次加恩，换名赐姓，才取得现在姓名的"赵良嗣"是一个从辽逃亡来到北宋的官僚贵族，是一个充满了传奇性的神秘人物，是童贯庞大的智囊团中极少数可起实际作用的高级幕僚之一。

赵良嗣是"联金伐辽"这一外交策略的真正发明人。后来由于这个建议被朝廷所接受，许多人都来抢夺它的发明权，但他们都是一些冒牌者、影戤者，这块真正的金字招牌只应当挂在赵良嗣的店面上。

赵良嗣虽然是它的真正发明人，但并不是它的最初执行者。最早参加海上之盟外交活动的人员是马政，然后是马扩，当然也还有他们的随行者。只有到了最初的危险阶段已经过去，谈判开始顺利进行的时候，赵良嗣才加入，并且以他卓越的谈判艺术，使这项外交活动取得显著的成果。

人们喧传赵良嗣是个不忘汉家、缅怀故主的"志士仁人"，即使在海上之盟的外交活动尚未开始，宋、辽两邦还保持着正常关系的时期，赵良嗣就以这个好听的名声腾誉在一部分北宋士大夫的口碑之中。

赵良嗣出身于一个既受到契丹贵族统治，同时又心甘情愿地帮助契丹贵族统治北方广大人民的汉族官僚大地主的家庭里。对于统治者，他们是奴才，对于广大的被统治者，他们又是主子。他们是一种钻在夹缝里的奴才式的主子。奴才的驯良和帮凶者的凶恶，他们兼而有之。

赵良嗣既然生长在这样一个家庭里，当然不可能具有远远超过被这个客观现实所决定的思想水平。说什么不忘汉家、缅怀故主，都不过是他为了抬高自己的身价而贴上去的标签。凡是要卖身于别人的人——无论是他的祖先卖身给契丹贵族，无论是他本人又回过头来卖身给北宋王朝，除需要有一点为新主子效劳的本领以外，也需要贴上好看的标签才卖得起好价钿。人类社会开始有了交易以来也同时发明了广告术。所谓广告就是要人们相信实际上不存在或者根本不可能存在的事物。赵良嗣的标签就是他的广告。因为他所隶属的那个阶层从来没有，也不可能成为产生他

[一] 辽官制有两套机构。以契丹、奚等族的贵族任北面官，掌各部落事；以汉族地主为南面官，掌管汉族人民的民政。军政大权都掌握在北面官手里。

在标签上写着的那种高尚情操的温床。对于北宋的统治阶级和契丹贵族两者，他没有道义上的选择，只有利害上的考虑。他要选择的只是看哪一个集团能够给他更多的功名富贵。

有一点是不容否认的，赵良嗣确实很有才气和活动能力。他不幸偏偏生在那样的"末世"，当时辽的贵族统治集团已经腐朽到这样的程度，它只需要唯唯诺诺的听话的奴仆，而不需要喜欢标新立异、崭露头角的帮凶了。那个需要有能力的帮凶来帮助他们建立、巩固和维护贵族统治的"盛世"早已过去了。赵良嗣急于功名，稍微露出一点才华，就显得与其他的帮凶格格不入，主子也看不上眼，使他有了生不逢时之感。再加上一系列的人事摩擦，他在祖宗为他铺平的富贵道路上，几番绊了脚，摔了跤，以致造成他的仕途踬蹰，停滞不前，还被戴上一顶"内行不修"的帽子（在这个阶层里，有几个人内行修洁？这无非是欲加之罪，随手捡来的帽子）。这当然使他深感不满，于是产生了另谋出路的想法。

此外，他在政治上确是非常敏感的，他比任何人更早地看出腐烂透顶的辽政权很快就要走上崩溃的道路。他采取了一个大胆果断的行动，偷偷钻进北宋派到辽政府来贺圣寿的使节童贯的行馆中，纵论天下大势，就势献上联金灭辽之计，深受童贯的赏识，接着就在童贯的掩护下，乔装为使团的随行人员一起回到东京。

在辽的统治集团中被人像烂苹果一般扔掉的赵良嗣，一到东京就受到各方面的注意和重视。首先，他是以"不愿臣房"的高姿态来标榜自己的，这使得他的卖身交易有了道德上的借口。然后他发挥了全套本领，他对辽的统治内幕，包括北面官和南面官[一]两个方面都是如此熟悉，对于辽的政治、军事情况如此了如指掌。他所预言的辽、金战争的发展趋势被后来十年中发生的事实一一证实，如合符契。一个人的预言能有这样高的命中率，说明他的观察力、判断力确非寻常流辈可及。所有这一切，都使他在北宋士大夫群中成为一个佼佼不凡的实力派，一个名实相符的"契丹通"。他令人信服地论证辽朝必将灭亡，北宋政府应该从中捞到好处，实际上是巧妙地挑动他们的贪欲，使之同意他的联金伐辽之议。

不过别人只能起舆论作用，关键人物是童贯。一定要得到童贯百分之百的首肯，经过官家批准，他的理想才可能实现。

从三年前朝廷派马政泛海使金，开始了海上之盟的活动以后，赵良嗣的理想逐渐得到实现。他要从中捞到好处，必须依靠童贯的推挽，童贯要想取得更大的富贵也需要他的帮助。他们两个相互利用，靠得更紧了。

马政、马扩和赵良嗣先后参加了海上之盟。由于各人的动机不同，在共事的过程中，难免要发生这样、那样的龃龉。就算这样，马政、马扩还是高度评价了赵良嗣的活动能力。马扩不得不承认在和完颜阿骨打以及其他女真贵族的辩难争执中，赵良嗣的头脑是清楚的，言辞是犀利的，而且从客观效果来看，大体上也还符合北宋朝廷的利益。

当然马扩对赵良嗣的评价不是从道德意义，而是从实际事务出发。这一点赵良嗣自己也很明白，因为共事得长久了，他那些政治标签早已褪去颜色。此外，他虽然是个功名之徒，却不是一个能够作伪到底的伪君子，日久终要露出马脚来，马扩从实际事务上对他的评价已使他感到心满意足了。

在日趋分崩离析的辽政权中，抱着与赵良嗣同样想法的人显然不止他一个。赵良嗣的表叔李处温就是另一个例子。

李处温的家世比赵良嗣更加烜赫，他的祖父李仲禧、伯父李俨都被赐姓为耶律，封为王、公。可是这个冒牌的"耶律"毕竟是件西贝货，他们必须抱牢奚、契丹贵族的大腿，譬如说他伯父耶律俨就是抱牢国舅萧奉先的大腿，才保得牢十多年南面官的领袖地位。李处温少年得意，竟然忘记了这条祖传的信条，对主子们也有些忘形起来，这当然不会给他带来好结果。于是他的地位一落千丈，在很长的一段时间内走上了与赵良嗣同样踯躅的道路。

共同的命运产生了共同的思想情感，在那时，表叔侄终日厮混在一起，推心置腹，无话不谈。赵良嗣在南奔前曾和李处温以及他的儿子李奭三人一起到燕京著名的北极庙中沥酒设誓，约定彼此在南北两方面积极活动，如有成功，彼此提携，决不相负。

赵良嗣南奔后，知道李处温在宦途中已略有起色。没想到在最近风云多变的政局中，李处温脱颖而出，居然因拥立耶律淳夫妻为帝后之功，一跃而居首相之职。这个消息第一步是由和诜打听得来的，续后又经过从辽逃来的赵良嗣的亲戚张宝、赵忠二人证实，确非虚传。他们又打听到李奭现在宫中担任宿卫，受到帝后的宠信，宫中、省中的大权分别掌握在他父子俩手中，声势非凡。这是一个大好机会，赵良嗣决定拿他父子俩来当作自己的政治资本，犹如童贯拿他赵良嗣当作童贯的政治资本一样。他立刻向童贯献计，要打通李处温这条内线，敦促耶律淳投降，或者嗾使他们发动宫廷政变，捕获耶律淳，以达到不战而屈人的目的。

赵良嗣深信这条计策十拿九稳，并非因为他跟李氏父子有一段香火因缘，这是不可靠的，他们谁也不会认真相信"如有渝盟，神明殛之"一类的鬼话，而是因为他们都是功名之徒，都懂得从现实的利害关系来考虑自己的前途。所谓"利之所在，趋之如鹜"，这个与他们性命相关，才是十分拿得稳的。目前李处温虽然高居首相之位，可是辽政权日薄西山，奄奄一息，它的灭亡，只是指顾间事。耶律淳分明是一只巢于飞幕之上的燕子，一条游于鼎沸之中的大鱼。他李处温一向见事明白，利害分晓，难道为了这一爵之荣，就肯去当耶律淳的殉葬品不成？他李处温，还有那个由于私怨一向对契丹高级贵族切齿痛恨的表弟李奭绝不是这样的大傻瓜。只消把他们拉上一把，他们一定会把耶律淳当作一件奇货卖给北宋朝廷，这个，他赵良嗣知之有素，确有把握。

赵良嗣的建议，深契童贯之心。因为童贯自己也是个政治冒险家，"富贵香饵抛将去，哪有鱼儿不上钩？"这就是他的人生哲学。以己度人，他相信这确是一条好计。他们把张宝、赵忠两个召来，温言慰谕一番，当场就填写了团练使的告身[1]，又厚赐金帛，要他们潜入辽境，进行秘密活动。先去搭上李处温的关系，把赵良嗣给李处温父子俩的信送去，然后相机行事，或正面劝降，或暗中策动叛变，如果大功告成，将来的赏赐绝对是现在的千百倍。由于宣抚使亲自打了包票，又有赵良嗣在一旁极力怂恿，撺掇得张、赵两个又惊又喜，心痒难挠，恨不得立刻飞过境去，把这件天大的功劳用两副翅膀捎回来。

宣抚司给耶律淳的劝谕书是一篇官样文章，童贯还郑重其事地把行军参谋刘鞈找来，执笔起稿，内容无非是分析当前辽危亡的局势，夸耀大宋的兵威，保证耶律淳归附以后，子子孙孙，永保富贵。最后童贯还特别关照要提醒一句，说"贯与国王幸有一面之缘，不敢不以诚告，唯国王审思而熟计之，勿为庸人所误"。

童贯与耶律淳确有一面之缘，那是在十年前，他去辽廷贺圣寿时，在朝会和国宴席上，与耶律淳碰过头，相见恐怕还不止两次。但辽的宗室贵族太多，什么耶律黑、耶律白、耶律长、耶律短的，多得叫童贯实在记不清楚。对于这位位尊地亲、贵为皇叔、爵为国王的耶律淳，他也没有特别深刻的印象，只记得别人告诉他耶律淳的妻子萧普贤女是辽廷第一号美人。在权门豪族所喜欢的一切玩意儿中间，美人是童贯唯一不感兴趣的，使他印象较深的倒是"第一号"的排列。耶律淳既然拥有号称"第一号"美人的艳妻，想必是个会享福的亲贵。后来听"归朝人"传说，耶律淳即位后不久，即因病废在床，目前一应军国大事，统由这个萧后裁处。皇后必定姓萧，皇帝不能亲政时由太后或皇后摄行，这两条都是辽的传统，童贯知道得很清楚。但除此以外，他对于耶律淳和萧后只有一个抽象的概念。在他的头脑里只有一个徒拥虚名的年迈的皇帝和一个想象起来皇帝他年轻、能干得多的皇后而已。其实不仅是帝后，对于辽的主要将帅，他也是十分模糊的。赵良嗣多次为他提供资料，但是能够进入到他的高贵的、不大愿意在具体事物上多花心思的头脑中，只剩得一个脾气暴躁、行动鲁莽的脓包货、四军大王萧干和一个虽然号称智勇双全，但处处受制于人、无能为力的前军统领耶律大石。善于把复杂的、具体的事物转化为简单的抽象的概念，这是一个朝廷大员之所以能够成为大员的必要条件。

可是现在的情况改变了。实行了这条计策，使他向实际靠拢一步，这封由他亲笔署名的书函将成为一片香饵，把皇帝、皇后两条大鱼钓来。他跟他俩的距离缩短了。他忽然意识到他俩都是实际存在，而不是抽象的人物。在他的意识中甚至产生了更加具体的形象：这个皇帝一定是个须发雪白、矮矮胖胖的老人（这个得之于回忆和想象），这个皇后一定是个纤秾合度、仪态万方的女人（这个全凭想象）。他们之实际存在，对于他不仅是非常必要，而且也变得十分可亲。因为他们将为他提供一笔简直无法估计的巨大利益。一个大员对于客观存在的事物，只有与他的切身利害关系联系到一块儿时，才能产生现实概念。这种联系越密切，概念也就更加具体。

但是谕降书能不能发生作用，还得看张、赵两个能不能搭上李处温的关系。看来，赵良嗣给李处温的信是更加重要的，这封信是这样写的：

> 顷年沥酒北极庙中，以归朝灭虏为誓，倏忽十年，未即如愿。今幸朝廷遣大臣领兵百万，将临于近境。足下速集义士，开门迎降。如能执拘虏酋，可以变祸为福。虏中五京，已陷其四矣！如能完我全燕人以归朝廷，则是足下阴德，与时无穷，可以坐享富贵矣！勉旃，勉旃！人回希示复。

这封信感之以情，歆之以利，怵之以威，李处温读了岂能无动于衷？李处温那厮身为首相，耶律淳夫妇的命运早已握在他的掌中，他一动手，还怕不能成功？看来，二百多年来棘手难办的辽局，就要收功于俄顷之间了。

两封八行书，胜于十万兵，这就是童贯在军事会议中那么踌躇满志地宣称可以不战而胜的依据。

［一］在前线临时搭制的掩蔽
体称为窝铺或窝棚，规模较
大的称为口铺。

3

军事会议后的第二天，东路军统领杨可世亲自率领由泾原、秦凤两路军的精锐混合编制的先锋部队，开拔到白沟前线。

杨可世虽然很不理解也很不满意宣抚使不准过河挑衅的决定，但还是努力想要做一个服从上级命令的模范统将，无论是行军作战，还是执行上级命令，他都要求自己的部队远远超过兄弟部队，特别是辛兴宗统率的西路军。他通过各级军官，认真地向全军传达了宣抚使的命令。等部队在前线站住脚，找到了居住点和存放军需物资的临时仓库，他自己的东路军指挥部也在河南十多里地的南塘洼成立。一切就绪以后，他就机敏地行动起来，执行朝廷的招降措施。

他选择了沿河岸醒目突出之处，竖立起几杆宣抚司发下来的黄帛大旗，旗上写有"吊民伐罪，有征无战，严禁过河，擅自启衅"十六个大字，向辽军表示我军决不动手的诚意。

然后他派出一些小分队，每队不超过二十人，在河岸附近寻找一些有掩蔽的据点，或者临时用木材、草席、竹片搭制起窝铺[1]，架起弩机，把宣抚司发来的招降黄榜和一种特制的红边白心旗（旗上写有"吊民伐罪，有征无战，持旗榜来降者，优予赏赐"等字样），成捆地缚在摘去矢镞的大箭杆上，用弩机发射到对岸辽军阵地中去。

他又严令士兵们除执行上述任务以外，不许在河边逗留，更不许进入辽军的射程范围内。

自从三月中旬西军陆续开抵雄州以来，种师中早就拨出一部分人马驻屯在河南岸形胜之处，并定出严密的经常性的瞭望、巡哨制度。这支巡哨部队与辽军隔岸相望，彼此严密地警戒和监视着对方的行动，却没有发生过正式的接战交锋。

现在防河的辽军忽然发现对方不平常的举动，立刻戒备起来，并且据情转报上级，从后方调来军队加强沿河巡哨，准备迎敌。几名中级军官也驰到一个对峙点上来作现场观察。他们拆读了士兵呈送上来的旗榜后，一定感到十分恼火。其中有两个军官不待和同僚交换意见，携了弓矢武器，立刻策马驰到河边来，对隐藏在窝铺中的宋军戟指怒骂。

由于河床狭束，相距不远，宋军看得出他们的一切行动，并且听到他们的詈

第十二章

3

骂，大家议论开了。

"老弟，他们在胡噪什么？看他那副咬牙切齿的样子，断不是说好话。只怪俺是个聋聩，一句也没听懂。"

"俺也听不懂。"

"你不是懂得河西家[1]的说话，怎不懂得他家的话？"

"河西家和契丹话不一样，他们两家打话时，也要人在旁转译。"

"轻声，轻声！"有人大惊小怪地叫起来，"俺听出一句了，是我家的话，骂俺家的什么宣抚是属狗的。"

"你可听清楚了？"

"你听，他不是一股劲儿地在骂狗宣抚、贼宣抚？"

宣抚是个陌生的官职，骂宣抚与士兵无关，没有引起他们的敌忾心。还有人问："宣抚是个什么官儿？他可比得上俺家的小种经略相公？"

"宣抚是一军之主，"有人蓦地想起旗榜上的署衔，"听说比老种经略相公还大呢！前天不是传下将令，严禁杀敌，这就是宣抚干的事。老种经略相公哪会下这等狗屁不通的命令？"

"天下哪有比老种经略相公更大的官儿？可知这个瘟宣抚要挨骂了。"比小种经略相公更大的官儿，他们只承认还有一个老种经略相公；比老种经略相公更大的官儿，他们只承认还有一个赵官家。如果在他们中间插进一个什么人，那一定是个贪赃枉法、运用非法手段爬到经略相公头上去的坏种。他挨骂，活该！士兵们的逻辑就是这样。

可是挨骂的不仅是这个瘟宣抚，而且扩大到他们自己头上。他们几个人一齐清楚地听到一句恶毒的咒骂。他们嚷道："这厮可恶，骂起俺老娘来了。"

"这还了得，俺倒要跑去问问他，俺老娘走自己的路，吃自己的饭，干他个屁事，值得他骂？"

开口骂娘，虽是天下通行，却最能达到激怒对方的目的。他们几个大兵果然被激怒了，不听队官的约束，一声呼哨，登时跳出窝铺，径奔河边，要去找那个骂娘的军官问个明白。

刚投入前线的士兵还保持着最旺盛的作战意志，保持着对于战场上一切事物的新鲜感，他们抑制不住想要和他们生平第一遭见到的辽军打个照面，这与其说出于对敌军的义愤，还不如说出于自己的好奇。早听人说，辽人的所谓"髡发"，是把头顶心的头发都剃光了，周围留一圈，活像垫锅底的稻草圈。这不都成为小孩儿了吗？只有孩子家才留这样的发式。要证实这个，不但要走到近处，最好还要碰到一个友善的辽军，请他自己把帽盔掀下来让他们看个仔细，才能叫他们相信。还有人说辽人的胡子硬，翘起来足足可以挂上一张角弓，他们在什么评话里也听到过这话，国初时被河东呼延赞一鞭打死的那个耶律什么，他的胡子就是这样硬的。这也得摸一摸，让他们亲自验证了才能相信。

士兵们和河西家打了半生交道，战场上碰上头就得拿出本领来拼个你死我活，这才叫气概呢！可是眼前的辽军，既不许跟他们厮杀，又不许跟他们搭话，这算得个什么？士兵们嘲笑着上级传下来的这条闻所未闻的命令，嘲笑着对岸那几个军官戟指怒骂的无礼态度，嘲笑着自己毫无戒备、简直好像赤身露体一样暴露在敌人的射击面前的大胆无聊的举动，直奔河岸去。可是在他们的内心中存在着一种天真的想法，他们认为照这样子执行着的"和平战斗"的办法一定是双方上级讲明白了，而暂时还不能公开宣布的新鲜玩意儿。我军不过河去，对方焉有过河之理？我军发射旗榜是掩盖耳目的勾当，对方恶声怒骂，也是假戏真做。双方一定订立了什么秘密协定，一到适当的时机就会公布出来。他们隐隐约约地得出一个结论：在这场名义上的战争中，双方并不存在真正的交锋。

他们还没有跑到河边，没有解决他们要想解决的问题：是稻草圈还是在左右两边留了发辫？胡子究竟有多硬？一阵铦矢劲箭突然像雹子一样落到他们面前。他们还来不及相信这个，连忙找一个土墩子，暂时躲避一下。还有人伛偻着身体，大着胆向前疾趋数步，拾起箭矢来彼此传观，证实了这确是没有摘去矢镞，可以致人于死的真正的箭矢，确确实实地打破了他们的天真幻想，这才破口大骂起来："狗养的小妇们，动了真刀枪了。"

"狗养的"是一种没有点名的骂娘法，同样也可以激怒辽军。又是一阵箭雨飞来，可是士兵们已经用熟练的步法，躲开箭矢，飞也似的奔回窝铺。

在窝铺中，他们七嘴八舌地交换着愤怒的斥骂，骂那些辽军不识抬举，不懂得礼尚往来。骂辽军背信弃义，破坏了协定（他们还是相信有这样的协定和默契）。然后他们也骂起这个瘟宣抚来，由于他的愚蠢，相信敌人的鬼话，上了当，差一点叫他们成为箭下之鬼。

辽军的挑衅行为，没有改变宋军的决策，宣抚使仍然严申禁令。双方隔开一条并不宽阔的界河，一方不断把真正能够杀伤人马的箭矢发射过来，一方仍把摘去矢镞、换上一捆捆旗榜的箭杆发射过去。这样的双方交换不等价的礼物的酬酢局面持续了五六天。在绵亘几十里的边境线上，包括东西两路，每天都有十多个有时多至三十个宋方的士兵，由于好奇心和不谨慎，或者还想去亲自证实一下辽军是否真是这样不识抬举，而贸然闯入对方的射程内，被埋伏着的冷箭射中而有伤亡。每次发生了新的伤亡事故，就会在士兵中间引起极大的骚动。

假使宣抚使没下过这道荒谬的命令，假使士兵们的手足是自由的，可以随心所欲地渡河去杀敌，可以抽出箭矢来射击，他们仍然也会发生许多意外的伤亡事故。在一场战争中，在广阔的战场上，既然双方都以杀伤对方人马为目的，要避免这种意外事故的可能性是微乎其微的。可是人们早已习惯这个，并不认为它是意外，这种伤亡应该由敌方和自己本人来负责。现在宣抚使下了这道命令，士兵们的心理就完全不同，他们把一切过错都归咎于这个瘟宣抚。他们认为死亡的袍泽们都是这道命令的牺牲品，本来不应当这样含冤枉死的。他们还怕自己一个不留神也会成为这道命令的牺牲品。英勇地战死是光荣的，不明不白地被敌人和自己的长官合谋害死，死了也不瞑目。

一种悲愤的情绪和激昂的同仇敌忾心在战士们心中继长增高，他们渴望撤销这道禁令，渴望改变现在的任人宰割的被动局面，渴望过河杀敌。他们比任何时候都富有勇气和力量，渴望揪住一个敌人死斗，把他搠死、斫死、掐死、打死，心甘情愿地和敌人一起死在疆场上。

事态发展得更加严重了。有一天，辽军竟然聚集到几百个人，组成大部队，偷偷渡过界河，把宋军的一个窝铺包围起来。面临着生死决斗，这道曾经束缚过士兵手脚的命令，被可笑地撇在一边了，谁也没有想到它。这些宋军英勇地抵抗，英勇地还击，英勇地战死，在临死前还忠实地执行了一项传统的禁令，把一床强弩拆得粉碎，以免敌人掳去仿造。这个小分队虽然没有留下一条活着的生命，却也让辽军丢下同样多的尸体，匆忙地渡河退回去。

散布在第二线的官兵们闻讯赶来支援，他们也没有受这道命令的约束，准备痛快地厮杀一场。可是他们来迟一步，辽军撤退，战斗已经结束。一下子看见这么多的袍泽英勇地战死在敌人无耻的袭击中，他们止不住热泪滚流。连日来积压在心里的闷气突然像只气球似的爆炸了，一切束缚都打破了，大家围成一团，大声地、杂乱地、怒气冲冲地议论着。

"他死得多么英勇！"一个战士对首先进入他视线的战死者敬了一个军礼，一脚踢开被死者紧紧抱住的敌兵的尸体，"端的是个好兄弟！"

"过河去，为战死的兄弟们报仇。"

这句高喊迅速发展成为响亮的口号，许多人呼应着喊道：

"过河去，过河去！"

"过河去杀他个片甲不留，看看到底是谁家强、谁家弱！"

"拼着俺这条老命，过河去杀他十个八个，死了也流芳百世！"

"去，去，大家都去！不去的是属熊的！"

已经形成一股热潮，已经有了很多的发难者，这个时候需要一个领头的人，一个组织者和指挥者。他们暂时还没能产生这样一个领袖。

"自家漤到这里来干什么？"有人讽刺地问。

"一天吃三斤馍，还有撒尿、拉屎。"

"屎不会拉在家里，老远地跑到这里来拉？"

"还有发射那鸟旗榜。"

"还有做番子的活箭靶。"

"宣抚使这道命令把你钉死在箭靶上了，再也躲闪不迭。"

"哪个吃屎喝尿的宣抚下的这道命令？"

"就是那个挖去睾丸、断了子孙根的宣抚下了这道命令。"

"宣抚使的胆子也早跟他的睾丸一起阉了，可知是头骟驴。"

"怪道他没见敌人的影子，先就躲起来。"

"怪道他……"

前锋统领杨可世率领几名偏裨和一队亲兵赶到现场来。他老远就听得一片嚷嚷声，不自觉地按一按佩刀，策马直往人丛中冲去，厉声喝问道："哪个在这里鸟乱？"

众人都含着怒气沉默了，只有一个身材颀长、面目严冷的军官，越过众人，笔直地走到杨可世面前，行个军礼，朗声回答道："末将李孝忠带了部属在此。"

杨可世明明认得他，叫得出他的名字，却故意问道："你是什么人？哪一路的？"

"末将是秦凤路小种经略相公麾下第五副将吴玠部下的都头李孝忠。"

"你既是小种经略相公麾下，须要识得法度，在这里胡噪什么？"

"请统领看看战死的弟兄。"李孝忠指着地上的尸体，显然不顺从地说。

"俺自己不长眼睛，要你这个小小的都头来指点？"

李孝忠的眼光突然像一柄闪耀着光芒的利剑直刺进杨可世的眼里，他坚定而清楚地回答道："统领的眼睛只看上面，几曾往底下看看？"

杨可世两颊的肌肉忽然神经性地颤动起来，这是一个杀人的信号，他鹰隼般迅捷地拔出佩刀，刀子迎着逆面的夕阳发出光辉。在这千钧一发的当口儿，李孝忠非但没有一点退缩，反而迎上一步，挺起胸膛，迎着杨可世的刀子，仿佛他胸前披着两重铠甲似的，理直气壮地说下去："末将没说错话，统领的眼睛能多看看底下，就不会有今天这等惨事了。"

李孝忠用无比的勇气，在精神上战胜了嘎喈宿将杨可世。当别人都为他捏一把汗的时候，他的危机已经过去。杨可世把佩刀扬了一下，但这已是一个要退进鞘子前的借势。他插进佩刀后，问道："你还要什么？"口气显然缓和下来。

"末将请令过河杀贼。"

"你不要命？"

"末将这条命，只愿跟辽人拼了。"

"你不怕辽人，也须听宣抚使军令。"

知道沉默着的士兵都站在自己一边，因而增长了优势感的李孝忠更加沉着坚定了，他毅然回答："末将只遵将令，不听乱命。"

"这是一条吃了豹子胆、狒狒心的硬汉，"杨可世不由得暗暗称奇，"不枉小种经略相公一番栽培，俺麾下就是少这等人。"

"李孝忠听令！"杨可世假装没有听懂他的下半句话，发令道，"你把弟兄们的尸体都收拾好了，再把番子的尸体都掩埋起来！限半夜完成，不许留下痕迹，不许叫人知道！"

"末将遵令！"

杨可世拨转马头，带着随从走了。

"今夜俺要渡河去杀贼，为弟兄们报仇雪恨。"这里李孝忠没等杨可世一行人跑出他的视线范围，就大声发令道，"哪个愿意随俺去的，都留下来一道商议！"

所有在场的官兵，包括两名比李孝忠职位高的中级军官都愿意留下来接受他的指挥和安排。

一个士兵们自己挑选的领袖产生了。

4

李孝忠是大军开抵雄州后，被种师中派来防河的原班人马之一。他在这里已经驻屯了一个多月，熟悉附近形势和隔岸辽军的配备情况。他利用掩埋尸体的机会，同大家反复商量，拟订出一个大胆的行动计划，决定在午夜以后涉渡界河，去袭击北岸十里外的一个敌方据点，那里驻有两名拽剌[1]和几百人马。拽剌耶律登哥是剽悍的勇将，在达鲁古战役中，与金人力战有功，与我军对峙以来，多次惹是生非，前来挑衅。李孝忠根据辽军遗下的尸体判断，白天这支辽军肯定是他统率的，要报仇就报在他身上。

李孝忠熟悉地形，掌握敌情，这使他胜任一名指挥者。但更重要的是他坚决相信这个行动为大家所渴望、所需要、所支持，并且毫无疑问将会实现，将会取得成功。他把士兵们和自己的意愿化为具体行动了，这使他成为一个很好的和当然的组织者。

李孝忠是一名低级军官，在职务上，他没有统带过一百人以上的队伍，可是根据他从军十多年的经验，他没有发现过比现在更旺盛的士气和激昂的敌忾心，这是他相信袭击战必然可以成功的最有力的保证。战士们这股气吞山河的势头，不要说去袭击一支小部队，即使面临着十万辽军的全面攻击，他们也无所畏惧，而准备与之拼命，与之同归于尽。

战士们对胜利有充分的信心，因为他们对死亡有足够的准备。他们的活路是不多的：被敌人打败，就会受敌人的屠戮；打败了敌人，回来又可能被宣抚使以违旨的罪名杀害。根据战场上的规律，对于死的准备越充分，胜利的把握就越大，两者成正比。

他们商议完毕，埋好尸体，各自悄悄地回到营房，吃饱了夜饭，顺手捞两个馍馍塞进腰带里，准备回来当消夜吃。然后觑个方便，把自己、战友和长官的战马衔枚牵出，携带短刀、木棍、铁鞭等可手的短刃，一齐到指定地点集中。眼前的渡口，虽然河床狭、取径直，但是有大队辽军巡哨，深夜里还是刁斗森严，吆喝声、马蹄声不绝，这里不是行动之处。李孝忠把官兵们带到下游十几里地的一个河滩旁，准备在那里渡河。

李孝忠点点人数，比原来的还多出十名。他非常满意地发令道："对岸有个哨铺，只驻有三五名辽军，哪几个愿意随俺先涉河过去干掉他们？"

"俺随你去！"

"算俺一个。"

"俺哪回出征不打先锋，这回可也少不了俺。"

许多声音争先恐后地回答，最后一个嚷得太高声了，李孝忠不得不轻声地制止他。李孝忠注意到在许多声音中有一个有分寸的抑制的声音，它恰恰与此时此地所需要的气氛相适应，它带有浓重的晋南口音。西军绝大多数是陇右、陕西籍，也有些晋西、晋北人，晋南人却是极少数的。他对这个人看了一眼，但在漆黑的深夜中什么都看不清楚。

"你是谁？"

"泾原路队将吴革辖下士兵王彦。"

吴革是杨可世亲兵营的一名偏将，那么他是杨可世的亲兵了。

"你怎生来到此地？"

"俺刚随杨统领在此，送走了他，就留着与你们一起了。这里还有一个杨统领的亲兵。"

"好，你就随俺去！"李孝忠另外又挑了一名，准备他们三个先渡河去，然后吩咐一名队官吕圆登统率余众，命令他们留在这里，不要说话、走动，且等彼岸的信息。

他们潜渡过河，轻易地解决了正在深睡中的两名辽兵。过了这一关，他们行事的障碍就扫去一大半。李孝忠把一小片石子投进河里，发出清脆的扑通声，这是约定的信号，大队人马就从这里渡过河来。夜幕像一块大黑布似的把他们的行动都覆盖遮蔽起来，只有人和马搅动水波时，才发出一点声音，表明这里有情况。大队到达彼岸时，马是湿漉漉的，腿肚子上都沾满泥浆。人也是湿漉漉的沾满泥浆。他们脱去布衫，抹一抹身体，把它掷到河滩上。他们光着身体，沐浴在逐渐加深的夜凉中，感到无比轻松畅快。李孝忠轻轻一声号令，大家马上行动起来，像一群野鹿似的向目的地疾驰。辽军这个据点上悬挂着几盏灯，微弱的光芒，在大片的黑暗中，显得非常突出，正好成为他们驰逐的路标。

"不要看错了目标，扑个空，才丧气哩！"有人不放心地提出来。

"住口！"李孝忠严厉地制止他。这条路，他已偷偷地往来过三四趟，绝无走错之理。在这些技巧问题上，他是有充分把握的。

陶醉在胜利和庆祝胜利的酒杯中的辽军，绝没有想到奉命不准还击的宋军也会来这一手，以其人之道，还治其人之身。他们疏忽到连大门口必要的岗哨也撤掉了，大部分官兵在醉梦中被一阵急促的鼓声惊醒，慌乱中还来不及找到兵刃，就被一群疾趋而入的宋军砍倒。有的赤裸裸地在床铺中就被砍了，有的手脚比较滑溜些，跑到房门口也被砍倒，只有少数一些人经过英勇的格斗，猛兽般地直冲到大门口，那里已有大队宋军把守着，堵住逃出来的契丹人截杀。混合在一片怒吼、叱咤、锣鼓、兵刃相接触的铿锵声和混乱的脚步声中间，这一群冲出来的辽军也没能逃脱被歼灭的命运。

这是一场痛快淋漓的闪电战，实际战斗的时间还不到半个时辰，宋军很快就获得全胜。谁也没法估计他们的战果，他们只知道在满腔怒火中，在深黑中，他们瞥见晃着辫子的敌军，就死死拦住厮杀，他们砍着、刺着，用手揩抹喷到脸上来的鲜血，却不曾计算杀死和砍倒了几名对手。直到战斗完全停下来时，李孝忠才问有没有漏网的。

"前后门都堵住了，没逃走一个，除非有人翻墙出去。"

"登哥拽剌吃他逃走不曾？"

"俺在大门口搠翻一个，"负责堵击门口的王彦说，"他已倒地，兀自跪起一条腿来，一手揪住伤口，一手挥刃猛砍俺的脚踝，好不剽悍！不知他可是登哥拽剌不是？"

"待俺亲自去看来，俺识得他的嘴脸。"李孝忠说着就提起灯笼随王彦一起跑去查看，他证实了这个被搠了七八个伤口还紧攥着刀把子不肯放松的人确是登哥拽剌无疑，不禁泛起了一种军人的敬意。

"这才像条好汉的死！"他称赞一声，然后向部属说道，"非是俺定要把他杀死，他杀了我家多少弟兄，非杀了他，不足为弟兄报仇雪恨。如今好了，报了大仇，雪了大恨，弟兄们泉下有知，也可瞑目，不枉大家出来拼命血战一场！"

李孝忠再一次传令里里外外都去搜索一番，看有没有漏网的敌人，然后传令举起火把，把这座庙宇改成的营房烧掉。

归途中，他们屡次回头去看这场由他们卷烧起来的漫天大火，

★一场痛快淋漓的闪电战。

他们听见一片急促的号角声、战鼓声以及被它们集合起来的追击部队从四面八方发出来的马蹄声。他们本来可以太太平平地回去，似乎还没有过足冒险瘾，有意用一场大火引来这许多追骑。李孝忠蛮有把握地率部循着原路回来。他们听到被远远撇在后面和追到岔道上去的追骑，不禁发出一阵阵愉快的揶揄的笑声。

追骑好像排开队伍、奏着军乐在欢送他们，真是礼貌周到。他们可来不及回礼了。他们顺利地渡回界河，甚至丢在河滩上带着泥污的衣服也捡回来了，一件都不短少。

只有回到自己的地界，他们才不舒服地想起宣抚使的这道乱命，想起闯下了这场大祸，不知道将何以善其后。

5

李孝忠率领的这支袭击部队是在三更初回家的，到拂晓前这个消息已经在许多士兵中间传开了。它好像长着腿胫，生了翅膀，到处奔驰飞翔，未到晌午时分，沿界河几十里驻屯的东路军人人都在议论它，并且把事实的真相夸大几倍、几十倍。

广大士兵和中低级军官以空前的兴奋、热情来欢迎这个自战争以来的第一次捷报。他们神采飞扬地谈到他们在半夜里亲眼看到的这场大火（有的人也免不了以耳代目），谈到这场被夸大了的袭击，遗憾自己没有能够参加在内，他们深信如果他们也有这样的好运道参加作战，一定可以取得与袭击队同样的，甚至更大的战果。

这是一个英勇的时刻、胜利的时刻，人人的胸中涨满了自信心和想象力。在他们睥睨一切的眼底，再也没有什么不能够克服的困难，再也没有什么做不到的事情。如果上级一声令下，他们每人挑一畚箕的土，就可以把狭狭的界河填平；如果上级一声令下，他们每人使出一把劲，就可以把小小的辽邦扛上肩膀抬走。他们气吞山河，目无全辽。如果宣抚司和统帅部能够掌握住这千载一时的大好机会，利用这个最富于浪漫气息的时机，做出及时的进攻计划，这场酝酿了几年还看不见前途的战争可能在几天内就会见分晓。

如果宣抚司和统帅部真能利用这个大好机会，宣抚司这项荒谬的命令反倒成为一条鼓舞士气、培养敌忾同仇心的骄敌妙计了。他们真要设下这条妙计，执行起来，恐怕也不见得能有这样自然。

可是他们不可能真正利用它。

种师道以下的高级将领也听到这个消息。他们没有吭声，老实说，他们怎么表态都不行，还是保持缄默最算聪明。

当然他们的冷淡只限于表面，内心是十分痛快的。既打击了气焰嚣张的辽军，又惩罚了自以为是的宣抚使。国初两次伐辽战争都被打败了，大家谈起辽事来，不免有点谈虎色变。现在的辽已经不是当初的辽，似乎已经成为一只病大虫，但是大虫的威风犹在。昨夜的胜利，多少灭了一点大虫的威风，初战得捷，常常是更大胜利的前奏，他们希望它能够转变宣抚使的看法，变相持的局面为进攻。可是他们自己没有权力做出这样的决定，甚至连表示高兴的权力也没有。

当东路军统领杨可世乍听到消息时，就猛击一掌，直往帐外跑去，不知道是准备去谴责他们还是夸奖他们，结果两样都没有做。他转回身子来，跟自己说："好小子，俺早知道他要干出来的。"事实上李孝忠跟他谈话的那会儿，他已预料到这个。当时他还想过，李孝忠要是不敢过河去，就算不得是条汉子。

宣抚司也很早就得到消息了，并且确实掌握到李孝忠、吕圆登几个参加袭击行动的军官的姓名。宣抚司是一个这样的行政机构，要他们办一件有利于人的好事，总是拖拖拉拉、没个劲儿；反之，要他们办起有损于人的坏事情来，却是兴高采烈、行动迅速，效率很高。他们一听到消息，就马上派出一个"袭击队"前往东路军指挥所来袭击杨可世。他们气势汹汹地要杨可世交出李孝忠来就地正法，还要开具一份参加者的名单，以便按图索骥，一一予以严惩。

杨可世竭力缩小事态的范围，故意把白天发生于河南和晚上发生于河北，主客关系完全相反的两件事情混为一谈。他只承认前者，否认后者。他硬说辽军渡河前来肆虐，戕杀我官兵多人，李孝忠等被迫自卫，击退辽军，辽军略有伤亡，全部事实的经过，如此而已。

"李孝忠小小的都头，战场上做得了什么主？"他还说，"是俺派他去驱走辽军，不必把他拉扯进来。"

杨可世虽然以作战英勇扬名西北，赖皮扯谎却不是他的专业当行。这一套临时编织起来的谎话，被立里客你一句、我一句寻根究底地追问起来，驳得他破绽百出，无法自圆其说。

"这一仗是在什么时候打起来的？"

"下昼申牌时分。"

"在哪里打的？"

"河南边二里多路的董家铺子。"

"晚上那一仗呢？"

"晚上太太平平的，哪里见过仗？"

"深夜里河北岸好一场大火，观察颠倒没有看见？"

"见他娘的鬼！晚间俺好好睡得一顿大觉，何曾见过什么大火？"

"只怕观察睡得熟了，没看见它。俺等几个在司里也都遥遥地望见火光了。"

"莫非是辽军半夜里煮马肉吃，柴火烧得炽旺，众位睡眼蒙眬，看成了大火？再不然，就是他们营帐里走了水。众位没到过前线，前沿阵地上，到处都有水火，这个，俺哪里管得到它！"

立里客彼此挤眉弄眼，点点头，表示已经心里有数了。

"晚间的一战姑且不说——河湟鄯廓，哪里没去过，还说俺没上过前线，杨观察，你真是好记性。"为首的又追问道，"晚间的一战姑且不谈，白天董家铺子一战，观察可曾上报司里？"

"众位来得快了，俺这里正待动文书申报宣抚司和统帅部。"

"统帅部还待申报？"一个立里客尖厉地说，"他们是吃了白饭就拉屎——叫作一根肚肠通到底。"

"战死者的尸体，可曾遗留在战场上？"为首的又问。

"辽军死伤的，都被他们抢回去了。"

"我军的伤亡者呢？难道也叫辽军抢去了不成？"

"热天炎日，尸首留下来，难道叫它发臭、喂黄狗吃？夜来早就掩埋了。"

"这就不对！"立里客抓住这个把柄，顿时发起话来，"偌大的一场交战，未经上报呈验，怎可擅自下令收埋？杨观察，你枉自办了这多年营务，却不懂得这个规矩。"

"倒不是不懂，嘿嘿嘿！"另一个立里客奸诈地笑起来，"这有个名堂，叫作……叫作……毁尸灭迹。"

"毁尸灭迹，还是小事一段，杨观察，你可当得起'违旨挑衅''窝藏钦犯'这两大罪名？"

"'违抗圣旨''窝藏钦犯'，可是要……可是要……嘻、嘻、嘻！"

杨可世的忍耐使用完了，它的储藏量本来十分有限。逮时他突然恼起火来，厉声发作道："可是要什么？你说，你说！"他的手指一直点到那个"嘻、嘻、嘻"家伙的鼻尖上问："是俺干了这些事，你们又待怎样？"

"这话可是观察自己说的，观察自己承认干了这些，"一个立里客还不识相地咂咂舌尖道，"宣相……宣相……"

"宣相又待怎样？"

杨可世蓦地拎起他的铁锏，一锏下去，把一张木板拼成的条桌裂成两半，歪歪斜斜地倒在地上。他喝道："俺说过的话算数，埋尸灭迹的是俺，下令还击的是俺，包庇李孝忠的也是俺，不干统帅部之事，宣相要杨某的头颅，就从俺脖子上取去，要李孝忠的可不能。俺杨某活着留一口气，就不许你们动他一根汗毛。狗蛋们听清楚了没有？"

杨可世一声雷霆，顷刻间就驱散了乌云毒雾。立里客一看他动了真怒，唯恐吃眼前亏，一个个咂唇舐舌地告罪道："小弟等来此，也是奉上级派遣，情非得已。适才言语唐突，误冒虎威，太尉切莫见怪。"一面诺诺连声，一面倒控着身体，退到戟门口，转身撒腿就溜。

走在路上，他们惊魂甫定，就彼此埋怨起来：

"都怨你老哥这'违抗圣旨''窝藏钦犯'八个字下得重了，岂不知他那个毛躁性子，狗脸翻转不认人。适才不是小弟转篷得快，这台戏大家怕要下不得台了。"

"老兄还来责怪于俺，俺早就说过，他是出名的'杨霹雳'，连宣相也要担待他三分，不是你们大伙儿嚷着要来，俺岂敢来撩他的虎须？"

"休提，休提！事情做出来了，悔也无益。如今且商议怎生在宣相面前销这笔账！"

杨可世顶着杀头的罪名，把李孝忠硬保下来。立里客竭力撺掇童贯要严办杨可世，杀杀统帅部的威风。童贯却又一次乖巧地让了步。童贯对于种师道以下的西军高级军官向来是软硬兼施、恩威并用。杨可世是他多年来提拔拉拢的军官，以后还有驱策利用之处，不能逼之过甚，把他完全逼到种师道一边去，对李孝忠的上司种师中更要留个余地。最后结案下来，只把李孝忠办了个革职为兵的罪名，其他参加袭击的官兵一律罚饷一个月，聊示薄惩。种师中、杨可世不能够希望得到更加满意的发落了，宣抚司要维护其威信，这已经算是最大限度的让步。

经过这一案件的处理，原来热气腾腾的广大官兵忽然沉默了。这是一场倾盆大雨浇灭了内心之火的沉默，这是一种预示着灾祸的不祥的沉默。有经验的将领们看得出这种突如其来的降温意味着什么，将会带来怎样严重的后果。

第十三章

［一］这是当时对辽统治地区中的广大汉族人民的统称，并无贬义。

1

从来没有间断过从辽统治地区逃回来的广大汉族人民，即使在两个朝廷维持着一般和平关系的时期也是如此。这才是真正不愿在异族统治下过奴隶生活的老百姓。自从前线存在着交锋状态以来，辽加强了边防力量，加紧了边境的巡逻盘查，但是利用黑夜、浓雾、他们熟悉的地理环境和辽军防范偶然疏忽的机会，潜行南渡，甚至利用一点武装力量，乘间杀死几个辽的边防巡哨、强行渡河的汉儿们[1]却是更加频繁了。

他们中间只有极少数人才带着宋军发射过去的旗榜。旗榜虽然号召他们南归，他们能看到它的机会却是十分有限的，因为旗榜都被契丹军队没收了。他们中间有一部分人辗转听到有关旗榜的传说，在辽军中，这件事被封锁起来，严禁彼此谈论。但是在十万大军中，要对这样每天大量公开进行的事实做到绝对保密，几乎是不可能的。总是有些人有意、无意地把消息，甚至把实物外传。但是问题不在这里。人们回不回来，与旗榜无关。除非是形格势禁，严格的条件限制了他们，否则他们总是要南归的，一有机会就逃回来，好像河堤决了口，水必须外流一样。

一个深夜里，有一大批汉儿，分成几处渡河，然后集结在一块儿，没等到天亮，就奔赴宋军来了。这批人中间，男女老幼都有，他们形容枯槁，衣衫褴褛。他们丢了所有的土地、房屋、家具、农具，除随身衣服和可以携带的一点细软以外，一切生活资料和生产资料统统丧失了。他们还不知道今夜可以宿在哪儿，有什么可以吃的，但是他们有着回到自己家乡、回到亲人身边来的坚定信心。他们一碰到宋军，就热情地、兴奋地、迫不及待地跟亲人们讲起他们的冒险史来。经历过艰险困难的人，一旦回到亲人身边来总是这样说话，这样把一口口的苦水吐出来的。他们争着、抢着，好不容易才说清楚他们怎样昼伏夜行，绕过好几道巡防线，躲过几起巡哨队才得偷渡过河。有人到了这个已经算是安全的地方，才想起父母妻儿还留在那边不得同来；有人则因为一起出来的亲戚们在半途中失散了，他们如果始终到不了这儿，又回不到那边，很可能是被巡防的辽军截杀了，因而失声痛哭起来。这一场已经隐忍克制了好几天才突然爆发的恸哭，使人感到特别悲伤。

正在最前线驻屯巡防的裨将杨可胜延接了这批客人，初步为他们安排了食宿，就沉思起来。杨可胜是杨可世的弟弟，却不像老兄那样的暴躁脾气，碰到事情都要用脑筋想一想，军队里给了他一个绰号，叫作"杨三思"，他可以当之无愧。

两军相持，忽然从敌方来了一大批人，首先就要警惕起来，从坏的一方面来考虑，这里有没有敌方的阴谋诡计，是不是派了一批奸细混到他们的队伍中来？他认真地考察了他们的情况，弄清楚了他们相互间的关系——他们全都是亲戚，分析了他们那虽然混乱，却可以贯串起来的叙述。排除了一切疑点以后，才肯定他们确是一批心怀汉家、冒险南归的老百姓。这批人人数多，影响大，不同于往常零零星星的几个人，这值得作为一件重要的事情向上级汇报。

杨可胜谨慎的考虑和妥当的安排受到统帅部和宣抚使本人的嘉奖。

从这以后，渡河南归的汉儿日益增多，有时，一次可以多达一二百人。他们很快发现并非所有的宋军阵地都是他们的"乐土"，驻屯在范村一带的胜捷军就常会非礼、虐待他们，甚至夺走他们仅有的包裹和衣服，更加谈不上为他们妥筹食宿之计了。即便如此，也不能够阻止他们源源不绝地从彼岸渡河归来。因为在这里即使受到非礼的待遇，他们多少还存在着希望和幻想；在那边，他们从太祖以来就累积了一百多年的经验，早已连希望和幻想的可能性都连根拔去了。

老百姓"壶浆箪食，以迎王师"的局面开始形成了。宣抚司的僚属们当然要把它归功于宣相的招抚政策。僚属们使用一套精选的辞令称颂宣相的功勋道："旗榜朝发，遗民夕归，如响斯应。宣相料事如神，算无遗策，岂碌碌诸子所能蠡测？"

"区区几个老百姓逃回来，济得甚事！"童贯抑制了内心的喜悦，故作谦逊的姿态说，"要待那耶律淳夫妻派人赍着降表，纳土献降，尽复燕云之地，这才算是大功告成哩！诸君称扬太过，未免有点井蛙之见了。"

于是他一面传令嘉奖前线接纳遗民有功的将士，一面又重申不得过河挑衅、恪遵本司指挥的禁令。

大功告成，即在眼前，只要张宝、赵忠回来，降表即可接踵而至，这似乎只是近在一旬半月之间的事情。

人心的向背，总是关系到战局的成败，所谓"天时不如地利，地利不如人和"，种师道对这两句老话是明白的，他很重视这个事实。但他综合了前线的报告，来的都是汉儿，并未发现辽的军队有望风投拜的迹象。种师道是军人，眼睛里第一位看重的是军队，军队不动，就势必要进行一场恶战，他不可能持有像童贯那种乐观的看法。

一向主张用兵谨慎的种师道，这时统筹了战争全局，越来越不相信可以"不战而胜"的庙算。

虽然军事史上有的是大兵压境、等候敌人自行溃乱的前例，但同样也存在由于旷日持久，松懈了自己的军心士气，给敌方争取到时间，巩固了战略地位，实行反击的反面教训。历史的经验教训，虽然可以被两方面所援引，但是一切带有成见的人，总是只记得、只肯援用能够支持自己观点的一个方面。在这段时期中，种师道心里反反复复地想到的是桓温的灞上之役。那时东晋大军已经进入关中，直迫前秦的心膂之地。桓温驻兵灞上，按兵不动，目的是希望前秦人心浮动，不战而溃，不料结果适得其反。符秦由于在军事上尚未受到大创，一有机会，就组织反攻，大败晋军，迫使桓温逃回南方。这个教训是沉重的，与当前的形势十分相符，值得他们深思。

此外，种师道还考虑到宋、金夹攻残辽，犹如一场逐鹿，必须跑在前面，才能获得先鞭。我军按兵不动，如果金军在北线突然发动攻势，尽得塞北之地，威胁燕京，那时我军就要处于被动的地位了。

既然势难避免一场决战，他主张应该趁此老百姓纷纷来归的大好形势，挥师渡河挑战，对辽军施加压力，或一战歼之，或多方扰之，才是取胜之道。远道而来的客军，利于急战，这是军事的常识。他认为宣抚司现在正好做了一个违反常识的"守株待兔"的笨伯。这个笨伯还要把错误坚持下去，他是非常反对的。

自从第一次军事会议以来，他就避免和童贯见面。宣抚司设在雄州城里，统帅部设在城外到边境线的中心点，相距二十里，两人犹如参、商二星，难得碰面。万不得已与他碰了面，也是哼哼哈哈一阵，尽量少谈公事，不提任何建议和要求。宣抚使与都统制之间的关系，已经坏到不可收拾的地步，以致事事都处在相反的地位上，只是表面上还保持客气，不至于撕破面皮而已。

是种师道之所非，非种师道之所是，爱种师道之所憎，憎种师道之所爱，这就是伐辽统帅童贯全部的六韬三略。而都统制种师道一向对于自己的爱憎是非，又是十分坚持，不愿任何人加以非议的。因此两人就不得不处在完全对立的地位中。

跟童贯是没有什么可谈的了，但事情攸关到战局的成败、朝廷的利害，又不允许长此沉默。不得已而求其次，种师道去找了行军参谋刘鞈，阐明自己的见解，希望刘鞈向童贯转言。

刘鞈是童贯的亲信，是目前童贯智囊团中首屈一指的人物，这是明摆着的事实。可是刘鞈在西军中有过长期的经历，与前任都统制刘仲武、后任都统制种师道都有相当深厚的交情。刘鞈不止一次地在种师道与童贯两人之间起过桥梁作用，经过他的细致委婉的工作，缓和和弥缝了两人间表面上的裂痕，这也是不容否认的事实。因此刘鞈是他种师道的战友，还是他的政敌，这个问题老是在种师道心里摇摆，得不出明确的结论。

他去探访刘鞈时，刘鞈急忙丢下手里的公事，倒屣相迎，态度是殷勤的。

"到底有老交情，跟他可以谈谈，不比童贯那厮不可理喻。"一向在宣抚司受到冷遇的种师道被刘鞈的态度感动了，心里想道，就直率地提出"战抚兼施，以战为主"的策略，征求他的意见，并请转言。

"我公所见甚是，克敌之道，必须剿抚兼施，才能克奏肤功，缺一不可。"刘鞈稍稍停顿一下，考虑要用怎样的措辞才能巧妙地缓和他俩之间的矛盾，"刘某所见略同。只是宣抚一再宣称别有妙算。他闷葫芦里卖的什么药，刘某也不甚了然。我公何不稍待数日，俟与宣抚一起去前线视察阵地时，根据实况，相机进言，庶可有济。"

单单从这些答话中还很难判断出刘鞈是敌是友，但他说不知道童贯的闷葫芦里卖的什么药，却分明是句遁词。再说他不肯立刻转言，还可能包含着缓兵之计，这就使得种师道的情绪激昂起来。

"兵家争胜负于俄顷之间，戎机瞬息万变，稍纵即逝，今日有利于我者，明日未必不转而有利于敌，怎容得迁延耽搁、从容计议？"他带着一点激愤说下去，"我军远来，锐气方盛，人心向顺，正好乘势一战。不意宣抚司下了那道命令，恰似兜头一瓢冷水，寒了大家的心。近日又处分了杀敌有功的将士，赏罚颠倒，人心不服，挫辱士气，莫此为甚。如再因循苟且，旷日持久，到了那时，进退两难，悔之晚矣！"

刘鞈没有回答他的话，却闭起眼睛来摇头，然后苦笑一下。这个表情的含义是明白的，它表示：他刘鞈本人即使十分同意你种师道的见解，但是童贯的刚愎自用，却为你我所深知，你都统制尚且不能够说服他，我行军参谋又怎能以片词只语改变他的主张？

这个表情种师道也是十分熟悉的，它使他回忆起过去在西北共事时，刘鞈比较偏向他的立场。"老朋友也有他的苦衷，倒也不能见怪于他。"这时种师道已经在自己心里把刘鞈当作朋友了，代他找出理由来为他辩护。同时他也有满腹牢骚，要在朋友面前发泄。自从出师以来，种师道从未感到自己像今天这样软弱无能。他种师道从军四十多年，当他还是一个偏裨的时候，在自己的职务范围内就是一个赋有全权的偏裨，他可以按照自己的意志发号施令，不会受到干扰。现在他身任都统制，正在进行一场赌博朝廷命运的战争，而人家偏偏把他放在无所作为的虚位上，一切事情做不得主，连说句话也得请人转达，这种情况，怎不令人气短！

"刘参谋，刘参谋！"他带着沉重的心情说，这时他对办好事情已经不抱希望，而只要求发泄一下不满的情绪。种师道是这样一种人，看起来深沉不露，实际上却也不是槁木顽石，他表达感情的方式，有时是出乎意外的强烈的："俺种某老矣！拼着这垂暮之身，报效朝廷，还有什么顾虑？但不忍看到童太尉的所作所为，隳坏大局，贻祸朝廷。你刘参谋千万看在官家面上，相机转圜才是。"

这话显然说得重了，刘鞈知道他这番话是带着自己的感触和强烈的不满而发的。凭他们相处多年的经验，他知道要在童贯和种师道这两个都是刚愎自用的长官之间调停、弥缝，确是非常困难。而命运偏偏要把自己放在他俩之间，过去在西北如此，现在到河北来又是如此。他刘鞈今年活到五十五岁，已经长着满头白发，他的一生，忙忙碌碌，栖栖惶惶，似乎只是要做好一个调停者的角色。他记起了他的前辈范纯仁，一生都处在两党的夹缝里，被人称为"头白调停范纯仁"。他自己不幸也落到这样的命运，真是十分可悲。

作为一个调停者的为难之处，是他在调停的过程中，常常感到"是非"和"利害"之间的矛盾。他常常承认种师道的意见是正确的，他富有经验，符合常识的要求，而且思虑周密，各方面都能兼筹并顾。可是童贯却代表着一种可以左右许多人命运的势力，童贯所拥有的这种势力自从他与王黼合作以来更达到登峰造极的地步，它对于刘鞈的仕宦生活和一生奋斗的目标都具有决定性的意义。种师道所代表的理智和常识与童贯所代表的权势对他都发生着深刻的影响。如果他选择了是非，就难免要牺牲个人利益，反之也是如此，很难找到两全的办法。因而，每当他俩发生纠葛，需要他出面来调停，有时又不允许他模棱两可，必须在两者之间做出抉择时，他就不能不同时考虑着这两种因素而发生剧烈的内心冲突。

是做一个心安理得的堂堂正正的人呢，还是做一个飞黄腾达、一帆风顺的官儿？这也是刘鞈心里常在摇摆着的问题，这个矛盾似乎也是不能调停的。

其实最妙的办法，莫过于老老实实地承认两者的不可调和性。蔡京就比他聪明得多，一语道破真相："既要做好人，又要做好官，天下哪有这等便宜事？"

[1] 元祐是宋哲宗年号。元祐九年（一〇九四）四月改元为绍圣。

第十三章

1

　　这就在实际上承认了两者不可兼得。能做出这样的承认，事情就好办得多，只消选择其中的一个就好，比如他刘鞈无论在做官或做人这两方面都比不上蔡京聪明，却偏要掩盖这个事实，自己欺骗自己，认为已经找到调停的途径，认为理性和权势之间的矛盾、做人与做官之间的矛盾是可以统一的，有时含含糊糊地就想把它们混过去。可是顽固的种师道偏偏又不肯含糊了事，一定要把他放在炉子中烤炙，逼得他非要在两者之间明白表态不可。

　　但是认为刘鞈在童贯、种师道之间真是一杆公平合理、毫无偏倚的天平秤，这是不符合事实的。这杆天平秤的本身就是不平的，它的所谓"公平"只存在于刘鞈的主观想象中。

　　刘鞈是元祐九年[1]中的进士，经过二十八年宦海浮沉，目前已做到述古殿学士，受到朝廷重视，很有希望做到枢密使甚至拜相。他是当时官场中的一个红人，有着锦绣的前程，当然也要受到官场一般规律的约束。那种规律指南针一般清楚地指示着他们在做人和做官的选择上，只能顺从利害关系而不能坚持是非标准。既然做大官是他一生奋斗的目标，他当然只能按照官场的指南针行事。当他做出这种选择时，个人素养和品质能起的作用是微不足道的，到头来总是受到完全的排斥。可是他偏偏要在自己内心中强调它们，并且用来把自己区别于一般官僚，这实在有点自欺欺人。

　　现在与种师道的谈话中他不知不觉地又顺从了权势和利害关系的要求，把天平秤倒向童贯的一面。种师道的话说得太露骨，对童贯实行了人身攻击，他要不明确表态，就可能被种师道误认为他是自己一伙的人，要与他联合起来共同反对童贯了。他不能使种师道产生这种错觉。可是在相反的情况中，童贯在亲信之间，有时在半公开的场合中，也同样对种师道实行人身攻击，攻击得更加恶毒，他刘鞈虽然号称公正，却不能常常挺身出来为种师道说几句话。他对自己承认的理由是如果让童贯感觉到他的倾向性，他就无法保持公正的、平衡的地位来充当调停者的角色了——这就是他的所谓公正的立场。

　　"目前大军压河而阵，形势十分有利。"他立刻正一正容，用这种严峻的表情让种师道感到在露骨地攻击童贯这一点上，他决不能成为种师道的同路人，"宣抚奉官家御笔，发踪指示，我公力任艰巨，同舟相济，大功告成已指日可待。纵使策略上小有异同，都可商量解决，我公何乃出此颓唐之言？至于要用到刘某之处，刘某何人，岂敢不为我公驱策？"

　　这是官话。在朋友间的密谈中，有一方讲出官话来，其目的就是对另一方的推心置腹的限制。种师道立刻发现自己在不应当与之推心置腹的对象面前泄露了真情，犯了错误。现在他还不能够轻率地就刘鞈到底是他的朋友还是敌人的问题做出最后结论，却带着这样深刻的隔阂感，跟他冷淡地分手走开。

　　"官场之内，势利所在，还谈得上什么道义之交、故旧之情？俺今番跑来找他说话，未免是多此一举了。"

　　种师道不明白他自己也同样受到这条规律的约束。势利所在，在某些场合中，他种师道自己又何尝谈得到道义之交、故旧之情？但对于刘鞈的这种表示，却看得清清楚楚。

第十三章

2

2

五月上旬的某一天，杨可胜又在前线接纳了一批从对方逃亡归来的汉儿。这批人人数不算多，连老带幼，外加两个手抱的娃娃，一个半身不遂、行动十分不便的老大娘，总共也只有二十四名男女。把娃娃和带病的老大娘带着一起走，说明他们是一群抱了破釜沉舟的决心要回到汉家怀抱中来的逃亡者。可是他们是一群享有特权的逃亡者，他们受到辽军的护送，直到界河边上，然后就在光天化日之下，乘坐了辽方特备的船只，插上白心旗，从从容容地渡河过来。

这里面可能有什么重要的人物？不！他们都是普普通通的老百姓。一个须眉雪白的老大爷，作为他们的代表发言人，口齿清楚、理路明白地叙述了他们不寻常的逃亡经过。

他们都是住在易州地界的同村人，听到"王师"北来，早几天就结伙逃出，不幸在界河附近被一队巡逻的辽军截获。"这可糟了！"他们心里想，"在这里被辽军逮住，不是斩首，就是捆成一只粽子，往河心一丢，再也不得活命。"果然，辽军把他们一个个捆起来，推推搡搡地威吓着要斫去他们的头。后来赶来了两名军官，喊喊喳喳地商量了半天，就把他们往营房里一送。关了一天两夜，又把他们转送到一个警备严密、刀戟林立的处所。一路上，他们的眼睛都被蒙起来，不知道这在哪儿。有一个大官模样的人出来见他们。"好大的气派，端的非同小可之辈。"老人没有猜到那长官就是辽军前敌统领耶律大石，不自觉地带着一种敬畏的口气叙述着，"他睁着炯炯发光的眼睛，披一袭绿色锦袍，腰里佩把宝剑，威风凛凛。"

这个大官模样的人还说得一口好汉话，不要舌人在旁转译。他开头是和颜悦色地抚慰他们："俺叫部下把你们好好请来，不知道可曾惊动你们，叫你们受苦？"他叫人拿出酒菜来，当场给他们斟上了酒，劝饮压惊。然后说道："你们都是大辽子民，大辽不曾亏待你们。你们心向南朝，要逃回去，大辽也不加阻拦。多少汉儿逃去了，俺只当不知，闭着一只眼睛放他们走，这个你们都知道的。"随后他生起气来，话也说得激昂了："你们走了倒好，留下的庄稼，大军打了当军粮吃，留下的房舍，大军拆了当劈柴烧，难道还替你们留下不成？大辽百万雄师，岂在乎你们几个汉儿？就算走了十万八万，也损不了大辽半根毫毛。"说到这里，他的脸色完全沉下来了，脾气越发越大："你们可恕，只是那些不忠不义的反复小人，俺绝不饶恕。"他回过头去，喝令把那两颗首级取出来，指点给大家看："这两个就是俺说的不忠不义的反复小人……"妇孺们害怕，用手掩起面孔来。他又喝道："看看怕什么？俺就要你们看看小人的下场。这两个原先都是我家的子民，食大辽之禄，做大辽之官，后来却去做了南朝的间谍，他们南往北来，为非作歹，做尽坏事。后来被俺逮住了，又心虚胆怯，真情毕露。这等反复之人，既不忠于大辽，又不忠于南朝，俺要容得他，天地神祇也容不得他。昨天俺已下令把他们正法了，烦你们把这两颗狗头带去，寄语童宣抚，大丈夫做事要光明磊落，要战则战，要和则和，以后千万休再派这等脓包货来干些偷鸡摸狗的勾当。俺岂是好惹的!"他说完了，还怕传错话，叫他们照样复述一遍，才放他们回来。

老人说的情况再清楚没有了，还附带着表情，绘声绘色，仿佛把这两颗首级带回来，把事情讲清楚，不传错一句话，就是他们替大军送来的一份见面礼。杨可胜看了首级，却不认得他们是谁。但他知道这是一件有关进出的大事，向统帅部请示后，就亲自带着老人，拿了首级径向宣抚司汇报。

宣抚司的办事人员也认不得这两颗首级。

最后转到赵良嗣手里，经过再三鉴定，才确认无误这两个就是他们在大半个月前派往辽方，宣抚使把整个赌注都押在他们身上的他的亲戚张宝和赵忠两个。

童贯听了这一震惊的消息，立刻召开绝密会议。

会议的第一个决定是把消息严密地封锁起来。一面严令杨可胜不得把此事外传，一面又由宣抚司立刻派人去前线，以压惊为名，把留下的二十多人，一齐接到宣抚司来，准备一举把他们全部歼灭，实行"毁尸灭迹"。

赵良嗣想到将被消灭的都是汉儿，不禁动了兔死狐悲之念，随口问了一句："那两个娃儿呢?"

"留下娃儿，难道由你来喂奶不成?"童贯当机立断地回答，"你赵龙图未免是妇人之仁了。"

然后大家坐定下来，分析研究老人叙述的内容。辽军统军是谁，是不是耶律大石？三四十岁年纪，披一袭绿袍的将军多着呢！赵良嗣再三追问老人那位将军的瞳仁有没有异状，偏生老人在紧张的心情中，没看清楚，定不得他是谁。他的那番话说得滴水不漏，既听不出张、赵两个在何时何地被截获，更无法判断他们和李处温父子之间的关系有没有搭上，有没有泄露秘密，那两封书函落在何人手里。这些问

2

题都是十分重要的。他们作了种种推测，可惜都是毫无根据的。于是下一步该怎么办，招抚策变之议，应否赓续，大家议论纷纷，莫衷一是。

幕僚终究不过是幕僚，他们虽然可以贡献出千百条意见，主意可是要宣抚使自己拿。大家等童贯的最后裁决。

"偌大的一件功劳，难道就此罢手不成?"大家等了好久才听到童贯开口，他的脸色阴沉沉的十分难看，"诸君都是读书人，却不懂得'再接再厉'这句话。本使受命伐辽，不管千辛万苦，总要达到目的，才肯罢手。"

童贯的一句话为继续讨论定出调子。于是大家又一窝蜂地主张再接再厉，连刚才主张罢手的幕僚们也混在大众之间，反戈一击，痛斥起那种疲软怯懦、知难而退的没出息的议论来了。

童贯无疑是一条贪婪的狗，胃口奇大，永不满足。同时，他又是一条专制霸道的狗，一旦咬住一块肉骨头，不管是否有人棒打脚踢，他还是死死咬住，不肯轻易松口，并且也不愿让他的僚狗们跑来分润油水。在他的字典中，绝没有"礼让"二字。

此外，童贯又最工心计。招抚之议，由他一手策划，是他握在手里的一张王牌。没有它，他拿什么去制服随时都想翘起尾巴来跟他捣蛋的种师道?

还有蔡京那厮，最是反复无状，饯行那天，说了满口好听话，叵耐最近寄一首诗给儿子，竟然冷嘲热讽地说："百年信誓当深念，三伏修途好少休。"信誓当念，行军好休，不是反对战争是什么? 还有更加露骨的一句："身非帷幄孰为筹?"这分明是说，我蔡某当初也曾参与末议，今天你们大权独揽，把我排斥在外，将来坏了事，休要怪到蔡京头上。幸灾乐祸、希望偾事的心情，跃然纸上。如果不幸而被他言中，招抚不成，战事失败，不但要见笑于蔡京，肯定还会威胁到他的政治生命。

招抚之议，对他童贯有如此密切的利害关系，决不能因一时的挫失而罢手。至于招抚的形式，那还有改变商量之余地。那个绿袍辽将不是说过"大丈夫做事要光明磊落，休做偷鸡摸狗的勾当"? 这"偷鸡摸狗"四字，特别触他的心境。当初少年之时，他净身进宫以前，就是以偷鸡摸狗为业。如今不干这个了，他倒真要光明磊落地派个使臣去劝谕辽君臣归附，兼以打听李处温的消息。如果前情未露，仍可与他暗中联系，相机行事;如果事情败露了，也不过牺牲一个使者而已，他决不会因此而心慈手软起来。

童贯又一次表示了这番他要正式派个使者去劝降的意见，僚属们又一次哄然叫绝。

"宣相所见最是高明。"李宗振倚老卖老地评论道。李宗振跟随童贯最久，自认为是个记室之才，不能掌正印，曾公开表示过要终身追随主公，不作其他非分之想。因此童贯一力把他保举到一个幕僚绝无仅有的承宣使的头衔。从此他的地位变得超群绝伦，刘鞈、赵良嗣都不在他眼下，更何况碌碌余子。他说起话来，不忘记自己一方面是主公的忠实僚属，一方面又是朝廷中屈指可数的几十个承宣使中的一个。他具有这样的双重身份，因此在献媚之中，要略微占点身份。他说："辽将料定我不敢再派人去，我偏要派人去公开招降，所谓'出其不意，攻其无备'，这才是兵家的攻心妙算。"

"公开招降是虚，暗中接头是实。"贾评立刻接下去补充。贾评是李宗振的候补者，一旦李宗振出缺，他就是童贯手下的首席幕僚。李宗振以年资和官衔取胜，他贾评却以才干和机智出人头地。他的机智表现在李宗振要想半天才能说出的话，他不假思索就能出口成章。他的囊袋中储满着作为一个僚属所需用的词汇，随时可以探取应用，这一点也早为宣抚司的同僚们所公认。现在他顺口溜下去："妙就妙在以虚掩实，以实带虚，虚虚实实，实实虚虚，变化无穷，神鬼莫测。"

他们的意见被大家推许一阵后，问题就转到出使的人选方面。

"张、赵两个，机事不密，误了本使大事。这番谕降，既要冠冕堂皇，又要暗中做好手脚。派去的人，务要智深勇沉，胆略过人，才能胜此重任。"童贯忽然爆出个大冷门，把眼珠向四座一转，问道，"在座诸公，都是足智多谋，无愧为当代人杰。今日推举使臣之选，大家看看谁去最为妥当？成就得这段大功回来，本使一定上告朝廷，不吝重赏。"

众人没有料到要在与会成员中间挑选使臣这一招，现在两颗血肉模糊的首级忽然带着特别恐怖的神情在各人的头脑中复现出来。高谈阔论，固然是幕僚之所长，真要去冒险，大家却未必这样傻。一时众人都低下了头，唯恐童贯的眼睛会像斧钺般地落在自己身上。于是在顷刻以前还像一阵阵振翅鼓噪的知了，刹那间都变成噤声的秋蝉。

停了半晌，童贯点名道："李参军说的要出其不意，攻其无备，此言深契吾心。更兼他当年曾随本使出使虏廷，备悉彼中情况。此番就请李参军出去辛苦一趟如何？"

做了人家的承宣使，每个月大把地领请受，如何不给人家卖点气力？童贯向来是讲究现钱交易的。

一向口齿伶俐的李宗振忽然变得期期艾艾，说不出话来，他"李……李"地"李"了半天，才迸出一句："李……某老……拙无能，今……非昔比，怎挑……得起这副重担？依李……某看来，"他忽然捞住了一根救命稻草，"依李某看来，贾机宜深明兵家虚实妙用，还得贾机宜前去，才了得大事！"

"在下才疏学浅，怎堪任用？"贾评果然是机智绝伦、临危不乱，他一脚把球儿踢回去，"老成练达，孰如李参军？应酬中节，不辱使命，孰如王机宜？出生入死，履险如夷，孰如范阁学？依在下看来，这番出使，还得他们三位联袂前去，才是千妥万当。"

王麟正想推辞，忽然听到童贯"嘿……嘿"地冷笑了几声，吓得他不敢则声。会议顿时落入沉寂。

停顿了好半天，众人才听到刘鞈用不平常的颤声说："此行关系辽局成败，十分重要。刘某想破格推举一个人……"

"刘参谋莫非要推举马子充？"赵良嗣抢着他的话头接下去，"子充虽然年轻，这几年出使金朝，折冲之间，深合机宜，真可当得'智深勇沉，胆略过人'的考语。愚见这番劝谕辽廷君臣，非得子充前去，不能成功。"

"赵龙图的话，与鄙见若合符契。"刘鞈的紧张情绪骤然消失了，他频频向赵良嗣点头，表示感谢他支持自己，"愚与子充父子多年深交，极知子充胆识非常，心雄万夫。此行只有让他去最为合适。"

不管谁是首席幕僚，刘鞈、赵良嗣在童贯的智囊团中仍拥有最高发言权。既然他俩的意见相同，其余的人也跟着活跃起来，一致表示他们与赵、刘是英雄所见略同，还怕事情发生变卦，彼此又补充了马子充还有机警绝人、擅长言辞、敢于面折、熟悉房情等无可怀疑的优点。由于把球儿踢回给李宗振，顺便把他的老搭档王麟也拉进去做陪客的贾评，心中不无歉意，他慷慨激昂地补过道："子充此行，如不成功，俺贾某甘愿责下军令状，与子充同受责罚，誓不后悔。"等等。

于是最后的结论出来了：使辽人选，非马子充莫属。

轮到童贯结束这场会议时，他也点头表示同意大家的意见："本使最初想到的也是这个马子充，只是想把这场富贵留给诸公，其奈诸公不领此情何？"他忽然用了一种非常尖刻的语气讽刺幕僚，表示他洞察一切，不会受到僚属们的蒙蔽（即使他们是他的亲信），这是一个自以为精明的大僚时刻不忘记要做的事情，"诸公平日与子充情意未孚，议论多有枘凿，不想今日公而忘私，如此推许他，看来也只好让他去燕京走一遭了。只是他将来成得大功回来，名利双收，诸公看了，休得眼红。"

然后，他又郑重其事地叮嘱今天会议的内容，千万不要让"摩睺罗"知道。

"蔡副使昨日新纳宠姬，醇酒妇人，还忙不过来，"他轻蔑地说，"不必用这种军中的机密事去烦他了。"

3

童贯说话中带着一根令人难以咽下去的骨刺，但是大家既然齐心协力地把这场祸水推开去了，管他咽得下、咽不下这根骨刺，都高高兴兴地离开了会场。只有刘鞈一个人的心情反而十分沉重起来。

原来今天刘鞈在会议中，起先打算推举的出使人选，并不是如他后来点头承认的马扩，而是他还没有来得及提名的儿子子羽。刘鞈之所以有勇气敢于排除一切顾虑，打破常规，把儿子的名字提出来，因为有双重理由支持他：对公来说，遣使谕降，确是当前的要着，需要一个能够胜任的人选去充当使臣；对私来说，子羽参军以来，只在参谋处当一名无足轻重的掌书记，办些例行公事，还没有机会表现出他非凡的才华。目前战场上既无用武之地，让他出使一行，正是他探虎穴、取虎子，为自己造成脱颖而出的唯一机会。现在这个机会恰巧落在他的脚下，白白错过了，岂非十分可惜？

可是他毕竟提得太轻率了，话一说出口，他的勇气就骤然消失。眼前这幅图景实在太可怖了，谁要出使去，谁就可能遭遇赵、张两个遭遇的命运。内举不避亲，固然为《春秋》所美，把儿子推上死路去，却也是大乖人情的。他想推荐儿子出去大显身手，这只有十分之一的可能，而推荐儿子走上死路，倒是十拿九稳。律以天理人性、圣人的教训，都是煞费踌躇的事情。他好像一个"客气"用事的战士，乍听得战争的号角声，没有多考虑一下，立刻就披坚执锐，冲上第一线。可是一看到剧烈的战斗和一批批倒下来的战死者，他忽然害怕了，畏缩了，发起抖来，陷入进退维谷的困境。

多谢赵良嗣忽然提出了马子充的名字，替他解了围。

他承认，从担负这项任务的任何条件来说，马扩都比他儿子强。他对这两个青年人都是那么熟悉、那么了解，可以做出十分公平、正确的判断来。他后来同意马扩，推荐马扩，从公事的立场来说完全可以心安理得。

可是"良心"呢？对于他，除了公事，还有一个反躬自问的良心问题。

他想起圣人之训。他明明想推荐儿子，临时又产生了恐怖心，反而硬说他想推荐的就是马扩。这首先就犯了"欺人"的罪名，把可能要压到自己儿子头上来的杀身之祸，转嫁到马扩身上去，这又大有悖于"己所不欲，勿施于人"的恕道。

还有他与马氏父子素来熟识，彼此很有交情，当年在静塞古堡和羌人谈判后，他从一个中级官员，一跃而升至微猷阁待制的显要地位，这一大半是靠马政的功劳。人之父有德于己，而推祸及其子，"以怨报德"，又是圣人所深戒的。一举而有三失，显然违背了他平日自持的道德标准，使他十分内疚起来。

道德家用道德来炫惑别人，好像魔术家用魔术来炫惑观众一样，他虽然要求别人相信这是真实的，他自己的内心中却十分明白那是虚伪的。道德可以用来约束别人的行为，但绝不能约束道德家本人的行为。这在业余的道德家固然如此，在专业的道德家则尤其是这样。

要替刘鞈说句公道话，在专业的道德家中间他确是个例外的人物。他与众不同之处，在于他用道德来欺骗别人，同时也欺骗自己，两者都没有自觉。当他对别人提出很高的要求时，确信自己也可以做到，当他对自己提出这样的要求时，认为别人也应该达到这个标准。他从来不怀疑自己是个真正的"君子"，因此才可能在这类纯粹属于利害关系的考虑上感到内疚的痛苦，感到所谓"良心"上的不安。这使他成为一个典型的中间人物。

怀着这颗内疚的心，他回到参谋处，就把儿子找来，详细地告诉他会议的结果（只是隐瞒了他最初要把儿子推荐上去的心理活动），要他立刻去转告马扩，使他心理上有所准备。如果马扩对于这项使命没有异议，那么八面摆平，皆大欢喜，谁也不必替谁负责。如果马扩不愿出使，那么他在事前已经通知过他，使他赢得时间，可以在宣抚使面前托词婉辞这个差事。而他自己也可借此弥缝心里的内疚，减轻精神负担，偿付这笔道德上的债务。

但是并非道德家的儿子跟父亲的想法都一样。

既然这番出使如此重要，又是如此危险，那么父亲为什么不替他争取？越是危险的地方，他越要挺身而上，以炫耀自己的勇敢，显示出自己无所畏惧的气概。

"马子充去得了的地方，为什么我刘彦修就不能去？"这个大好的机会被"郎罢"（他也是个福建人）生生错过了。现在他既不能使宣抚使推翻成议，改变出使人选，又不愿屈居马扩之下，要求去当他的副使。这两件都做不到，他只好等以后的机会再说，心里十分懊恼。

他到宣抚司去找马扩，没有找到他。

"这个马子充算得是什么宣抚司的人？"司里的人员抱怨道，"你要找他，还是到他娘家去找，才有着落。"

"休提那个姓马的小子！他是匹没笼头的野马，既不应卯，又不请假，到处乱跑，几天也没有影子。"

"宣相刚才找不到他，正在大发雷霆。已经打发五七个人到处去追寻他了。"

刘子羽连夜赶到统帅部去找他，那里的人也说已有好几天没见马子充了。两处都没有他的踪迹，这匹没笼头的野马跑到哪里去了？

第十四章

1

马扩虽然属于宣抚司编制，却是一个超然于宣抚司共同利害、共同行止的"编外"人员。宣抚司的同僚们不仅不把他看作同僚，还要千方百计地把他排除在他们的小圈子以外。他们一致把马扩看成一匹不羁之马，甚至是一匹害群之马、一个化外之氓、一名异端分子，总而言之，他是宣抚司机关内部的一个"叛逆"。

西军出身的马扩，对于宣抚司具有一种先天的抗拒性，两者原来就是格格不入的。但这一点还不是他成为叛逆的唯一原因，宣抚司里也有西军出身的人，他们好像是加工过的腌肉、腊肉、风干肉，已经失去了原来的味道，变得比较可以或者完全可以适应新的工作环境而和新的僚友们沆瀣一气了。

马扩却是一个完全没有希望加工改造的顽固分子。他知道在宣抚司当差，必须随时摆出（或者至少是随时装出）一副对统帅部深恶痛绝、咬牙切齿的表情。哪怕是碰到一件极小的事情，只要是统帅部提供的、主张的，首先就要不分青红皂白地痛骂一通，然后再去弄清楚它的内容和实况，谈起一个统帅部的人员，哪怕他是极为普通的将领或工作人员，也要把他放在明显的敌对地位上加以恶毒的讽刺、怒斥，这样才能取得和宣抚司同僚们和衷共济的效果。换句话说，小范围内的"和衷共济"是要以牺牲大范围的"和衷共济"为条件才能取到手的。

可是这个化外之氓的马扩偏偏不肯按照这个公式跟同僚们"和衷共济"。他不掩盖自己的观点和思想感情。统帅部的主张是错误的，他也反对它，但如果是正确的，他就热烈支持，坚决拥护。他从来不讳言自己的出身以及他跟统帅部大部分人员的亲密关系，当他们遭到无端攻击时，他就挺身而出，为他们辩护。当他保护朋友的利益时，使用的词汇是尖刻的，有时是激烈的，其激烈的程度比起他们受到攻击的程度有过之无不及。这就怪不得当他的同僚在推举他使辽时，要加上一条"擅长辞令"的考语。他一有空，就往统帅部跑，宣抚司的同僚们有时当面讽刺他"回娘家去"。他以一往无前的气概蔑视他们，无视他们，直截了当地承认自己确是回娘家去了。

此外，他丝毫也不像在宣抚司这个权威机构内当差做官的样子，丝毫不具备当差做官应有的常识和正规化的形式。这又是特别触怒他的同僚的一个原因。

一个官僚之所以能够成为官僚，因为他们忠实地按照官场中公认的一整套常识行事，并取得正规化的形式，把它们看成行事的准则、处世的不二法门。集合这样一批官僚主义者在一个机构里办事，它就成为一个官僚的机构。

在宣抚司当差的常识和正规化的形式是：

对上司，必须维持其上下尊卑的体统，还要想尽办法引起他的注意，博得他的欢心；对同僚，要有"私交"，要相互吹捧，表现得热络非凡，虽然不妨碍在利害冲突之际，彼此在桌面下踢脚，在背心后面放冷箭；对下属，一定要摆出架势，要求他以自己对上司之礼来对待自己。合法的谄媚，合法的两面派，合法的妄自尊大，都是属于常识的范围内。

他们不管有事没事，每天都要到公事房来应卯画押，听候上级的传呼，一直要坐到比法定时间略早一刻才能离开。这一点残余的时间也被他们弄成合法化了。他们只办找到头上来的事情，自己决不找事情去办。他们只对有利于自己的工作感兴趣，决不对一般的公事感兴趣。

每一个统治机构都是一个小小的社会。宣抚司也是一个小小的社会。作为它的组成人员，首先就要承认它的权威性，遵守这些成文的和不成文的法则、传统，这样才能充分发挥它的统治效能。谁要是不承认它，不维护它，不遵守它，谁就是这个机构、这个小小的社会中的"害群之马"，大家就要群起而攻之了。

北宋初期，也许像所有朝代的初期一样有一个行政效率较高的精干的政府。可是经过一百余年的嬗变、腐蚀，政府机构越来越庞大了，政府人员越来越冗杂了，制度条例越来越烦琐了，而行政效率恰得其反，越来越腐朽了。人们容易得出这样一个结论：数量往往是质量的反面。

负责伐辽战争的最高权力机构宣抚司恰巧就是这样一个腐朽的机构，而马扩不幸又是这个腐朽机构中的一匹不可救药的"害群之马"。他不但不尊重、不承认这些公认的法则和形式，而且是它们的非难者、嘲笑者。他是一个专门根据非常识的原则来行事的人，因为到了他的时代，常识在这批常识家手里早已堕落成为一种庸俗的官僚哲学、一个争权夺利的掩蔽体、一种社会的腐蚀剂。马扩无意去捍卫它。

从他自己的哲学出发，他没有想到要维护机关中上下尊卑的体统，他并不认为童贯、蔡攸等上司值得他尊敬。他对私交有更加认真的看法，他不知道把宝贵的时间泡在公事房里无聊的谈话中有什么好处。两军相交，兵革方殷，多少正经事儿要等人们去办，哪有闲工夫来当面吹捧、背后诋毁？这两者都使他恶心。他知道在他的头顶上并没有一个认真想把事情办好、能把事情办好的头儿。如果头儿没有把合适的工作分配给他做，他宁可自己找活儿干，因为他自己知道什么应该干、什么不应该干，比头儿们清楚得多。

从根本上说，马扩也是一个功利主义者，急功近利，他急的是伐辽之功，好的是复燕之利，对战争有没有好处，就是他衡量事物的唯一标准。他虽然抽象地承认朝廷的权威性，却从来不承认这个凌驾于统帅部之上的宣抚司的权威性，仅仅因为统帅部的腐化程度略逊宣抚司一筹。

他跟宣抚司的同僚们没有共同的哲学基础、共同的思想感情、共同的语言兴趣，他不愿降低自己的水平来迁就他们，适应这个环境。他一直保持着严肃、紧张的精神状态和清醒的头脑，独行其是地干着这一切不是对哪个上级而是对伐辽战争这一项庄严事业负责的工作。如果不是在那发霉起毛的特定历史环境中，如果没有他这种高尚的情操、高度的事业责任感、勤勤恳恳踏踏实实的工作作风，那么他的勇于否定的气质、野马般的性格，可能会越出轨道，变成十分荒唐的了。

马扩以自己的存在否定了宣抚司这个机构以及它的全体人员的存在，因此他不可能避免这样的命运：在常识和正规化形式这两把刀子的乱砍下，被砍得体无完肤。

2

马扩到达前线后，就到统帅部去和种师道谈了两次话，把他了解的辽、金情况以及朝廷的意图全都告诉种师道，并转达了赵隆的话。马扩习惯部队中说话简单扼要的特点，最讨厌那种"磨牙式"的聊天，因此种师道虽然在颓唐的心情中，还是把他的话全部听进去，并且加以消化。对于姚平仲的问题，他只是点点头，表示有数了，在他和姚家的全部关系中，他永远不可能公开承认自己的错误。能够点一点头，默认赵隆的意见，这已经在很大程度上表示他能够从善如流。对于刘延庆的问题，他听了却也触目惊心。人们根据自身直接受到威胁的程度，往往更多地注意骄横跋扈的挑战者而忽略了庸碌无能的窥伺者。经验丰富的种师道也犯了同样的毛病，一直把姚古当作自己的主要对手，而没有想到刘延庆。现在赵隆的警告，给他敲起了警钟，联系种种迹象，才知道童贯在刘延庆身上下的功夫，确是别有用心的。因此他在军事会议中，竭力反对刘延庆分统西路军。可是军事会议以后，他自己已处于无拳无勇的地位，对刘延庆也就无可奈何了。种师道要马扩捎信到东京去向刘锜致意，把这里的情况对他透露一下。他说"要让信叔知道，军中之事，今非昔比"。这含有希望刘锜利用侍从的地位，有机会向官家进言，以改变现状的意思。还劝赵隆在京好好养病，暂时莫作来前线之想。"军中无用武之地，来了也只是白闲了一双手，无事可干，何如不来？真要用得着他的时候，这里自会捎信去速驾。"此外没有再提出具体的问题和要求，充分表示他处在极度消沉的心境中。

马扩又到种师中军中去找过父亲，交换了东京与前线对战局的两种截然不同的估计。由于他的信没有起到他希望起的作用，刘锜又不能参加作战，马政感到很失望。接着马扩又到熙河军中去访问故旧，给姚平仲带去了他哥哥姚友仲的口信，并和老战友们交换了对战局的看法。

由于被夺了权，种师道消沉下来了。由于李孝忠事件，广大士兵的士气低落了，包括他父亲在内的军官们对战局都怀着殷忧。但是乐观而活泼的马扩没有让自己感染到这种消极情绪，好像当初他在东京时没有被感染到胜利的瘟疫一样。在不很有利的气氛中，他必须振作起来，要多看看好的、有希望的、有前途的一面，并努力为它创造条件。他明白笼罩在全军头上的悲观气氛就意味着战败，而他自己生气勃勃的行动，在一定的范围内，可以廓清这种气氛，使大家鼓舞起来。他对自己充满了信心。

杨可胜从前线接纳回来的汉儿们被安置在比较安全的第三线。马扩连续去访问过几个家庭，与他们恳切地谈了话，借以了解一些敌后情况，从而引起他很大的兴趣和注意。他认为那里也存在着一片可以让他有用武之地的战场，同时也闪过了自己过河去进一步了解敌情的一念。这又是一桩要冒宣抚司之大不韪的行动。他要是在事前声张了，就会引起各种非难和阻挠，还会冒被出卖给敌方的危险，他对同僚们的鬼蜮伎俩是有足够的估计的。如果他在暗中准备，一旦公开了成果，更会招来种种诽谤，甚至会有人污蔑他通敌，这些都可以预料到。

可是他不管这些，他只在等候时机，一旦时机成熟了，就付诸实行。对付宣抚司同僚们最好的办法，莫过于无视他们。

有一天，他到西路军指挥所所在地的范村去传达一项任务。虽然他是一个受到嫉恨的僚属，但毕竟还是权威机构宣抚司派来的人，因而受到西路军统领辛兴宗热络的接待。辛兴宗做官的本领远远超过他打仗的本领。马扩十分不舒服地听到和看到辛兴宗从头到尾没有中断过的、还伴随着各种过火表情的各种不同音阶的笑。他的笑只浮在表皮层上，既没有深入腠理，更谈不到出自肺腑。马扩在东京某些商铺中，从希望在他身上做成一笔生意的掌柜脸上曾经看见过这种笑。这使他警惕起来，是不是他带下去的任务可以让辛兴宗做成一笔交易？不，这是一件普普通通的任务，不会给他带来特别的好处。似乎在这几年中，辛兴宗已经习惯了这种接待上级机关人员的方式，这是马扩离开西军后才产生的"新事物"，过去部队中是没有的，辛兴宗本人也好像不是这个样子的。这使马扩特别感到陌生和刺耳。

公事完毕以后，辛兴宗坚持要设宴招待马扩。他竭力推辞了，说还得到东路军指挥所去传达同一项任务，实在没有工夫吃饭。

"宣赞不肯留在这里，一定要留着空肚子到东头杨家去吃，何乃厚彼薄此？"即使说这么一句带有醋意的话，他仍没有忘记配上一个令他很有希望把马扩留下来的殷勤的笑。

"辛统领说哪里话来？俺带得干粮在此，马上吃两个馍馍，也把这半天对付过去了。大家军务匆忙，怎禁得常常跑来打扰你们？"

"咱们也算得十年老交情了，还不把区区与尊公的交情算在内。"辛兴宗看看实在留不住了，携起马扩的手，把他一直送到营门外，还留下一个后步，呵呵大笑道，"这次把宣赞放过门了，下次可不许为例，咱们言明在先。"

当把辛兴宗的印象和他听到有关刘延庆的话联系到一起时，马扩不舒服的感觉更加扩大了。他在马背上，真的吃了两个馍馍，还解开皮囊，痛痛快快地喝了一袋水（在指挥所里，他带着那样厌恶的心理，把辛兴宗为他准备的茶水视为盗泉之水，不愿喝一口）。忽然他听到一阵吆喝声和妇女的惨呼声。从战争开始以来，第一线的居民都已撤退，此时此地，发现还有妇女的踪迹和她的惨呼声，这就是不寻常的事情了。他越驰近，就越听得清楚。

"老爷们叫你怎的，你就怎的。你要犟，就打烂你、割碎你，看你还敢犟嘴！"

"你一天不听话，就打你、吊你一天，"第二个声音说，"一年不听话，就打你、吊你一年，把你吊成个干葫芦，打成一团肉泥。到那时，才叫你知道老爷们的厉害！"

"休跟那贱人多说，"这是个发号施令的声音，"拿俺刀子来，只在此刻就割碎她！"

回答他们的是一阵"狗强盗""贼强盗"的怒骂声，是一个决心豁出一条性命来维护人类尊严的呼声。接下去就是暴怒的皮鞭落在皮肉上的噼啪声。

马扩立刻明白发生了什么事情。

他一跃下马，来不及把它系好，就急忙向一所农舍冲去，一脚踢开了门。他看见四五个军汉围定一个年轻妇女。她被他们用一根从屋梁上挂下来的粗索子高吊起来，殷红的血从她皮绽肉裂的脊梁上、胳膊上、腿子上直淌下来，淌得满地都是。

"狗贼们在这里干什么丧心害理的勾当？"马扩怒气冲冲地喝骂道。

军汉们大吃一惊，为首的一个麻脸汉子撇开妇女，抢把刀子，恶狠狠地喊道："你是哪里钻出来的小野杂种？不睁开狗眼看看，老爷们正在审问奸细，干你个屁事！"

他们确是披着一件合法的外衣来干这桩伤天害理的勾当。如果他们还是第一次这样做，大约也还有点心虚胆怯，可是现在他们已经反复多次干过这类事情，自己也受到这个借口的欺骗，真正认为是在行使朝廷赋予他们神圣的权力了。他们已经把自己放到合法的杀人犯、抢劫犯、职业剑子手的地位上，不会再感到有什么惭怍之意。

"有这等审问奸细的？"马扩冷笑一声道，"快跟我去见你们的辛统领。"

"去就去，怕什么？"麻脸汉子还是理直气壮地回答，但已经看出什么都不能够吓退这个小子的强硬干预。他阴险地向左右递个眼色，他的党徒们就挺刀挥鞭，一拥而上，乱七八糟地嚷道："这小子活得不耐烦，撞上了老爷的刀口，管教他身上多开十七八个口子。"

"凯[1]了他，凯了他，今夜就叫他去赴阎王宴！"

形势忽然变得简单化了，现在只是一把刀子对付三把刀子和一条鞭子的问题。马扩早已有所准备，在他们拥上来以前，就已拔出刀子，稳稳地站住脚跟，紧靠土墙，免得前后受敌。他轻巧地侧一侧身子，闪开左边首先搠来的一把刀，然后迎着麻脸汉子向他正面劈下来的一刀，用刀背使劲一格，刀背和刀刃相接触，发出"铮"的一声，进出几点火花，登时把那强徒的刀子震落地上。

"好厉害的家伙！"那汉子狂吼一声，来不及拾起刀子，转身就走。其余的强徒也一齐夺后门逃跑。

马扩把他们赶出门外，周围兜了一圈，先弄清楚自己所处的"战略地位"，这是一个训练有素的军人早就养成的习惯。然后回身进来，用刀尖挑断绳索，把受伤的妇人轻轻地放在地炕上，让她整好衣服，先叫她喘过一口气来，再问道："大嫂可是这里的土著？怎生落到这些强徒的手里？"

这青年妇人似乎已经用完了她刚才对付强徒威胁和拷打的全部的刚毅力量，忽然软弱且抑制不住地哭了起来。她不断地交替着用双手揉搓着被捆绑得肿起来、发麻的手腕，过了半晌才回答道："俺家住在河北，"她困难地举起手指来指着那个方向，"刚在旬日前回得南来。"

"你当家的没和你在一起？"

"俺男人带俺回南，"妇人抬起头来向马扩看了一眼，用毋庸置疑的鉴别力在第一瞥中就判断出这是一个完全可以信任的人，不禁又重新呜咽起来，说，"后来又南北来回了两趟，把公婆、兄弟、伯叔兄弟都接回南边来了。前两天他又渡河去接俺娘家的兄弟、姊妹，还未回来，不想今天一早强徒们就……"

"他们借口审问奸细，把你撮弄到这里来了。"马扩的眼睛里发出了火。明明是强盗，却要打官府的旗号，这是一切暴行中最卑劣的一件。马扩帮助她说完了这一句被呜咽妨碍因而没有能够说完的话。

妇人点点头，又呜咽了一会儿。

"今天一早，"然后她又咬牙切齿地说，"这伙歹徒，直往俺家里奔。那个麻脸的一把揪住俺的发髻，直着嗓子问：'你说，你说，你的汉子哪里去了？只在你身上着落人。'不由俺分说一句，一索子就把俺捆上。家里的男子汉都觅食去了，只有婆婆在家，她苦苦哀求。他们哪里听她的，一脚把她踢翻，用鞭子乱抽，嘴里嚷嚷道：'捉得一个奸细，要细细拷问。'就把俺拖到这间空屋里来，一面拷打，一面威胁着说：'你汉子投敌去了，再也不得回来。你年纪轻轻，顺从了俺们，包管有吃有穿。'俺哭骂着，咬他们的手指，他们就把俺吊起来打。"她说着回手往背上一撸，摊开血污的手给马扩看："军爷看，他们把俺打成这个样子，倘非军爷相救，俺就跟他们拼了。"

马扩沉思一会儿，捡起麻脸汉子留下的刀，看清楚了刻在刀把上的字样。又指着土炕上放着的一个包袱，问道："这是大嫂的？"

"他们借口查抄，乱翻一气，可有什么好翻的？连个瓦罐儿也不全。只有这两件衣服和俺的一副钏钗，都叫他们包了来，还说是番子给俺家的，是通敌的证据，都要交官。"妇人痛定思痛，又不禁痛哭起来。

"大嫂休得气恼，"马扩安慰她道，"俺陪你去找他们的头儿。"

马扩搀扶妇人上了马，自己牵着，径往范村。到了指挥所门口，不待哨兵通报，径奔里面去找辛兴宗。

"宣赞去而复来，想必有以教我，"辛兴宗高举酒杯，殷勤邀请道，"这是御赐醇醪，俺好不容易得了一瓶。别的慢说，先干一杯。这回宣赞可逃不了。"

他的最后一个笑还未形成以前，就被马扩的怒气冲刷掉了。

"辛统领，"马扩当着他的部下，大声责问道，"看看你的部属干的好事！就在你的眼底鼻下，借口审问奸细，行凶抢劫，殴辱妇人。你身为大将，这等事究竟管与不管？"

"哪有这等事！"辛兴宗也变了颜色，凭着营混子的直觉，他的第一个想法就想抵赖和倒打一耙，"凶犯拿到了不曾？宣赞没有真凭实据，可不能给人套上杀头罪名！"

"这是人证。"马扩把妇人推向前去，已经发紫的血块，把她的衣服连皮肤粘成一片，这就足以说明事实的真相，但是要对付像辛兴宗这样的老狐狸，人证还不够。

"这是物证。"马扩又指着包袱和刀子，斩钉截铁地说，"这把刀子是俺亲手从强徒们手上夺下来的，刀把上明明刻着'胜捷军第六副将范琼'九个字，统领可要看仔细！"

"又是这个范老虎干的事。"辛兴宗暗暗吃惊，想道，"想这个范老虎仗着与刘太尉的交情，手下又有一帮人帮腔，在陈州府闹得人仰马翻，成为军中一霸。辉伯尚且奈何他不得，俺身为客将，怎敢去撩拨他？"但在表面上也装得义愤填膺，狠狠骂道："可恼，可恼！这胜捷军在陈州府住了一年，闹得不成样子。好容易管束紧了，不想今日又出乱子。这范琼干下这等没王法的勾当，定是逃去刘太尉麾下，托庇于他。俺好歹要把他拿来正法，以肃军纪。"然后又向马扩赔笑道："宣赞休恼，这胜捷军在陈州府的所作所为，尊大人马都监也是亲眼看到的。如今这支军队虽然调拨归兄弟管辖，却仍与刘太尉通气。说不得，这治军不严之罪，统由兄弟承担，务乞宣赞海涵！"

"统领休说包涵不包涵的话，"马扩还是气恼地说，"这不是你我间之事。我军纪律如此废弛，坏了事，今后怎生与敌人作战？统领纵了他们，今后的部队也就难带了。这个范琼，务必要不徇情面，从刘太尉处拿来，严厉惩处。"说着又把妇人推上前道，"这个娘子刚于旬日前从河北渡河南归，心向朝廷。猝遇强暴，抗节不屈，好生令人可敬。俺今便把她交给统领了。统领要为她妥筹今后之计。对南渡义民，都要一体保护。再有人向他们啰唆，俺可不答应了。"

"宣赞一百个放心！"辛兴宗满拍胸脯地担保，"俺这就派两名亲兵护送她回去养伤，再与她些金银酒食压惊。今后再有人敢去欺侮她，管教他死无葬身之地。俺辛兴宗言出法随，决不含糊。宣赞走着瞧吧！来人！"

两名亲兵应声进来。辛兴宗说："好！就派你两个去找辆车，把这位娘子接送回家，与她医治压惊。再传俺的将令，谁再敢欺侮她，就把他宰了。"

"且慢！"马扩生怕还有意外，当场借了纸笔，写下自己的姓名下处，折叠好了，递与妇人，嘱咐道，"有了辛统领的将令，谅无人再敢薅恼你了。有事就来告诉辛统领，辛统领会与你做主。"

"俺一定与你做主，娘子放心。"辛兴宗不得体地笑起来说。

"辛统领如不得闲儿，"马扩把眼睛紧紧盯住辛兴宗道，"就叫你当家人拿着这字条去找俺，这份闲事，俺算是管定了。"

辛兴宗假装没有看见马扩的脸色，把妇人送出营门后，又补了一句："那个什么第八正将范琼，俺这就申报刘太尉，手到拿来，立正军法。把这等人留在军队里，还成什么王者之师？俺早说该把他们办一办了。"

"是你胜捷军的第六副将。"马扩严厉地更正他。

"是第六副将。"他忙不迭地更正，然后把马扩殷勤地送出村口，摸摸玉狻猊的颈子，称赞一声"好马"，趁机笑出一个显然想平平它主人的气恼的谄媚的笑。

3

几天以后，一个年纪二十八九岁的精壮汉子，带着马扩留下的字条，找到他下处来。

宣抚司是个排场阔绰、门禁森严的机关，凭着他这身庄稼人的服装，就可以推想大门口的岗哨一定给他找了不少麻烦，争吵过的痕迹还没有从他脸上拭去。但是当人们指点他说这就是马宣赞时，他打量了一会儿，不暇答话，扑翻身躯就拜。接着自我介绍道他姓赵名杰，是涿州固次县旺谷村人氏，昨日刚从小谷庄接了他浑家的一家老少回南来，得知家里发生了这件事，赶忙跑来拜谢马扩搭救他浑家之恩。

"大嫂烈性，令人心敬，"马扩十分不好意思地脸红起来，谦逊道，"俺不过做了分内之事，值不得挂在口齿间。就是留个姓名、职衔、地址，无非为了督促辛统领看顾你家，并无他意。大哥又何必跑来专门道谢？"接着又问："大嫂的身子可好些了？这几日可有人来薅恼她？"

"俺女人的伤势正待好起来，托宣赞之福，这两天倒也无人敢来薅恼她。只有辛统领派人送了二十两银子来与她压惊，吃她推出去了。"

"大嫂做得好，"马扩称赞了一句，然后建议道，"依俺之见，你们住在那边，终非长久之计。杨统领这里御军较严，军纪甚好，怎得觑个方便，大哥一家都迁到东头来住。俺便中也可就近照看。"

"多谢宣赞盛意！"赵杰谢了马扩的关怀，但他的第一个反应就是表示异议。他锐利地反问道："只是俺一家搬来，果然太平了，撇下许多兄弟姊妹在西头，谁又保得定他们不出事？再则俺携老挈幼，背井离乡，南奔回来，三番五次，冒着锋镝之险，偷渡界河，为的是哪一桩？"他的话也像剑锋一样，光芒四射，咄咄逼人。他道："俺一不为逃难，二不为贪图一家一室的安宁，要贪图安宁，就留在河北不来了，又何必去来匆匆、两头奔波？"

接着，他的发言就像一篇慷慨激昂的控诉书。

"俺家自太祖以来，世世代代都住在北地，世世代代受尽契丹人和汉儿大姓的腌臜气。他们蹂躏凌辱，无所不为，只要活着有一口气，就和他们势不两存。这苦况与宣赞谈个三日三夜，也诉不到尽头。好容易盼到俺这辈子，盼到契丹政府四分五裂，盼到大军压境。大伙儿想，这苦日子可要出头了，俺们可不能白张着眼睛等，哪怕断头洒血、肝脑涂地，也要踊跃奔回。心头火辣辣的，只愿奔到大军跟前，充个马前卒。当大军北渡时，好歹做一名向导，引山觅路。只要驱逐得鞑子出去，重见天日，就算送了命，也是心甘情愿。"他略为停顿一下，"哪里承望回得南来，眼看大军按兵不动，坐延岁月。前几天又出了这等事。不瞒宣赞说，俺倒不怕这些歹徒，一旦碰上他们，他们有刀有枪，俺只有精拳头一对，争着这口气，也要与他放对，拼个你死我活。只是这等事声张出去，剥尽了南朝人的脸皮，说什么王师不王师，与鞑子有什么两样？这岂不令千千万万的汉儿心灰意冷，沮坏了灭虏复汉的大业！"

"大哥说得不错，其实我军中，也只有这支胜捷军纪律最是废弛，其他各军倒不是这样。"马扩简单地回答他，心里不由得暗暗称奇，"这个赵大哥，说话、行事、见识都是卓尔不群，哪里承望在此时此地遇到这样一个有心人！俺今日结识得他，与他肝胆相照，也不枉前几日搭救他浑家一场。"

原来马扩开始看他前来道谢时，把他看得低了，认为他只是一个道义上的债务人。像一切高亢的人一样，他们决不愿在物质上或精神上欠别人的情。必须利用适当的机会报答了他，还了这笔欠债，才能与债权人取得平衡的地位。他们承认身份上的，却不承认人格上的差异。马扩虽然理解他的心情，但认为在意气的男儿中间，这毕竟有点婆婆妈妈，最好还是蠲免这道虚礼。

现在他的一席话改变了马扩的看法，使马扩开始从另一个角度来估价他。但是在这初步的印象中，由于马扩自己在斗争意识和斗争知识方面的局限性，仍然没有把对方的价值充分估计出来。

事实上，在契丹贵族的残酷统治下，二百多年以来，广大的汉族人民和其他各族人民承担了罪恶统治的全部重量，同时也展开了顽强的斗争。契丹贵族从哪天开始把枷锁套在人民的脖子上，他们就从哪天开始了挣脱枷锁的斗争。斗争的薪火代代延续，永不熄灭。在那些艰苦的岁月中，力量对比（军事、政治、组织和斗争经验的综合体）还屈居下风时，斗争常常是失败的，人们不得不付出大量生命的代价。但是每次失败都为新的战斗积贮起力量。再战再败，再败再战，人们就是遵循着这条历史的道路，用自己的鲜血凝成一篇像宝石一样发光的民族斗争史，不到胜利，决不停息。

他们在失败和斗争的反复交替中逐渐成长起来。到了赵杰这一代，他们已经锻炼出更加坚强的斗争意志，积累起更加丰富的斗争知识。目前风云多变的时局，迅

［一］辽政府在燕京设析津府，掌管首都及附近州县的行政权。

［2］居住在黑龙江、乌苏里江流域一带的少数民族，当时也受辽统治。

速形成了一个大动荡、大决口、大爆发的形势。这个新的时局形成的部分原因就是他们长期以来斗争的结果。反之，它又使得更多的人卷入这股旋风中，受到更大的锻炼。

赵杰就是这样一个从战斗实践中涌现出来的风云人物。他沉着机智，能够正确地判断什么时候需要隐蔽起来，什么时候应该采取积极的行动。他可以做一个老练的斥候，可以胜任地带领一个小分队，如果让他得到更多的锻炼，他也可以领导一个规模更大的战斗集体。他这次南归，与其说不愿在契丹贵族统治下继续过奴隶生活，不如说他怀有更大的雄心壮志。他是带着任务回来的。为了实现这个任务，首先要结识一批南朝豪杰。马扩就是他碰到的理想的人选。他的努力获得初步成果，他以一番披肝沥胆的谈话，赢得了马扩的敬佩。

马扩向他打听辽军后方的动静，这一问正合他意。

"宣赞有所不知……"

赵杰一开口就被马扩豪爽地截断了。

"大丈夫志同道合，一言相契，便成知己。大哥今后休得有这样见外的称呼。俺排行第三，便是你的三弟了。"

"俺是草野之人，新来乍到，又没立过半分功劳，怎敢和宣赞称兄道弟起来？"

马扩跃进式友谊的提议遭到他温和的拒绝，似乎他还想继续观察，为了避免在这个无关宏旨的问题上纠缠，他马上正面回答问题："宣赞有所不知。析津府[1]所属六州十一县的老百姓，人人延颈企足，以待辽廷之覆亡。休说俺汉儿，就是贫苦的契丹人、奚人、室韦人[2]、渤海人也都和咱们一样心肠。"

"他们怎得与咱一条心肠？"

"天下的穷人心连心，大家恨不得把辽的南面官、北面官一齐扫尽，才能盼到有好日子过！"

"尽扫南北面官儿，可是要动兵弄仗的，光是说说想想，却不济事。"

"宣赞没到那里去看过，怎知道他们就不会动兵弄仗？"赵杰微笑地顶了马扩一下，"早两年，关东形势云扰，渤海人高永昌起兵反辽，接着安生儿、张高儿举义，在榆关以东，屡创辽军。后来金人尽占关东之地，安生儿战死，他的部属尽归张高儿所有，与霍六哥一军合流，如今仍在懿州一带抗击金军，并与关内义军相互呼应。"然后他眉飞色舞地讲到近处的义军："今年以来，畿南义军大起。宣赞可知道涞水县有个张关羽，又有个董庞儿？张关羽使一把大砍刀，有万夫不当之勇，

[1] 萧皇后之兄萧干，小名
夔离不，统率奚、契丹、渤
海和汉军，称为四军大王，
是辽最高军事长官。

董庞儿足智多谋，他两个招兵买马，结了几个山寨，手下各有数万人马。四军大王[1]几次三番派军队去征剿，都吃他们诱进山里，杀得片甲不留，只好逡巡而退。如今他们声势大振，附近各州县老百姓去投奔他们的，如水之归流，已成了大气候。"

"不想涞水县近在咫尺，就有这等声势的义军，"马扩欣然地说，"俺囿于见闻，真可谓坐井观天了。只不知这等规模的义军，别处可有？"

"人心厌恶契丹，义军方兴未艾，三千五千的到处都有。有的归入张、董麾下，有的独立门户，近来更如雨后春笋，蓬勃苗长。即如俺族兄投入的一支义军，俺南渡前只有三五百人，这番回去，前后不过一月，他说聚义的已有五六千人。宣赞举一反三，就可知近来义军已成燎原之势。"

"义军近在畿辅，患生心腹，辽君臣才打了几个败仗，难道就置之不顾，坐视它强大吗？"

"非不为也，是不能也。"赵杰掉了一句书袋说，"契丹人怎敢把义军置之度外，无奈心有余而力不足！"这时他直率地提出一个建议道，"宣赞几时得闲，和俺潜去河北走一道，亲眼看看义军的声势，就知端的。目前奚、契丹的重兵全谪去前线备战，白沟河边，大军云集，离此五十里开外，就只有一些巡哨部队，再进去连军队的影子都看不见了。俺来回几次，进出自如，只当它没事儿一般。看来辽的兵力已绌，渤海、室韦都不为它所用，汉军又不肯为它卖力。这四军大王，前线后方，两处奔波，却没抓把柄处。俺看他也只好走到哪里是哪里，谈不上什么通盘筹划了。"

"大哥说到汉军，"马扩暂时撇开他的建议，抢着问，"可知道他们有一支叫作什么常胜军的，近况如何？"

"这常胜军的事儿，俺倒也得知几分。他们从统领到士兵，都是汉儿。他们的父兄，当年在辽东铁州、盖州一带，多受女真军的杀戮。契丹人成立此军，就是要他们向女真军报怨，故称'怨军'，后来才改称常胜军。成军以来，转战东北，契丹军百败之余，只有这支怨军还打得几个硬仗，支撑一时。自从宋师北伐以来，萧干说汉儿都是心向南朝的，不放心把他们放在白沟前线，都调去后方布防。目下全军八千人，由五名汉将分统，驻在易、涿两州。义军稍存顾忌的，就是此军，但它也不肯为契丹人所用，萧干几次调它去剿灭张关羽，常胜军的统领郭药师口里答应了，却只管推托个缘故，按兵不动。他岂识不得辽廷以汉制汉，让你们自相残杀的计策？四军大王气得瞠目跌脚，却也奈何他们不得。"

"大哥说得怎地清楚，真可谓了如指掌，"马扩满意地点头道，"可笑和诜这厮，成天地说要策反常胜军，对它的情况，却是一无所知，派人去了两趟，兀自不得要领。"

"俺有个表叔，名叫甄五臣，现为常胜军一名统领，带了两千五百人马在涿州大营盘驻屯。他自幼就出外吃粮子，俺没和他见过面。他的亲兄弟甄六臣却和他常见面的。六表叔闲常也来俺家，对俺说，五叔早有过'相机而动，得便南归，谁愿受契丹人腌臜气'的话。因此俺知道，一旦大局动荡，常胜军终将为我所用，只是郭药师不露声色，尚在狐疑未定之际，需得派人去与他联络才好。"

马扩点头称是。他记得刚来前线与他爹交换意见时，也曾谈及此事，彼此都有同样的看法。

"大哥刚才说得妙，要知辽军后方动静，最好亲自跑去看看。"马扩沉吟再三，毅然作了决定，单刀直入地提出要求道，"俺也久有此心，只是未得其便。今天大哥这一说，俺心里更加跃跃欲试，欲求大哥做个伴侣，陪俺同去北道走一遭，未知大哥意下如何？"

"去，去！"赵杰用钢铁般的声音回答，"宣赞要到哪里去，哪怕是铜山铁岭、天涯海角，只要用得着俺，俺都奉陪。宣赞且说哪天动身最妥？"

"依俺的心思，最好今天就走，只怕大哥还有些家事要料理。"

"兵贵神速，既然宣赞的公事都放得下，俺还有什么放不下的家事？今晚就走如何？"

"好，好。大哥真是个豪爽的性子。俺们今晚就走。"

"等俺回家一转，"赵杰思虑周密地想了一想道，"凭宣赞这身打扮，如何去得？待俺给宣赞带一身庄稼汉的衣服来，趁今夜月黑天暗，正好渡河前去。"

"到了那边，咱们只以表兄弟相称。咱们倒过来，大哥改姓马，就叫马志隆，俺改姓赵，就叫赵邦杰，"马扩乘机说，"你是大哥，俺是三弟，可不能再是宣赞长、宣赞短的了。"

"不好，不好。赵邦杰，赵邦之杰，最犯契丹人的忌讳，马志隆文绉绉的，也不像个庄稼汉的名字。"赵杰摇摇头说，"这个再商量了，在这里，宣赞还是宣赞。"

赵杰一笑走了。看来，这个刚毅的汉子，在这小小的称呼问题上还不是那么容易就取得妥协，他要从实践中来考察马扩。

第十四章

4

4

宣抚司的长官和僚属们枉自掘下了许多陷马坑，布下了许多绊马索，仍然限制不了这匹没笼头野马的自由驰骋。马扩想做就做，说干就干，当天晚上换上赵杰给他带来的衣服，一过午夜，就跟着这位完全可以信赖的向导渡河过去。他既没有张皇其事，也不故弄玄虚，更不去考虑它可能给自己带来什么严重的后果——也许在一切考虑之中最不值得考虑的就是他自身的安全问题。马扩是这样的一种人，与其说他多了一点别人也许缺少的东西——勇气，不如说他少了一点在别人身上难免要多出来的东西——个人安危得失感。他的头脑里充满着各种计划，一旦酝酿成熟，做出结论，就没有什么力量可以阻止他的行动了。

现在他是从一个危险地带走进另一个危险地带。危险是从客观的实际来说的，他主观上并没有这样的感觉。他进入布满了武装巡逻的辽军控制地带，犹如他平日生活在布满荆棘罗网的宣抚司控制地带一样，他的心脏也没有多跳动一下。

依靠他们的机警和敏捷，特别是依靠赵杰的熟悉地势、了解情况，他们顺利地渡过河，顺利地跨过最初的二十多里地段。在这个区域里，辽军层层密布，他们却好像善于打地洞的蚯蚓一样，就在辽军的眼睛鼻子底下，游行自如，没有出一点岔子。

可是像生活中常会碰到的情况一样，他们唯恐出岔子的地段倒没有出岔子，及至走到前后方接界之处，当他们认为已经到了比较安全的区域，可以松口气的时候，忽然被一队正在巡逻的辽军骑兵部队发现了。他们躲避不及，只好照直迎面走去。

"牛栏军！"赵杰轻轻碰了碰马扩的臂肘，警告他。

马扩心里明白，牛栏军是辽军的突击部队，它不放在前线正面作战，专门用作包抄、奇袭、阻击敌军，兼在后方负责防谍工作。牛栏军的官兵一般都出身于斥候，会说当地话，对汉儿的情况十分了解，对付他们需要特别小心。

他们没走几步，为首的一名牛栏军军官果然勒住马，把他们打量一番，喝问道："你两个是谁？"

"庄稼汉。"

"从哪里来，往哪里去？"

"俺家住在东乡小王庄，给这里白水屯的大伯送粮食来了。"赵杰故意说得结结巴巴的，还侧侧肩膀，让对方注意到他捎着的空粮袋。

"那个汉子是谁？好生眼生！"

"是俺表弟。"

"你表弟是个哑子，要你答话！"他转脸问马扩道，"你干什么来了？"

"俺也来探望阿爹。"马扩注意到自己说本地话的发音还比不上这个契丹人准确，但是把姑爹唤作阿爹这个当地特有的称呼，减少了对方的疑虑。他说："阿爹瘫痪了三年，自己动弹不得，吃穿全靠亲戚照顾。"

"你阿爹没有儿女，要你们照顾？"那契丹人要炫耀他对当地的知识，故意把阿爹这个称呼说得怪里怪气的。

"俺哥子现为常胜军，哪得闲儿回来照顾二老？"

常胜军引起了契丹人不寻常的注意，他再一次把马扩看了又看，问道："你表哥在常胜军里当什么官儿？"

"俺哥子才从军了两年，哪有好官儿轮到他头上，无非当个哨官罢了。"

"他的统将是谁？"

"俺哪知道他的统将是谁，只听说驻在武清县。"

"武清县哪有常胜军？可知是你扯谎了。"

马扩仍然坚持说表哥驻在武清县，没有中那契丹人的圈套。

"自从俺哥子在外娶了老婆，养了个大胖儿子，"赵杰急忙插上来为马扩解围，他也几乎忘记刚才自己在结结巴巴地说话，"哪里还记得娘老子？大伯风瘫了大半年，他何曾回得家来探访一次？俺也是湿手捏干面，沾了手就脱不得干系。谁叫俺是他的亲侄子！"

一句话说得契丹人也笑起来。

"你们快回去！"军官吩咐道，"兵荒马乱的，少往前线走。老头动不得，不好叫婆子出来捎粮？要你两个精壮汉子跑来跑去？再叫俺看见你两个，可就不客气了。"

赵杰嘴里还在嘟哝，那军官早就带着这支牛栏军一阵风似的跑远了。

"宣赞不合提起常胜军，"当这里留下他两个时，赵杰埋怨马扩道，"惹起他的疑心。他说武清县没有常胜军是有意试试你，俺真为宣赞捏把大汗。"

"大哥，你看他忌讳常胜军？"

"这个自然。"

"俺也是有心去试试他，契丹人越不放心它，它就越可为我所用。"

"这个还待去试？宣赞忒大胆，"赵杰故意咋咋舌头，装出一副惊慌的样子，"吃他盘问得紧了，咱这对表兄弟，可有点牛头不对马嘴，话一多就难免要露出破绽。"

"大哥说得好，"马扩听了，欣然地说，"今后咱两个的姓氏、生肖都改成牛、马，他们盘查起来，就不会搞混了。"

"几辈子都为契丹人和汉儿大姓们做牛马，难道还要姓牛肖马？"赵杰深沉地叹口气，"这番如果成了大业，只盼得咱们的下一代不再为他人做牛马，俺死了也自甘心。"

过了这一关以后，他们真的如入无人之境。

当然人是有的，到处都是汉儿们。契丹、奚的军队看不见了，室韦、渤海军也看不见，契丹的各级行政机构接近于瘫痪状态，官儿们、胥吏们都躲着不露面。奇怪的是在常胜军的防区内，常胜军也不露面。常胜军统领郭药师下令把部下都关进营房里，非有要务，不得外出。他这样做的目的，一来是松弛契丹人对他的防闲，二来避免和举义的汉儿们发生摩擦或过分地接近，更重要的是他要集中全力，随时准备应付非常事变。在剧烈动荡的日子里，能够有效地约束部属力持镇静，不受环境的影响而做出没有把握的轻举妄动，这不但是一个有能力的，还是一个有很大的政治野心的军人才能做到的事情。

没有军队，没有官府，没有什么可以妨碍他们活动的人，他们就在这样自由的天地中跑了三个州县、几十处村庄，还跑进一座山寨，接触了成千上万的老百姓。

马扩亲自观察证实了赵杰向他描述的一切。他发现，与死气沉沉的契丹官方相反，广大汉儿正处在热气腾腾的精神状态中。他们以非常的活跃和十分坚决的行动来迎接这一场人人意识到的、即刻就要来临的大喜事，并且准备为它贡献出自己的一切。从他们一生辛辛苦苦，连咬下半个蒸饼时还得忍住辘辘饥肠留下其余的一半当作明天的口粮而积贮起来的有限的一点资财，相依为命的妻子儿女，一直到自己的生命为止，都在贡献之列。有人准备进山；有人已经把两个儿子送去了，还待把小儿子一并送上山；有人去了又回来准备动员更多的乡亲一起去。他们毫不费力地做着动员工作，许多人主动要求把他们一起带去，如果有人还存在着一些残留的顾虑，他们以自身的经历和轻松的语言很快就把这些思想顾虑打消了。

"到山里去敢情好！只怕俺没有武艺，不省得打仗交锋，他们不肯收录。"

"谁又有三头六臂？就是张关羽也只有一头两臂。大家学起来，就会打仗了。你抢不动刀枪，拉不开弓，搬块大石头从山顶上扔下去，也掷死两个契丹兵。"

"山里可要俺妇道人家？"

"怎么不要？山里人不吃饭，倒是吃树叶、喝露水的？大婶去了，正好给大伙儿做饭。"

"俺五婶六十多岁了，昨天，俺叔子刚派人接她进去。俺看她坐一辆独轮车，摇摇摆摆地进山去，好不自在！"

"山里可热闹啦！前两天有人来说，山里会打箭镞的人手不够，把打铁的李大叔接上去了。他们说，如今使枪的、射箭的、养马的、缝制旗帜衣服的，连得砌泥墙、劈竹篾编造箩筐的，式式都有，行行齐全。每天进山的像河流一样，真可谓'川流不息'。"

他最后掉的一句书袋，引起了人们的嘲笑。

"三十六行都派用场，就数你读书人最没用。"

"这是什么？"这个当过三家村塾师的当地唯一的知识分子，忽然从怀里拿出一封信，高举着摇一摇，得意地夸耀道，"这是俺连夜给修下的战书，明天捎上山去，得便就要投与高知州，与他一决雌雄。"

也有人舍不得瓶瓶罐罐。就是这一只瓦瓮从祖宗传到他手里已经用过五六十年，经他手修补过的裂缝也有七八处，要他丢了上山去，还不免有点心痛。

"俺什么都舍得，就是这只水瓮还是爷爷留下来的……"

"有什么放心不下！进山两个月，契丹人夹着尾巴逃走了，咱们又回到老家，砖头瓦片，什么都缺不了一只角，还在乎一只水缸？"

"俺去了可看得见张关羽？"

"张关羽手下有五六万人，"那位塾师插言道，"你刚进山，就这样容易让你见到面了？"

"这倒不然，上月里俺亲眼看见董庞儿带着人马经过村里。清清秀秀的一张脸庞儿，还跳下马来跟乡亲们答话。"

一说到义军的领袖们，人们的话越发多了。

"也是那一回，有人献上一篮鸡子儿，他董庞儿亲亲热热地叫声老大娘，还说鸡子儿带回去给小孙女儿吃，俺军队里什么都不缺少，老大娘自己保重。"

"那个张关羽，身长七尺，豹眼环须，生得像汉末三分时的张桓侯一样。人家说涞阳山一战，他仗着一把青龙偃月刀，在十万辽军中往来驰突，一个拖刀计，就把西京留守萧伊苏斩下马来。"

"怎得让俺上山去见见他两位也好！"

"你今日去了，明天就见到他两位。这个俺给你打包票。"

马扩就是在这一片起义声中到达敌后的，他直接或间接地听到这些议论。所有参加义军或准备参加义军的乡亲都是这样公开、热闹、兴高采烈地谈论这些，好像谈到他们去赶一次集、赛一次会。马扩完全没有必要掩盖自己的身份。赵杰在这个地区里的联系面是这样广泛，熟人是这样多，人们听到这一对牛头不对马嘴的表兄弟来了，不禁都哈哈大笑起来。但是人人都喜欢他，保护他，热情地把他们迎接到自己家里去，宰鸡杀鹅地款待他们，不然就煮两个鸡蛋，煨一斤芋艿，塞进他们的衣怀。乡亲们都以做这样一个东道主自豪。他们每到一处，邻居们都跑来问东问西，打听消息，了解情况。也有人把出于主观愿望的过于乐观的道听途说反过来告诉马扩。譬如说董庞儿的义军已经打进易州城，郭药师统率全军反正。譬如说燕王病死，燕京城里乱成一团。又说白沟河边的大军已被南军打败，败兵正纷纷向燕京退去，等等。这些消息虽不可靠，却也足以觇民意之所向。

赵杰希望把马扩带去见见张关羽，可惜张关羽、董庞儿都不在附近的山里，赵杰只好把马扩带上他族兄在那里当头目的一个小山寨。

马扩是带着这样一个疑问上山去的：既然义军的声势已经如此浩大，他们为什么不趁势结聚起来，攻城略地，直迫燕京，还要上山结寨为保守自固之计？这个问题的本身也表示马扩对形势的估计是过于乐观了。义军总的人数虽多，可还没有团结成为一支凝固的力量，譬如说这座山寨，也竖起了"董"字大旗，他们的头儿却还没有跟董庞儿见过面，还有待进一步地联系。再说辽军虽退，随时仍可卷土重来，对他们的力量也不可低估。

这个小小的山寨，正确地回答了马扩的问题。

当义军还在积贮力量的时期，选择依山傍水之处，筑垒结寨，作为根据地，以图发展，这完全符合兵法上所谓"以己之不可胜待敌之可胜"这一战略原则。当然一旦时机成熟了，具有攻城略地的实力，就可以倾寨而出，流动作战，不必再据守山寨。这要看形势的发展而定。

结寨筑垒是北方人民抗辽斗争的传统形式。赵杰的族兄告诉马扩，在畿西、畿南一带遍布这样的山寨，有的山寨已有一百多年历史。他们这座山寨就是在六十年前旧垒的废基上增修而成的。马扩看到它的规模虽小，却布置得井井有条。特别注意对外的交通线和汲水道，这里都渗透了实际作战的经验教训，给马扩留下非常深刻的印象。

赵杰、马扩下山后，又去找了甄六臣。

甄六臣的五哥甄五臣被关进营房去了，他身为统将，也要恪遵将令，可见得郭药师这道命令的严格。他们几番想混进营房去找他，都没有成功。马扩未便久待，就写了一封亲笔信，托甄六臣有机会转递。甄六臣蛮有把握地保证道："俺五哥久有拨乱反正之心，只是找不到道路。天幸宣赞来此，俺找到门路见到他，包管有好消息奉告。宣赞只管放心回去等候。"

联系常胜军不是马扩此来的主要目的，这个渺茫的保证也不是他的主要收获。马扩这次在敌后逗留了六天，联系了广大群众，接触到一系列新鲜事物，大大开拓了他的思想境界，这才是他的主要收获。

他原先就有潜入敌后的意图，那是因为受到南归者的启发，引起了自己的好奇心和冒险心，也因为前线没有战争，他又不愿闲着双手，宁愿到敌后去看看有什么可干的。究竟他自己也不太明确到底为了什么要去，去了有多大的作用。一个偶然的机会为他提供了关于敌后情况的令人神往的描述和一个最理想的向导，使这个愿望得以实现。他最初考虑这个行动时，偶然和触机的成分很大，他不可能在当时就已经自觉到由于这次实地观察导致而来的一种思想对他一生事业具有决定性的意义。

经过了这次实践，随着他眼界的不断扩大，思想的频繁活动，有一种全新的、活跃的想法逐渐在他头脑里酝酿形成了。当然这还要等到与以后的实际生活相联系，才能完全成熟。但就在当时，它已经是这样富于说服力，这样充满着大胆和充沛的生命力，把他吸引进一个他从未进入的领域。

马扩在这六天中，在这片广袤的敌后地区中看到的活生生的事实，使他明白巨大的积极的反抗力量存在于广大人民中间，如果把这股力量更加有计划、更加集中地组织起来，就可以构成一条强大的敌后战线，开辟一片广袤无垠的敌后战场。与前线的正规部队配合得好，就可以把敌军放到前后受敌的不利地位上，促使胜利迅速到来。

　　过去，他曾经理性地推断，大量汉儿来参加军队，将成为我军的一个主要兵源。这毕竟还是主观的臆断。现在，他深入敌后，感性地看到这支生力军不但正在形成，而且还以如火如荼之势，继长增高。这一连串活跃的印象，经他反复推理，使他的思想飞跃一步，他毫无疑问地相信它将发挥他过去无论如何也料想不到的巨大作用。

　　马扩雄心勃勃地想在这条战线、这片战场上一显身手，想把这场已经点燃起来的烽火烧得更加炽烈、更加旺盛，想把这座岌岌可危的残辽江山烧为一堆灰烬。这是马扩在他真正事业的发轫点上跨出的有意义的第一步。

5

马扩回到本军后，就把最近的一些想法，概括成为两条简单具体的意见（不用说，赵杰已成为他朝夕相处不可暂离的参谋），给宣抚使上了条陈。第一，他要求派专人负责接待南归的汉儿，妥善安排他们的食宿生计，甄别强弱，分配一定的任务给他们干，严禁杀掠奸污、逼献财物，以安向化者之心；第二，他坚决主张派人到敌后去组织武装力量，联系山里的义军，以便与大军"桴鼓相应，内外夹攻"，而收歼敌之效。他顺便也谈到自己此行的收获，然后毛遂自荐地推荐自己去担任后面的这项任务。

这份条陈，如果要按照正式手续，通过宣抚司层层上传到童贯手里，大约他会看也不看，往柜子里一塞，就算了事。这种临时制作的木柜就是专门用来收容这种特别炮制的条陈的。军兴以来，条陈多得汗牛充栋，上条陈的人，目的不在于希望童贯真能采纳他的意见，而在于希望让童贯注意到他的大名，赏识他是个有用之才，把条陈当作他进入仕宦之途的敲门砖。马扩十分了解司里对条陈采取的一般处理方式，他不愿自己的条陈落到那种命运，于是用了非常的手段，把条陈直接递送给童贯。

宣抚使童贯亲自派人到处去找马宣赞，找了两天没有着落，想不到这个马扩自己找上门来了。

"马宣赞来得正好，本使找得你好苦！"知道在什么场合需要摆出怎样一副面孔的童贯满面春风地说，"宣赞手里拿的什么？想是这两天躲在哪个角落里精心撰写的条陈吧，且待本使看看。"

"马某无状，擅自潜入敌后，刺探得敌情归来，写了这份条陈，请宣抚过目。"

"宣赞公而忘私，深入敌阵，忠勇可嘉。这份条陈，既是精心撰写的，定是斐然可观。"

童贯不急于提出自己的要求，这是他在进行一项棘手的交易中常常使用的手法。将欲取之，必先予之。他用了看起来相当认真的态度读了条陈，倾听马扩口头陈述的补充意见，还带着一种他童贯不但是从善如流能够接受你的建议，而且向来对你马宣赞另眼看待，在别人围攻之中，特别保护你、宽容你、信任你的表情，鼓励他继续畅谈自己的主张。

5

但是正当马扩谈到问题的核心，说到"不入虎穴，焉得虎子？马某主张……"时，童贯抓住这句他用得着的话，就截断马扩的建议，把自己的要求提出来。

"不入虎穴，焉得虎子？可谓壮志凌云！"童贯以一种非常赞许的态度称赞了马扩，然后说，"宣赞深入敌境之议，与本使所想的不谋而合。本使正待要派人去燕京勾当一件要务，只是事关重大，任务又有些危险，倘非智勇兼备、肝胆过人，怎敢肩此重任？本使想来想去，不得其人，看来非要宣赞前去辛苦一趟不可。"

"宣抚有何委遣，就请直言。"

童贯乘机提出要马扩去辽廷谕降的任务，并把情况大概介绍了一下。

虽然同样是到辽境去活动，但童贯派下来的和马扩自己设想的是两种性质完全不同的任务。身为大官僚的童贯只看到劝谕辽廷君臣的重要作用，只要办到君臣归降，大事必成，犹如身为大将的种师道只看到策反军队的重要作用，只要将帅倒戈，大事必成。他们的着眼点都放在上层。来自社会基层，在思想感情上本来与广大人民有着血肉联系的马扩，经过此番北行，已经开始看到组织人民武装力量的重要性，把目光转向基层。他此刻就是带着这个生气勃勃的新鲜印象来和童贯谈话的。他们的立足点不同，着眼点不同，他们的见解不是不谋而合，而是大相径庭。马扩首先在自己的内心中把童贯的这句谀辞抹掉了。

然后他考虑现实问题。

童贯是宣抚使，是统帅，他的命令对于属员具有极大的约束力。马扩虽然经常去干上级没有给他规定的工作，却无权拒绝在正当的职权范围内上级指派给他的任务。再则这项任务的本身确实相当重要，马扩自问在同僚之间并无适当的人选可以去完成它。还有，童贯一再强调此行的危险性，巧妙地刺激了他的冒险心，这也增加了他的决心。他沉思片刻后，毅然回答道："既然宣抚有令，苟利于国家，马某焉敢爱惜微躯，二三其辞，托故不行？司里办好了公事文件，马某赍之即去。只是尚有几点愚见，某敢披胆沥陈，请宣抚采纳施行！"

"宣赞有什么要求，尽管提出来。"当童贯看到马扩沉思时，唯恐他意存犹豫，不愿接受任务，没想到他一开口就爽快地答应了，心里很高兴，现在听马扩说，尚有几点愚见，心里想道："这小子倒也机灵，一面接受任务，一面就把条件摆出来了。"不过，做买卖要公平合理，双方同意，彼此有利，才能成交，这是什么都不相信的童贯唯一相信的一条真理。他不但准备充分满足他，还特别讨好地抢先道："宣赞有所要请，本使力所能及的，无不遵办。在保州的宝眷，司里立当派人前去料理，宣赞对这个就不必操心了。"

"马某要求的不是这些，家母也不在保州，宣抚不必为此费心。"马扩一笑道，"马某此行，要挑选几个熟悉北道的'归正人'为伴当。"

"可以，可以。宣赞要谁伴行，都可照办，司里决不过问，并可借以官衔，立功回来后再加赏擢。"

"马某去后，刚才那份条陈，务请宣抚斟酌施行。"

"行，行。宣赞条陈中的第一款，司里早已三令五申，要前线将士好好迎接归正人，明天再派人下去，专司其事，务要切实做到衣食无虞，量才录用，宣赞尽可放心了。至于第二款，派人潜赴敌后活动，此议也深得吾心，只怕难得合适的人选，容与刘参谋商议后，再作定夺如何？"

"这一着深关重大，马某在条陈中已剀切陈词，义无不尽。务请宣抚当机立断，持之以坚。至于派去的人选，马某倒想推荐一个人去，必能胜任。"

"宣赞待要推荐哪个？"

"刘参谋的长公子子羽，敢作敢为，胆气过人，他如愿去，倒是一时胜选。"马扩在敌后活动时，就想到将来请刘子羽来做他的帮手，现在乘势推荐了他。

"没想到刘参谋有这样一个好儿子！本使还怕彦修少年气盛，不够老成，待要摧折他一番，才加任使。既是宣赞推荐的，岂有差错？待与刘参谋商量定了，再行差遣。这是要把人送进老虎口去的勾当，不与他父子俩商定，怎好随便差遣？"童贯说错了一句话，连忙加以补救。他感叹道："宣抚司枉自拥有这多少僚属，领起请受来，挤得满屋子黑压压的都是人，临到办事之际，却只嫌人手不够，事情有些棘手的，更是躲躲闪闪，唯恐找到他头上去，这都不过是些酒囊饭袋罢了。"

这是一句灌迷汤的话，却没有引起马扩的注意。他在进一步考虑了自己的任务以后，严肃地提出一些看法："马某之见，遣使谕降，固然为当前急务，但毕竟战是正招，抚为奇招，奇正要相辅而行。我军如不图一战挫敌，正恐招抚之议，未必有成。如一心专恃招抚，为害莫甚。目前大军尚严过河之禁，以致敌军猖披，我军丧气。马某还怕敌军得势，一旦大举侵袭，深愿宣抚审度形势，为战守之计，得机就挥军过河，勿以使人为念。某一介微躯，得尽死节，也无所憾。"

对这些逆耳之言，童贯虽都听不进去，却点头晃脑地称赞他的勇气："宣赞不惜以身为饵，殉节国家，真乃当代之英杰。本使却要审慎从事，再三斟酌而行，如非出于万不得已，决不叫宣赞在彼邦行事为难。"然后他唯恐事情还有变化，又敲

第十四章

5

钉钻脚地问，"这里之事，有本使做主，都可放心。宣赞看看哪天动身最好？"

"时机紧迫，岂容耽搁！马某即时就去挑选随行人员。如宣抚别无指示，后天一早就走，恕不向宣抚拜辞了。"

"如此甚好。"童贯满腔高兴，再作一次保证道，"宣赞此行立得大功归来，本使立当修本，上达天听，决不相负。给耶律淳的谕降信，司里早已办好，夜来就可送上。通知对方的书函，即时去办。白头告身[1]二百通，一并送来。宣赞的随从与辽廷归降的官员军民均可酌量填付。重要官员，自观察使、防御使以下，悉听裁度。李处温、耶律大石等来降，俟本使准奏朝廷，不吝王侯之赏，宣赞尽可开诚与谈。"赋予马扩以观察使以下的任命权，虽出于外交工作上的需要，但也表明他对马扩的信任，因此童贯又把那句话重复一遍，以示珍重。接着他又郑重其事地嘱咐："只是李处温之事，最为枢纽所在，关系重大。宣赞此行成败，端赖于斯。今夜本使饬赵龙图前来相访，你两个倒要好好琢磨琢磨，看怎生下手，才是稳便。"

马扩一一答应了。童贯这才吩咐大开正门，把他一直送到门口。这是宣抚使对僚属从未有过的一种殊礼。他不但要借此来表示对马扩的优待，并且也用来谴责那些平日对马扩持有苛论、畏首畏尾的僚属。

使得童贯高兴的是：这一项在他事前估计起来要困难得多的交易——用一颗"必须有"的头颅去换取一场"莫须有"的富贵，竟然这样容易就成交了，叫他喜出望外。在童贯的算盘里，像马扩这样一颗有胆有识的头颅，有多少使用价值，是有充分估计的。

"俺童贯毕竟眼力过人，"他得意地想道，"当初与种师道力争，把这个马子充留了下来，不想今天果真派上了用场。"

他把自己的赌注又押在这张新的王牌上。

第十五章

1

五月十八日申牌时分，马扩带了十五名随从人员。其中一部分是从部队的袍泽中间挑选出来的。一个灵活淘气名叫沙真的小家伙，从十三四岁起就跟随马扩在西边打仗，如今听说马扩接受这项新任务，带着小兄弟要跟随大哥哥去逛庙会的心情，嚷着一定要跟去。一部分来自"归正人"，当然有赵杰，还有赵杰推荐的两名同乡。另外还有两名是宣抚司拨来专门办理文书抄件的文职人员。他们构成了一个像模像样的使节团，坐了渡船，径登对岸。

辽、宋关系紧张以来，正式派遣使节到对方去执行任务，这还是第一次。辽军前线统领耶律大石早一天已接到宋朝宣抚司送来的正式文书，就派出一些接待人员，在规定的渡口迎候他们。双方见了面，勘验文书后，马扩等一行人就被送到距离界河不远的行馆中暂去休息。

行馆原来是辽政府修建的专供双方使节往来时休憩、住宿、拜会之用的。如今闲了大半年，临时匆忙地打扫收拾一下，倒也显得华丽。

耶律大石掌握的宋朝方面的情报比童贯、和诜、种师道他们掌握的辽方的情报要多得多、正确得多。在这方面，只有赵良嗣才是他的劲敌。他一读到文书，就知道童贯这番派来的正式使节马扩曾出使过金朝，被完颜阿骨打誉为"也立麻力"，是当时外交界活跃的人物，更兼是西军出身的军人。根据这双重身份，耶律大石指示接待人员对马扩一行人既要以礼相待，又要严格地保守军事机密，不得随便泄露。接待人员严格地遵照指示办事，在这两点上都做得十分到家。他们极有礼貌地以请使臣们休息为名，把他们封闭在这口华丽的大木箱——行馆以内。然后，又极有礼貌地宣称：为了保护使臣们的人身安全，正在与前站逐节联系接待事项，安排食宿行程，请使臣们安心休息，等联系妥当后自会通知他们启程的时间。

接待人员的礼数很周到，宣称的理由也是无可非议的，于是马扩等一行人不得不在五月中旬极其燠闷干热的气候中，在这口"大木箱"中度过精神和肉体都很不舒服的大半天。

黑夜来了，"联系"工作也跟着完成了，接待人员又以极有礼貌的态度恭请使臣和随员们分别登上几辆专用的马车启程。这种特制的马车有个专门名称，称为辒车，也是辽政府向来接待宋朝使节时，供他们乘坐的。其华丽和讲究的程度，要按

第十五章

1

照乘坐者的身份地位以及当时辽、宋两朝的友善关系而有所隆杀。但不管怎样，所有这一类辒车，除一个大的天窗以外，左右车壁都只开了一个小小的窗洞。似乎它不准备让使节和随员们得以在旅途中纵目浏览，而只能供他们透一口气之用。加上马车周围又有辽军的铁骑护卫，遮蔽了他们本来已是十分有限的视野，因而他们一路上能够看见的只有头顶上的星月以及闪耀在四野的无数盏灯火而已。

这是疑兵之计。耶律大石用兵虚虚实实，令人不可捉摸。有时他故意要把一切都遮蔽起来，免得被敌方觇知了自己的真正力量，有时又要故布疑阵，用夸大了的假象来迷惑敌人的耳目。夸大或缩小都要根据具体的需要来决定。耶律大石早已在内心中决定力求一战的方针。根据这个要求，理应把自己的实力掩蔽起来，但又怕懂得军事的马扩会从他布置的假象中窥知了他的真实意图，因此有意从相反的一方面来布置。他不是缩小而是张大了声势，目的是要给马扩造成错觉，认为辽军统帅部故意夸耀兵力，企图威慑使臣，阻挠他的谕降任务。无论在什么情况之下，夸耀总是一种虚弱的表现。耶律大石的夸耀，其目的正是要马扩错认为他怯于一战。

耶律大石果然达到目的了。

曾经渡河深入辽军后方的马扩十分了解辽军在前线的雄厚实力，有了这样雄厚的兵力还要虚张声势，加以夸大，这可能真是耶律大石怯于一战的表现了。这是忘记客观事实，单凭主观臆断而做出不正确判断的典型例子。

马扩不但在第一感中就受到耶律大石的欺骗，并且在他整个出使期间一成不变地相信耶律大石绝不敢过河一战，这就是双重的错误。即使马扩的第一个判断是正确的，军事情况瞬息万变，又安见得在新的情况之下，敌方不会修改其原定计划，反守为攻呢？判断敌方的战略企图，其危害性莫大于固执所见、一成不变，马扩恰恰就犯了这个严重的错误。这错误造成的后果将要在这次出使过程中不断地反映出来，使它功亏一篑。

拂晓以前，他们赶到新城[1]。新城远离前线，不属于前线统领耶律大石的管辖范围。耶律大石派来的接待人员把使臣们移交给新城的地方官，转达了耶律大石的话，就逶返前线去了。

新城的地方官属于南面官的系统内，没有义务接受耶律大石的命令。他们也不知道要怎样来接待宋使才算合适。

过去辽、宋两朝往来，虽然讲对等之礼，但在对等之中又存在着不平等。辽贵族始终不忘记南朝的皇帝是他们的儿皇帝、侄皇帝，即使宋朝力争到以兄弟相称时，辽仍要做个老大哥。辽方的使节、接伴人员在交聘和接待时，往往要以强凌弱，怠慢宋使，在言语、礼节和实际利益上占尽便宜。这种传统的外交方式，随着形势的转变，今天看来，显然是不合时宜了。这一点辽方的官员都已很明白，但是新的方式呢，还没有指示下来。辽政府根本没有考虑到会有接待宋使之举。他们地方官负不起责任，只有驰奏燕京，静候皇后定夺。

马扩一行人在新城的三天中，受到和前线完全不同的待遇。辽官只有到吃饭的时候，才设盛宴，跑来做一次礼貌上的"伴食"，与他们客气周旋一番，其余时间最好是远远地离开他们，免得说话、行事出了差错，将来责任落在自己头上。因此马扩他们在新城是绝对自由的，愿意干什么就干什么，谁也不去干涉他们、限制他们。

驿馆四周，终天都挤满着形形色色的人。他们有的来问长问短，打听消息；有的单单为了看一看汉家的威仪，回家去好向四邻夸耀他已经见识过南朝的官儿了，然后把他们描摹、夸张到接近天神的地步；有的主动跑来献谋划策；有的还一本正经地说有机密事相商，一定要"承宣"亲自接见。"承宣"是汉儿们自己封给宋使的官衔，以后大家都这样称呼起来。

辽方防范松弛，连在驿馆门口站岗放哨的也只是一些吃白饭不管事的老兵，这就增加了这些人的形形色色的活动。

马扩和随员们一一接见了他们，斟酌情况把谕降的旗榜、填写了姓名官衔的告身和介绍他们回南边去的书函一一分发给他们，相机鼓动他们根据不同的情况以不同的形式来反抗辽政府。

马扩微微感觉到这次他接触的汉儿，分子比较复杂，来看他的动机也较多样化。上次他只是以私人身份潜入敌后，人们跑来向他打听消息，发泄对辽统治不满的情绪，表白自己坚决反辽的立场和态度，他们的动机是纯正的，他们的感情是激昂的。置身于他们之间，不但十分放心，同时感到自己的情绪也随之更加高昂了。这次他有了公开的官方身份，人们不仅向他打听、发泄、表白，也有一些为数不算太少的人希望从他身上获得某种好处。跟这种人接触时，马扩不由得警惕起来。

这里面可能有两种人，一种是一心只想做官的汉儿，另外一种甚至可能是辽方派来刺探情况的间谍。后一种姑置不论，对前面的那种人，应持什么态度，马扩自己心里也不踏实。他抽空把这种感觉与赵杰谈了。

"宣赞说得不错，"赵杰想了一会儿回答，"前日在乡间找寻宣赞的都是庄稼汉，这两天找来的多是巨族大姓，他们虽然都是汉儿，却是大不相同的两种人，来的目的也自不同。"

"何以见得？"

"庄稼人一向受大姓欺侮凌辱，大姓们一向欺侮凌辱庄稼人，他们本来是死对头，怎能相提并论？"这是非常简单的道理，既然马扩提出来问了，赵杰就力图用最简单明了的语言阐明这层道理。

"不论是庄稼人，还是大姓，他们可不是同样受着契丹人的欺侮和凌辱？"

"庄稼汉是契丹官儿的奴隶。奴隶只想赶走、杀死主人，过自己的好日子。大姓们却是契丹官儿的……'小老婆'。小老婆与男人一个鼻孔出气。老百姓眼睛雪亮，早把他们的心底看透了。"

"大哥说得是，怪道俺早间与一位老大爷说话时，他瞥眼看见一个大姓进来，话没说完，拎起脚就走。神色之间，气呼呼的，似乎也在嗔怒俺不合延接他们，原来他们之间有着不共戴天之仇。"

"宣赞明白这个就好了。"赵杰加重语气说，"大姓们早就卖身给契丹人做小老婆，平日倚仗男人之势，作福逞威，做尽坏事。老百姓看在眼里，恨在心里。如今看看男人靠不住了，又想卖身给南朝做小老婆。俺看他们脚踏两只船，其心未必可靠，一旦有风吹草动，又想卖身给女真人了。做过小老婆的都有瘾，做了一次，还想再做。他们只看在钱势面上，有什么信义可言？宣赞对他们不可不防。"

"大哥想得深远，俺自当谨防。"然后告诉他一个笑话说，"难怪大姓们想着卖身投靠，他们的男子其实是靠不住的。夜来伴食时，那个契丹瘟官把俺拉到一边，悄悄地说：'本官好不容易结识得承宣一场，一旦时势有变，承宣休忘了俺耶律克定的名字。'俺当场填写了团练使的告身给他，嘱他时势有变时，要谨封仓库，安抚百姓，以迎王师。他都答应了，千谢万谢地收下了告身。"

赵杰分析得不错，这两天接触中，就有不少人是本地和附近地区的大姓豪族，或者是他们的代表人，前来找"承宣"谈判。他们的谈判，甚至比耶律克定还不爽气。他们扭捏作态，还要看看风头，不肯一下子就出卖自己。有的人要求马扩先畀以防御使、团练使等官衔，将来俟机举"义"，为王师效劳。看来他们是要把聘礼索取到手后，再肯下嫁，他们的讨价显然超过了他们应得的身价。马扩一向讨厌这种政治交易，更不相信媒婆们为了抬高卖主身价的花言巧语。但是从根本来看，这些豪族的摇摆、犹豫和投机对于摧毁契丹统治这个大目标来说，还能起一定推波助澜的作用。即使他们不是真心投顺，一旦大军压境，只要他们采取中立立场，也可减少阻力。因此马扩还是酌情满足了他们的要求。

可是在他进行这些谈判时，心里是不舒服的，他感觉到好像在一池污浊的泥水中洗澡。马扩天生就不是政客、赌徒、商人或投机家，只有这些人才能够习惯在泥污中洗澡而不会产生厌恶的感觉。有时他不免在心里想道："要是让童贯本人来做这些买卖，一定可以做得十分出色，绝不会让自己吃亏。他才是这方面的斫轮老手！"

他们在新城的第三天下午，辽政府正式派了殿前司副都指挥使姚璠、枢密院都承旨萧夔、礼部郎中张毂等三名文武官员，充当接伴使副，乘着轺车，前来新城相迎。马扩是宣抚司派来的使臣，辽政府却用了接待国信使的礼节来接待他，这个不寻常的举动充分说明辽政府对他此行的重视，马扩在官衔上只是一个阁门宣赞舍人，辽政府却派了在官职上比他高了几级的殿前司副都指挥使来接伴他，这也表示对他个人的礼遇。

他们取道涿州、良乡，渡过卢沟，在第二天晨光熹微中已经隐约看到燕京城城郛雉堞的轮廓。随着黎明的到来，隐在薄雾中的轮廓越来越明显了，它的形象也越来越高大雄峻。

马扩到过繁华甲于天下的东京城开封府，到过一切还在草创阶段却显得那么生气勃勃的上京会宁府，现在又第一次看到这座雄伟壮丽、恰似一头顾盼炜如的雄狮蹲踞在万山之中的燕京析津府。他是当时曾到过三个朝廷首都的极少数人中间的一个。

"好一座雄壮的城池！"当他看见燕京城时，不禁在心里激赞，"深沟密垒，重山复水，却不是雄关似铁！"

尽管马扩最近几年改了行，在干外交工作，他首先还是个军人。当他看见这座雄壮的城池时，出自本能第一感就是从军事观点出发，来比较这三个首都的地理形势，研究进攻和防守双方有利与不利的条件。然后在自己心里浏览着二百年来燕京城沦入契丹统治，长期成为契丹统治中心的历史，想到几百万如饥似渴的要求把自己从桎梏中解放出来的人民。

所有这一切都使他激情起伏，心潮澎湃。

亸娘不能理解的他的事业世界和亸娘希望他能逐渐理解的感情世界，在这一会儿，在他身上统一起来了，一股热泪突然好像波涛似的涌出他的眼眶。

　　"俺马扩身负着千钧重担，今天好不容易进入这座燕京城。今后哪怕筋骨磨成粉，鲜血流成河，好歹也要把这座城池拿下来，交还给汉家人民，不辜负千百万父老对俺的殷切期望。"

　　他庄严地对自己起誓。他的心胸更加开阔了，视野更加广阔了。

2

辽政府派来的三名接伴官儿，都是办理外交事务的老手，不止一次地担任过出使或接伴的任务。他们娴熟礼节，善于语言应对，酬酢周旋，都有一套功夫。就中只有萧爕比较粗鲁些，把他搭配进来，萧皇后是经过一番深思的。但他在一定的气候中，也能见风使舵，克制自己。如果在承平时节，他们几个人一定可以胜任愉快地完成任务，并且肯定还可以捞进一点小便宜。古代的所谓外交，无非是在不影响两个朝廷的基本关系的情况下，为本朝争取得一点面子和一些实利。可是如今时势已非，朝廷的根本大计也是议论纷纷，莫衷一是，外交政策更是举棋不定，因此问题就不在于他们几个人的能干不能干了。

他们在出发去新城前，确曾向萧皇后请训，聆取对待宋使的方针政策。萧皇后给他们的指示是十分抽象的"刚柔得中，趁势邀利"八个字。这好像与是否要接待宋使的问题一样，也是经过一番廷议、经过激烈的争论后才得出的结论。但是强硬可以强硬到什么程度？退让可以退让到哪一条防线？趁怎样的势？邀怎样的利？这些谁都无法明确回答，连萧皇后自己也说不出一个所以然来。他们三个名为接伴，实际上就是谈判代表，既然心中无数，也只好做到哪里就算到哪里了。

各种幻想都是存在的，只要能够使他们这个小朝廷得以存在，延续下去，就是最大的利，可是没有一种幻想经得起事实的考验。两个朝廷既已动兵，凭他们三个接伴官儿加起来还不足一尺的不烂之舌，就能说服宋使，使宋朝自动退兵，各保疆域，互不侵犯吗？或者能够说服宋朝放弃用兵之议，辽、宋两朝联合起来，共同对付金朝吗？这不但他们几个人没有这样大的本领，就是以谕降使（一个十分难听的名义）的名义来到燕京的宋使，也无法答应这个。

除此以外，还有什么"利"可"邀"？

耶律大石派遣他的副手、前线副统领、牛栏军都统萧遏鲁到朝廷来提出一个激烈的建议：把宋使扣押起来，明示拒绝谈判之意，鼓励士气，决死一战，以便死中求活。不然就虚与委蛇，松懈宋人的斗志，然后突然出兵袭击，以收一战之功。这个建议在朝廷大臣的心目中实在是太危险了，不仅打败宋军毫无把握，即使侥幸得利，背后的女真人正在虎视眈眈，他们一点有限的兵力，怎挡得前虎后狼、两面夹攻？不但朝廷的大臣们，萧皇后自己显然也没有勇气接受这样一个不顾一切、破釜沉舟的建议。

朝廷里还有一个以中书侍郎平章事左企弓、西京留守虞仲文等文员组成的极端派，他们主张索性杀死宋使，直接派人去向正在云中附近集中的金军（完颜阿骨打本人据传也在军中）谈判投降。他们的理由是，如果投降了宋朝，将来宋朝被金朝打败了，他们难免又要再一次投降金朝。与其一降再降，何如一次投降直接省事？这派人都是汉儿南面官，他们的确都像赵杰推论的那样愿意再嫁女真贵族做小老婆。可是当着本夫的面，就提再嫁的话，未免使契丹人听来十分刺耳。何况要投降，女真人也未必肯接受。耶律淳本人就反对这项主张，大部分奚、契丹贵族也认为这是不能考虑的，如果还有其他的选择而不是唯一活路的话。

萧皇后在政治上是现实主义者，根据比较现实的考虑，是有条件地归附宋朝，就是仅仅在名义上而不是在实际上的投降，就是投降以后作为宋朝的一个"附庸"，仍旧统治着这片土地，保持相对的独立性。她认为手里仍然据有十万大兵，这是她可以与宋使讨价还价的本钱。她的真正目的是想缓和辽、宋之间的矛盾，把宋朝推上直接与金朝对立的第一线，将来的事走着瞧。

萧皇后这个想法曾暗示过她哥哥、拥有军事统帅权的四军大王萧干和汉儿官僚中有着举足轻重之势的首相李处温，希望得到他们的支持。政局稳定的时候，下面的眼睛都望着上面，上面一句话说了算数；政局杌陧的时候，上面要多看看下面，下面的意见也就多起来了。现在萧皇后眼望着他们两个，他们都没有明白表态。萧皇后深知她的哥哥在政见上很大程度受到他部属耶律大石的影响，要说服哥哥，首先就要说服耶律大石，而耶律大石过去是、现在仍然是一个顽固的抗战派，要说服他降宋是根本不可能的。李处温则处在一个微妙的地位上，萧皇后的决策虽然对他有利，而他因种种顾虑，未便明白表态。

既然这文武两个大员尚未对她的建议做出积极明显的反应，现实主义者的萧皇后也只好暂缓提出自己的主张，看看风头再说。

辽政府出了难题给三个接伴官员做。他们接到的指示是不明确的、模棱两可的。他们只好按照自己的理解，揣摩皇后和大臣们的心思，相机行事。

只有一点是肯定的，他们必须迅速探听出宋使此来的真实意图——真像表面上所说的"谕降"那样严峻呢，或者还有什么空子可钻、外快可捞？必须摸到宋使的底，才能做出相应的对策。为了达到这个目的，当天下午，他们就跑到马扩落脚馆宿的净垢寺来做第一次的正式拜会。

经过一番外交上的寒暄后，接伴正使姚璠就动问道："贵使在戎务倥偬中，忽然驾惠敝处，不知有何教谕？"

"马某受命前来劝谕贵朝君臣降附我朝，携带得童宣抚使的亲笔谕降书一件，受嘱要面递给国王殿下，就请殿帅把此意转达国王。"

"降附"这个字眼显然十分严厉，即使加上劝谕，也不见得缓和一点。再则，耶律淳已被辽廷大臣拥立为皇帝，马扩站在宋朝使节的立场上，只承认他在天祚帝时受封的秦、晋国王，而不承认他是皇帝。国王殿下这个称呼也引起接伴人员的愤慨。

"马宣赞这话说得有欠斟酌了。"萧龢第一个沉不住气，当时就悻悻作色道，"南朝号称礼仪之邦，与敝邦兄弟相称，交好已逾百年。今贵朝乘人之危，辄先渝盟用兵。宣赞又以非礼之言相加。请问贵朝师出是否有名？这'谕降'的话，在道义上可说得过去？"

"萧枢旨要讲道义，责问敝朝是否师出有名？"马扩听了萧龢的发作，不动声色，反过来问，"俺马某也有一句话请教。"

"岂敢！请问。"萧龢摆出一副天塌下来也顶得住的架势，大模大样地说。

"请问，"马扩用手指指房间，"俺在此耽搁休息、与众位坐地说话的净垢寺，归谁家管领？"

"这还待问？"萧龢哈哈答道，"这个净垢寺不归我家燕京析津府管领，难道归你家开封府管领不成！"

"请问，"马扩又停顿了一下，"这燕京析津府又归谁家管领？"

"宣赞问得蹊跷，燕京析津府乃我大辽之首府。"萧龢有点急躁起来，"不归我大辽管领，又归谁管领？"

"好了！"马扩指着窗外一块由赑屃负着的隆碑说，"萧枢旨且请读读这块碑上刻着的几个大字是什么？"

萧龢不识得马扩闷葫芦里卖的什么药，心里一阵狐疑，瞥眼看看窗外的这块隆碑，又看看姚璠与张瑴两个有些坐立不安，忽然打定主意，满不在乎地哈哈大笑起来。

"马宣赞休得欺俺老迈，俺虽然上了年纪，却是精神矍铄，老眼无花，这斗大的'净垢禅寺'四个字，还看不清楚？"

"这四个大字萧枢旨看清楚了，"马扩在一旁鼓励道，"旁边的款识，字形较小，萧枢旨可还看得清楚？"

"这个南使莫非要考较考较俺这个大老粗的学问？"萧蘷暗自想道。原来古代两个朝廷遣使往来，彼此都要引经据典，谈古说今，有时抓住对方一个偶然的错误，就要带回本朝去当作话柄。出身奚贵族的萧蘷谈不到有什么高深的学问，但他颇识得几个汉字，这是很值得卖弄的。这时他把头颈伸到窗外，完全不理睬张毅在一旁递给他的眼色，大声地逐字读出碑上的款识："大唐景云元年幽州都督薛某奉敕重建。"他还用手指点了字数说，"这十五个字都很清楚，可惜中间泐了一个字，笔迹模糊，看不清楚。"实际是他吃不准这中间一个字的读音，防止被南使笑话，故意弄了一个玄虚。

"薛字下面的讷字，马某倒看得很清楚，萧枢旨的目力多少打点折扣了。"马扩顺便刺了一下，然后问，"这'奉敕重建'四个字没有看错？"

"没错，是这四个字。"

"够了！"马扩忽然斩钉截铁地说，"萧枢旨虽然精神矍铄，老眼无花，头脑却不顶事了。请问，你说这燕京析津府是你家管领的，这大唐的幽州都督薛讷岂是你家之人？他怎得在你土地上奉了睿宗皇帝之敕建造这所净垢寺？"

一句话把萧蘷问得目瞪口呆，过了好一会儿，才期期艾艾地回答一句："这是……这是几百年前的老话了，如今休提……休提！"

"老话又怎可不提？这正是俺两家使节要谈论的正题。今天俺就要说些老话与众位听，"马扩又逼紧一句道，"俺知道唐太宗贞观二十二年，契丹帅窟哥，还有你家奚族的老祖宗可度者率所部内属。那天可汗唐太宗以契丹部为松漠府，奚部为饶乐府。窟哥、可度者都赐姓为李，封为都督。当时你两家都在漠外营州之地，为唐朝东北的屏藩。这燕云十六州之地又怎能归你家管领？"

这时用得着读书人来替萧蘷解围了，张毅伶俐地插进来说："这薛讷，不是在开元二年为我家契丹所败，当时嗤为薛婆的那个节度使？"

张毅这一问正合马扩的心意，他抓住这个题目趁势说下去："张郎中只知其一，不知其二。开元二年契丹以诡计幸败薛讷后两年，契丹大酋李失活，奚酋李大酺度德量力，不敢与大唐为敌，即亲率所部，再度来归。唐朝待他们不薄，封李失活为松漠郡王，李大酺为饶乐郡王，二人都兼都督。他们果然矢忠竭诚，为唐朝捍御边患，建立功勋。后来有大名的李光弼，即是契丹的子孙。想当时，奚、契丹人民和大唐边民和睦相处，兵戈稍戢，贸易互通，彼此均深蒙其庥。两家人民，血胤虽异，情逾骨肉。追溯原因，李失活、李大酺固然不失为识时务的俊杰，薛讷在边数十年，前后招徕辑抚之功居多。这等人正该两家人民馨香祷祝，怎可以一战的胜负论英雄？"

"燕云十六州在唐朝盛时，固属你家所有，"张毂无法否认这铁定的事实，只好撇开一句，继续争论道，"但到五代时，已由后晋高祖石敬瑭赠予我家太宗皇帝，盟誓如山，岂容翻悔？如今历年已逾二百，人心早已向化。历来与贵朝立盟订好，贵朝君臣都不曾理论此事。今番宣赞蓦地提起这宗老话，莫不是要翻两百年前的旧案，沮坏贵我两朝的交好？"

"好一个'沮坏贵我两朝交好'！"身为汉儿的张毂为奚、契丹贵族帮腔，特别引起马扩的愤慨。他冷笑一声道："张郎中，你的祖祖辈辈也须是我汉家的子民，你颠倒认契丹为君父，口口声声'贵朝我朝'，贵契丹人之所贵，我契丹人之所我，真可谓数典忘祖，认敌为我。你自己纵不以为耻，俺马某却为你汗颜不止哩！"

马扩把张毂骂了个淋漓尽致，不待他开口申辩，又抢在前面说："再说那石敬瑭算得什么？他本是沙陀族一名小酋枭猄鸡之子。为了要抢做儿皇帝，不惜把燕云十六州之地赂割给契丹。却不知土地者，乃我家人民之土地，岂容得他二人擅自割送授受！这笔腌臜账，今天正应该算算清楚。"

"这段公案确是两百年前的旧账，"姚璠一听马扩说得激越，恐怕说僵了话不好收篷，急忙出来转圜道，"如今两家以睦邻为重，且谈当前之事，休去提那旧话。"

"姚太尉说得好轻松，你我之间尽可不提，只是千百万老百姓，两百年来受尽苦难，旧创未复，新创又加，血泪斑斑，记忆永新，他们又怎能忘记旧恨？这民族之恨，邦家之耻，正是涉及贵我两朝的根本大事。只要前账未清，休说二百年，再过二百年，也要讲个明白，算个清楚。张郎中，你刚才不是说'人心久已向化'，"马扩越说越气愤，禁不住掉过身子来，点着张毂的鼻子尖问，"俺马某倒要请教，你张郎中说的人是哪些人？你说的化是什么化？如说的是汉人中那些贪图富贵、认敌为父的败类，自然要作别论。如说千百万老百姓，这却是天大的污蔑，欺人自欺之谈。就俺这番北来，亲眼看到的来说，多少父老携儿挈孙，不怕跑几十上百里路，拥到行馆来问长问短，为的是要看看本朝的衣冠威仪，听听王师的消息。有的父老一见俺就失声痛哭起来。此来燕京，轺车所经，即在深夜之中，也有人攀辕欢呼。你张郎中身在车中，不聋不盲，想来也是看到听到的。再则南归的遗民，川流不息，如水归海。进山的义军，风起云涌，势如雷霆。压卵之势已成，崩溃之形可见。张郎中你倒说说人心向的究竟是哪一家的化？"

马扩言辞犀利，咄咄逼人，把三个接伴人员逼得风旋云紧，无可转身。他们柔既不甘，刚又不敢，只好拿出外交家的看家本领，转移目标，讨论起具体问题。

"前话已说过，总是前人做下的事，后人要为他填补窟窿。"姚璠见风使舵地说了句囫囵图语，接着就动问起，"宣赞此来不易，今已来到燕京，打算哪天去谒见国主皇后？"

接伴人员的话，一会儿硬，一会儿软，马扩从中窥知了他们举棋不定的心情。但是马扩也有自己的打算。原来他离开新城前，已打发赵杰、沙真两人携带着赵良嗣的亲笔信，径往燕京城去找李处温父子，希望能搭上关系，力促萧皇后归降。马扩十分重视这着棋，估计他们还没有来得及联系上，自己也希望观望两天再说。

"哪一天去晋谒殿下要听贵朝安排，"马扩装得漫不经心地回答，"只是听说殿下日来贵体违和，总得待他有七八分痊愈了，才有精神说话，俺倒不急在这一两天内就去见他。"

"如此甚好，"姚璠受到的训令，也是要他延宕陛见的日期，落得顺水推舟地说，"待得国主万安了，再请示皇后，定夺接见之期。闻说宣赞携来童宣抚与敝邦君臣的书函，何不就让俺等带去呈与朝廷过目？俺等接待官员也得先睹为快。"

"原信俺在晋谒时要当面宣读与国王、王妃听明，亲手递交，此刻未便与太尉带去。"马扩干脆地拒绝了，心里不免暗暗发笑道，"这封信，不论你们哪一个先睹了，心里都不会很'快'的，何必急着要看？"接着他又说："俺这里录有副本，诸公真想先睹为快的，就请把副本带去，与李门下、左中书等一起过目。"

"最好，最好！"他们接过副本，也算完成了一桩任务，一齐兴辞而出。

〔一〕宋时称传递文书、宣达通知的差役为快行家。

3

接伴人员从马扩手里接过副本，明知道里面不会有好话，为了息事宁人，避免与马扩正面争吵，不敢当面拆开副本来读，告辞着走了。

但是为谕降书争吵一场是不可避免的。当夜他们与执政、宰相们研究了，第二天下午，三个接伴人员带着副本又一起前来做第二次拜会。

他们一进门，就愁眉苦脸，唉声叹气，摆出一副因为做不成交易，居间人也捞不到好处，因而十分失望的神情，你一句、我一句地指责这封信，不是说这个词儿下得太重，就是说那一段话说得过火了。总而言之，这封信措辞狂妄，大为不妥，有妨睦邻之道，必须从头修改，才能进呈御览。

既然是一封谕降信，顾名思义，就是十分严峻的，哪能温柔敦厚，怨而不怒？一百多年来，辽政府跟北宋政府打交道，向来只有倚势恃强，言语凌欺，几曾讲究过"睦邻"之道？今天这三个接伴忽然大谈其"睦邻敦好"，还责备北宋政府不够交情，马扩听了，不禁匿笑。

"马某受命赍书前来劝降国王、王妃，"马扩耐心地等候他们指摘完毕，就简简单单地回答，"无权修改书词，众位说了这多少，岂不都是白费口舌？"

他们还不甘心就此罢休，建议马扩修改了书稿，派快行家[1]火速送回宣抚司，换了大印再送来。还说："前后也就三四日工夫，改了书中的措辞，彼此存个颜面，事情就好办了。"

"马某无权修改书稿，不是已跟众位说清楚了？"马扩看他们喋喋不休、纠缠不清，就断然拒绝道，"若是要马某修改，也只能照原书中几句话重写一遍，一字增删不得。贵朝大臣们不度德量力，不审天时人事，作速定下大事，却有这等闲工夫，干那一字一句、咬文嚼字的酸秀才勾当！即使众位有闲，马某却不在这件事上奉陪众位了。"

"俺姚某也曾多次接伴过贵朝和河西家的使节，"姚璠现出十分颓丧的神情说，"诸事彼此多好商量，几曾见得像宣赞一样斩钉截铁，没个回旋余地？好比做买卖，也须双方都退让一步，才好成交。如今是只有俺家让步，宣赞扳住俏价，丝毫不让，这交易如何做得成功？"

"可以礼让之处，俺无有不让。"马扩侃侃然说，"不能让步之处，俺一步也不能相让。殿帅却不想如今大家正在谈论军国大事，岂可比为买卖？"

话已说到尽头，无可再说，大家只得暂时分手。

隔不了几个时辰，他们又来做第三次的拜会。这次来得既不是时候，又是气势汹汹，在门口就大呼小喊，不是原来那一副"万事都可以商量"的善哉相了。

"宣赞来到敝邦，"萧龥一见面就疾言厉色地责问，"是为的谈判国家大事，还是来做间谍？"

"萧枢旨说的是什么意思？"马扩正色地说，心里想，"一场斗争开始了，多半是赵大哥和沙兄弟那里出了纰漏。"

"什么意思，宣赞自己肚里明白，"萧龥冷笑一声，"何必再问俺等？"

"大丈夫行事光明磊落，有话就请直讲，为什么藏头露尾，吞吐其词？"马扩一步也没有从自己的立场上退却，反而理直气壮地反诘道，"诸君接伴使臣，岂不知会合有时，谈论有节？黉夜来此，扰俺清梦，是何道理？"

"无事不登三宝殿，倘非有事，怎敢黉夜来扰宣赞！"姚璠把语气放和缓了，然后采取出其不意的攻心战术，猝然问，"宣赞可认得刘宗吉其人？"

"这刘宗吉有什么了不起，"马扩哈哈笑道，"俺在三天前还亲笔与他填了告身，写了书函，如何不认得？"

姚璠听马扩把这样一件要紧事说得稀松平常，不觉大吃一惊。

"据刘宗吉向殿前司首告，"姚璠特别挑选了"首告"这个含有威胁性的字眼，促使马扩注意到事情的严重性，"宣赞给了他亲笔信，约他去策动常胜军反叛，这件事可是实有的？"

"殿帅差矣！俺给刘宗吉书函是要他去策动常胜军反正，不是策动反叛。以正归顺，何叛之有？这两字差错不得。俺此来的任务，就是要宣慰军民，招纳一切愿意反正投顺的官民。刘宗吉来献诚款，俺岂可置之不理？休说区区刘宗吉，就是你等三位辽廷大员要向俺献诚，俺就得当场填写告身，接纳你们弃暗投明。这自是俺职分内应办的公事，值得三位黉夜来此，大惊小怪？"

策动反叛也好，策动反正也好，反正就是那么一回事。一个派往邻国的使节竟自在私底下策动军队起来造反，还有比这个更严重的事情？姚璠等人好不容易抓住了这个把柄，满以为可以在它身上大做文章，打个主动仗，至少也得把马扩的气焰大大压低一下，以便他们在谈判中取得比较有利的地位。他们希望的是马扩矢口否认其事，或者说得吞吞吐吐，他们就好当场拿出人证、物证，叫马扩抵赖不得。这样，这台戏就好唱了。哪知道马扩完全没有按照他们的希望行事，他不但不心虚情怯，反而直认其事，还理直气壮地说是他的职分内做的公事。

在马扩手里，一切外交上的常规都被打破了，他随心所欲地干着他想干的事情。现在感到狼狈不堪的倒是接伴使副们了。姚璠、张毂已自气馁下来，只有萧夔还不服气，想要挣扎一下。

"宣赞休把这件事看得稀松平常，"他采取最拙劣的威胁手段说，"宣赞有宣赞职分内的公事，敝朝也有敝朝职分内的公事，殿前司职在缉私，姚殿帅岂能素餐尸位？这件事要深究起来，只怕与宣赞身上老大不便。一旦出了事情，宣赞纵不以自己为念，难道不想想在南边的妻室儿女？"

"萧枢旨把马某当作什么人了？"马扩把眉毛一挑，面对萧夔的威胁冷冷地道，"你身为接伴，也不打听打听岂有畏死马子充！马某此来，本欲以一己之身，易全辽之命。贵朝君臣听得进马某的话，度德量力，归顺投正，大家都蒙其庥。如若不识时务，定要顽抗到底，俺不过与你们同归于尽而已，只争得早晚数天。俺自己却从不曾想到一个'怕'字，要怕就不敢来了，还说什么家室儿女？"

"好一条硬汉！"姚璠竖起拇指称赞道，"宣赞这副筋骨总是生铜熟铁铸成的，说句老实话，俺姚某对宣赞实是钦佩。"

"宣赞浑身是胆，俺萧某也是拜倒足下。只是想奉劝宣赞，以后休再这等行事，免得彼此为难。"

"过两天俺还得去宫中策动国王、王妃反正投顺哩！"马扩爽朗地笑起来，"职责所在，岂敢怠慢，难道凭你萧枢旨几句威吓，就此罢手不成？至于为难诸公之处，说不得只有敬请原谅，日后多多补情了。"

三个接伴使副看看马扩如此难以对付，他们此来的目的一点没有达到，还让他在说话中捡了便宜去，不禁面面相觑，作声不得，最后只得起身告辞。

"大家都为的是公事，"姚璠道歉一句，权当退堂鼓，"适才言语冒犯，也是事非得已，千万海涵！宣赞且自安置，明日再来奉陪。"

"且慢！"马扩故作惊人之笔，用一个手势把他们拦住，"三位来此之时，马某正好办好一角文书，待要人送去，难得诸公凑巧来此，如此这文书就请三位当面带去了。"

"宣赞又有什么公事，恁地要紧！"三个一齐惊问道。

3

"这倒真是一件要紧事,"马扩又故意逗他们一逗,"大后天五月廿四是我朝圣母慈钦陈太后的周年讳期,本使要借贵处一所大寺院设奠致祭。两朝既通使节,这等互通庆吊的大事,理合通知贵朝,派员前来陪祭,方是睦邻敦好之道。这文书就请三位带去转奏与你家国妃知道。"

三个一听是这样一件不伤脾胃的要紧公事,顿时放下心来。

"贵朝国母讳忌,"姚璠恭敬地回答道,"这等大典,本朝自当尽礼陪奠,焉敢稍有缺失!容俺等这就回去,奏与皇后知道。"

"这祭奠的行在,"萧夔要弥补刚才的失礼,在旁大献殷勤,"这里净垢寺已成为宣赞的行辕,诸多不便。依俺看来,不如设在北极庙。宣赞有所不知,那北极庙是燕京第一大寺院,地方宽敞,僧侣众多。到那里去设奠,正好延接宾客,展礼致敬。"

"俺也久闻得北极庙是燕京第一大寺院,在那里设奠,确是甚好!"

"宣赞既表首肯,俺等先奏准皇后,明天一早就去布置。保管色色都办得隆重周到,好教宣赞放心。"

"如此马某就代朝廷敬谢各位的盛意了。"

这是接伴使副们从受命以来听到南使说的一句最有礼貌的话,他们有理由在这件卖力的事务上接受马扩的感谢。

4

辽政府果然是睦邻敦好的。萧皇后从寝宫中被接伴官员请出来，聆了面奏后，立即下一道令旨："大宋慈圣陈太后周年讳期，应五品以上在京文武官员均至北极庙致祭展敬。"把参加祭礼的范围扩大到五品以上的官员，这种显然讨好的做法，大大超过升平时节两朝交际应酬礼貌上应有的水平。

行礼前一天，马扩带着随从到北极庙现场去视察一番，果然看见接伴使副指挥大群僧俗人众，在那里布置陈设。就中萧蘽最为卖力，他满头大汗地爬上一架木梯，亲自把绢帛结成的素球挂上殿檐。他们包揽了全部布置工作，不要宋使费一点心。

马扩谢了众人，自己也忙起来，收拾了几个房间，当夜就与随从人员在庙里斋戒宿夜。他在人事上也作了一些安排，随从人员分别委派了职务，两名书办吃过墨汁，识得字，就请他们充当临时的典客与赞礼，其余人员也都分派了任务，各就各位，各守其职。把一座行礼的大殿变成了一座军事要塞，准备明天在这里与辽廷大员进行一次主力接触战。

第二天早晨，辽政府的文武官员纷纷莅临，素车白马，极一时之盛，把周围几条街都挤得满满的。马扩虽然要和许多人周旋，但他的注意力集中在首台李处温身上。宰相有宰相的派头儿，即使小朝廷的宰相也是如此。马扩在许多同时莅临的大员中间，一眼就认出了李处温，犹如在千军万马的战场上，一眼就认出敌方大将一样，不会有错。他和李处温两个经接伴人员正式介绍厮见了，李处温趋前一步，恭敬地致辞道："皇后致意：今日恭逢贵朝慈圣陈太后周年讳期，皇后本当躬临致哀，怎奈国主染疾在身，皇后侍奉汤药，不得抽身前来，特派下官代为陪祭。草草不恭之处，尚乞责大使谅鉴！"

说完了这套冠冕堂皇的外交辞令，他就携起马扩的手，拿出一种既像讨好，又像对待晚辈，在亲昵之中不失其长辈身份的自尊态度，哈哈笑道："下官久闻宣赞大名，今日得亲睹风采，大慰生平之愿。"

这两段话都是客套，他说得滴水不漏，面面俱到。马扩要想从他的表情和言辞中探索出他有没有和赵杰、沙真联系上，还真找不到确切的根据。

"这是一只老狐狸，"马扩心里想，"不会在大庭广众间走眼，停会儿俺还得试

[1] 灵太后姓胡，北魏宣武帝妃，后被尊为太后。临朝执政，多造佛寺、幢塔，预征六年租税，为历史上著名的荒淫女主之一。

试他。"

他们先到一间布置得十分华美庄重、专为接待辽廷大员之用的僧寮中休憩。双方分宾主坐下，寒暄起来。李处温很熟悉这一套，他处处要摆出首相的派头儿，但又不忘记自己朝廷的处境，态度是谦和的，甚至是迁就的，话说得十分谨慎笼统，不离开一般门面话的范围。

"这北极庙造得规模宏大，美轮美奂，"马扩有意挑动他道，"俺在东京时已听得你家的人说起它的声名，今日一见，果然名不虚传。"

"下官也久闻得东京相蓝，华丽庄严，海内无双。这里的北极庙纵然宏大，若与相蓝相比，真有大小巫之别了。"说到这里，他忽然意识到谦逊过度，有辱国体了，急忙加以补救道，"昔年读到《洛阳伽蓝记》所说的永宁寺和永宁塔，想见北朝人力、物力之盛，南朝纵有四百八十寺，却无有一个可与永宁寺媲美。"

"北极庙"与"你家的人"仍然没有引起他的反应，他回答的还是那一套自以为可以捡到一点便宜货的外交辞令，没有什么线索可寻。但是马扩不愿让他捡了这个便宜货去，针锋相对地说了一句："永宁寺造得穷奢极侈，当年如非灵太后[1]主政，焉能得此？南朝这些帝后却也无有一个可以与她媲美。"

马扩蓦地提起北魏历史上最荒淫无耻的女主灵太后，似乎在有意无意之间与当前的萧皇后联系起来，这使得李处温大为狼狈。这时辽政府的其他大员也陆续进入这间僧寮，他们再要继续谈话是不可能了。

李处温虽然出身贵胄，但在仕途上曾有过一段蹭蹬不前的时期，他不是熬资格、磨岁月，按照年资辈分，稳步升到首辅地位的典型的首相，而是那种趁时邀利、平步登天的暴发户式的首相，是宰相中的变格。暴发户式的首相的特点是心里更不踏实，但在表面上更加骄妄。马扩从边庭到朝廷来，逐渐形成一种看法，他认为官位的本身是一种范型，它能把许多不同的人放在同一范型里铸浇，使之成为同一类型的人。他发现色厉内荏的萧奭和朝廷里某些宗戚贵族有共同之处，张愨活像依傍在权门下的文官们，而眼前的这个李处温，无论从姿态、表情、行事等方面来看，都很像王黼，连一张白白胖胖的银盆脸也是酷似的。所不同的，王黼虽然也是暴发户，却是一只已经在天空中飞稳了的纸鹞，而李处温的纸鹞还在高空中翻筋斗，他的命运还在未定之天，因而没有像王黼那样多的锋芒毕露，不留余地，而多了一点王黼缺少的谦逊和虚弱。马扩相信如果让他们两个易地以处，他们也一定会变成对方现在的这种样子。

　　李处温还是第一次和马扩厮见，据接伴人员介绍，在外交仪节上，他还是个雏儿，在外交谈判中，却是一头初生之犊。初生之犊连真老虎都不怕，何况李处温自己心里明白，他只不过是一只披了宰相虎皮的狐狸而已。因而在他与马扩接触的过程中，一方面不自觉地要流露出从首相减去阁门宣赞舍人、从一品官减去六品官的剩余优越感，一方面又处处小心谨慎，唯恐得罪了他，弄到不好收场的地步。

　　倨傲和虚弱，两者都不足以证明他已经跟赵杰接上关系。马扩经过分析后，确定地判断出自己的这手棋，还没有发生作用。因此在今天的战役中，他必须主动出击。

　　行礼的时刻来到了。这时大殿上已经明烛辉煌，香烟缭绕。马扩指挥着自己的执事们，各自执行任务，同时也请辽方的文武官员们，按照品级排列在大殿外槅。他独自带着赞礼走到神龛前拈了香，行了礼，然后由赞礼高声赞道："陪祭李门下上前拈香！"

　　即使有张毂的建议顾问，这场大礼进行得还是十分勉强，它缺乏庄严哀悼的气氛，却多少有点像阅兵式的样子。

　　李处温虽然在暗底下匿笑，听见这一声号令，却还像个服从口令的士兵，在典仪司领导下，稳步直趋案前。这时其余的人都在外槅，距离相当远，并且被层层的幢幡、帷幕、大香炉、大烛台和雾气腾腾的香烟遮蔽了视线。马扩使个眼色，使赞礼站远一点，他自己和李处温并排站在一起，相距只在咫尺之间。

　　"如果我要跟他讲机密话，这是千载一时的好机会了！"马扩心里想，但他还是停留一会儿，看看李处温怎样行事。他只见李处温不慌不忙地从自己手里接过一炷棒香，往蜡烛上点燃了，用另外一只手扇灭火，正要往香炉中插去。李处温的姿态是恭敬、安闲和泰然自若的。这表示他出身宰相之家，生来就做惯这些事情，如果南朝使者在主持这场典礼中有什么欠缺之处，他作为陪祭，完全可以帮助他、指导他，甚至纠正他。

　　但这是他享受生活宁静的最后片刻了，马扩抓住机会，闪电般地发问道："令表侄马植寄语门下，十年前他与门下父子在此神龛前沥酒设盟，誓同生死，富贵毋忘。门下可已忘记得干干净净了？"

　　马扩是用压低了的、耳语般的声音说话的，却好像雷霆霹雳震撼着李处温，使得他的稳重厚实的身体忽然像一片树叶似的颤抖起来。这时他的首相的功架和安闲的神气都化为乌有，手里捧的一炷香也随着身体乱颤，不知道往哪里放才好。

原来旬日来，萧皇后两次警告他说前线有人要搞掉他，已持有对他不利的确据。他恃有皇后保护，对此满不在乎，却没料到毛病就出在表侄身上。这个事实如被揭露，那不是什么保牢官爵财产的问题，而是涉及一门三百口的生死问题，这就怪不得他要如此惊惶震恐手足失措了。马扩自己也没有想到这句话会产生这样巨大的效果，只好先帮他把棒香插进大香炉里。

"陪祭李门下行礼！"赞礼用着拖长的高声赞道，"李门下跪……叩……叩……叩……兴……"

借着跪下去叩拜又站起来的机会，利用这一点时间的余裕，李处温已经初步恢复镇静，想出对策，他低声说道："这话休再声张。宣赞有何吩咐，就请明谕！俺一切都可奉行。"

"敦促国王归附本朝！"马扩断然地发出命令。

"如今国事全由皇后主张，国王做不得主。"

"敦促王妃归附本朝。"

"跪……叩……叩……叩……兴……"赞礼第二次赞道。

李处温第二次跪拜时，已经镇静得多了，他一面行礼，一面说："俺也久有此心，此事一定尽力而为。期有以报命。"

"门下休说囫囵话。俺知道王妃的事，门下做得六七分主。此事成不成，全看门下的努力了。"

"跪……叩……叩……叩……兴……"赞礼第三次赞道。

李处温第三次跪拜的时候，不但已经恢复到一个宰相，并且恢复到一个精明的谈判者的地位。

"大事若成，大宋朝怎生处置俺父子？"他拜下去时，低声地讨价还价。

"童宣抚寄语，门下做得成这件大功，本朝不吝国公之赏。"

可以谈判的时间是十分有限的，马扩不愿意再浪费了，李处温却偏偏跪在地上，没有及时站起来，敲钉钻脚地问："宣赞这话可靠得住？"

"俺言出如山，门下尽可放心。"

李处温行礼已毕，赞礼者正在赞请其他的大员上来拈香行礼。马扩抓住最后的瞬间问道："门下可曾与俺派来与公子联络的人接上头？"

"没有。"李处温摇摇头。

"门下快设法去找他们。宫内有了消息，立时通知俺要紧。"

"俺好歹……"李处温有点紧张地回答。这时几个人的脚步声已经逼近脑后，这一句没能说完的话就消失在铿锵的环佩声和袅袅的炉烟中间。

虽然搭上了李处温的关系，谕降的前途变得乐观起来，但是赵杰、沙真两人仍然杳无音信，他们的处境令人担忧。马扩在净垢寺行馆宽大的客舍中，清晰地听到因为有国宾居住从而显得特别有精神的僧侣们为大宋慈圣陈太后荐福做晚课的钟声、铙声、诵念佛经声。晚课完毕后，他又清晰地听到报更的柝声。初更、二更报过去了，然后报了三更。在万籁俱寂之中，又听到一声好像拖着一条尾巴的寺钟声，在凝寂的空气中飘荡着。又过了好一会儿，他听到窗外有一阵不寻常的撒沙子的声音。马扩马上从榻上跳起来，往窗畔走去。他轻轻咳嗽一声，就听到窗外低低的呼唤。

"好了，"他高兴地想道，"赵大哥和沙兄弟果真回来了。"

他打开窗子，他们两个猕猴一样轻捷地跳进来。虽然在完全的黑暗中，仍然遮盖不住闪耀在他们眼睛里的兴奋的光芒，根据这个就可以推知他们带来了好消息。

"好教宣赞放心，大事已告成功。"赵杰低声向他汇报，竭力保持镇静的态度，"刚才李处温回家说，宫中开了御前会议，多亏他力持归降南朝之议，说服了萧皇后与诸大臣，最后才定下局来。明天早晨萧皇后要找宣赞去面议称藩归顺之事，少不得还有些讨价还价之处。他叫俺们趁天亮前通知宣赞，让宣赞心里有个底子，明天谈起来就不怕她不就范。"

这个结果是他白天在北极庙与李处温谈判后就预料到的。他急于要知道他两个在这几天干了些什么。他为他们担了多少心！在政治斗争中，他像赵杰一样，虽然积累了不少经验，但还没有成熟到可以完全控制自己感情的程度。

赵杰理解马扩的心情，随之便叙述他两人这几天的经历。他们来到燕京后，打听得李奭连日在宫中宿卫，无法与他见面，心中焦急。直到前天中午，李奭从宫中下值回来，他们好不容易找到机会，不肯错过，就在路上唤住李奭，出示赵良嗣的书信。李奭一看信封，就约退从人，与他们说起话来。

他们单刀直入地表明自己的身份和来意。

李奭读了信，面上红一阵白一阵的，好久打不定主意，后来来个缓兵之计说："二位来意已知。俺此刻正忙着，刚出得宫来一转，又要回去值夜班。二位先去找个客栈宿了，俟俺与家父从长计较后，再来通知可好？"

"此事万分急迫，只争在俄顷之间，怎容从长计较？"赵杰催逼他道，"俺还有十万火急的要事奉告，只是这里不是说话之所。公子既要回宫去值宿，俺两个今夜便随同公子进宫去密谈如何？"

"宫禁之地，警卫森严，"李奭吃惊道，"如何容得二位混进去？"

"这事攸关公子一门吉凶。祸患之来，迫在眉睫，俺得知了，如不奉告，岂不辜负了赵龙图对尊府的一片赤忱！俺等要进宫去，凭公子一句话，有何为难之处？"

李奭情急，果然去弄了两套禁卫军的号衣回来，让他们混进宫门，选个僻静处谈论起来。

李奭像他的老子一样，既看到小朝廷的岌岌可危，又贪恋目前的富贵，一时还不肯下决心。赵杰摊出了手里的牌，把赵忠、张宝两个被耶律大石捕杀之事相告，还危言耸听地说，赵良嗣那封信已落在耶律大石手里，祸生不测，要他快快打定主意。李奭果然最怕这一招，他横下了心，明确表态，明天一定与父亲商定办法，弃暗投明。

"兄弟们忒大胆，要说话哪里不好说，偏要混到宫禁中去。"

"这叫作箭在弦上，不得不发，"赵杰说，"放过了他，又待何时再找得到他？休说宫中森严之地，谈论起来，倒是太太平平，安安静静，无人干扰，比哪里都强！李奭跟俺两个谈了半夜，看看不得机会出去，就安排俺等住在他房里。可笑燕王耶律淳那厮的寝宫近在咫尺，还蒙在鼓里，做他的南柯梦。"

"俺做了皇帝近邻，这一宵睡得好不香甜！"沙真得意地说，"蒙眬之间，一觉醒来，只见赵大哥睁大眼睛，似乎想跟俺说什么，不想俺一个翻身，又呼呼睡去了，不知道与赵大哥说了话不曾？"

"话倒说的，不是与俺话，却是自己说梦话，说什么擒贼擒王，俺真怕你说得高兴，惊动了人，坏了大事。"

"兄弟们何时见到李处温？他说了些什么？"

"到了午间，李奭才得空把俺等带出宫禁，回到相府。正值李处温已从北极庙回家，正派人去找儿子。俺四人在一间密室里谈开了。李处温说他已与宣赞见过面，准定照宣赞吩咐的去做。还说了许多好听话，说什么俺李某人身在北阙，心向南朝，何缘得以邂逅宣赞，岂可坐失良机？倒是他儿子说得老实。他劝老子说，先下手为强，后下手遭殃，俺父子不动他的手，他必先动俺父子的手。既要夺取这场富贵，事贵神速，千万不要落在他后面。

"黄昏时分，李处温奉诏匆匆进宫，直到深夜才回来，立即找俺等道：今夜的会，开得剑拔弩张，萧遏鲁、左企弓这批人恨不得把他嚼碎了吞下肚里去。他唇焦舌敝，好容易才说服皇后定下大策。他还再三说，宣赞成就得这份大功，千万不可忘记他父子舍生忘死、效顺南朝的大功。"

"他们忙来忙去，就为了这一条，俺岂有不知之理？"

"赵龙图要不是看透了他们的心，怎敢行这条计策？可知他是十拿九稳的。"

"给他一点好处，连亲生的爷娘也肯出卖于人，何况只卖得皇帝、皇后各一口，这还有什么舍不得？"马扩忽然把他早间得到的李处温的印象与王黼的印象联系在一块儿，进而把辽的文武大员们的印象和朝廷权贵们的印象也联系在一块儿了。他深有感慨地叹口气说："偏偏就是这些人居高位、享厚禄，偏偏就是这些人掌握朝廷的命脉。一旦天下有事，难道只有李处温一个人才会干出这等勾当来？"他停顿了一下，好像要把这种丑恶的思想从头脑中挤出去："俺说到哪里去了？大哥听俺说得可笑，倒真个成为忧天之烦的杞人了。"

"俺不是与宣赞说过，"赵杰完全理解他的弦外之音，说道，"这就是豪族巨姓、权贵大官们干的勾当。他们的本钱越大，出卖的东西越多。哪管南朝北朝、契丹汉儿，到头来都是一丘之貉。"

5

接伴使副姚璠等三人忽然在凌晨四更时分接到皇后懿旨，要他们今天上午伴同南使马扩前去南城瑶光殿等候"陛见"。

从他们接受这项任务以来，从上头接到的有关指示，都是要他们设法延宕南使"陛见"的日期。仅仅在四天以前，他们还受到萧皇后面谕，要借刘宗吉事件为由，做一篇"硬里有软，柔中带刚"的文章。他们十分清楚皇后的不一定出之于口，但在示意之间就可令人体会到的本意，一来是借此机会压压南使的气焰，二来也无非是生些波澜，借以拖延接见的日期。如果说，当初要拖延接见的原因是国是未定，国策未决，那么今天急如星火地要接见马扩，一定意味着内里已经发生重大的变化。他们知道昨夜的御前会议一直开到深夜，毫无疑问，这是一次带有决定性的会议。可是会议的结果没有人通知他们，在懿旨中没有透露任何消息，传旨的内监也没有任何口头补充。他们身为接伴，却要他们去做没有被讲明原因的工作，这分明是轻视他们，没有把他们看成参与朝廷机密的密勿大员，而只把他们当作一件外交工具使用，这使得他们非常不高兴、不满意，不禁形之于辞色，并且在彼此之间使用着暗号密语，甚至于不顾礼貌地当着马扩的面以契丹话交谈，来做种种猜测。他们所依附的分明是一个岌岌可危的小朝廷了，他们猜度、揣测的事情，很可能就朕兆着这个小朝廷的迅速崩溃，但在崩溃前，人们还是有嫉妒、猜疑、仇恨，并且一步不放松地要夺回他们认为自己应有的权利。人们就是这样受到惰性规律支配的。

这次马扩比他们更加了解事实的真相，知道这次被突然召见的背景和内容。现在是轮到马扩向接伴人员保密了——保辽政府向它自己的官员所保之密。他像翻阅一本书一样清楚地看到他们的内心，看到他们在他面前掩盖得不太高明的坐立不安、神情异常的行动，心里不禁窃笑。

高大、华美而有狭窄窗洞的礼车刚驶到瑶光殿的台阶前，车轮还没有完全停止滚动，宰相李处温早就带着一批大员从里面迎接出来。

一昼夜的辛苦，在李处温一向保养得很好的白皙肥胖的脸上刻画出憔悴劳累的神色。他脸上同时并且交替地出现了两种表情：对于接伴人员是严厉的，似乎他已经猜透他们的心思，看出他们的不满意，谴责他们不该过问不应当由他们过问的事情，这是在官场上、在上级对下级之间最经常出现的一种表情。对于南使马扩，则是殷勤的、含情脉脉的，仿佛在向他邀功道："你马宣赞呀！总该知道俺昨夜为什么弄得一夜没有睡好吧。人家给你办好了事情，你可不能过河拆桥啊！"

李处温的表情可以随各人的理解去理解它，反正他没有说话，没有明白表态，可是在他内心中确乎是这样想的。他非但不想在各自的对象面前掩盖这种表情，反而希望他们毫不含糊地理解此刻他对他们的这些想法。

这一切都在马扩的意料之中。

但是大大出乎他意料的是，接见仪式并不在典丽峤皇的正殿上举行（这瑶光殿原来是辽皇帝建造在南城、专作避暑之用的行宫。据马扩了解，昨夜皇后还在宫内举行御前会议，今天忽然老远地搬到这里来接见他，这分明是一种有意识、有计划的临时措施）。李处温把接伴人员和随从们截留在外殿上，那里也已经等待着许多官员和内廷宿卫人员。他们正在低声而急促地议论什么，他们的脸上也同样表现出一种已经听到什么、猜到什么、急于想揭穿秘密的迫切的神情。他们也希望从李处温的面色中找到这个答案。可是李处温看见他们时，只是傲慢地点一点头，自己带着马扩，一直走进皇帝和皇后的寝宫。这里本来是一间偏殿，临时布置成为卧室。偏殿原来也是宽敞和通风的，由于患了不治之症的皇帝特别畏寒，用了层层帷幕和许多架屏风把它分隔开来，使它的实际使用面积并不比一辆礼车大多少。因此在这个避暑的行宫里，反而显得闷热异常。

寝宫里的布置也有点杂乱无章，但这是一种有计划、有意识的杂乱无章，为了制造某种气氛，达到某种效果经过精心结构的杂乱无章。马扩一进门就看见高躺在寝台之上的秦晋国王耶律淳的正身。他额上包一块黄绸帕，用几只绣了龙凤的半新不旧的引枕垫住他的背脊，再加上几名宫女在旁扶持，好容易才使他可以勉强保持一个半坐半卧的姿势。在五月下旬炎热的季节中，他仍旧齐胸口盖上一条杏黄绫被。没有喝干净的药盏里还冒着热气，还有几碟蜜饯小食凌乱地摆在他右手可以摸到的茶几上，看来这个皇帝也像普通的老人一样喜欢吃点甜食。可是他的手用处是不大的，他只要努努嘴，熟悉他脾气的宫女们就会把他喜欢吃的小食直接递进他口里。事实上，在马扩进来以前的一刹那，就由宫女喂他喝了一盏参汤，希望依靠它的力量，使他能够在接待南使的全部过程中，提起精神来，保持比奄奄一息略胜一筹的神态。

关于耶律淳的健康状况，外面已经传说得很多了，要掩盖是做不到的。能够让马扩看见他的正身，能够让马扩听他讲几句话，用人为的和药物的力量，把他修饰得比本来的情况好一点，这已经是很令人满意的了。

一个带病的皇帝给一个从肉体到精神都是十分健康的皇后做出强烈的反衬。萧皇后的闺名叫普贤女，由于她的绝色，连带着使这个宗教气息非常浓厚的闺名也染上了一层艳丽的光彩。如果每一个有个性的人都可以用某一种颜色来象征他，那么没有其他的颜色比从雏鹅的嘴巴上刚长出来的嫩黄色更能够象征她的为人了。她曾经用这种艳丽的色彩蛊惑了朝廷里许多上层贵族，连天祚帝也曾用白居易的两句诗"回眸一笑百媚生，六宫粉黛无颜色"对她表示轻薄的赞美，并且经常利用各种借口把她召进内廷去，以便饱餐秀色。在他们那个阶层中，她并不以特别放荡出名，当然也不是一个女圣人。她懂得怎样利用自己身上的特点来获取她主观上希望得到的东西。这就弥补了她平庸的丈夫的弱点，而使他们这对夫妇成为辽廷内最华贵、最活跃、最有好名声的贵族夫妇。

现在，她完全摒弃了皇后的架势和排场，连一架珠帘也没有用上，就这样随随便便地坐在丈夫寝台旁边的一张椅子上，以一个家庭妇女的姿态出现在南使面前。这里不像是两个朝廷即将举行重要谈判的场所，倒像一个贵族家族招待朋友的普通的叙旧会。

虽然如此，这里并不缺少戏剧化的气氛。普通人在舞台上把自己打扮成帝王后妃，固然是在演戏，真正的帝王后妃由于某种需要，把自己打扮成普通人，也未始不在演戏。善于揣摩人们心理的萧皇后，利用主人的地位，把这里布置成为家常的环境，目的是希望用一种亲切的、家常的谈话来缓冲一场剑拔弩张的政治谈判。她要试一试自己柔和的力量能不能软化这一头她已经从接伴人员口里听得很多的初生之犊。

李处温把马扩引到帝后面前，耶律淳点一点头，忽然伸出舌尖，绕着嘴唇四周舐咂一下，似乎正在回味最后一口参汤的滋味，希望从那里汲取力量来应酬这个他根本不了解，但还是很怕与之见面的南使。他不过是按照别人的导演来演这幕戏罢了。萧皇后连忙插进来弥补他礼貌上的欠缺不周，她从座位上欠起身子来，回答了马扩的施礼，微笑地用纤指指一指她身边一张空椅子。所有国君接见使节的隆重的礼节仪式都蠲免了，这幕戏就是以这样的家常形式开场。

耶律淳被指定要说一套开场白。

"天祚帝蒙……蒙尘……以还，"他艰难地开口道，"兢兢业业。今且蒙贵大使莅……莅止敝地，渺……渺躬……不……谷……"他还用了一个介乎"朕"与

"俺"字之间的含混不清的声音继续说,"渺……躬深感盛德,只是朕……朕身染重病,皇……后……"

这段开场白在事先是经过教导、背熟并且演习过的。无奈耶律淳的确已病入膏肓,他心里一慌,就把它说得支离破碎,不成章句。特别是,他忘记了一个最重要的第一人称,于是他把汉书中读过的所有皇帝的自称都用遍了(像他这样一个高级的契丹贵族,从小就受过很深的汉化教育,读过很多汉书)。他记得起儿童时期读过的书,偏偏记不得眼前的东西。他绞尽脑汁仍然找不到一个折中于既要不失身份,又要表示谦逊的适当的称呼。幸亏他说到皇后,想到皇后是他的万应灵丹,于是他艰难地把脸侧向皇后一边,希望她来搭救他。他这样做不仅早已成为习惯,而且已成为他的本能了,凡是他办不到的事情,有困难的事情,都要求助于皇后,而皇后也确乎是万能的,听得懂他的一切有声和无声的呼吁,及时地、悄悄不露痕迹地挽救了他。这时她轻轻张开口,做了一个发音的示意动作。他突然省悟了,犹如绝处逢生一样,急急忙忙抓住它道:"是了,是了。就是这个'寡人'。"

一盏人参汤给予他的力量又重新回到他身上。他忽然精神振奋起来,比较容易地转向马扩,把这段用"寡人"这个事前考虑再三的不亢不卑的第一人称贯串起来的开场白重新全部地背诵一遍:"自天祚帝蒙尘以还,寡人身受朝臣军民之重托,践此大位。兢兢业业,深惧陨越。今蒙贵大使莅止敝朝赐教,实感盛德。怎奈寡人身染疾病,国事全由皇后主张。贵大使如有指教,请与皇后面谈,寡人无不奉教。"

他只有这段台词,说完了算数。接着就由皇后登场。皇后一开口就是和气迎人的,这不但从她的软弱地位出发,也因为她是一个具有丰富的生活经验的女人,她懂得一个最简单的道理:在柔和的滑行中可以减少事物的摩擦,而她目前的处境,的确禁不起再与别人发生一些摩擦了。

"宣赞来到燕京,已逾半旬,"她带着一个令人感到不仅是亲切的、还是十分诚恳的微笑说,"咱未能略尽绵薄,稍展地主之谊,心

★普通人在舞台上把自己打扮成帝王后妃，固然是在演戏，真正的帝王后妃由于某种需要，把自己打扮成普通人，也未始不在演戏。

里十分过不去。又怕接伴人员，未能领略咱的心思（这句说得特别轻声，表达了她千转万萦的思想未便明白告诉手下人的苦衷），多有亵慢之处，这就更增加咱的罪过了。"说着她就指指躺在寝台上的耶律淳，加上说："总为的是他的身子欠安，宣赞此刻亲眼看见了，想必一定能够见宥。"

"国王身体违和，事非得已。接伴人员，备极敬礼，国妃不必过谦。"人以礼来，我以礼往，萧后既然说得十分委婉，马扩也不能不客气一套。但他要紧的是办正经事，接下去就说："今日幸蒙国王国妃赐见，就请议论大计！"

萧皇后一点也不忙于摊牌，摊牌是要等候时机的，时机未到，她还得继续制造气氛。

她先把马扩上上下下打量了半天，发现马扩非常年轻。她从来没有看见过或听说过有这样年轻的使臣，这一点似乎使她很感兴趣。

"宣赞青春几何？"她用了家人般亲密的口气问，"椿萱可都茂健？"

"马某虚度二十五岁。托庇国妃，家父母都健好如恒。家父身膺王命，还参戎行，目前正在白沟前线督战。"

"督战"是一个带有敌性的字眼，但是萧皇后故意把它忽略了。她的嘴唇上抹着一丝微笑，假装没有听见那个词儿，继续问下去："宣赞雁行属几？可曾成室，育有子女？"

"马某排行第三，大哥、二哥与河西家战争时，都为国捐躯了。马某甫于今年春间成室。"

"总只为打仗交锋，"萧皇后忽然变换了一种深沉的调子，叹了口气，显然是在培养感情，"宣赞父子，勠力王室，或则慷慨捐生，或则沙场驰驱。累得高堂老母，望眼欲穿，又撇下新婚娇妻，深锁在清闺寂寞之中，虚度岁华。说起来，怎不叫人感慨系之！"

"马某致身国家，怎谈得到家室之乐！这番北上，跋涉山川，星驰电奔。区区私衷，只想解除贵朝军民倒悬之苦，兼为国王、国妃筹个久远安逸之计。劳倒不怕，只怕劳而无功，这才辜负了朝廷命使之意哩！马某只愿两朝军民都得到安宁怡乐，到了那时，还怕俺的一家一室不得安宁？"

"可不是好端端的，两家为什么又动起兵戈来？"萧皇后撇下马扩说话中的要点，蹙起蛾眉，哀怨地说，"咱和国主两个，早已横下了这条心，生死荣辱，都在所不计，倒也没什么可怕的。只是双方军民何辜，要他们宛转死于锋镝之下？"

皇后的话虽然说得婉转，说得冠冕堂皇，却含有对于北宋政府发动一场战争的严厉谴责。马扩生怕再引起她其他的议论，连忙拿出谕降书，说道："朝廷用兵，为的是光复河山，还我臣民。童宣抚特派马某前来，携有书函一通，要马某当着国王、王妃之面，宣读一过，国妃且请……"

"宣赞不必费神宣读了，"萧后连忙从他手里接过书函正本，阻拦道，"咱早已读过副本，这书函咱收起来就是了。"

6

序幕结束，正戏上场，萧皇后在她将要进入一个悲旦角色以前，早已储备了满眶的眼泪，略微带点颤动的声音和悲切的表情。如果没有这些储备，她就演不成这出悲剧。

"山河破碎，国事蜩螗，"这时时机成熟，气氛形成，她就惨然地开口道，"不想两百年铁桶的江山，一旦竟沦丧到这等地步。咱纵不怨天尤人，一想到这里，也不禁要吞声饮泣了。"

她说到"吞声饮泣"的时候，果真出现了一阵呜咽，使她的表情与台词完全吻合。然后她定一定神，忽然坚决有力地说："祖宗的家底都叫天祚帝败光了（她刚才还说不怨天尤人，马上就在怨天尤人了，可见她只要求说得动听，毫不在乎台词的矛盾。好在天祚帝已成为众矢之的，成为大家的替罪羊，现在把一切过错都推在天祚帝一个人的身上，这样措辞总是得体的），到头来，他只办得撒腿一跑，把千钧重担都压在咱夫妇肩上。国主多病，咱一个弱女子，又怎能只手回天，力挽狂澜？因此上与国主筹之再三，定了托庇大朝、称藩臣服的大计。夜来与李门下等文武大臣在御前会议中定下国策，即将布告全境军民知晓。今日特把宣赞请来，就为了把这个决策坦怀相告，一无隐饰。即请宣赞陪同秘书郎王介儒赍着国主与咱的手书，前去贵朝，一俟与童宣抚议定了归附条款，正式的降表接踵可至。两百年的江山，坏在咱一个妇人手里，将来青史分谤，责有攸归，如今咱也顾不得这多少了。"她略微抬一抬手，带着一个惨然的笑，祝贺马扩道，"宣赞此番北行，探骊得珠，大功告成，可谓不虚此行。"

虽然事前已经得知昨夜御前会议的决定，马扩却没有料到萧皇后会说得如此坦率、如此诚恳。她既明白声称托庇大朝，称藩臣服，准备派代表去议归降的条款，作为一个谕降使者的任务，确实可算是大功告成了。至于到军前去谈判，自然免不了还有许多讨价还价之处。他料定自己肯定要参加，也可能还有波折，为了免得将来节外生枝，他沉思片刻后，提出建议道："国妃度德量力，权衡形势，定了称藩降附之计，所筹极为得当。此举不特造福两朝军民，国王、国妃也当受祉无穷。马某谨向国王、国妃申贺。至于面议条款，贵乎当机立断。贵朝派去的使节，依马某愚见，何不就请李门下辛苦一趟。李门下德高望重，又最能仰体国王、国妃之旨意，童宣抚也久闻得他的名声。他去和童宣抚计议，双方谈妥了，一言立决，却不省得后来的许多拖泥带水，为小反而失大？愚陋之见，尚请国妃裁度。"

"宣赞之意，咱猜到了，"萧皇后忽然又变换了一个洞达世故的微笑，机灵地说，"宣抚莫非嫌王介儒人微言轻，大事做不得主？其实他是国主和咱的心腹，诸事多与他商量。昨夜御前会议中，他力持归降之议，厥功甚伟。如今委他去谈判，就可全权代咱两个说话，这一节在国书内已叙明了，宣赞尽可放心。李门下目前离开不得京师。一来，这个消息传开了，京中人心浮动，需他坐镇；二来，咱也不妨坦怀相告，李门下与咱哥四军大王及大石林牙等素不融洽，持论也多有不合之处。此去未免要经过军前，他们相见了，只怕又要滋生事端。"

萧皇后以非常有力和坦率的理由打消了马扩的建议后，怕马扩还有顾虑，索性进一步把一切都开诚布公地讲出来。"举境称藩臣服，这是何等大事？"她说，"国主和咱既定下此策，事非儿戏，安有反复之理！宣赞难道还信不过咱的心？这个不必猜疑了。只是夜来御前会议中，异议尚多。除诸文臣，咱已力折其议以外，凌晨又特降手书给四军大王和大石林牙，嘱他们遵旨行事，静候谈判定局，统率全军待命。他俩手握十万大军，咱的一纸手书，是否就能使他们就范，这个咱也不敢说得太定。大石林牙鹰扬虎视，不是善懦之辈。宣赞回去后，务要和童宣抚妥善计议，与王介儒磋商条款，使他们心悦诚服，面面俱到。千万不可操之过急，坏了大局。"

这句话是萧皇后今天与马扩谈话中的主旨，她特别把它说得郑重其事，还重复了一遍，然后说："俗语说得好，'困兽犹斗'，何况十万大军。不给它一条生路走，它岂不要猛搏噬人？再则，非是咱言语挑拨，这女真诸酋，得寸进尺，诛求无餍，贪婪暴戾，久已成性。不到亡人之国，灭人之家，决不罢休。国主和咱，宁可定策托庇大朝，誓死不降金朝，就是因为对它知之甚深。咱深恐女真昔日用以愚我者，将来就未必不施之于贵朝。依咱看来，贵朝未雨绸缪，也当预筹防御之计，才是谋国之道。倘得贵朝雄师与咱奚、契丹的十万大军联成一线，勠力同心，以御金人，北边才保得万全之固。咱献此曲突徙薪之计，非徒为保全我军，也是为贵朝今后的利害着想。献诚之初，兼表芹意，听凭贵朝裁度罢了。"

萧皇后委婉而坦率地说着这些话，说得入情入理、娓娓动听，把女性外交的作用发挥得淋漓尽致。但是马扩仔细一分析，感觉到她说的话还是很有分量，柔中寓刚，软里带硬，为未来的谈判先占了地步。她的最后一段话也很中听，与马扩平日持论相吻合，不能光看成只是为自己的军队谋生路，不禁在心里评价她道："这个女人心思缜密、理路清楚，真不简单!"

同时看了躺在寝台上的耶律淳，想:"她丈夫与她比起来，真是朽物一枚了。怎么赵龙图还说他当年也曾在战场上与金人较量过，虽未大胜，也得支捂一时。"

当马扩的思想转到耶律淳身上时，她又立刻猜中了他的心思。马扩贬低她丈夫，她却把丈夫抬到一个很高的地位。

"咱说的话，"她转过身体去，恭敬地问丈夫道，"可都是国主的意思?"

当他们长篇大论谈判国事的时候，耶律淳却一直躺着闭目养神，并且不时发出鼾声与好像有一把锯子在他气管上下锯动着的痰锯声相应和，很难说他是睡着了还是清醒的。

耶律淳已经走完他一生的道路，正向终点靠拢，他自己十分清楚地意识到这一点，而且不希望再发生什么麻烦事情来干扰他安静地走完这最后的一段路。这是所有一生安享富贵的人在垂危时共同的愿望。现在悬在他头顶上的个人生死问题占据了他的全部思想，至于他的妻子和别人那么关心的战争、和平、投降等问题，对于他都已经是无足轻重的。他好像一个参透生死关头、把思想转注到那个不可知的未来世的高僧一样藐视现在世的一切。可是他也不能割断尘缘，还要为妻子的利益尽些义务。

当他听到皇后的问话时，努力张开眼睛来，轻微地摆动一下下巴，表示他不但听到他们说的一切，并且自始至终都同意她的主张。他从妻子的表情中窥测出她不满足于他的领首示意，于是聪明地说了一句:"御妻之言，深合渺躬之意。"

那个好容易被他捕捉到手的第一人称，忽然又像泥鳅般地从他手里滑走了。他说完了话，才意识到这个，感到非常懊恼。他再一次困难地转过头来带着一点惭怍的表情窥视妻子。出乎意料，他从她那里得到满意和赞许的反应，证明他这句话说对了，符合她的要求。于是他随着她的高兴而高兴起来。夫妻一方的权威性超过了对方时，后者的喜怒哀乐不知不觉会跟着前者转移，这也是一种人生哲学。

在这幕戏里，除开头的一段开场白以外，还需要耶律淳对皇后的话点点头。人家把他的作用，看成一方御玺，好像他把妻子的作用看成一面宝镜一样。现在他不但领首示意，还聪明地发言认可了她的意见，那就不啻在皇后的降表上盖上了"皇帝之玺"和"大辽天子之宝"两方御玺，使它产生了法律效果，他的任务才算完成。

这里马扩看到手续已经齐备，大功告成，也就站起来准备告辞道:"国王、王妃之意，马某都已领会得。马某这就拜辞了，专候王中秘摒挡就绪，今夜即星驰回去。"

"且慢！"萧皇后急忙拦住马扩说，"宣赞且请坐下，咱还有话说。"

直到此时，萧皇后无论是声泪俱下地谈到国破家亡、举境投降，还是无限含蓄地提出谈判要求，或者是殷勤恳切地为宋朝献谋划策，这一切都属于国家大事的范围，出之以悲怆和庄严的表情，都属于正旦角色的戏。现在，她要谈到个人问题了。她忽然对马扩嫣然一笑，这是一种妓女式的媚到骨髓膏肓中的媚笑。它固然不符合皇后的身份，却与她现在的处境和需要相适应。身份不是固定的，它可以随着处境和需要的改变而改变。统治阶级的妇女到了不能够掌握自己的命运，必须委身给别人的时候，她的身份不知不觉地改变了，就会出现这种妓女式的媚笑，好像这个阶级的男人在同样情况下常会出现奴才式的谄笑一样。失败的统治阶级一般都不是死硬派。

萧皇后这时已经估计到归降后她个人可能遭遇到的两种命运，眼前这个年轻人在最后决定她命运时可能会起很大的作用，在他身上，应当预作伏笔。

随着这嫣然一笑，她又把自己的座位略为挪动一下，使它和马扩的座位更加接近一点。

"咱把宗庙、社稷、国土、军队一齐奉献给贵朝，"皇后用不需要让皇帝、宫女和侍从大臣听见的糯米般的柔声说，"咱夫妇俩的生命也一并奉托宣赞了，宣赞好歹要为咱做主。"

马扩立刻领悟了她的意思，也许认为这也属于谈判中的一个正题，她尽可以当作正式条件提出来，没有必要用她现在表达的这种方式来表达她的忧虑。当即正容回答道："国王、国妃举境投顺，建了不伐之功，本朝必有妥善处置。将来奕世富贵，可以预卜。马某来时，童宣抚再三嘱托要把这话与国妃讲明，国妃还有什么不放心的？"

"能够如此，倒也罢了。"萧皇后爱娇地继续说，"只怕事到临头，未必就能如此称心如意。宣赞好歹记住咱今天的这句话。"

"国妃怎地不相信马某之言？"

"非是咱不相信宣赞，只怕到了那时，身不由己。宣赞纵有心搭救，也怕是力不从心的了。"在发挥女性外交功能的同时，她也表现了女性的柔弱一面。说到这里，她向左右略略示意，有四名宫女从内室捧出两大盘光辉灿烂的珠宝，使得这间临时隔成、显得有些光线不足的寝室顿时变得光彩夺目，满室生春。单是那一对用整块翡翠镶成的卷边荷叶盘已是稀世之宝，更不用说盘里装着的那些珍宝了。

"宣赞来此不易，"萧皇后再一次用一个侍女劝觞、使客人非干下这杯酒不可的殷勤的笑劝说，"怎可空手而归？些许赆仪，聊表寸心，兼壮行色。宣赞过目了，咱即饬内监们送到行馆去。"她一边说，一边又解开颈口的排穗纽扣，从里面取出一串闪光耀眼、沉甸甸的珍珠坠领[1]说道："这串坠领，正好称为'骊龙串'，还是西洋琐里国的使臣赠予先帝，先太后御赐予咱，咱已佩了十多年。如今也请宣赞带回去赠予令正，留个纪念，不枉咱与宣赞结识一场。至于赠送朝廷与童宣抚、蔡学士等的礼物，咱已别有打点，托王中秘带去，不在此数之中。"

马扩一见宫女把珍宝搬出来，连忙推辞道："马某饫闻嘉猷，兼带得国王、国妃投顺消息，上报朝廷，实属满载而归。这金银珠宝，万万不敢领受，国妃留下转赐予别人吧。"

"国信使往来，常例都有赆仪相赠，"萧皇后听马扩说得决绝，不禁愕然道，"历来使节往返，两朝都是如此，宣赞何必固执谦辞？"

"心之所安，虽无旧例，也可创新立异。"马扩正色回答道，"心所不安的，纵有成例，马某也万万不敢祗领污手，国妃快请收回去吧。"

"难道这串坠领也不带去？这可是咱特意赠予令正留念的。"

"国妃馈赠，价值连城，只是山妻愚拙，别有爱好，这个也不带去了。"

"宣赞执意不收，咱也无法勉强，"萧皇后露出一个劝酒的侍女遭到拒绝时惭愧和失望的神情，叹口气说，"只是宣赞在取予之间，如此耿介，只怕咱到患难之际，宣赞也不肯说句公道话相保了。"说着，她又深深地看了马扩一眼，似乎有千言万语要说，一时又无从说起，最后只说得一句，"马宣赞呀！你可是个好人，临到那时节，你可不能坐视不救呀！"

"俺的公道话，岂可以用金银珍宝赂买得到的？"马扩略带一点愠色回答，"只要国妃初衷不变，持之以坚，你就是我家的人了。有谁敢凌欺于你，俺不揣微末，誓当挺身相保。国妃听了俺这话，总可放心了。"

萧皇后忽地把头上戴的冠子掀起一角，拔下一股金钗来。她戴的那种冠子与汉族妇女完全不同，成高筒形，这使她更加显得亭亭玉立。她当下把金钗用力一拗，折成两段，斩钉截铁地说："咱与宣赞言尽于此，如有渝盟，有如此钗。"

然后她迅速把自己的纤手伸过去在他手背上轻轻触了一下，又立刻庄重地把它收回来。这是她为了酬谢他的好意付出的最昂贵的代价，比一串珍珠坠领还要贵重得多。她强迫马扩接受了这件珍贵的礼物，她的动作是那么敏捷、干净，使他简直没有推辞的余地。

马扩带着在攻城战中被城上敌军投来的石子打中一下的不舒服的感觉，又一次站起来告辞国王、国妃，仍然由李处温陪同退出偏殿。在他们整个谈判过程中，李处温始终屏息伫立在帷幕的一侧，连大气儿也不敢出一声。因为他明白如果让萧皇后意识到他的存在，她就不可能这样舒卷自如地演好这出戏了。做大官儿的秘诀是：在某些场合中需要让人感觉到比他的实体更大的存在，在另外一些场合中又要使人忘记他的存在。李处温不愧是个炉火纯青的官僚，他已能很恰当地掌握这两者的分寸，缩小或延伸他的实体。

他们一起退出偏殿时，萧皇后仍然不肯放过最后一个表演的机会，她款款地下座亲自把马扩送到偏殿门口，为辽、宋外交史上开一个从未有过的先例。她最后还留下一个楚楚动人的表情跟马扩道过别，这才慢慢地阖上偏殿的双扉，结束了这一幕悲喜剧。

当天晚上，马扩就带同辽政府的谈判使节正使秘书郎王介儒、副使员外郎王仲孙一行人乘着驿车南返。

第十六章

1

与萧皇后在瑶光殿向马扩洽降同一天的晚间,辽政府的军事首脑四军大王、知北院枢密使事萧干与前线都统耶律大石也在白沟前线举行一次同样重要但在内容和结论上恰恰与之完全相反的谈话。萧皇后与马扩谈的是化干戈为玉帛,耶律大石和萧干的谈话正好是勾销了前者的成果,变玉帛为干戈。

前线副都统、牛栏军监军萧遏鲁把耶律大石的建议送呈萧皇后的第七天,萧皇后否决了这个建议,给予正式的明旨,要萧干督同耶律大石准备全军降附宋朝,以观后衅。派往宋朝去的谈判使节王介儒即日首途前来军中,要他们提出军队方面的具体要求,以便王介儒带去与对方磋商。

萧遏鲁不但带来了皇后的手书、令旨,还带着激动的情绪把昨夜御前会议争论的经过和结果分别向萧干和耶律大石汇报。他本人是主战派,对会场上李处温积极鼓吹和议,萧皇后又毫不掩饰地加以支持,感到十分愤怒。

对于萧干来说,现在的问题是简单化了,不是接受皇后的命令,准备全军投降,就是违抗她的命令,拒绝投降。要么为瓦全之计,要么宁为玉碎,两者必居其一。王介儒和马扩即将来到,他们必须在使节们来到之前做出决定。萧干听了萧遏鲁的汇报后,立刻派人去把耶律大石请来,以便听取他的意见,预筹应付之策。

四军大王是辽政府最高的军事长官,是耶律大石的上级,但是萧干不仅一贯尊重耶律大石的意见,并且在不知不觉之间,反而听从他的意见,甚至服从他的指挥。因此在前线实际居于举足轻重地位的不是萧干,而是耶律大石。

萧干不是一只温驯的绵羊,有时他暴跳如雷,简直是一头怒吼着的雄狮。他也不是轻易肯把自己的权力交出的人。他之所以尊重耶律大石,固然因为他们二人在事实上对掌着奚、契丹的军队,后者的实力虽然在辽金战争中消耗了四分之三以上,但在绝对数字上仍然超过前者,同时也因为耶律大石一贯表现出来的才能、勇略和个人气质等方面,都有着使萧干十分折服的地方。

作为一个自然的人、生理的人,一般说来,身体的各个部位和器官,基本上都发育得相差不多,只有极少数的人才是病态和畸形的。作为一个后天的人、社会的人,由于各种社会因素的作用,人们的智力和才能等方面的发展可能是不很平衡的,有时甚至是大相悬殊的。萧干虽然长得躯干颀伟,体魄健全,通过长期的战争生活，也锻炼出一副喑哑叱咤、万人辟易的嗓子，一双善于抢刀舞剑、挽弓射生的手，只是他的头脑组织，没有相应地跟上去，特别是遇到重大问题，他的思考力、分析力、理解力、判断力都显得相当贫乏，需要把别人的脑子装进自己的头颅内，才能成为一个整体的人。总之，他不是一个统帅之才，如果不是依靠国舅的地位，他绝不可能被任为全军的统帅，这是很明显的。

对于他妹子皇后的这道令旨，他自己没有立刻接受或拒绝的明确意见。这对他确乎是个难题。

他们辽的第一代皇帝耶律阿保机娶的述律后就是奚族人。奚本来也是契丹的同盟部落，在军事实力上仅次于契丹而居其他各族之上。述律氏后来改成汉化的萧姓。耶律阿保机为了平衡两族之间的势力，在他建国之初，曾经明白誓言，他们契丹族耶律氏要世世代代做这个朝代的皇帝，而他们奚部落的述律氏（萧氏）要世世代代地做这个朝代的皇后，使两者永远保持亲密的亲戚关系。二百年来，耶律氏果然没有违背这个诺言，这使得他们奚族萧氏与这个朝廷有着休戚相关的血肉联系。何况他手握重兵，身为统帅，要不经一战就束手降人，这是他决不甘心的。

可是要违反皇后的命令，拒绝投降，这对于他也是不可想象的。经验告诉他，在政治上，他的妹子要比他成熟得多。并不是依靠她哥哥的关系，妹子才当上皇后，而是依靠妹子的力量，他才当上四军大王。他的利益，过去是，现在也仍然是依附在妹子身上。拒绝她的命令，就无异于割断自己的政治生命。此外，他狭窄的脑袋里也想不出拒绝投降，冒险与宋人决战，万一战败了将会出现怎样的后果，他们今后还能有什么出路。

这一切都不是他的能力所能答复的，他只好像往常一样把他的诸葛亮请来，问计于大石林牙，听听他的意见。由于事关重大，连他们的重要副手萧遏鲁和萧斡里剌两员大将也没有邀来参加密谈。

耶律大石是当时包括宋、金、辽三个朝代的统帅部中最杰出的人才，是契丹族在十年艰苦的辽金战争中锻炼出来的优秀领导人物——失败的战争和胜利的战争一样可以锻炼出人才，如果他们能够从失败中吸取经验教训。有些人能够顺应时势的发展，采取及时的合适的措施去收割已经成熟的作物。有些人处于不利的地位中能够面对现实，暂时收敛起自己的羽翼，静候时机，把损失和灾难降低到最小限度，以待再起。要做到这些，已经不容易了。但是还不够，第一流的人才更加能够发挥他的主观能动作用，打开局面，化不利的处境为有利，使自己从被动地位转入主动。这不是依靠偶然的机会，而必须全局在胸，有一系列缜密的考虑，合乎实际而又坚定不移的自信以及不为时俗、潮流所左右的卓越的见解（当然每个人的能力都有限度，他们的见解和思想都不可能不受到社会的制约，而远远地超过一个时代的总体水平）。

耶律大石就是这样一个优秀的领导人物。

他听了萧遏鲁的汇报，经过分析研究，全面考虑了局势，迅速做出自己的结论。然后应萧干之邀，一同去商量大计。他几乎有百分之九十九的把握，可以说服萧干同意他的主张。但也作了万一的准备，如果萧干坚决不听他的话，他就自己干。

他微微瘸着右腿，走进萧干的机密房。从娘胎里带来的软骨病，使他从孩提时期开始，就成为一个瘸子。这天生的残疾几乎使他想放弃军人生涯，做个文官终身。他中了进士，并且做到翰林承旨。契丹话称翰林为林牙，他被普遍地尊敬地称为大石林牙。但是多难的时局，仍然把他送回部队去。他用了惊人的毅力，忍受极大的痛苦，最大限度地克服了这种残疾。现在他不但锻炼得可以像普通人一样走路，还能比普通人更矫健地骑马作战，只是在快步疾趋时，不免要露出一点与肉体做痛苦斗争的痕迹，蹙起那两道浓黑的眉毛。

他听了萧干的发问后，就以一种冷静的自信，毫不犹豫地回答道："朝廷屈膝，果然不出俺之所料。大王既然问计于俺，依俺之见，不必理睬朝命。只今夜俺和四军全军渡河掩击宋军，必可获得全胜，重固疆圉，然后再定重振乾坤之计。"

"今夜就渡河去掩杀，"萧干骇然问道，"难道林牙调兵遣将，早已准备有素，有了把握吗？"

"为将之道，随时都要准备好攻守之计，"耶律大石坚定得好像一块岩石，他说，"俺对此早有忖度，只要大王一声令下，几个时辰内，就能发动掩击。"

"掩击宋军，林牙保得定必能取胜吗？林牙对此可有胜算？"

这是一个愚问，没有一场战争可以在事前打百分之百的包票，保证必胜。但为了提高他的信心，耶律大石还是作了正面的回答："背城借一，我军人人怀必死之心。宋军远来不战，锐气已自折尽。童贯、蔡攸阘茸无能，愚不知兵，俺视之犹如草芥。就是种师道也是左右掣肘，力不从心，无可作为。我以哀兵临敌之骄兵，无有不胜之理。如无胜算，俺怎敢向大王贸然献此掩击之计？"

"即使掩击得利，宋人可以济师重来。"萧干心里已自有些活动了，但为了表

〔一〕中亚诸国的统治者称为算滩，也作算端。明人译为锁鲁檀，都是苏丹一词的异译。

示自己的独立思考能力，有意要找出一点反面的理由来，"我军全军在此，一胜之后，难乎为继，林牙可见到这一招？"

"我军固全军在此，宋朝的精锐，却也只此西军一军。打败了它，大局自定，还怕它有什么后续力量？"

"就算我军能击败宋师，"萧干点点头，继续找出反面理由来，"如今云州及周围之地，全被金军侵入。我凭着这燕州弹丸之地，又怎能与金帅相抗衡？"说到金师，这个胆大心粗的萧干也不免有些凛然变色。

"大王休得如此气短，"耶律大石用目空一切的气概为萧干打气道，"我军能击败宋军，士气大振，焉知就不能抗衡金师？总之，事在人为，只要有了决心和勇气，天下哪有不可为之事？千万不可先折了自己的锐气。"这时耶律大石双眸燿燿，神采飞扬，他已经目光如炬地看到一片更加广袤的天地、一条更加宽阔的出路。在残辽的贵族中，没有一个人像他想得那么深远，他似乎已经掌握了今后几十年历史发展的趋势，描绘着那一幅新生道路的前景。他说："就算咱们放过中原这块土地，让宋、金双方作鹬蚌之争，大王可知道黄河以西，大漠以北，还有一片广大无垠的草原？当年突厥人、铁勒人、薛延陀人都曾在那里牧马放青，今后正是英雄们龙争虎斗之处。我们只要保得住这支军队，占有那里之地，以逸待劳，还怕金人怎的？再则葱岭以西还有回鹘诸国，什么乞尔吉斯、塞尔柱克，什么寻思干，去过那里的人说它们的算滩〔一〕都是疲惫无能，积弱已久。这几年倘非我朝多事，俺早想统一军问鼎于彼了。如今真到了万不得已时，咱们也可率此全军，横绝大漠，直趋天西。极目苍穹，茫茫乾坤，出路正宽。安见得天下之大，就没有我辈立足之地？俺奉劝大王也要开阔眼界，千万不要被燕云一隅之地囿了自己耳目！"

这些话都是萧干闻所未闻的。其实他也来自草原，在那广阔的天地中扎下很深的根，只是多年来在中原过的贵族生活把他身上的泥土青草气味冲刷掉了，他的耳目受到堵塞，他的胸襟变得狭隘。如今耶律大石的一席话，不觉引起他的雄心壮志，使他勇气陡增。

"林牙说得如此气壮山河，俺听了也自开阔心胸，长了志气。恨不得身长双翼，飞到天西漠北那片广袤天宇中自由翱翔，鹰击鹊突。"可是他毕竟是障碍重重的，一时还舍不得目前这个锦衣玉食、雄踞虎帐的生活地位，当他的思想一回到现实世界，就又不禁气馁起来。这时他又不得不想起他的衣食根子皇后妹子。他继续说下去时，不由得把调子降低了："只是朝廷与宋使已有成约。俺等一动手打起来，岂不使国主、皇后失信于人，坏了朝廷大计？"

"大王这话还是鳃鳃过虑。"大石林牙豪爽地笑起来。"岂不想到和议不成，还有一个朝廷，和议若成，举国降人，举动不得自由。到了那时还是什么国主、皇后、四军、林牙？大家都做了宋人的阶下之囚，还有什么大辽的江山社稷？此事俺日夜筹思，虑之已熟，不管大王下不下令，俺已下定决心，只今夜就要拼死出击。一战得胜，这是祖宗之灵、社稷之福，大家都得到好处。万一战败，俺拼着捐此微躯，"他左手按住剑鞘，右手做一个拔剑自刎的姿势，加重语气道，"尽忠朝廷。这一遭出兵掩击之计，皇后、大王都可推在俺耶律大石一人身上，与你们无干。那时要战、要和、要降，就悉凭你们做主了。"

耶律大石这番话说得意气风发，热血沸腾，萧干也大受感动。

"既要发动掩击，自应由俺负责，岂可令林牙独自承担罪过？不然，俺夔离不还成什么人？"这时，他也已下了决心，猛击一下桌子说，"林牙既有准备，今夜俺们便动手。林牙指挥东路，俺亲自指挥西路，两头并举，务要把种师道打得落花流水。只是俺那亲妹子呀！为了宗庙社稷，俺可顾不得你了。"

亲妹子皇后是萧干思想中的最后一道障碍，耶律大石还得花些功夫把这道障碍扫除了，才能使萧干以全力投入战斗。一个统帅的决心是耶律大石要想打赢这一仗必须争取的条件，何况他直接指挥的奚军，也是临敌决战中的一支强大力量，他们只听他的命令。

"发动掩击，正是为了保护皇后圣驾，四军怎的把话说颠倒了？"接着他危言耸听地说，"大王可知道朝廷内的汉儿们，正要借和议为名，邀取富贵，断送皇后咧！"

"岂有这等样事！"萧干愕然地说，"汉儿们身为朝廷大员，久食我家之禄，怎能见异思迁，无良至此。林牙这话，可有根据？"

"俺没有真凭实据，怎好在大王面前信口胡说？大王看看这封信函就明白了。"耶律大石从怀中取出一封书函，略作解释道，"大王可知道十年前逃亡南去，尽输我朝虚实，卖国叛主，目前正在童贯身边参谋军事的赵良嗣是谁？这个赵良嗣就是李处温的嫡亲表侄，曾为光禄卿的马植。马植在我朝时，内行秽恶，不齿于人，不承想一头钻进童贯的门路，做到南朝的龙图阁学士。这封书函是俺在前线，从两个潜入我境的汉儿身上搜获的。这马植叛国求荣，姑置不论，谁想那李处温身为国家柱石，十年前就与马植勾结一起，沥酒设誓，意图叛国。这书函里面不是写得明明

第十六章

1

白白？”

"这厮们如此可恶，真该碎尸万段。"萧干读了信，不禁咆哮如雷道，"林牙早已搜得它，怎不送呈皇后去告发？"

"俺职司军务，未便过问朝廷政事。况且皇后亲信李处温，凭着这一纸书函，也未必就能治倒他！"耶律大石极力抑制住一个已经出现在他口角边的微笑，保留了一句在任何情况之下都不能向萧干明说的话，反而一本正经地说，"如今事实俱在，大王看了信，按图索骥，就可知信中所说的都非虚言了。"

"怪道萧遏鲁回来说，在御前会议中，李处温力主和议，"萧干忽然变得聪明起来，这是把一块糖糕放得手边，让他自己抓起来吃的婴孩式的聪明，"想必是这番宋使马扩晋京，又搭上了李处温的关系，才能荧惑圣听，达成举国降人之议！"

"大王所策甚是。"耶律大石像夸奖一个能够用自己的手去抓糖糕吃的婴孩一样夸奖了萧干，然后他又故作惊人之笔地说，"宋使马扩大胆，胆敢派人混进宫禁去勾结李奭呢！"

"这还了得！李奭掌管着宫禁宿卫，他和宋使勾结一起，岂不要危及圣躬！"萧干骇然问道，"这样的机密事，林牙怎生知道的？"

"这个俺自有办法，大王不必多问了！"

"林牙洞烛一切，无所不知。可知道左企弓、康公弼等汉儿可曾与他们伙同一气，密谋叛国？"

"左企弓、虞仲文、康公弼一伙别有打算，他们早与金人勾勾搭搭，书函亲信，私下往来，已非一日。大王没听萧遏鲁说，他们在御前会议中力主降金吗？"

"降宋可恶，降金更为可恨，总之是'非我族类，其心必异'，"萧干越想越气恼，不禁双脚直跳，恶狠狠地骂道，"这厮等如此歹毒，不念朝廷对他们多年豢养之恩，一有风吹草动，就想出卖宗庙社稷。如此负恩之人，猪犬不如，留着他们何用？"

"祖宗手里，只让汉儿们当南面官，管些没要紧事。"耶律大石索性再激他一激，把这篇文章做得淋漓尽致，"谁料到近年来，狐鼠横行，窃据要津，擅与庙议，颠倒过来掌握俺等的生死大权，绝了国家的命脉。大王想想，如果让此辈狼子野心得逞，国主、皇后还有葬身之地吗？俺力主出击，还不是为了保护可敦[1]圣驾的安全。"

耶律大石故意用了一个契丹词来称呼皇后，表示他对皇后的忠心耿耿和对汉儿们的深恶痛绝。萧干果然霍地站起来，一声怒吼，犹如一头猛兽在林樾之间嘶鸣，使得整个山谷都震动起来。他紧握着拳头，很快地在密室里环行，似乎要把这些卖国贼都放在拳头里捏个粉碎。萧干的理智是属于别人的，他的感情也受到别人的操纵，只有力量才是他自己的。在他的铁拳下，一切都可以变成齑粉。

"明日宋使马扩来到军前，"他愤然地发令道，"就传俺的将令，把他杀了。王介儒一行都扣押起来。然后回戈京师，要在两日之内，尽诛鼠辈。斩草除根，绝了内应，才叫俺夔离不出胸中一口无穷之气。那时再定出兵掩击之计。"

耶律大石交替地使用理智和感情两根鞭子，驯服了这头威猛的狮子，完全达到自己的战略目的。但是掩击宋军是他的主要目标，今夜就动手出击，是他选择的最合适的时机，这两点万万不能受萧干一时冲动的干扰而改变。他劝萧干冷静下来。

"大王何必忙在一时？"他自己也显得十分冷静地劝告道，"这许多汉儿岂是一时杀得尽的。李处温俺早已派人监视了，还怕他飞到天上去？处置他们的事，等击败了宋军再说，此刻要紧的是部署午夜后出击的大事。"

"刚才不是已与林牙商议定当了，西路出兵，都包在俺夔离不身上。这统筹全局、左右策应之事，就烦林牙代俺操心了。"

形势决定了萧干不得不把全局的指挥权交出来。耶律大石当仁不让地慨然说道："既然大王以指挥全局之事相畀，俺责无旁贷，大王快把萧斡里剌召来，待俺向他发号施令。"

这时已接近午夜。

这场简单的谈话，好像一阵隐隐的雷鸣，从远处滚来，成为一场血战的前奏曲。隔不多时，它就把战争的暴风雨带来了。

2

五月二十六日丑初到卯初之间，经过半夜准备的辽军（或者说得正确些，始终处于紧急备战状态，随时准备出击的辽军）行动起来，在东起兰沟甸、西迄范村，绵亘四十多里的沿河阵地上，选择了七八处渡口，先后渡过白沟河，发起全面攻击。

这是一个晴朗的、标准的北方炎热的日子，但在太阳还没出来前，沿河地区不时吹来一阵阵凉意袭人的风。夜，好像一块没有完全收拢的黑暗的幕布，始终透露出一线亮光。一队队辽军在那神秘的、透着亮光的黑夜里，越来越多地从原来驻扎的营房里拥出来，集中到指定的渡口去。他们兴奋地准备渡过这一条他们渴渡已久的界河，大战一场。

虽然绝大部分的辽军都有着出击的思想准备，虽然耶律大石的军事计划经过缜密的考虑和紧张的部署，在实施过程中，大家都力求按照计划，有步骤有秩序地正确执行，可是他们仍然做不到这个。因为任何一场战争都不可能像建房子那样，按照预先绘制的施工图就能精确地建造起来。各式各样事前难以预料到的因素，阻挠和改变了原定计划，使它无法全面、正确地执行。有的队伍在做好一切准备工作以后，忽然又发生新的情况，推迟了出发的时间。有的队伍在顺利前进中被其他交叉行进的队伍阻挡了去路，不得不在混乱中停下来等候。应当集中到甲处渡口来的部队，由于在黑暗中迷失了道路，随着别人的队伍集中到乙处渡口来了，两个队伍并在一起，变成一支强大的攻击力量。原来指定的丙处渡口，忽然发现事前没有估料到的障碍，部队自动转移到原定计划中没有的，而且确比原定计划要好得多的丁处渡口待渡。他们未经请示上级，因为他们找不到上级在哪儿，他们也没有接到新的命令，因为上级也找不到他们，不了解他们对计划的实施情况。大家遵奉着比计划更有权威性的当时当地的实际情形，通过大众与个别人的意志，临时做出决定和修改，兴高采烈地准备渡河。

按照计划在何时何地渡河作战，这还是次要的，大家兴高采烈地准备渡河作战，这才是最重要的。耶律大石作为全军的统帅，其重要的贡献不在于制订出这样一份出击计划，而在于他了解、掌握、培养、扩大了战士们的这种情绪，并且把它集中使用在突然的一击上。正因为如此他才能把握胜机。

但这不是说作战计划就不重要了。

计划没有被精确地执行，而且事后证明，被临时修改的计划的大部分都比上级原来规定的更加符合实际，更加具有实施的可能性，但它毕竟是自发的，不是出于领导者的统一意志，没有经过全面平衡。因此在渡河之初，各处渡口都出现了不是耶律大石事前估计到的程度不等的混乱，这给予宋军以可乘之机，但是辽、宋双方的战士都没有意识到这一点。骚动的辽军一心只想渡河去攻击宋军，没有想到自己也处在被攻击的危险中。防守的宋军很早就发现有大批辽军从后方出动，集中到河沿来准备渡河，有的已开始渡河。防守部队急忙把这个警报一层层地转报上级，自己守住阵地。眼看辽军的活动越来越频繁了，却没有采取任何阻击行动来阻止敌军的渡河。

这是因为他们已经丧失了战斗意志。

假使宋军是士气旺盛的，是坚强的，假使他们处在一场常规化的战争中，那么不待上级命令，任何一个中下级的军官、任何一个战士都会利用辽军渡河前和渡河中的混乱情况，毫不犹豫地、主动地、痛快地出击了。这在有名的《孙子兵法》中叫作："兵半渡而击之。"战争的实践证明这是一个有益的经验，在大多数情况下，可以收到预期的战果。即使没有读过兵法的战士，从实践中，也都懂得掌握这个有利时机出击，化自己的被动地位为主动地位。

但是目前的宋军远非如此。他们中间的大多数人都处于萎靡不振的精神状态中。他们机械地执行任务，在规定的地点巡哨，在规定的范围中发射旗榜，到了规定的时刻收队、接班，这一切都是上级要他们做他们才做，与他们自身的痛痒无关。使本来应该与战争的命运息息相关的战士们变成这样麻木不仁，这是一个蹩脚的司令官从反面发挥的最大效果。宣抚司一道荒唐的禁令，李孝忠事件的处理，给予战士们的心理打击实在太巨大了，他们已经丧失过河去一击的信心和决心，虽然到了如此必要的时刻，他们仍然鼓不起和敌人拼一拼、同归于尽的勇气。

不仅士兵如此，中上级的军官们萎靡更甚，听到这样紧急的警报，他们也是心中无数，都怕负起责任来。他们唯一可行的就是把情况上报，把责任迅速往上推，等候更高级的军官决定他们的行止。

士兵们都挤到河边来，利用拂晓前越来越明亮的天光观察辽军的动静。他们指指戳戳，大声地议论、叫嚷，互相转告他们看到的辽军的动向，好像他们是一群隔岸观火的旁观者。这时辽军忙于渡河，也并不急于要把这批对他们并无妨碍的宋军消灭，因此在真正的战斗开始前，双方似乎保持着不仅不是敌对的，而且还是互不侵犯的友好关系。

"这一彪全是骑兵。"著名的"千里眼"说，他是最初发现辽军活动，第一个向军官汇报，并且奉命留在原地上继续观察对方动静的士兵，因此拥有最高的发言权，"后面又一队接着一队地跟上来，都是披铠戴甲的，好不威武！"

"听他们铁甲铮铮，马蹄又跑得啪嗒啪嗒的，想是从燕京直跑到这里，一夜工夫，把它们跑得黄汗直流、白沫满口。"一个"顺风耳"补充了千里眼听不见的声音，并且毫不怀疑从声音中听出这支部队是从燕京跑来的，他似乎还听见辽皇帝坐在燕京城里金銮殿上正在发号施令的声音。

"远迢迢地从燕京调来了军队，把他们的老家底都搬出来用上了，可知今天要在这里大干一场。"

从燕京搬来的骑兵，这个结论，已经得到大家无条件的公认，有人问道："燕京离这里有几程路？"

"好像东京离这里一样远近。"

"远在天边，近出眼前，"顺风耳为了保卫从燕京来的结论不受攻击，马上补充道，"从这里渡过白沟，再渡过一条混同江，走过蓟州、临潢府，这就到了燕京府，比咱们的东京要近得多了。"

"他们一不敲锣，二不打鼓，"千里眼故意问道，"尽在'呜嘟嘟''呜嘟嘟'地吹着什么？"

"这叫作'海螺'嘛，"顺风耳对一切音响都有渊博的知识，"俺识得这个东西。在西北战场上，河西家不用这个，只用觱篥。"

"这不叫海螺，"千里眼幽默地笑起来，"叫作法螺，你老兄刚才吹的什么混同江、临潢府，吹的就是这个大法螺。"

"你听他们'呜嘟嘟''呜嘟嘟'地吹得这样好听，"另一个吹得更大的法螺的士兵插嘴道，"这吹的叫作《昭君出塞》。你们可知道有个头戴大红兜、身骑银鬃马的王昭君，停会儿还要弹着琵琶，前来犒赏军队呢！"

"哪里是什么王昭君？这一回想是他们的什么萧观音亲自从燕京跑来犒赏军队了。看看这个观音娘娘，今天大家要开眼界了。"

"呸！"一个士兵吐一口唾沫，故意做了一个鬼脸，夸张地说，"俺听了你的话，真道是萧观音来了。张眼一看，谁知道只看见一个长着锅底脸的黑大汉，骑着乌骓马在河沿岸跑来跑去，好不丧气！"

"兄弟们休得胡噪,"负有正式使命的千里眼忽然一本正经指着对岸说,"大家看那拖到河滩边上来的黑黝黝的家伙是什么鬼东西?"

"一条船。"

"俺跟你打赌,没边没缘的,是一条筏子,哪里是一条船?"

"那边不是又拖来了几条筏子?看样子他们想扎起一座浮桥来,"千里眼又指着那边说,"好兄弟,烦你的飞毛腿,跑到都头那里去报告一声。"

"又是全身披挂的人,又是全副兵装的马,凭着这几条筏子,就能把这许多人马都渡过来?"有人替辽军操起心来,唯恐他们渡不成河。

"别小看了筏子。咱们大军渡过黄河时,那里的河岸高、河身宽,河水又急。凭着几只皮筏,几个来回,就把咱们都渡过来了。怎见得番子们就不能用这木筏渡河?"

"那砍去了头的牛皮,是要吹足气,扎缚起来,才能做成筏子渡人的。"这一位也对法螺专家开起玩笑来,"老哥吹得好大的牛皮,当年倘非老哥去吹,别人哪能吹得这样气足!"

"可不是全靠俺吹胖了牛皮筏,才把你载渡到这里来看锅底脸的黑大汉,今天算你小子的运道高,天没亮就碰上丧门神。"顺风耳顺水推舟地进行反击。

"那里不是有几条船驶来?"有人高声地喊起来,好像发现一片新大陆。

"怕什么,俺看鞑子们笨手笨脚的,就是撑不动船。你看过了这半天,才驶得那么一小段路。"

"北人骑马,南人驶舟,真是各擅千秋。"有人感叹地说。

"他们连人带马,共有六条腿,俺爹娘只叫俺长两条腿。停会儿交起锋来,俺的两条腿倒要和他们的六条腿较量较量,看看谁强谁弱。"

"交锋"这个词儿才使他们比较清醒地回到现实世界,想到这场"交锋"的一个方面可能就是他们自己。

在河边作"壁上观"的士兵们,亲眼看到敌军准备渡河,即将渡河,正在渡河,没有一个人怀疑他们渡河过来的目的是要进行一场厮杀。他们中间也很少有人想到自己首当其冲,马上就要成为厮杀的一方。因为他们在思想中没有战斗的准备,他们的上级没有让他们准备好随时迎击来犯之敌。他们没有以一矢相加,阻止辽军渡河。他们不知道这场大厮杀将以怎样的形式开始,将以什么结果收场,特别不清楚在这场混战中自己应该做什么,怎样来发挥一个战士应当发挥的作用。似乎这一切都要由上级来决定，而上级之上还有上级，说不定要等到官家下一道圣旨，才能决定他们是否可以挺身迎击。这一切都是十分遥远的事情，他们还来得及在河边上打三个瞌睡。他们就是在这样谈笑风生中白白浪费了最宝贵的一个、两个时辰的。

等到种师道、种师中、王禀、姚平仲等高级将领看到形势不妙，临时做出还击的命令，亲莅前线督战时，时机已经太晚，辽军已在大部分的渡口渡河成功，形成燎原之势，大局糜烂，不可收拾了。

这是士兵的失职吗？这是中下级军官没有尽到他们的责任吗？不！他们都是宣抚司错误决策的牺牲者。宣抚司的错误决策，现在受到应有的惩罚了。即使这样，即使辽军的攻势已像潮水般地涌来，也没有任何历史记载说到当时身为宣抚使的童贯听到紧急的战报时有过什么思想活动，下令采取什么应变的措施。

3

　　从出击的辽军一方来说，攻击的重点放在耶律大石的东路。萧干和萧斡里剌指挥的奚军的西路开始攻击的时间要晚一些，在整个战役中只起配合作用。

　　耶律大石在东路要碰上的敌人是西军主力，种师道、种师中亲自率领的泾原军、秦凤军和姚平仲率领的熙河军。耶律大石的想法是打败了主要的敌人就可以取得全局的胜利。东路的主要战场，他选择在兰沟甸一线。兰沟甸河面宽阔，中流有三四丈深，人马涉渡往来都有困难。他之所以选择这个条件并不太好的渡口，原因是他自己的东南面都统指挥所就设在兰沟甸河北的韦家营，杨可世的东路军指挥所就设在兰沟甸以南的南塘洼，两者距界河都不到十里路。把这里作为主力决战战场，组织、调拨自己方面的人马和集中歼灭敌方的主力都比较容易。

　　战争有时要避坚攻瑕，首先挑选敌方的薄弱环节来攻击；有时则相反，先集中全力与敌方的主力硬拼，突破了这一关，其他部分就可以迎刃而解。在这两种不同的战略方针中采取哪一种，主要是根据当时当地的具体条件来决定，但与指挥者的决心、作风以及他的指挥艺术也有关系。耶律大石运筹用兵好像一个大赌徒，他宁可使自己全军覆灭，也要把他可能筹集起来的大部分赌注全部押在一笔足以使对方倾家荡产的输赢上，不大胜，则大败。因为他明白这场战争的性质就是背水决死的死战，要么战胜了，找到自己的生路，要么战败而死。第三种选择是没有的。

　　耶律大石进攻的矛头，一开始就指向西军的精锐杨可世所部布防的阵地。

　　杨可世最初听到警报后，立刻做出坚决和紧急的决定。他派出传令官传令所有沿河的部队一律坚守阵地，主动出击，不准放敌军过河。他调动第二线的后续部队开到比较薄弱的第一线去参加作战，预备队全部开进第二线去填防。一面派兄弟杨可胜驰往统帅部要求认可这些临时措施，并要求种师道立刻率领全军投入前线，全面策应还击。他不仅没有慌张，反而带着十分欣喜的心情，希望事态扩大，把全军投入战争旋涡，迫使统帅部欲罢不能，迫使宣抚使也不得不在既成事实面前屈服。

　　杨可世力求一战的决心和耶律大石如出一辙，但他既没有后者的权力和魄力，又不幸处在被动地位上，因此这些虽然合理、正确但为时已晚的措施，没有收到预期的效果。

　　杨可世下达了这些命令之后，不待统帅部和宣抚司的回音，就同偏将高世宣、马颜傅、吴革等人率领他自己的五百名亲兵迅速驰往兰沟甸前线。警报虽然从沿河防线上纷至沓来，但他直觉地判断出最剧烈的战争一定发生在兰沟甸的渡口，他毫不犹豫地向那个方向驰去。五百名亲兵是杨可世长期亲自训练出来的部队核心。他们似乎是用战争的筛子一再筛过，筛剩下来的精锐中之精锐。它在西北战场上转战数千里，声誉卓著，是一支使西夏和诸羌族军事领袖一听到它的名字就要心惊肉跳，千方百计要想包围它、消灭它而不可能的中坚部队。

　　杨可世的行动是迅速的，可是耶律大石的部队行动得比他更迅速。杨可世驰抵前线时，看见自己方面的防河部队挡不住敌方勇猛的进攻，正在纷纷撤下来。第一线的长官统制官刘正彦本人也是一面抵抗，一面后退。辽军渡河成功，一部分人早已乘坐木筏、竹筏、船只渡过河来，赶杀沿河的宋军。还有一些人占据了一个桥头堡，正在巩固和扩大阵地。另外一些人把木筏连缀起来，固定在一条由西北向东南顺着水流之势的斜线上，搭起一座浮桥来。所有这些行动都是十分紧凑的，浮桥还没有完全搭成，大队辽军已经利用它跑跑跳跳、歪歪斜斜地抢渡南岸。他们的马蹄刚着地，就像出柙的猛虎般扑入战斗。河北岸麇集着成千上万的人马，形成黑压压的一片，正在想方设法地尽快抢渡过来。

　　白沟河附近一带属于华北平原地区。在北宋建国之初，也有一些责任心较强，把国防事务挑到自己肩膀上来的边防将领如何承矩、李继隆等，在白沟河以南掘了不少沟渠地堑，种植了很多树木，希望以此来限制辽军铁骑入侵的马足。这种单纯防御性的战略措施本来就是消极的。到了"澶渊之盟"以后，这里成为双方使节相互交聘的要冲。北宋政府为了表示"睦邻敦好"的诚意，单方面地砍去树林，填平沟渠，企图消除辽方的嫌猜，确保主动权操纵在对方手中的所谓"太平"，再加上百余年来朝政腐败、武备废弛，未砍去的树木早被人视为利薮，戋伐殆尽，未填平的沟渠也早已涸干堙塞、无济于事了。于是这最重要的边防地带变成了不设防的状态，恢复了一片大平原的本来面目，最有利于铁骑的驰突。

　　杨可世赶到前线的时候，正好看到麇集在桥头堡周围的辽骑将要利用这个有利于他们的地形向纵深方面发展。形势确乎是危急的。杨可世既没有去招呼溃败的士兵，也不去解救在敌军包围中的刘正彦，他凭着长期战斗的经验，立刻判断出谁占领和保持了这座桥头堡，谁就会取得这个局部地区战役的胜利。杨可世不假思索就催动坐骑，挥舞着两根共重五十一斤的铁锏直往桥头堡的敌丛中冲杀过去。他连对自己的部将和亲兵们也没有打个招呼，因为他了解，在这个严重关头，主将的意志就是全军的号令，他主将的马首所瞻就成为全军突击的方向。他自己冲到哪里，全军就会跟上来和他一块儿冲锋、搏杀。他腾云驾雾般地冲进敌阵，被马蹄掀起的泥土尘埃既遮蔽了他的视线，也遮蔽了辽军的视线。他们好像隔开一道尘雾的屏障，在他还看不清楚对方的真面目时，四五条铁槊已经一齐向他搠来。他用铁锏奋力一格，就势把铁槊都撖压在地上，只听得"咯嘣"两声，两条铁槊齐齐地折断了，还有一条也因为受到的压力过重，猛然脱手坠地——这一回合的战斗，他自己也不知道哪里来的神力，使他迅速地获得胜利。直到那时，他才看见满面灰尘的辽军拎起半根铁槊，或者空着双手，一齐拨转坐骑逃走。

杨可世乘势飞追上去，吴革、高世宣两员偏将紧紧护卫在他左右侧。高世宣挥舞长刀，一有机会，就腾出手来，彀弓搭矢，连连把敌骑射下马来。那边吴革骤马上前，补上一槊，把坠马的辽军牢牢地钉在地面上。当他抽出带血的槊尖时，这边高世宣早已抢着大斫刀，迎住好斗的敌骑厮杀起来。

他们这一组三员主、偏将好像从重霄之上穿入阵云的飞将军，以掣电走雷的速度，疾驰飞奔，远的箭射，近的锏打枪挑，大刀斫杀，一连杀死了十多名辽军，逼退了其余的辽军，霎时间就把他们的万丈气焰压了下去。

他们发挥了战将们在一场肉搏战中能够发挥的最高效能。

桥头堡狭窄的地面上，麇集着这么多的人马，大家都施展不开手脚，于是双方不断地向两翼展开。这时杨可世的全部亲兵都已赶到，撤下来的防河部队也重整旗鼓，返身回来战斗。这一部分部队刚才因为缺乏统一的号令和指挥，在敌军的压力下，被迫撤离阵地。现在得到主将的驰援，又有生龙活虎般的五百名亲兵做他们的主心骨儿，他们顿时勇气倍增，返身搏杀。这时刘正彦也从敌军的包围圈子里脱身出来，重新部署了进攻。

辽军背临着河，要退回去已不可能，只好拼死格斗，才能死里逃生。双方战鼓大振，喊杀声四起，展开了势不两立的剧烈决战。

亲兵们不但用双手、用兵刃和敌军搏斗，他们还利用骤马疾冲的冲刺力，冲击敌军，把他们连人带马一下子就挤坠入河。这是一种简单有效、因地制宜的搏杀方式。他们从较远的地方觑定一个目标就猛冲上来，一些猝不及防的辽军被他们冲坠河中了；也有的亲兵因为去势过猛，勒不住坐骑，自己和被他冲撞着的辽军一起坠河；也有的辽军有所准备，乖巧地把马头一拎，躲闪过亲兵的冲刺，反而转身到他背后，借他疾冲时留不住马蹄之势，轻轻一挤，就把他挤入河中。

尽管剧战还在进行，但形势显然扭转过来了。北宋军队完全控制住桥头堡，把原来占据在那里的辽军从东、西、南三个方向赶开去。浮桥上的辽军看见桥头堡被夺，他们的通道已被卡断，无法登陆，就抢着、挤着、挨着，混乱地退回北岸，只有零星的船只和木筏还在继续载运人马过河。但是登陆点都被宋军控制住了，难以上去。高世宣当机立断地从主将身边离开，率领一部分训练有素的弓箭手，面对河岸，瞄准目标。他手里的红旗一挥，弩弓齐发，神箭到处，就有一批辽方人马滚落河去。船只失去了篙手，滴溜溜地在河心乱转，筏子大幅度地向左右摇摆倾仄，把中箭和没有中箭的人马一起晃进河里去。也有个别辽军力持镇静，站稳身体，用盾牌挡住箭矢，竭力保持筏子的平衡，还想抢渡上岸来援救南岸被围的战友，但是他们挡不住高世宣这一批弓手一再瞄准，向他们施射，最后一个个都被消灭在筏子上、河中心。

辽军增援的路线被卡断了，宋军的后续部队却源源不绝地从后方开上来。聚在北岸的辽军既不能渡河，他们的箭矢又够不到南岸，只好瞪着眼睛干着急。

这时残存在南岸的辽军虽然好像落入陷阱中的困兽般勇猛搏斗着，但在人数上已居绝对的劣势。他们被优势的宋军切成一段段、一块块，再也没法把残存的力量集合起来。他们就几个人围成一团，背靠着背，和几倍甚至十几倍的宋军战斗着。他们的衣甲上已经溅满了自己和敌人的鲜血，有的受了七八处、十多处的创伤，血从创口里涌出来也腾不出手来包扎一下，有的兵刃已经残缺不全。面临着如此迫近的死亡，他们还是毫无惧色地为了保护自己、掩护战友，为了保卫这个面临生死关头的民族而战斗。有时他们一刀把宋军砍死在地上，一枪把宋军挑下马来，就欢呼一声，表示他已经捞回本钱、死而无憾了。有时他们英勇地抉围而出，沿着河岸疾驰，又受到前面敌军的拦击。看看前后受敌，实在无法脱身时，就迅速地卸下衣甲，连人带马向河中一跃，企图泅水回去。追上来的宋军，站在河岸边，一阵乱箭，一连串的血泡浮上水面来，结束了他英勇的生命。

桥头堡周围的辽军已被全部歼灭了。

兰沟甸南岸猖獗一时的辽军已被全部肃清了。

第一个战役是经过激烈的艰苦战斗才分出胜负的。富有经验的杨可世一上手就掂得出对方的斤两，好像他掂得出手里兵器的斤两一样。战士们也同样掂得出对方的斤两，一致感觉到这是一场沉重的战斗。但是现在他们已有一个轻快的间歇了。

这时已是辰巳之交。晴朗的天空中没有一片浮云，太阳高高地照在战场上，一切曾经被黎明前的黑暗、被在紧张战斗中产生的激动心理状态、被震耳的擂鼓声、被铺天盖地的尘埃所遮盖起来的敌我双方形势，现在清楚地呈现在战士们的眼前了。

战士们首先看到的是战场上遗留下来的大批人马的尸体，有敌方的，也有我方的，由于服装和发式的区别，一看就可以辨别出来。他们有的早已断了气，伤口的血已经凝成紫色、褐色、黑色。有的还在喘最后的几口气，在他们的已经失去神采但还没有闭上的眼睛里流露出生存者无法理解的表情。还有人发出嘶哑的嘁嘁声，向战友或向敌人乞求一口水，这口水对他是这样重要，这些英勇战斗过的勇士已经把生命力集中在小小的一点上，他只需要一口水。

可是生存着的战士们也同样需要这宝贵的一口水。

几棵孤零零的树木和一些临时搭制起来的掩蔽体，虽然把它们的影子清楚地投在地面上，可是战士们很少有机会得到它们的荫蔽。热辣辣的太阳直射到他们身上，一身铁甲好像火烤着一般，贴在他们的皮肉上。他们的皮肤像要裂开来，他们的喉咙干渴得像要冒出烟。可是这种苦热、干渴的感觉只有在一场紧张的搏斗结束以后才开始感觉到。现在趁着这休战的片刻，他们纷纷拥到河边舀水喝。有的战士身边没有带舀水的铁碗、铁壶，又来不及找到其他的器皿，就迫不及待地用双手掬起不干净的水来，大口地喝着，然后奔到垂死的战友面前让他尝到一口余沥。他们牵着的马匹比他们更灵活地伸长头颈或者涉游到河水里埋下嘴巴畅快地痛饮一场。这似乎是补充了人和马在一场紧张的战斗中所流失的汗水和血，给他们带来无上的享受。有的战士索性找一个石礅坐着，掏出身上带的干粮，和着水一起吃起来。

解决了生理上最大的需要以后，这才去观察战场的全貌。他们看到在界河中敌人架起来的浮桥虽然有几处中断了，但并没有遭到完全的破坏，有的辽军正在把它连缀起来。他们看到失去驾驶者的木筏和船只仍在河中心漂着，仍有一部分奋不顾身的辽军想尽办法要把它们用挠钩钩回来，企图重新利用它们。他们特别看到河北岸仍然挤着那么多跃跃欲试的辽军，不但没有撤退的迹象，反而得到后方的增援，企图重新渡过河来。

把这些看到的现象联系起来，他们清醒地想到，一场激战并未告终，他们现在得到片刻的畅快的享受只不过是在两场热闹的戏剧中间的幕间间歇罢了。

第十六章

4

4

这时，杨可世本人也饮了一囊水，吃了点干粮。亲兵们牵着他的战马在河边饮水，他亲自在旁看着，不让饮得过多。许多将领都围到他身边来，听候他的命令。他定一定神，对战局做出一个全面估计，考虑下一步应该怎么办。

杨可世指挥的这部分军队确实毫无疑问地已经取得兰沟甸南岸局部地区战役的胜利，可是这个局部胜利没有给他带来像西北战场上战胜了敌人以后常有的那种欢欣鼓舞的情绪，因为他也像所有战士一样无误地判断出战争还远远没有结束。敌军不但是十分顽强的，而且还是非常坚韧的，正在俟机作第二次的反扑。

从战略意义上来估价，杨可世部队的这个胜利，只不过堵塞住辽军的许多渡口之一，歼灭了一部分辽军的有生力量而已。这个战果十分有限，它并不可能对正在进行中的全面大战产生决定性的影响。杨可世身负着指挥东路军的重责，当然不能以此为满足。在他战斗胜利的过程中，不断地得到友邻各军告急的警报。他自己纵目西望，在河以南，他目力所及的纵深地带都有激烈的战斗正在进行，有的敌军已经楔入相当深远的后方，但我军不能采取钳形夹攻来进行有效的反击，说明在那些地区的战斗中，我军正处于被动局面。

杨可世不断地传令把可以调动的后续部队和已经开抵兰沟甸前线的增援部队调出去增援友军。他发现对岸的辽军也正在做着同样的事情，许多整齐的步骑军扬旗鼓噪地向他们的西面驰援。但是他们已经控制许多渡口，可以无阻碍地渡过河来作战，而我军只能被迫在自己的阵地中作战。他还发现一部分西驰的辽军和西去增援的我军，只隔开一条河，沿着两岸的径道上，似乎正在进行竞走比赛。有时走到河面比较狭窄的地区，战士们就用一阵急雨般的箭矢威吓对方，企图打乱它的队伍。这种盲目发射射不到对岸就坠入河中的乱箭，大大受到对方的奚落和嘲笑。

但是兰沟甸对岸辽军的大部分人仍然留在原阵地上，不间歇地擂着战鼓，吹起法螺，做着战斗的准备。在它的后方，川流不息地出现新的流动部队，似乎正在向前线增援。沙场宿将杨可世凭着多年战斗经验，一看就判断出这是疑兵。老是这些部队、这些战马，却擎着不断地改变了颜色和番号的旗帜在后方转来兜去。就算它是虚张声势的疑兵吧，仍不能得出敌军兵力已竭的结论。聚集在北岸的部队仍有那么多，这是凭肉眼就能看清楚的，他们轻捷地行动着，并不因为一次渡河的失败就挫折了锐气。他们不是在虚弱下去，而是越战越强。他们仍在准备第二次、第三次渡河，至少他们仍在做出再次渡河的姿态，用来牵制杨可世的主力精锐部队。认真渡河或者仅仅做出渡过的姿态，这两者同样都够叫杨可世伤透脑筋了。

现在杨可世的确处于十分被动的地位。

他虽然取得局部战役的胜利，但是西面战场上正在激战，他要不顾一切地西去增援，敌军就会真的渡河过来重新占领这一片他好不容易通过一场血战才争夺过来的河沿阵地，并且也可能直捣他的指挥部，使整个东路军陷入失却根据地而指挥失灵的狼狈境地。但他要继续留在这里，敌人就达到牵制他的目的——由于东路军统领的地位重要，种师道把泾原军的大部分和秦凤军的一部分混合编制起来，放在他的指挥之下。辽军牵制了他就等于达到牵制西军主力的战略目的，而在其他战场上扩大战果，向纵深方面发展。他没有得到范村方面的确实消息，但他对刘延庆和辛兴宗的作战能力显然不会估计得太高。如果种师道的统帅部有失，全局就可能糜烂了。

在一场英勇的格斗中，杨可世与他麾下的战士勠力同心取得了胜利，可是在一场比赛耐心的交战中，他被击败了。这时已近晌午，太阳像一团烈火似的在他头顶上燃烧，这增加了他的烦躁和焦急。种师道那边没有给他带来好消息，而他派出去与友军联系的联络兵却带回来很不一致的消息，有的联络兵确实与那边的长官联系上了，并根据自己的观察，作了正确的汇报，有的汇报的情况虽然是正确的，但已过了时。瞬息万变的战场上已经出现了新的情况。刚回来的联络兵报告了大将王禀已经进展到渡口边把辽军打败的好消息，接踵而至的王禀自己派来的联络兵则报告说辽军有了新的增援，已把他逼退到第二线，要求这里再派部队去增援。还有的联络兵并没有与那边的负责长官联系上，只根据他看到的一鳞半爪，就当作全面的情况来汇报；有的则因为种种的障碍，根本没有能够到达目的地。后面的两种联络兵受到杨可世的斥责，但是前面两种也不足以成为他正确判断全局的根据，他只是综合了这些报告，模糊地构成一个总的印象：整个战局于我不利。

善于打胜仗而不善打败仗，善于打速决战而不善打持久战的杨可世不禁坐立不安起来。忽然间有一种大胆的甚至是鲁莽的想法闪进他的脑袋："寇可来，我也可去。"既然辽军可以过河来攻我，为什么我军就不能过河反击？现在没有什么条条框框可以把他束缚起来了。"救赵围魏"本来就是一种古老的战略，只要过河去消灭辽军的指挥部，无论这里，无论种师道那里的威胁都可以解除了。他看到再一次被辽军修缮好、再一次被我军破坏的浮桥基本上还是可以利用的，就立刻派人去补缀靠近自己一边的浮桥，准备率军过河。在这个瞬间里，他气吞山河，并不把对岸两三万名敌军看在眼里。他认为凭着他的五百名亲兵和手头可以使用的这部分兵力，不但可以驱散沿河岸的辽兵，甚至可能冲到韦家营，直捣耶律大石的巢穴，迫使已渡河的辽军不得不撤回去救援，使整个战局扭转过来。

抽象的计划，迅速就化成具体的行动。他一决定，一面立刻派人去报告种师道（等到派去的人带了种师道的指示回来时，他早在对岸决战了），一面吩咐手下的统制官赵德说："眼前局势混沌，胜负难决，俺要亲率一军过河去决一死战。请老将军用床子弩掩护俺渡河，然后斟酌情况，续派应援之师相接应。这里一片阵地，就拜托老将军了，千万守住它，休教番子们断了浮桥，绝了俺的归路，最为重要。"

赵德就是有过喝酒三十斤记录的那个老将，他有的是丰富的作战经验，可是相形之下，那一股猛厉无前的勇锐之气就显得缺了。这两者往往难以统一在一个军事长官的身上。当下他听了杨可世的冒险决定，不禁冒出一身大汗，劝告道："眼见得对岸辽军有数万人，杨统领带着偏师过河，事非万全，务请三思而行。"

"兵在精而不在多，俺意已决，老将军就依俺的将令行事，不必阻挠。"

杨可世用一种压抑的、却是坚决的口气发出命令，这是将令，知道他的"霹雳"脾气的赵德不敢再拗违他，只好依依违违地答应了。他一面增派人员修缮浮桥，一面派人把十床凤凰弩搬到桥头堡来，一字儿地摆定，对准渡口对岸的辽军猛烈地发射箭矢。

凤凰弩是一种利用机械发射的高级弩弓，每一床需要二三十名熟手服侍它，一经彀弓注矢，弩手们用力一踏足，十支七八尺长短、单单一个箭镞就有三斤重的巨矢就同时飞出，最远处可达一千步。铁甲、盾牌、挡板、牛皮帐篷都挡不住它的锋芒，两三尺厚的土墙也射得透，确是当时战争中远攻的有效武器，不到决胜关头，不肯随便拿出来使用。它只有一个缺点，在两军相交、短兵相接的肉搏战中，怕误伤了自己人，这种凤凰弩却施放不得。

桥头堡上，弩矢猛发，急如骤雨。对岸的辽军，无论在地面上、窝铺里都存不得身，只好纷纷散开，胆大的就匍匐在原地上，伺机攻击。

杨可世趁此弩矢乱发的机会，率领部众，一声呐喊，径登浮桥，直奔对方的渡口。这真是千钧一发的重要关头。辽军虽然挡不住弩矢，却躲在弩矢射不到的隐僻处发射箭矢来攻击浮桥上的宋军。宋军越是接近中流，箭矢就越加来得密集和有力，宋军一个疏忽，就被射倒在浮桥上或掉下河去。杨可世性急地催督亲兵们抢渡，他自己也随着大队人马快步走在浮桥上。木筏一晃一晃地不住往左右摆动，给他们的前进造成莫大的困难。

"哎哟！"

几个声音同时高呼起来。他们忽然发现距浮桥不远处的上游，有十多条已经着了火的木船，顺着水势，直向浮桥靠拢来。火船上满载着油脂、干荻、硫黄、麦秆等容易着火的东西，乘着风势，倏忽之间就烧得十分炽旺，径驶到浮桥旁边，冲撞、打散和延烧着木筏。它像一条火龙似的阻挡浮桥上宋军的去路。

木筏上出现一阵不可避免的混乱。

有人看看无法前进了，有人怕火延烧到自己身上，有人被烟焰迷了眼睛，都想退回去。木筏以更大的幅度摇晃起来。这种混乱的情形如果不加制止，就可能引起全面的溃败。杨可世一看形势不好，急忙顺着木筏摇晃之势，左右摆动着他沉重的身体，然后站稳了，厉声喝道："俺们既已来到此地，有死无生，刀山能上，火海能闯。几条火船打什么紧？哪个兄弟跳下河去制伏它？"

好像回答他的问话一样，辽军一阵密集的乱箭向他射来。一个亲兵猛然跳到他面前，用自己的身体挡住箭矢，这一箭正好射中他的喉咙，他倒在筏子上，还用颤抖的手举起盾牌来掩护主将。这壁厢另一个站立在杨可世左旁的亲兵，双脚一蹬，扑通一声，顿时涌入河中。他似乎在还没有考虑好用什么方法来制伏火船以前，就抢先响应主将的号召，跳进急流中去了。这时，勇气比智慧更重要，他投身在混浊的水涡中，拨开一层层的恶浪，直向火龙的方向泅去，想凭他一双空手去制伏火龙。筏上的士兵大声嚷喊，替他出主意，想办法。早有五六个亲兵，一个接着一个地跃入波涛中，他们努力捞住一根正在水面上漂浮的长木柱，一齐扑入火海，企图用木柱拄住火船，不让它靠上浮桥。这是在当时条件下，他们可以考虑用以制伏火龙的唯一有效的办法。这时泥污的河水已被烧得发烫，一股股的火焰，借着风势，直往他们的头面和身体上扑来，使他们近不得火船。北岸上的辽军，又对准他们，箭矢频发。他们几番上去，几番都被逼退回来。筏子上的士兵大声呐喊，为他们助威。他们被逼退下来，又再次扑上去，屡退屡进。他们做出了好榜样，接着又有十多名亲兵跳下河去，几个人捐一根木柱——这些木柱是从被撞散的木筏上漂浮开来的，都有大碗口粗细，四五丈长。他们捞住木柱，就分成几个小队，拼命扑上去。

他们凭着木柱，凭着赤裸的身体，根本不顾北岸射来的乱箭，滚在火海里乱闯。火烫的水、一股股的烈焰、着了火的木柴和芦荻以及他们身上被烧得一溜溜的燎泡，都阻挡不住他们的猛扑。他们一寸一寸地在火海中挺进。他们成功了，当他们靠近火船用木柱拄住火船的时候，大家不禁欢呼起来。他们把一只只火船在两边拄开去，拄得远远的，让它们自行烧毁，烧成灰烬，中间顿时出现了一段可以通行无阻的地带。着了火和被冲撞散的浮桥早被筏子上的宋军扑灭扎缚稳固了。大队宋军乘机呐喊一声，通过这道横拦在河心、横在他们成功道路上的火墙，直扑河滩。

他们来不及揉一揉被浓烟迷住的眼睛，已被拥在河滩边的辽军截住厮杀。这群被南岸的凤凰弩矢迫散的辽军，这时又从隐蔽处跳出来，与宋军展开短兵相接的肉搏战。

人们克服了最大的危险就有权利藐视次要的危险。宋军刚从河水中拖泥带浆地爬出来，许多人被烧得皮开肉焦，许多人被烧去头发和胡须，许多人在和水、火的搏斗中失去了兵器和马匹，现在又要跟人数比他们多得不可胜计的辽军接战。他们只存在百分之一的生存机会，但是能够在地面上与辽军接战，就是他们的生机来了。现在已经没有什么可以阻拦他们成功地登陆的道路，辽军再强也强不过火龙，火龙尚且可以制伏，又何在乎也是血肉之躯的辽军！一个强烈的信念支撑着他们，他们必须登陆，所有的障碍必须扫除，而且一定可以扫除。他们的勇气和神力都陡然增长了几倍。

一名空着双手的亲兵，刚刚爬上河滩，就被藏身在斜坡上的辽军当作目标，觑定他用力一枪刺下来。这名亲兵猛然把枪杆抓住。斜坡上的辽军生怕自己的武器被夺，用力向上一扯，抓住枪杆的亲兵顺着这一扯之势，耸身跃上一丈多高的斜坡。他的双足还没有站稳，就尖声地喊道："俺第一个登上坡了，兄弟们快跟上来！"

所有在河滩上接战、在浮桥上抢渡的士兵都看见这惊险的一幕，他们不仅用肉眼，而且也用精神上的视觉看到这惊险的一幕。

这惊险的一幕，对于当时正在接战中的宋军，的确起了极大的鼓舞作用。犹如第一个跳下河扑进火海的亲兵一样，虽然他们都不过是个士兵，不一定能够亲自完成任务，但他们已经以自己的英勇行为为大家树立了榜样，改变了临战时战士们的心理状态，使一些在事前想象起来似乎不可能的事情变成了可能。他们是每一个战役真正起着作用，有时是起着决定性作用的无名英雄。历史就是由这些无名英雄创造出来的，而不是像历史学家根据间接的，有时甚至是有意歪曲、捏造、颠倒的材料所写出来的那种已经罩上灿烂的光环的英雄伟人所创造出来的。

跟着这个登陆战的胜利，杨可世本人也走到浮桥的尽头处。他是一个身重一百八十斤的魁梧奇伟的男子汉，再加上三十多斤的铁甲。虽然在战斗中他的动作和他的身材不相称的矫健轻快，充分发挥了一个战将的作用，但现在要爬上陡直的土坡，爬上河岸，却需要弟兄们的帮助。他的全副具装的战马也由亲兵牵着上来。这时河岸附近的辽军都被肃清了，暂时清出一片空荡荡的战场。

和白沟河南的宋朝边境线一样，河北辽军的边境线上也几乎是光秃秃的，没有多少防御工事。不同的是宋朝是为了要讨好于辽，自动撤去防务，而辽方却由于轻视宋朝，特别从澶渊之盟以后，辽方历任的北院枢密使和边防将领根本不相信宋朝有进攻的力量，因而自己撤了防。自从耶律大石接管前线以来，他的主导思想是拼死一击，也没有花费很多的人力、物力去建筑防御工事。耶律大石的全部历史记录，证明他是一个毫不犹豫的进攻者，虽然历史经验告诉我们，如果不是一个很好的防御者，也不可能成为一个很好的进攻者。

杨可世站在这一片空荡荡的战场上，从亲兵手里接过铁锏，高高地举起来，向南岸的伙伴们摇晃一下，表示他们已经取得敌前强行登陆的初步战果。

他的这对人人认得的铁锏也成为他的队旗了。

第十六章

5

5

杨可世喘一口气，迅速整理了队伍。他留下一百名士兵负责修理和保卫浮桥，保持两岸之间的交通线。这是非常重要的，却并不具有很大吸引力的任务，因为这个时候，人人都想跟随主将前去冲锋陷阵，建立歼灭敌军的大功，谁也不想留下来担任这个具有后勤性质的工作。

杨可世一眼瞥见在第一批登陆的士兵中间也有李孝忠在内。"这是一个可以放心把任务交给他的人。"他高兴地想着，立刻下命令，"李孝忠，你留在这里指挥俺的三哨亲兵一百名，守住浮桥，不得有失。如有动静，随时派人来联络请示。"

还没有等到李孝忠的答复，杨可世就带着大队人马风驰电掣般地走了。

也只经过极短促的时间——正好和杨可世整理自己队伍的时间相等——辽军已重新调整了阵容，布置了一个"偃月阵"。所谓"偃月阵"并没有什么神秘的地方，只是左右两翼环抱住河岸，中间一部分阵地向里面凹进去，准备把进攻的宋军随时吸入钳形包围圈中。这是一种常识性的作战布置。原先被宋军驱散的辽军，现在又迅速回到自己岗位上，按照指定的部位排列起来，阵容十分严整，仿佛在顷刻之间就在刚才还是光秃秃的平地上竖起一道人墙。杨可世虽然久战沙场，但在西北多山的战场上，却很少碰到这种阵势。他不敢怠慢，亲自带着一部分亲兵，环阵巡视一下，不禁点头赞叹道："乱后能整，临危不乱，真不愧为一支劲旅。俺倒要好好地对付他。"

宋军留给辽军的时间和辽军留给宋军的空间都是十分有限的，那边的辽军刚刚布置好阵形，这里宋军的攻击就开始了。

杨可世先派吴革率领一彪人马"尝敌"[1]，这彪人马挟着敌前登陆的余威，一鼓作气，直向辽军中央阵地突进。一阵猛打猛冲，把这部分辽军逼退几十步。

吴革是泾原路的队将，不但胆气过人，更兼谋略非凡，杨可世商准了种师道，把他调来总管亲兵营。这个调动虽然使他的军职降低了一级，但在统帅部领导核心成员的心目中，他的身价提高了三倍。大家都公认他是可造之才，假以时日，不难贮为国家干城之选。现在他发现辽军虽然后退，却没有溃乱。它好像一圈富有弹性的钢带，承受得起重大的压力，弯曲一下，一待压力减轻，它就弹回到原地。这分明是个劲敌。他们这彪人马，完成了试攻的任务，就掠着阵地从容撤回。

　　杨可世接着又命高世宣率领一彪人马作第二次的试攻。高世宣选择了敌阵中的一个薄弱环节，在中间偏右、人马比较疏薄的阵地中冲过去。他自己让几个使用藤牌斫刀的亲兵掩护着，挽起大弓，瞄准辽军前队的队官就射。

　　高世宣的弓箭十拿九稳，他一连射倒两三名辽军，然后发一声喊，企图利用辽军混乱退却的机会直冲进阵去。辽军的前队倏地分开了，第二线的弓箭手突出阵前，把箭矢飞蝗般地射来。他们以箭对箭，以多对少。高世宣恐怕部下吃亏，只得约退人马，自己殿后，回身射倒一名辽将，徐徐退回。

　　根据杨可世的经验，他拥有这样精锐的士卒，挟着雷霆万钧之势，两次试攻，都只获得有限的战果，冲不进坚阵去，这显然是一场艰苦的战斗了。

　　时间的因素对对方有利。进攻的锐气犹如刚刚出笼还冒着腾腾热气的馒头，时间拖延得越长久，热气消失得越多，敌方的阵地就越加巩固，战胜的希望也越加渺茫了。杨可世心里焦急，幸喜得李孝忠守护浮桥，十分得力。他们不为辽军的矢石所动，迅速修理好中断之处，牢牢地确保交通线，使得后方的增援部队，可以通过浮桥，大量开到。杨可世略略部署一下人马，重整队伍，把全军力量集中起来，仍然选择了高世宣刚才突阵时的敌方薄弱环节，亲自带头进行第三次真正的冲击。

　　这是最后的一次冲击。看来不但在这个局部，今天全局的胜负都将决定于这一次冲击。

　　他们的决心下得如此之大，他们的勇气鼓得如此之足，哪怕辽军阵地是用纯钢铸成的，也要把它熔成铁汁。在战斗意志方面，他们的主将杨可世就是全军突出的表率。

　　杨可世全身披一领闪闪发光的连环吞兽面狻猊甲。有的将领在战场上故意把自己隐蔽起来，打扮得好像一个普通的士兵，以避免暴露目标。杨可世则反其道而行之，他故意突出主将的身份，希望把更多的敌人吸引到他身边来。这一身金盔金甲就使敌军一望而知他是全军的统帅。还有他的坐骑，是一匹号称"一丈雪"的久经战阵的白马，马身上也披着铁甲，大腿以下也有甲叶保护，只有腿弯处才露出一段雪白的皮毛，不致妨碍它的自由驰骋。一名亲兵掌着绣上了"杨"字、白底黑字、镶着红缎边、垂着淡黄流苏的大旗。另外有四名亲兵紧紧护定他，他们紧跟着杨可世突阵前进。"一丈雪"飞奔腾踔，扬起满天灰尘，马蹄下面似乎激发出阵阵风雷，把他们这组人凭空托在半空中，像一把千淬百炼的匕首猛然扎进辽军阵地。

　　两三千名宋军在吴革、高世宣、马颜傅等几名将领的率领下，还有种师道特别派到东路军前线来听候调用的泾原军第十副将吴玠和他的兄弟吴璘等，这时都跟随着主将矫若游龙地搅入辽军的阵地深处。这一次不再像刚才两次试攻那样只攻入辽军的表皮层就戛然而止。"杨"字大旗飞到哪里，这些勇将锐卒就杀到哪里。在紧张的突阵战中，在惊风骇浪之间，大旗一会儿低沉下去，有时沉到完全看不见的程度，人们的心也跟着沉下去。忽然它又露出面来，与许多五颜六色的辽军军旗搅在一起，相互升降，人们兴奋起来。接着"杨"字大旗更高地举了起来，敌方的军旗纷纷被刷下去，好像一张锦帆驾驶着一叶轻舟顺风前进，把周围的波浪撇向两边。人们的心就更加振奋了。他们挥戈挺刃，卷舞着刀盾，直薄辽军的心膂之地，给了它致命的一击。

正面的辽军挡不住宋军的锋芒，就采用旁敲侧击的战术。他们从正面退却，却几次三番地拦腰冲上来，企图把宋军割成几段。他们的战术部分地成功了，把个别的小队宋军拦截在大流以外。于是这里那里都形成小范围的各自为战。一些流动的圈子在阵地深处挤来挤去，从激烈的动荡进入静止状态，有时静止片刻以后，又重新振荡起来，表明有些战士已经陷入重围，在受到致命的重伤后，还在做着最后的格斗，不到流尽最后一滴鲜血，决不罢休。

大队宋军已经透过几层辽军，一直贯穿到敌阵的后方。忽然发现有一部分自己人受围，他们又回过头来，一阵搏杀驱散，把受围的战士从重围中救出来。

紧跟着杨可世一起突阵的几名亲兵转瞬间被一队强劲的辽军截留住，包围起来。杨可世错眼不见，就失去他们，他立刻飞马回来。这时，他的眼睛和喉咙里都冒出火来，他只见在敌人的包围中，两名护卫大旗的亲兵被砍倒在地上，第三名名叫豹儿的亲兵也被敌人用套索扯住捆绑去了。

套索也称为"缒索"，是契丹骑兵从长期习骑和实际作战中锻炼出来的一项绝技。原来只用以套马，数十步距离，一条软索抛出去，软索上端的活结就能把疾驰中的马匹套住，百发百中。后来他们把这项绝技发展成为一种骑战中的有效战术。套索上系着钢钩，作战时，从马上飞出套索，只要钢钩钩住敌方步骑的衣甲皮肉，顺手一扯，就可以把他活捉过来。契丹人的老祖宗在唐初一场大战中，用缒索一连活捉得唐朝的三名大将，从此缒索之名远扬塞内外。现在他们又在双方距离较近的混战中使出这项有效的武器来对付杨可世。

杨可世不愧为久经战阵的老将，他一看飞索抛来，毫不犹豫地丢下手里的铁锏，从腰间拔出"断儿"宝剑，迎空一挥，就把套索割断。接着是几名辽将一齐

[一] 航行队领头的第一艘船头上涂饰有鹢鸟，称为鹢首。

上前攒住杨可世，几根套索好像几条张牙舞爪的恶龙从天空中飞来。杨可世奋起神威，挥剑四舞，只见剑影熠熠，寒光闪闪，把所有的套索一齐砍断在地上。一名辽将不识高低，挺起一杆三棱点钢矛奔前杀来，没料到"一丈雪"像一阵旋风似的卷扑到他的身边，他来不及把钢矛擎回来保护自己，杨可世已抢过他的马头，巨剑一挥，把他斜斜地劈死在马上。发慌的马驮着他的半边尸体在战阵中乱闯。其余的辽兵，看见杨可世如此英勇，发一声喊，转身就走。杨可世的亲兵们就势上去救出豹儿，拾起杨可世的铁锏，赶散残余的敌军，这队人马又和大队会合在一起。

宋军的这条长龙有时是直线前进的，有时则像刚才发生的插曲那样，又是迂回曲折地行进着，有时受到几方面辽军的抵抗，又要分头厮杀，暂时变成不规则的队形。但是他们向前突进的总的目标没有改变。"杨"字大旗成为他们的鹢首[1]，为他们这支舰队指明航向，破浪前进。密集的敌军成为他们的目标，哪里还有死战不退的辽军，他们就扑到哪里去加以痛歼。

耶律大石精心布置的偃月阵中心阵地，在杨可世这一阵摇山撼海的攻击下，似乎已濒于被攻破的边缘。

突阵的本身不是目的，而是手段，它要达到的目的是借此引起敌方的大溃退、大混乱，从而予以决定性的歼灭。北宋军凭着超人的勇气，付出重大的代价，在千军万马中杀出一条血路，前后驰突，杀退了层层顽抗的辽军，使他们无法保持原来的队形，使他丢下大量人马的尸体、兵器、折断的旗杆、撕裂了旗面的军旗（到了战胜后，抢获对方多少面军旗，是计算胜利成果的重要依据，但在战斗紧张的当口儿，战士们践旗而过，谁也顾不得把它捡起来），纷纷从原阵地上撤退。似乎只消再加上一点压力，就可以造成敌方的大溃退、大混乱。大规模歼灭战的实现，已经近在眼前。

可是到了此时，北宋军自己也已到了"三鼓而竭"的衰弱程度。在一场战争中，战士们的主观能动性固然很重要，但是客观力量的对比仍然起着决定性的作用。就这次突阵而论，宋军虽然高度发挥了主观能动性，但在力量对比上仍然居于劣势。何况辽军死中求活，作战也同样是非常勇猛的。宋军由于过早地用完了全身的力量，到达高峰的最后一级阶梯时，突然瘫痪了。这是一个偶然因素引起的，但在这种情况下，即使没有这个因素，也还有其他种种因素可以导致形势的逆转，它的发生几乎是不可避免的。

5

"啊!"

有人看见杨可世的靴筒里有血涌出来,不禁失色地叫喊一声,这成为形势逆转的信号。

原来当突阵前进、剧战方殷之际,杨可世的小腿肚上中了一箭。他忍住剧痛,自己把箭拔出来,没有哼一声。有个紧跟着他作战的亲兵看见了,要上来为他包扎,他挥手把亲兵止住了。他懂得鼓足了气的突阵,犹如一只气球,只要哪里有一点漏洞,就会叫它立时瘪下去。这件事的全部过程只经过极短促的一个顷刻,以后紧张的搏战和胜利的信念麻痹了他的疼痛的感觉,他自己早忘了这回事。现在忽然有人惊呼起来,他这才感到忍耐不住的疼痛,同时也发现了整只左脚连同胫部都浸在靴子里的血泊中。他下了坐骑,找个土墩子坐下来,脱下靴子,倒出里面的紫血和瘀血块,扯一条布,把伤口包扎起来。他再一次定定神,扶在一个亲兵的肩膀上,踏上一个高的土墩上来观察全局。他忽然发现辽军的左翼部队已在包抄他们的后路,一大群鞑子的步骑兵正向浮桥的北端靠拢,企图争夺浮桥,切断他们的退路。李孝忠指挥的亲兵正在那里与他们混战。现在辽军已有了反击的可能了,中央阵地被突破,并不意味着他们的崩溃,他们反而加强左右翼的力量实行反击,这将导致全局的"翻盘"。杨可世不禁大惊失色。

他的女婿、偏将马颜傅从后面驰上前来,打听他的伤势。

"这点伤算得什么?"他的双颊忽然神经性地抖动起来,连带颊髯也有飞动之势。他指着浮桥周围发生的战斗,厉声喝道:"那里才是致命的创伤,难道你们都瞎了眼睛,不曾看见不成?"

但是局势比这个还要严重得多,忽然又有人锐声叫喊起来:"哎,你们看那里。"

辽军的右翼部队在距他们二三里路外的河岸地区,又开辟了新的渡口,用船只和木筏把大部队载运过河去。他们不顾重大牺牲,在凤凰弩的密集射击下,奋勇抢渡。有些更加勇敢的辽军,等不及用木筏和船只过河,试着连人带马轻装泅渡。几个人沉下去了,也有几个顺利地渡到中流。这吸引了更多的人接着泅进,顿时形成蜂拥渡河之势。

战争这才到了真正的转折点。

辽军的偃月阵直到这时才发挥最大的妙用。尽管中央阵地被突破,被迫撤到第二线,左右两翼的加强部队却采取勇敢、果断的行动,攻击宋军的薄弱环节,威胁他们的交通线和后方根据地。现在摆在宋军面前的问题，不再是继续突进，而是急遽地后退，以避免受到包围和被全部歼灭的命运。这个决定来得如此自然，似乎已成为每人的共同要求，于是进攻的巨浪霎时间变成迅速的退潮。他们混乱地退到河边，和留守在浮桥附近的部队会合，向南岸撤渡。

辽军的左翼部队加上中央阵地的残部立刻跟踵而进，紧迫撤退的宋军。宋军各自为战，杨可世本人也赶到桥边，亲自断后，掩护大军过河。但他发现军心已乱，很难再组织起有效的阻击来阻挡敌人的追迫。有一部分窜乱队伍的兵捷足先登，抢上浮桥，更多的人却被拥塞在桥口周围的士兵们所阻塞，他们大声地嚷嚷、吵闹，混乱地挤来挤去，不但没有帮助留守部队一起去抗击辽军，反而妨碍了作战，也妨碍自己顺利登上浮桥。

只有杨可世的亲兵们还协同留守部队一起奋战。他们的力量也早分散了，他们被辽军切成一块块、一段段地围住厮杀。他们的人数迅速减少。杨可世眼看他们一个个在战斗中倒下去——杨可世对这批子弟兵是这样熟悉，他不仅叫得出每个人的姓名，或者亲热地叫他们的小名、绰号，了解他们的本领、武艺、特长、缺点，知道他们的家世和家庭情况，而且也熟悉每个人的音容笑貌。他们平日即使在他面前也是能够随便谈笑的，这是因为他们之间具有不寻常的特殊关系，而不是一般的上下属关系。现在看到他们一个个地倒下去，杨可世感到一阵截去自己肢体中一部分般的剧痛。和这剧痛比较起来，他小腿上的那点箭伤，简直就算不得什么。

战场上的数学是一种特殊的数学：当五百名亲兵会合成为一股力量时，足足可以对付一万名敌军，而当他们分散、各自为战时，一个人却只能起一个人的作用，甚至在一对一的战斗中也常会被打败。战场上的力学也是一种特殊的力学：同样是这五百名亲兵，当他们乘胜前进时，冲锋陷阵，锐不可当；而当他们退却时，形势就完全颠倒过来，大量地受到辽军的杀害。这时，他们都已明白这场战争已经失败了，他们失去战胜的希望，可是仍然英勇奋战到底。这是因为有一个信念支持着他们：如果他们能够多牵制辽军一会儿，就可能有更多的战友逃过浮桥。他们这些杨统领的亲兵，平时享受其他战士享受不到的特权，临到危难之际，他们理应尽更大的义务，宁可以自己的一身换取许多战友的生命。这种想法是悲壮的。亲兵们的战死都是光荣的死，现在他们的意愿是，死也要死在杨统领眼前，让他亲眼看到他不辜负统领多年的培养、期待和教育，终于成为国殇。除非敌军绕到背后，给他们冷不防的一枪以外，他们绝不会让自己的背部受到创伤。

这是一支封建家长式的子弟兵能够发挥的最大效能。

亲兵们的悲壮心理影响了主将。这个自信力很强的统领，等闲时不太愿意承认自己是战败者。但当无数的现实无可争辩地摆在他眼前，迫使他痛苦地接受这个结论时，他不仅失去战胜的信心，同时也失去了继续活下去的意志。

当他正在浮桥渡口进行绝望的抵抗时，一个熟悉的声音在他耳边响起来："杨统领回南岸去，那里需要你。"

两个步兵缠住杨可世，用短刀攻击他，使他无法发挥骑将的长技。这个人帮他砍倒一名步兵，驱走另外的一名，给了他喘一口气的余裕。杨可世还待骤马赶杀上去，这个人拉住了他的马笼头说："杨统领快回南岸去！俺等在此拒敌，不让浮桥失守，务保得大军安全撤退。杨统领放心回去！"

迎着耀眼的夕晖，杨可世看了好久没有认出他来，并且完全忘掉自己刚才的任命。后来忽然认出来了，好像碰到一个亲人似的，动了感情说："李孝忠，想不到是你在这里助俺一臂之力。"

"末将在此护卫统领。"

"李孝忠，你快撤回去！"杨可世发出了与他七尺之躯、一百八十斤的体重不大协调的温柔的声音，亲切地说，"今日我军一败涂地，多少袍泽死在两岸，俺的亲兵也所余无几，还有什么面目回去见江东父老？"一股热泪突然从他的虎目中渗出，他说："俺不如就在河北岸这片土地上与番子们拼个同归于尽，死了也不失为鬼雄。你回去后把俺这话传与小种经略相公知道。"

"胜负乃兵家常事，统领何乃出此颓唐之言？只是如今大局危殆，统领还得看看形势，统筹全局，再作进止。"李孝忠忽然一个箭步蹿出去，截获一匹失去了主人的战马，骑了上去，用刀尖指着南岸道，"统领且看看那里。"

透过这一片混战的地带，透过浮桥上混乱的撤退，杨可世这才看清楚这时辽军的右翼部队已经渡河成功，杀上南岸。凤凰弩在近距离中已经失去效力。宋军慌忙后撤，阵形大乱。杨可世一见这种情况，不禁发指眦裂，气愤填膺，怒叱道："这赵德老匹夫，如此无用，未经一战，就拱手让出阵地，把番子放上岸去。如此俺这里的士卒退回去也是死路一条，岂不贻误大局？"

"统领休得气恼！统领如战死在此，两岸大军，同归覆亡，岂不更加贻误大局！"越在紧要关头，李孝忠越显得沉着。他挥着刀，四面环顾着，冷静地分析道，"河北岸的敌军，多如猬毛，力图阻我南撤。渡河的敌军又已蜂拥登陆，猖獗之势已成，眼见得就要包抄浮桥南口，使我进退不得。"他停顿了一下，让杨可世看清形势，澄清头脑中的混乱思想，才建议道，"依俺看来，统领要急其所急，立刻渡河回去代替赵统制亲自指挥河南的全军奋力死战，力保后路。这里末将等背河借一，拼死力战，争得一分是一分，争得一刻是一刻。好歹掩护几千名袍泽回去，两头接通，才能死中求活。"

李孝忠的建议十分及时。南岸的艰巨任务，重新激励起杨可世的雄心壮志，当他想到执行新的战斗任务，收拾大局，要比留在北岸一死了之困难得多的时候，他就冷静下来，放弃战死的想法，慷慨说道："既是如此，俺就撤回去力保后路。"直到此时，他才从已经苦斗多时、满身浴血、仍然保持旺盛的战斗意志的李孝忠身上想起刚才让他指挥留守部队的命令。杨可世立刻探囊取出一面三角形的小令旗，授给李孝忠说："这令旗留给你，这里河岸上的厮杀就归你指挥了。"

李孝忠接过令旗，没有说一句多余的话，立即驰前去组织有效的阻击。

战争进行到最后阶段，河北、河南两岸都是一片混战。双方都没有取得最后决定性的胜利。

李孝忠果然不负杨可世的期望，在北岸转战多时，步步为营，确保航道线，逐步把遗留在北岸的战士和伤员们掩护过河，最后自己也抢得一条渡船渡回南岸来。

这时暝色四合，暮光四垂，辽、宋双方战士经过一整天的鏖战，都已筋疲力尽，双方都没有准备，而且也不可能继续进行挑灯夜战。杨可世一等到南北岸的残余军队会合，就且战且退地会合了姚平仲前来接应他的熙河军，脱离战斗，退入第二线。辽军见好即收，他们看见杨可世有生力军接应，也不敢再行穷追猛打。在一片鸣金声中，在刀光剑影中，在双方都已声嘶力竭的呐喊声中，结束了著名的兰沟甸战役。

6

把一场战役组织得像一架时钟那样精密、正确地进行，这是近代化的战争科学进化和发展的结果。发生在十二世纪初期的兰沟甸战役，从攻击方面的辽军来说，无论在计划和组织中都具有近代化战争的规模。这是古代战争史中一个罕有的实例，一个突破了时代水平的成就。

辽方统帅耶律大石始终留在兰沟甸这个阵地上指挥作战（这就是宋军其他各军受到的压力较轻的原因），指挥得得心应手，从他个人的作战经历来看，这也是一个突出的成功。

检查一场大战的结果，不是从战术上检查计划执行的程度，而是从战略上检查其要求完成的程度来进行的。在兰沟甸这个局部战役中，耶律大石以三万名精锐部队牵制住宋朝主力杨可世的部队，使他不能东西驰援，从而为全局的胜利创造了条件。但是反过来说，杨可世以两万多兵力牵制住耶律大石的主力，并且把他本人也牵制在这个战场上，阻止了辽军在其他地区胜利的范围和进展的深度，也不能说是徒劳无益的。

在这一全面性的大会战中，耶律大石利用了宋军和战不定、宣抚司和统帅部的重重矛盾、战士们的士气不振，特别利用了童贯这道束缚士兵手脚的荒谬命令，在东西两线发动闪电式的进攻，在十多处渡河获得成功，歼灭了一部分宋军，把自己的阵地推进十余里至二十余里不等。在西路范村战线上，由于奚军的准备不足，辛兴宗也勉为其难地抵抗了一阵，辽军只取得有限的进展。这是辽、宋两军开战以来辽军获得的第一个带有决定意义的胜利。从此，辽军在河南的阵地巩固了，坦步进入战略进攻阶段。

退到第二线的宋军利用一百几十年前掘下的沟洫[1]的旧址，勉强构筑起临时阵地。可是二三十丈阔的白沟河界河，辽军都能往来自如，这几丈阔的干涸的小沟渠又怎能限制他们的马足？宋军全面暴露在辽军的攻击面前，形势确是十分不利的了。

[1] 宋自太宗伐辽失败后，即疏浚开拓边地河道，西起沉远泊，经泥沽海口，屈曲九百里。溏沱河、永济河汇注其中，深十余尺。沿界河或塘水，塘外筑堤，称界河或塘水，塘外筑堤，置二十八寨，一百二十五铺戍守。戍卒三千余人，乘船百艘往来巡逻。真宗时又植榆柳三百万株以代鹿角，曾作《北面榆柳图》示大臣。

第十七章

1

五月二十六日下午，当辽、宋两军还在白沟河前线剧战之际，也正是马扩和辽方谈判使节王介儒一行人自北往南疾驰而来之时。

燕京之行，马扩发挥了最高效能来执行任务，这就是说，他已经做了他能够做的一切，但并不等于他已经完成了他要完成的全部任务。几年来的外交生涯，把他的思想锻炼得复杂、敏锐而缜密化了。经验告诉他，凡是一切军国大计，要涉及许多人的利害关系，总是变幻莫测、难以捉摸的。没有到手的胜利绝不能算是胜利，胜利在望并不等于胜利在握。眼前最大的障碍是萧皇后虽然决定降附，据他判断，也确具诚意，并经御前会议决定，但并未征得前线将领的同意。他们手握重兵，未必就这样容易就范。他们可能还有异议，可能要提出非常苛刻的条件来保存自己的实力。一场艰苦的谈判还在后面。辽军方甚至还有可能采取激烈的措施杀害双方谈判使节来破坏和议。各式各样的可能性都是存在的，马扩把它们都估计到了。他一路上不断和赵杰商量，并且提高警惕，加强保卫措施，以防不测之变。

只有一种可能性被他忽略了，他没有想到耶律大石和萧干在接到皇后促降的手书以后，竟会发动一场出人意料的掩击战。

他们在离新城不到二十里地的一个店铺打尖休息时，发现了不平常的气氛。他们看见居民们和店主交头接耳，议论纷纷，这不像是对他们这一行人表示欢迎之意，而是表示惊讶，像他们在去途中曾经碰到过的那样。这里面可能有些文章了。他派随从们去打听，居民们也是各说各的，莫衷一是，没有哪个可以做出权威性的答复。综合起来，似乎有这么一个印象：前线两军正在发生开战以来没有发生过的剧战。居民们也是从种种不寻常的迹象中推测出来的，当时他们也还没有得到确报。

一句道听途说的话，把马扩吓了一跳，使他猛然省悟到这可能是真实的消息。其实战争的可能性始终存在，当马扩向童贯告别时曾再三提醒童贯要预防对方的突然袭击。他自己就带着这种警惕性首途出发来到辽境的。事后检查，他之所以会改变原来的想法，放松提防，主要原因是由于他经过辽军阵地时，看见耶律大石虚张声势、故作疑阵的布置，断定他决不会发动一场战争。他对这个判断如此执着，丝毫没有想到可能是错误的，或者可能发生变化。他为自己的神经过敏，因而受到耶律大石的愚弄，感到万分恼火。

现在想来，问题是那么清楚，当萧皇后的一道令旨到达前线时，耶律大石等如果不愿投降（这个，根据他从李处温父子那里得来的情报也是毫无疑问的），他们又何必在使节们身上玩弄阴谋诡计？只消直截了当地发动一场战争就从事实上破坏了和议，最清楚不过地表明他们的态度了。要战争，他们可以挑选的时机，也莫过于今天。狗急跳墙，人急跳梁，他们不会再有什么顾虑。这一切都是那么自然地符合推理，马扩只怪自己没有进一步深思熟虑罢了。

果然事情很快就得到证实，并且从最坏的一面来证实。傍晚时分，他们到达新城行馆休息，这里有更好的群众基础，居民们纷纷把我军战败的消息告诉他们。接着又看见有六七起辽军的告捷使者连续不断地向燕京方向星驰而去。他们趾高气扬地赍着报捷的奏疏和大捆从战场上缴获得到的军旗。军旗上的番号、统将姓名都是马扩十分熟悉的。其中有的属于西路军，有的属于东路军，说明辽军在东西两路都已获得非同小可的胜利。其中最触目惊心的是那面白底黑字、镶着红缎边、垂着淡黄流苏的杨可世的认旗，从旗面上的褶皱和血污斑斑可以看出东路军受到打击的惨重。这个无可怀疑的结论好像一柄短刀猛然扎进马扩的胸膛。

前线确实发生大规模的战斗，胜利属于辽方，大局已发生急遽的变化，不但和议的前途十分渺茫，就是他们一行人能否安全回去都很难逆料了。面对着这个急遽的变化，马扩尽量抑制住悲愤的心情，免得在辽使王介儒等人面前暴露出自己的弱点。他冷静地考虑了半晌，然后得出结论：他认为个人安危得失可以置之度外，但是这次出使，千辛万苦得来的成果，以及他们多方面搜集到的辽方虚实的内情，都必须尽快地让宣抚司和统帅部知道，以便他们在一次挫败以后，仍能根据总的形势，做出正确的对策，而不致丧气堕志，一蹶不振。

半夜以后，他把赵杰、沙真两个悄悄找来。

"俺等离国，不过旬日，不想大局已隳坏至此。"马扩下的结论，不难找到证据。就在此刻深夜之中，他们还听到辽使报捷的马蹄声。这种急如星火的奔驰，还有他们看见过的那些辽使的得意扬扬的神色，还有的辽使打听出他们的身份，故意把俘获的军旗展示出来向他们夸耀战绩，这一切都给他们构成一个深刻的印象。马扩首先征求他俩的意见，问道："大哥，兄弟，且看今日之事，俺等应怎样处置才好？"

"辽的内情，俺等知道得最清楚，"赵杰先分析了总的形势道，"它内外交困、分崩离析之势已成。今日纵为狼奔豕突之计，出此一战，也改变不了垂亡的局面。宣赞休得折了锐气。再则耶律大石诡计多端，这接二连三派去的报捷使安知非诈，前线胜负，究属如何，尚待查明。"

"我军旗号，俺所深知，非耶律大石所能伪造。前线失利，恐已属实，这个不用再加推敲了。"

"既然如此，耶律大石必不肯放宣赞南回。"赵杰就势提出一个石破天惊的建议道，"宣赞何不就随俺兄弟进山去，共举义兵，以扰辽军之后？"

"这个俺也想过了，"马扩考虑了半天，点点头道，"只是如今尚非其时。俺受命出使，不对童贯，也须对朝廷有个交代。耶律大石不放俺，俺自有对付之策。当务之急，俺只怕被他扣住了，宣抚司、统帅部不明底细，一挫之余，遽萌退兵之想，这才真是不可收拾了。"于是马扩提出自己的想法，要求他两位在自己被扣押以前，立刻潜回本军阵地，把一切情况转告种师道。

赵杰有着非常复杂的想法，但他还是答应了马扩的要求，并且思虑周密地想到一些问题："既是宣赞重视前线，俺等听命回去。只是俺兄弟两个都未见过老种经略相公，贸然前去，他岂不疑心是耶律大石派去的细作？须得带着宣赞的手书或信物前去，才能见信于他。"

"大哥想得周到。只是大战刚过，前线的盘查，一定更加严密，俺的手书倘被查出了，于大局更为不利。俺看两位兄弟潜回本军后，不如到小种经略相公军中去找俺爹，让他带去见种帅方妥。"

"俺等又不识令尊，在军备紧张之际，令尊也未必就肯轻信俺两个。"

"有了，"马扩点点头，从自己行囊里取出一双麻鞋说，"大哥且把这双新鞋换上。见到俺爹时，就说这双鞋是东京带来的，俺爹见到它的式样和针脚，就知道它是俺家之物，不会错疑了。万一在途中丢了鞋，二位照俺的话说：'父子俩一样的脚码，一双鞋做了，两个都可穿得。'俺爹听了这话，也就知二位与俺关系非比寻常，一定倾心延接、言无不尽了。"

赵杰换过鞋，问道："俺等这就动身，宣赞还有什么吩咐？"

"大哥兄弟此去，如能回到南边，小弟自是放心。"马扩看看赵杰似乎还有什么要说的，他先把自己的意思说出来了，"如果一战以后，辽军盘查得更加严紧，大哥作速带了兄弟进山去参加义军，留得有为之身，以匡大计。休得在前线耽误了性命，叫小弟悬念不尽。"

"三哥容禀，小弟还有肺腑之言相告。"

马扩终于得到了他盼望已久的这一声称呼，眼睛里顿时有一股热乎乎的感觉。这是他们结识以来，赵杰第一次对他改变称呼。这个改变标志着从今以后，不论在什么处境中，不论他们在一起或分散两地，他们的命运已经紧紧联系起来、不可分割了。从"宣赞"到"三哥"，经历了多么不平凡的一段心路历程。接着马扩又听到赵杰更加坦率地告白道："小弟本是张大哥张关羽属下的义军，此番携带家眷南来，也是奉了张大哥的将令，为的是要与南中豪杰结识，以便里外呼应，共逐鞑虏。此行如不得南归，自当与沙兄弟一齐进山去。这个，三哥尽管放心！"

"大哥行止，非比寻常，俺心里早有掂掇，果真如此。"马扩十分高兴地说，"大哥既奉张大哥将令南来，将来再回去，万一见不到小弟，可与刘参谋的儿子子羽见见面，就说是小弟介绍与他的。此人有血性、有胆量，端的可与共谋大事。"

"小弟牢记在心。"

"再有沙兄弟年纪还轻，这见世面、经风雨之事，虽要自己阅历，也靠有人携带，大哥多照顾着他。"

"这个俺自领会得，"赵杰挽着沙真的胳膊说，"在去燕京途中，沙兄弟已与张大哥见过面了，他的心可热啦！"

"俺跟定大哥，"沙真红着脸，"大哥到哪里，俺也跟到哪里，还怕大哥把兄弟撇了不成？只是三哥将来也要和咱们在一起才好。"

沙真说出了赵杰心里的话。

北方义军既反对契丹贵族的压迫，同时也反对汉族地主大姓的剥削。这双重反抗的意义，在赵杰心中至少是不含糊的，因此他只把宋朝的军队看成反辽事业的同路人，他们只能在一半的事业中合作。但对于已经产生了兄弟般感情的马扩理应提出更高的要求，虽然他了解在目前的情况中，马扩还不能完全接受他的建议，刚才他不是说过，如今尚非其时吗？

"沙兄弟说得好。"他再一次试探道，"不但对胡虏，俺等要与他们拼命。如今君昏臣庸，权奸当道，百姓遭殃，这光景辽、宋如出一辙。三哥身在南朝，对南边的情事见闻更切。小弟说扫除胡尘之后，必得把这些贪官污吏连根拔去，这才能真正解除老百姓倒悬之苦。俺等起义兵的最终鹄的就是为此。等到老百姓起来与官府为敌时，三哥可要站到老百姓一边来啊。"

赵杰的话像一道电光照亮了马扩的胸膛，这权奸当道的话使他想起在东京时与刘锜、李师师的那番谈话，但是"连根拔去"这个概念，却是他从未有过的，它也像电光那样在他心头一瞥就闪过了。

"大哥所见甚远，小弟铭记在心。"马扩郑重地然而是没有经过深思地回答了他，然后紧紧拉起他们的手，似乎要把自己的激情、信赖以及与他们恋恋不舍的感情，通过这双手完全传达到他们身上去。过了半晌，才放开手说："此刻已过二更，兄弟们就去脱换衣服，带些盘缠，这双旧鞋也带走。兄弟们要走也是时候了。只是大门外有人站岗巡哨，怎的悄悄出去，不致打草惊蛇？"

"这个容易。"沙真胸有成竹地说，"俺们翻过后墙出去就是了。俺早去看过，那一溜都是荒地，没人守卫。"

"半夜三更在驿道上行走，也要防牛栏军噜苏盘问。"

"这个俺自会对付。"

"好！"马扩这才下决心把他们放走，"二位兄弟走吧！俺们后会有期。兄弟保重！"

"三哥保重！"

马扩一直听到他们翻出后墙，才去睡觉。正因为彼此都不知道今后有没有再度会面的可能，这"后会有期"四个字对他们变得特别沉重。

2

第二天，马扩、王介儒一行人刚起床，就被耶律大石从前线派来的军队严密地"保护"起来。他们被"保护"得这样周到，以致在三天之内，没有一个人能够出大门一步。

直到廿九日傍晚，忽然听到一阵契丹话的喧呼声。接着就有人用汉语大声地传呼："大石统领专程前来拜谒马宣赞。"

传呼声未绝，耶律大石不带一个随从，自己迈着蹩脚的大步走进来了。

耶律大石只有中等身材，算不得是个很高大的人，但他在精神上和肉体上都很结实，没有因为一战得利而虚胖起来。历史上有的是那种由于某一方面的暂时成就就装模作样，把自己变得像只气球似的胖鼓鼓、轻飘飘的人物，因而他们就终于不得不成为昙花一现的英雄。他们的成功被他们的虚骄抵消了。他们有限的容积盛不下逾量的成功，就要从身体中溢出来。

耶律大石当然是高自位置的。这种高自位置不是产生于被胜利冲昏了的头脑，而是产生于他生活实践中的优越感。这是一切高亢英鸷的人物的共同赋性，但他又有着自己的明显特性。他非常坦率，简直坦率到令人吃惊的地步。他用着好像对一个朋友、同僚甚至是他亲密的幕僚那样坦率的态度来对待马扩。这一方面因为他非常欣赏马扩在燕京所做的一切事情，他认为马扩是个能够大大加害于他的朝廷甚至他个人的人物。他不重视马扩之加害，因为这种加害，已经被自己先发制人的胜利打破了，他所看重的只是马扩之能够大大加害于他。因为能够加害于耶律大石的人，也必然是一个非常的人物。另一方面又因为他有着这样坚强的自信，相信自己已经做过的和正待要去做的一切事情，对于具有像马扩这样一级水平（他能够做出他在燕京所做的那些事情）的对手，一定能够理解他、欣赏他。他深信自己的事业，从自己一面的立场来看，都是必要的而且又是必能成功的，他不怕在马扩面前泄密，反而告诉了他许多机密话，希望得到他的同情和支持。

一个真正卓越的人物，对于他心目中看得起的谈话对象是坦率的，不愿对他保密。虽然在马扩入境之初，他曾经命令要严格地保守军事秘密，现在面对着马扩本人，他却肆无忌惮地把自己的许多想法都谈出来了。这种从战略意义上来说的蔑视保密，与其说出自他的坦率，毋宁说出自他的自信，他不相信在马扩面前泄了密，就会给他带来多少不利之处。

现在他老老实实地告诉马扩：根据他和萧干在战前的安排，准备在宋使马扩和王介儒一行人抵达前线时，立刻把他们全部杀死，彻底破坏和议，以加强破釜沉舟地击败宋军的决心。他说幸而在他们到达以前，战争已经胜利结束，现在没有必要再杀害他们了。他似乎用咨询的眼光，征求马扩对于下面一个可能出乎他的意料的决定有什么意见。

他的见解是，他现在已经说服萧干，改变原议，要求马扩陪同王介儒到宣抚司去谈判辽、宋合作，共同防御女真的问题。他们已经利用这三天的时间到燕京去换了国书回来。

"马某受命前来招抚贵朝君臣，"马扩简单地回答道，"其他之议，未敢与闻。"

"好个招抚贵朝君臣，"耶律大石竖起拇指称赞道，"马宣赞只身直入虎穴，把李门下父子玩于股掌之间，荧惑圣听，迫成和约，胆大包天，堪称一时豪杰。倘非俺一力主张出击，大辽的宗社就不可闻问了。如果认真要算起这笔账来，俺前线的将士可真要对不起宣赞了。只是如今事过境迁，这段前话，不必再提了。"

耶律大石轻轻一笔打销了马扩的招抚之议，接着就从现实出发，继续阐述他的和议计划。

"想我两朝，兵祸不解，正好让金人坐收渔翁之利，其愚莫及。何如双方幡然变计，重缔旧好，联防以御金寇，使女真稍戢野心，才可保得几十年的太平，否则唯有同归于糜烂之一途。贵朝未必信我敦好之诚，但俺之此议，确是为了两朝之好。这等大事，贵在当机立断。不识贵朝君臣，有此卓识，力促其成否？"

说到"贵朝君臣"时，他的语气中充满了轻蔑感，然后略为停顿一下，接下去说："贵朝朝议嚣然，议论横生，徒托空言，无裨实际。这个俺所深知，岂可与言天下之大计？只有宣赞，出入行间，又曾仆仆于辽、金道上，洞悉三朝虚实，俺心中早就挑中了宣赞，要在宣赞面前倾谈为快。宣赞且道此议行得通否？"

联辽防金之议，在萧皇后与马扩的谈话中，曾略露端倪，从马扩个人的见解看来，也认为很有价值。但是马扩可以赞同的是以宋朝为主的联合抗金战线，现在一战以后，辽的地位已反客为主，这种近于城下之盟的协议，无论如何是马扩所不能考虑的。

"林牙此议，"他还是严正地回答道，"马某刚才已经说过，不愿与闻。"

这一次马扩说的是"不愿与闻"，而不是"不敢与闻"，说明他采取的是更加坚决的否定态度，而不是比较谦逊的保留态度。这使得耶律大石非常不满意，非常失望。他原来希望此议能得到马扩个人的赞同。于是他竭力从马扩的表情中寻找他所要采取这种否定态度的原因。

"俺猜中了，想是宣赞因贵朝一败以后，耻与我朝议和。可是宣赞岂不想到，如果贵军一战得胜，俺还能与宣赞安坐于此商议共同御金的大事吗？"耶律大石的思想太迅速了，他的第一个理由还没有被马扩接受，马上又说出第二层理由道，"再不然，想是宣赞因职责所限，未便就此与俺深谈，这个俺也不能勉强。只是金人狼虎之心，贪得无厌，贵朝日后终将吃它的亏。"

耶律大石虽然不勉强马扩表态，但仍相信马扩在内心中是支持他这项建议的。他坦率地表示了这种看法道："俺深信阁下有此卓识。王中秘把国书带去给童宣抚时，阁下要以两朝的利益为重，据理力争，促其成功，休辜负了俺的这番期待之意。现在不谈这个了。"

接着他又回过头来谈论马扩的燕京之行，这是使他深感兴趣的谈话题材。

"宣赞在燕京的行止，俺都知道，"他带着洞察一切的精明的微笑说，"听说阁下在京与李处温那厮厮混得熟，还派人混入宫禁，勾结李奭，真是大胆荒诞之至。却不知道天下事不系于此等鼠辈之手，"说着他摇得腰间的佩剑铿锵作响，"而系于这个。宣赞岂非枉费心机！"

"足下佩着一柄宝剑，就以为天下事可以随心所欲，却不想天下佩宝剑的人多着呢！"马扩笑笑说，"别的姑且不说，即如王中秘携来的国书，是国妃再三与俺言定了，折钗为誓，又经国王钤上印玺，何等郑重！足下凭着一柄宝剑，把它换来换去，视同儿戏。国王、国妃，如有别议，难道足下也用宝剑来迫使他们就范吗？"

"苟有利于国家，又何所不可为？岂不闻'将在外，君命有所不受'，俺身为大将，负着社稷重任，一心为国，却不拘泥这等小节。如今国势蜩螗，狐鼠横行，内外两副重担，都落在俺与四军身上。朝廷内见异思迁、卖主求荣的龌龊小人，大有人在。一等前线稳定，俺就当提兵入京，尽除此辈，以安宗社。此事俺已预作布置；他们如想南奔，真是自投罗网，如想北投金虏，俺也早有提防之招。阁下得便，寄语李门下，劝他休再生此妄想了。"

"北投金人，倒是小事，"马扩又一次微笑道，"只怕他们就此把完颜阿骨打请进居庸关来，足下防不胜防，到了那时可大费手脚了。"

"金虏真要进来，俺前拒虎，后拒狼，即使陷入两面作战，也无所畏惧。"

"林牙说得好轻松，前后受敌，乃是兵家大忌。只如林牙刚才说的'前线稳定'四字，真要做到，也是谈何容易？据俺所闻，贵朝境内，义军四起，祸患之来，近在心膂，后方先自不稳定了，自顾不暇，怎谈得到'前线稳定'？"

"宣赞说前线稳定，谈何容易，只是猜测之词，"耶律大石点头道，"俺说容易做到，却有根据。宣赞只听到三日前道路上传闻的消息，却不知道这两天我军又续有进展。"

一谈到前线，耶律大石好像一匹久经战阵的战马听到鼓角声时那样兴奋起来。对于一个战略家来说，还有什么比得上他在一场胜利的战役后，当着一员敌方将领的面，谦逊而又痛快地分析这一战役成败利钝的因素更加感兴趣的事情？这时耶律大石把马扩当作这样一个可喜的谈话对象，似乎马扩是被邀请来分享这种乐趣的一位贵宾。他详细地谈到二十六日那天，他怎样煞费苦心地把杨可世的精锐部队牵制在界河两岸，甚至杨可世的渡河作战，也在他预料中，把杨可世本人放过河，他才可能放手发动南岸的攻击。他承认杨可世的猛攻，几次动摇了他的阵脚，有好几次他几乎要改变原定计划把包抄两边的大部队撤下来解正面之围。如果这样，就中了杨可世之计，使大局改观了。他说杨可世最后一次猛攻时，他一度认为自己已被战败，准备一死殉国。当时他藏在阵后，与杨可世只有一箭之距，幸亏将士们力战，持之以坚，才能顶住杨可世的攻击，转危为安。说话时，他对西军作了恰如其分的评价，说宋、辽对峙一百多年来从未有过这样的激战，杨可世也当得起是当代的名将了。

然后他又得意地说道，继二十六日一战以后，二十七、二十八两天，他都曾发动试探性的进攻，今天凌晨，又进行一次强烈的进攻，压迫宋军后退数里至十数里的阵地不等。他讥笑环庆军当不得他亲自一击，就纷纷后撤。他是等到这个胜利的战役结束后，才从东线赶到这里来的，征尘仆仆的战袍还来不及更换。但他对这个局势还不能完全满意，他认为截至此刻，还不能说前线已经完全稳定了。这时他用着一个统帅和他的行军参谋共同研究作战方略时那副全神贯注的神情，用手指蘸着茶水，在桌面上画出目前两军阵地的大致轮廓，一面随时补上很快就干了的茶水，一面分析道："目前犬牙相错，都在平坦沮洳的地面上构筑临时阵地，双方都无险可凭。这个地势对进攻的一面有利。"

"这是无可辩驳的军事常识，如果情况真是这样，我军确属危殆万分。"马扩不禁在心里暗暗着急。

"我军一再获利，攻势旺盛，"耶律大石完全没有顾及马扩心里想的什么，"相形之下，贵军就显得士气萎靡，抵御不力。只如今日之战，东线的杨惟中、西线的辛兴宗都是不战而溃，放弃了阵地。倘非王禀等力战，俺早已挥兵直趋雄州城下了。形势如此有利，俺决于三数日内，再发动一次猛攻，必得把贵军逼退到雄州、霸州一线，闭关自守，无出击之力。那时才谈得上前线稳定，对今后的军政局面，才能操纵自如。"

耶律大石畅快地谈论着，不怕把自己计划中的一次攻击告诉马扩，只因他对自己要想争取的目标已有充分的把握。只有当他说到"操纵自如"时，才意识到马扩是敌方人员，于是带着一点歉意说："俺说的都是实实在在的话，宣赞要处在俺的地位上，一定也是如此做的，宣赞休得介意。宣赞回去后，不妨把这话传与种师道知道，叫他预作准备，严阵以待，与俺一决雌雄。休怪俺乘他之不备，又发动了一场袭击。"

耶律大石说得十分坦率，并无夸耀自己、凌侮对方之意，但在他的坦率之中，仍然充满了自信，这使得马扩听了，非常刺耳。

"林牙一面力主双方议和交好，"他反驳道，"一面又一再主张发动袭击，岂非言行不一，自相矛盾？老实说，俺马某就信不过你的建议，又怎能使宣抚和经略相信你家议和的诚意？"

"两朝既以兵戎相见，还有什么仁义礼让之可言？"耶律大石振振有词地回答道，"战戎之事，总是以势相凌，以力屈人。俺刚才不是说过，今日我军乘胜前进，穷追猛打，才能稍戢童宣抚乘时谋利，定要灭亡我朝的野心。唯有他们一伙人的野心稍戢，才谈得上两朝联防共御金寇之计。否则唯有使我泥首乞降而已，还有什么联防不联防？俺说的都是老实话，宣赞莫怪。"

"以势相凌，以力屈人，这也是谈何容易的！林牙老于军事，岂不知小小进退，乃是兵家常事？"马扩猛然刺他一下道，"当初达鲁古城下之战，贵朝出师之盛，为近年所未有。林牙身在行间，单骑突阵，猛搏粘罕，意气何等轩昂？结果如何，林牙自己可知道得最清楚了。"

达鲁古之役是辽、金间的一场主力决战。当时辽集合了七万步兵、二万骑兵，准备一举消灭女真。激战的结果，却是辽军受到全歼，只剩得少数残兵败将回去，从此伤了元气，一蹶不振，再也不能与金军抗衡。两军酣战方殷之际，辽的两员骑将，甩脱大军，突然冲到金军的核心阵地，直扑大将粘罕。粘罕狼狈逃走，辽将乘势急追，马尾马头相衔接，只差得寻丈之间。这时金主完颜阿骨打从斜刺里驰上，用力一箭，射透了一员辽将的胸甲，堕死马下，完颜阿骨打的亲将也一齐拥上。另一员辽将看看势不得逞，乘金军尚未合围之前，挥戈大呼，驰突回去了，这员辽将就是耶律大石。这件事是马扩使金时，二太子斡离不亲口告诉他的。现在马扩用来当作当面奚落的资料，有意揭他的疮疤，这当然是一种火药味十足的挑衅行为。

"俺就是要揭你的疮疤，就是要刺痛你，惹得你发作，"马扩心里痛快地想道，"看你又待把俺怎样？"

当马扩在瑶光殿和萧皇后谈判时，他一直是心平气和的，因为即使萧皇后是个十分能干的谈判对手，预先布置了不少埋伏，她毕竟已经缴械投降了，对他已不再存在威胁与压迫的问题。现在他落在耶律大石手里。耶律大石先是不由分说地把他这个堂堂的谈判使节禁闭了三天，然后又以一个坦率和谦逊的战胜者的姿态出现在他面前，好像接待一个朋友那样地接待了他，说了多少在尖锐之中仍不失为真实的话，他受到了事前没有能够预料到的接待。但马扩是一个非常敏感的人，而他们今天谈到的问题也都是些可以引起他灵敏反应的问题。他早已感到耶律大石的坦率是一种胜利者的坦率，他的谦逊是一种对战败者故作高姿态的谦逊。无论坦率或者谦逊，都把马扩放在一个屈辱的地位上，两者都叫马扩受不了。何况他还意识到他的生命仍然掌握在耶律大石手里，只要一言相戾，触怒了耶律大石，就可能为自己带来杀身之祸。这就更加激起他的反感。马扩是这样的一种人，他越是不能够掌握自己命运的时候，就越要采取刚强果毅的行动来摆脱那只控制住他命运的手。他的反作用力的大小，决定于他受到的作用力的轻重。

他的这句尖刻话，果然达到了挑衅的目的。有一刹那，耶律大石的脸上出现了非常阴沉的表情。在这种表情后面没有什么事情做不出来：他可以杀死一个亲人，可以烧掉几处村落，可以毁灭许多州县，可以残破一个国家。可是他控制住自己了，他对马扩审视半晌，似乎要对他的勇气、胆识和反抗力进行一次再估价，然后下出结论道："马宣赞，你忒大胆了，不愧是个硬汉子，俺今天算是结识了你。"

结束了军事、外交方面的谈话，然后耶律大石从主人的地位上殷勤问起马扩——这个由于他的命令而被扣留的国宾的生活起居来。他说了些招待不周的客气话，接着就叫从人献上四尾还掀着尾巴跳动的鲜鱼。

"俺特地从前线带来这四尾鲥鱼，这是这里拒马河的名产，等闲时吃不到它。"耶律大石说。在这方面他也是个专家，他殷勤地相劝道："这鲥鱼做清汤，最是好吃，用油炸了烩，也算名菜。行馆里有的是好厨子，宣赞叫他们烹制了，倒要好好地品味它一番，休辜负了俺特地从前线带来专程相馈的美意。"

"如此就多谢林牙了。林牙今天何不就在这里吃了鲥鱼再走？"

"鲥鱼虽是名产，俺在这里待得长久了，倒常有机会吃到。"耶律大石婉辞了马扩的邀请，然后坦率诚恳，甚至表现出很大的热情说，"马宣赞你看，俺一来就和你谈得莫逆，连王中秘那里也忘了去。如今定了与贵朝议和联防之计，岂可不与他谈个明白？这顿晚饭，俺就去扰他，不怕他不拿出好的治与俺吃。晚上还少不得有些机密话与他相谈，不再打扰宣赞了。宣赞连日辛苦，今晚上早点休息。明天清早俺就打发铁骑护送你们一行人过前线去，俺与宣赞后会有期了。"

他们相将携手走出户外。耶律大石对马扩还是恋恋不舍，似乎要等待马扩最后说句话，在他们不寻常的友谊上打上一个认可的烙印，才舍得把他放走。

"俺在会宁府时，"马扩满足了他，一半出于外交辞令，一半也出于真诚，"就闻得二太子斡离不说起林牙的文武才略。今日在新城行馆中，不意与林牙邂逅相逢，备聆倜傥之论，不胜钦慕。只怕异日再次相见，不免要在战场上与林牙周旋较量一番了。那时林牙休得见怪。"

"好个朝定[1]！"耶律大石哈哈大笑起来，不禁顺口溜出一个契丹词儿，连忙改正道，"好个知心朋友，直是如此有礼。俺也闻得'也立麻力'的大名，倒要领教领教宣赞的手段。只是疆场相见时，宣赞千万手下留情，休忘了俺今日专程从前线赶来相赠鲥鱼的一番情意。"

3

在辽军铁骑的护卫下，马扩等一行人渡过白沟，回到他们十二天前出发北上的原地点。当初，南岸沿河之地还是宋军的最前线，如今却成为辽军的后方了。马扩对这一带地区的景物本是最熟悉的，仅仅十二天的小别，这里已经大大变了样。原来军戍严密岗哨环布的前沿阵地，现在已变成胡骑纵横的场所，真可谓"景物犹是，人事全非"了。使马扩最感到触目惊心的，是许多他曾经在里面工作过、吃饭休息过、住过的农舍，如今已成为一堆堆的瓦砾场，还有不少房舍和窝铺被焚烧得焦头烂额、肢体不全。有的像刺猬一样，在一小块地方中，集中地受到不可胜计的箭矢。蒙上灰沙的箭翎已经变成灰色；箭镞深深地陷入土墙、木窗中，谁也不肯花费一点气力把它拔出来，再派一次用场。空地上抛弃着残破的兵刃和无法修补的衣甲，有的还沾上了血污。还没有掩埋起来的战马的尸体被割裂得支离破碎，发出腐臭的气味。在它周围的稀少的青草都被压平了，留下这些为国捐躯的马匹和他们的主人垂死前挣扎的痕迹。

一场大战已经过去几天，战争的残骸仍然被抛置在战场上，没有得到完全的清理。但是生气勃勃的辽军已经在战争的废墟上重新建立起新的根据地。在留下来的农舍和临时搭起来的大营帐里都住满了人，满地放着马。他们利用饭后的空隙，有的在打磨兵器，有的在河滩饮马、洗马，也顺便给自己洗个澡，临时搓一把的衣服搭在树枝上晾干，自己就赤条条地躺在树荫下乘凉。他们看见马扩等一行人经过，都不免要惊奇地交换几句契丹话，议论一番，或者向护送的铁骑打听。铁骑严厉地制止他们问话，他们就恣意嘲笑几句。受到一再战胜的鼓舞，他们干起什么来，都是轻松愉快、精神抖擞的，活泼、欢乐的神情洋溢在每个战士的面上。三天来苦战的疲劳都被兴奋的期待抵消了，现在流露在每一张脸上的表情是：他们不仅可以做好一切手头上正在做着的事情，还在枕戈待命，准备去完成更艰巨的任务，胜利属于他们是毫无疑问的。在马扩经过的辽军阵地上到处都出现这种战胜后人腾马骧、士气旺盛的兴旺气象。

中午以后，马扩一行人进入宋军阵地。那里是大将王禀的防区。马扩认得他的部将，很容易就被放进去。他们告诉马扩，王禀到统帅部找老种经略相公去了，统帅部就设在西南方向七八里地的张市。他们带着鄙夷的神情说到宣抚司早于二十六日一战失利后，就撤入雄州城里。

许多战士和裨将听到他们交谈时都围拢来参加谈话，他们乐于在这个没有参加过战斗的马扩面前详细地讲述战事的经过，并且发表他们对战局的感想。

"他奶奶的宣抚使，连敌人的影子还没看见，就快马加鞭地往回跑，这会子想已跑到东京城了。"

"那天打得可热闹啦，连在一旁观战的大树也为俺惊出一身冷汗。马宣赞没赶上这场热闹，可真是一生恨事。"

"俺生平哪曾见过这样激烈的战斗！杨统领的五百名亲兵只剩得一百二十多名回来，听说辽军元帅的左右护卫也被杨统领杀得精光。俺这里的王总管打得好，把敌人缠住不放。可恨刘太尉不肯发兵相助，叫咱孤军奋斗，吃了些亏。"

"刘家的也是听了童宣抚的命令，袖手旁观。损人还是害己，昨天一战，他那里吃的亏更大。"

"千怪万怪，只怪童贯不好。大伙儿如果都随了李都头去斫营，早就把辽军打垮，掌着得胜鼓回朝了，哪有今日之祸？"

"听说童贯那厮，恬不知耻，二十六日那天打了败仗后还上奏朝廷，谎报战胜哩！"

有一个马扩不认得的军官趁机插上来吹嘘他的英勇战绩。他照例是把战争中看见别人做的，或者他自己想做而不曾做到的一切都当作已成事实来讲了，还加上许多无法证实或加以否定的细节描写，而把战败的原因归咎于宣抚司调度失当。他倒是识得马宣赞的，要求马宣赞记下他的名字，得便时在老种经略相公、小种经略相公面前提一提。

这个军官前面一部分描绘没有引起人们的共鸣，他们即使没法否定他，也不相信凭他的为人在战场上可能会有那样的表现，同时也以他利用这种方式来表白自己的功劳为耻，他们不相信在他们爱戴的王总管麾下会有什么功劳被抹杀的。

可是他们对他后面的结论"打败了，宣抚司要负战败的一切责任"却一致同意。

中外古今许多军事宣传家绞尽脑汁想出种种奇妙的措辞来掩盖一场失败的战争，其中的一个杰作，就是把后退叫作"转进"。在童贯的幕僚中间也不乏善于搞这种文字游戏的专家。他们在二十六日战后的第一个奏报中就是以战胜者自居的，只有到了事实真相无法掩盖时，才把一切责任推到种师道头上去。这种文字游戏可能收效于远离战场的后方，可以欺骗朝廷、官家和大官儿们，却不能欺骗身在前线的士兵，士兵们对于前后左右的方位十分清楚，他们的统帅部和他们的阵地不是向前方而是向后方移动了，那就是不折不扣的战败，没有比这个更加简单清楚的事情了。而战败总是要怪身在前方的军事最高当局，这也是理所当然的。究竟应该让种师道还是让童贯来负战败的责任，这在战士们的心里也是一清二楚的。

还有人要继续发表对战局的议论，马扩没有工夫再听下去了。他把王介儒一行人众暂时安顿一下，连同自己的随从一起交给他熟悉的一员裨将负责保护，自己借匹坐骑，径往张市去找种师道。

在骑马疾驰中，马扩大概地观察了我军的阵地。四天来的挫败，使我军各路部队都后撤了二三十里不等，现在勉强保持着一条不规则的斜线的阵地。其中辛兴宗指挥的西路军退得最远。二十六日之战，辛兴宗还是亲临前线，督战甚力。二十七日以后，一败不可收拾，目前基本上已退到靠近雄州城脚下立寨。在马扩经过的东路军防区中也出现参差不齐的阵地，一切都带着临时匆遽的痕迹。还有些匆忙中搭起来的营帐，紧靠在丛树旁边。这是违反军事基本常识的。匆遽立寨时连这点常识也忽略了，这使马扩很不满意。

耶律大石曾经向马扩分析过两点：第一，双方临时构筑的阵地，缺乏坚固的凭借，工事也是草草的，这有利于进攻的一方，不利于防守的一方；第二，经过一再挫败后，宋军战士士气萎靡，无心恋战。这两点都由马扩亲自证实了。处在这样脆薄的阵地中、处在这样萎靡不振的状态中的官兵们，要抵抗住辽军的进攻，非要经过一番彻底的改造，大大转变官兵们的处境和心理状态不可。由此马扩感觉到耶律大石扬言要在三数日内再发动一次大规模的进攻，确有事实根据，并非虚声恫吓。

马扩曾经上过耶律大石的当，那是在他没有进一步深思的情况下受到耶律大石疑兵的愚弄，以致忽略了他出兵掩击的可能性。现在耶律大石又在扬言要大举进攻了，马扩十分警惕自己不要再次中他的圈套。他实地观察了阵地，分析了形势和战士们的心理状态后，感觉到这番耶律大石说的是真话，是老实话，他已经成竹在胸，发动一次进击是不可避免的了。

十多天以来的急遽变化——从接受渺茫的任务开始，一变而为形势十分有利，成功在望，那时的他意气风发，满怀信心。可是成功的机会忽然从他手指缝里漏出去了，满有希望的局面一变而为彻底的失败。这些急遽的变化，使得马扩一向冷静的头脑也发起热来。他痛苦地感觉到形势的变化总是超过他的推想和判断。形势犹如一个在竞走比赛中领先的对手，他一直以几步之差，跑在自己前面，自己不管怎样拼命，老是追不上去。由于对形势认识不足，估计错误，已经使他做错了一些事情。现在回到自己的阵地中来，面对着不利的情况，反而刺激他重新冷静下来。现在他需要的是冷静的分析、冷静的考虑，由此得出正确的结论来。

他综合了他在敌、我双方之间活动所获得的种种印象，概括出当务之急的几条意见：

一、最基本的估计，局势还是有利于我。辽政府支离破碎，内外交困。萧皇后犹豫了好几天，最后还是被迫面议纳降，这就是最有力的证据。

二、耶律大石发动掩击，是出于万不得已的孤注一掷的冒险行动。他虽然侥幸得胜，由于后备力量有限，不可能从根本上扭转辽政府所处的危亡的局面。因此耶律大石必须利用暂时的优势，再发动一次攻击，以巩固他的战略地位，然后才能着手去解决内部问题。

三、统帅部坚持在城外构筑阵地，没有把全军撤入雄州城内，这是正确的措施。它关系到我军是进行反攻，还是乖乖地服输。但是目前我军士气不振，必须就地及时大加整顿，一定要顶住辽军的再一次猛攻，站稳了立足点，才能改变目前双方的攻守地位。

四、简陋的阵地也需改进，但目的是为了顶住辽军的进攻，以便从防御转入反攻，并不是要在这里与辽军长期相持，因此也不值得花费过多的力量。

马扩一面驰骑疾进，一面又进一步考虑了以上几点意见。忽然听到蹄声嘚嘚，一群人转过一个小山坡，信马归来。为首的一个就是王禀，种师道本人和杨可世、姚平仲等高级将领与一些参谋也跟在后面。他们的表情是深沉的，说明视察阵地后共同得到局势严重的印象。但是他们意外地看到了马扩，大家都兴奋地惊呼起来。

"闻得贤侄到燕京去了，"种师道紧一紧手里的缰绳，拍马当先，关心地问，"今日怎得回来在这里相见？"

"愚侄出使十余日，在燕京时遇见耶律淳与萧妃，昨日又与耶律大石在新城行馆中相晤。今日归来，正要向主帅禀明一切，兼对目前战局略献刍意，不想在这里碰见主帅，好不凑巧！"

"巧遇，巧遇！"种师道带着既想与马扩谈谈，以倾积阔，又怕谈到问题核心，触动他烦恼的矛盾心理，说，"这里不是谈话之处，贤侄且随俺回军部去再说。"

但是马扩已经等不及回到张市，在归途中与种师道联骑并辔时，就性急地向他汇报出使经过，并且直率地把他刚才考虑的几点意见谈出来了。种师道多少已有点重听，在马蹄声中，听话更加费力。但是马扩发现使他心不在焉的不是重听，而是他本人在数败之后，自己也处在十分颓丧的心情中，对战局前途已经失却信心。

马扩谈出了自己的意见后，要求种师道明白答复表态。

"贤侄所说各事，都是洞中机窍，为当前急务。"种师道黯然了半天，回答道，"就是俺本人千思万想的也都是这些。无奈宣抚司逐日派人前来聒噪，督过于俺。"由于上了年纪，更兼在马上颠了，他说话有点上气不接下气，一提到宣抚司，他就气愤地说："今日上午，刘参谋又来传宣抚之命，要俺全军撤入雄州，否则再有挫失，唯俺是问。俺怎当得起这个违令的罪名？撤兵又心所不甘，贤侄且看看俺怎生应付这个局面。"

"宣抚司做不出好事，这是理所当然，"马扩吃惊道，"可是刘参谋久历戎行，素有知兵之称，怎不知敌前退兵，正犯兵家之大忌？想那耶律大石虎视眈眈，正要寻找我军的罅隙。他昨天还在愚侄面前扬言要在三数日内大举进犯。寄语主帅，善为提防，与他一决雌雄。我军如轻于一动，他正好乘虚而入，纵兵追击，那时大局真不堪问闻了。刘参谋怎会如此没分晓？"接着，他紧一紧坐骑，使自己与种师道靠得更近些，情急地劝告道："主帅一身系全军之重，如今大家的眼睛全望着旌麾，倘使稍有移动，三军必将随之披靡。到了那时，国威堕地，金、辽两邦交替侵入，朝廷的前途就不堪设想了。"说到这里，他不禁严重地警告种师道："将来青史秉笔，褒善贬过，童贯之流固在不齿之列，我公恐也不得辞其咎。"

马扩的这句话说得十分郑重，种师道听了不禁大惊失色，他满腹牢骚地为自己辩白道："俺怕不省得这个！文人秉笔，是非难辨，史书上多少委曲，他们分解得明白？"接着他愤然说："用兵之初，俺就与童贯言明在先，将来事有蹉跎，俺不任其咎，今日不幸而言中，难道也要俺来负责？"

马扩意识到刚才那句话实在分量太重了，伤了种师道的自尊心，现在竭力把语气缓和下来："当务之急，是以全力御敌，力挽狂澜，转败为功。个人的责任又算得什么？将来自有分辩处。"然后他扬鞭指着前面一带树林，问道："在那面依林立寨的是谁的部队？"

"杨统制杨惟中驻在那里。"

"建寨必择高阳之地，以利攻守。现今杨统制的营寨东、西、北三面都逼着树林，恐防敌人乘风火攻。更兼我军昼夜眺望，被遮了耳目。这里正居前线冲要之地，他一败就要牵动全局，何不命他迁换一下？"

马扩的意见提得十分中肯。今天早晨，种师道在这里已经来回经过两次，匆促之间，对这个明显的常识性的错误竟然没有看出来，不禁十分歉疚。

"贤侄言之有理，"他转回头去，点头称是，"俺一时失于检点，未及校正。回去后就叫杨惟中迁了营寨。"

"定不得耶律大石哪时哪刻又来掩击。我军行动端须神速，千万不得稽误。"

马扩眼看着姚平仲带了种师道的令箭驰往杨惟中那里去命令他迁寨，才放下了心。然后他又问起："愚侄在新城时，曾打发随员赵杰等二员潜回本军阵地，禀陈敌情，不知家父可曾与主帅谈起此事？"

"俺早晨还与马都监见过面，却不曾谈及此事。马都监与端孺此时都在张市，贤侄顷刻见了面，就可问个清楚。"

"辽使王介儒一行人还留在前沿阵地，愚侄急于回去安顿他们，向童宣抚复命，并力阻撤兵之议，等不得再与端叔和家父见面了。"他再一次叮咛道，"撤兵一举，事关大局，愚侄见到童贯后，当以生死力争。前线之事，全仗鼎力顶住。愚侄言尽于此，全看主帅的努力了。"

"张市近在咫尺，"种师道扬鞭指道，"既是公事要紧，不暇一过，贤侄且自去吧。这里之事，俺一定尽力而为之。"说着叹口气："总之是能做到哪里，就做到哪里，俺也只好听天由命了。"

这仍是一句令人不安的暧昧的话，但这时马扩已无暇与种师道多说。他辞别了种师道与众人，快马加鞭，往回疾驰时，感觉到自己的肩膀上压着千钧重担。

4

马扩一刻不停留地驰进雄州，把王介儒一行人安顿好，自己径到宣抚司去找童贯复命。

宣抚司里已乱成一团。

衙门的门禁形同虚设，过去的那种煊赫威势如今已一扫而空。许多不相干和没有腰牌的人或者出于好奇，或者是别有用心，都可以随意出入，没有人管——他们也许是宣抚司里某一个官儿的亲戚的亲戚、朋友的朋友，门岗也懒得问一问。

许多房间用交叉的封条封闭起来了。但是封条之所以能够起封条的作用，其权威性全在于印在它上面的一方长方的关防。这种朱红的九叠篆字，向来不可一世，现在随着宣抚使本人的威风扫地，它也起不了"关"和"防"的作用，封条更成为一张废纸。人们熟视无睹地打开贴着封条的门，有的还干脆把它撕去，自由进出，毫无忌惮。

草草地用草席包起来，用木箱装起来，用麻绳扎起来的公家文件以及细心地在显眼的地方都贴上标签的私人行李、包裹都堆在过道上，堆在空房间里，堆成一座座的小山，单等有空出来的车辆，就装上往后方送。他们似乎随时都准备把这个机关撤退到中山府、河间府、真定府，必要的时候还可以撤到开封府。

宣抚司是一个特殊的机关，宣抚司的随军人员是一种要加上引号的例外的军人。他们永远保持两种优先权：打了胜仗，他们保持议功叙赏的优先权，因为他们的手长；打了败仗，他们保持拔脚飞跑的优先权，因为他们的脚长。当然，除此以外，他们还保有其他种种的优先权。

宣抚司的僚属们过去把马扩看成一匹不羁之马，因此大家对他进行严厉的谴责。现在一败之余，他们共同的看法是朝廷将有行遣，童贯不一定或者是不可能再保牢宣抚使的位置了，因而他们自己一个个也成为不羁之马。马络头、衔环、缰绳、脚镫一齐被丢得远远的，一切束缚都摆脱了，他们再也不讲究体统礼貌、上下尊卑以及到衙门来上班的一整套清规戒律。他们高兴怎样就怎样，有的人在外面乱跑，趁乱哄哄的机会把一切可以捞到手的东西顺便往口袋里塞。更多的人挤在一块儿，相互制造谣言，酝酿气氛，压迫童贯把这个机关往后撤。他们的消息特别多，一个时辰内要来多次警报，奇怪的是，到头来他们自己也相信起这些自己制造出来的谣言了，彼此转告，广泛传播。

一句话，耶律大石的胜利，把赖以支撑这个机关秩序的宣抚使童贯的个人气焰完全打下去了。

当马扩找到这个气焰已经大大降低了的宣抚使本人，向他汇报出使经过时，这一群"不羁之马"也跟着进来，环坐在童贯周围，大声谈笑，并且希望听到什么不合脾胃的东西以便对马扩大肆攻击，用来证明他们过去是，现在更加是他的死对头。他们原来推荐马扩出使，早已料定他有去无回。现在马扩居然活着回来，并且公然在这里露面，这个事实就使他们受不了。

在马扩汇报过程中，他们不断插进话来，打断马扩的说话，这使马扩警惕起来，不得不小心地把一部分最机密的话保留下来。

当他说起瑶光殿萧皇后议降一节时，僚属们顿时起哄，纷纷发表议论："马宣赞成就得如此大功回来，可惜晚了一步，前线吃个败仗，一场功劳也就化为乌有了。"

"千怪万怪，要怪那老种不争气，他如打个胜仗，马宣赞再赍着萧皇后的降表回来，岂不成为大大的功臣了？"

"凌烟阁里图功最，不数当年曹利用？"一个捷才马上吟成两句诗，还加上一个"可惜呀可惜"。

"千怪万怪，要怪马宣赞额下少了几茎髭须，上了萧皇后的当也不知道，倒教我们吃了大亏。"有人开始对马扩进行人身攻击。

"打败仗是一节事，瑶光殿议降又是一节事。议降在前，吃败仗在后。马宣赞此行一定是大有所'获'了。"血气已衰、戒之在得的李宗振好像帮着马扩说话，但他的重点在一个"获"字，他故意把这个字说得十分神秘化，声音拖得很长，有一波三折之妙，然后向众人点点头，"马宣赞停会儿可要亮出来，让大家开开眼界。这个萧皇后手面阔绰，她的馈贻一定是大有可观的！"

马扩不理睬这些胡言乱语，继续与童贯谈下去。

当他分析了总的形势，斩钉截铁地主张重整旗鼓，坚守阵地，顶住辽军的攻击，坚决反对撤兵进城之议时，僚属们群情激昂地鼓噪起来。

"马宣赞既然如此少年英雄，就该匹马单枪到前线去顶住耶律大石，何必到这里来摇唇鼓舌！"文字机宜王麟说得最尖刻，他从鼻子管里透一口气，"哼！这才叫'蚂蚁顶石臼——'"

"吃力不讨好。"两搭档之一的贾评连忙接上来补足他的歇后语,加上说,"只怕把马宣赞压成齑粉,也救不得老种一命。"

"撤兵之议早已定局,"有人义愤填膺地拍案叫骂道,"岂容得他在这里摇唇鼓舌,蛊惑人心,误了大事!"

马扩忍无可忍,忽地站起身子来,指着不知道从哪儿碰来一撮灰尘的王麟的鼻子尖——因为他刚从那里哼出来的一声最惹人注意,厉声喝道:"马某在此向宣抚述职,无与别人之事,诸公想听听的,就安静坐下来听,少安毋躁。不想听的,就请便出去。这里是机密房,岂容得青蝇嘤嘤,在此胡噪!"接着他不客气地诘问童贯道:"我军一败之余,难道国法军纪,也都随着荡然无余了吗?宣抚受朝廷重寄,表率三军,竟容得有人在宣抚的机密房里大声骚扰!"

众人一齐看看童贯的颜色。虽说童贯的威风已经大大打了折扣,毕竟朝廷尚无明旨降下,大印还捏在他手里,尚有余威可逞。只见他脸色一沉,向门外挥挥手,幕僚们一窝蜂地退出机密房,然后就挤在房门之外三三两两地议论起来。

"让这等乳臭未干的小子来参与末议,天下事焉得不坏?"

"都怪诸君不好,大家都推举那小子出使辽廷。俺当初就力持异议,其奈孤掌难鸣矣!"

"总怪俺等平日没有把他教育成人,今天他就目空一切起来,不知道天有多高,地有多厚!"

这俨然是个老前辈的口吻,似乎他一直是在谆谆教谕,希望使之成人的,怎奈孺子不可教矣!但是他说得太温和了,贾评立刻用最激烈的言辞来抵消他的影响。

"这小子不知道受了逆妇萧氏(给各种身份的人以明确的称谓,这也是幕僚们的形式逻辑)多少贿赂,要把俺等淹留在此,成她一网打尽之计。"他发起倡议道,"俺等这就动个议状,大家签署了衔名,公启宣相,把这个通敌有据、摇惑军心的小子拿去宰了,也好叫老种他们识得俺等的手段。"

"先把那小子的行装搜上一搜,看他受了逆妇萧氏多少贿赂。只怕他经过前线时,已经做了手脚。"

这时童贯在室内看见马扩的脸色怒冲冲的,就赔笑安慰道:"这些耗子吃空了这里的粮仓,又想钻到哪里去觅食了?他们正在打退堂鼓,唯恐脱不了身。"童贯平日虽然百般信用他们,对他们的个人想法,却是一清二楚的。明知道他们不可能成为自己的孝子贤孙,跟他一齐陨灭,却也割舍他们不得。只要他一天坐在宣抚使的位置上，就要让他们这些耗子继续来钻他的粮仓。这个道理犹如官家之对待他本人，对待王黼、蔡攸、高俅他们一样，大家心里都明白。当下他安慰马扩道："子充休与他们一般见识，咱们且议论大事要紧。"

童贯的气色越来越温和了，与他平日飞扬跋扈、颐指气使的态度完全不同，竟有些虚心求教的神气。他先盛赞马扩出使的功劳，可惜功败垂成。然后微微说到种师道刚愎违命，擅令杨可世过河挑战，打草惊蛇，激怒了耶律大石，以致造成全线溃败。他说的是谎话，但在战败以后，他已经把这个谎话反复说了十多次，并且在无可掩饰的情况下，已把这话上奏朝廷，自己也相信这是事实了。

"据马某所闻，耶律大石发动掩击，蓄谋已久，岂是我军挑衅之过？"

"这个暂且不谈，"童贯连忙摇手制止道，"先说善后之计，宣赞看看如何来收拾大局？"

接着他说到目前大局的核心问题是蔡宣抚、刘参谋都力主撤兵，宣抚司的僚属们为了本身安全也都支持他们。只有赵龙图一人力持异议，反对撤兵。于是他问道："赵龙图虽反对撤兵，却说不出一个道理来，宣赞且说此中利害如何？"

马扩扼要地重复了自己的几点想法，还补充了刚才在众人面前不便明言的机密话。他注意到童贯听得很仔细，特别对李处温的一节更加感兴趣。马扩直截了当地反问道："主张撤兵的，都只为自己打算，不顾国家大局。马某且问宣抚本人意下如何？"

"俺心里兀自狐疑不定。"童贯说了一句他难得说的老实话，"这等大事，难道一战失利，就此罢了手不成？如今听宣赞这一说，大事尚有可为，俺听了心里也就踏实了。宣赞快去找刘参谋，只要说得动他，俺仍主进兵之议，伺机力图反攻。至于宣赞深虑退兵时受到掩击，此言也深合吾意。宣赞找到刘参谋时，务必把这层意思，与他阐明。"

"这些马某都领会。"马扩一席话说服了童贯，使他对进兵之议也热心起来，心里觉得舒畅些，"马某这就去找刘参谋，就说奉宣抚之命，与他谈话的。谈了后再给宣抚回音。宣抚好歹要打定主意，不为浮议所惑，马某才好办事。再者王介儒一行人现在安顿在行馆中，须得有人去款待他们数日，既要严防他们透露军情，又要虚与委蛇，待军事稳定后，再与他谈判。耶律大石提出共同御金之策，事关大局，须得朝廷做主。依马某末见，为长久之计，这倒也未始不是一策，只是还要看看时势再说。"

　　"司里的人都已归心如箭，巴不得插翅高飞，早离开这块是非之地，哪有心思再留下来承办公事？况且俺的心事也难与他们一一明言。这接待辽使之事，说不得，也只好一并烦劳宣赞了。宣赞快去找了刘参谋来与俺回话。"

5

按照目前的情况来看，主张撤退就是承认战败，两者在这里是同义词。当然他们口头上也还有些好听话，说什么暂时撤退是为了保护大军安全，是为了组织更好的进攻，等等，但根据当时当地的特殊条件，这种说法是不现实的，前线的战士都了解这一点。

马扩抽空去摸了摸宣抚司各人心里的底。

蔡攸是不怕承认战败的。他虽是伐辽战争发起人之一，但此番北上，奉有明旨，只管民事，不问军政。军事上的失败，应由都统制种师道负责，即使要向上追究，也只能追到童贯身上，无论如何不会追到他蔡攸头上来。再则，对于战败的后果，他也没有往深处去想，更没有联系到它的根本利害。战败了顶多与没有发动这场战争一样，还会有什么更大的祸水？朝廷之所以要发动这场战争，戳穿了说，无非是一场儿戏，成功了大家兴高采烈，失败了也没有什么了不起，顶多另外再找个题目去"玩"，天底下好玩的事情多着呢，岂止战争一件！北齐后主的兄弟建议兄长把一个捆绑着的宫女装进木箱里，再放进几斗蝎子，大家都去欣赏蝎子折磨那个宫女的奇观。后主看了，果然十分称赏，还责备兄弟道："如此乐事，何不早来奏知？"在蔡攸的心目中，收复燕云，又何尝不是这一类的乐事，可惜它玩起来没有那么有趣，不能为他们提供官能上的快感。既然如此，不如借此下台，早点回东京去另找别的玩，何必再留在前线寻欢不成，反而惹得一身腥臊？因此蔡攸主张撤兵是十分自然的，毫不足怪。

宣抚司的僚属们只有与他们本身利害有关时才关心前线战局。现在他们的共同看法是败局已定，童贯也将下台。既然在前线已无油水可捞，剩下的事情就是逃命要紧。他们虽然都顶着"立里客"这个光荣的头衔，却没有哪个准备壮烈牺牲，做"立里"的殉葬品。殉主而死的田横五百舍人，那只是书本中渲染得热闹的平话故事，谁又真到海岛中去核实过？如果真有那么一回事，那肯定是一群大傻瓜。他们才不稀罕那样的大傻瓜呢！富贵不得，退而求身家的安全，主张撤退，这完全符合推理。

赵良嗣是伐辽战争的真正老牌发起人，并且始终参与其事。对他赵良嗣，这场战争不是儿戏，而是以他的生命为筹码的赌博。赌输了，逃不脱首先发难的责任，肯定要受到充军流放以上的处分，这是毫无疑问的。说他再想逃回去投靠李处温，那倒是冤枉他了，他不但无此想法，而且事实上也无此可能，耶律大石早已断了他的归路。因而与宣抚司的僚属们相反，他力主坚守，企图转败为功，他的态度是明朗、坚决的。只是目前他处在倒霉的地位上，他的话已不能见信于人。因此他把马扩看成救命稻草，竭力怂恿他去说服刘鞈，还替他出了许多点子。

童贯是这场战争的实际负责人，一战而败，虽然可以把责任推到种师道头上——事实上，这三四天中，他每天都有两三道奏章上奏，反复说着同样的话——但毕竟种师道也是个大员，有专折上奏之权，他也生着一张嘴，三对六面，童贯未必就可以脱尽干系。何况他的贪欲心极强，不到图穷匕见，不肯轻易罢手。因此他对撤兵或进兵之议，持着犹豫的态度，也是可以理解的。在这点上，赵良嗣比马扩的认识要深刻些。马扩听了童贯的一席话，认为他已经真正反对撤兵了，赵良嗣却劝马扩多多促进童贯，说"事之成败，端系于宣抚之一念"，含有怕他中途变卦，要促使他坚定下来的意思。这是深明童贯心里底蕴的话。

主张或反对撤兵，各人都有自己的利害关系，自己的心理背景以及一套在表面上听起来也是振振有词的说法。对于他们各人所抱的态度，马扩都可以理解。

马扩大惑不解的是刘鞈的态度。

马扩向来不把刘鞈看成宣抚司里的一伙，不仅因为他跟他们父子都有交情，刘鞈还是他父亲马政的朋友，是他的父执，更因为刘鞈在西军中多年，历练军事，做过许多有益于大众的事情，平日的议论和主张与西军中人多有吻合之处，并且颇能主持公道。在马扩的心目中，毋宁说，对军队中的文官刘鞈例外地抱有一定程度的尊敬。现在他听到刘鞈坚决主张撤兵，种师道这样说过，童贯、赵良嗣又先后加以证实。马扩自己还为刘鞈找出一些理由来解释，认为他大约是受了宣抚司同僚的影响，对战局做了错误的判断所致。他相信这不过是个技术问题，只要把道理和利害关系讲明白了，一向通情达理的刘鞈一定会从善如流，改变主张。他既然能够说服童贯，难道说不服刘鞈？

像常有的情况一样，凡是主要负责人在关键时刻犹豫不决，拿不出一个明确的主张，就一定会有人取代他的地位，挺身而出，代他发号施令，成为事实上的负责人。因为这时大家都在期待着下一步怎么办，拿得出主张的人必然是具有权威性的人物。在这间不容发的战争关键时刻尤其如此。

刘鞈对于撤兵之议是言之成理、持之以坚的。许多人相信他之坚持，确有事实

5

上和理论上的根据，而并非专从个人利害出发。这就大大增强了他的发言地位。当童贯首鼠两端、狐疑不定时，他就毅然出来发表自己的主张，操纵舆论，代替童贯指挥一切，一时成为大局的中心人物。

马扩好不容易才找到他，他刚从前线回来，扑面灰尘和满身大汗还来不及洗去，就赶紧吩咐许多早在他家里等候着的人去赶办那些要紧事情。这里已经形成了一个以他的理论为根据的指挥系统。人们听他的话，按照他的命令办事。

他冷淡地招呼了马扩以后，把他放到最后一个不重要的客人的地位上来接待他。马扩意外地发现他比顽石更难点头。马扩对他说的种种理由，他一句都听不进去。他说："兵家见利而进，不利而退，这是天经地义的道理，不允许违背。"当马扩说到耶律大石扬言要在三数日内再发动一次大规模的攻击时，他抓住这个把柄，大发起议论来。

他引证了一段史实道："东晋末年，刘裕发兵北攻南燕，包围了南燕的京城广固，南燕国主慕容超抵御不住，求救于后秦国主姚兴。姚兴特派一个使者来威胁刘裕道：'秦、燕邻好之国，岂可见危不救？今晋攻之急，秦已遣铁骑十万屯洛阳，晋军不还，便当长驱而进。'刘裕毫不犹豫地回答他：'语汝姚兴，我本议克燕以后，息兵三年，再取关洛。今能自送，便可速来。'刘裕的参军刘穆之急忙驰来责怪刘裕回答得太轻率了，不该得罪姚兴，多树一敌。刘裕笑道：'此乃兵机，非卿所解。'刘裕的意思是兵贵神速，姚兴如真有力量救燕，早该出我不意派兵前来袭击我了，何必派了使者来泄露自己的军事机密？以彼例此，正复如是。耶律大石如能发动袭击，何必把自己的军事机密泄露给宋使知道，让我军预作防御？一个老练的军事家如耶律大石者最懂得用间之道，他是想借足下之口，进行威胁我军之实，千万不可中他之计。"

马扩争辩道，今日的形势与当年刘裕时不同。刘裕正在得势之际，姚兴慑其兵威，不敢搬兵相救，才出此恫吓之言。今日我军累败之余，耶律大石何所惧而缩手不前？马扩还不客气地批评刘鞈引证这段史事是泥古而不化。

"兵有常道，史所明证，古人岂欺我哉？"一句话触恼了刘鞈，他教训马扩道，"后生小子，读了几卷书，就胡乱主张起来！"

马扩发现不但在道理上难于说服他，而且在态度上他也是咄咄逼人的，一反过去的常态。譬如在称呼上，过去他总是亲热地称之为"贤倅"，今日一上来就只是冷冰冰地称之为"贤"，后来变成"足下"，最后索性斥为"后生小子"。马扩还特别注意到他列举《孙子兵法》中的几种间谍的名称时，强调利用军使往来，把有利于我的假象让敌使带回去，这就不知不觉地成为被敌方所用的内奸了。这句尖刻的话，出自一向以忠厚长者出名，并与他马扩有多年交情的刘鞈口中，实在非常奇怪。

他们争论多时，最后得出唯一的结论是：明天再议。

马扩没有也不可能知道刘鞈是带着那么强烈的敌对情绪与他进行争辩的。他现在不复以故人之子，而是以敌对者的目光来衡量马扩的一切。

从道学的意义上来说，刘鞈一向自认为是个"君子"。君子有君子的逻辑，凡是与君子为敌的必然是"小人"。马扩既然与他为敌，马扩当然就是个不折不扣的小人。对小人要严厉，对他的胡言乱行，必须有以"折"之，必须与之斗争到底，这样才对得起朝廷和官家，才是他的忠君爱国之道。

使刘鞈做出马扩是个敌人——连带也使他成为一个小人的结论，其事实根据是：马扩使辽之役，确有危险，但当时是赵良嗣首先在会议中提名推荐的，他刘鞈以忠厚之心待人，当初虽以公事为重附和了一下，事后就派儿子子羽前去通知他，使他有所准备，可以婉辞。至于找不到人，那只好怪他自己到处乱钻，野马般的性子，粘不住脚，非子羽之过。他自己对待故人之子的马扩真可算得是公私兼顾、仁至义尽了。怎奈马扩以小人之心度君子之腹，以为使辽之役，是由他刘鞈向宣抚推荐的，因而怀恨在心，以怨报德，竟然在童贯面前推荐子羽到敌人后方去干那鬼鬼祟祟的勾当。这分明是要把子羽置之死地而后快，是要借敌人的刀子来雪自己的私愤，其用心真是恶毒之至。他们间的恩义已绝。

刘鞈自从有了这个想法的第一个瞬刻开始，就没有再原谅过马扩。而马扩对于刘鞈所抱有的这种敌对情绪要到很久以后才感觉到，并且始终不明白它从何而来。即使在眼前的激烈辩论中，马扩也只以为刘鞈读书过多，读迂了心，见事不明而已。一向以忠厚待人的刘鞈这次却真是"嫉恶过严"了，他甚至没有给马扩一个解释的机会，就与他作对到底。

只把自己一个人看成"君子"的刘鞈永远不可能理解他用这把君子之尺去衡量"小人"马扩时，这把尺是太短太窄了。

第十七章

——

6

6

按照双方的"君子协定"，第二天（这是很重要的一天）清早马扩就去找刘鞈。"君子"刘鞈自己先破坏了协定，没有在家。马扩被告知，刘参谋有紧急公事，一早就去前线了，连子羽也没有家。马扩当然不能做抱柱的尾生[一]，老在他家里呆等，还怕他到前线去会翻出什么新花样，即忙驰骑出城，赶到统帅部。种师道果然告诉他，刘鞈一早便来对他施加压力。

"刘参谋又来催促撤兵，"种师道气愤地说，"他唇锋舌剑，口齿间咄咄逼人，无可理喻。俺哪里说得过他？要是令岳赵参议在此，狠狠教训他一顿，才大快人心哩！"

"家岳也是个火暴脾气，一言不合，就拍桌相骂，不省得以理服人。"

"刘参谋口口声声说是童宣抚要他来传班师之命，如有差池，唯俺是问。一味地以势逼人，俺看他哪里还想到'以理服人'四个字。"

"这就奇怪了！"马扩惊讶地说，"童宣抚昨日再三与愚侄说只要说服得了刘参谋，他本人仍主进兵之议。这不是刘参谋当面扯谎，便是童贯弄虚作假，愚侄看童贯还不至于此。"

接着马扩就把他与童贯的谈话告诉种师道。

"听其言，观其行。"种师道一面摇摇头，仍抱着怀疑的态度告诫马扩，"童贯那厮好听的话也说得不少了，哪一回作得准？贤侄不可过于相信他。"一面却也因为童贯有过这样的表示而产生一线希望。

"莫非童贯也怕朝廷见怪下来，难于交账，想叫俺顶住了，以观后效？"种师道想到这里，就答应马扩，如果刘鞈再来催促，他一定要用马扩转述的话把他顶回去，态度上似乎比昨日坚决些。

得到种师道的承诺后，马扩又急忙驰回雄州去见童贯。童贯的侍从以一种坚定的然而也有些闪烁可疑的态度，告诉他宣抚正在内室与朝廷派来的监军密谈，此刻不得接见他人。

"哪里又派来个监军？"马扩奇怪地问。

"监军崔诗，是宣抚当年在江南的老同事。"

"里面说话的还有别人？"

"还有蔡学士。"

"刘参谋也在里面？"

侍从摇摇头说不知道。

马扩无奈，只得转身出来，再去找刘鞈，仍未找到。马扩抽这个空当到行馆去和王介儒周旋一番。王介儒是个老练的外交家，早就了解前线的情况，却出之以沉着的态度，只要求早些与童贯见面。马扩与他客气了两句，答应相机行事。这自然是句空话，王介儒点点头，也就不言语了。

马扩昨天就委托了一个随从，前去打听赵杰家属的消息。这个随从今天前来回话说，找不到人。原来大军撤退得慌张，人人自顾不暇，当然不会有人再去照顾城外的老百姓和南归的汉儿，只好随他们自己落荒而走，各寻生路。

马扩不放心，第二次去城外时，自己再去打听一番。碰到几个南归人，都说不知道赵家的人哪里去了。

"俺倒脱身回来了，"马扩怀着十分沉重的心情怀念道，"却不知道大哥与沙兄弟陷落在哪里，连大嫂也不见影踪，叫俺耿耿于心，放不下来。只好消停两日，再去打听。"

在马扩的头脑里有无数事情要考虑，在他手里有无数事情等着去办。例如关于雄州城城守之计，他在两次进出城关时，自己心中就拟定了一个方案，要与城外的大军，结成掎角之势，才能战守兼备。这个童贯并没有委托他，而已委托了胜捷军，这支军队早在二十六日一败以后，就撤入城内，保护宣抚司。这是一支令人不能放心的军队，看到他们没事鸟乱，该做的事情倒不去做，马扩先是寒心起来。

但是在六月初二这一天中，马扩努力排除其他一切，集中全力于他认为是最关键的撤兵问题上。

战争是解决敌我之间总矛盾的手段。可是不仅在敌方，即使在自己一方的内部中，也存在着各式各样的矛盾，经常起着削弱自己力量的总和，阻碍顺利地解决敌我总矛盾的反作用。当局势顺利的时候，这种内部矛盾暂时被掩盖起来，它的反作用也暂时被抑制到最低限度。可是当局势向着逆方向发展时，它就会充分暴露出来，有时甚至可能产生敌人所不能产生的强大破坏作用，而成为全局失败的主因。可是在大多数情况中，做着这种反作用努力的人不一定是自觉的，他们不一定能够意识到自己的努力恰恰使战争走到他主观上希望胜利的愿望的反面，而成为失败的主因。

现在马扩已成为这种内部矛盾的一个方面。

在这一天中，他风尘仆仆地在城内外奔驰，访问种师道两次，访问童贯、刘韐各三次。除第一次见到种师道本人外，其余各次访问都落了空。没有见到本人，他就跟统帅部的将领们、宣抚司的僚属们、守卫们和刘子羽、辛永宗等人打交道，跟他们谈话、打听消息、交换意见、辩难和争论，把他的精力发挥到最高限度。他是把一天的十二个时辰当作二十四个时辰来使用的，只要能够说服得某一个人同意他的主张，就不算白白浪费时间了。可是他得到的效果还是零。

马扩不知道他的对方——内部矛盾的另一个方面也以同样的活跃、同样充沛的精力，再加上他们的阅历和老练、有利的客观条件，正在干着与他相反的事情，破坏他的活动。他们巧妙地躲避着他，成功地甩脱了他，并且利用他没有成果的访问和争辩，把他的时间一段段、一节节地分割开来，分别"禁锢"在软禁的笼子里。这是一种高级形式的"甩脱战术"，它使他东奔西走，到处碰壁，叫他捉了一天迷藏而一无所获。看起来好像满天飞，实际上是丝毫动弹不得。

马扩气恼异常，到了深夜，他实在忍无可忍，第四次跑到宣抚司，推开值班守卫的卫兵们，排闼直入童贯的卧寝。

童贯的贴身随从跟他争闹的声音把睡梦中的童贯吵醒了。

"如此深更半夜，"童贯听清楚了是马扩的声音，隔开一道屏风，故意恼怒地问，"是哪个敢到这里来吵闹？"

"是俺马扩。"他大声地回答。

"这小子，"童贯想，"今年新正，撒野撒到政事堂，居然和王太宰当面顶撞起来，全亏咱在旁一力回护他，才得下台。如今又闹到咱卧寝中来。真怪不得他们说他无法无天，不知天高地厚！"

"岂有此理，岂有此理！"童贯嘟哝了两句，接着就显然不高兴地问，"马宣赞夤夜来此，有何贵干？"

"进兵之议，尚无定论，"马扩的嗓音更加响亮了，"傍晚时分，辛统领传话于俺，说宣抚有事相召，来了又未传见。刘参谋也不知哪里去了，一天没有找到他，闷葫芦里卖的什么药，俺也无法知道。如今大局堪虞，祸变之来，即在顷刻，岂是宣抚高枕无忧之时？俺此来正是要和宣抚谈个决定之计。"

童贯在黑夜中，摸索了一会儿，喝声："取火来！"似乎有起床之意，后来又改变了主意，重新躺下去，恼怒地说，"宣赞真是少不更事，撤兵进兵，何等大事，难道几句话就谈得妥当！宣赞还是回去休息，有事明天再议。"

"俺不走！"马扩听出童贯说话中有变卦的兆头，更加坚决地回答。

"宣赞果真不走？"

马扩索性掇条板凳在屏风外坐下来了。他的行动和说话的声音都表示出非常的坚定性。

"这等大事，未经谈妥，叫俺怎生回去睡觉？晌午时分，宣抚与监军谈论了一个多时辰，可有定论，朝廷可别有旨意？俺今夜不得宣抚的一句话，就在这里坐守一宵，决不回去了。"

随着马扩的态度越来越强硬，童贯倒软下去了。

"宣赞真是个急性子的，"他又嘿嘿地笑起来，"宣赞自己睡不着觉，遮莫要咱奉陪不成？夜来接待崔监军，闹到初更才睡了一个更次，不想又被宣赞吵醒，这日子可真不好过。"

"谁叫宣抚挑起这副千斤重担？时至今日，如果撤兵进城，祸在俄顷之间；如果议而不决，前线士气动摇，溃败也只在数日内。应付稍有差池，大局就不堪闻问，宣抚今后休想再有贴席之夕了。大家作速议定了进兵之计，转危为安，让监军上复朝廷，也好教官家放心。"

最后童贯变得十分温和了。他主动提出解决办法，实际上是解决马扩赖在这里不走使他睡不好觉的办法。

"既然如此，宣赞且请回去，俺明日知照刘参谋，卯正时分，都来俺这里相会，当场谈个明白，定下进退之计，岂不甚好！"他考虑到"进退之计"四个字还说得太圆滑，未必能满足马扩之要求而把他打发回去，接着又讨好地加上说，"撤兵之议，俺的初衷不变，宣赞放心回去好了。"

黑夜之中，又隔着一道屏风，马扩既看不见童贯的嘴脸，又不能够从他的说话中听出他究竟具有几分诚意。但是他身为宣抚，既然说了"初衷不变"的话，总不至于完全赖账。这时马扩不可能得到更加满意的保证了，只得说一句："既然宣抚的初衷未变，俺也放了心，准定明日卯正时分来此与宣抚、参谋集议。"说毕，快快然地告辞而出。

马扩认为身为朝廷大员的堂堂宣抚使总不至于当面扯谎，这是他还没有充分吸取经验教训所致。难道大员就不撒谎？眼前的例子，譬如说，耶律淳和萧皇后身为国王、王后，瑶光殿议降的时节，岂不是信誓旦旦？前线一战得胜后，就换了国书，变议降为议和了。又何况大员们的"衷"，是动于内而尚未形于外的抽象事物，可以随着他自己的需要和形势的变化而变化的，你这个小小的幕僚，又怎么捉摸得准它？

虽然如此，马扩还是感觉到气候不好，有一股不正常的气浪向他袭来。

这是一个焦急的、把人五脏六腑都要烤炙得冒出烟来的夜晚。他回到下处，哪里睡得着觉，只管在枕席上翻腾。

初更以后，天气剧变，电光闪闪，从远处滚来的雷声轰轰隆隆，犹如从前线传来一片火光和轰击声、喊杀声。在不断加强的怒吼着的暴风中，骤雨猛然地泻下来，把他住的一间小房间颠簸得好像半个浮在水面上的破蛋壳。屋面上原来就有几处罅漏，雨水直泼进来，把他的衣服床铺都打湿了。他本来也不想睡觉，这时索性起来，走到庭户外，让冰冷的雨水直往自己的头顶上、身体上淋着，冲刷掉这一天的积愤。

第十八章

1

马扩好不容易挨过了这一夜，等到黎明到来，开始新的一天。

这是一个仅仅只有一点深灰色，与黑夜并无明显分界线的黎明。风雨如晦，一只在乱兵的刀刃下偶然偷生下来的惊慌的鸡不住地啼鸣，似乎正在报道一个不祥的日子。马扩在破蛋壳般的房间里实在憋不住了，没等到约定时间就直接跑到刘鞈的下处，约他同去宣抚司商议。

刘鞈今天没有必要再捉迷藏了，听通报说马扩这么早就来找他，他趿着一双草拖鞋，急急忙忙地从内室中迎出来，口里还抱歉道："儿子相告，宣赞昨日两次见访。俺原与宣赞有约，怎奈朝廷来了急旨，宣抚命俺赍去传与种师道知道，督促他即刻班师。种师道当不得抗旨之罪，已传令当夜退兵。天幸这场风雨帮了我军的大忙，在这等天气里行军，三军虽然辛苦些，耶律大石却不敢出来追击。宣赞鳃鳃过虑的一层，如今却可以打消了……"

"坏了，坏了！"刘鞈还待得意扬扬地说下去，马扩却一听就跳起来，高声道，"我可退，寇也可进，怎见得耶律大石不敢出来？他正好利用这等天气在暴风骤雨中纵兵追击。刘参谋，你恁地没兵法，把话说颠倒了！"

"宣赞急什么，今古名将在雨雪中行师退兵者多矣！岂不闻……"刘鞈拿出他的看家本领，正待搬一部《十七史》长篇大论地引史据典，驳斥马扩的邪论，忽然门外一阵急促的脚步声，马扩从这不祥的声音中就已经听出祸事来了。

果然只见童贯带着三四个幕僚气急败坏地跑进来。他幞头斜歪，袍靴上全沾得湿淋淋的，一看见刘鞈，就扯着他的袍袖，睁着一双充血的眼睛，怒骂道："刘鞈，你干的好事，却躲在家里，装出一副没事儿的样子。"

"卑官干坏了什么事，"刘鞈也急白了脸问，"宣抚也须说得明白。"

"干坏了什么，你还装糊涂，"童贯索性露出一副泼皮的本来面目，拍桌抵案地痛骂，"都是你刘鞈才疏识浅，妄自尊大，乱作主张，撺弄得蔡攸、崔诗那两个脓包假传朝旨，勒逼种师道限时限刻地班师。果然不出俺之所料，耶律大石乘势纵击，我军一败涂地，四散逃奔，敌军已追至城下。将来朝廷责怪下来，唯你刘鞈、蔡攸、种师道是问，不干俺童某之事。"

"宣相且请息怒，"这时用得着老成持重的李宗振出来说话了，"如今要紧的是商议城守之计，让辛氏弟兄上城去抵挡一阵，宣相快作脱身的打算。如待敌骑合围，逃脱不得，尽成瓮中之鳖，那时悔之晚矣！"

童贯一眼看见马扩，急忙甩脱刘鞈，紧紧扯住马扩说道："马宣赞，你料事如神，早就说过耶律大石必定要倾巢而出，乘胜追击，千万不可退兵。俺童贯一力支持你的主张，昨日还与崔监军力争。夜来曾与宣赞说过'俺的初衷不变'。他们不听，今日果真出了这等祸事。如今且请宣赞保护俺出险，日后定有重赏。"

马扩陡然挣脱他的拉扯，一言不发，大踏步地便往外跑。只听得童贯用刺耳的尖声还在拼命叫喊："马宣赞休走，马宣赞休走！你们快去把马宣赞请回来，共议大事！"

马扩哪里再去理睬童贯的嘶叫，他用力排开拥塞在门口的闲杂人等。这时宣抚司里一大半的人都已听到消息，自作逃计，还留下一些人拥到童贯身边来，想借他的光，一同走脱。马扩也不理睬他们，一径回到自己的下处。

"皮之不存，毛将焉附？大军溃散，败局已定，俺唯有一死报国，还与那些脓包讲什么城守之计。"这是马扩一路走回去时，在头脑里唯一存在的念头。

回到下处，定一定神，他先把挂在墙上的一副连环素铠和一顶交角铁幞头取下披戴起来。这两件虽然制作朴素，却都是赵隆当年在西北战场上叱咤风云、冲锋陷阵时的旧物，如今当作鄲娘的嫁妆赠送与他。鄲娘略为修缀，正好合他的身。他好笑自己来到前线已有一个多月，今天才第一次正式把它们穿戴上身。披挂间他忽然想起春秋时晋国的先轸免胄赴敌，他自己现在的心情也与先轸一样，准备到前线去送死，何必再用盔甲保护自己？但是转念一想："不对！俺去送死，也不能白死，必得让耶律大石和俺自己的血污染上盔甲，才不负岳父一番馈赠的雅意。"接着他再把倚在壁根的一支点钢绿沉枪拈在手里，挂上弓、鞬囊和佩刀。枪杆、弓把和刀柄上都由鄲娘缠上了丝帛，色泽犹新，它们都被雨水打湿了，捏在手里湿答答的正好不滑手。

他全身武装了，就奔向马房，跨上刘锜赠予他的那匹御赐"玉狻猊"。"玉狻猊"也已感染上人们所感觉到的那一片混乱的气氛，刚才有人走近它，想偷了它逃走，它乱踢蹄子，不容盗马者近身。现在看见主人来了，就昂首长嘶起来，表示它懂得主人将要把它带到哪里去，并且乐于接受任务。

马扩爱抚地拍拍它的颈子，没有更多地去考察它的思想感情，一纵身就跨上它，略为收一收缰绳，一个弯子绕出门口，就径奔城厢而去。

这时街道上、城关上都出现大难当头的非常情况。当前线之冲的北城门口拥挤着不计其数的从前线撤退下来的官兵和伤员。更多的官兵淋着泼天大雨陆续逃来，从城门洞口望去形成黑压压的一片。城门口的官兵正在和城防的胜捷军展开一场殊死的夺门战。

二十六日一败以后，童贯知道自己从东京带来的禁军不中用，特地把胜捷军调进城来保护自己。胜捷军掌握了城防大权，却没有做出任何防御的计划，采取什么适当的措施。直到此刻听到前线失利的消息，为自身的安全计，第一招想到的事情就是去关闭城门，不管前来夺门的是敌方的追骑，还是自己方面的败兵。而在败兵这方面，首先考虑的也是自身的安全。他们知道被关闭在城门之外就意味着受敌军的屠戮，他们怕的是敌军已经追到自己的脚后跟了。

败兵们仗着人多势大，乘双重铁门还没有关上之前，拿出他们刚才受到追击时不曾拿出来的勇气，拼命想把大门顶开。他们获得胜利了，城门豁然洞开，城防军被挤死、踏倒若干名，其余的在顷刻之间就逃得无影无踪。败兵们在夺门战的胜利中一声欢呼，争先恐后地拥挤着、互相践踏着冲进了城门，就好像从敌人手里收复了一座城池。

马扩正好在他们的胜利中赶到城门口，他来不及多说一句话，就乘势跃马冲出城。

他一路朝城外正北的官道上冲去。从昨夜开始一直没有停止过的暴雨像一道纱屏似的障住他的视线。但是透过纱屏，他仍然看见一幅令人十分吃惊、十分痛心的大溃败、大混乱的图景。官道上迷迷蒙蒙地挤满着人、马和各种车辆。官道原来是两朝使节往来的修途，从白沟河到城门口三四十里路都修筑得十分齐整。这几年使节不通，逐渐损坏，它承受不住这一夜暴风雨的冲击，已经失去原来正规化的形式，和两边的沟洫、野径、田畴都连接起来，连成一大片。人们在号叫着、叱骂着，马在嘶鸣着，挤在人马之间的斜斜歪歪的车辆也发出"吱吱嘎嘎"的声音。大家都希望走快一点，尽早地逃到他们心目中的安全区域。那个区域似乎是可望而不可即的，他们早就看到城楼，可是一直没有走到它的脚跟。正是这个共同的迫切的愿望，阻止了它的尽快实现。他们彼此阻挡着去路，一切恼怒、恐惧、争夺、厮打以及相互残杀的惨剧，都围绕着这个要想逃命的中心思想而发生。

正面的官道上实在挤不下人了，有人策马或徒步穿到野径上和还铺着一些枯焦的庄稼的田地上乱跑。官道和附近地区早已失去原来的界线，从中间分散到两边来的人马越来越多，正好像决了堤的河水必然要向河床外面的低地铺溢开来一样。

这时天气变得更坏，除暴风雨以外，还挟着碗口大小的冰雹，没头没脑地打下来。雨势来得如此急猛，使得长期枯干的沟洫渠道都灌满了滚滚浊水。浊水急速地向低洼处冲去，有些土坡被雨水大块大块地冲坍下来。这一片地方都变成泥浆沼泽。人马和车辆在泥浆中行走，不断地打滑、旋转，有时被后面的人马一挤，一脚踏进深陷的泥淖，就很难自拔出来。有些滑倒的人马，来不及爬起身，后面挤上来的人马从他们身上践踏而过，车轮从他们身上碾过，造成伤亡。

马扩沿着官道，几番向前冲去，几番被溃兵挡住去路，并且把他包裹着一起退回来。这时要冲过溃兵，夺得前进的路，比冲进敌方的坚强阵地还要困难得多，因为溃兵逃跑时使出来的气力照例比他们进攻时要增加一倍或几倍。马扩再进再却，再却再进，一寸一尺地夺得自己的道路前进。

一路上，他不断地碰到熟识的士兵和军官。有的来得及打个招呼，说句话。说的一般都是关于前线溃败和敌骑追击的话，每个人说的都不一样，言人人殊，莫衷一是，看来他们都是还没有见到敌人的面，单凭谣言风闻，彼此恐吓着，以讹传讹，先就逃跑了。在一场败战中，能够见到敌人的面以后才转身逃走的，就算得是个勇士了，有的来不及说话，一领首之间，彼此就被冲散。碰到的士兵和军官们都感到诧异，现在所有的人都往回跑，此时此地，他为什么匹马单枪地往前冲？有人竖起拇指来往后面指一指，表示追骑已经迫近，劝他不必再往前去。还有人猜想马扩是到前线去找什么人传达一项重要的命令的。现在还有什么比逃命更重要的呢？他好心地对马扩说，统帅部的人也早逃散，现在命令已无从传达。

其实马扩是看见种师道的。种师道正被裹在一大队乱军中，在逃兵的旋涡里打转。他几次驻下马来，愤怒地在指挥什么，企图把混乱的情况制止下来。这个时候只要能够做到这点，就有希望重整队伍，返身御敌。可是谁都做不到这点。一个失去僚属，失去部将、亲兵、护卫、传令兵，失去认旗的都统制，杂在乱军之中，他的权力并不比一名普通的偏裨大多少，他能够逃脱活命的机会也不比别人多。都统制手里一面小小的令旗，平时可以指挥十万大军的进退，现在在士兵的心目中，它不过是一块破旧的布，抹桌子还嫌太小。军队中严格的等级制度，在一场大溃败中，自动地削平了。各级军官和士兵都不过是一伙落荒而逃者，大家的身份都是平等的。人们假装着没有认出他，假装没有听见他的命令，或是假装着想去执行他的命令而无从执行。一到更大的急流冲上来时，大家急忙离开他，让他独自在人丛中发怒、斥骂。朝廷派来监护撤军的内侍崔诗这时也发不出威风，只好跟在他后面，随着大流步步后退。

这个时候的种师道对于马扩将要去做的事情已经丝毫不起作用。到前线去送死，并不需要都统制开具证明信和介绍信，也不需要他发一道命令。马扩明确地意识到这点，并且从内心中瞧不起他，有意不去理睬他，连招呼也不打一个。

马扩也看见满口流着鲜血的杨可世，用含混不清的声音在溃退的队伍中叱咤怒骂，这个声音多么奇怪，完全不像是从他熟悉的那个杨可世嘴里发出来的。原来在混战中，他被敌方射中一箭，撞折了两颗门牙。这是在八天内，他第二次受的箭伤，这才被迫后退。他看见马扩时，愤怒地挥挥手，不知道是在告诉他这里混乱的情况，劝他一起撤退，还是向他示意，前线尚有可为，鼓励他继续前进，或者是已经猜中了马扩的心事，挥手向他作最后的诀别。

不管是种师道、童贯、杨可世或者是其他的人，甚至是官家本人，不管是鼓励还是制止他，不管是严厉的命令还是好心肠的劝告，现在都已影响不了马扩下定的决心，阻止不了他的前进了。

他以如此的勇毅，不顾一切困难地向死亡进军。他已经接近这个目标，死亡已经出现在前方，向他亲热地招手了。

第十八章
————

2

2

自从听到前线崩溃的消息的一刹那开始，马扩几天来的积懑突然爆炸了。他完全失去平时特有的自制力和冷静思考的能力。他以一种超人的意志力量，鼓舞着自己，支持着自己，到前线去送死。他这样做并无明确的目的性，没有想到他的行动会给别人带来什么实际的好处，也没有考虑到是否与大局有补。这时他头脑里只存在一种想法，在这茫茫的人寰中，只有前线这一方之地才是他安身立命之所——行将毁灭之身和没有前途的命。那里是他现在唯一的支点，到那里去死，死在敌人手里，死在还没有被敌骑蹂躏过的土地上，让契丹人看看大宋朝的军人知道在什么时候、什么地方，以怎样的方式来战死的。除此以外，他再也没有其他的要求。

伐辽战争是他几年以来生活的中心，他的一切活动，军事的、政治的和其他各方面都环绕着这个中心。他的生活，他的希望与理想，他的思想感情，都寄托在这座辉煌的楼阁之中。一旦发现了这只不过是一座空中楼阁，一座海市蜃楼，行将倒塌或消灭，他最直觉的反应，就是要尽一切的努力来挽救它，使它脱离险境，他昨天一天的努力都是为了这个目的。可是当一切努力都已经失败，当这座楼阁已经倒塌下来，他的双肩再也无力把它撑住的时候，那么就任它把自己压碎，压成齑粉吧。好像在一艘海船上长期操作的驾长[1]，一旦遇到台风怒浪，当他用尽各种办法都不能够把它抢救出险时，就让其他的船员去逃生，而他自己又起双手兀立于洪涛的冲击之中，甘愿和那艘海船一同沉没在山涌壁立的恶浪中。并非他比他的船员们更少逃生之术，而是他生命的支点垮下去了，他的生活中心毁坏了，他的心碎了。他并非有意去找死，可是活着对于他再也没有什么意义了。

一个用某种理想把生命支撑起来的人，一旦理想破灭，就会产生这种思想感情。他们不是弱者，而是强中之强者。

因为他是伐辽战争真正的当事人，因此，他就是这艘海船的驾长。在这方面，官家、都统制、宣抚使都比不上他所具有的权威性。

这种心情与其说是悲壮的，毋宁说是很自然的；与其说是痛苦的，毋宁说是痛快的。选择了这样好的一个地点作为暴骨之所，这不停的疾风骤雨谱成送葬的乐曲，在他头脑中迅速出现的无数人物构成了为他执绋的行列，用死来冲刷一切愤懑和耻辱，用死来勾销他看到这座楼阁完全倒塌下来的痛苦，这不是很自然和很痛快的事情吗？这不是他作为一个军人的最好的归宿吗？

他越是接近他的目的地，接近敌人的追骑，看到我方溃退和拥挤的情况越见改善。这时玉狻猊已经把他带到更加容易驰骋的最前方，他腾云驾雾般地向前疾驰，没有多花工夫考虑怎样去对待眼前即将发生的事情——反正去送死，只要索取得代价死在敌人手里就好，随便怎样的死法都可以。他反而回忆起许多遥远的与现实很少联系或者竟是毫不相干的往事和人物。

他回忆起导致这场战争的三年来频繁的外交活动，许多奇怪的、不寻常的人物，一时间都活跃地闪现在他的眼前。

他首先想到的当然就是那个非常喜欢在大庭广众之间揎拳捋袖（把他的为了便于骑射的窄小的马蹄袖捋上去是有相当困难的），露出满身伤疤，以炫耀自己勇敢的完颜阿骨打。阿骨打完全有权利炫耀自己，因为他创建了一个国家。但是这种浮动的性格向来不会吸引人，不容易获得人们的尊敬。在西军中也有这样的人，他很轻视他们。可是奇怪的是他自己也不知道为什么一接近完颜阿骨打就会产生一种小心翼翼甚至是肃然起敬的情绪。这并不因为他的帝王的权势与地位，一定在他身上还有一种非常的气质吸引住他马扩了，但他说不出这种气质是什么。

还有那个肥硕粗鲁、动不动就要以动兵弄仗来威胁谈判使节的大太子粘罕，他是阿骨打的侄儿。马扩有理由瞧不起他，因为他的多次恐吓，对于他马扩从未产生过实际效果。在政治谈判中，不兑现的威胁与不兑现的许愿同样都是蚀本生意，每一次都会丧失他们一部分的威信。虽然马扩知道他用起兵来，确是个好手。

他认为最可怕的倒是那个颀长峻嶒，生得犹如一座尖顶宝塔，谈吐应酬之际却很温和，并且很讲交情的二太子斡离不。没有比这对嫡堂兄弟更明显的对照了：一个肥硕，一个瘦长；一个粗鲁，一个沉着；一个暴露，一个克制；一个善战，一个善谋。在战场上他俩是好搭档，外交方面却是斡离不的特长了。马扩使金跟他的接触最多，发现他有一种想跟自己接近甚至缔结友谊的愿望，但不明白是出于真心实意，还是由于外交上的需要。现在回忆起来，还特别出现他俩联辔并骑上山去猎虎，斡离不有意让他一马，让他获得头筹的那个惊险的场面。

这时他的耳际出现了一种呦呦的鹿鸣声。这也是斡离不教他的。女真人猎鹿时，用一片草叶吹起来，模仿鹿鸣的呦呦声，引得鹿群跑来。

还有那个年纪虽轻，却长着满脸胡子的四太子兀术。他参加过兀术的婚礼，他的印象中，兀术是个坚定沉着而又机诈百出的人，和兀术打过一回交道，就不会忘记他。

他们这些人出现得这样突兀，难道要让他们来组成他的送葬行列吗？不，他不需要他们执绋，他宁可有一些亲密的人物来伴送他。

他回忆起今年元宵那个夜晚，他和刘锜抵掌长谈天下之事，彻夜达旦，投契之深，不觉东方既白。那时节，他们的意气何等豪迈！

然后他又想到新近发生的事情，想起兄弟般的赵杰，赵杰携他在敌后出入自如，根本没有把敌方的盘查放在眼里。哪想到碰上了牛栏军，那个军官的一双老鼠眼锐利得好像要看透他们的肺腑似的，那一天差点出乱子，亏得赵大哥应付裕如，化险为夷。他跟赵大哥在一起，确是长了不少见闻和知识，是他除刘锜兄长以外的另一位畏友。现在赵杰和年轻的带点孩子气、对他不胜依恋的沙真兄弟不知道流落到哪里去了。

然后，他又不是出于自主的，突然想起了那个仪态万方的萧皇后，她满口殷勤地祝贺道："宣赞探骊得珠，大功告成，可谓不虚此行。"她要把一串"骊龙串"作为他的胜利的象征硬塞到他的手掌中，可是一种什么他控制不住的力量，使得那个已经到手的胜利又从他手指缝中滑漏出去，这真是一件遗憾无穷的事！

在这会儿，他的理解力显然是十分薄弱的。他在竭力回忆那个他所不能够控制的力量究竟是什么。他想了半天，仍然得不到一个明确的答案。他的思绪是那么混乱，一会儿想到刘𫐐，一会儿想到杂在溃兵中败退的种师道。在回忆中，时间和空间的距离消失了，早年的旧事想起来很清楚，昨天刚发生过的事情，倒变得十分遥远。他竭力去想它，才想起刘子羽昨天跟他争辩的情况，想起在争辩中他愤然作色的表情。一个新的问题跳出来了："彦修也是多年故交，昨天争辩为何这等激烈，莫非俺有什么对不起他之处？"在这个时候，当他准备去前线赴死的时候，对一切恩怨都看得淡了，对老朋友更抱着和解的态度，他不能够理解出现在刘彦修脸上愤然作色的原因是什么。但是比这重要得多的第一个问题的答案忽然简单明了地跳出来，好像他试开了多次年久生锈的锁眼没有成功，忽然一下触动机括把它打开了。他忽然又看见那个双目炯炯（在他的眼睛中有一种他从未见过的像碧海那样深沉的蔚蓝色）、英鸷坦率，在新城行馆中和他谈了一个多时辰的胜利者耶律大石。不错，答案找到了，就是这个耶律大石把这串"骊龙串"从他手掌中夺过去的，就是他，就是这个耶律大石把用千千万万人的理想筑起来的那座海市蜃楼消灭了。想起耶律大石，就使他产生一种失败者的屈辱感。他此行正是要找他报仇雪耻。可是不一定有把握找得到他。

…………

所有这些回忆连续地但又不连贯地迅速出现在他的头脑中的荧光屏上。他感觉到自己的思路从来没有像现在那么清晰、敏捷过（其实这是他的错觉）。那些回忆以如此生动明显的形象一个个跳进他的荧光屏，然后又迅速跳出去，让位于新的回忆。朋友、伴侣、交涉的对手和敌人，恩和仇，情谊和敌忾交织地占有他的思想阵地。他们不召自来，不挥自去，来去都是那么自由自在的。

忽然有一块拳头大的冰雹打在他的胸甲上，又顺势滑到马背上，掉落在地上，一路发出好听的铮钹声。他的回忆好像摇摆不定的磁针，受到一点外来因素的掣动，又立刻指向一个新的方向。他从这个声音想到了这副素铠，又从这副素铠想到它的赠予者。泰山严肃的神情出现了，他一字不遗地想到他离开东京时，泰山那么郑重其事地嘱咐他的话："临到危难之际，贤婿啊，你要以大哥、二哥为榜样，千万不可辱没了他们。"现在他正要去做泰山嘱咐他去做的事情，但他不知道现在这样做是否与泰山的嘱咐有关，因为在他决定赴死之前根本没有想到泰山的嘱咐。

可是现在联系着这句话，一种浓烈的家族感突然涌上心头。他想起了直到此刻还没有在他的胡思乱想中出现过的爹、娘、哥哥和自己的童年时代。那是十分遥远的事情了，想起来却好像近在眼前。只要用力踏一踏左边的脚镫，坐马自然就会向右边转弯，这个窍门就是二哥教他的，二哥带着那样亲切的神情，对他说临到战阵之际，哪里还腾得出手来勒缰绳？可是这个简单的窍门做起来却也不是那么容易的。当时他试了几次都没成功，忽然从二哥的示范动作中找到了关键性的诀窍，他一下试成功了，两人都大喜过望。

在这个教导中含有多少关切啊！想起了这个，他的心忽然柔和起来。

然后他想起在东京送别他的母亲和婵娘，想起浮在婵娘脸上的凄凉的微笑。这最后的回忆，仿佛是一把刀子在他心版上镂刻下的一条创痕，一想起它，他就不自觉地去抚摸那疼痛的地方。然后又想起他自己安慰她的话："小驹儿不要哭了，我会好好儿回来看你的。"

只有当他现在十分明确地意识到这句诺言已无法兑现的时候，他才痛心地想到自己从来没有像婵娘期待于他那样地对待过她。他了解婵娘期待于他的是什么。他不是靳于付出感情的人，可是出于一种错误的估计，他只把这种感情大量地贮存于

第十八章

2

自己的行囊中，盲目地相信总有一天会找到机会倾囊倒箧地把弹娘所需要的一切完全交付给她。现在形势剧变，他不仅没有可能把囊存的东西交给她，甚至也没有可能让她知道他有着这样丰富的囊存，他还怕他将会使弹娘抱有这样一个错觉，认为他是一个吝于付出感情的丈夫而抱恨无穷。这真使他感到铭心镂骨的悔疚——弹娘一向认为丈夫是个"不知悔疚的人"，那是从另一角度来理解的，实际上他一生中不知道有过多少次因为犯了错误而悔疚着，只是他抑制住自己，不让这种感情流露出来。

客观的力量破坏了他在道义上应该去履行的义务，那没有什么悔疚之可言，但如果他的确在主观上犯了错误而造成自己和别人痛苦时，他就应当认错，他分辨得出两者的区别。

对于弹娘，他确是负疚的。特别当他无法弥补这个损失时，他感到在他行将消逝的生命上，将画上一个永久的负号。

3

马扩就在这样百忆萦心、万感交集的精神状态中驰抵最前线的。前线传来一片鼓角声和喊杀声，这里才是真正的战场。驮着他飞驰直前的玉狻猊比他更加敏锐地意识到他们已经进入到一个性命相扑的战场上了。

玉狻猊像它的主人一样，也是在战场上培养长大的。只有在最近两三年里才离开战场，被贡进宫廷去享受一种高级的生活待遇。那是一个用锦衣玉食来窒死才能的地方，是一个不分贤愚臧否最后都要被细粮塞饱而肥死的地方。如果玉狻猊享有自由的选择权，而且能够自由地表达出来的话，它也宁可选择在战场上驰骤而不愿在宫廷里享福。长久的伏枥，并没有挫减它的雄心，眼前的一片战争的图景唤回了它的青春。它绝不怀疑把它熟练地带到这里来的主人一定会像它一样十分欢迎进入这个场所。它长嘶一声，伸展四肢，把自己的身体拉得又细又长，腾踔飞奔，超越在千军万马之上，然后又小心翼翼地选择每一个微小的空间和转瞬的时间，把腾空的身体骤然降落到地面上来。它就是这样像一阵旋风似的把自己和主人卷入作战阵地。

玉狻猊果敢的行动果然把马扩从惝恍迷离的境界中召唤回来。突然一声凄厉的号角声好像发出警报似的，使马扩意识到他已经身莅战场。于是白发萧萧的老母、狂喜的哥哥和带着难忘的凄凉的微笑的妻子一齐都从他的意识境界中退了出去。有一种临近战场就会产生条件反射的本能要求他立刻集中思想，准备战斗。可是他仍然没有找到过去在战场上常常经验到的那种轻松、愉快，对万事都无所容心的自在感觉。他明白必须有了这种自在的感觉才能打好这一仗，可这也不是用自己的主观力量可以找到的。

他还没有完全脱离胡思乱想，忽然有两名从斜刺里跳出来的步兵已经在截住他厮杀。他俩一齐使用盾牌砍刀，专门攻他的下三路。他机械地抡着手里的绿沉枪与他们周旋，心里还在疑问：

"难道真的就在这里干起来吗？

"难道俺这条命就要送在这两名无名小卒手里？呸！不值得在他们手下丧生。

"耶律大石可在这里督战？不是说过咱俩要在战场上比个高下？连他的面都没见到，就战死了，这才叫冤呢！

"在那边厮杀的是谁？他打得这样勇敢凶猛，分明是把好手，俺怎的不认识他?"

一连串的疑问缠在他心头，使得他心神涣散，无法集中思想应敌。这显然不利于战斗。在最初的对攻中，他非常不顺手，一枪刺去落了空，他和玉狻猊之间的动作失去了协调，使他在马背上摇晃一下。

"俺几年不上战场，"他遗憾地感叹道，"此调不弹已久，怪道这等手生！"

这个新的错误给他带来严重的后果。左边的一名辽军乘机蹿进一步，直薄他的心膂之地，这里已越过马槊的威力圈，成为短刃的活跃地区（在自家人马步演习战中，发生了这种情况，就算是步兵胜利）。这名辽军抓住这个破绽，狠狠一刀斫来，"铮"的一声，斫在他的腿甲上，把他惊出一身冷汗。他定一定神，略顿臀部，准备做一个退却的动作。但是比他先适应战斗的玉狻猊在他有所动作之前，就已经感觉到有这样做的必要，它机敏地向后跃退两步，这使他争得了时间和空间，重新调整了战术地位。他好不容易占了这个先手，就毫不犹豫地使出他的撒手锏，他忽然单手把长枪甩舞了一个圈子，舞出一朵枪花，迷惑了对方的注意力，然后又狠又准地一枪刺去，正好刺中他的咽喉。那名辽兵来不及叫喊一声，就带着痛苦的表情仰面倒在地上。

第二名辽兵逃离他已有十步之遥，他又有一刹那的犹豫，决定不了是用箭射他，还是骤马追杀上去。这两种方案，只要有速度都可以达到目的，可是这一刹那的犹豫，使两者都做不成功。忽然间一声发喊，左右两边拥上来十多名敌将敌兵，救出了他们的伙伴，把他从四面包围起来攻杀。

这种把他置之死地的绝境，才使他的思想得到彻底的解放和高度的集中。他所希望得到的那种单纯、愉快、轻松、无所容心的思想境界现在真个是不召自来了。面对着越来越多的敌人，面临着每个瞬间都有丧生的危险，他自己在应战中也格外显得得心应手。他把全身的劲、全副的本领都使出来了。这时，人和枪的意志已经完全统一起来了，他想刺到哪里，枪尖就指向哪里，枪无虚发，总是刺到敌军的要害部位，不是把敌人刺倒在地，就是把敌人逼得步步后退。他和玉狻猊的意志也完全统一起来了，他们之间再也不存在各自为政、各自对敌的分歧。起初由二哥教会他，后来又经过自己长期锻炼实践的驭马术达到了这样一种神化的境地，仿佛它就是他身体中的一个有机组成部分，他想到什么，它就做什么，好像臂之使腕、腕之使指。

他越战越勇，被他吸引来的敌人越多，前来协同他作战的战友们也随之而增加。刚才他赞叹过的那个战友，完成了自己的任务，也赶来助战了。他杀得多么勇猛，把他的一口鬼头大刀舞得好像电光闪闪，雪花飘飘。他从这里杀进去，又从那里杀出来，毫无怯色。

与后方的大混乱、大溃败的情况相反，前线御敌力战的情况是良好的。

作为殿后掩护大军撤退的秦凤军在大军撤退，许多部队听说敌骑追击的消息就自动溃散以后，从昨夜三更开始，已经在逆风暴雨、污淖浊流中连续不断地苦战了六七个时辰，竭力抵御住敌骑的纵击，力挽狂澜。他们的阻击已经收效，把大部分敌军吸引到自己身边来，并且把一部分已经纵深地楔入后方的敌军赶了出来。现在当马扩受到敌军围攻时，许多分散的各自为战的战士就纷纷聚合到他的周围来，好像许多支流不可避免地要汇合到大流中来一样。

马扩并不是孤立作战的。他事前没有预期到会出现这样的局面，但也没有感到意外。他们西军最坚韧的一个因素就是到了危急之际，总有一些部队奋不顾身地彼此相援。这时马扩不再想到战死，而产生了打赢这一仗的希望。由于这种可能性之增长，他的生之愿望也随着增强。

他越来越感觉到自己方面力量之增大。最初是一群使用短兵刃的步兵跳跃着护卫在他左右作战，使他能够腾出双手来发挥"也立麻力"的绝技。在西军中，他的弓箭也是属于第一流的。他挽弓发矢，连连把敌骑射倒在地上。然后是一批接着一批的骑兵也跟上来接应他们。他与骑兵一起冲杀上去，敌军也死战不退，有时相互搅作一团，有时彼此互换了方向，转战多时，这里就形成一个战斗的核心。它带着无限诱惑力，吸引得敌我双方更多的战士前来参加作战，使得它好像滚雪球一样越滚越大，战斗也更加激烈了。

一阵匀称的马蹄声忽然在他们脑后响起来，伴着马蹄声的接近是一阵辽军的惊慌的呼喊声。

他们不用回头去看，单凭这匀称的节奏就肯定是我方一支节制有素的强大的骑兵部队前来增援了。这支部队来得这样及时，碰巧正在这个关键时刻赶来，使他们踊跃欢腾，大声鼓噪起来。

这支应援之师由一员骑将率领，麾下共有一千二百名骑兵。除人马都披铠戴甲以外，他们每人都执一杆用沉重的檀木制成的两头方、中间圆的白木梃棒。当两军对阵、短兵相接的时候，长枪大戟难以发挥作用，使用这种称手的家伙最能杀敌奏效。这种梃棒称为"白棓棒"，使用"白棓战术"专门用来对付辽军的铁骑，是种师道在撤兵之前就布置好的一项积极措施。他在五路西军的每一路中都抽调出一部分精锐的骑兵组成这支"白梢军"，加以适当的训练，准备掩护大军撤退时当作主力用。不料溃败之初，白梢军出动太早，用得不是时候。那时辽军来势太猛，白梢军也随着大军被冲散了。后来种师中把他们再度集合起来，隐蔽在阵后，养精蓄锐，伺机再出。当殿后掩护战打得十分剧烈的时候，白梢军几番请示，想要出击，都被种师中制止了。他像有经验的医生一样，知道一味好药要在什么时候投下去，才能收到最大的疗效。现在战争已接近尾声，双方战士都已打得筋疲力尽，种师中能够支撑到最后一刻，知道自己已经掌握了胜机，这才下令把白梢军再度投入战斗。经过休整后士气百倍的白梢军这时突然生龙活虎般地从后方扑上来，正好起了最后一击以收全功的作用。

马扩眼看那员骑将指挥全军扑入敌阵，他们首先就在精神上以压倒一切的新锐之气挫败了久战疲劳的辽军，然后又在战术上占尽优势。白梢军碰到敌骑时，不用其他武器，单仗着手里这杆粗重的白梢，不是当头一棒，就是拦腰横扫，如果打不到人，就先对着敌军的马头一棒下去，目的只在把敌人打下马去，让他们被践踏于敌我双方的铁蹄下，以消灭他们的有生力量。

白梢军向以马扩为首的这支在敌阵中转战不衰的部队靠拢，两员骑将会合在一起。由于双方都低低地戴着兜鍪，在这样接近的距离中，也认不出对方是谁。但是马扩从对方弯下膝盖、夹紧双腿、刺动着坐骑飞驰的姿势中看出了消息，这就是他二哥教他驰马的那个动作。别人驰马时，弯腿的角度没有那么大。他不可能是别人。马扩顿时产生了一种强烈的亲族感和骄傲感，他不禁高呼一声："爹！"

不错，那员骑将确是他的爹，秦凤军行军参谋马政。马政是奉了种师中之命来节制这支白梢军的。他听出了儿子的声音以后，就向他挥手示意。他们是父子，也是一条战线上共同作战的战友，根据战场上的默契，马扩立刻领悟了他爹挥手的用意，是要他率领战士们往辽军的左方阵地扑进去，马政自己则率领白梢军径冲辽军的右方阵地。这两支人马迅速行动起来，勇猛地插进敌阵，宛如两条不可方物的游龙，夭矫自如地在层层的敌军中间穿进穿出，把他们赶得七零八落。

这时忽然听到鼓声大作，喊声大起。在风雨之势已杀，宋军的威势重振之际，一杆绣着"秦凤路经略使种"的素纛大旗倏忽在这个战斗核心中高举起来。所有在第一线转战拒敌的马步兵和白梢军都被它集合起来，汇成一股锐不可当的巨流，扫荡着已经成为强弩之末的辽军，把他们一步步逼回原地。

　　在这从半夜就开始直到第二天黄昏时分才收兵的一整天的苦战、恶战、剧战中，这面"种"字大旗经过几次的屡退屡进——退到最远时距雄州城城根只有二三里，最后仍然兀立在它原来的防地上，犹如一头当道的熊罴挡住了辽军直薄雄州的去路。

4

六月初二下午，种师道受到崔诗、童贯、蔡攸、刘鞈等人的压迫，不得已传令于戌牌时分开始退兵。他做到一个老练的统帅在敌前退兵常识上应该做到的一切事情，他还根据在西北战场上的经验，准备了应急之用的白梂战术。可是由于长期以来的士气萎靡不振和连遭败挫，由于退兵退得过于仓促，由于那一夜反常剧变的气候，风势有利于敌方，由于耶律大石准备有素、深合机宜的追击，使得种师道和西军官兵所做的种种努力尽付东流。这一支训练有素、节制有方的劲旅遭到数十年以来极少有过的溃败。

退兵的目的地是雄州，在敌军追击下，大部分溃兵四散逃走，不能够按照原定计划有秩序、有步骤地退入雄州。从东起霸州、西至安肃军的漫长的战线上，都有溃败的零星的队伍陆续退进城堡内或者处在郊外。还有一些人退得更远，形成十分混乱的局面。

但是由于一部分西军的拼命力战，特别是种师中、姚平仲率领的秦凤军、熙河军掩护撤退，收到一定的效果。由于白梂战术在最后一击中发挥了威力，由于辽军的兵力有限（萧干统率的奚军不肯在这种反常的气候中与契丹军合力出击），在过长的战线中不能集中使用，也由于这种反常的气候毕竟也给辽军的追击战带来很多的困难，耶律大石只能获得有限的胜利，只能击溃西军，使它受到相当大的损失，而不能大规模地歼灭之，也不敢过于纵深地进行追击。

西军退到霸州、雄州、安肃军一带后，利用辽军一时不敢过于深入的机会，逐渐集合起来，凭着坚城，构筑起新的防线。第一次伐辽战争就以宋军从界河面前撤退几十里到百余里，两军在新的战线上重新对峙而告终。

第十九章

1

四月初十，东京人轻松愉快地送走了北伐大军。在检阅场上，宣抚副使蔡攸出尽洋相。这一幕演出成为那几天人们谈笑的绝好资料。还有人模拟他的动作，不断在腰间摸索，忽然一个失手，宝剑"豁朗朗"地坠落地上。这很快就风靡了东京城，在以后一段时间内，"豁朗朗"一声就成为"臼子舍人"的代名词。

在那段时期中，东京人的确对他们毕生从未经历过的战争发生了莫大的兴趣，彼此见了面，都要以有关战争的火热的新闻作为谈话内容，并且把有关战争的真实的、真假参半的以及完全虚构的消息相互传播，似乎非此不足表现出他是个时髦人物。

东京人之所以对战争具有这样大的兴趣，首先因为它是"毕生未经历过的事情"。人们对于新鲜事物都感兴趣，除非他是个保守派。一切住在大城市里的时髦人物最怕的事情莫过于送他一顶保守派的帽子。

再则在大军刚要出发的几天内，有那么多的人被直接和间接卷进了这场战争，从而使他们以及和他们有关系的人不得不对它关心起来。

史大郎是家住在九桥门街的一个青年小伙子。他爹在当地开家熟肉铺子。大郎的活动范围早就超越他爹的社会地位而高攀上一批达官贵人的衙内、舍人，成为他们与街混儿、泼皮之间的媒介体。大郎一向生活得那么活泼、愉快，成为那个地段的"子弟班"中的核心人物。谁料到高三公子把他拉上一把，居然混进北伐军的队伍中当名小军官。他一走，地方上少了个惹是生非的领头人，倒惹得大家对他想念不止。这就是一个因为战争而引起大家关心的人。

再如潘楼街一家规模宏大的成衣铺子，一向以裁制仕女时装出名。人们都知道它是高俅的长兄、眼泡皮底下生个大肉瘤、绰号叫作"司马师"的高杰的本钱。这家成衣铺从正月以来忽然添挂出一块"本店重金礼聘高手名师精制衣甲旗帜"的招牌，承揽了北伐大军全部的衣甲旗帜等项业务，发了一大笔横财。这不但引起同行的公愤，也使得广大市民都为之愤愤不平。因为东京人信奉的经济分配原则是有饭大家吃，有钱大家使，反对独揽垄断。违背了这个原则，就要受到公众的唾弃。果然有一天，衣甲业行会的会头带了百十个同业，声势浩大地把这家成衣铺的招牌砸了，吓得"司马师"只敢从后门溜走。在街道上作壁上观的市民们都为之

[1] 宋朝时有人在身体上刺绣花纹，在一定的时期中举行竞赛，定出甲乙，称为赛锦体。

拍手称快。这又是一件因为战争引起的社会新闻。

在那段时期中，人们到处都可以听到类似的新闻和消息。把它们积累起来就给战争造成一种看得见、听得到、闻得出、摸得着的现实的感觉。东京人不但都是时髦派，又都是现实主义者，他们对现实的事物一向就十分敏感。

再则，凡是分得出胜负的玩意儿，例如年轻子弟赛锦体[1]、庙会看相扑、端午节参观龙舟竞渡等，东京人莫不感兴趣。恰巧战争也可以归入这一范畴中，何况这场战争又被当局者描绘得如此轻易就可以获得胜利。小关索李宝在一场角牴中打败他的对手还得流一身汗哩，哪能这样容易就打胜仗？老实说，东京人不怕打不赢伐辽的这一仗，只怕赢得太容易了，看不过瘾。譬如说：龙舟竞渡的一方把对手落下六七十丈，那就要使乘兴出城去参观的观众们败兴而返了，他们一定会口出怨言道："这是各归各的划船，算得什么竞渡？"东京人喜欢的是只差分秒毫厘之间的胜负，他们希望看到的战争的胜利也就是那种只差一点就险险乎被对方打败的胜利，这看起来才叫人兴致勃勃地过瘾哩！

可是当大军出发以后，前面的一种因素逐渐减少了，而胜利的捷报也没有像他们预期的那样很快传送到东京来。东京人虽然喜欢只有几微之差但又要是立等可取的胜利，旷日持久的结果不合他们的脾胃。东京人当初似乎没有想到这一点，这真是大煞风景。

由于以上两个原因，人们对战争的兴趣减少了。到了一个月以后很少再有人谈起战争、关心战争，只有亲人在军队里的家庭才是例外。可是例外之外又有例外，有的家庭虽有人参加战争，家里人只当他出门去做买卖，根本不关心他的命运。这是因为他们既没有战败的思想准备，也没有把战争和死亡、危险等令人不快的概念联系起来。

这种对战争冷淡的程度，到了五月下旬一度达到冰点。

"前天看见你家大郎回家来了！"有人问到他的邻居。这个大郎就是家住在九桥门街的那个活泼、愉快的小伙子史大郎。他的出征曾受到邻居们热烈的关心。现在他悄悄地开小差回来了，自然也会在一些人中间引起疑问。

"可不是他们那一伙都回来了。"大郎的爹不痛不痒地回答。

"大郎在前线可好？"

"他的事情谁知道。"

"前线打了胜仗不曾？"

"天知道。"

"大郎这一回来，还去不去了？"

"天知道。"

"他们在前线一个多月都干了些什么？"

"吃饭屙屎。"大郎爹从熟肉店老板对现实利害关系的精明的盘算出发，认为这个要涉及领头开小差的高三公子的名誉问题，最好还是不谈或少谈。他急于要摆脱那个喋喋多问的邻居，不耐烦地说："这一进一出的大事，不分前线后方，到处都是一样的。"

"吃饭屙屎，谁不知道。俺问的是他见过几仗，杀了几个辽兵？"

"天知道。"

"他要不回前线去了，官府里岂不要查究他？"

有了高三公子的撑腰，还怕官府的查究？这显然属于愚不可及的愚问了，他不屑回答。

他的邻居不甘就此罢休，有意提起四月间为他大郎送行饯别时的那种盛况，借以提高他的兴趣。没料到他回答了一个更加冷淡、更加严厉的字。

"瓒！"

轰动九城、在很长一段时间中成为头条新闻的伐辽战争居然下降到"瓒"，使得这一位可敬的邻居大惊失色。

但是熟肉店老板是正确的，一方面固然涉及实际利害，一方面他也看到伐辽战争在人们心目中早已冷下来了，他的英雄儿子的归来也不值得大惊小怪，只有这个不识相的邻居偏要掘根究底地追问不休，他不是个"瓒"货是什么？

2

东京人衡量新闻的价值，不是决定于它的重要性，而是决定于它的新鲜感。一切头号新闻都不具有凝固性，因为一切新鲜的事物都不可能永久保持新鲜。汴河中网得的鲤鱼，要不是趁着新鲜烹制吃了，虽有冰窖可以冷藏，到头来只好腌了当咸鱼吃。虽说咸鱼也有它的市场，毕竟咸鱼的价值大大低于鲜鱼。新闻也是一样，总是新陈代谢的，一切冷藏过、腌过、腊过的新闻，势必要变成"旧闻"，乖乖地让位于新的"新闻"。

加速战争新闻代谢的是五月中旬开封府公人破获了一件惊天动地的"鬼"公案。

有人利用已经炎热起来但在那里并不潮湿的气候，"垄断"了一段久已埋塞的地下水道，进行名副其实的黑市买卖。起初只是依靠一两盏鬼火，在暗中摸索着做些小买卖，吃亏便宜，一半凭手气、碰运道。他们自己称之为"鬼市"。后来营业范围扩大了，索性把大段的地下水道分隔成为一个个小房间，招引得大批男女前来饮酒作乐，赌博幽会。这时虽然已经明烛辉煌，人语喧阗，其热闹的程度不亚于地面上的"樊楼"（丰乐楼）和东西鸡儿巷之盛，但他们自己还是谦逊地称之为"鬼樊楼"。

东京人对于法律概念是模糊的，执法者——破获这件公案的公人头儿、开封府尹盛章本人就经常在地上的"樊楼"摆酒席宴客，也免不了要赌博作乐，并且还以参加更高级的执法者、殿前司都指挥使高俅在东鸡儿巷赵元奴家里邀集的欢宴为荣，如果有那么一次不在被邀之列，就要惴惴然唯恐有什么灾难临头了。河北都转运使詹度、河北转运判官李邺经常派人，有时自己也抽空到京师来，把大批军需物资在市场上抛售，然后又叫人出面收购了，再以重价转售给转运部门。所有这些都是在法律保护下公开进行的，谁也没有提出异议。为什么仅仅隔开三尺地皮，在"鬼樊楼"中饮酒作乐，在"鬼市"做些将本就利的买卖，转售一部分军用剩余物资，饮些官儿们的盏底余沥，就算是犯罪呢？谁也不能够解释这个问题。

更加奇怪的是，"鬼市""鬼樊楼"的经营者和入股者自己先就有了犯罪意识，感觉到在这里开张营业，招徕顾客，不太有保障，要找个可靠的后台靠山。他们找的后台不是别人，正是专管这一类犯科作恶案件的高俅和盛章。前台与后台达成了默契，四六折账，前台每天用大秤称了上百两银子给后台送去，他们都欣然笑纳了，人们管高俅叫"大掌柜"，管盛章叫"二掌柜"，这已经不是什么秘密。内幕之内还有内幕，据说包庇黑市、坐地分赃的还不止高、盛两个，内押班张迪也插一脚，被称为"内掌柜"。这项小小经纪是通了天的，据内掌柜透露，"凭咱家一句话，还有人敢在官家面前道个'不'字?"可是台后老板之间有时分肥不均，闹起窝里反，掌柜们一翻脸，把小伙计作筷子，连带顾客们一起遭殃，被捉进官府里去。为什么日进斗金的后台老板不但逍遥法外，还老着面皮高坐在堂上审讯这干人犯，而钻营一些蝇头微利的小伙计倒要锒铛入狱、吃官司、打屁股? 这个问题，谁也解决不了。

东京人对于吃喝玩乐的门槛虽然精通，对于司法问题却是不求甚解的。他们接受法律的统治，承认铁索、狴犴和板子的权威性，准备有朝一日也去尝尝它们的滋味，这就是朝廷赋予他们的特权。至于对法律的解释权，那是属于执行者的事情，他们无权过问，也没有兴趣去进一步探索。

他们只对发明创造这件闻所未闻的地下奇案感兴趣，特别对于"鬼樊楼"这个新颖奇巧的名称大为激赞。

所有进不去樊楼的人因为把"鬼"字按在樊楼上面而产生了痛快感，他们本来也把在地面上的樊楼中进出的人看成另外的一种族类——鬼。这种族类经过不断膨胀发酵，早已失去人的正规化的形式了。

反之，有资格在地面上的樊楼进出的人也因为这个奇巧的名称而产生了自豪感，他们本来就把进不去樊楼的人看成另外的一种族类——鬼。这一族类必须经过一番加工改造后才能升格成为一个人。

进不进得去樊楼恰巧是把东京人划分为两大类的自然标准。但不管哪一类都对这个案件感兴趣，都因为把这个"鬼"字按到对方头上去而感到舒服。因此这一件轰动全城的公案，能够在一段时期里，取代战争，保持了头号新闻的荣誉地位。

东京人在自己的生活轨道上熟练地滑行着。

没有一件新鲜可喜的事情会遭到他们的冷遇和歧视，但他们也同样追求原来生活轨道中的一切。他们还是忙着逛相蓝、赶庙会，在这个新的季节里，成千上万的男女老幼，每天骑马、乘轿或者步行着拥到万胜门外的金明池去看"水傀儡""水秋千"等永远看不厌的精彩节目。金明池是京郊著名的风景区、游乐场和大市集。人们宁可跑十多里路到这里来尝尝著名的"水饭""摩睺罗饭""水螺蛳"和簇新应市的"凉水绿豆汤"等，虽然这些小吃在城里也可以同样吃到，而且比这里供应的还要价廉物美。

不忘故旧，旧中翻新，新的又要刻意求精，东京人的生活轨道就是这样螺旋上升的。

唯一的不同，就是一年一度在金明池举行的龙舟夺标竞渡，今年由朝廷明令宣布暂停一年。推迟的公开原因是参加比赛的双方——代表宫廷的龙翔队和代表水军的虎翼队，都有许多好手到前线去参加战争了，剩下的成员不足成队，比赛只好展缓。只有这一件令人扫兴的事情，才使人淡淡地想到离开京师一千里外的河北地面还有一场近乎端阳节龙舟竞渡这种性质的伐辽战争尚在进行，还没有分出胜负——一场多么令人厌烦的竞赛。此外，再也没有人想起或谈到这场战争了。

东京人像当初对这场战争这样狂热一样容易冷淡它和忘却它，它早已被抛到东京人的日常生活轨道以外了。

不但老百姓如此，官方似乎也同样忘记了这场战争。

朝廷的文武官员也是熟练地在仕宦生涯的轨道上滑行着，什么都没有改变，什么都没有遗漏。当然他们也要旧中翻新，新的刻意求精——在明争暗斗、尔虞我诈的技术技巧上。他们照样在一些人面前做矮子，在一些人面前充胖子；得意者在朝堂上弹冠相庆，失意者在十里长亭外黯然销魂。这一切似乎都还按着老调子进行，但事实上已发生不少新的变化。

内侍省都押班张迪这部活的《绅缙录》敏感地反映出官场的浮沉升降。他不是对某些人更加笑颜相对，喜气迎人，便是对某些人把面孔拉得更长了，觌面相逢，也不屑点一个头，竟然扬长而过。他的这个政治气候测温表每天都在指示寒暑炎凉、晴雨干湿，显出高度的灵敏性。

当前的政治气候是在朝的王黼一派人的气温更加上涨，在野的蔡京一派人的气温更加下降了。除张迪的面部表情不断变化外，还有下列一事为证。

五月初，致仕公相蔡京借大相国寺一连三天拜梁王忏，大做水陆道场，为祖宗荐福。现任太宰王黼当然要去拈香行礼，这是理所当然的。王黼到了大相国寺只行了一个礼，说了两句应酬话，打起轿子就走，前后不过一炷香的时间。这是在朝派应有的权利，使他们易地以处，也是这样做的，谁也不能提出异议。

引起轩然大波的，是王黼行经大殿时，一眼瞥见佛龛前的黄幡上写着蔡京一长串的官衔，这些官衔虽然在事实上已经失去时效，成为"攒"货了，但写在黄幡上还是十分辉煌的。王黼不禁对自己嘀咕了一句："不想蔡元长时至今日还有许大官衔！"

姑不论这句话包含着多少讽刺意味，也不说"时至今日"这四个字藏有什么机锋，蔡京自从当上执政以来，人们对他的称呼也不断高升，由"大资"到"参知"，到"相公"，再升到人臣的巅峰"公相太师"，已经历有年所，他的这个元长的表字至少在口头上已被人家遗忘了二十年之久了。不想一旦热锅子里忽然爆出一颗冷栗子，王黼有意忘记了他在仕途上要比蔡京晚进三十年的事实，忘记了他本来就是蔡京的门下，受过他的赏识、提拔，多年来相公相公不离口，叫得比别人更亲热、更响亮的事实，今天忽然在大庭广众间，当着蔡京子侄的面，直称起蔡京的表字来。在情理以内的架子，大家固然习以为常，事情做得过火了，叫人下不得台，就会引起反响。叵耐蔡京的门下人，包括哼哈二将余深、薛昂在内，明明听见了，不以为忤，反而逢迎拍马，无所不至，恨不得一躬到地，把王黼一直送回相府。就中薛昂表现得格外起劲，他一个劲儿地拉住王黼的轿杠，跟着轿班走路，口中还念念有词道："太宰目前正在百尺竿头，青云直上，将来勋业功德，当与伊吕比隆，正当于三代中求之。眼前区区，何足道哉！"

这番话迅速回传到蔡京的耳朵里，元长的称呼已叫他十分受不了，何况又是"眼前区区，何足道哉"，简直是把他看成了一堆垃圾。公相今天总算尝到薛大鼻子的滋味了，他一时沉不住气，不由得指着两尊正在斗法的罗汉塑像，发挥道："上首两尊罗汉斗争，兀自胜负来分，叵耐下首的小鬼，先已倒向一边。怎知佛门森严，轻易出得门去，休想再回进来。"

薛昂的倒戈酝酿已久，本是意中之事，但是一向以涵养功夫出名的蔡京，居然说了这样一句缺少含蓄的话，恰恰说明在目前朝局的斗争中，他所处的劣势地位。懂得这一点，就不用奇怪在那三天的道场中，善打抽丰的张迪居然托病不出，仅仅派了一名中等内监，代表他去相蓝行礼。

3

但是，蔡京反攻的机会来到了。

五月二十六日的败讯，只隔三天工夫，二十九日上午已传到东京。在朝派的王黼照例是不动声色，尽量把消息封锁起来。在迫不得已的场合中，也只肯按照童贯上奏的调子，承认前线发生一些小进退，我军坚守阵地，把败耗缩小到最低限度。

反之，在野派蔡京一伙从王黼躲躲闪闪的言论中，参透了事实的真相。然后他们做了与王黼完全相反的事情，把消息尽量扩大传播，并且别有用心地把事实夸大到前线的西军已全面崩溃，战祸可能要迅速蔓延到京西、京东路，不久东京城也将受到威胁的危险的程度。

封疆问题历来是党派斗争中一个绝好把柄，在野派总是要抓住这个把柄，对在朝派大肆攻击的。这在历史上屡见不鲜。

蔡京一伙人十分明白在这个关系到大家切身利害的问题上扳倒了王黼，就意味着蔡京的东山再起。目前的朝局，主要是他们两派人互为更迭，官家手里并没有准备着第三副班子。王黼下野之日，就是公相再度登场之时。因此他们的攻击宣传中，特别强调要追究战败的个人责任，进而追究发动这场战争的罪魁祸首。他们郑重声明，公相本人自始至终都是反对这场战争的。谓予不信，有诗为证。于是他们就高吟起公相给蔡攸寄去的诗：

百年信誓当深念，六月王师好少休。

诗中的含义如此明显，难道还需要什么诠释吗？

随着以后几天败讯连续传来，蔡京一伙声势大振。据传官家已有整整三天没有接见王黼，在他亲笔写给童贯的诏旨中也有"朕从此不复信汝矣"这样一句分量极重的话。这些传闻，张迪不仅亲口加以证实，并且还隐善扬恶，尽量扩大影响。这时蔡京的喽啰们纷纷归队，连破门而去的哼哈二将，也想重新皈依佛门，惴惴然唯恐祖师爷记恶在心，不肯把他们重新录入门墙了。

在此期间，王黼进不到宫里去，就不分昼夜地前往张迪的别邸里去候见他。前后共达七八次之多，都被张迪托词有病挡住驾。

　　刚在旬日之前，张迪曾借口有病，没有亲自去相蓝为太师荐祖的佛事行礼。如今，他又以同样的理由挡王黼的驾。连病名都不用更换，真所谓"一鸡两吃"，妙用无穷。其实他又何尝有过一点伤风咳嗽、拖清水鼻涕吐浓痰？那天，正好是官家御用书画鉴定家龙大渊邀他出席私宴。龙大渊曾经为官家主持摹刻《大观帖》，是官家在这方面的私人顾问，虽无正式名分，却是经常见得到官家，可以说几句话的亲信人员，他的邀请决不能拒绝。于是张迪把王黼撇在门外，自己鲜龙活跳地跑到龙大渊家里赴席。这是一个带有私人性质，只有少许知交参加的亲密的宴会。在朝局可能发生大变动的时会中，这种性质的宴会最配张迪的胃口。他抓住一个机会，就跟另一个高级内侍谭积谈开了："王将明找了咱一二十遍，咱与王将明各走各的道儿，混不到一块儿，见了面又有什么好说的！"虽然是跟谭积密谈，他故意把嗓音提高到可以让全席的宾主都可以听清楚的程度。这是他张迪发表政见的论坛，他们有权利可以听到它。他把这句话说得十分明确，毫不含糊，然后加上说，"办起朝廷大事来，毕竟要数公相太师斫轮老手。王将明这只花木瓜，中看不中吃，咱早跟官家说过，要提防着点儿，否则，迟早要吃他的亏。"

　　没有一件后来发生的事情不在他当初的意料之中，并且事前都早对官家做过种种提示和暗示，可惜官家当时没有领会他的意思（这最后的半句话照例是咽在喉咙里，要听的人自己体会出来）。如果他张迪不是这样一个先知先觉者，怎配在官家面前长久地当这份体面差事而不出差错？

　　张迪的仕宦艺术显然又提高一步了。他蓦地想起有个大漏洞需要去填补一下。不待席终，他就匆忙地站起来，向主人家告辞道："前日公相太师有事相蓝，咱偏偏告病在家，不得前去拈香展敬。今日痊愈了，正好顺道去太师府弯弯，向他告个罪。"

　　除以上两大派的明争暗斗以外，这时朝廷外还存在着第三种力量，它就是太学生们。太学生触觉灵敏，反应迅速，对社会舆论往往起着带头作用。这时太学生们也通过各种渠道，打听得战败的消息，发表起议论来。太学生最惯用的形式是不知道珍惜笔墨地向朝廷上《万言书》，有时还超过万言，竟达到两万、三万言。大约除他们本人以外，很少有人能够卒读终篇的。他们推本溯源，把这场战争失败的原因归之于近年的朝政腐败，并且一视同仁地把主持这场战争的童贯、王黼和最初建议这场战争的蔡京统统列入可诛的奸贼之列，把他们看成一丘之貉，并没有在朝、野两派斗争中作左右袒。

战败的责任好像一只轻飘飘的气球，现在大家都把它远远地推开去，犹如当初大家抢着、夺着要把战争的发明权和主持权揽过来一样。童贯照例把气球往种师道头上推，蔡京又把气球推给王黼、童贯，连自己的儿子蔡攸也大大有份。但是太学生们也没有把蔡京轻轻放过门。几天之内，在前线和东京的官场中进行了一场比前线阵地争夺战还要激烈的"脱卸战"。当然他们都很明白气球落到谁的头上，谁就该倒霉。气球向他头上轻轻飘来时，他就使出浑身解数，腾空一脚，把霉头触到别人身上去。毕竟在这方面已经积累了丰富经验的王将明取得了胜利，最后把球完全推到种师道身上。六月初八，朝廷明旨宣布种师道"天资好杀""助贼为谋"两项罪名，撤去他的都统制之职，责授右卫将军致仕。

所谓"天资好杀"，就是说种师道违抗朝旨，擅自动兵启衅；所谓"助贼为谋"，就是指种师道轻举妄动，正好中了敌人的圈套，以致全线溃败。这两个罪名说得似通非通，却是宣抚司僚属们的杰作，加上王黼一套魔术般的手法，说得头头是道，使种师道有口难辩，因此他要负战败的全责。这道朝旨的要点是表明朝廷收复燕云之决策，并不因一战受挫而有所改变。战争还得继续下去。蔡攸、童贯脱尽干系，轻松愉快；王黼一度在天空中翻筋斗的纸鸢又飞稳了，他们在张迪的气温表上的水银柱又直线上升，甚至升到比原来更高的刻度上。

给龙大渊还礼的筵席上，张迪又一次碰到贪吃的谭稹，两人地位相当，各有所爱，碰在一起时又促膝谈起心来。

"老不死妄图再起，用心不可谓不密，怎奈王将明也不是好惹的。"张迪记得几天前曾和谭稹同过席，谈过有关这方面的问题，但是完全不记得那次谈话的要点，或者是他认为没有必要再去记得那次谈话的要点了。官儿们的记忆力是一种特殊的记忆力，应该记得的事情就该记，应该忘记的事情就该忘。现在他以一种旁观者的义愤，慷慨激昂地为王黼打气道："咱看这老不死的这两天忙进忙出，活像摘去了头的苍蝇，乱冲胡撞，到处碰壁，他哪里是王将明的对手。"

"嗬……嗬。"谭稹对这个话题没有感到很大的兴趣，那时他正好伸长头颈去接一筷从远处夹来的胭脂鹅脯，还来不及对他的话做出反应。接着又听到张迪情意绸缪的邀请。

"明儿晚上，咱家做个小小的东道，请王将明来舍间赴席，少不得又要请老哥来捧捧场子了。"

"咱哥儿俩的事，还有什么说的！"谭稹大幅度地牵动他的歪嘴，哈哈大笑道，

〔一〕唐朝文学家张说被封燕国公，同时代的苏颋被封许国公。当时朝廷重要文件，多由二人草拟，称为燕许大手笔。

"老哥请客，小弟岂有不忝陪末座之理？明天申时准到。"一种出自内心的喜悦，布满在他油光光的脸上，表明他确是一个无邀不应、有请必到的饕餮之徒。

谭稹也曾有过军事方面的资历，和童贯一样双手沾满过人民的鲜血，如今闲了一段时间，似乎想用他的饕餮来洗赎过去的罪孽。现在他真正感兴趣的是吃，对于什么伐辽战争，什么王、蔡之争都没有兴趣，更加想不到有朝一日还是要他身不由己地卷进那场军事纠纷中去。现在他忙着赴各家之宴，不管是王黼的主人，还是蔡京的主人，还是中立派的主人，他的任务是把各家宴席中听来的流言蜚语不分彼此地传达给各人听，不管他听了高兴还是皱眉头。然后张开歪嘴来吃：吃食桌之前方丈之内的山珍海味，吃内骐骥院的人和马的空额，归根结底，还是要吃老百姓身上的脂膏，决不怕引起消化不良。

从反攻中没有得到好处的蔡京，也学张迪这一手，立刻掉过头来，举出种种证据证明他一向是、现在也仍然是伐辽战争的积极支持者，并且坚持他的发明权。谓予不信，请读读由他起草的《复燕议》，那也是一篇洋洋洒洒的大文章，可以与燕许大手笔[1]比美的。

可是寄儿子的那首诗呢？那一定是讹传，老成谋国的太师岂能这样轻率发表议论？可是有人说，官家当时也曾带着不豫之色，替那首诗改了两个字。那一定更加是讹传了，官家哪有空闲管他们父子之间的酬唱？

4

4

一场因为前线暂时失利而引起的政治风波似乎已有平息之势。只有那些不识时务的太学生还在继续发表议论，继续上《万言书》，调子越唱越高，痛斥朝野的权奸。大有官家不把他们全部逐出朝廷，革职办罪，流配到远恶小州去决不罢休之意。

太学生并非都是纯洁的羔羊，他们同样有阶级的根源，有复杂的社会背景，他们也有直接和间接的同舍、同科、同乡、朋友、亲戚之谊，因而联系着从个人到各种关系人的利害上的考虑。只不过他们涉世较浅，冲动的劲头较大，又不是现任官吏，利害得失的考虑比较间接、比较少些而已。太学生虽然拥有左右社会舆论的力量，他们也并不都是先知者。在事情没有完全弄清楚、真相没有大白以前，他们的议论是摇摆不定的，有时是哗众取宠的，有时也是非常错误的。但是等到真相完全暴露（主要从两派相互的攻讦中揭露出来），形势发展到一定的阶段时，一部分太学生的纯洁性还没有完全在个人利害的泥坑中打过滚，他们这才开始有了比较清醒的分析和比较正确的认识，开始有了所谓"清议"。譬如说把这场战争失败的原因归咎于朝政的窳败，力主惩办那些应当负直接责任和间接责任的权奸，这些议论的确反映了社会上大部分人的意见，因而受到广泛的支持。他们的诛伐往往很大胆，敢于指名道姓地触犯权贵们。从他们的《万言书》中披沙淘金，确实可以拣出一部分很精彩的言论。

在这段时期中，太学生左一个"贼臣误国"，右一个"奸党可诛"，朝野为之侧目。也使身为太学正、直接负有管教学生之责的秦桧感到十分不安，有时简直是非常狼狈。他必须阻遏住太学生的议论，才保得牢自己的饭碗。但是"清议"也是一种社会力量，有时也是进入高级仕宦之门的敲门砖，靠"清议"吃饭，用它来做到八座九卿的也不乏其人。譬如王黼本人就是太学生出身，也曾上过几次《万言书》，因此，他的同舍生汪藻还给他题上一个"花木瓜"的雅号，讥笑他中看不中吃。得罪了清议，其后果不堪设想。执政大臣们尚且有所顾忌，不敢出之以公开的高压手段，他一个小小的学正又顶得什么事？

太学这所所谓培育人才的"庠序之地"，也像其他衙门一样，只要花点功夫下去，照样能够锻炼出一副仕宦的本领。初出茅庐的秦桧，资历虽浅，却不是一只没头苍蝇，他懂得在两者之间的一条狭胡同里安稳地爬行，保持两方面的好感。在这段时期，他对太学生中间的活跃分子陈东、高尔登、徐揆、石茂良等人忽然异乎寻常地热络起来。他赞同他们的议论，摇头晃脑地朗诵他们的《万言书》，遇到警策之处，点头击节，仿佛在它旁边加上双圈、密圈似的，还要奋笔给他们点窜几句，其措辞之激烈，较他们有过之无不及。有一个刚从太学出去的小官儿宋昭上了一道奏章议论伐辽战争的失策，受到朝廷严厉处分。这件事涉及几个太学生，使他们产生了"兔死狐悲"之感，引起了大家的公愤。秦桧也跟着声色俱厉地谴责当道者"钳塞言路"，表示要和太学生们共祸福。所有的学官都与学生对立，只有秦桧明显地站到太学生的立场上，这使他在同僚之间受到讥刺、指斥，日子不很好过，但因此获得学生们更多的信任。没有人再怀疑秦学正是个"深文周纳、善于罗织"胸有城府的深密人了。

在家庭里，秦桧的妻子王氏发现丈夫近来工作得更加勤苦，深更半夜还逼着烛光用蝇头小楷在一本小小的经折儿上密密麻麻地写了许多，抄了许多。

这引起王氏很大的不满。

"交二更天了，丈夫还不歇手睡觉！一定要熬出病来才罢手不成？"王氏从纱帐里探出蓬蓬松松的头，嗲声嗲气地问。她故意掩上了故意敞开一半的纱衫的前襟，她做这两件事，都好像是漫不经心似的。

非礼勿视的秦学正没有把他的视线落到他妻子有意要牵引它过去的邪路上去，他用自认为正在做一件严肃的工作那样一本正经的神气回答道："俺还待再写上一个更次，才得歇手。娘子早早安置。"

旬月之间，秦桧的马脸更加瘦削了，颧骨更加高起来，似乎有戳破面皮之势，虽然他的这层保障是非常结实的。有时王氏发现丈夫在抄写什么时，不断地咬嚼着自己的臼齿，牵动了两边颊肉，好像马儿在咀嚼青草似的。王氏把这个看成丈夫正在苦思冥想的标志。她已经习惯了这个，但并不喜欢它。天底下哪有靠这样勤苦工作来博取富贵的蠢汉？何况它已经发展到影响他们家庭生活的严重程度。

她决定要加以干涉。

一天，她把笔墨砚池都收起来了，逼着丈夫问："你每夜写啊写的，写到深更半夜，干那酸秀才的活儿。俺叫人煮了燕窝、参汤来将补你，还瘦得像狗精，叫俺又痛又惜，你到底是为什么？"她突然把两条又细又淡的眉毛挑动一下，这是她知道而又不愿承认自己对丈夫只有有限的一点引诱力，因而加工制造出来的一种人工妖媚。她说到"又痛又惜"的时候，故意停顿一下，以便丈夫有充分余裕来咀嚼她的媚态，然后加上说："有那么多写的，还不如抽出两条腿子到俺娘家去走走。俺两个亲哥子都贵为台阁，哪一个不是成天称赞你，说要照应你、提拔你成为一个人物？"

"娘子说得不错，可是俺抄的却是近道儿。"秦桧举起一本小小经折儿，说道，"娘子休得小觑它，它本子虽小，却是奥妙无穷。"

"这个小本本里，有甚奥妙之处？"

"此乃天机，"秦桧摇摇头，把整个马脸都牵动起来，卖关子地说，"不可泄露。"

"想俺乃是堂堂宰相的孙女，又是当朝极品使相的干女儿，"王氏突然换上一副恼怒的神色，重复三年来已经重复过多次的话，"嫁了你这个穷秀才。今日你田也有了，官也升了，指日还待高迁，有甚亏待你处？今天你有了一点什么诀窍，就值得在俺面前厮瞒？不要惹得俺发作，否则，把你这些经折儿统统撕烂了，丢进茅厕去，看你还卖弄什么天机不天机！"

秦桧一看王氏似真似假，防她真的做出来，急忙一缩手，把本子藏进怀里，连声说："撕不得，撕不得！"

"什么阿堵物儿，值得如此大惊小怪！"王氏益发作态，要去抢那经折儿，"俺偏要撕，看你又待怎样？"

"痴婆子懂得什么？"秦桧在心里恨恨地骂。

结婚三年，在秦桧心目中，王氏早已失去吸引力。"痴婆子"就是秦桧给她内定的封号。不过她毕竟是宰相之后，即使夫妻相骂起来，也不敢这样说。他必须做到她祖宗的官儿，取得对等地位，才敢于把这个封号公开出来。

酸秀才出身、父亲做过一任小小知县的秦桧在社会阶梯上往上爬的时候，确实有一段不平凡的发展史。想当年，他在乡间当一名童子塾师，志量有限，那时他作过的一首咏怀诗中说："若得水田三百亩，者番不做猢狲王。"可见得胃口奇小。后来考中进士，选为密州教谕，也还是猢狲王的身份。一旦飞来横福，结了这门亲事，王氏送来的妆奁万贯，单单妆田一项，就不止良田千亩，总算是踌躇满志了。无奈水涨船高，区区的三百亩，已经不在他的话下，还是仰仗王家的荫庇，三升两擢，选到京师来当太学正。这已经给他开辟了一个光明的前景，可是总摆脱不了猢狲王的命运，太学生虽是学生中之"太"，毕竟也还是一群大猢狲。"俺秦桧胸罗甲兵，心怀大志，拥黄扉之才，具瑚琏之器，难道就在这太学里虚度一生不成？"

这时秦桧的志量、口气已非畴昔可比，他下了决心，顶少也要做到岳祖的位分儿，才算是扬眉吐气，区区学正，算得什么。他打定主意，除仰仗亲戚的照顾外，还得自己下功夫，闯出一条道儿来才行。

现在他想出来的办法就是一条最稳妥、最可靠的道儿，其奈"痴婆子"不喻何？他只得开导她。"俺家的功名富贵，"他指着经折儿，"全靠在它身上了。娘子一时性起，把它撕了，岂非自绝富贵之路？"

"什么小本本，就是俺家的富贵之路？"王氏听丈夫说得如此郑重其事，不禁有些将信将疑起来，嘴里嘟哝道，"花五百个小钱，叫翁顺到马行街南纸铺去走一遭，就好装它一大袋回来。俺拿来盖咸菜缸，还嫌它太小，不顶用呢！"

"痴婆子，痴婆子！"秦桧连声在心里骂，认为她确实当得这个封号而无愧。表面上却露出得意的神色，指着经折儿说："娘子不稀罕它，王太宰可真把它们当作宝贝哩！日前发遣那个瘟官，王太宰靠的就是它，不然，哪里知道是太学生替他起的稿？太学里那些大大小小猢狲的账，全都记在上面。一旦朝廷要落实行遣，凭着俺这几本小小的经折儿，却不是按图索骥，一索即得？你道俺每夜写到深更半夜的，单单就为了在那上面练蝇头小楷？"

秦桧一语道破天机，把王氏乐得从脚底心一直痒到头顶皮。

原来王氏是熙宁年间宰相王珪的孙女，又是当朝权贵童贯的干女儿，奕世富贵，自幼就出入权豪之家，耳濡目染，深明怎样不费吹灰之力就可取得富贵之道。自认为在这方面比起酸秀才出身的丈夫来要高明几倍，谁知道丈夫奇兵突出，使用的方法比她娘家心传的家法要直接得多、有效得多，怎不叫她惊喜欲狂，拍案叫绝！真不枉嫁了他。想当初，她父亲独独挑中了这个女婿，还和母亲争闹过一场，她自己也深感委屈。不料今天发现他具有如此的才情，这才使她深深钦佩父亲的独具只眼，母亲虽然偏向自己，终究不过是妇道人家的见识罢了。

其实用"怀中记秘"或者称为开黑名单的办法来博取富贵，是古已有之的老办法，秦桧绝不是它的首创发明者，秦桧以后也没有断种绝代。王氏一时见不及此，根本不值得这样大惊小怪。

寒门出身的秦桧有他自己的一套升官哲学。他比不得他的舅爷们那些纨绔子弟、膏粱世家，既要高官厚禄，又怕动手动脑筋，闭着眼睛，躺在榻上，富贵也会自己送上门来——他们早已堕落成鼻涕虫。秦桧虽然也要依靠亲戚的照应，却瞧不起他们的阘茸无能、无所作为。他雄心勃勃，壮志凌云，发誓要出人头地。他是勤勉的，肯动脑筋肯动手，只要对自己有一点儿好处，哪怕动出脑筋来丢去许多人的脑袋；谁要对他议论纷纷，他不怕亲自动手剪去天下人所有的舌头，只要有朝一日，他手里掌握了这把剪刀就行。

他已经获得初步成功，昨天从天汉府桥太宰府门口出来时，碰到内押班张迪。张迪居然垂青，撩起肩舆的帘儿向他勾一勾头。这一勾非同小可，比起他两位内兄的照顾，其价值不知道要高出多少倍，他心里明白，这些经折儿的作用，已经透过脾胃，直达心肺了。

在官场中还算是初出茅庐的秦桧，一出手就显得他头角峥嵘，洵非凡品。只是以后复杂的经历，把他锻炼得更加炉火纯青，更加深沉不露而已。

第二十章

1

自从送走马扩以后，婵娘越发消瘦了，越发沉默了。她的澄澈、发光的大眸子里出现了一种由悲哀、惊惶、焦急和期待等情绪混合组织起来的复杂表情，这表情曾经在她父亲病危时期出现过，现在再一次在送走丈夫以后出现。她可以一连半个时辰，甚至几个时辰地沉浸在这个表情的复合体中。带着这种表情沉思是一个精神的犄角，她真愿意成天地躲进那个角落中去，如果没有受到其他事务干扰的话。只有被人注意到、被人问话、被人打断思潮的时候，她才会忙乱地从那个角落里走出来，给人一个带着歉意和忏悔的凄凉的微笑，好像她做了什么对不起人的错事一样。

在那个社会里，妇女没有公开表示想念丈夫的自由，虽然她周围的人都很爱护她，并不因此对她有所不满，她自己却意识到这一点。

比别人更多注意她的刘锜娘子注意到即使躲进那个犄角里，也不能使她的心情舒畅些。刘锜娘子注意到，自从那一天开始，婵娘无论在沉默中、悲哀中，或者在她凄凉的微笑中，都已经失去一个"自我主宰"的我，这个"我"在送走丈夫的同时，也循着他的与众不同的马蹄印，上前线去找他了，这时留下来躲在角落里的无非是她的躯壳罢了。

刘锜娘子第一个想法就是要安慰她，像正常的人所持有的常规的想法一样，一切痛苦，哪怕是最深彻的痛苦，都不过是一种心理上的皱襞，只要用一把同情的熨斗耐心地去熨烫它，总有一天会把它烫平。刘锜娘子作了几次尝试，都没有收到预期的效果，这才得出结论，婵娘的痛苦是一个心理上的分裂，她的心已经破碎了、分裂了，如果没法从根本上消除婵娘痛苦的原因（那是她做不到的事情），弥合她心的裂缝，那么这把同情的熨斗不管有多么高的温度都不会产生作用。刘锜娘子一天比一天地明白，面对着这种深刻的痛苦，一切语言和精神上的慰劝都不过是一种善良的欺骗而已。她从善良的愿望出发，以徒劳的欺骗结束，丝毫不能够减轻婵娘的痛苦，自己却感到十分惭愧、十分内疚。

刘锜娘子没有经历过婵娘正在经历着的那个感情的历程。

她和刘锜是在东京结婚的，当时他已离开实际的军队生活，在宫廷里当差了。她跟丈夫聚在一块儿的时候，他们的家庭气氛更加温暖和谐，如果他出差去了，留下她单独在家里，她也有自己的生活要过。她和丈夫既是两位一体，又是各自成为一个生活独立单位的。她以自己的感情尺度来衡量弹娘：结婚初期的离别，当然是特别难堪的，丈夫出门从军去了，真要担些风险，假使弹娘有着一般水平，甚至超过那种水平的离愁别恨，那也完全可以理解。可是现在弹娘表现出来的这样一种沉重的、忘我的，不但是她见所未见，也是她闻所未闻的感情，却使她奇怪万分。

刘锜娘子还要作一次努力，试图引导弹娘离开这种痛苦的处境。有一天天气暖和，阳光特别灿烂，大门外面，车马喧阗，行人如织，是一个标准的郊游的日子。她携起弹娘的手，笑问：“妹子，这样好的天时，家里又闲着没事，你可愿陪姊到金明池去……”

这又是一种欺骗，心里明明是她自己希望陪弹娘出去走走，说出来的却是希望弹娘陪她去玩儿。可能弹娘会却不过她的情面而陪她出门的。但是她的话还没有说完，就被弹娘惊惶急遽的神情打断了。弹娘的这种神情表现出除她现在为之消瘦、为之悲哀、为之凄凉地微笑的那个生活中心以外，她不可能承认还有其他生活中心。要她去逛金明池，暂时忘却心里想的事，那就等于要她承认另外建立一个生活中心的可能性了，即使它是暂时的。在她无言的拒绝中，还含有对姊姊提出这样一个她所不能容忍的要求的谴责，刘锜娘子不由得把她拉着的手放松了，并且红了脸。

爱情在各人身上有着各种不同深浅的层次，和与之相适应的各种表现形式。

刘锜娘子认为自己是挚爱丈夫的，同时也被丈夫所挚爱着，并且各自以在当时社会条件允许的最大限度的热烈形式表现出来。刘锜娘子也不是一个心甘情愿受社会的条框所束缚的女人。他们可算得是东京城里一对模范夫妇、恩爱鸳侣。他们的所谓“琴瑟之好”，已远远超过一般水平，而为人们所艳羡。

但是她现在在弹娘身上看到一种完全不同的爱，这与她自己比较起来，不但有形式上的差别，并且也不得不承认还存在着程度上的距离。像她这样一个一向对美满的夫妻生活、真挚的爱情很有自信的人，要承认后面的一层是需要经过激烈的思想斗争的。

如果刘锜娘子从来没有和弹娘见过面，没有这几个月的盘桓，如果她仅仅从别人嘴里听说有这样一种执拗的，简直是不可理喻的爱情，可能她要惊异了，可能她要当作一件好玩的事情去嘲笑她了。她还可能不断地去打听这个古怪少女的消息，以增加嘲笑的内容，并满足自己的好奇心。这不是出于轻薄，而是出于不理解。因为她自己没有这种感性认识，在现实生活中也没有看见或听说过这种失去理智的华

[1]《华山畿》是一个爱情神话故事，说刘宋时一士人行经京口华山畿的地方，偶然邂逅的少女感疾而亡。他棺木经过少女家门时，少女已盛装祈祷着：她激动地读一首诗祈祷着："华山畿，君既为侬死，独活为谁施？欢若见怜时，棺木为侬开。"棺木应声而开，少女跃入棺木中而死。伴随着这则无稽的故事，还流传下一些激情凄厉的故事，小诗。

山畿式[1]的激情——随时都准备着一个生命去为对方牺牲，丝毫不考虑这种牺牲有没有必要。爱情达到了深处，就完全排斥理智。因为刘锜娘子没有这样的认识，因此也不可能理解爱情可以达到这样的一种深度。

可是现在她亲眼看到这个，看到婵娘的心路历程中的每一个细节，由此受到极大的感动，加上她对婵娘无限的爱，这使她了解了她的一切，承认了这种深度的可能性，并且为它征服。

从婵娘拒绝陪自己出游的那天开始，她就放弃一切慰劝她的企图，决心要在她的悲哀和寂寞中做她沉默的知心者来分担她的痛苦。她违反了多年来的生活习惯，在那个季节里，居然没有去过一次金明池，即使其他地方也很少去。

纯粹、绝对、完全的感情生活在现实生活中是不存在的，人不能够生活在感情的真空中，犹如不能够生活在空气的真空中一样。她们各自有一个家庭，有许多细碎的但是无法避免的家务要等候她们处理。刘锜娘子处在一个比较高级的社会阶层上，她虽然尽量压缩了交游圈，以便抽出更多的时间来陪伴婵娘，但她还是有些必不可少的交际应酬，不得不出去应付一下。她总是坐席未暖就匆匆地走了，以至那个圈子里的人都认为她变了，却不明白她之所以改变的原因。此外，她们还有一个共同的病人要服侍，赵隆仍然作为刘锜敬重的长辈和客人留在刘锜家里养病，他仍然不能够起床。不管怎样忙，刘锜每天都得抽出时间来陪他聊聊天，谈谈他所知道而且也可以让他知道的前线消息，即使这样也不能够使他兴奋愉快。在这些时候，她俩都要陪侍在一边，这时更需要用刘锜娘子轻松的市井新闻来调剂前线沉闷的消息了。但她现在连这一点也很难做到，因为她自己的心境也很不轻松。她一有空闲，就带着针线活计来陪马母，帮助她们克服她们还没有能够完全适应的东京居家生活中的种种困难。如果说，她过去这样做是出于热心，那么，现在这样做又多了一层为婵娘分劳、分忧的含义。这一切，她都做得这样含蓄，这样不露痕迹，以至婵娘忘记了自己是个受惠者。

只有当她们两个在一起，并且手头没有任何事情来干扰她们的时候，这才出现了感情真空的时刻。这个时刻是专门属于她俩所有的。她们可以连续一两个时辰地谈到他，刘锜娘子从丈夫那里听到有关他的往事，甚至比婵娘自己知道得还多。这些往事再加上幻想和扩大的成分，使它成为一个永远不会枯竭的谈话源泉。有时，一句话，一个小小的回忆，一种可能的设想，可以重复十次、二十次以上。只有以他为中心的谈话才能使她兴奋起来，焕发起来，使她能够无保留地把珍藏在自己心底里的童年回忆完全奉献给刘锜娘子。在这种时候，她变得大胆、无拘无束和热情横溢了。鞯娘以一种比刘锜娘子还要蔑视一切、突破一切的无畏姿态向社会挑战而使她惊异。有时，刘锜娘子看出她疲劳了，了解她在默默的悲哀中不知道已经损耗了多少精神，于是就陪她沉默着不说话，只把自己的手掌压到她的手掌上，这就是她的语言、慰藉和温情，而鞯娘自己也一动不动地让刘锜娘子长时间地压着手掌，这就是鞯娘的答谢和接受她的温情的默认。

那种彼此厮伴着的，或者是热情的，或者是沉默的时刻对于她们都是神圣不可亵渎的。她们能够把它延长多久就让它延长到多久。

消息灵通的刘锜很早就知道马扩出使辽廷的消息，官场圈子里面的人都明白这是一种出于同僚的排挤，要他去进行一场用头颅做筹码的赌博。失败了让他丢掉头颅，成功了大家可以分润到好处。他不禁为兄弟捏一把汗。续后又接连获得前线的败讯。他在悲愤、担忧之余，首先考虑到的就是这些消息可能在赵隆、马母、鞯娘身上引起的反响。他决定在没有获悉他父子俩的真实情况之前，尽量把这些坏消息封锁起来，不许走漏，甚至也不让自己妻子知道。

刘锜娘子是封锁不住的，她已从其他渠道中探悉到前线的败讯，并且听到更坏的传闻，说"也立麻力"单骑陷阵，迄今下落不明。东京是一座十分敏感的城市，是谣言制造厂，对于曾经成为新闻人物的"也立麻力"，照例要着意渲染一番的。刘锜娘子把这个问了刘锜。深知马扩行事性格的刘锜心里也惴惴然，唯恐所传是实，表面上却矢口否认。刘锜娘子不放心，又到其他的地方去打听，这一次的传说者渲染得更加神乎其神，连刘锜娘子也清楚地感觉到它的夸张过分的部分，但是最实质性的问题，马扩究竟安全回来没有，仍没有明确的证实。

鞯娘生活着的世界是单纯的，没有什么需要隐瞒，没有很多的东西需要回避，她就是以这种单纯和真实的力量，感动和征服了刘锜娘子。刘锜娘子所处的世界当然要复杂得多，她自幼以来就明白并且习惯了人与人之间的相互制约关系。什么话可以说，什么事情必须隐瞒，都有一定尺度。这个尺度掌握得越加合度，越不逾规越矩，就说明一个人生活艺术的水平越高。根据这个原则，当她离开鞯娘的时候，一再告诫自己要严格地保密，她充分理解到如果一旦让鞯娘得知了这些消息，将会引起怎样可怕的后果，可是当她与鞯娘在一起的时候看到鞯娘澄澈的凝思着的和询问般的眼睛，她感到有一种真实的力量在压迫她，谴责她不该在鞯娘面前继续把秘密保存下去。有几次，她几乎泄了密，想把她听到的传说和盘托出，都是到了最后一刹那，好不容易才克制住。在那些时候，理智虽然勉强占了上风，她却不由得在感情面前让了步。她又一次产生了欺骗婵娘的犯罪意识。

有一天，婵娘的手被她紧握着的时候，婵娘不由得惊奇地问："姊！你的手为什么这样冷？"

"没有……没有什么。"

"姊的声音发抖了，姊的面色发白了，怎说没有什么？"

刘锜娘子反常的惊惶，引起婵娘的注意，她一定要问出一个所以然："姊有了什么事情，怎不让妹子知道？"

"真是没有什么。"

刘锜娘子这时心里已经决定要说出真话，并且甘愿承担一切后果。可是由于一种习惯的力量，冲口而出的仍是一句谎话。她的勇气消失了。既然谎话已经出口，她索性顺着它再说下去："今天早上姊有些不舒服，想是夜来着了凉。这会儿好多了，妹子不信就摸摸姊的额角。"

"姊为着妹子，受了多少辛苦，担了多少风险！"不相信人与人之间、特别是不相信亲密得好像已经凝合成为一体的姊与自己之间还存在着说假话的可能性，婵娘当真用自己火热的面颊去亲了一下姊凉冷的额，她没有感到姊在发烧，于是认真、关切地劝道："妹子倒没有什么，可把姊累坏了，烧还没有发出来，鼻音重了，姊千万要保重自己！"

在这个敏感的时刻里，在想象和悬揣的不安中，依靠着这堵并不牢靠的封锁墙，婵娘，还有她的爹和她的婆母，总算度过了存在着真正爆炸性的危险和最苦难的日子。

2

警报解除了。

六月中旬刘锜接到马扩从河间府写来的一封亲笔信。当时马扩已经跟随着宣抚司撤往河间府。在信里，他详细地告诉刘锜战争失利的经过和他本身的经历。信的调子是高昂的，尽管目前战局正处于最艰难的阶段，很多人认为战败已成定局，心灰意懒，只等朝廷的一纸诏书，他们就准备来个"卷堂大散"，即使在一些久历戎行的将军中间，也有很多人认为战争没有前途。但是马扩仍然没有失去信心，仍然坚持着自己的看法，认为越过这个阶段，胜利就会来到。他列举了在辽的见闻，作为自己的论证，还告诉刘锜目前他打算着手去做哪些工作，希望得到刘锜在精神上的支持和事实上的帮助。

他还写了两句柳词，表示出自己甘愿为战争贡献出一切的决心。

但是出于彼此相同的考虑，他怕战败的消息可能在赵隆身上产生后果（他目击的那次咯血给了他多么深刻的印象），他要求刘锜瞒去这封信，单单让他们看到他附在里面的家信。

亸娘一听说丈夫来了信，双手不由得像秋风中的梧桐叶片一样颤抖起来。她花了极大的努力，才把它打开来读。家信的内容十分简单，只说目前战争尚在雄、霸一线对峙，他父子平安，并嘱笔向赵隆问安，向刘锜夫妇问候。

可是在另外附的一张字条上，他用凌乱潦草的笔迹，写了两句《蝶恋花》的残词："衣带渐宽终不悔，为伊消得人憔悴！"亸娘意识到这两句分明是写给她个人看的，否则何必在正式家信以外，再附一张字条？

这是亸娘第一次读到他的信，看到他写给她的字条，听到他向她倾诉感情的心声。即使在他们新婚以后的一段时期中，她也没有听他说过这样富于感情色彩的话。他的这个一向对她封闭的感情世界终于慢慢地对她开放了，这简直是意料不到的收获。她要为了这个感谢首先发明写信的人，感谢为他们制造出纸张和笔墨的人，感谢把这张字条捎来的军中的邮使，她甚至还要感谢这一场虽然把他们分隔在两地，可是终于把他的心声挤了出来的战争，她知道要他挤出这两句话来，是多么不容易的事情！

当然她最最要感谢的还是他本人。

　　她一字一字地体味着这两句残词的滋味，仿佛在咀嚼十四颗谏果[1]，每一颗中都浸透着他的深情，把一缕甜意一直沁入她的心脾。

　　她不记得这接了家信后的残余的半天是怎样过去的。

　　晚上睡到床上时，借助于一盏油灯，她又重新取出字条来看，为的是再看看他凌乱潦草的笔迹，要证实确是出于他的亲笔。她只在童年时期看见过他写的字，当时，他的字都写得端端正正，笔酣墨饱，一丝不苟，与现在她看到的很不相同。可是这个"宽"字最后一点，点得那么粗、那么有力，这个"悴"字的最后一竖，拖得那么长，比旁边竖心旁的一竖要长出一二分，这分明是他独特的笔迹，她在那时已经看惯了它。她一遍又一遍地琢磨它，自己假设出许多理由来否定它，然后又假设出更多的理由来证实它，直到毫无可以怀疑的余地。然后再细细地研究它，似乎要从每一竖、每一横、每一点、每一钩中间找出他呼之欲出的面容，听出他正在召唤她的声音来。最后她珍重地把纸条折好、铺平，压在枕头底下，准备吹灭了灯入睡。忽然她又改变了主意，灯没有吹灭，已经压在枕头底下的字条又被抽出来重新诵读。喜悦、感激、担心、焦虑等情绪又在她心里逐渐混凝起来，它们好像一锅放在这盘摇摇欲灭的油灯上，用文火慢慢煨煮着的米糊，终于被烧滚了，在锅子里不安静地翻腾着。

　　这确实是他写的字条，但是为什么写得这样凌乱潦草？难道因为军中匆忙，没有足够的时间把它从容写好？不对，那封信的字迹还是写得很端正的。可能这张字条是他将要身临战场，已经披上甲胄，骑在马上，匆促之间，拿起笔来，俯身一挥而就的，总之用这样潦草的笔迹写成的字条是不寻常的，他一向干起什么事情来都是从容不迫、有条有理的。

　　从字迹中看来，特别从他在匆忙中写成这张字条的假定出发，他确是憔悴了，消瘦了，鞞娘不但能够从字面上，还能透过纸背，从想象中看到他的面容和表情。

　　可是鞞娘更加明白这两句词的内容，她知道，为了"伊"，他是不辞为之消瘦和憔悴的。她回忆起那时节——那是她一生中最幸福和最值得回忆的时节，他那么认真地教她读书。有一天，他朗诵起《楚辞》，那铿锵激昂的声调仿佛还在耳边。他读的是：

　　……亦余心之所善兮，
　　虽九死其犹未悔。

他朗诵完了，就解释给她听。其实，这两句他特别喜爱的《楚辞》，既不是第一次诵读，也不是第一次解释，她早已听懂了，听熟了。"还待你解释呢？"她心里想，可仍带着十分认真的态度听他讲，希望听到他有什么新的补充。

果然，他讲完了这一段，就用一本正经的神气问她："小驹儿！你做了什么事情吃亏了，后悔不后悔呢？"

"你呢？"

"大丈夫行事，"他斩钉截铁、俨然像个成人似的回答，"犹如驷马既驰，飙发电举，怎可因一时的得失就后悔起来！"

"大丈夫不后悔，难道女儿家吃了点亏，就要后悔吗？"

"要刚毅坚强的女孩儿家才不回头呢！"他轻声一笑，"刀子割破了手，才出得那么一点子血就哭出来的女孩儿家，难道也……"

他没有说完这句话，她就生起气来，把它截断道："难道……难道什么？俺不后悔，明天还要佩那把刀子咧，你瞧着！"

十年前的往事，突然倾注到她心里来，那一把她爹从河西家战场上夺来的宝刀在她记忆中仍然闪闪发光。她知道她的丈夫是个不知悔疚的人，当他干了什么他认为应当干的事情，他决不会后悔，从那一席话以后，她就深信不疑了。

可是是哪一个"伊"才能使他为之消瘦、憔悴，至死而不悔呢？

她忽然颤抖起来。

她能够明白无误地确定这个伊就是她，就像她能够明白无误地确定这张字条确是出于他的手笔这样肯定吗？不，回答肯定是一个"否"字。她是如此深刻地了解他，在他心里占到最重要位置的不是她，而是那一场战争。只有那场战争才是他心里的"伊"，才愿为"伊"九死而犹未悔。这两句词像写在字面上那样清楚地表明他过去、现在和将来都愿意为战争付出生命的代价而不悔。

她妒忌它吗？为了它夺去她在他心里的位置，而她原该占有这个位置的。不！她不妒忌。为了战争不惜贡献出亲人的生命，这是他们两个家庭，也是西军中很多战士家庭的传统观念，她早已习惯了这个想法。同时，她还理解到只有懂得把生命贡献给事业的人，才能够理解她的献身的爱。她不妒忌战争，她只希望他能够分出对战争一半的倾注给她，也就心满意足了。

她不敢心存更大的奢望，只要她是"伊"的一部分，哪怕只是很小的一个部分也很满足了。可是不管怎样，他确实是消瘦了、憔悴了，对于战争的旷日持久，对于胜利的渴望，也可能是对于她的怀念，大大地消耗了他的体力，噬食了他的生命。她不由得为此而焦急、担心，并且带着异常的激动，不安地睡去。

他迅速出现在她的梦中。他完全不是原来的样子，而是满脸长着胡子，衣服破烂，面色憔悴。隔开一条沟，跟她面对面地站着。她向他招手，向他呼喊，恳求他帮助她。他露出了有点惨淡的微笑，费着好大的劲，俯身把双手伸向她，她也竭力伸长了手臂要想接住他的手。可是就差那么一点儿，她碰不到他，于是她就奋不顾身地扑过去……

她十分懊丧地从梦中醒过来，仍旧带着那个因为扑过去而将坠入万丈深渊的惊怖。这时残灯还没有熄灭，正在咻咻地响着，作行将熄灭以前的最后挣扎。灯油将要干了，字条也还摊在枕席上，被她的面颊压皱了，被泪痕沾湿了，她自己也不知道什么时候流过眼泪的。她急忙把字条折叠好，努力安安静静、一动不动地贴身躺着，希望用面颊的重量来熨平它，用面颊的热量来煨干它，这是比生命更宝贵的一张字条。她又一次进入梦境，但已失去原来的连贯性，只有一些凌乱的片断在她失去了平衡的意识中跳跃着。她来不及把它们抓住，它们就好像飞蛾一样，一个个扑向意识的火焰中烧掉了。断断续续的梦把完整的夜晚打成无数碎片。

她最后一次醒来时，灯火已经完全熄灭。她相信这一次是真正地清醒了，她的头脑特别清楚，但在漆黑之中，在她闭上的眼睛里，仍然出现无数随时变换着形态的光圈。它们一会儿凝成长方形，一会儿凝成斜方形，一会儿凝成菱形，以及各种更加复杂、无从象形的形态。在各种形态中间，闪烁着水晶一样透明、宝石一样发光的跳动着的光点。在那光圈的中心，仍然不时出现一个消瘦的、憔悴的、长着满脸胡子的他。他已经收回了向她伸出的手，掷给她写字条的笔，拿定了她为他缠上五彩丝帛的枪杆，跨上白马，急骤地冲入战场。

第二天清早，她匆匆洗漱一下，就带着字条来找刘锜娘子。

＊『书札平安知信否？梦中颜色浑非旧！』

刘锜娘子也还是刚刚起身，房间还没有整理打扫过。阳光从东向的窗子里透进来，窗外的流莺儿在树枝上乱啼。刘锜娘子披着一领茜色纱衫，双手攒着打散了的发辫，趿着凤头便鞋，正坐在床沿上发怔，似乎那些流啭不定的莺啼引起她的什么联想。她一眼看见婵娘这么早就来了，还当发生了什么事，不由得惊慌起来。

"姊，我昨夜做了梦。"

婵娘不知道不仅在东京，即使在别的地方，清早起来就谈梦是闺中最忌讳的事情。她好像从另一个世界来的客人一样，根本不懂得这些忌讳。刘锜娘子看到她惊惶的样子，也忘掉了这个忌讳，赶紧问："妹子梦见什么？想是梦见兄弟来了。"

她问过这一句，才想起这个忌讳——清早谈梦的女伴们将会有一个不吉利的上午。她轻轻地吐口唾沫，用凤头便鞋轻轻地把它从地板上擦去了，替她们禳祸消灾，同时也要她学着做。

"妹子梦见他，"这个似乎从另一世界来的女伴根本不理会这些，她一开口就忘记姊要她做的事，"他是那么憔悴，完全不是原来的样子了。妹子真怕他那里出什么事。"

"妹，你又在胡思乱想！来了他亲笔写的平安信，还怕出什么事情？"刘锜娘子也忘掉了她要婵娘做的事，她又决断地说，"梦里的样子是妹自己想出来的，哪里作得准？"

"不是梦里的形象，"婵娘摊开手掌，让她看昨天读家信的时候连她也没有看到的字条，"姊且读读这个！"

刘锜娘子双手都没闲着，婵娘就坐到床沿来，摊平纸条，一个字一个字地念给她听。

"那是两句柳词，"刘锜娘子一听她开始念，就知道它的来历。她一面绾着发髻，一面笑说，"兄弟随手写了这两句，哪里就真是憔悴了？妹子千万别把它当真。"

"妹知道他，那是真的，那是真的……"一声不但刘锜娘子，连婵娘自己也没有意料到的啜泣把她自己的话堵塞住了。

看到了这样的严重性，刘锜娘子忙不迭地放下还没有绾成的发髻，让一头浓密的青丝散乱地披在肩上，披在背上，披到茜红纱衫上。她腾出空着的双手，把婵娘紧紧攒住，然后又用偎着她的面颊去揩拭一颗正往下坠的泪珠儿。婵娘顺从地让她偎着、揩着、攒着，这时间和空间又属于她们共同所有的了。

过了好一会儿，刘锜娘子才提议道："怎不写封回信给兄弟？你哥哥写了信正

第
二
十
章

待请信使捎去,昨夜还问妹子的信写了没有。"

这是一个具有实际价值的建议,婵娘虽然一整夜地千萦万转,胡思乱想,却不曾想到这个,它使婵娘回到了现实世界。

于是她们商量着怎样写回信。

其实,怎么写都行,婵娘本来就没有想到过写回信,现在有了一行字,总比没有的好。可是仔细推敲起来,怎么写又都不行,没有哪一种文字能够把她的心情如实地表达出来。她有多么复杂的感情要向他表白啊!何况她是在军队里养大的,还是马扩教她读过一点书。此外再也没有受过什么教育,更加谈不上文字的训练了。全靠刘锜娘子的帮助,她才勉强写成这封信。

写好了信,婵娘意犹未尽,刘锜娘子猜到她的心思一定也想写两句词作为答复。刘锜娘子很容易地帮她完成了这个愿望,那是把她一夜的翻腾都概括在内的十四个字。婵娘照式办理,也把它写在另外的一张字条上,附在信封里。那十四个字是:

> 书札平安知信否?
> 梦中颜色浑非旧!

第二十一章

1

虽然朝廷明令伐辽战争还要继续下去，但是前线仍然笼罩在战败的悲观气氛之下，丝毫看不出有一番重整旗鼓的新气象。

撤销了种师道都统制职务的同时，大权独揽的童贯乘机撤销统帅部的编制。统帅部中有一部分可以为他所用的人，都归并到宣抚司编制中去。西军化整为零，分别驻守在雄州、霸州、安肃军、广信军及其附近或稍后一带，由各该管区域的将领负责防守，全军实际上已没有一个头儿，一切都要听宣抚使的指挥。

宣抚司的本身为安全计，在胜捷军和童贯自己从东京带来的禁军的保护下，撤至河间府。东京带来的这支禁军现在特从殿前司调来高俅的副手何灌统率。这支军队未经一战，只随着童贯逃跑两次，官兵的员额就减少了一半，比战败的西军官兵损失的比例还要大得多。童贯明知道它无用，打不了仗，只好摆在身边壮壮自己的声势。

宣抚司僚属们由于种师道的撤职，总算在笔墨官司上替主子立了一功，再加上继续伐辽，仍有油水可捞，现在又围绕在童贯左右，并且把他抓得更紧了。但河间府也不算是安全区域，他们还是惶惶不可终日，继续随时整好行装、打好铺盖，以便随时准备往更安全的后方逃跑。雄州城下战败的回忆好像魔鬼的影子紧紧追赶在他们的脚后，紧紧缠住他们的心头。

没想到消息传来，辽军从最前线的对峙中撤走了，撤退到五月二十九日战后的阵地，后来又撤到五月二十六日战后的阵地。宣抚司僚属们还不敢相信这天大的喜讯是事实，派出多起探马前去打听，得到的结果全是如此，于是又议论纷纷起来，然后得出共同的结论：这是耶律大石诱兵之计。耶律大石用兵如神，千万不可派兵前进，中了他的圈套。经过前线几次溃败，他们的确都被吓破了胆，不敢做出比这更大胆些的推论。

从六月底到七月初的几天中，辽军调动频繁，有时虚张声势地窜入前线佯攻一番，又迅速向后撤。据探马续报，不但白沟河以南的辽军已全部撤清，河北的辽军也是稀稀朗朗的，比决战前夕的兵力大大减削了。

在战胜以后，辽军不但不对败敌加以追击、压迫，巩固新占的阵地，反而步步后撤，这确是一个值得人们深思的问题。

　　马扩想起耶律大石曾经说过一旦前线稳定，就要回燕京去的话。当时为了"前线稳定"四个字，还跟他争执过一阵。现在就耶律大石的立场来说，确是前线稳定了。但他回燕京去的目的无非要解决李处温等一批文官，这是轻而易举的事，即使要对付李奭带领的几百名侍卫（那是他们手里拥有的唯一兵力），也只要些许兵力足以了事，何必全师撤退？否则就是辽军统帅部已下定最大的决心，移师北上，准备出居庸关，跟云中的金军决一死战。这是全盛的辽在十年中没有能够做得到的事情。现在凭着残辽这点有限的兵力，要采取这样危险的战略步骤，简直是不可想象的，除非他们发现金军已有移师南下的迹象，被迫北上应战。但是宣抚司并没有打听到这方面的消息。另外一种最乐观的想法是，辽军后方的义师风起云涌，已经威胁到他们心脀头目之地，迫使耶律大石不得不回师应付。但即使这样，也用不着全军撤退。耶律大石难道不怕宋军重新部署，跟踵进军，与义军形成夹攻之势，使自己处于进退失据的被动地位吗？

　　除这几种不大可能的解释以外，马扩也找不到其他更合理的解释，兀自在心中狐疑不定。

　　在炎热干燥的七月中，一天下午，有个穿着得好像小商贩的河北老乡，热汗直淌地寻到宣抚司来找马宣赞。虽然经过煞费苦心的伪装，戏剧化地改变了自己的形象和身份，马扩还是一眼就认出他，把他带到下处，亲切地招呼他道："六叔，你可是给俺带来了赵杰大哥的消息？"

　　由于被马扩立刻识破真相，破坏了他事前预期的戏剧性的效果，有点扫兴，但他立刻恢复到应有的严肃和神秘的态度。这是一个在他一生中第一次和唯一的一次被派来执行重要使命，而他自己又充分认识到这项使命的重要性质的人所应有的态度。

　　"俺没碰到表侄。前些日子，他托人带信来，说跟一个姓沙的兄弟进山去了。"

　　"六叔听说他们进山去了，这传话的人可靠得住？"

　　"靠得住。俺那里的人都是有一句说一句，绝不会以讹传讹。"

　　只要听到他这一句，马扩就放下了心，然后看见他的表情骤然紧张起来，一本正经地说："俺此来不是为的表侄之事，乃是奉了五哥之令。"他特别强调五哥的称呼，以表示五哥的重要性。"有要公前来与宣赞接洽，还需要去见见宣抚，这里说话可方便？"

　　他是赵杰的表叔甄六臣，他的五哥就是常胜军的统将之一甄五臣。既然他作为五哥的代表，冒险渡河前来接洽要公，其重要性和机密性当然是不言而喻的。

马扩告诉他这里是自己的私房，绝没有人来干扰他们。甄六臣还是不放心地东张西望一番，百分之百地确定了属垣无耳，这才郑重其事地把他带来的消息和任务告诉马扩。

他带来的第一个惊人的消息是，耶律淳久病不愈，加上马扩使燕降谕，使他惊惧不已，已于六月二十四日病逝。根据甄六臣口述，耶律淳死后，萧干和耶律大石带着大部分奚、契丹军遄返燕京，拥立萧皇后为女主。为了防止人心浮动和宋军的反攻，萧皇后虽已改元称制，对外仍严加保密。事情已过去十多天，宣抚司对此还是一无所闻，充分说明辽政府对此保密的程度以及宋朝宣抚司谍报工作的无能。

经过这次突然的变化后，由汉儿组成的常胜军的地位变得更为重要也更加危险了。耶律大石认为它患在肘腋，力主乘大军云集在易州、涿州一带的机会乘势把它消灭掉，以免后患。事实上他已经暗暗地调兵遣将，定下一举歼灭之计。但是曾经统带过常胜军的萧干这时秉承皇后的旨意，力图保全它，并把它完全抓到自己的手里来，以便在实力上保持与耶律大石相平衡的地位，制止了耶律大石的军事行动。他们两人之间出现了在重大问题决策上的第一次分歧。

常胜军拥有上万名铁骑的实力，它的统帅郭药师是个头脑冷静、机诈百出的军事野心家。无论要干掉它，或者把它的指挥权全部抓过来，都不是轻易可以做到的事情。郭药师充分利用时机，利用萧干和耶律大石的矛盾，下令缩短防线，把全军集中到涿州来，以防耶律大石的突然袭击。对前线撤下来的契丹大部队采取严密警戒的态度，不让他们靠拢。对萧干则是虚与委蛇，待机而动。他几次单骑跑到萧干的营帐里，一再对他表示矢忠效顺、誓死无二，让他完全放下心来，却迟迟不接受进山去剿灭义军的命令，仍然是一套老的办法。

这种在矛盾的夹缝中寻找生机的办法，显然不可能持久。他们必须另找生路。

甄六臣带来的第二个惊人消息是：鉴于形势的严重性，甄五臣和常胜军的其他几个高级将领交换过意见，准备投降南朝。只等宋军再次向辽军发动攻势，他们就力促郭药师率领全军在涿州反正。甄五臣代表五个统将，就这个问题向郭药师透露过，郭药师表示了默认的态度。

这两个消息的重要性果然是无与伦比的，马扩立刻把甄六臣带去见了童贯。童贯绝处逢生，在无可奈何的处境中，忽然产生了活机，立刻据情转奏官家。官家准奏，于是第二次伐辽战争又开始了。

但是进行战争准备的第一步就是令人沮丧的。

既然要作战，就得恢复统帅部的编制，任命都统制。众望所归的种师中没有被任命为都统制，反而调到后方去当一名无足轻重的防将。朝廷决心要利用这个机会，把几十年来种氏在西军中树立起来的威信和影响连根拔除，这真找到一个绝好的时机了。为大家鄙视、连他本人也没有预想到的刘延庆被任命为都统制，何灌被任命为副都统制。何灌原来也是西军旧人，后来调到东京去当高俅的副手，在西军将校的心目中，这个何灌早已成为朝廷化了的权门依傍者，这种人在军事上不可能再起什么实际的作用（后来他很快就被调到东京去）。人们从这两道新的任命中就可以预卜到战争的暗淡前途。

七月余下来的几天和整个八月都在令人气闷的沉默中度过去，没有看到宣抚司采取什么积极的措施，也感觉不到在前线应当感觉到的紧张气氛。

在这段时间中宣抚司唯一的新措施就是派刘鞈到真定府去接收早在第一次伐辽战争开始前就由他在那里经手招募的新兵。这支新兵经过几个月的训练，就能击刺骑射，可供前线调拨。另一名幕僚孙渥被派到太原府去协助知府张孝纯募兵，并商量把河东路部分兵员向前方输送的工作。张孝纯身为地方大员，素来又有知兵之称，童贯不得不跟他客气一点，让孙渥去当他的助手。

战争是一种消耗的事业，从长远来看，兵源必须补充，这倒未可厚非。但是无论真定募兵，还是太原征兵，为数都极为有限。现在要紧做的工作很多，特别是经过一战溃败，散处在前线各地的西军还没有完全动员、集中起来，也没有做出任何整顿军务调整前线的计划，倒先去干些不急之务，不知道他们的闷葫芦里到底卖的是些什么药。这使得马扩十分纳罕。

此外，马扩还发现新的统帅部确是经过彻底的改组了，改组得面目全非。除刘延庆本人挂帅印、坐镇统帅部以外，平时进出得最勤的是何灌，辛兴宗弟兄，刘光国、刘光世弟兄，杨惟中，王渊等。王渊是童贯的亲戚。杨惟中镇压方腊后，朝廷赐田赐宅，都出于童贯一力保荐。他们都是西军中的分裂分子，现在霸占了统帅部，使得西军旧人都裹足不前，有时被迫召来开会，也是默默寡言，瞧着你们怎么办。倒是宣抚司的人员和统帅部的新人们拉得很紧，两者沆瀣一气，十分投契，说出来的话，都是一个调子。

向来不善于发表议论的刘延庆自从挂了帅印后，忽然变得哓哓多言了。他力主持重，反对进兵。后来他又进一步阐述道：我军溃败之余，士气不振，兵力不足，万无可以战胜辽军之理。为今之计，只有派人到金军军前去乞师，请他们回军攻取燕京，我家送些金帛与它，从金人手里取回燕京，才是万全之计。

马扩知道刘延庆向来言不成章，是西军中出名的脓包货。现在即使议论的还是一条歪理，却也能够说得头头是道。这分明是别人借他的嘴巴说出来，试探试探大家的意思。而他也乐得按兵不动，坐享其成，可以说是投其所好的。

一天，刘延庆又在统帅部大放厥词，宣抚司的僚属们从旁你一句、我一句地帮腔，西军旧人都默不作声。马扩实在气愤不过，当着童贯的面，就和刘延庆争论起来。马扩针锋相对地指出：让金人进入居庸关，暴露我方无力攻取燕京的弱点，是愚蠢不过的行为，其后果不堪设想。他斥责刘延庆身为统帅，掌管着七八万大军，如何说出这等没气力的话来。刘延庆一驳即倒，气得张口结舌，不知所云。这时宣抚司的僚属们又一齐起哄，为刘延庆解围。

"马宣赞有这等本事，单枪匹马去拿下燕京城，事情倒好办了，既省得兴师动众，又省得去与完颜阿骨打那厮费口舌！"

"马宣赞这等本事也难免在雄州城下吃败仗，如今吃了三天太平饭，又来高谈阔论、信口雌黄了。"

这种风凉话是马扩听惯了的，见怪不怪。值得奇怪的倒是向来有些见识的赵良嗣此时也加进来替刘延庆说话，说什么我军暂时无力攻取燕京，借助金军之力，收我渔翁之利，也未始非良策。

"赵龙图直如此小觑我军力量，"由于赵良嗣是辽的降人，他的话特别引起马扩的反感，马扩当即理直气壮地反驳他道，"怎见得我军就无力攻取燕京城？再者你赵龙图久与完颜阿骨打打交道，岂不知他得寸进尺、得陇望蜀的贪欲？辽之五都，金军已取其四，剩下一个燕京城，还待借助于他，叫他小看了我，将来灭辽以后，岂不将矛锋直指于我……"

马扩还没有说出"人无远虑，必有近忧"的话，童贯自己先把这层意思抢着说了："将来的事，哪里论得定？只好到时再议了。"不过他说的恰巧是马扩想说的反面，表明他是一个十足地道的实用主义者，"我军两番兴师动众，如若连个燕京城也拿不下来，岂不令官家觖望，朝议嚣然？如今打听到金主正在云中奉圣州督师，近在咫尺之间，赵龙图与马宣赞得便前去走一遭，听听他的口气，也无不可。"

童贯的话说得首鼠两端，他的目的却是清楚的，就是要不惜任何代价拿下燕京

第二十一章

——

1

城，以便向朝廷交账。可见赵良嗣的这个建议早已得到他的默契，可能还是出于他的授意，现在是等于向马扩发布命令了。对此，马扩作了严正的答复："今日之事，宣抚要马某去冲锋陷阵，捐生沙场，马某万死不辞。如要马某去干这等丧权辱国、贻祸子孙的勾当，马某却期期不愿奉命。"

"马宣赞言重了。"童贯一听马扩说得斩钉截铁，正义凛然，不禁在心里暗暗发笑："这小子说话咄咄逼人，专门和人过不去。等到朝旨一到，看你去还是不去？"表面上却仍然赔笑说道："今天不过大家商议商议，看看有何取胜之道。左右不过是闲谈罢了，并无成议，何必如此认真？"

2

但是要不认真地对待童贯的话就会上大当。到了九月初，朝廷果然特派钦差赍来御笔，委赵良嗣为国信使，特擢马扩为国信副使（马扩还是第一次被抬举到这样高的地位），取道代州，前去奉圣州，就近与金主协议合取燕京事项，不得有误。

自己躲在阴暗角落里出鬼主意，还说什么"不必如此认真"，事实上却早已奏准朝廷，以官家名义，强人去做他们不愿做的事情。御笔就是童贯的万应膏药。事情做得顺手，都是他的功劳，万一出了漏子，官家就成为他的挡箭牌，这些都是童贯一贯的伎俩。当初对付种师道如此，如今要对付一个小小的马扩，他用的也是这一手。对此，马扩虽然十分愤慨，却也没有出乎意料。意外的是这次派来颁发圣旨的钦差不是别人，而是他的密友刘锜，这倒真是想不到的事情。

传达了圣旨，刘锜把马扩拉到下处，详细地告诉他其间的曲折经过。

原来那天争论以后，马扩也料定童贯会奏准朝廷，强迫他出使。为了先发制人，马扩写了一个条陈，明白地指出，若使女真入关，后必轻侮我朝，为患甚大。他列举了不使女真入关，其利有五，使之入关，其害有九。他不但反对邀请女真进兵居庸关，还积极地主张我军应立即进兵，以迅雷不及掩耳之势，拿下燕京城，以防金人背约，遣兵入关，着了我的先鞭，贻后来无穷之祸。然后他分析形势道，辽军一战得利后，反而全师撤退，其故有三：一来因耶律淳之殁，国有内难，回师以固其根本；二来防常胜军异动，以重兵震慑；三来对付西山各路义军的掣肘。近来打听到义军张关羽所部曾在京西出击一次，契丹军吃了大亏，耶律大石奔命不遑（这时马扩还不知道有关耶律大石的确讯，只能如此推测）。他料定我一败之后，不敢再出，我偏要利用他们的内难，出其不意，飙发电举。这不但是形势上的需要，而且也有事实上的可能。我军千万不要蹉跎泄沓，再丧失这个大好机会。

为了使这份条陈能直达御座之前，真正发生作用，马扩把它寄给了刘锜。刘锜不敢怠慢，立刻进呈御览。碰巧那天官家的心情十分舒畅，他当场就朗诵了两遍，玉音琅然地击节称赞道："伟论，伟论！"

可是事情也不是那么简单，官家一时兴之所至的称赞，并不意味着他能够全部接受马扩的意见。事实上童贯的奏疏早已先他的条陈而达御前，官家先已入了童贯之见，认为赵良嗣的计划值得一试，现在又觉得马扩的条陈也很有道理。他沉吟片刻，就做出决定，把两种截然相反的意见调和折中起来。他对刘锜说："朕看赵良嗣、马扩二人之计，都可行得通。朕意即派他两个到奉圣州去见金主。一面烦卿到前线去参赞戎机，协助刘延庆筹商进兵燕京之计。如辽果有内难，我军事得利，取得燕京，他两个去了就以祝贺为名，兼商善后大计，不必再提借兵取燕的话。万一前线军事邂逅不尽如人意，自不得不假助他力，与我合取燕京。朕此番特擢马扩为国信副使，增重其事权，诸事他都可与赵良嗣权衡商酌，临机应变，总以取得燕京为第一要旨。卿到军前，可与马扩委曲说明，并道朕对他倚重之意。朕的手旨，也烦卿一并赍去了。"

其实官家的意思，也还和童贯一样，要不惜任何代价拿下燕京城，否则上无以对祖宗之灵，下无以塞朝议之口。至于用谁的力量拿到它，倒还是次要的问题。他虽然两用马扩、赵良嗣之计，在内心中毋宁认为行马扩之计，要担一点风险，还不如行赵良嗣之计，直截了当就可取得燕京。花一点金帛，对他是无所谓的事情。因此，在两者之间，他是有所侧重的。这一点刘锜心里很清楚。手旨中的要点，是要马扩等克日前往奉圣州。马扩可以违抗刘延庆、违抗童贯的命令，却不可能违抗圣旨。既然圣旨中明确地规定了任务、行程，到了此时，马扩纵使再有一百个"有利"、二百个"不利"，也无处去说了。他只得快快然溢于言表地告辞了刘锜，与赵良嗣一起动身，取道河东边线的代州前往奉圣州。

能够作为自己的主人的人，一般都在干着与本身愿望相符合的事，有时迫于环境，虽也会去做一些相反的事，但只限于特定的场合。马扩曾经多次出使辽、金，每一次都认为自己要去完成的任务有益于国家，也符合他本人的意愿。从来没有像现在这样明确地意识到他这次出使要去执行的是别人强加于他，与他本身意愿绝对相违反的任务。换句话说，他此行要去执行的任务，完成得越符合上面的要求，就越加给朝廷带来严重的灾祸。但是这个朝廷的主人——官家，不会因他这样忠心耿耿而感谢他的，因为他与官家之间隔开的层次实在太多了。高高在上的官家怎么可能清楚地了解一个沉在底层的微末武弁的一切想法呢？官家既然称赞他的条陈为"伟论"，又怎么可能忽略了他杂陈中最主要的一点，反而派他到金邦去执行一项他最反对的任务？

官家确实不可能了解马扩的观点。在官家的想法中，还认为"两用其计"是满足了马扩一半的愿望，而特擢他为国信副使，又满足了他另外的一半。过去马扩只以随员的身份跟随父亲出使金邦，没有正式名分，现在他作为龙图阁学士赵良嗣的副手出使，他的名字、官衔都要载在国书上，这就大大提高了他的政治地位和发言权。他应当为了这两个一半拼成的完全的满足，为了官家对他沛施鸿恩而高高兴兴地前去奉圣州"履新"才是。

官家理解的马扩只不过是这样的一个马扩，好像他理解的其他在官场的梯阶上一直向上爬的千千万万名官员一样。

马扩的条陈写得如此明白，又经过官家信任的可以在他面前说话的刘锜在其间疏通，不料得到的结果还是与他的本意大相径庭。他不由得第一次想到童贯之所以如此"得君"，之所以能够随心所欲地取得官家的御笔，这是由于童贯与官家之间的想法大致相同，而他本人与官家的想法却是很不相同的缘故。

这时，马扩第一次想到他本人与官家之间的关系。

对于他，官家本来是高不可攀的，但他过去从未想到过这一层，这是因为他一向崇拜官家是天纵聪明、洞烛一切的，而他自己过去干过的、现在正在干的和将来准备去干的一切都是为了保护官家的利益，他与官家之间根本不存在扞格凿枘的可能性。过去事情也有办得不顺手的时候，那都是王黼、童贯一干人在中间上下其手、为祸作祟的缘故，与官家无涉。至于政宣时期许多荒谬的陋政，也由于同样原因造成，与官家无涉。这一次，他和官家的距离骤然缩短了，官家欣赏他的才能，在御笔中亲自写了"特擢马扩为国信副使"几个字，还嘱刘锜转言对他倚任之意，他倒反感到自己与官家之间的关系更加疏远了。正是这个天纵聪明、洞烛一切的官家为他的"事业"带来了许多碍手碍脚。如果官家真是聪明睿智、洞烛一切的，为什么竟能接受童贯这样一个明显的荒谬绝伦的建议，要求金军入关，拿下燕京城，好像过去下令全军不得渡河挑衅一样？难道官家就没有想到这样做的后果是给他的朝廷和他本人带来无穷之祸吗？

这个"为什么"忽然好像一颗种子植进马扩心里。从此，马扩常常要想到一些他的能力暂时还无法解答的问题来苦恼自己。

马扩把希望寄托于军事的进展。官家让刘锜来前线参赞戎务是目前唯一差强人意的措施。他出发前，把军队萎靡不振的情况与刘锜谈了两次。军方的情况虽然复杂，但他深信刘锜之到来可以起协和诸将、团结战友共同赴敌的积极作用。在军事上，主要是人事问题，西军将领一般都愿为国驰驱，只要制订出明确的军事目标和计划，稳定了他们的情绪，抚慰了他们的不平之气，军事前途就乐观了。

因为官家御笔中有"临机应变"四个字，马扩抓住了这一句（有时候，他自己也要以御笔为工具与别人斗争），就有理由与赵良嗣力争。在出发前帮助刘锜做了一些工作，出发后又在代州淹留了八九天，直到他们听到一些令人鼓舞的消息以后，才正式成行。

3

马扩、赵良嗣等一行人离开宣抚司后不久，一个出人意料的新局面出现了。

似乎为了补偿七、八两个月淹留不进的损失，到了九月上旬，前线忽然活跃起来。童贯、刘延庆受到朝旨的谴责和刘锜的督促，不敢再说什么"按兵不动"的话，连日召开军事会议，要大家勠力同心商议进兵之计。原来心灰意懒的西军将领们也积极起来，愿意在会议中提出自己的看法和建议。原来驻扎在安肃军的杨可世、驻扎在霸州的王禀行动神速，一俟会议有了决定，立刻把部队带到雄州，会合其他将领，先后于九月初十、十一两天渡过界河白沟，实现了伐辽战争以来第一次的越界进军。

杨、王大军渡河并没有遭到敌军真正的抵抗，并没有发生过什么值得一提的战斗，但它具有信号的意义。这时在残辽后方的各种反辽势力好像布满在各个角落里的火药包，单等引线烧着，就乒乒乓乓地爆炸起来。它们纷纷出动，到处举义，驱逐零星的辽军，占领乡村城镇，顷刻间就形成燎原之势。

形势的发展比西军按照常规的进军要迅速得多。杨、王大军渡河后的第二天，刘光世的选锋军也跟着渡河，并且跑在杨、王前面。他比诸将先行一步，一路上只受到牛栏军零零星星的抵抗，很容易就收复了新城。九月十五日，消息传来，易州军民在一个有胆识的和尚领导下，举起义旗，杀死守城的契丹军官，强迫知州汉儿高凤以州城迎降，响应大军。刘光世刚刚接管了易州，坐席未暖，又传来更加惊人的消息：九月二十三日，辽军都押管、常胜军统领郭药师俘获了萧干的叔叔、涿州刺史萧余庆，统率全军九千多人，以涿州及其所辖的四个县城来降。

常胜军来降是震惊一时的大事件，它已酝酿多时，果然在人们的意料中爆发了。它的过程是这样的。

常胜军统将甄五臣等人早已和宋朝宣抚司接触联系，约定宋军一渡过界河，他们就发动兵变。郭药师对此虽然也采取了默认的态度，但还没有下定最后决心。易州易帜以后，谣诼纷传，萧干也看到大事不妙，还想作最后的努力以挽回颓势。九月二十二日，萧干凭着泼天大胆，居然只带着少数随从，跑到涿州来劝说郭药师"效忠皇室，屏藩帝京，永作大辽之荩臣"。郭药师想再观望观望，设宴招待他。这一次是甄五臣、赵鹤寿等将领等得不耐烦了。甄五臣一言不合，就拉出刀子来杀死了牛栏军统军萧遏鲁，萧干带来的其他将领也死在乱军之中。郭药师在这既成事实面前，只好起来响应。萧干在醉醺醺的酣饮中，听到兵变，惊出一身冷汗。郭药师又做了个人情，亲自带着城门的钥匙，把萧干护送出城。

郭药师这才真正积极地行动起来。他立刻发兵把严密监视他的萧余庆捉起来，尽占府库中的财帛粮食，稳定了城里的秩序。然后派甄五臣、赵鹤寿两名统将率部前去迎接宋军，负弩前驱。过了两天，他本人也到统帅部来参见都统制刘延庆。

常胜军的迎降，涿、易两州的收复以及其他各地义军的响应，为北宋军直趋卢沟河、攻打燕京城铺平了道路。于是在几个月前，甚至在旬日前还认为是不可能的事情现在都变得可能了，或者说，时至今日，已经没有什么不可能做到的事情了。

十月初，有一支十多个人的巡哨队奉命出去巡哨。他们都是刘鞈在真定招募的新兵，号称"敢战士"，由一名姓岳的二十一岁的小队长率领。他收到的命令只是在附近地区巡哨，但这个青年军官显示出过人的胆略和出众的才能，不仅仅以完成这样一个普通的任务为满足。经过当地居民向导，他们这支队伍居然远远越出任务的范围，渡过卢沟河，一直巡哨到燕京城下。这个姓岳的小军官还画下一幅形式上不那么正规，而在实际上却很有参考价值的军用地图，标明他们经过的道路、河流、桥梁、渡口以及他们所了解到的辽军的薄弱配备情况，向军前汇报（这幅地图中他错误地把燕京城标上了黄龙府的名称，认为黄龙府就是燕京城的别称。这个错觉在他头脑里扭不过来，以至到了许多年以后，他已成为一代名将，还认为自己曾到过黄龙府）。

这个小小的军官由于这一越轨行动而受到纪律处分。但是军队是一种奇怪的组织单位，有时受到奖励的人反而被大家鄙视，受到处分的反而被人们称道。这个小小的军官因为这一次受的处分忽然成为大家注目的人物了，他干下的这件小小的越轨行为壮了许多人的胆量，特别是壮了都统制刘延庆本人的胆。刘延庆本来也是个急功好利之徒，现在看到前方形势发展得如此迅速，辽方的防御系统似乎已经全面崩溃，他的大本营再要牛步化地前进，显然是跟不上形势了。他忽然来了个一百八十度的大转弯，忽然忘记了一切的"持重""谨慎"，以急行军的姿态把统帅部从新城搬到易州，又从易州搬到涿州，不断地北移，累得宣抚司的僚属们气喘吁吁地赶不上来，叫苦连天。他们显然也是为了要抢到抢先得到的好处，忘记了所有的"持重""谨慎"，一反前议，快马加鞭地从河间府一直追赶上来。

牛栏军的阻击，基本上是停止了，有相当军事才能的萧斡里剌这时在南线负责指挥，他不断地把正规部队往后撤，最后和萧干的大军会合在一起。北宋军队顺利地到达卢沟河南岸，这才发现萧干、萧翰里剌统率的奚军还是相当完整的。一部分有组织的契丹军这时也在他们的指挥下，与北宋军隔河对峙。看来还待经过一场决战，才能分出雌雄。

要立功逞能的郭药师及时献上一条奇袭燕京城的计策。这条计策大胆泼辣，要冒相当的风险，但是郭药师言之凿凿，似乎很有把握。按照形势来分析，也并非没有成功的可能性。很多高级将领都支持它，刘锜也支持它，刘延庆对此也有很大的兴趣。既然大家的意见一致，经过一次军事会议的详细讨论，确定了奇袭的具体部署以后，就迅速行动起来。

十月二十三日夜晚，杨可世、郭药师率领先行军，然后是刘光世率领接应军，两批人马，先后出发。他们要绕到辽大军的背后，乘敌之虚，迂回曲折地前去奇袭燕京。计划经过周密研究，切实可行。在付诸实施时，一切也都很顺利。只要奇袭得手，两百多年来的辽局，在两三天就可以见分晓。而北宋建国以来一百多年的军事活动，也没有比这次奇袭更加重要的。因此奇袭军出发后，大家都在兴奋、紧张地等候捷报。

4

4

好像一根绷紧得太长久的弦线，如果不是一下子绷断了，就会失去弹性，慢慢地松弛下来。残辽政权中大部分统治阶级的心理状态就是这样。经过十年来辽、金之间的血战（那是一系列把他们打得落花流水的激战）以及这一两年来风雨飘摇的动荡形势（那是数度使他们濒于亡国边缘结果又奇迹般地把他们保存下来的动荡形势），特别是经过这几个月以来决定归降宋朝以后，又发动了一次大战打败宋军，胜利了又把大军撤退以缩短防线的微妙局面以后，他们已经在不知不觉之间，培养成一种安之若素的心理，并没有那么紧张、恐惧、惶惶不可终日，也不是上下一致，发愤图强，力挽狂澜，反而是乐天知命，变得相当安定和轻松了。他们既没有把刘延庆的十万大军压卢沟河而陈、直薄京师的处境看不得了的大事情，更不会觉察到北宋军已经在发动一场将在未来几天就可以决定他们国家命运的奇袭战，而加以预防、反击。

总而言之，他们中的大部分人都处在一种麻木不仁的心理状态中。这是持续得太久长的紧张和恐惧心理造成的后果。

目前辽政权的中心人物是萧皇后——她的闺名为普贤女，成年后嫁了已被封为国王的耶律淳，被册封为德妃。随着耶律淳晋级为皇帝，她也晋级为皇后。耶律淳逝世后，她改元称制，已成为事实的女皇帝，但在称呼上仍保持皇后的称号。如果单从表面上看来，在决定她国家命运的前夕，十月二十三日这一天，她也和平常一样安闲地处理政务，和平常一样安闲地与大臣们筹商御敌之计，只有一点儿区别，就是在当天傍晚，她发出了明晨要到卢沟河前线去御驾亲征的命令。摄政的皇太后御驾亲征，是辽的传统。当年澶渊之役，景宗睿智皇后萧燕就带着小皇帝圣宗御驾亲征，几番冲锋陷阵，最后定下和约，被传为一时盛事。如今萧皇后以祖宗为法，也要发动一次亲征。对于她，好奇和炫耀的成分多于悲壮的成分。因此，即使下了这样一道不寻常的命令后，她的态度还是像往常一样端庄矜重，从容不迫，有着充分的自信，丝毫不显得慌张失措。

难道以聪明、能干、见事明白著称的萧皇后没有看出危机已迫在眉睫之间？不错，她确实是聪明、能干、见事明白的，否则她怎能从一个普通的贵族妇女一跃而居皇后之位？她的这个皇后并非依靠丈夫之力，而是丈夫依靠她微妙、灵活的手腕，才坐上皇帝的宝座的。她确实是聪明、能干、见事明白的。可是聪明人有时也会干蠢事，他们总是相信自己能够掌握局面、控制局面，主观上自信可以避免危机的发生，客观上却常用一双自作聪明的手亲自铸造了危机，成为自己的掘墓人而不自觉。

在人类历史中曾有屡见不鲜的例子表明以聪明、能干为其特点的典型人物总是得到了很多、失败于一夕，在非决定性的事务上积累了很多便宜，在决定性的事务上一败涂地。除思想麻痹是造成失败的重要原因外，还有种种其他的原因。

萧皇后一生复杂的经历，正好说明她是属于上述的一种典型。

萧皇后出生在一个中上级的奚贵族家庭，她攀上了一门好亲。自从与耶律淳结婚的第一天开始，她就理所当然地进入辽的最高统治层，并且开始了一帆风顺的政治和交际生活。她一贯地运用不露声色、不着痕迹的巧妙手段，协调各方面的人事关系，博得从天祚帝以次的契丹、奚贵族以及汉儿的高级南面官等一致的好评。一般说来在男性中间普遍获得好评的妇女，未必能在同性中间获得同样的声誉。异性相吸、同性相斥，这一条物理规律也适用于人事，她却与众不同地能够使同阶层的妇女们也对她产生好感。这是因为她运用了另一条物理规律：减少摩擦面就能加速事物运动推进的速度。这一条物理规律似乎也适用于人事。从两性之间得到的好声誉给她带来了实际的好处。她使得老拙无能的丈夫突出于所有的宗室之上，高居贵族的首席，后来又使他成为皇帝。其实以"亲""尊""能"这几项标准来看，他都轮不到皇帝的座位。很显然，这是靠贤内助替他铺平了道路。后来她又使脾气急躁、有勇无谋的哥哥萧干居于实力派的耶律大石之上，封为四军大王，统帅全国的军队；又使得资格比较后进的南面官汉儿李处温处于老资格的左企弓、虞仲文之上，雄踞首台之职。在文武两方面，她都能左右逢源。当丈夫病危之际，她已经在事实上代替丈夫日理万机。丈夫逝世以后，无子可传，在名义上，她也取得摄政的地位，改元称制。这个位置对于她正如瓜熟蒂落、水到渠成，用不着花多少气力，制造什么舆论，自然而然地就落到她身上来了。

现在在她面临着北宋军队的进攻，面临着境内汉儿，甚至还有契丹人、奚人、室韦人、渤海人等参加在内的武装反抗，面临着奚、契丹两大族贵族之间的矛盾等麻烦事情。这一切都难不倒她。她抱着充分的自信坐上了宝座，似乎已经胸有成竹地着手去解决这些难题，相信一定能够妥善地解决它们。如果没有这一股气凌山河的气概，她就没有勇气登上这个宝座了。

可是她毕竟碰上了一件以她的聪明、能干也无法解决的难题。她导演不好《将相和》这出在现实政治舞台上演出的戏。她没法在耶律大石与李处温的矛盾中间想出一个妥善的、可以两面摆平的好办法。形势逼得她非要在两者之间有所取舍不可。

耶律大石和李处温两人并无个人恩怨，李处温十分明白他以一个汉儿南面官的身份要保牢首相的位置，一方面固然需要皇后撑腰，一方面也要得到军方实力派耶律大石的支持。他也明白萧干虽然号称四军大王，实际上军权掌握在耶律大石手里，何况萧干对自己也没有好感。因此他对待耶律大石的态度多少有点巴结、讨好的意味。从耶律大石一面来说，过去他固然瞧不起汉儿的南面官李处温，但是瞧不起的程度也没有超过左企弓等其他的汉儿。李处温身为首台，为顾全大局计，见了面也不免要点点头，敷衍两句。自从发现了赵良嗣的来信，特别发现了他和马扩的勾结，危及宗社以后，这才形成不两立之势。他决心要诛灭李处温、李奭父子俩以安社稷。这个决心早向萧干透露过，得到萧干的同意。不幸萧干在皇后面前漏了风声，皇后一听到消息，不禁大惊失色，她坚决地制止他们的行动，并想采取措施，把事情缓和下来，消弭于无形。

皇后起先是亲自出面替李处温解释，说他"矢忠为国，一心无二，朕知之甚深，林牙休中了宋人的反间之计"。后来索性加封李处温为番汉马步兵都元帅，让他插手到军队中来，在名义上，萧干和耶律大石都要受他的节制，使耶律大石有所顾忌，不敢贸然下手。这两个步骤都未能奏效，耶律大石还是扬言要尽诛逆贼，这迫使她不得不采取迅雷不及掩耳的手段，把耶律大石软禁起来，以保全李处温父子的政治地位和身家财产。

萧皇后明知道耶律大石是国家的柱石，是真正举足轻重的人物，把他软禁起来，其直接引起的后果就是全体契丹贵族和契丹军队的解体，进一步就是整个政权的解体。以萧皇后一向的聪明能干、见事明白，她不是看不到这些明显的后果。何况采取这样激烈的步骤，与她一贯奉行的生活信条——不增加摩擦面也是不相符合的。她主观上决不愿意发生这种事故，可是她不能不这样做，因为她没有其他的选择。

在解决这一难题的过程中，她果然是匠心独运，机巧百出，极尽聪明能干之能事。要把英鸷绝伦，手中又握着十万大军的耶律大石扣留、看管起来，简直是不可想象的事。除了她，没有第二个人敢于这样做。她正是利用了这种大家都认为不可能的想法，才动了他，并获得成功。这说明事情关涉到她的切身利害，她不缺乏冒天下之大不韪、不惜把国家和宗社的命运孤注一掷的勇气。

她首先挑动了哥哥萧干由于不是由他指挥全军，却是乖乖地自动把指挥权让给耶律大石，因而使耶律大石获得战胜者的全部荣誉而产生的嫉妒性，破坏了两人的友谊。然后，她又在有意无意中扩大了萧干在处理常胜军的问题上对耶律大石产生的反感。她的挑拨十分巧妙，不露痕迹。有时在言谈之间，她虽然也以耶律大石的功高震主、咄咄逼人为忧，但也故意严厉地批评哥哥处理问题不当，这样就使萧干完全居于与耶律大石相敌对的地位，拆开了他们的搭档，她就有机会为李处温缓颊。

然后她又充分利用了耶律大石过于自信的弱点——耶律大石也像所有的人一样相信自己在国内所居举足轻重的地位，即使与皇后、四军有这样那样的矛盾，但从全局考虑，他们绝不敢动他。耶律大石确是过于自信了，过于疏忽了，皇后就是利用他这个弱点，命令萧干的副手萧斡里剌带了一批人把耶律大石扣留起来，看管在自己的私邸里。然后宣称大石林牙因病告休在家，暂时不得出来处理军务，所有契丹全军，权由番汉马步兵都元帅李处温兼管。

拘留了耶律大石以后，萧皇后又完全出人意料地驾幸耶律大石私邸去"慰问"他。这座元戎府已经变成拘禁囚犯的临时看守所了，皇后不惜降尊纡贵地亲自跑到囚室去面致慰安之意。她微微地谈到她——未亡人为了要协调各方面的关系，摆平朝局，不得不出此应急手段的苦衷，希望得到他的谅解。

"陛下苦衷，臣所深知。"耶律大石好像一头在槛栏中的猛兽，虽然失去行动的自由，却没有失去咆哮的自由。对于皇后的慰问，他的应答是有礼貌的，但这一句含蓄很深的话就像一枚尖针锐利地刺进她心里去。后来他越说越不客气了："陛下思虑周详，对各人的身家安全都照顾到了，唯独没有照顾到大辽的江山社稷。"这时耶律大石激愤已极，好不容易才把已经滑到口边的"陛下是不爱江山爱面首"这句话勉强截留住。

"卿在家好生休养数日，"萧皇后真是个了不起的妇人，她不但敢于为人之所不敢为，还能忍人之所不能忍，对于耶律大石的人身攻击，她居然也隐忍下去了，还是好言好语地慰劝道，"卿为国家柱石，一旦前方有事，少不得又要卿出来勉为其难，与大臣们和衷共济，同赴国难。"

皇后的意思是明白的，只要他同意和衷共济，就可以有条件地恢复自由。

耶律大石宁可丧失自由，不怕丢失性命，也要贯彻初衷。他的回答也是毫不含糊的。"陛下明鉴，"他做了一个猛烈的手势，表示毫无妥协之余地，这不但对于一个囚臣，即使是一个当朝大臣也算是十分失仪的，"微臣今日无力为国家除去心腹之患，到得大难临头，即使有心要为陛下效劳，只怕大势已去、力不从心了。"

萧皇后软硬兼施，都不能达到她的双方兼顾、公私两全的目的。现在她知道自己已经铸成大错，即使聚燕京一路六州十一县之铁也熔铸不出这样一个大的"错"。笨人犯的错误，往往出于一时的鲁莽少谋，聪明人的错误却常是经过千锤百炼、精心铸制的，因此后者比前者更难于补救。萧皇后铸成这个大错后，事态的急遽发展，果然一如她事前的预料。前线军队节节后退，宋军跟踵前进，杀过界河，常胜军叛变，附郭州县，纷纷易手。李处温这个番汉马步兵都元帅，既不能都统汉兵，更不容插手番军，马步兵都不听他的指挥，反而成为内外交摘丛垢的活靶子。这时休说李处温，就是萧干也无法节制已经瓦解的契丹军，只好把全军撤退到卢沟河北岸，与宋军隔河对峙。北宋的大军距燕京只有百余里之遥了。

萧皇后表面上还是不动声色，她决心把错误坚持下去，决心不改弦更张，重新起用耶律大石。耶律大石或许可以拯救她的国家，但是决不愿拯救她的个人生活，这一点她是看得十分明白的。仅仅为了堵塞指摘者的嘴巴，她才下令撤去李处温都元帅的职务，然后下令御驾亲征。

她把希望寄托于亲征。二十三日傍晚，她派去一名亲信传旨给前线的萧干，要他做好决战的准备，明天清早，皇后要率领全体宫廷侍卫，亲自来卢沟河督战。把朝廷的命运，押在这最后的一张王牌上。

兰沟甸的胜利，使她产生乐观的想法，宋军并不是那么可怕的。耶律大石做得到的事情，她，萧普贤女也同样可以做到。没有耶律大石，难道当真天就塌了下来不成？

5

辽贵族统治集团越是接近它统治的后期，就越加汉化得深。这就是说，辽贵族在军事上征服了汉民族，经过若干年代，他们在文化上、在生活和意识形态领域中反而被他们的征服者所征服。文化、生活和意识形态领域中的征服是无孔不入的，最后必然要解除军事征服者的武器，而使之成为完全的俘虏。辽的朝廷到了这个时期，即使是持有最狭隘的民族观点的老派贵族们，他们满脸瞧不起汉儿，自己却也诵孔孟之书，吟李杜之诗，闲下来还得会填词作曲。一般的宗室贵族，更加是靡然从风，征歌逐色，宴饮无节，似乎生活得不像个汉族士大夫，就不足以与他们的高贵身份相称相配。这在当时已成为不可抗拒的历史潮流了。

萧皇后是辽贵族的领袖，在这一点上当然也不能例外，她越是在稠人广众之间也就越发以礼度——汉家的礼法制度自持。

丈夫长期的痼疾，曾经使得这个身体和心智都十分健康的贵妇心力交瘁。她要当那么大的一个"家"，还要小心服侍他的疾病，至少在表面上做到每一碗汤药都要她亲口尝过才放心送去给丈夫服用的程度。她始终享有丈夫对她的尊敬和依赖。丈夫终于不可避免地死去了，他的死亡不但使她坐上皇帝的宝座，还使她摆脱一个用汉家礼节的标准来衡量的贤惠妻子对于一个生病丈夫应尽的责任、义务和一切束缚。她从内心中透出一口长气来。

但是事情并没有结束，一个用同样标准来衡量死去丈夫的妻子也有同样多，或许是更加多的义务和束缚。她不能够忘记在臣僚面前必须压抑住这种透一口气的轻松感觉和有时会不自禁流露出来的内心喜悦。她每天必须摒除铅华、浑身缟素地以一个未亡人的身份莅朝听政，她随时不能忘记用悲戚的声音和哀悼的表情来提到"先皇帝"。这个称呼永远是以眼泪为伴侣的，然后她再兢兢业业地对臣僚们表示要保住"先皇帝"（流泪）留下的这份宝贵遗产。

单从这点表演来说，可说是十分成功。满朝臣僚，包括老派的契丹贵族、奚贵族在内对皇后都十分满意。汉儿们自然更不必说。

可是傍晚以后，当皇后已经退入内宫，追随她的只有一群亲信的宫女和内监。也就是说，当她演剧对象已经离开观众席的时候，她可以随心所欲地做她愿意做的事情，而无须再勉强地以一个悲旦的角色出现。她就毫不犹豫地抛弃了那一条"从今后，永不照菱花镜"——在那一段漫长的历史年代中成为所有寡妇必须遵守的戒条，在几十盏明灯、十多支大蜡烛照耀之下，她站在一面长可及身的大铜镜面前试换新装。

她有数不清套数的新装，即使在她当了寡妇以后也没有改变生平喜欢设计新装、裁制新装、改换新装的癖好。这真可算得是"寡人之癖"了。可是今晚她要试换的这套新装却是不同往常、不同凡响。它是花了几天时间，急忙赶制出来以应明天亲莅战场督战时穿戴之用的一套全银纯素明光鱼鳞细铠，加上一顶耀霜凤翅盔。它们挂在铜镜旁的壁间，眨着千百只魔鬼的眼睛，似乎正在搔爬她心头的痒处，又没有搔得很畅快。这对她构成了极大的引诱力，使她迫不及待地把它们穿戴起来，禁不住一声从内心中发出来的欢呼。

可以给萧皇后戴上许多光荣的头衔。她是贵妇人，是王妃，是皇后，现在又是事实上的女皇帝。

当她机变百出、左右逢源地协调百僚、莅朝临政时，确确实实是个政治家；当她纵横捭阖、操纵自如地与使节们进行谈判时，她很像个老练的外交家；她当上王妃后，劝说耶律淳施舍出十多万缗的钱财修庙缮寺，如今燕京城里的悯忠寺、北极庙、净垢寺三大古刹中都竖着善男子耶律淳、信女萧普贤女敬舍助修的石幢石塔，她在那里顶礼膜拜，专心朝佛，俨然就是个虔诚的宗教徒。谁又想得到当她还是个闺女的时候，就喜欢到口外塞北去参加贵族男子们大规模的围猎，夹在骑射绝伦的武士们之间，她照样骑得劣马，挽得柘弓，有时也射倒一头两头麋鹿，在胆识和技艺两方面，都不愧是一个受过良好训练的猎手。

她还是个语言专家，识得契丹文、汉文和西夏文，能够同时与几个部落的人用不同的语言说话。

最后，在生活的舞台上她又是一个演技优秀、表情逼真的表演艺术家，在一场戏的几个分幕中，她可以同时扮演悲悼的未亡人、庄严的女皇帝、带兵出征的指挥官等不同的角色，演来都丝丝入扣，恰到好处。总之，她是无所不能的，她的聪明、能干就表现在她可以随心所欲地变成她所需要变成的人。尽管如此，从本质上说来，她首先还是个爱娇的女人。一个善自修饰的美丽的贵妇人在生活中永远离不开一面宝镜和一套新装。当这两件合并到一起占据着她的全部心灵时，她可以完全忘记自己的政治、外交、军事的活动，自己正在扮演的各种角色，而穿上这套新装，对着这面宝镜变换出千百种表情，引起千百种联想，终于把她的内心深处完全照出来，达到心神俱化的程度为止。

明天的战争可能是一场决定生死存亡的战争，想起这个未免使她有点扫兴。她是个乐观主义者，暂且把它撇开不管，先欣赏欣赏自己在宝镜中反映出来的美妙身段再说。萧皇后已经接近中年的危险年龄，即使每天十分劳瘁辛苦地处理着军国大事，还是不能够完全消化掉她从丰富的营养中摄取得来的脂肪，因而使她显得比自己愿意看到的更为丰满些。

辽的贵妇人和唐朝的贵妇人一样都喜欢肌肤丰泽、身体微胖，这是从奴隶主诗人歌颂的"硕人其颀"以来贵族阶级的传统审美标准。可是体态丰腴毕竟标志着一个妇女已经步入中年，丰腴得略为过头一些，就会流入臃肿一途。一个绝对完美的女性，应该在丰腴之中带有一点袅娜之态。因此萧皇后更加注意控制饮食、防止发胖，她竭其所能地保持着最大限度的苗条。她把自己的实行素食称之为"为先皇帝荐福"。好个聪颖贤惠的女人！她做一件事、说一句话都要达到好几重目的。可惜先皇帝地下有知，肯定不会从她的这种荐福中得到安慰——如果先皇帝在地下变得比活在人间时更加聪明一点的话。

这套银铠是按照她既丰腴又苗条的身材打成的。她以女性特有的细心亲自画出图样尺寸，送去制作后又修改了两次，才可能把它制作得如此完美。现在穿在她身上，既没有一点空荡荡过宽的感觉，也没有紧绷绷显得过窄的感觉，两者都会无情地破坏穿着者的美观。对她来说，铠甲防护身体的实用价值远不如装饰自己、以壮观瞻的美观价值重要。平心而论，她为这套铠甲花费的心思远远超过她为准备这场亲征所花的心思。她的这番劳苦得到了酬报。现在她穿挂上它只觉得它无一处不妥帖合身，无一处不使她显出秀逸绝伦。甚至这两条专为标志丧服用的素绢飘带，长长地垂在胸前，也成为一件美丽的装饰品。她一向珍视自己的美，一向对自己别出心裁设计出来的新装感到满意，但是一套不能够用颜色来点缀的素白银铠竟然也能达到这样空前的效果，却是今天第一次发现。为了这，她真要感谢先皇帝恩赐给她的这个独一无二的机会。

她不断地抚弄着胸前的两条飘带，不断地变换着自己的姿态，从这边侧过身去，又从那边侧过身来，眼睛一直没有离开过宝镜。她活跃的头脑里迅速出现无数奇思遐想：今夜满天星斗，明天肯定是个好天气。在朝阳还没露面以前，她就在李爽率领的三百名宫廷侍卫的护卫下，奔赴前线。这时地上的重霜还没融化掉，山野

［一］辽皇后称可敦、赋偑寨，尊称耨斡廮，见《辽史·后妃传》。

第二十一章

5

田间都是一片银装世界，朔风猎猎，卷舞着那面用蓝色的犬牙镶边的素帛大旗。这时他们已经驰近卢沟，初冬的朝阳冉冉上升，化出万道金光，把她的这身银装和胯下的银鬃白马，用银子打成的马具、足镫，一齐照耀得熠熠闪光。在万众喧呼中，她不暇和哥哥打个招呼，就带了这三百名披着猩红罩袍的侍卫投入战斗，扑入宋军阵地，东西驰突。那些宋军肯定都穿着深灰色的铠甲，像野猪般地嚎叫着，顷刻间，就被她的侍卫打得稀里哗啦，溃不成军。他们追过卢沟河，一直追到白沟河，然后她雄踞在虎帐中，一脚踏在椅子上，挑起双眉，叱咤风云地接受童贯、刘延庆亲自送来的降表，喝令侍卫把他们又出帐外去。

在想象中，这面镶蓝的素帛大旗和三百领猩红罩袍都占着重要的地位。她历来就是个图案和色彩的设计专家，素白需要用艳红来衬托，她的英武和妩媚也得这三百名侍卫来衬托，这些都是她在事前反反复复考虑着的问题。一旦成为事实，她踌躇满志的神情可想而知。这就怪不得她要在宝镜中露出嫣然一笑。

然后她在几名宫女的帮助下，恋恋不舍地卸去银甲。不是因为它的重量，而是因为它装饰性的附件特别多，穿挂它和脱卸它都需要花费很多时间，需要很多的人手才能做得成功。

试穿铠甲还不过是萧皇后晚妆的前奏曲。卸去了银盔、银甲，换上便装，这才真正开始了她的晚妆。晚妆是她生活中的一件大事，要花去几乎与她坐朝听政同样多的时间。不适合在大庭广众面前出现的脂粉、丹膏、眉黛、饰物在这里得到充分的补偿。她梳了又梳，涂了又涂，饰物戴上了又卸下，卸下了又戴上另一件。她在妆台旁逗留得那么长久，以至她在镜子里看见一名站在身后的贴身宫女居然敢于在口角边流露出这样一个讽刺的微笑："耨斡廮[1]要把这面大铜镜照穿了，照透了，照成几个窟窿，才算过足照镜瘾。"这个宫女一时疏忽，认为躲在可敦背后的讥笑是安全的，没想到在这间镜室里没有一个小动作逃得过她的眼睛。镜子历来是窥测秘密的侦探，发人隐私的告密者，对它不加警惕，就会给自己带来严重的后果。幸而这个时候耨斡廮也有自己的隐私，也生怕被别人从镜子里窥探她的内心。她没有生那宫女的气，反而好声好气地把她们一个个打发走了，然后独自退入一间密室。

6

这是一间充满珠光宝气、令人目眩神摇的密室。似乎二百年来辽的最高统治者从广大人民身上刮来的脂膏血肉全部换成金银珠宝，集中地储藏在这间密室中了。密室的本身结构，在皇宫中也是豪华绝伦、首屈一指的。它的特殊用途，决定了它在建筑上的特点是保密性强。与它毗邻的房间里装有暗门与它连通，又有一扇暗门装在一条甬道的尽头处作为它的出口。巧匠们把暗门造得天衣无缝，乍看起来和墙壁完全一样，只有触发了机括消息，墙壁自动向两边移开时，才露出有着几重锁钥的门。使用者还怕它不够保密，把墙壁用厚密的帷幕、壁衣遮盖起来。但它毕竟还造在宫门之内，只有极少数参与皇帝私人秘密生活的亲信才知道在后苑一扇比较不那么显目的宫门内有这条秘密甬道和这间密室。

这间密室是著名的风流皇帝天祚帝特别建造起来，专门辟为与宫外妇女幽会之用。为了在这些妇女面前炫耀皇家的豪富阔绰，他逐步把内府珍藏的宝物移置到这里来。天祚帝匆匆逃出燕京时，只想到逃命要紧，既忘记了这间密室中的宝藏，也忘记了从中京带来两千只装满珍宝的麻袋，只带得几匹千里马，就落荒逃进阴夹山。因此，这些宝物原封不动地保留下来。耶律淳继位后，因为年老多病，用不着这间密室，现在就归萧皇后全部继承和享用了。当她哭哭啼啼地对臣僚们说到要保有"先皇帝"留下的宝贵遗产时，很可能首先想到的就是这间密室。

她独自、完全地享有了它。

她不允许任何人，即使是绝对亲信的贴身侍女们，倘非得到她的召唤也绝不允许闯入密室。唯一的例外，只有那个持有甬道暗门钥匙的人才可以随时进来供奉伺候她。

耶律淳死后，萧皇后成为一个寡妇，她像任何寡妇一样，有权利找个替代丈夫的人。问题在于她所处的那个时代，她所处的特定地位不允许替代者取得公开、合法的身份，迫使她只能采取这种神秘化的形式。其实，这种形式不但在辽，即使在宋朝的上层社会中也是屡见不鲜、习以为常的，也是不公开地"合法"化了的，只是聪明人都心照不宣而已。

这也算得是辽廷贵族模仿汉化生活学得很到家的一个例子。

现在萧皇后独自在密室里不抱很大希望地期待他会不约而来。

卸去银甲以后，她又在妆台旁精心地打扮起来，目的就为的是取悦于他。"女为悦己者容"，或者反过来说"女为取悦于己所悦者而容"，这两者都不受身份地位的限制。皇后在镜室中逗留得那么久，除精心打扮以外，也为的要拖延到他平日前来密室供奉她的约定的时间。他本来就应该前来供奉她，用不着在事先关照。可是今晚是例外的，也很有可能等不到他，不但因为明天一早他要率领侍卫们保护她出发到前线去督战，更可能的是，他会温柔体贴地想到她明天上战场去的辛苦劳瘁，应该让她有一个安静的夜晚来充分休息，养好精神。他常常是这样体贴入微的，她就是因为这个特别喜爱他。

虽然她喜欢他的体贴入微，虽然她已经有了今晚他可能不来、大约是不会来了的思想准备，当她进入密室、褪去一颗夜明珠的珠衣（这是一颗有鸡蛋大小，名副其实的夜明珠，这间密室里有几颗大小不等的夜明珠，每一颗珠子的外层都包着一层好像鸡蛋膜一般纯白、半透明的薄薄的珠膜。奢侈的天祚帝把它们代替灯烛之用，外面又加上几层人工的珠衣，以盖上或褪去珠衣司它明灭之职），使全室沉浸在一种起先令人感到不大习惯，及至适应后，就觉得异常柔和、异常舒服的淡蓝色光芒的时候，并没有发现他像往常一样在黑暗中端坐在一只绣墩上等候着她，她不禁仍然感到一阵强烈的失望。

"道生儿啊！"她用自己的思想独语着，好在在这间密室中，她的隐私绝没有被近侍们窃听去的危险，"你今夜爽约（实际上并没有约定，或许倒是约定了今夜不见面的），算是叫咱白白糟蹋了这一个时辰精心的梳妆。你算是体贴咱的身体了，可没有体贴到咱的心。你要知道，咱身为国母，不惜降尊纡贵，垂爱于你。咱的一切都为的是你啊！想当初与宋使议和，不惜以国降人，就为的是保住你一家的富贵（这是她对自己撒谎了，当时她接受李处温的建议，与宋使议降，主要是考虑本身的利害）。后来与耶律大石翻了脸，逼得咱明天非出去亲征不可，也为的是保护你（这倒是真话，可是她没有把'亲征'对于自己的吸引力计算在自己的账里）。你要是真正体贴到咱心思的深处，今夜还该自己跑来问候咱才是（这才完全是真话）！"

尽力抑制住第一个失望后，她褪去亵衣，一骨碌钻进绣着九龙的宝帐和一只大凤的缎衾去睡觉。

独自睡着而又不能贴席入眠时，胡思乱想特别多，她突然又想起他昨夜等候在暗室中，乍一见到她时，有一刹那面色不很好看，问他有什么不舒服，几句话混过去了，当时也没有很注意，现在想来倒很值得推敲，莫非其中还有文章？

"莫不是咱撤了你父亲的番汉马步兵都元帅，叫你不高兴？"她从最近的原因猜起，然后给自己想出理由辩护道，"痴孩子啊！宋军逼境，大兵瓦解。这契丹军连咱哥子都节制不了，你父亲这个南面官又怎生管得住它？日来朝议嚣然，那些奚、契丹的老家伙，连同左企弓那个老头也都口出怨言，集矢于他。咱撤去他的都元帅之职，让他退出军队，正是为了要保牢他的首台。咱提出亲征，也为的是为他分谤，兼为你叙功之地。咱这番苦心，老的心里明白，咱下了令，他还不动声色。你道生儿难道因此颠倒见怪于咱吗？……

"莫不是你嗔怪咱没有下毒手除去大石林牙……"耶律大石一向是她敬畏的人，即使已经把他扣留起来成为槛中之虎，在她的思想中仍然尊敬地以他的官衔来称呼他，"为你家永绝后患吗？"她进一步猜度道："咱又何尝没有想到这个？想当初，你父亲与番汉大臣拥戴先皇帝称帝，先皇帝谦逊不遑，是你父亲强掖他登上宝座，还有你道生儿的一份功劳，你取一件赭袍强披在先帝身上，大位才定。你家的好处，咱怎能忘恩负义，置之度外？你家与大石林牙失和，林牙纵贵，怎比得你我已经合为一体，咱岂有偏着大石林牙强压你们之理？可是道生儿啊！你这样一个精灵鬼，难道不知道大石林牙树大根深，岂是轻易动得了他的？现在只把他看押起来，已使许多人怨怼形于辞色。今日咱决心不起用林牙，下令亲征，还有两个老家伙说咱是自坏长城，轻弃社稷，还有人责问咱要不要大辽江山了。你凭着三百名侍卫，就惹得过他们？再说咱凭着你这三百名侍卫，当真就敌得过宋朝的大军不成？道生儿啊！你枉自长着这副聪明胎子，好生不明事理……"

"莫不是……"

还有许多原因可以猜度。总而言之，这些猜度，都使她十分心烦。她一面躺在垫得高高的枕头上胡思乱想，一面警觉地倾听着在那扇通往外面甬道的暗门上有什么动静。这一个漫漫长夜似乎都在倾听和期待、烦恼和惋惜中度过的。想起明天的亲征，当然使她兴奋，她也怕今晚没有睡好、睡够，明儿眍了眼睛，上起阵来失魂落魄的没有精神。可又怕他万一半夜里启门而入，她睡着了，岂不扫他的兴，想睡又不敢睡去。这样翻腾了半夜。毕竟白天的劳累和中年的渴睡使她多少有了一点蒙眬之意，最后还是迷迷糊糊地睡着了。

不知道睡得有多深，也不知道睡着了有多久，忽然有一点声音把她惊醒了。这声音是那么轻微，还远在暗门之外，但是她凭着情人特有的敏感，只消听见锁孔里最初的转动声，就准确无误地判断出这一定是他出其不意地前来赴约了。

她兴奋得心儿乱跳。在兴奋的同时，又不免在心里暗暗地谴责道："这孩子啊！过了大半夜才来伺候咱，这不是太晚了吗，倘使他跑来伺候咱统军出征，又来得太早了。这痴孩子好生不明事理。"

她多次在自己心里谴责他不明事理，可是没有意识到正是这些不明事理的地方，才引逗得她如此喜爱这个"孩子"的。这时她的头脑中又闪过一种可喜的想法："莫不是那孩子机灵，想趁这出征前的一会儿时刻跑来与咱温存一刻。这个小精灵鬼好不机灵，来得不早也不晚。"

听到他不想掩盖的脚步声已经径直地走到她的床沿，她仍然闭上眼睛，却轻轻地唤了一声："道生儿！"这是她动员了全身的女性的力量，集中了一夜的哀怨发出来的最温柔、最甜蜜的一声叫唤。在这一声叫唤中完全排除了女皇帝的尊严，却含有如此多的热量，热得足够把她亲手铸成的那个大"错"熔化成为液体。她在黑暗中微微抬起头来，准备迎接他的一霎温存。

奇怪，他竟然没有被这一声叫唤所打动，他没有按照她的愿望，或者说他没有听从她那一声温柔的口令像往常一样弯下身子来在她眼皮上、面颊上温存，反而顺手褪去珠衣，使得密室内重新放射出在这个时候她最不需要的光明。

这使她多少有点扫兴。

她慢启星眸，发现他已经全身披挂，做好一个上阵的战士的准备。她的第一个想法还是体贴地原谅他："他胄甲在身，怪不得弯不下身子来和咱亲近了。"这个想法使她得到一点安慰。然后她又奇怪地发现他完全失去平日从容安闲的态度，动作慌乱，表情紧张，一开口声音都有点颤抖了："陛下……陛下快穿好衣服起来，大事不妙。"

"何事惊慌？"她还没有脱离奇思遐想的温柔乡，仍然从容不迫地从温暖的被窝里伸出一只手臂来，捞一件褒衣，慢慢地穿上了，爱怜地说道，"天塌下来，有你主子顶着呢！道生儿，有什么事值得你这样大惊小怪的？"

"陛下……大事不妙。郭药师勾引杨可世大军十万名，偷袭本京，已于半夜时分，夺得迎春门入城。刻下正在外城搜杀奚、契丹人，顷刻就要杀进王城来了。"李奭上气不接下气地说着，显然他已无法控制自己惊慌的情绪。

这个惊人的消息，才像惊雷一般震动了她，驱散了一切胡思乱想。她敏捷地掀开被子，翻身而起，一面穿着衣服，一面吩咐道："道生儿快出去传咱的令旨，严闭王城城门，调集城内甲士，准备死守，与杨可世一决雌雄。"

李奭口头答应了，脚下却没有移动。

"卿如何不出去传旨？"她有点奇怪地问。

"想这杨可世乃万人之敌，如今已杀入外城，如何小觑得他？臣伺候陛下穿好衣服再说。"

"卿快去外间把咱的那套铠甲取来，待咱披挂了，亲自上城去拒敌。"

他还是没有服从命令，匆匆忙忙地帮她穿好衣服，顺手找一件毗狸裘，给她披上说："陛下不用披挂了。外面天冷，保重身体要紧，臣誓死保得陛下出宫去。"

"卿叫咱这样穿着出宫，待往哪里去？"原来毗狸裘是一种名贵的皮裘，集了好多只宣化黄鼠的腋部的皮拼成的，价值不菲，但是这件皮裘，形制简单，只能作为寝内便服。皇后这时发髻不整，衣衫凌乱，披了这件貂裘，显然不能御朝与大臣商量守御之计，更不能上城去亲自督战的。她掀去皮裘，又一次发令道："道生儿，你快出去拿了衣甲来，待咱披挂，咱不要这件。"

"陛下要穿什么衣服，只怕事到如今，也由不得陛下的意思了。"

"道生儿，你这话是什么意思？"皇后的反应并不迟钝，她的口气本来已经从温柔变到怀疑，现在又从怀疑一变而为相当的严厉。

皇后一严厉，李奭的口气不由得又软下来，他转弯抹角地道出了自己的本意："臣看得宋军入城，人心已乱，大事不妙。王城内的甲士已纷纷走散，各为自全之计。似此局势，怎生迎敌？臣唯有拼此微躯，保得陛下出宫去迎降宋军，才是上策。臣父也赞同此意，已率家将家丁在后苑门口保护圣驾。"

这石破天惊的"迎降宋军"四个字，使她完全了解他的用心所在，不禁又惊又怒。现在作为情人的浪漫主义的萧普贤女已经从幕后消失而去，作为女皇帝的现实主义的萧皇后又重新出现。她本质上原有几分浪漫气息，永远不满足于一个普通贵妇人的呆板的生涯，要求以各种形式来突破它。但是长期的政治实践，把她锻炼成为一个现实主义者，因为政治的本身就是一种现实性很强的社会实践，她的浪漫气息不得不受到政治的现实性的约束。当初她与马扩约降，就是从当时的现实利害考虑，后来兰沟甸战胜后，她改变了立场，变为一个坚决的抗宋派，这也是从现实考虑。现实是千变万化的，表现为政治形态也是千变万化的。因此剥削阶级的政治家没有永久要遵守的原则，只有永远要追求的现实利益。直觉告诉她，宋军是可以打败的，她现在的现实利益是上城守御，打退宋军。杨可世十万大军（而且她的明晰的政治头脑也告诉她杨可世不可能带十万大军来进行一场奇袭）吓不倒她。

"战、降大事，朕自有主张，"浪漫色彩褪尽以后，她以皇帝的尊严吩咐一个微不足道的侍卫军统领李奭道，"李奭你且率领侍卫遵旨上城去防守，俟朕后命。"

"臣不是说过，城内甲士已纷纷逃散，杨可世在悯忠寺发号施令，"随着皇后态度的转变，这时李奭也变得强硬起来，"顷刻间就要进王城搜宫杀官，陛下还说什么上城督守，不如随臣迎降，臣保得向杨可世说情，留陛下一命。"

"守城的人死尽了，"萧皇后发怒道，"朕独自一人也要去和宋军决战。李奭，你怎敢一再违抗朕的旨意！"

"不瞒陛下说，臣已命甲士启城门以待宋师，"李奭狞笑一声，原形毕露地说，"这宫内的侍卫，是听陛下的话还是听臣的，陛下自己心内有数。难道陛下当真单枪匹马去和杨可世为敌？"

现在一切事情再明白没有了。

"李奭！"萧皇后声色俱厉地斥骂道，"朕向来待你父子不薄，今日临到危难之际，你们竟要把朕出卖与杨可世！"

"陛下素来厚待臣父子，"李奭再一次狞笑道，"今日索性作成臣一门的富贵吧！老实说与陛下知道，臣已派人去和杨可世洽降，只要开城献出皇后，臣父子不失公侯之封，陛下的一条命也保得住。"

萧皇后怒极，待要高声呼唤，无奈这密室蜡封似的四面密不透风，即使喊破嗓子，外面也听不见。自己身边带的一柄佩剑，昨夜试妆时，也一并丢在镜室里，自己赤手空拳，怎对付得了骁勇的李奭。她找个机会，待要挪动脚步，这里李奭早已疾步趋前，拦住通往外室的暗门。他带一点嘲笑的口气，警告皇后道："宫中已乱，陛下的亲信近侍，臣都派人看管起来。陛下已成为笼中之鸟，还待往哪里走？"

"道生儿你好痴呆啊！"发脾气从来不是解决政治问题的现实办法。萧皇后看到自己已处在山穷水尽的地步，只好颓然坐到那只绣墩上，再次软下来，企图用脉脉温情来感动他："咱的亲信，除了你还有哪个？事到如今，只有你我勠力同心，征集甲士，击退宋军，一切还可以照常不变。如果降了杨可世，你我都成为宋军的俘囚，听人摆布，休说公侯无望，就是行止说话也不得自由了。到那时，你与咱岂得再到这里来夜夜厮伴？你怎生信得过杨可世的话？道生儿啊，你就这样狠心，教人把你我拆散，风俦鸳侣，永作劳燕分飞，咱死了也不瞑目。"

但是女主的严令也好，情人的软哄也好，事到如今，一切都已太晚，她的手段已经来不及施展了。萧皇后忽然听到甬道中有一阵凌乱的脚步声。李奭一声呼哨，许多戎装的侍卫从李奭打开的那扇暗门里拥进来，拉下墙壁上的帷幕，齐声唱个喏，说道："臣等久已候在甬道中伺候圣驾，现在就请启銮吧！"

萧皇后认得他们中间的每一个人，叫得出其中几个的名字，向来把他们看成自己的亲信，不想到了这个时候，亲信都变成叛逆。他们不由分说就打开密室里的大柜，把金银珠宝大把大把地往口袋里装，只拣细软，笨重的都丢在地上。然后一拥向前，把萧皇后拥入夹道，粗暴地把她推上一辆早已停候在那里的素车中。

李奭还算有情，顺手塞一件皮裘给她，让她裹紧身体。侍卫们不管她在车中双足乱蹬，连声怒叱，"砰"的一声，就把车门关上。这辆宫车上所有的华饰都被撕去了，正符合一个被迫投降的寡妇皇后的凄凉身份。为了隔断她和外界的视线，侍卫们又在车外围上几道厚布，叫她闷在里面透不过气来。

李奭又是一声呼哨，几个侍卫挽起宫车，就径奔宫外。

第二十一章

7

7

李奭说与皇后的话，只有一部分才是他的真心暴露，譬如他说"以陛下纳降，作成臣一门的富贵"，这确实透露了他的内心活动，他甚至希望一片痴心爱他的皇后，到了这个关键时刻，真会牺牲自己来满足他的欲望。可是其余的却都是虚声恫吓的假话。

他不但没有力量控制王城的城守，也没有力量控制宫廷。他派人去和杨可世接洽投降倒是事实，但两个使人派出去了都没有回来，在这刀光斧声、杀人如麻的乱军中间，一般说来，这种联系都是很难达到目的的，不是使人在见到杨可世以前已被杀死，就是他们根本没有勇气去找杨可世，趁乱溜掉了。因此李奭说"臣已与杨可世约定保得陛下一条性命"，也无非是欺人自欺的假话。

一个多情善感的贵妇人在自己心目中模拟一个情人的形象时，总是根据自己的意愿、想象，主观地把他"创作"出来，而不是根据他的实体如实地把他反映出来。因此她的模拟，大部分是不可置信的，有时与真实情况大相径庭，甚至是截然相反的。李奭的为人既非如她所想象那样是个撒痴撒娇的小情郎，更不是如她所希望的那样是个聪明机灵、踏着尾巴头会动的精灵鬼。事实上李奭是个为了追求富贵，任何时候都不顾惜名分，不怕采用任何手段、极端自私、极端卑鄙、鲁莽绝灭的冒失鬼。

有两种坏人，相应地也有两种骑墙派。一种是胆小精细的骑墙派，他爬上墙头后，要动动脑筋，看清楚了哪一边是绿莎如茵的软草地，哪一边是黑洞洞的万丈深潭。要拿稳有百分之九十以上的安全性，才敢慢慢地爬下墙头来。另一种是大胆鲁莽的骑墙派，他只要看到风头初转，就闭上眼睛，不顾死活，跳下去了再说。李奭显然是属于后一种。他一听说宋军入城的消息，断定大势已去，仗着曾与赵良嗣、马扩有些瓜葛，就冒冒失失地行动起来。他的主要本钱是三百名侍卫，他唯一的法宝就是一把打开密室的钥匙，他有把握在这个时候一定能在密室里找到皇后。果然皇后劫到手，他认为大功已经告成，急急忙忙就从后苑的侧门里奔出来。

在后门口，他也作了一些布置，让他父亲李处温带些家丁家将前来接应他。可是李处温的这支人马在李奭奔出苑门以前就像影子般地消失了。他们没有一个人能够逃脱在一场突然袭击中被围歼的命运，在被围歼以前，也没有一个人来得及奔进甬道来通风报信。

现在有一支整整齐齐的契丹大军布防在苑墙四周的重要出口处所。它的主力在歼灭李处温的人马后，就驻屯在后苑侧门口，好整以暇地等候皇后和李奭一行人从里面奔出来。

这时天色犹未大明，萧皇后虽然在素车中被遮蔽了耳目，透过几重帷布，还是隐约地看到外面火把齐明，人马攒动，听到一阵喊杀声起，鼓声大作。这场拦截战显然出乎李奭一行人的意料。萧皇后只感觉到她的坐车猝然停下，差点把她从车座上掀下来。她清楚地听见李奭发令道："快退回宫内去。"但是这道命令已经来不及被执行了，在宫门口就掀起一场白刃战。

这时萧皇后在车中惊慌万分。她不能从喊杀声中分辨出这厮杀的对方是谁，也无从判断这场对杀对她有利还是不利。她恐惧地想到在混战中，她可能被双方的乱军所杀，或者是另一方的人把她从李奭手里夺过去献给宋军，或者这厮杀的对方就是已经杀入王城的宋军。他们不容李奭投降，就把他俘杀了。她还没有从恐怖中清醒过来，就有人把帷布拉开了，一个胄甲之士亮着血迹未干的刀子，直趋车前，用契丹话清楚地奏道："臣耶律大石救驾来晚，致使逆贼猖獗，阴谋险些得逞，惊动了圣驾，臣罪实深。"他恭敬地，然而也并非不带一点讽刺的味道，指着地上一大堆躺着的尸体，痛快地说，"幸喜臣已手刃老贼，小贼也已伏诛。内奸已除，大局初定，如今城守堪虞，请陛下作速回宫去主持大计。"

在数不清的明晃晃的火光照耀下，这个走过来微微有点跛脚，却有着泰山般安稳的甲胄之士不是大石林牙是谁？皇后拭一拭眼睛再把他认清一下，他已经略移兜鍪，把面目清楚地露出来。这炯炯地睁着一双略微带点淡绿色、似乎深沉得要把人们的五脏六腑都看透的深目，这威严地竖起来的剑眉，这一道正直无邪的鼻梁，这有力地摆动着的指挥若定的手，这清楚地用契丹话向她奏对的将军，不是大石林牙是谁？

大石林牙是奉了她的手令被囚禁起来的，现在血淋淋地躺在血泊中的两具尸体就是使她把他囚禁起来的原因。关键时刻，他们出卖了她，而这个大石林牙却像飞将军自天而降突然出现在这里保她的驾，这些情况真是太复杂了，叫她晕头转向，但她已经没有工夫去弄清楚这些曲折的经过。一看见大石林牙，她的第一个反应就是不自觉地把皮裘掖上一把，把领扣再扣紧一挡，免得露出脖子和底下的亵衣。一个妇女对于她所尊敬而又有点畏惧的人，首先考虑到的就是唯恐在他面前失仪，而她现在的这身衣着，分明是不大见得人面的。

然后她镇静一下，想想他是怎么来的，她自己应该怎样做。

她想到大石林牙曾经拥戴过她的丈夫和她本人，态度是明朗的，后来又曾反对过她，公开地表示要除去她身边的"佞幸"，态度也是毫不含糊的。对于他的光明磊落的态度，她却报之以阴谋诡计，玩弄手段，把他软禁起来，要挟他"捐弃成见，共谋国是"。他们两人间留下了很不愉快的回忆。但是现在血淋淋的事实终于使她清醒了，危机方临，忠佞立分。她一贯相信、大力包庇、痴心迷恋的恰恰就是要出卖她的国家和她本人的人，而她打击的，恰恰就是她的保卫者，这是最明显不过的事实了。现在她也毫不怀疑，为了大局，他决不会怀念旧恶，弃她而去。当她决心要抵抗宋军的时候，他是她唯一可以信赖、唯一可以与之合作的人，无论在道义上、能力上、威信上都是如此。

为此，她流下了悔悟和感激的眼泪。

耶律大石是属于选定了自己的目标就决不回头的那种人物。看到时局动荡，国势陵替，他决定把自己的生命贡献给一个理想，那就是要保卫、延续和再生这个国家。他的毅力、他的威望、他的能量都使得这个理想有实现的可能。即使在他被囚禁的时期，他也仍然是，甚至更加是契丹人和一部分奚人心目中崇拜的民族英雄，是国家的支柱，是可以把他们团结起来的唯一的中心力量。萧皇后竭力要贬低他，提高李处温，想入非非地制造了许多谣言，可是没有什么人认真地相信它们。她的这种一面揿、一面抬，一面多方打击、一面揠苗助长的办法，结果反而使耶律大石的声誉更加隆然了。客观的效果，常会走到统治者主观愿望的反面。

当杨可世的大军夺门而入外城，到处搜杀契丹人的消息传开以后，耶律大石的旧部潮水般地涌入他的私邸，要求他出来主持军事，力拯危亡，连受命监禁他的萧斡里剌等人也毫不犹豫地参加他的队伍。在这间不容发的关键时刻，他的作用就是使得这些已被涣散的力量，很快地凝结起来，迅速形成一个以他为中心的抵抗势力。

在这紧急关头需要他去做些什么。他把部下组织起来，匆忙部署一下。他的两个儿子耶律思轸、耶律怀沙率领一部分战士被派到外城的中心处去进行巷战。这时杨可世的指挥部已设在悯忠寺，耶律思轸、耶律怀沙接受的任务是主动向悯忠寺方向出击，然后扼守住通往王城的几条通道，步步为营，节节死守，阻滞宋军的前进，以血肉之躯换取时间来做好王城守御的准备工作。同时也可救出一部分正在受屠戮的契丹人、奚人，掩护他们撤退到王城，以增强防守力量。严厉的父亲给儿子们的指示是只许死成国殇，不许生为逃兵。这一对正在弱冠上下年纪的儿子噙着满腔家国之泪，诀别父亲，驰往战地去了。这里耶律大石留下萧斡里刺，带着他的令旗，前去接管王城的防守权。自己带着一部分人马，径奔皇宫而来。有人把宫廷侍卫异动的消息报告给他，这没有出乎他的意料。他早已知道后苑里的那条秘密甬道以及在那里发生的"杂事秘辛"。果然他的大军一到就歼灭了这一小撮叛逆，并且救了皇后的驾。

如果萧皇后已经完全相信大石林牙对她个人的忠诚，耶律大石倒还要考察一下这个"赋俚蹇"是否对她的国家忠诚，他要弄清楚从后门私奔出来的皇后是自愿去投敌，还是受到挟持，被迫出来。这是个关键性的问题，将决定他对待皇后的态度，决定由皇后还是由他自己直接来主持城防大计。

皇后已经流出了感激和悔悟的眼泪，可是，"赋俚蹇"的眼泪是轻贱的，不足代表她的心声。据说在决定降宋的御前会议中，她也曾号啕大哭过。既然有过一次出卖宗社的记录，难保她不会旧戏重演。耶律大石是个实事求是的人，不肯轻易相信柔情。

萧皇后果然是聪明、能干的，她一猜就猜到大石林牙的心事，猜到自己正在受他的考察。她立刻采取最坚决的行动，表示要抗战到底、与宋寇誓不两立的决心，用以解除所有在场者心里的疑团。虽然她的坚决行动，还是出之以一场动人的表演形式。

这时闻风而来，拥塞在宫门附近的奚、契丹人已经激增到几万人，其中不乏久经沙场的宿将和闻名于时的勇士。前一段时期中，由于皇后的荒谬措施，使他们离心离德，坐待大局的崩坏。现在却被保卫王城、保卫宫廷，借以死中求活的一个信念团结起来了。他们有的已经听到耶律大石出来主持军事的消息，有的还没有听到，但都拥到宫里来准备听从皇后和耶律大石的调遣。在这个时候，皇后的地位仍然能够起重大的作用。

她从素车上下来，裹紧皮裘，迈着坚定的脚步，直往人丛中走去。耶律大石把刀子丢给从人，紧握腰间的佩剑，跟在她后面，人们自然而然地为他们让开一条路。她走到人丛中间，凝一凝神，出人意表地屈下身体来向周围众人行了一个辽的贵族男子陛见皇帝时的大礼。这种礼节是跪下左膝，把右腿拽在后面，然后她又转动身体，向众人环拜。这样的大礼，从皇后的身份说来，不免有点屈辱，但出之于她，行之于此时此地，仍然保持了皇后的最高尊严。她拜完了，走上几级石阶，用十分坚定清楚的声音说了下面的一番话。"蛮兵肆虐，逆贼（她提到他们的时候，眼睛也不曾向那个方向转动一下）内应，妄图劫持未亡人出卖与敌。未亡人力与争斗，"她赧然地看一看自己的这身服饰，她衣冠不整，发髻凌乱，大大地帮了自己的忙，连耶律大石也被她这个动作提醒了，相信她说的是实话，"争奈寡不敌众，势已危殆。幸赖大石林牙忠勇为国，闻讯赶来，脱未亡人于缧绁之中，尽歼丑类……"

一阵欢呼打断了她的说话，她感到众人的情绪已经受她操纵了，索性停顿一下再说："朕已痛下决心，誓与此城共存亡，一息尚存，决不容蛮兵侵入王城。纵有不幸，城头喋血，这一片干净土就是未亡人的葬身之地。"

她又停顿了一会儿，然后郑重地宣布："朕即请大石林牙总城守之责。"一语未了，欢声大作，她索性把话说得罄尽："诸卿都听大石林牙的号令，如同听朕的声令一样。朕不幸战死，大石林牙就是诸卿之主了。这救亡继绝、匡复社稷的重任，全在大石林牙和诸卿身上。朕立即进宫去换了戎装上城，亲执枹鼓，灭此朝食。诸卿努力，毋负朕之厚望！"接着她又向耶律大石拜了一拜道："朕将宗庙社稷，托付与卿，卿且受朕一拜！"

这是她在此时此地能够做到的最富于戏剧效果的行动。在她说话中间，许多人欢呼，许多人失声痛哭，许多人虽然没有表情，但已经在心里决定一死殉国、一死殉主。她的话一说完，骑士们就纷纷疾驰上城，听候耶律大石的调遣。

皇后作着动人的表演的时候，耶律大石正在考虑具体行动。他还了皇后的礼，接受了她界任的城防全权后，立刻提出一项重要的建议道："陛下界臣重寄，臣这就遵旨总兵上城。"他向众人挥手示意，要他们立刻上城去防守："城守之事，臣已成竹在胸，兼有萧知院在彼指挥，必能杀退蛮兵，保得京师，不负陛下的重托。所望陛下，速降手书，急令四军大王董师来援。臣派人在南暗门接应他，内外夹攻，务必把蛮兵杀得片甲不留。"

这一招果然是重要的，萧皇后这时言听计从，立刻照办了。

耶律大石驰上城头，分拨人马，划分汛地，部署刚定，城下已发现小队的宋军。这时头戴凤盔、身披银甲的皇后也带着一大批陆续而来的甲士上得城来。皇后的话都兑了现，她不但亲执枹鼓，把战鼓敲得"咚咚"响，敲得她双手发酸，满身大汗；她还亲自弯弓搭矢，向城下的宋军发射。有一支不知道是她射出去，还是她身边的战士发射，总之要算在她名下的箭，居然把一名企图越过城壕的宋军射倒在地上。皇后亲自立下的第一功，使得城上的战士们都欢呼起来。

此时杨可世的大军受到奚、契丹人猛烈的抵抗，正在外城各街巷中苦战，还没有正式部署进攻王城。出现在城根下的宋军只是一支游弋部队，他们的进攻，只具有象征意义，而萧皇后这象征性的一箭，大大鼓舞了士气，使得城防的战士们很容易就打退这一队散兵的试攻。

8

直到夺得迎春门、进入燕京城，杨可世、郭药师率领的这支奇袭之师，都是按照计划办事，进行得十分顺手。

郭药师献奇袭捣燕之计，其目的固然为了要表现自己，抢第一功，但他确有客观的根据。

据他获得的第一手材料，证实耶律大石已被萧皇后看管起来，目前生死不明，以致造成契丹军瓦解的局面。这个消息是没头脑的萧干，为了表示对郭药师的信任，在最后一次宴会中，亲自向他透露的。郭药师本人因此才下了反正的决心。这个消息也解答了许多人存在着的疑难问题，并为奇袭的实现和成功提供最大的可能性。因此当他提出来的时候，不但受到沙场宿将王禀、刘锜等人的支持，同时也得到急功之徒童贯、刘延庆等人的赞同。

但郭药师毕竟是新降附的人，刘锜了解到即使在被迫决定反正以后，他还卖个人情，把敌帅萧干放走，居心难测。再则常胜军的实力虽然号称强劲，究竟如何，能否胜任这个艰巨的任务，还待事实证明。更怕奇袭得手，郭药师夜郎自大起来，养成尾大不掉之患。因此在决策会议中，刘锜力派杨可世主持这次奇袭，让郭药师居于辅佐的地位。选锋六千名骑兵，泾原军居其四，常胜军居其二，这样混合编制，既保证了战斗力，又保证了杨可世的领导地位，临事不会受到掣肘。作为一名战将，杨可世威名夙著，对攻坚战，他也积有经验，当年在西北战场上，他屡次率师攻拔西夏、诸羌的名城要塞。仁多泉一役，西夏人负隅顽抗，就是他力战先登，大军继进，才攻克了这座军事要塞的。以杨可世为主将，以泾原军为主力，辅之以常胜军，这样安排可说是煞费苦心。

这次奇袭有没有成功的把握？对此，奉旨参赞戎机的刘锜早已作过反复的深思和分析。本来军事上很难说有百分之百成功把握的作战计划，何况既然称为奇袭，就要带几分冒险性。事实上是只要具备相当的有利条件，有百分之五十的成功机会，就值得一试了。

成功的第一个关键问题是杨可世这支选锋军能否把握胜机，完成奇袭任务。泾原军强劲可用，常胜军熟悉地形、了解情况，加上士气旺盛，跃跃欲试，这些都足以使刘锜放心的。

成功的第二个关键问题是刘光世统率两万名环庆、鄜延军混合编成的接应之师能否完成接应任务。按照计划，这支接应之师比选锋军晚六个时辰出发，以后根据具体情况，或循选锋军的原路，或另觅他途（郭药师也派了熟悉地理的官兵充当向导），随时与前军保持联络、前后两军不超过一百里的距离，相互呼应。选锋军奇袭得手，他们要飞速跟进，合力扫荡城内的残敌，万一奇袭没有成功，后军也要迅速上去接应救援，以最小限度的损失，保证全师撤退。计划是考虑得很周到的，无懈可击，问题在于人。刘光世并不是一个令人能够放心使用的指挥官。在会议中，刘锜以参赞的资格提出两个方案：一是让总管王禀来统率接应军，二是他自愿参加刘光世的部队，一起去完成接应任务。结果这两个方案都被否定了，童贯首先提出："统带军队乃偏裨之职，信叔是天子派来的大员，理应坐守大营，运筹帷幄，协助刘太尉参赞戎机，怎可擅离职守，去效一将之劳？"

童贯的话，软里带硬。他强调"协助"两字，暗示刘锜以参赞的身份，可以参与讨论、共同研究战略，但是决定大权还应操在宣抚使、都统制手里，刘锜无权僭越。刘延庆却老实得多了，他认定选锋军可能要冒些风险，接应军躲在背后，万无一失，可以坐收其利。这到手的馒头，如何肯让别人分享？他老着脸皮道："进军以来，儿子多立功劳。这番奇袭，有杨统领在前主持，功可必成。儿子也正该跟去阅历阅历，长些见识，兼资奖拔。信叔不必多虑。"

刘延庆已经把话说到口边，利权不得外溢，功劳必须归于他刘氏之门，何况又有童贯在一旁帮腔。刘锜不便再说，只好罢休。

童、刘两个还怕刘锜再兴出什么新花样，又生一计，火急下令把王禀调到无定河侧翼的战线上去，作为另一方面的策应之师。其任务不是接应杨可世，而是牵制那方面的辽军，不使救援京师。这时童贯不再说什么信叔是天子派来的大员，正该坐守大营等话，顿时换一副面目，强调侧翼战线如何如何重要，必得烦信叔亲自出马，与王总管一同去走一遭，才能安心。

把天子派来参赞戎务的大员调到侧翼去"效一将之劳"，这才使得他们耳目清净，心满意足。刘锜虽然不关心个人得失，却十分关心全局的成败。他坚持要亲自送杨可世的前军出发，隔了六个时辰后，又目睹刘光世点齐人马，跟着上路，这才放下心来，与王禀赶赴无定河侧翼的战线。他们把人马突出到通州以北，准备一听到奇袭军得手，就火速从右侧进兵，包抄燕京。

从战略上看来，这一支人马确实也可起策应作用，原非闲着。只是与杨可世的选锋军距离较远，仅处于次要的地位罢了。

常胜军原来都是辽东盖州、铁岭附近的土著，后来调进关内，兵员几经补充扩大，目前已有一小半的官兵都是京郊人士，更兼长期驻扎在京西南一带，对当地情况十分熟悉。目前辽军的力量配备，虽然东移西挪，朝更夕改，但总的说来是兵力不足，防线缩短，后防空虚、鞭长莫及。郭药师在行军之际，还参考了旬日前那个姓岳的小军官从巡哨中带回来的地形军事配备位置图。二十三日傍晚，选锋军到达固次县，当晚就潜渡卢水，掠过安次县境，稍作休息，接着星夜行军，长驱直入。二十四日凌晨前，大军就已抵达燕京东郊。

自唐朝建置范阳节度使以来，幽州城定下了规矩，每晨四更，先打开迎春门，把郊居乡民装运柴、煤的车辆放进城来以供城内军民日常生活之用。这些车辆倒空了柴、煤，傍晚时分就装了煤渣、垃圾等废物拉出城去，倒在田间当作肥料。这项制度已经实行了四百年。随着燕京城地位的日益重要，生齿人口日益繁殖，这种车辆也增加到数百辆，每过半夜，迎春门外的车队就排成几条长龙，等候开城，车、骡不绝，人语喧阗，十分热闹。近日来，宋朝大军已压卢沟河而军，大局堪虞。萧皇后一面责成提举城守的都元帅李处温加紧城防，严行盘查进出人等，一面为固守燕京城计，也打算多储蓄些燃料、粮食过冬，又特命将迎春门提早一个更次开门。这两天朝廷多故，李处温的都元帅忽被撤去，新的任命还未下来，正在青黄不接之际，城防的官兵都懈怠了，盘查已成具文，并未严格执行。

装运煤柴的乡民享有进出城门的优先权，更兼每日往返，消息异常灵通，久已成为京郊义军注意、争取的对象。这时京郊义军逐渐统一在董庞儿、张关羽的领导之下，他们早已派人与乡民联系，争取得一部分人参加义军，担任交通运输、传递消息等任务，对于地下活动，可以说是积有相当的经验了。

就是他们首先发现了奇袭军的行踪。

在反辽事业与倾覆辽的残余政权一点上，义军与宋军有着共同的目标，这个发现对他们当然是十分重要的。他们大喜过望，三三五五地议论起来，顿时议出一个帮助宋军夺取城门的办法。他们找到杨可世，把这条计策献上。杨可世略一考虑，认为它简单可行，立刻采纳了。

杨可世把大军隐藏在离迎春门几里路的一片丛林背后，另派甄五臣率领两百名敢死士换上老百姓的服装，混在车队中间，兵器都放在柴堆、煤堆底下，车上略加遮盖，表面上不露一点痕迹。三更一到，号角吹响，城门洞开。老百姓久已和守城的官兵们厮混得熟了，照例要"献纳"一些免费供应的柴煤，一阵嘻嘻哈哈就把大车推进城门。甄五臣和敢死士趁机从煤堆和柴堆底下抽出兵刃，一声呐喊，一拥而上赶杀官兵，老百姓们也帮着一齐动手，顷刻间就把几百名守城的官兵消灭赶散，顺利地夺得迎春门。

根据事前约定，甄五臣向杨可世所在的方向一连放出十多个"钻天老鼠"，这是一种只有火花、没有声音的爆竹。这十多道火光，在星月无光的黑空中，真像老鼠一般飞蹿狂跃。杨可世一见信号就知道夺门得手，立刻飞骑出动，不消半刻，大军就进入城内。这时天色犹黑，情况混乱，各城门的防守官兵相互传告，心胆俱裂，纷纷溃散。泾原军在熟悉燕京城城市道路的常胜军向导下，很快就把外门的七道城门全部夺下，每一道门都派了一名将官、二百名士兵负责防守，严禁出入，并维持附近地区的秩序。杨可世、郭药师率领主力，向市中心挺进。

大军进城的消息，霎时间就传遍全城，汉儿们奔走相告，喜形于色。胆大的奔出家门，投效军前。胆小的暂时关起大门来观望一下，心里也充满了希望和喜悦。

相反的是奚、契丹人，他们心怀疑虑，不知道进城的宋军将会怎样对待他们，他们将要遭遇到什么命运。他们听到消息后，有的也在观望，有的从睡梦中醒来，不暇细问，就拿起兵器，冲到街头去找宋军厮杀。

现在是面临着代表两个民族的朝代之间的最后决斗了。

在我国的民族与民族之间，有时也存在着彼此侵犯相互敌对的关系，但主要是彼此友好融合无间的关系。有两种融合：少数民族的上层分子与汉族的上层分子相融合，少数民族的普通人民与汉族的普通人民相融合。前者融合的结果是联合起来统治广大人民，后者在共同的日常生活和生产实践中逐渐消灭了民族的界限而成为反压迫斗争的同盟军。契丹贵族入主黄河流域的二百年中，使得大多数契丹族平民和其他少数民族的平民成为受他们统治、压迫的臣仆、奴隶。他们除服饰、打扮以外，生活、生产方式以及思想感情也都被普通的汉儿同化了。他们在政治、经济生活上具有共同的喜爱

★智赚迎春门，夺取燕京城。

[一]耶律斜轸、耶律沙都是契丹军队的统帅，在北宋初年对宋朝的战争中，取得重大的胜利。

和憎恨，进入山里去参加反辽义军的契丹人就是这种融合的最高形式。当然参加义军的还是少数，但是大多数的契丹人、奚人、室韦人、渤海人都是汉族人民的朋友，不存在敌对关系。他们应该是杨可世团结、争取的对象。他受命去摧毁的是契丹政权，而不是契丹人的生活基础，要打击的是妄图顽抗的契丹、奚贵族，而不是所有的契丹人、奚人。可惜杨可世的头脑中不存在这样的分析。在这进城以后的关键时刻，他犯下了致命的错误，他没有下令安民，让契丹人放下武器，以便集中全力进攻王城，反而接受了郭药师的建议，粗暴地下令不分官兵军民、不分抵抗和不抵抗的，一律摘杀奚、契丹人。

在这道罪恶的命令下面，许多奚、契丹人的家庭被消灭了，许多妇女、老弱和孩子被屠杀了，鲜血流满通衢和坊巷。杨可世这样做的结果，并没有瓦解契丹、奚人的斗争意志，反而激怒了他们，坚定了他们，团结了他们，迫使他们为了保卫自己的民族、保卫自己的家庭、保卫父母妻儿和自己的生命而进行战斗。这种斗争往往是超乎寻常的英勇，不到战死，决不放下武器。宋军受到他们的猛烈抵抗，同时也因为要贯彻这条命令，挨家逐户地去搜查，这就大大地滞缓了向王城方向前进的步伐。

在夺门战中几乎没有受到一点损失的宋军，已经产生一种可以轻易地结束这场奇袭战的轻敌思想。如今出乎意料地受到奚、契丹人的阻击堵杀、死缠硬拼，一时摆脱不开，不免又烦躁起来。

这时耶律大石派来的应援之师已经赶到。耶律思轸、耶律怀沙两员小将忠实地执行父亲的命令。他们率领的这支援师猛虎般地扑入战斗，把任务完成得如此出色，以期不辱没他们祖先光荣的名字[1]。他们的祖先，当初在陈家峪一战，俘杀北宋大将杨业，取得辉煌的战果。现在他们处在不利的形势中，已决心一死殉国，但是只要还有一口气，他们就要和北宋大将杨可世拼个你死我活，决不让敌人白白占到便宜。

他们带来的人马有限，这时闻风而来，自发地参加阻击战的奚、契丹人越来越多了。他们脱出了个体战、各自为战和盲目战的范围，融入有组织、有领导、有计划的正规作战。组织给予他们新的力量。他们分别扼守着几条通往王城的大街，到处设置障碍，石块、土堆、沙包，以至粮食袋、日用家生都搬出来，堆在街头上，堆成临时的街垒，阻滞敌人前进。敌人在远处，他们就躲在街垒中放箭，敌人接近了，他们猛然跳出来拼死搏斗，有时几十个人死作一堆，敌军还怕街垒中有人，不敢走近。

许多奚、契丹人家庭的妇女和孩子们也帮着搬运沙袋，掘土挖泥，助筑街垒。有的就躲在门缝背后射冷箭，闪到窗口来扔出桌、椅、衣柜等家生杀伤宋军。宋军要毁灭一个家庭，就不免要付出一些代价。

这支阻击军，包括一部分武装抵抗的家庭在内，最后都葬身在火海中。

这符合他们的愿望，"火"，消火了他们的肉体，但使他们的精神获得永生。他们以宝贵的生命换得比生命更宝贵的两三个时辰，阻滞宋军前进，使耶律大石能够完成王城的守御准备，使大局转危为安，使王城的保卫战产生了胜利的可能性。他们死可瞑目了。

所谓奇袭，就是要乘敌之不备，直取其要害之地，收得全功。不用说，燕京城是残辽政权的要害之地，是奇袭的目标。但是要害中之要害，却是王城。单是取得燕京而没有夺取王城，杀进皇宫，俘获皇后和将相大臣，瓦解军队的战斗意志，从根本上摧毁辽的统治枢纽，这场奇袭战就不能算为成功。

杨可世容易地夺得迎春门，成就了一半的大功，却没有乘机直取王城，反而分兵去夺其他的七道城门。可能有人批评杨可世的战略思想太保守了，由于他的行动滞缓，不够勇决，使耶律大石和萧皇后争取得时间做好准备，以致功败垂成。以"杨霹雳"出名的杨可世，在他一生最重要的事业上，其错误不在于"霹雳"过甚，恰恰是由于他"霹雳"得不够。

从结果来看，这种议论似乎也言之成理，其实这不过是历史学家在事后的空论而已，并非持平之论。事情过去以后，空论家要做种种批评、指责，都可以夸夸其谈。如果在这场奇袭中，杨可世做了相反的事情，不夺取和守住其他的城门，径扑王城，结果是外援从外城而入，截断杨可世的后路，前后夹攻，造成溃败。这样空论家仍可批评他不够持重，思虑不周，冒进"霹雳"。做个批评家是容易的，人类语汇中提供了成千上万条贬义词可供他们左右逢源地使用。可是在事件的进行中，人们能够始终把握住事物的本质，不受现象欺骗，不左右摇摆，这就困难得多了。

就这个役后而论，直接指挥者杨可世在战斗进行中确曾犯了不少错误，但是导致奇袭战全部失败的主要责任，却不在他身上。

大军出发以来，前后两军一直保持联络。当天凌晨以前，当杨可世的大军隐藏在丛林后面时，就派出第一个使者驰往后军通知消息。夺得迎春门后，杨可世又急忙派去第二个使者告捷，兼催后军快来接应。据杨可世的估计，最多不出三个时辰，刘光世的大军就会接踵而至。杨可世的主导思想是及时掌握各道城门的防守权。一来防止辽方官员逸出，通风报信，搬来援军；二来便于迎接后军入城增援。两军合并，有了两万六千人的雄厚兵力，以之攻取王城、扫荡辽军的残余抵抗力量就绰乎有余了，他并无全部垄断功劳的意思。可是事态之发展，大大出乎他的意料。他既没有料到外城契丹人的抵抗会如此激烈——其实当他下达了一律摘杀奚、契丹人的命令后，就应当想到这是必然的后果。这才是他主观上犯的最严重的罪行和最大的错误，而他反倒认为是由于契丹人的猛烈抵抗才迫使他下这道命令，真是愚不可及。他更没有料到近在百里内的后军统领刘光世在这个紧要关头，竟然会想再观望一下，逗留不进，坐视友军的死活于不顾，最后造成这次奇袭的功败垂成——才是奇袭战失败的主要原因。

原来刘光世接到头两起通知时，恐怕进城后还有一番恶战，乐得让杨可世去拼命，自己落后一步，等到瓜熟蒂落再去分享胜利果实不迟。杨可世派去第三个使者时，已遭到契丹人的激烈抵抗，使者为了督促刘光世尽快进兵，特别强调了战斗的紧张性和艰苦性。谁知悭怯成性的刘光世误解了使者的意思，认为战局已发生不利于我方的逆转。战局顺利时，他还想观望观望，战局逆转后，他又怎敢冒险上去接应？为了遮盖耳目，他率军在附近兜了一个圈子，借口迷途，就在当地驻扎下来，后来听听前方来的消息更加不利，他索性率部循原途逃回去了。谁也不会相信要找到近在咫尺的燕京城还会迷途，谁也不能原谅前方如此吃紧，负有接应重责的后军竟然丢下友军可耻地逃走。他冒着军队里的大不韪，竟然干出别人决不会干的事情。

一切胆小鬼干起可耻的事情来并不胆小，他有恃无恐的一条是父亲是都统制，无论怎样失机，父亲总要替他掩饰。刘延庆所谓"让儿子阅历阅历，长些见识"，儿子的见识就是这样"长"起来的。在利害关系上越见得分明，在行动上就格外卑鄙和无耻。

十多年后，由于种种条件凑合，刘光世居然也成为"中兴名将"之一，与韩岳二吴并称。但他的这个"将"不是以善于打仗、善于战胜敌人，而是以善于见风使舵、善于从战场上滑脱出"名"，这在当时也有了定评。

第
二
十
一
章

9

9

巳末时分，也就是宋军夺得迎春门的四个时辰以后，宋军基本上肃清了奚、契丹人在外城的抵抗，它使一两万名持械来斗以及徒手受戮的奚、契丹人流尽了鲜血或者连皮带骨都化为灰烬，使得几千户的房屋成为瓦砾堆，同时也使自己付出了将近一千人的代价。在外城的奚、契丹人并没有被斩尽杀绝，他们挣扎得性命出来，都逃往王城。耶律思轸堵塞了宋军前进的通衢，同时却敞开了供自己人撤退的渠道。这样就使王城的守御力量增加了几倍。

在宋军方面，除战死者以外，又发生最糟糕的情况。一部分常胜军，甚至也有个别泾原军闯入奚、契丹人的家里，或者借口搜查隐匿逃亡，随意闯入汉儿的家里，干尽了盗劫、奸淫、杀人、放火等勾当。在军队里有一条颠扑不破的真理，只要口袋里装满别人的财物，手里沾满以发泄虐待狂为目的的鲜血，这部分军队就再也无法集合起来，听候调集，再上战场去作战了。杨可世听到这个情报，虽然发狠抓住几个犯罪者正法，仍不能制止这些罪行的继续发生。此外，分守各城门的一千六百名士兵不能调动。现在，杨可世手里可以机动使用的兵力，只剩得半数左右了。

街垒上浴血苦战的情景还在眼前，手里的人马，有减无增，后军的消息杳然，派去的军使不是找不到传达的对象，空手而归，就是军使本人也像石沉大海，一去后再也找不到踪影。这时杨可世所处的地位并不妙。他踌躇一会儿，回过头去问郭药师道："今日之事如何？"

这是一句有点畏缩、与杨可世一贯的气吞山河的气势不太相称的问话。契丹人的猛烈反扑，寸土必争，似乎给杨可世造成某种程度的心理影响。耶律思轸、耶律怀沙以及其他的战死者如果死而有知，一定会为此感到自豪的。

杀了几个常胜军，郭药师心里是不痛快的，但他的特点是在任何时候都能够控制住自己的情绪。听了杨可世的问话，他恭敬地回答道："悉听统领指挥。"

"攻城！"

杨可世不再踌躇了，他振作起来，发出雷霆般的命令。自己一马当先，率领郭药师、高世宣、甄五臣、赵鹤寿、石洵美、李侁等将领和三千名铁骑，浩浩荡荡，径奔王城而去。

在此之前，城中的秩序已经逐渐恢复，奔出家门前来迎接王师的汉儿也越来越多。就中还有一名文士当场献上一首七绝，表达他自己以及大部分汉儿的"俟我后，后来徯晚"的向往心情：

> 破虏将军晓入燕，
> 满城和气接尧天。
> 油然爱礋三千里，
> 洗尽腥膻二百年。

汉儿们的心情是可以理解的，但是杨可世西瓜大的字识不到十担，又当军务倥偬之际，他需要的不是文人，而是武士。他随手把诗稿往靴筒里一塞，问他可骑得动马，使得了枪，诗句洗涤不掉腥膻，腥膻要用鲜血来洗涤。杨可世露了一句口风，当下在场的许多汉儿一齐回答道："愿随将军鞭镫，前去攻打王城，共洗胡尘。"

杨可世大喜过望，立刻命令甄五臣留下来负责他们的组织编队工作。汉儿们果然呼兄唤弟，招朋觅侣，顷刻间就集合得一两千人，编成一支作战队伍。这时满街都是兵刃铁甲，他们俯拾即是，有的还牵住了奔轶的马骑上，变成了一支步骑两栖的庞杂的部队。其中战斗力较强的，还是装运煤柴的乡民，他们中间一大部分人，自早起就跟着甄五臣转辗作战，显示出他们的机动性、灵活性，对战争很有贡献。

一批汉儿跟随甄五臣，追上杨可世的大军参加战斗了，随后又有许多汉儿陆续赶上来，要求参战。甄五臣是来者不拒，多多益善，通通把他们编入队伍。

在犯下了种种错误、错失过许多机会以后，杨可世正式率部直扑到王城脚下，这才发现在前面迎待他的是一堵铜墙铁壁。清晨以来，曾产生过轻敌思想，消灭了外城的契丹人的抵抗后，也曾存在过一些幻想：例如在王城城头上已经竖起降旗，萧皇后打开城门，在宫门口舆榇衔璧迎降；或者有一部分汉儿南面官反正，正在与城内的契丹人鏖战，城厢上乱成一团；等等。这些幻想在铁的事实面前都已破产。他明白一场艰苦激烈的攻坚战是无法避免的了。

杨可世观察一下形势，他先看看这座王城，看看四围的城墙和正面的这道城门——它称为宣和门，与东京的宣和殿遥遥相对，这两个交战的朝廷在那一段历史时期中，对外都标榜一个"和"字，似乎他们都不愿以兵戎相见。杨可世竭力在寻找敌方的薄弱点，以便决定从哪里下手。

辽的时期，燕京王城远没有外城高大雄峻，但它也造得十分厚实坚固，城四周围绕着几丈阔的护城河，正对大内的宣和门还建有一层瓮城。无数契丹、奚的甲士已经林立在城头的马面、雉堞上，挽弓搭矢，持满以待。一切用来守御城池的战具，也大体具备，显出有恃无恐的样子。其中一个站立在城楼上督战的威风凛凛的将军，在那里指指画画，所有的军官都要跑来向他请示汇报，遵听他的指挥，看来他就是他们的最高统帅。郭药师指点道："这个就是耶律大石。"兰沟甸战役，杨可世曾是耶律大石的主要敌手，但是觌面相逢，今天还是第一次。

避坚攻瑕，本来是杨可世选择攻击点的原则，现在耶律大石的形象把他吸住了。兰沟甸一役中，杨可世几次冲锋陷阵，掌握胜机，但是耶律大石坚忍不拔，运用高明的战略战术，把他打败，他立誓要报仇雪耻。既然耶律大石在这里督战，他就应该攻击这道宣和门和这一重瓮城，和他决一雌雄。

方针既定，杨可世立即部署进攻，他传令士兵们弃去战马，徒步涉渡已经结了冰的护城河。

护城河相当宽深，冬季水干，冰面距离河岸还差六七尺高低，冰滑岸高，要徒涉过去并不容易。随军带来的木板有限，临时搭制不起浮桥来。幸亏乡民们考虑得周到，携来大量干草，干草填进河床，渡过河去就容易得多。

城下行动迅速，城楼上的耶律大石估计敌军已经进入箭力能够达到的射程内，把手里的小红旗一挥，遮天蔽日的箭矢顿时飞射下来。还有用发石机飞掷下来的石块，都有磨盘大小，射程更远、杀伤力更大。城下涉河的宋军用挡牌挡住一般的箭矢，碰到弓力特劲的，箭矢就会射透挡牌，自然更加挡不住飞石，脚底下还要照顾冻得不太结实的冰层。有些地方干草填得较薄，人又挤得太密集，冰层承受不起那么大的压力，就会发出可怕的断裂声，人们不得不挤着、挨着，尽快地分散开去，以减轻冰块的压力。有时城上飞来一块大石，正好击中冰面，裂开了一个大窟窿，战士们来不及逃跑，就连人带甲沉入河底。

但是渡过护城河只有极短促的一刹那，奋不顾身的战士们冒着箭石之险，很快就越过这道障碍，爬上河岸，直扑城根。

他们是奇袭队，不可能携带洞屋、鹅车等一类笨重的攻城武器。连发石机、凤凰弩等重武器也无法携带，随军只带一些轻便的云梯。他们立刻把云梯倚在城墙下，有的战士在矢雨石雹之中，凭着一面盾牌、一把斫刀，登上云梯，就直往城上爬。

还有的战士在几层牛皮帐的掩护下，扑到城根下，用铁锤和大凿子凿着城砖。不怕城砖多么坚厚，一锤下去，总有一些砖石的粉屑飞进开来，只要功夫用得深了，还是能够凿出洞穴。每一个战士的目标是要凿开、抽出一块砖石，然后飞快地跑开，让后面上来的战士接替下去。他们一个接着一个地凿洞抽砖，最后就能凿成一个大洞，让大伙儿冲进去。

当然，主攻的目标，还是正面的瓮城门。这次又是民兵出了大力，他们从后方找来几根粗硕无比的大木桩，正对瓮城门，临时搭起木架，把木桩悬挂起来，猛烈地冲撞城门。几十个人轮换着撞，每撞一下，就使得用几重厚铁皮包裹的城门出现一个大凹印，城门也随着猛烈地震动一下。

所有这些逼近城根的猛攻，都要付出重大代价才有可能进行。在城下奋勇进攻的有正规的泾原军、常胜军，还有更多的汉儿民兵。尽管临时编制起来的民兵，不习攻战，有少数临阵畏缩，偷偷地开小差逃跑了，但是越来越多的汉儿从后方拥来，补充了损失的员额，使这一支事前没有估计到的后备民兵，在人数上逐渐成为攻城的主力。由于他们缺少战斗经验，缺少防身、护身的器材和技术，伤亡率要比正规军高得多。但是大部分人没有被死伤吓倒，还是坚持战斗，坚持进攻，发挥了很大的勇气和作用。

宋军攻城的方式多种多样，城上契丹军的防御也是随之设计、变化多端。北宋建国初期，辽、宋发生过几次战争，直到澶州之役前后，辽方都是攻多于守，没有从战争的实践中学到很多的守御术。但是辽、金启衅以来，攻守之势颠倒过来，辽军从宁江州、达鲁古城、上京府等失败的战役中吸取教训，也学会了一套守城的方法，现在全套拿出来对付宋军的进攻。城下宋军猛攻之际，城上的辽军除用矢石灰瓶外，还用铁挠、铁钩、拒木等工具专门对付云梯上的宋军。等他们爬上城墙，将要登城的一刹那，就突然从隐蔽处跑出来用挠钩把他们钩进城来杀死，或者出其不意地在城墙中凿个洞，支出拒木把云梯连人一齐推翻，使登城者坠地而死。他们又用猛油（火油）、脂膏、松柴、干草等容易燃烧的物体，点着了火掷下城去火攻宋军。最厉害的一招是在城头上烧着几只炽烈的大煤炉，把一切可以弄到手的油类，甚至把金属品都投进熔锅里燃烧，等到金属品熔成液体时，大桶地泼下城去，熔液溅到人体上，莫不体糜肉烂。

一方面是奋不顾身地猛攻，一方面是舍生忘死地死守。有时宋军凿成一个大洞，一声发喊，正待大队冲杀进击，城墙内的辽军连砍带搠，只是死战不退，不放宋军穿穴进城。这时城上的金属熔液已经来不及一桶桶地倾泼下来，索性连大铁锅一起推翻泼下来，这叫作"连锅端"，果然厉害，迫使这部分的宋军只好后退。

最英勇的是从云梯上先登的甲士，已经踏上搁在城墙上的搁板，城头的契丹甲士也毫不畏怯地抢上搁板，阻拦他上城。两个就在离地几十尺高空上一块宽度不到一丈的搁板上进行一场有死无生的搏斗。搁板上没有转身、逃脱的余地，兵刃一交，其中一个就坠下城来，有时两个弃去了兵刃，互相扭作一团，略一转侧，两人一齐坠死，赢得城上、城下两军战士们齐声发喊。

这场激烈的攻守战，达到伐辽战争的最高潮，双方都表现出无比的勇敢。

冬季日短，苦战了两三个时辰，不觉暮光早垂。从后方拥来的汉儿们早把灯笼、火把、汤水、馒头、熟牛肉输送上来，让战士们轮番吃点东西，喘口气。一个不待奇袭军动手去组织的后勤部自然形成了，尽可能地满足了战士的需要。

这时城楼上也点起明晃晃的火炬，上下照得雪亮。本来以城上之暗击城下之明，或者反过来以城下之暗击城上之明，对于黑暗的一方是有利不过的条件。无如这时攻守双方都有许多事情要做，完全黑暗是不可能的，双方只好挑灯夜战。

在城楼上最显眼的地方，灯笼、火把点得好像几条蜿蜒不绝的长龙，甲士们拥来拥去，重要的号令都从这里发出，显然这里是辽军的最高指挥所。这时忽然出现了一个素面玉容、银盔银甲的女战士，她在城楼上站立一会儿，向左右指指戳戳地作了一些指示，又循着城墙缓缓巡行。她用缓慢的速度来表示自己好整以暇的从容态度。她的行踪所及，随着就响起"万岁"的呼声。不用说，这个女战士，就是萧皇后了。

在这样激战中，把自己放到如此明显的被攻击的位置上，这在军事常识上是不许可的。无如萧皇后不能够抑止自己在两军万众之间露一露面的冲动劲儿，顾不得耶律大石的再三劝阻，一定要出来巡行一番。在万盏明灯、万把火炬中间，她完全考虑到那身银装映耀在荧煌的灯火下将会产生什么效果。这是她踌躇满志的时刻。千百个甲士在左右陪侍，一片流动不绝的高呼声平添了无限热烈的气氛，她感觉到自己成为一场攻守战中的中心人物，城上城下，两军的战士，都要瞻仰她的圣容。

这时，大部分宋军都已跨过护城河，在城根下攻打。只有高世宣带领的一批弓箭手反而怕在城脚下过于垂直的角度中不能够发挥箭矢的效能，一直留在护城河的彼岸，找些掩蔽体把自己掩蔽起来，得机就发射箭矢，杀伤城头上的敌军。只恨掩蔽体离城头较远，各人弓力不同，有的弓力较弱，够不到城头，有的勉强射到城上，也已成为强弩之末，势不足以穿鲁缟了。

这一支弓箭队也在护城河的彼岸，瞻仰圣容，准备把她当作目标。

以"高一箭"出名的神射手高世宣在战场上绝不放射一支没有瞄准、没有把握的盲箭。一箭飞出，一定要有所得，他不但用这个标准来要求自己，同时也用来训练部下，要他们矢无虚发。攻城以来，他早已觑定耶律大石这个显著的目标，几次向他瞄准，无奈耶律大石十分机警，身上又披着双重铠甲，无从下手。高世宣怕射不透他，反而打草惊蛇，只好等候机会再说。现在他发现了这个比耶律大石更好的目标，这一身只具有装饰作用、绝少保护意义的银铠，在灯烛下闪光，在射手的心目中犹如一头在圈场中自己送上门来的羚角银羊，它对猎人充满了吸引力。高世宣真所谓是"见猎心喜"，他一看机会已到，摆一摆手，示意部下休得妄动，惊走了它。自己一马飞出，冲到护城河边，趁大家混乱不备之际，觑定萧皇后的素面，一箭飞出，打算射她一个"眉心开花"。高世宣一生中这最重要的一箭也射得像平日那样准确、那样有把握，只可惜这个目标太重要了，心里有点紧张，略微偏高一些。箭一脱手，他就发现自己走了准，不禁"哎呀"一声。果然神箭到处，萧皇后头上戴的一顶凤翅银盔应声飞去，连同她一头如云的鬓发也括去一半。萧皇后只觉得一阵头皮发烫，忽然冷汗直淋，全身控制不住发起抖来，手里挽的一张小柘弓，不觉也坠在地上。

这时城上城下万声喧呼，分不出是高兴、是赞叹、是惊慌，还是惋惜。萧皇后惊魂未定，高世宣的第二支箭又早已飞出。以"高一箭"出名的高世宣看见一箭未中，心里懊恼，第二箭即使成功了，在他本人也算是个失败的记录。他又急又狠，连珠发出第二箭，这一箭直奔萧皇后的面门而来。在这间不容发的当儿，护驾在侧的耶律大石急忙用宝剑一挑，只听得"铮"的一声，剑口上迸出一道火花，箭的余势犹劲，一下子就牢牢地钉在萧皇后背后的城楼上，箭梢的翎毛还在摇曳不定。

★一头自己送上门来的羚角银羊，猎手见猎心喜，怎肯轻易放过。

这时耶律大石已经发现箭的来向，他手里的红旗直指到高世宣的所在地。城上万弩齐发，一齐集中到高世宣一个目标上。高世宣离开掩蔽体，脱离部队过远，掩护不迭。他原来跃马冲到护城河之时，就抱定用一命抵一命的决心，一条耀目的羚角银羊值得他用自己的生命去博取的。当时他身中几十箭，有的射中胄盔，有的嵌在甲缝里，有的射透铠甲、穿进皮肉，致命的一箭穿透护项，射在他的咽喉上。这位神箭将军，壮志未酬，不幸连人带马都死在自己最擅长的武器上。

萧皇后两次濒危和高世宣的战死引起双方极大的混乱。

杨可世又惊又痛，又急又怒，他趁城上敌兵惊慌未定之际，再度挥兵猛攻。他一眼瞥见用大木桩撞击城门，已见成效，自己就跳下"一丈雪"来，徒步督同亲兵，亲自猛撞城门。悬挂木桩的木架上，已用牛皮、竹片搭起一个"尖顶穹庐"，这是士兵们临时想出来的应变办法，浸透了水的牛皮不怕燃烧，富有弹性的竹片不受矢石，它起了掩护士兵的作用。

郭药师以下的将佐看见主将亲自撞城门，他们也不敢怠慢，一个个跟上来轮番猛击。亲兵们不知道从哪里来的神力，乘着一股必胜之气，连续猛击几十下，居然把两扇千疮百孔的城门撞开了。将士们发出一声震天动地的喊杀，作势就要冲进城去。

但是正在瓮城内做着最后保卫战的契丹战士们没有被这股气势压倒。他们没有放下武器，没有离开防地，却在已被打开的城门内制造重重障碍，他们以血肉之躯，又筑起一道新的堤坝，阻拦潮水般冲进城门的宋军，使他们不得长驱直入。

这些久炼成钢的契丹战士都明白这是一种什么性质的战争。萧皇后向他们跪下来行大礼这个不寻常的举动，在萧皇后的主观意图上是要求他们为她个人效死，而他们的理解却远远超过这个范围，他们认为这是象征着这个古老的民族在向他们呼吁，要求他们贡献出每一条生命来保卫这个民族。存在于每一个自觉的人民心目中的民族意识要比统治者单纯为了保卫自己这个政权的意义伟大得多。但是政权的存在，就象征着民族的延续。现在他们奋战的目标是以自己的一死来换取萧皇后、耶律大石等人安全地撤入内城，重新组织抵抗，击退宋军，等到日月重光的时候。

这个古老的民族，曾经有过它发扬光大的时期，经过建国以来二百年的腐蚀、生锈、败坏、朽烂，现在到了它摇摇欲坠的时候，忽然又发出了灿烂耀目的万丈光芒。

它不愧是祖国的一个优秀民族。

沙场宿将杨可世转战半生，从来没有在城门已被砸开过两次的敌人面前，在瓮城那一块小小的地方里，遭遇到这样顽强的抵抗。等到他把城内人人奋战至死的残敌全部肃清，把瓮城收复"了讫"，时间已接近午夜。这时耶律大石和萧皇后都已安全撤至内城，凭着这道最后的防线继续抵抗。

萧干的援师杳如黄鹤，萧皇后没有把握说她前后派去的几个信使肯定会有一个到达前线。现实的情况迫使他们下定了宁为玉碎的决心。这种心情虽然是悲壮的，但也说明形势已到了万分危急的程度。

高世宣一箭医好了皇后的表现欲、炫耀狂。现在她再也顾不得自己的仪态和装饰，去掉凤翅银盔换上了一顶粗笨的铁兜鍪戴上，铁兜鍪足足有四五斤重，戴在头上好像压上一块大石头。兜鍪下面包一条纱帕，陈血已经在纱帕上结成紫色的硬块，受到挤压的伤口里仍有新鲜血液渗透出来，新老血液凝成一块，样子十分狼狈。

耶律大石也失去平日的镇静自如、指挥若定。负责东门防守的萧斡里刺派人来请救兵，耶律大石咆哮道："传话萧知院，这里已无人可派，他那里的人打光了，就叫他准备死。"

这时耶律大石的一对深目陷在眼眶中间，似乎眍得更深了，但仍不时闪出光辉，好像在云层深处时时闪出熠熠的闪电一样。这种光芒泄露了他的内心秘密，预示着一种不祥的朕兆。一个战役的主要指挥者到了智尽力绌的地步，产生了死的精神准备，说明这个战役快到结束阶段了。

他们痛苦地感觉到人力的枯竭。在达鲁古城、宁江州等战役中把几万、十几万战士抛弃在战场上，造成鲜血成渠、白骨满野的惨局。现在到了这最后一战，需要一个战士顶十个、百个战士用的时候，他们发现留在内城上防守的战士已经为数不多了。有的城堞上熄灭了灯烛，让敌人莫测虚实，实际上是阒无人影，连作为疑兵的人手也派不出去。萧皇后把脑筋动到宫廷里，让太监们都上城来助守。宫女们也动员出来，身上负一块门板，当作盾牌，在城头的踏道上往来传送军需物资。可是可以传送的军需物资，这时也少得非常可怜。无处去搬石块，发石机停止了怒吼，高躺在城堞上休息。更加糟糕的是成捆的箭矢都已射完，武库里再也拿不出存货来，只好让宫女们捡拾起城下射上来的箭矢去回敬原主。拾不到箭，就只好虚拉弓弦去惊吓敌人。人力、物力都到了山穷水尽的绝境，耶律大石发个狠，正在酝酿一个危险的计划。如果他们坚持不到萧干援师赶来的时候，他准备把现有的兵力全部集中起来，掘开一道暗门，突然冲杀出去，猛扑进敌阵中间，与之同归于尽。耶律大石用兵具有一个赌徒的果断的性格，必要时不怕孤注一掷。

然而，他的对手现在也处在和他同样的困境中。

即使不断地受到汉儿的补充，这时的宋军也远远不是兵力充沛的。在攻坚战争中，杨可世又损失了三千人马中的大部分，现在他手里掌握的正规军已经所余无几，将佐们也零落殆尽。泾原军副将石涧美、李佫在最初抢渡护城河和攻城时死于矢石，大将高世宣被射死。常胜军的将佐，也损折了好多名，现在再指挥他们扑城时，已有些踌躇不前。汉儿的民兵固然人数很多，作战勇敢，但毕竟没有经过正式的战阵，能够奋勇于一时，时间长了，就难以持久。负责指挥他们的甄五臣，在损折了一批队将、哨官以后，到了这时，再也无人可派，形成组织松弛、队形混乱的局面，担当不起最艰苦的战斗任务。

战争接近最后阶段时，双方战士在体力上和精神上都疲乏到这等程度，他们都认为自己不可能支撑到战争结束，都认为自己是垮了，无能为力的了。他们把希望寄托于援师，援师的希望又是那么渺茫，这个时候，只有出现奇迹才能把他们从已定的败局中拯救出来。

在燕京王城的攻守战中，双方都不缺乏勇气，不怕一死，但是经过长时间销筋蚀骨的激战后，在作战意志上，相互被对方打败了。

驻守在迎春门的守将杨可胜、杨可弼首先带来了希望的火光，他们发现有一支夜行军正从西南方向疾驰而来。处事谨慎的杨可胜一面把这个可能是好消息、但也有可能是坏消息的发现通知了哥哥，一面派出几起人前去侦察。

接着是祥曦门的守将王端臣亲自跑来报告说，刘光世的接应大军已经接近城郊，他已派人去跟大军联系。确定有一支军队过境来到京师，这经过两方面的报告是毫无疑问的。但要确定它就是刘光世的后军却缺少有力的根据。王端臣派去的人并未回来，而这支军队也没有按照常例派出先遣部队与前军接触联络，又因为在二十五日晨（这时已经过了子时，进入第二天的凌晨）如弦的月光下，除远远听到马蹄声的疾驰外，其他就是黑沉沉的一片，根本看不清楚人数、旗帜、衣甲。有经验的将领也许可以从马蹄声中分辨出是我军还是敌军的援师，无如距离较远，王端臣一时也弄不清楚真相。他只是从主观上臆断这肯定是刘光世的接应军。其实不仅王端臣，其他将领包括杨可世本人在内也是这样的想法，他们在主观上是这样迫切地需要援军，同时从道义上，从个人利害关系上，从行军作战的常识上来判断，都认为这是刘光世的后军无疑，一定是他中断了联系以后，重新获得前军在燕京城里苦战的消息，急忙驰来应援的。他们用普通军人的水平来衡量刘光世的行动。

根据王端臣的报告，杨可世立刻命令王端臣带领一百名骑兵抄近路前去迎接刘光世，引导他从最靠近的城门入城前来应援。

以后再也没有人知道这一百名骑兵的下落，他们好像在大雾中被海洋吞噬了的孤舟一样。

这疾驰而来的轻骑兵是萧干援师的先遣部队，他们在城外耶律淳的新冢上休整一番，接着萧干亲自率领的四万名骑兵也已赶到。两军会师后，没有向外城靠拢，反而掠城而过，径奔王城背后的南暗门。暗门是用城墙的外衣伪装起来的城门，表面上看来是一般的城墙，实际上却藏有一道城门，需用时只要挖去表面一层砖块，城门就显露出来。古代兵法中早就讲到过它的作用。萧干根据告急书上的约定径奔这里，耶律大石早已派人做好准备，很快就把四万名大军接应入城。萧干和皇后、耶律大石见过面，赶紧部署一番，紧接着就打开内城受敌方向的所有的门，猛虎般地扑进宋军的阵地。

且不说辽军在人数上占压倒性多数的优势。萧干恰恰在这个时候赶到，单从心理上就给予宋军重大的打击，使得他们胆战心寒，完全丧失抵抗能力。这支援军起了最后一击的作用，它彻底打垮宋军，雌雄立决。

从此以后，再也没有面对面的厮杀。

现在杨可世只剩得一条路，就是收拾残兵败将，夺路逃归，但就是要做到这一点，也是很困难的了。

在逃脱中，他们受到四方八面的堵截和追赶。郭药师的战马被奚军射倒，他倒撞在地上，差一点做了俘虏，幸得杨可世一马飞上，就地抓起郭药师来，击退追兵，才保牢他的一条性命。

在混战中，他们会合了带着一支残兵前来接应的杨可胜、杨可弼兄弟。杨可胜基本上已了解全城的情况，这时迎春门、祥曦门、丽晖门都被奚军夺去，其他各道城门的命运虽不可知，但是耶律大石已下令奚军乘胜急速去抢占各道城门，切断宋军逃走的路，务使他们成为瓮中之鳖，一个也走不脱。现在各通衢大街中，奚军密布，正在到处兜捕溃散的宋军。凭他们几个败将要冲出重重罗网，夺门逃走，简直是不可能的。杨可胜建议兄长，乘辽军之不备，立刻抢上城头，冒险缒城下去，才是死中求活的唯一机会。

[一] 从平地通往城头的斜坡形的退路。

杨可世一想不错，立刻带着郭药师等几个将领和一些残兵就近抢条慢道[1]，奔上城头。果然在乱军之中，辽军不及发现。他们选了一个偏僻的处所，先把各人身上的铁甲、兜鍪都脱卸了，再连同兵器，一起丢下城去，然后用几根绳索接连起来系在城堞上，一个个缒城而下。这时天色墨黑，他们的心里又慌张，一经缒到地面，仿佛已拾到一条性命。丢下城脚的整甲武器，落进灌木丛中，一时找寻不到的，也就不及细找，趁着黑夜无人，匆匆落荒逃走。

杨可胜这次的估计又是正确的，辽军在城里大搜大杀，把重点放在各道城门上，却不防有人冒险缒城出去。他们这行人是当时唯一能从城内逃脱的人。后来也陆续有些宋军逃走，那是汉儿们不顾自己的死活，把他们隐匿在家里，在以后的几天中俟机陆续逃走的。其余六千名官兵包括甄五臣等主要将领，还贴上杨可世的一匹战马——一丈雪都在战斗中牺牲了。

10

以后的五天是辽军的大进攻、大扫荡、大胜利，也是宋军的大撤退、大崩溃、大失败的五天。

耶律大石、萧干打败杨可世的奇袭军后，不让对方喘一口气，当天就统率全军向卢沟河方面推进，以气吞山河之势，准备一鼓作气，把宋军全部吃掉。这一次萧皇后没有再提御驾亲征的话，不但京师重地需要她坐镇，而且她痛定思痛，宫门喋血的这一幕惨剧给她的打击太大了，她再也鼓不起兴致来搞这一套。

耶律大石、萧干在行军途中，忽然接到萧皇后的急报。据探马报告，在燕京东南通州以北地面，有一支宋军向北移动，气势汹汹，有侵袭京师之势。这支军马有三五万人之多，旗号上打着一个"王"字。这时萧皇后已成为惊弓之鸟，得到消息后，急令萧干、耶律大石回师应援，以固根本之地。

探马估计未必可靠，但要估计到三五万人，必系一支大军无疑。耶律大石还判断出这个姓王的宋军将领大约就是总管王禀。王禀在西军中虽无赫赫之名，但是经验丰富，战守兼备，当初在雄州前线时，曾和自己交过几次手，彼此都知道对方的分量。当下沉吟半晌道："宋军溃败之余，忽然出此奇兵，分明是要牵制我的大军，不意宋军中有此能人。我若全师回援，正好中他之计，如若置之不理，根本有失，大局就糜烂了。这王禀深明韬略，老练沉着，倒也不可小觑他，看来非得俺去抵挡他一阵不可。不知四军意下如何？"

两人商量定当后，耶律大石分兵二万，当即转向侧翼去对付王禀（还有他不知道的刘锜也在军中）的那支牵制之师了。

这里萧干、萧斡里剌带了大军，当夜就回到卢沟河畔，点起万把明火，敲响万面鼙鼓，摆开长达十多里地的大阵势，高声叫喊，要脓包货刘延庆出营来答话应战。

事实上辽军的攻势并非二十五日当夜才开始的，二十四日傍晚，萧干率领大军驰援京师以后，留下的奚军就发动了一次佯攻，以分散宋军的注意力。本来杨可世率军出发后，卢沟河的宋军应当发动一次大攻势以掩护奇袭，无奈刘延庆见不及此，反而让辽军先动手，成为反客为主的局面，这足以证明在奚军中也很有些能人，足以弥补萧干之不足。

可是二十五日晚上的攻势，规模宏大，气势雄壮，远远超过二十四日傍晚的佯攻。这是一次挟着战胜余威，决心把宋军全部搞垮的攻击。

这时萧干手里握着两张王牌：

第一，奚军在燕京城内和城根等处找到杨可世、郭药师等人丢下的铁甲、马具等。这些还可以冒充，最重要的是杨可世的一对铁铜也被找到了，这对铁铜在西军中人人认识，比他的"杨"字认旗更加可以证明他本人的所在或者证明他确属阵亡了。这些战利品，连同大批军旗，还有一丈雪的遗体等都被萧干带到前线来充分利用，大肆宣传"燕京大捷""宋军片甲不留"以及"杨可世被杀"等捷音。

第二，除了死的战利品，辽军还俘获两件活的战利品。他们是宣抚司随军文字机宜贾评和护粮将王渊。在萧干的宣传攻势中，这一对文武活宝起了比铁甲、马具更有效的作用。

贾评是宣抚司的重要僚属，童贯的亲信，童贯特派他随军前来燕京，原来就含有监护诸将和文字联络宣传的双重任务。既经宣抚使指名派遣，贾评说不得也只好出来辛苦一趟了。在夺得迎春门后，他倒确实忙碌一番，写了捷告，派人驰往大营。接着在街市的激战中，他又献上一条毒计。在活捉到的契丹贵族妇女中，挑选一名年龄相仿、体态丰腴的，把她披头散发，张开两臂，捆绑在一个十字木架上，然后连人带架，装进一辆拆去车篷、车壁的露天大奚车上。车后挂一幅白布，写着斗大的字"捉拿得逃犯逆妇辽皇后萧氏一日巡行徇众"。贾评亲自带着几面锣鼓、数十名亲随士兵，簇拥着这一个绑在露车上的假皇后，推到几条重要的街道上往来示众。萧皇后平日威重，莅朝听政，只与几个亲信大臣接触，普通臣僚，天颜咫尺，也看不清楚圣容。如今变成这副狼狈相，一般契丹战士和汉儿的富室大姓中，真伪莫辨，一时受到蒙欺，也起了摇惑人心的作用。贾评自以为立了不世之功，得意非凡，杨可世率部进攻王城时，他讨个差事，留在外城，负责恢复秩序。杨可世的马蹄声刚过去，他就带些亲随穿门踏户地去干一项破坏秩序的非文字的"机宜"工作，那就是当初他在陈州府答应过胜捷军的官兵们一旦攻入燕京城就可以放手大干的快活勾当。他自己首先实践了诺言，过得好不惬意的大半天！不想奚军一个反攻，杨可世落荒逃走，亲随们也一哄而散，只剩得他孤家寡人，早已吓得手颤脚软，刺不动马，被奚军手到拿去。

王渊也是童贯的亲信，在琉璃河一带为刘光世的后军催粮，刘光世的军队忽然转得无影无踪，他反而碰到萧干的大军，一阵赶杀，也把他顺手捉来。

第
二
十
一
章

10

在俘虏之中，萧干单单看中这一对活宝。他即以其人之道还治其人之身，派了一队铁骑押了他两个，沿着河沿阵地往来巡徇。要他两个自报姓名、官衔，并说奇袭之师已全军覆灭，杨可世、郭药师等将领死的死、降的降，现随大石林牙前去夺取涿州城。这里南岸宋朝大军，面临四军大王的追击，后路又被切断，进退无门，不如早早投降，最为上策。这两条软骨虫，要保牢自己的狗命，对萧干的吩咐，一一照办。在河岸一带，喊得声嘶力竭、喉咙喑哑，不辜负萧干的赏识。

萧干攻心之计，在一时慌乱中，果然产生奇效。刘延庆听到一系列的败讯，吓得心胆俱裂，躲在营垒中，闭门不出。

二十四日午后，在几乎接到刘光世派人送来的一个简单报告，报称前军已夺门而入燕京城的同时，童贯、刘延庆也接到杨可世送来的一份告捷书，这篇文章骈四俪六，对仗工整，辞藻华丽，在语气之间把胜利夸大了十倍。原来贾评虽然身为文字机宜，平常也喜欢绕笔头，写些告示、议状等类的小块文章，如果要他写一篇能够上告宗庙、下垂万世的黼黻文章，却是力不从心，只好望洋兴叹了。他随军出发之前，早就未雨绸缪地托人代笔捉刀，预先拟好一篇收复全燕的告捷稿。夺得迎春门后，他认为大局已定，不暇细细推敲，只加上"萧氏尚待搜获"一句，就照抄发出。文章讲得如此肯定，连王城尚未进入的话也没有说明白，这就不能怪宣抚司、统帅部诸人接到这份捷报后，得出燕京已经收复了讫，只留下些残敌正在继续扫荡中的印象。天大功劳，已经唾手而得，童贯怎敢怠慢，连忙请当代大手笔、当时正在宣抚司当差的宇文虚中拟了一道贺表，连同这份捷报，一齐用六百里加速急脚递递送东京。

二十六日半夜里，东京人已传遍全燕收复的喜讯。二十七日黎明，王黼率领百官群僚奉表申贺，官家正式在紫宸殿受贺，御笔亲自赐名燕京城为燕山府，其余已收复和尚待收复的州县也一律赐名改称，又下诏曲赦新复州县，奖励前线将士，君臣们欢天喜地地要筹备一场规模空前的"普天同庆"大典来庆祝这个前所未有的军事大捷。

东京君臣兴高采烈之日正是前线将吏如坐针毡之时。

童贯、刘延庆快活得还不到十二个时辰，二十五日中午，刘光世就带着杨可世前军已全军覆灭，杨可世、郭药师等将领下落不明的坏消息，率部匆忙逃回。其实刘光世带来的消息纯属臆断，他只听说萧干已全师回援，就断定杨可世必败无疑，在他拔脚往回转的时候，正是杨可世在王城门下喋血苦战，迫切需要后军前去接应

[1] 在清朝前，由于那里的水势涨落不定，古人称永定河为无定河。唐诗"可怜无定河边骨"，即指此河，无定河靠近今卢沟桥的一段，宋、金时称为卢沟河。

[2] "那回"即"挪回"。

的时候。如果刘光世的接应之师先萧干的援军到达，战局的结果可能就会大不相同了。童贯、刘延庆当下听了这个消息，又不见杨可世那里有人派来，就信以为真，吓得魂飞魄散。童贯一看大局不妙，一面痛斥刘光世擅自逃回，贻误戎机，一面借口善后，自己带着僚属们急忙逃回雄州，把前方军事完全责成刘延庆，要他戴罪立功。

刘延庆如何挑得起这副千斤重担？二十五日夜萧干耀武扬威的挑战，完全证实了刘光世带来的噩耗。他如在水火之中，一心只想步童贯之后尘，立刻离开这块是非之地。

二十六日刘延庆才得到确息，杨可世、郭药师等少数人既未阵亡，也未投降，已取道固次、三家店逃回涿州。这个消息也不能使他安心一点。这时萧干派人潜入卢沟河南岸宋军的后方，到处纵火，把宋军的军需、粮食焚烧一空，有些驻军的营寨也被烧起来，白天黑夜，不是烟焰迷目，就是火光烛天。再加上萧干到处相度水势，搭架浮桥，扬言要大举渡河，围歼宋军。又说涿州、易州都已收复，包围圈日益缩小，宋军再不逃走，唯有死路一条。萧干的谣言攻势、宣传攻势、水攻、火攻纷至沓来，前后相继。宋军前阻无定之河[1]，后有漫天之火，左右两翼又受到作势要渡过浮桥来的辽军的威胁，真是个处在水深火热之中了。

十月二十七日、二十八日两天，刘延庆连续给宣抚司申了十二道文书，要求立刻"那回"[2]。

童贯也乱了主张，自己不出面，却叫"摩睺罗"以宣抚副使的名义，给刘延庆一个书面答复："仰相度事势，若可以那回，量可那回，不可有误余事。"

刘延庆的申文和蔡攸的复文都不愧为文牍主义的杰作。刘延庆明明是自己希望"那回"，为推卸责任计，要宣抚司给他一个书面答复，同意那回。童贯乖巧，推给蔡攸复文。蔡攸说了模棱两可的话，"若可以那回，量可那回"，还要刘延庆自己斟酌裁度，把责任推回去，然后再官样文章地责成他"不可有误余事"。仓促那回，岂得不误余事。其实误不误事都不在他们考虑之中，他们只要求自己不负责任、少负责任就好。但是这件复文的确救了刘延庆一命。后来朝廷追究起战败的责任，刘延庆出示复文，童贯、蔡攸不能够把全部责任一股脑儿地都推在他一个人头上，才得了较轻的处分。由此可见这条糊涂虫，在保护自己安全一点上，倒也不算太糊涂。

二十九日这天，野火四发，风声越紧。刘延庆早已急得六神无主，一见宣抚司的复文已到，如获大赦。不暇和诸将商量撤退的步骤，带着刘光国、刘光世，父子三人撒腿就跑。诸将僚属找不到主将，又见中军的粮台燃烧起来，顿时秩序大乱。一向具有逃跑优先权的宣抚司的幕僚们，岂甘落后，也抢着乱跑。人多门挤，有的人等不得挤出营门，竟然推倒短墙，毁墙出去逃命。各营的将领们听说中军大乱，粮台被焚，也就弃军而走。士兵们得不到上级的命令，找不到统将，也乱成一团，东奔西窜，霎时间形成土崩瓦解之势。萧斡里刺趁势驱军追赶上来，未经一战，就把卢沟河南岸的宋军全部杀散。败兵们自惊自扰，自相践踏，有的被战马踏死，有的被车辆轧死，有的挤在河里淹死，有的从山崖上滚下来摔死。从卢沟到白沟，一百多里之间，到处都有这些不是战死，而是逃死，不是死于敌人的锋镝下，而是死于长官荒谬措施中的尸体。军需粮食，一半被焚，一半丢掉，损失殆尽。

从九月底以来好不容易取得的军事成果，一夕之间全部丢失，还贴上数万名官兵和夫子的本钱。这才是一次彻底的失败，彻底的崩溃。

11

差强人意的只有王禀在无定河侧翼的这支军队与劲敌耶律大石相持了数天。宋军欲退故进，欲前故却，虚虚实实，弄得耶律大石一时也摸不着头脑。最后刘锜、王禀听说卢沟河大军溃败了，这才整师徐徐而退。这就是耶律大石没有能分享卢沟战役胜利果实的原因。

耶律大石的部队还曾被击败一次。

他们五千多骑追到滹沱河边时遭到宋朝一员裨将韩世忠和他的伴当苏格等六人的逆击，折了便宜而归。

这员裨将早在西北战场上就以勇悍出名。他骁勇的名声和他卑微的军职对照起来，简直是一种讽刺，可这是出于他的自愿，不能怨天尤人。

军队里奖励立功的官兵们有两种物质刺激的办法，可以自由选择：一是升官，二是领赏。前者迂回曲折，拖泥带水，往往立了一功要候补六个月到一年之久才转得一官；后者现买现卖，首功上去，奖银立颁，银货两讫，泼辣爽利，比较合韩世忠的脾胃。

在部队里，韩世忠是一群逾规越矩、不中绳墨的椎埋恶少的领袖。无论在哪个团体里，有那么一群人聚在一起总难免要闯点小祸，何况他们又有这样一个"泼韩五"做他们的头儿。譬如，有一天他们从城外夜饮归来，城门已闭，泼韩五一时怒起，凭一对赤手空拳，就把城关的铁锁拧断了，不怕明天要受到开革的处分。还有，偷一扇门板劈成柴片，把居民养的狗子哄出来宰了，深夜煮狗肉吃，又去偷条破被絮把瓦罐蒙住，不让香味透出去，免得惊动长官。这样不伤脾胃的事故，已是习以为常了。

其实他们最大的恶德，也只是口腹之罪，身边不带几个大钱，又没法抵抗蜜汁似的老白酒和花糕似的白切羊肉的诱惑——特别当他们与这两件已经暌离三日，嘴里淡出鸟来的日子里，这是很可能构成犯罪的动机的。可是他们采取了一种合法化的解决办法，那就是与酒家主人成立一项信用借款——赊账。偿付的办法是喝醉了酒，带着兄弟们或者单枪匹马地撞进敌占区去闯些小祸，顺手捞两个俘虏回来，以奖金抵充债务。由于他的信用不错，酒家主人也愿意让他赊账。

说来奇怪，他还的债越多，债台反而筑得更高，到敌占区去闯的祸也越来越大了。迫使他去闯祸的原因不是为了立功显名，而是为了偿还永远还不清的债务。这笔糊涂账，凡是和酒店主人打过交道的，都很有体会。

一天，他嘡得醉了，把上半身衣服脱剥得干干净净，单骑闯入敌城，敌人来不及关上城门，他已马到人到，一刀斩下守将的首级，掷到陴外。以后谁也不知道他是怎样脱身逃回来的，伙伴们发现他的时候，他已经涂着满身的血迹污泥，烂醉如泥地倒身在营房门口睡着了。这段冒险史也许值得痛饮一个月的酒资，可惜他自己在醉中完全忘掉，别人又不能替他证明。这段功劳只好被抹去了。

还有一天，他在一场突然袭击中居然俘获了西夏国主的女婿，十军监军兀移郎君。驸马爷是条硬汉子，被俘后不愿报出姓名来辱没自己，一路上被押解回来时，口中直嚷"兀擦"[1]。可是要证明这样一个高级俘虏的身份并非难事。这一行货整整值得一纸统制官的告身。统制官非同小可，在十万大军中混到这个位分的也就屈指可数的二三十个人。这次他又选择了羊羔美酒，他宁可把这个统制官拆开来，零敲碎打地与兄弟们一起享用，也不愿冠带齐楚，走马上任，呵背哈腰地去伺候上司的颜色。

到了三十四岁的年纪，他仍然是个偏裨，既没有升官，也没有发财。债台犹如夏天的青草，一块刚刚芟除，新的一块又繁密地苗长起来。可是他终于厌倦了过去的生活，希望有所转变了。

在滹沱河边，他发现有一支敌军的骑兵部队拥上来，后面征尘滚滚，估计不下五千骑之多。他检阅了一下自己的力量，他和苏格，还有四名伙伴，都是西北战场上的老搭档，一共是六个大人，四匹战马，其中还有一匹跛了一条腿。六与五千，实力相差悬殊，可是现在不是打算盘、锱铢必较的时候。他让伴当们埋伏在山冈里，自己稍作安排。这时恰巧有一艘装运伤员的船经过，要逃走是来不及了，他吩咐他们舣舟河湾，等到接战时，鸣鼓鼓噪助威，不用真上岸来助战。

这里分拨刚定，契丹骑兵已经驰到。敌军还没排开行列，他就跃马横戈，大呼突入，刺杀了两名排在队伍前面的旗头。山冈上的五名伴当，也趁势冲下，犹如疾风骤雨。六人四马，一起搅入敌阵，进出自如。这时船上的鼓声大作，伤员们狂呼乱喊，好像千军万马从山腰、河曲中冲杀出来。契丹军不测虚实，还以为中了埋伏之计，匆忙撤退。韩世忠毫不示弱，又追上去赶杀一阵，杀伤了几十名敌军，染得他的战袍上血斑殷殷。

这是第二次伐辽战争，也是宋辽一百余年对立以来的最后一战。对韩世忠来说，却揭开了他生命中新的一页，他第一次不是为了羊羔美酒，也不是为了偿还欠债，而是意识到为民族斗争的意义而作战。

好像十月初在燕京城下巡哨的姓岳的小军官一样，在今后的民族战争中，他们将受到更多的锻炼，做出更大的贡献，他们的名字也将更加响亮起来。

第二十二章

[1] 女真人称千夫长为猛安，百夫长为谋克。猛安、谋克又是带有奴隶制性质的军政合一的基层政权单位。

[2] 撒卢母又译为乌陵思谋，是金朝的外交老手、军政要员。绍兴八年受派使宋，阴谋促成和议。在临安时，曾为马扩所折。

[3] 应州木塔建于辽清宁二年（一○五六），地震不坍，是我国著名的木结构建筑。

1

赵良嗣、马扩等一行使节离开代州，来到已被金军占领的应州边防线上，受到女真边防军的留难。一个猛安[1]粗暴地对他们说，关于他们的来临，他既没有接到南朝的文书，也没有得到上级任何指示，他必须请示大太子后才能按指示办事。就此把他们在一个营房里羁留了十多天。

然后是大金皇帝完颜阿骨打亲自派来的宗室大员完颜讹鲁观、专职外交人员撒卢母[2]充当接伴使副赶到边境线上来迎接他们。讹鲁观再三抱歉说，敝皇帝连日在各处视察军情，昨天刚回奉圣州，得知贵大使莅临的消息，立即打发我们连夜赶来恭迎大驾。女真人进步得好快呀！这个后来被封为陈王的宗室大员讹鲁观的谈话举止，居然是很文质彬彬的了，而他却是个著名的军事领袖。至于受过专业训练的外交人员撒卢母更不必说了，他紧绷绷的马脸上似乎撒上一层糖粉，随时都可以刮下来拌在外交的蜜饯中，以备敬客之用。这种吃到肚里去要发酸的甜品，赵良嗣和马扩倒是领教过的。

还有令人更加吃惊的礼数。一向以粗暴出名，现在正在应州主持军事，事实上就是他下命令把宋使扣留起来的大太子（阿骨打之侄辈）粘罕——并无谈判和接待任务，这天也跟着讹鲁观、撒卢母一起驰来欢迎他们，并曲尽地主之谊，抽空亲自陪他们去参观应州出名的木塔[3]，然后又格外讨好地特派两百名铁骑护送他们上路。临到分手之际，向来对宋朝不友好的粘罕忽然指指自己的心口，向两位宋使挥手示意道："二位休嫌怠慢，俺粘罕虽是不谙礼貌的一介武夫，对客人的情意却是殷勤。二位上路，俺这颗'粘罕'，就伴送你们直到奉圣州。"

赵良嗣、马扩都曾出使金朝，懂得一些女真话，明白"粘罕"一词就是心的意思。不但是撒卢母脸上的糖粉，连粘罕腔子里的"粘罕"也可以拿出来拌外交的蜜饯，岂非咄咄怪事！其中一定有文章。

从应州、蔚州到奉圣州，一路经过的地方都受到战争的摧残，房屋荡毁，人口星散。有些村庄里，房屋只剩得一个百孔千疮的外壳，里面既没有居民，也没有生活用具，一切可以破坏的都被破坏了，剩下狐兔横行，杂草蔓生，有时还触目惊心地看到一堆堆的白骨弃置在室内、路边。有的村庄的场上堆着十多具，或多至数十具的白骨，显然是受到集体屠杀的村民们的遗骨。

破坏得较轻的地段，也要经过好几十里路、经过好几个破残的村落后，才偶尔看见天空中飘起一缕两缕炊烟。为了躲避兵祸，这几缕藏在深山野谷里的炊烟，飘飘忽忽，躲躲闪闪，升在天空中也显得有气无力，挺不起腰杆，似乎还没有取得合法的生存权似的。

从应州、蔚州到奉圣州都属于燕云十六州之地。唐朝末年以来，政权解体，这一带兵连祸结，民不聊生。后唐政府无力保卫自己的疆土，致使石敬瑭把燕云十六州赂割给契丹人。现在辽政府残破，人民又受到金军的屠戮，这些惨状，给了马扩深刻的印象。

只有到了目的地奉圣州时，他们才看到大大小小的营帐，从郊外连绵到城里，千军万马往来驰奔，粮秣军需，到处堆成一座座的小山。和路上所见，对照起来，格外显得热焰腾腾，生气勃勃。

阿骨打本人是在八月中旬到这里来主持军务的。他手下的主要将领，除粘罕外，这时都随侍在侧，听候阿骨打的调配分拨。在一时一地之内聚合着这么多能征惯战的猛士，真可说将星如云了（这些人在统一女真诸部和伐辽战争中，都曾大显身手，以后还要横扫北宋，蹂躏南方，纵横大半个中国。金世宗时期，图像于衍庆宫内的国初二十一个勋臣，这时大部分都在奉圣州）。

金朝的勋贵们听说宋使来了，自二太子斡离不以下，四太子兀术、皇弟阇母、大将娄室、银术可、挞懒、娄室的儿子活女、银术可的儿子彀英、宗室疏属完颜希尹、撒离喝、皇叔蒲结努、相温等都跑来作礼节性的访问。勉强挤进这个行列的还有辽的降将韩庆和、赤盏晖、汉儿王伯龙、渤海人大不挞也、高彪等。他们在不同的程度上为女真人立了大功，因此也受到女真贵族的另眼看待，拜官受封。就中以斡离不的地位最高，与马扩也最熟悉。他一看到马扩就自称"撒合辇"（黝黑的）、"仆古"（瘦长的人）问"也立麻力"好。"撒合辇""仆古"是马扩当初学习女真话时给斡离不起的绰号，斡离不不以为忤，现在反用以自称，可见两人间不寻常的友谊。

斡离不对赵良嗣的态度一向要严格一点，这不但因为赵良嗣本身缺少可以吸引他的力量，更因为女真贵族一般都抱有一种严格的等级观念：在他们心目中，高贵的女真贵族当然应该是大金朝的统治者，大金皇帝手下的第一等子民。受女真统治的渤海人、室韦人、契丹人以及直接臣服于大金皇帝的汉儿可算得是第二等的子民。曾经臣属于辽的汉儿只好算作第三等子民。何况在第三等子民中间，赵良嗣又不是个安分守己的家伙，一心只想把辽国出卖于宋（如果出卖给金，还可以把他抬高一格，享受王伯龙他们一样的待遇），因此对他存在着很深的戒心。但在今天特殊的政治气氛中，斡离不对赵良嗣也客气起来，用一种正规化的外交辞令，问大宋皇帝的好，又传达了大金皇帝的旨意，今日已晚，请宋使们好生休息一宵，明天再议接见事项。

被皇子们渲染得颇有一点大皇帝架势的完颜阿骨打第二天出人意表地以一种简单的仪式在他自己行帐外的一块空地上接见宋朝使节。接见的当时，他正带着一批子弟、将领在那里习射。习射是女真人日常的业务训练，又是愉快的生活享受。皇帝认为有必要让客人们来分享他们的娱乐，几句寒暄以后，就让客人们坐下来参观，自己挥手示意，继续进行习射。

这是普通的习射，但也含有竞赛和奖惩的性质。射手们挨次走到发射线上，根据自由选择，分别用骑射和步射两种形式射完他名分的五支箭。然后走到御座前，接受皇帝的奖励或惩罚。皇帝有时看看箭鹄那边报出来的成绩，或者根本不理会那一套，只根据自己的判断分别给予奖惩。高兴地捻捻射手的胡子，或者扭过他的手腕来捶打他的膀子，这就是皇帝的奖励。恼怒地掀动他的帽子或者把它掷到地上，这就是皇帝的惩罚。他的奖惩跟他的一切言行一样，都是出人意表地以独特、强烈的个人形式表现出来的。他愿意怎么做就怎么做，决不受传统习惯的拘束。他要臣下们无条件地适应他个人的形式，而他自己决不虚心下意地屈从社会的传统，特别不屈从外来的影响，不喜欢做别人为他规定的事。这就是这个开创一个朝代的雄主完颜阿骨打确实与众不同的个人特色。

经过皇帝的评价后，射手们还可以领到一份温柔得多的奖赏，两名年轻（不一定貌美）的侍女用大马勺从木桶里舀出酒来劝饮。中鹄一次，赏酒一勺，多则类推，大公无私。当然在这个圈子里一次也没有中鹄的射手是少有的，即使被掀去帽子的人等到皇帝同意他走开时，仍可从侍女手里领到一勺两勺酒，这与其说是奖励他，还不如说是羞辱他。他举起酒杯，很快地喝干，急急忙忙地回到原地去。

成绩优秀的——一般是全部中鹄，或者有几箭射得特别巧妙，被皇帝扯痛了胡子的射手还可以受到更大的优待。

在他们饮酒时，有两名半跪在兽皮毛毯上的侍女弹奏起竖箜篌，几名舞伎（其中有男的，也有女的）围成一个桄桄，按照箜篌单调的节拍舞蹈起来。这是一种姿态雄壮的舞蹈，没有袅娜多姿的身段，没有敏捷多变的步伐，舞伎们自始至终都在模拟骑射、击刺、搏杀、驰突的动作，有节奏地齐声呐喊，好像在战场上喊杀。在每一次歇拍前，大家都要用力地顿足，用兽皮制成的舞靴顿在硬地上，发出整齐匀称的"嚓……嚓"声。在舞伎中间，有一个突出于众人的健儿，戴着面具，以雄浑、沉着的动作向前后左右击刺。当他加紧步伐在俯仰起伏的舞伴中间穿梭往来时，那一股威猛的气势好像一艘劈开重重波涛，在惊涛骇浪中前进的巨舰。

这一轮短小精悍、富有象征意义的舞蹈使马扩不禁想起北齐时期的名将，年轻美貌的兰陵王高长恭。高长恭临阵时，唯恐自己的年貌不足以威敌，特制了一副狰狞可怕的铜面具戴上。北邙山一战，他驰突如飞，打退敌人的层层包围，终于冲到金墉城下，把自己的面具卸下来，与城内的齐军胜利会合，解了金墉城之围。纪念高长恭这一个胜利战役的舞曲《兰陵王破阵乐》早已在中原失传，马扩想象起来，无论音乐，无论舞蹈，都应该是这个样子的。

一轮歌舞过去，又有一个人上来射箭。

这里共设了两个箭靶：一个在两百步开外，平地竖起一块两尺见方的厚木板，中间油漆着拳头大小的红心。另一个在更远的一堆沙丘顶上，也竖着同样的木牌，油漆红心。前一个箭鹄的木板已经换过几次，现在木板上仍是箭痕累累，疮痍遍体，后一个箭鹄还是完整如新，看来尚未有人问津。

骑兵军官出身的马扩，一看就知道要射中前面的一个箭靶，已非易事，他自己的弓力就达不到那么远。第二个箭靶，据他目测，至少有三百二十步距离。他们西军中人能射到二百二三十步远的已是绝无仅有，河西家才有人射到二百五十步。他从未见过，或者听说有人能够射到三百步开外的，除非用弩机。

亲贵们一个接着一个地上来射箭，一个接着一个地前去领奖或者受罚，秩序井然。他们在发射线上，摆好架势，箭矢刚刚上彀，鼓手们便擂起大鼓来，几个人不停手地擂着，一直要到他射完五发箭矢以后，鼓声才绝。这时隐藏在箭鹄背后地窖中的甲士就快步奔出来，检查成绩，拔去箭矢，挥舞着红、白两色的小旗向人们报告射手的成绩。总的看来，成绩是惊人的，一般都射中三四箭。连已经文人化了的完颜希尹也射中三箭，其中一箭正中红心。完颜希尹精通汉文、契丹文，这两年受命创制女真文字，看来是要他放弃军事生涯，专做文字工作了，他仍能保持一个中等射手的水平，使皇帝十分高兴。成绩较差的是撒离喝，他每射出一箭都要摇头叹气，表示偶然的失手，使他失却了平日的水平。他只射中一箭，没等到皇帝动手，自己先就恭敬地脱下貂帽来领罚。皇帝扯着他的发辫，使他转了两个身，再把他远远地推开去，连那一勺酒也不让他喝。

然后轮到骑射的斡离不，人们欢迎他好像欢迎舞台上的名角儿，希望他有精彩的演出。斡离不果然是会家不忙，他按例报了自己的名字、官衔后，催动坐骑从发射线背后很远的地方冲上来，在疾驰中连发四箭。他射得多么好啊！四支箭齐齐整整地攒插在小红心里，相差不离方寸，远近看去好像在箭鹄上拼出一幅美丽的图案。

马扩注意到斡离不在疾驰中把马镫的缰绳收得短短的，发射时，人好像要从马背上站起来似的。这是一种他过去没有看见过的发射姿势。所有的骑士，包括辽、金、宋、夏、诸羌的射手们都是稳坐在鞍桥上，把臀部微微后挫，瞄准了目标才射出箭去。马扩在心里琢磨这两种姿势的优缺点，认为各有短长，斡离不这种新的姿势用得出气力，可以及远，出箭迅速，使敌猝不及防，可是从鞍桥上站起来却不容易瞄准。现在斡离不四箭都中红心，每支箭的距离又是那么接近、匀称，可见他锻炼这个姿势已久，熟能生巧，非一朝一夕之功。自己枉自与他交游有年，也曾几次做伴射猎。那年大雪纷飞，为了消寒，也含有一点赌赛胆量的意思，他俩相约到深山中去猎虎，结果猎得两头小豹子回来，皆大欢喜。那时却不曾注意他的这种立式的发射，可说是很大的疏忽了。

斡离不的第五箭，想试射那后面的靶子。他勒退坐骑，采取同样的姿势从后面疾驰上来，狠狠一箭射去。这一箭已经够到靶子，碰上木板，可惜余势已尽，一触即坠，软软地跌落在沙丘上。

在场的女真人一齐发一声喊，可以猜想到是表示惋惜的意思。对儿子要求得比对疏属、部下更严格的皇帝恼怒地看了儿子一眼，发出一声呵斥，然后霍地从垫着豹皮的胡床上站起来，向发射线走去，似乎要给儿子和臣属们作一次示范表演。侍从们早已把他的铁胎弓和一个豹皮箭韬献上。阿骨打翻起箭袖，取了弓矢，摆好姿势，向着那沙丘上的箭靶一连嗖嗖嗖地发出三箭。第一箭，他也没有能够达到木牌。第二箭是用足了气力的，竟然超过木牌十多步，可惜歪了，飞到木牌偏左的背后沙堆上去了。第三箭才是成功的，正好钉在圆心上。

这个皇帝享有这么高的威信，当他发射时，全场没有一点声音，连鼓手们也都垂下双手，不敢击鼓。射完箭后，一名骑将飞驰地把那带箭的箭靶取回来向他献上时，他的有威棱的眼睛向四周环顾一下，竟然没有人敢于发出一点声音来表示赞叹，就像他们不敢对他没有射中的第一、第二支箭表示惋惜的意思一样。

完颜阿骨打的举动行止确是矫矫不凡。他对自己提出这么高的标准，并且完全有把握可以完成它（否则就会在南使面前大大地丢脸）而终于达到了目的，这使得赵良嗣、马扩十分骇然，他们正待上前趋贺时，阿骨打已经把弓矢掷给侍从，不满意地摇摇头说："南使见笑了！俺少年时日日弄这个，玩得手熟了，可说十不离九。十岁那年，辽使见俺手里拿着弓矢，要俺献技，俺连发三矢，把天上飞的三只鸟儿都射下来，吓得他咋舌缩颈地说：'可畏，可畏！'如今上了年纪，有些手颤，一箭出去，飘飘忽忽的，连自己也没个数儿，哪里还能与当年相比？"他谦逊了一句，然后加上说："可惜今天没见'也立麻力'一显身手，不然也叫儿郎们开开眼界。"这分明是句客气话，但他还记得几年前对马扩的赞语，说明他对这位南使是十分欣赏的。

较射已毕，然后请南使们进入他的行帐，举行欢迎贵宾的宴会，亲贵大臣都在一旁作陪。

一个朝代的皇帝，在邻邦的使者面前特别炫耀他的个人技艺，这不见得会是一场漫无目的的儿戏。马扩虽然有好几次参加过他们的射猎，但没有一次安排得像今天这样突兀的，也没有一次看到阿骨打像今天这样突出自己，这引起马扩的深思。后来阿骨打喝醉了酒，自己泄露了秘密。那时他已喝得十分酩酊，还嫌马扩没有畅怀痛饮，亲自摇着酒榼劝饮道："前日探马报来，你家的杨可世已夺得燕京城，大功告成。今天难得两国宾主欢聚一堂，俺已饮得八九分，你们二位也该喝个满怀才是道理。"

原来如此！

原来是杨可世的大军已经夺得燕京城，怪不得他们在应州边防线上被羁留了十多天以后，忽然受到金朝亲贵们如此热烈、隆重的招待。怪不得今天阿骨打要安排这场较射，炫耀他的个人技艺以威慑宋使。怪不得在筵席上阿骨打兴奋异常，对宋朝颇多称颂之词。原来是杨可世的军事胜利打破了他们一向轻视宋朝实力的成见。杨可世的胜利在女真贵族心目中提高了朝廷的身价，同时也抬高了使节们的身价，阿骨打的炫耀才武，是出于一种不甘示弱的心理，免得宋使们听到消息后，增强了发言地位，在谈判中得寸进尺。

阿骨打的预防措施，似乎很有必要。作为外交使节，赵良嗣和马扩乍听到这个惊人的喜讯，当然是有反应的。果然马扩首先发言了。"我家既已取得燕京，可说大局已定，"马扩陡然感到在他的身后已竖起一道坚固的城墙，兴高采烈地说，

"待国主依从原约，把云州及山后之地一并划归我家，立了界线，树了碑石，永保两国间的和睦。那时使人还要专程趋贺，为国主奉觞献寿哩！"

才听到燕京的捷报，马上就提出云州、山后之地，马扩这一步跨得好远呀！他的突然袭击，把阿骨打的酒意惊醒了三五分。

阿骨打想了一想，呵呵笑道："许大事情，一时怎得了结？"一沾上外交的边，阿骨打也变得机敏和老练了："俺正待派人去与你赵皇帝商议，今晚且请畅怀痛饮。"

第二十二章

2

2

当夜，赵良嗣、马扩等回到营帐休息。

伴随着胜利的到来，一股曾经毒害过契丹贵族的淫靡豪侈的生活作风正在逐步侵入女真贵族的生活领域中。阿骨打锐敏地看到这种现象，充分了解它的危害性，力图加以抵制和扑灭。大军到达奉圣州以后，他亲自颁发的第一道军令就是，凡大军所到之处，自皇帝本人以下，一应宗室、将帅、各部移里堇[1]、猛安、谋克直到士兵只许住在营帐里，不许占用公私屋宇。

这道军令被严格地执行了。

事实上，奉圣州本来也是个偏僻小州，经过一场战火的洗荡，官廨民居，所余无几。因此作为女真人的贵宾，理应受到特殊照顾的宋朝使节，这时也只好住宿在行帐中。

赵良嗣多喝了几碗酒——女真人行军、宴会中所用的盘碟碗盏，一概用他们家乡特产水曲柳剜成，形制特大，一碗可容酒半斤以上。加上这个惊人的消息，不禁有点飘飘然起来。他吟成一绝，行帐中一时找不到纸笔，就随口念起来：

> 朔风吹雪下鸡山，
> 烛暗穹庐夜色寒。
> 闻道燕然好消息，
> 晓来驿骑报平安。

马扩作诗不见得比赵良嗣高明多少，但他对军事、外交上的瞬息万变倒是颇有经验的。此刻虽然同样也有了一些酒意，同样受到这个消息的鼓舞，但是出得帐外，经朔风一吹，头脑顿时冷却下来。他分明记得五月底在燕京的日子里，那个仪态万方的萧皇后亲自与他约定了"归附大朝"，并且祝贺他"探骊得珠"。当时意气如云，认为燕京唾手可得，全辽即将底定。谁料到前线一败，好梦顿成泡影。今晚是阿骨打亲口透露了我师入燕的消息，况且又有刘锜哥哥在彼参赞军务，看来事情是千真万确的了。可是谁又保得定局势就没有变化？加上金人向来言而无信，用心叵测，即如今夜他谈到云州、山后之地，阿骨打就变了颜色，怎又保得定他今后能够恪遵誓言，把燕云之地归还给我？

值得忧虑的还不止于此，据讹鲁观、撒卢母透露，这十多天以来阿骨打忙于视察军情，布置军事。根据海上之约，金军分工对付天祚帝残敌，宋军分工收复燕云之地。目前看来，粘罕一军，像真是派去对付天祚帝的，可是阿骨打手下这么多的亲贵大将不随着粘罕迤西去兜捕天祚帝，却逗留在距居庸关不远的这奉圣州，城里城外，营帐连绵不绝，大军云屯，到底居心何在？他视察的军情、布置的军事，其目的是对付天祚帝，对付萧皇后，还是对付我军？这就很值得推敲了。

马扩虽然和赵良嗣共事有年，对他的能力给予相当高的评价，但在内心中一直没有克服对他这个双料叛徒——背叛汉族，投靠契丹人，后来又出卖契丹人的国家以谋求自己富贵的轻蔑感。算在马扩的这本账上，赵良嗣不是负负得正，而是负一加负一等于负二。尤其因为他依附童贯、逢迎朝廷之意，只求近利，不计远功，更增加对他的蔑视。

现在一听他吟的诗，马扩就产生了反感，心里暗暗想道：你这个赵龙图，当初在前线时，一口咬定我军无力攻取燕京，一力撺掇童贯、朝廷乞师女真，为此丧权辱国之举。如今乍听到一点风声，事情还没见分晓就得意忘形起来，可见得是个见解不定、持论反复的"小器"。官家听信这等人的议论，国事安得不败！

马扩是个浑身长着锋芒棱角的人，意有所感，也就针锋相对地吟起诗来：

> 未见燕然勒故山，
> 耳闻殊觉骨毛寒。
> 愿君共事烹身语，
> 易取皇家万世安。

赵良嗣是个聪明绝顶的人，一听马扩的和诗，就知道他意存讽规。他赵良嗣出身燕地的名门望族，不同孤寒之辈。后来做了一个识时务的俊杰，间关来归，不以羁旅自外，效忠宋室。时来运至，成为官家手下红得发紫的童贯手下的第一号红人，双重红角儿的身份使得他宽宏大量起来，对马扩的一点小小的顶撞，他是可以容忍的。当下他微笑道："这却是子充的杞人之忧了，岂不见这两天金人待我之隆重。难道我军取得了燕京后，他们还会枝节横生，真的把我俩烹了不成？"

赵良嗣酒意犹浓，说了这两句，脱下衣服，倒头就睡，不久鼾声大作。

马扩睡在几层厚的狼皮垫褥上，身上又覆盖着几层羊毛厚毡，十分暖和。可是他感觉到有一股不是来自肉体而是来自精神上的冷气直往他的骨毛中间乱钻。再加上赵良嗣鼾声的干扰，使他久久不能成眠。

"耳闻殊觉骨毛寒"，虽为形容之词，却也是写实之句。"易取皇家万世安"，这一句冲口而出的诗，却是为了要伤害赵良嗣而说的刻薄话。如果要深刻地反省一下，按照他目前的思维逻辑来说，恐怕也未必是由衷之言。近来他的思想波动很大，他常常想到的事正是这个官家某些令人不安的措施正在造成恶果，最后必将动摇他自己的基业。这是一种逾规越矩的大胆设想，可是马扩可以找到无数例证来证明这种设想。譬如说，在第一次伐辽战争中，童贯就是根据他的御笔三策下了官兵不得过河杀贼那道荒唐命令，束缚了手脚，终于造成溃败。又如第二次伐辽战争开始时，重组统帅部，众望所归的种师中偏偏受到他的摒弃，阘茸无能的刘延庆偏偏被他挑中，任为都统制，酿成了军队中许多将领的离心离德。再如这次使金之役，他马扩沥血剖心地上了条陈，列举利害关系，冀求感悟官家，放弃乞兵之议。官家偏偏又听信了童贯、赵良嗣的话，派他两个前来乞师，贻将来无穷之祸。

在马扩的内心中，最好是不要去想这一切，可是事实总归是事实，要回避它是不可能的。现在他痛苦地感觉到的事实是，官家本人就是他那份基业的对头，如果他没有带头有意识地去拆毁它，至少他是纵容那些奸党在拆毁它，而他在一旁熟视无睹。

如果官家败坏的仅仅是他赵氏一姓的私产倒也罢了。无如他赵氏一姓的这份私产，现在已成为大宋朝的万里江山，也成为千千万万老百姓托身安命的立足点。有了这座江山，老百姓也只过得一些含辛茹苦、朝不保夕的日子。如果失去了这座江山，那么成百万成千万的老百姓欲求那些含辛茹苦、朝不保夕的日子也不可得，只好成为他昨天在蔚州城外看到的那些白骨之续。

昨天他看到散乱在村庄里外的那些白骨中，给他印象特别深刻，使他格外触目惊心的有两架歪歪斜斜躺在炕床上的骨架。从位置和骨架大小上来辨别，很可能是搂抱着小女儿正在哺乳的母亲，还来不及离开炕床，就被一群冲进来的金兵连母亲带女儿一起用乱刀砍死了。马扩现在想起来，仿佛仍然听到她们惨呼的声音，看到她们在炕床上垂死挣扎的惨状。

对于"国家"，马扩只有一个原始的概念，那是从"国"字的构成上来理解的，负戈的士兵们守卫在国界线上，保护人民在国土之上安居乐业。官家和政府就是要领导士兵们正确、有效地执行上述的职能。如果他们做了相反的事，让敌军侵入疆土，使得成百万上千万的老百姓遭遇到蔚州城外那一对母女的命运时，那么这就是一个失职的官家和失职的政府了。马扩对国家概念的理解，是一切爱国主义的原始雏形。

马扩现在已经看清楚的是，入燕之师无论成功与否，都不能避免一场宋、金之间的战争，那不过是时间上的早晚问题。今天阿骨打在射猎场炫耀他的三百二十步的狼牙箭，分明是一种武装警告，是一种实力威胁。一旦战争爆发了，天纵睿聪、无所不能的官家是否能够担当起上述的那种职能呢？官家擅长的是挥舞起他的七寸象管狼毫笔写狂草和瘦金体的千字文，画翎毛、花鸟、人物图。马扩害怕的就是官家的七寸象管狼毫笔显然挡不住阿骨打的三百二十步的狼牙箭。

这才是问题的症结。

马扩是个封建朝廷的官员，他热爱地主阶级之国，忠于封建王朝之君。所谓忠君爱国这两个相互关联的概念早已牢不可破地黏附在他身上。只有到得最近以来，他才想到忠君、爱国这两个统一的概念，在特定的情况下也有可能分离。

"愿君共事烹身语，易取皇家万世安"不是他的由衷之言，要改成"易取江山万世安"，这才符合他目前的思想情况。

可是这种新的思想仅仅不过是开始而已。

他害怕自己开始形成的对官家的个人看法。他甚至不敢在那思想禁区中逗留得太长久，犹如一个禁区的闯入者，一旦意识到他的偶然闯入已经构成了一种犯罪行为，就急急忙忙从那里退出来一样。

马扩是个勇敢的人，没有什么事情使他害怕过，在战争中，在强有力的敌手譬如耶律大石等人的面前，他都无所畏惧。可是面临着千百年的传统意识而要对它进行挑战的时候，他忽然产生了一种凛凛然的感觉。这是在新、旧两种思想的交替过程中，后者仍占着统治地位，前者不过处于萌芽状态中必然要意识到的那种凛凛然的感觉。这是一个对自己、对别人都抱着负责态度的人才可能有的意识形态。

军营中的夜晚并不安静。

他在不眠中，听到帐外朔风的尖锐呼啸声，还夹杂着胡儿查夜的吆喝声，节奏匀称的刁斗声，胡马的嘶鸣声，憬然地想到自己身在域外。他正是负着天子的重任，挑着千斤重担，孤身只影地来到这里，处在胡骑充斥之中，要以口舌来争胜于樽俎之间。他刚才有过对官家大不敬的思想，真是迹近于"大逆不道"了。

3

一宿无话。第二天起来，大家都在等候从燕京方面来的进一步的消息。说实话，赵良嗣昨夜虽然一时高兴，轻飘飘地吟起诗来，其实倒也有点不放心的。"晓来驿骑报平安"，正是反映他唯恐有什么不平安的消息递来的矛盾心情，马扩自然更不必说。

以后是保持沉寂的五六天，金人还是照常地接待他们，只是在他们的感觉中，招待的热情一天比一天减低，这可能反映出从前线来的消息不太佳妙。

果然，阿骨打自己把沉寂打破了。一天，他派讹鲁观邀请使节们到他的行帐去。刚坐定，他劈头就问："听说杨可世败了，刘延庆已烧了大营逃走，使人们可已知道消息？"

"使人留此，大军胜败，不得而知。"在这沉寂的几天中，马扩在思想中本来就做好两种准备，现在事情从坏的一面来了，他还能保持镇静的态度回答，"兵家进退常事，纵使打听得实，也恐是一时旋进旋退，非是真败。"

"俺派了四五起探马前去打探，有两个昨夜刚渡了卢沟回来，都是如此说，还看见刘延庆大营已烧成白地，怎能不实？"然后他露出轻鄙的口气问道，"你家赵皇帝怎生派刘延庆这等人在前线督战？如今败了，你家有甚发遣？"

"刘延庆也是沙场老将，转战有年，如若中了耶律大石诡计，一时败了，朝廷自有发遣。"赵良嗣回答道。

"将折兵死，兵折将死。"马扩补充道，"军有常法。刘延庆果是败了，便做官大，也要行军法。"

"此话才是！"阿骨打点头嗟叹道，"俺听说你家童宣抚庇徇刘延庆，这番兵败了，如仍做成一路，厮瞒赵皇帝，今后怎生用兵？"然后他暴露了自己的本意，说道："二位权且在这里稍待几天，随俺进兵居庸关，看看俺手下的将兵，临阵之际，敢有一个脱逃吗？"

阿骨打蓄意要夺取燕京的阴谋果然自我暴露了，赵良嗣看到马扩要发言，连忙抢在他前面说："使人们来此，也曾奉有朝廷御笔，如若本朝兵力一时未及调拨，莫若与皇帝商量了，借些人马相助我家取得燕京，那时再议犒赏酬谢之事。"

"天下哪有这等便宜事。"阿骨打一听就不怀好意地笑起来，"岂有我家兵将取得之地，将来奉送与你家之理？赵龙图你说得太稀松平常了。"

"国主难道忘了海上原约？"马扩尖锐地打断他的话，又一次提醒他道，"当初国主与家父约定，燕云之地都归我家所有，国主决不染指。丹书誓盟，昭昭在人耳目，今日岂得违约？"

"当初原约是：你家自家人马取得燕云，才归你家所有。如今你家兵马败退了，无力进取。俺明告二位，再派将兵去取，有甚负约之处？"

"燕云既属我家之地，国主怎能擅自出兵强取？"马扩一步不放松地力争道，"即如春间大太子兵取云州，也不曾知会我方，岂不是国主先已违了约定，皇天不佑。"

马扩寸土不让地与阿骨打争辩，赵良嗣在一旁听了，唯恐阿骨打发作，翻面无情，坏了请兵大事，急得满头大汗。幸亏后来阿骨打的话也说得缓和了："契丹国土十分，我已取得其九，只留了燕京一分土地。我着人马三面逼它，令你家自取，不想又败退下去，叫俺也没得用情之处了。"阿骨打又点点头说："请兵之议，事关大局。待俺与手下人商议了，再与二位回话。"

这次剑拔弩张的会议，只好到此为止。

如果说，发生了某些有利的情况使他们受到意外的优待，那么这种因素消失后，他们只能受到相反的，甚至更恶劣的待遇，这是当然的逻辑。在这以后，赵良嗣、马扩被丢在一边，过了十分难堪的一个多月的时间，与他们乍到奉圣州时，受到热烈招待的盛况形成明显的对比。阿骨打本人不再露面，有事只让讹鲁观、蒲结努和撒卢母三个出面谈判。撒卢母括去糖粉，换上一脸冰霜，讹鲁观也不再文绉绉地掉书袋。在这段时期中，他经常使用的词儿叫作"梢空"。"梢空"是一个女真化了的汉词，意思是"说过的话不算数"。尽管自己可以梢空，却必须指责对方梢空，这是外交上经常运用的先发制人的策略。在军事上吃了败仗的宋朝，也不得不在外交上受尽揶揄，这使得谈判几次濒于停顿、破裂，赵良嗣、马扩几番卷起铺盖准备走路，亏得斡离不出来斡旋了一下。

斡离不为人说话不多，但是说出的话有分量，讹鲁观、撒卢母都要看他的面色行事，斡离不在场的时候，撒卢母又变得面有春色了。

最后定议，金方准在十二月份内出兵攻打燕京，得手后，连同云州及所属一起按原约归还南朝，却要南朝付出犒军费用每年五十万两匹银绢。这个数目正好等于

〔一〕"散也孛"女真话为奇男子,"按答海"是对一般客人的尊称,均见《金史·卷首国语解》。

第二十二章

3

北宋朝廷"纳"与契丹的岁币。

　　既要求助于人,自然不能不付出些代价。即使这样议定了,到真正归还燕云时,说不定金朝还会变出什么新花样,这只要看看撒卢母的一脸诡计的样子就可以知道。对此,赵良嗣并非没有事前的估计。但是朝廷希望金方出兵的心情如此殷切,这一点物质上的报酬对于急于求成的宣和君臣来说,算不了什么。能够照此定议,回去交差,赵良嗣就算是很好地完成任务了。

　　临到陛辞之际,好久不露面的阿骨打又亲自出来接见两位使节。大约是操劳过度,他们明显地感觉到阿骨打瘦了,当他不说话、不笑的时候,神情俨然像一座不长草木的穷山,枯瘠嶙峋,却有着高峻峭严的气象。不过他还是用相当的热情来缓和自己的严厉表情。最后他又生出一议,要求两位宋使中,留下一个随他进军燕京,看看他完颜阿骨打是怎生用兵打仗、攻城略地的,将来也好说与赵官家知道。

　　赵良嗣在这一个多月中,受尽折磨,只想早点离开龙潭虎穴。不意临行之际,又被阿骨打扯住大腿,急得他支支吾吾,说不出话。当下马扩慷慨地应承道:"赵龙图身受朝廷重任,自当早回东京去奏与官家知道要紧。马某不才,就留在这里,与国主同去燕京如何?"

　　马扩豪爽的承诺,博得阿骨打大大的夸奖,他自己心里也是希望马扩留下的。当下他称赞道:"马宣赞真不愧是个'散也孛',俺早料定他会留下。既然如此,'按答海'[1]带了俺的使人就请便了。马宣赞在这里的行动都可自己做主,俺拨出五百名侍卫归他指挥使用,还待看他先登燕京城,拔取头筹,为你家赵皇帝立功哩!"

　　从"散也孛"和"按答海"两个称呼中,可以看出阿骨打对两位宋使的评价是不同的。他并未受到外交礼貌上的约束,隐瞒自己的观点。

　　赵良嗣在这一项自以为给宋朝立了大功,而实际上倒是帮了金朝大忙的外交活动中花费的气力要比马扩大得多。如果从这个角度来论功议赏,赵官家和完颜阿骨打两方面都应该给赵良嗣从优议叙。现在阿骨打首先亏待了他,后来赵官家的儿子钦宗皇帝更是大大地亏待了他。他也是历史上一种特殊形式的悲剧人物。

第二十三章

1

女真族有记载可稽的历史可以追溯到西周以上，当时称为肃慎或息慎，活动于黑龙江流域和乌苏里江流域。后来被称为挹娄、勿吉、靺鞨。唐玄宗时期，曾封"黑水靺鞨"首领倪属利稽为勃利（今伯力）州刺史，在那里设黑水都督府，受辖于河北道幽州都督。

契丹建国以后，黑水靺鞨又改称女真（这些文字上的差异大都是读音上的转换。肃慎、女真基本上还是一音之转），受制于辽。

女真族和其他许多少数民族一样，都是构成我国民族大家庭中的一个成员，各族之间有着血肉相关的亲密联系。不但是我国，世界上许多国家都有少数民族问题。在历史上，各族之间或者在本族之内受到奴隶主、封建主的不公平的统治，被压迫者完全有权利起来反抗，为解放自己而进行的战争是正义的战争。

完颜阿骨打的祖父完颜乌古乃，父亲颏里钵，叔父颇剌淑、盈歌，哥哥乌雅束，先后被辽政府任命为生女真节度使，通过他们统治女真各部。他们受到辽政府朘刻无厌的剥削，因此在几十年以前就开始了以兼并各部为手段，以摆脱契丹统治为目的的所谓"开创"事业。前者仍然是压迫各部落的人民，后者却是反抗压迫者的正义斗争。

有一个著名的历史传说，说辽的皇帝为了猎取天鹅（天鹅是辽贵族珍视的禽鸟，猎取它是他们最高兴的娱乐之一）的需要，派专人到女真去搜求一种名为"海东青"的大鹰，引起一境的骚扰和反抗，引起辽、金之间十年的战争，最后导致了辽的灭亡。这种传说是把某些突出的现象看成本质的问题。其实，辽的诉求何止"海东青"一项。正是由于辽的统治阶级穷奢极侈，敲骨剥髓，才使它统治下的人民连最低限度的生活也过不下去。当人民的反抗逐渐团结、凝固成为一股强大的力量时，即使没有偶然性的"海东青"事件，反抗的风暴还是不可避免地、必然地要到来。

不管辽贵族是否懂得反抗必然要爆发这一规律，他们都无法抑制自己的贪欲，略为放松一点卡在人民脖子上的铁手。对于反抗者必须予以镇压这一统治者的金科玉律却是遵守不渝，并且颇有一些办法。一般说来，他们对于地区夐远、政权力量不能够直接控制的各族总是采取"化整为零，分而治之"，以及从汉族统治者那里学来的一套"以夷制夷"的老办法。他们在各部族之间挑拨离间，蓄意制造矛盾，有时扶植这一族，有时扶植那一部，尽量使之自相残杀，力量分散。他们的地方行政官"详稳"只消发几道空头的"节度使""移里堇"等札子，就可以坐收渔翁之利。这些行之有效的办法，已经实行了许多年代。乌古乃以下的女真诸领袖也是积了几世的经验、吃了多少苦头才明白这些道理的。现在他们以其人之道还治其人之身，他们假借辽的名义，利用辽的力量以扩大自己，把各部族合并到以自己为核心的一个集团中来。等到羽翼丰满、可以振翅高飞时，就公开打出反辽的旗号。

当然，要反抗已经积有一百多年统治经验的契丹贵族，不能光靠运用政治手腕，主要还得依靠军事实力。女真人本来就习惯于山居露宿，驰逐骑射，一般都英勇善战。辽贵族利用各部族的自相残杀，企图分化他们的政策，反而起了相反的效果，女真领袖们就是在兼并战争中锻炼出军事才能，学会了从小战到大战、从局部战争到全面战争的指挥艺术，加上当时辽贵族的腐朽性，使得女真人的力量迅速膨胀起来，成为辽的绝大威胁。

早在盈歌当节度使的时候，辽政府派了几千名军马追讨叛将萧海里而不能获胜，盈歌一战就俘杀了萧海里。这使盈歌获得使相的荣誉，同时也使女真领袖窥测到辽的弱点。相反，契丹贵族从此对女真人更怀有戒心，他们相互传说"女真满万便不可敌"的话，先已造成畏怯心理。等到阿骨打正式发动反辽战争以后，经过几次剧战，就迅速、彻底地摧毁了辽的军事力量。十分土地，占有其九，五京之中，攻陷其四，为少数民族很快赢得反抗战争的胜利提供了一个显著的例子。

反辽战争在这个阶段是符合女真族和其他受契丹贵族奴役的各族人民共同利益的。但是随着形势的发展、胜利的迅速到来，辽的五京，金军已取其四，繁华殷盛的城市生活、目迷五色的城市建筑、稠密的人口、丰富的物资，这一切都刺激了女真贵族的贪欲。战胜的次数越多，占地越广，他们的胃口也就越大。军队所到之处，大肆杀掠，给战地的老百姓带来极大的灾祸，马扩在蔚州见到的惨象，并不是个别的例子。这时自卫战争已逐渐让位于掠夺战争，战争性质正在恶性转化。这个转化带来的必然后果就是军队的逐渐腐蚀，整个统治阶级的逐渐堕落。

在女真领袖中间，阿骨打最先发现这种变化，预见到它的危害性。但他不是从关心人民的痛苦出发，而是害怕军队变质，影响了他的"开创"事业，采取了许多防范措施。作为女真族的杰出、优秀的领导者，他的感觉之敏锐、行动之坚决都是十分值得称道的。

攻陷上京之后，天祚帝的儿媳吴王妃逃得略慢一步，落入金军手里，成为俘虏。这是个美丽非凡的女贵族。阿骨打的子弟亲贵们等闲没有开过这样的眼界，大家惊喜若狂，视之为明珠宝石，并且逐步公开到让她在规模相当大的宴会中歌舞助欢。律己严格的阿骨打知道了这件事，立刻作了严厉的处理，所有参加宴会的子侄亲贵，一律"赏"一顿柳条鞭，吴王妃被罚到马房里去割草、拌大豆，充当饲马的奴隶。这种为军队服务的奴仆，他们称为"阿里喜"。

阿骨打就是这样带领他的军队的。

这一年，阿骨打已经五十五岁了。长期的战争锻炼了他的领导能力，同时也破坏了某些生理机能。他预感到自己也可能像他的几个兄长一样不会活得很长久，唯恐在这短促的一生中不能完成他的远大目标，是造成他思想中最大的恐惧。因此目前他比过去任何时期都更为着急地要想促使它的实现。在他接见赵良嗣、马扩前的十多天中，他的确在居庸关附近一带视察军情地势，了解辽方动态，考虑进一步的行动。签订条约、履行义务，都不过是一时利害上的权宜措施，根本不是他的生活信条。他签署了协议，并不打算遵守它。"行动"才是他的信条，行动是促使事业实现的唯一手段。可以说他的一生无时无刻不在行动中。

当前，捕获天祚帝在他心目中已成为次要的任务，已经交给大太子粘罕。他的头脑中同时迅速出现几种方案：他绝不能轻易放弃燕京城这个重要的政治、军事基地，萧普贤女的残辽政权，必须予以彻底的摧毁，这是毋庸置疑的。他考虑的是，如果这次宋朝出兵，能够顺利取得燕京，那么，他暂时只好置燕京于外府，而要尽占居庸关、南口、古北口等形胜之地，使燕京城随时可以成为他的囊中之物；如果宋军不能成功，他就名正言顺地直接出兵去攫取燕京。一个政权与另一个政权的关系，千条万条，最根本的一条就是比较实力的强弱，以势凌人，在某些时期可以相互利用，到了另一个时期就必须以兵戎相见，最终非把对方灭亡不可。除此以外，其余的抽象概念都是不存在的。

现在他已经掌握到有利的时机，接近于可以实现他的理想。他唯一的顾虑就是时机是否成熟到可以让他一举荡平辽、宋两朝的程度。宋朝在战场上表现出来的力量很差，但毕竟是个庞然大物，它到底有多少伎俩，还待观察。

杨可世入燕的消息，曾经使他震惊一下，幸亏紧跟而来的刘延庆的败绩、赵良嗣的乞师，让他完全放下心来。他答应赵良嗣的条件也无非是"走着瞧吧"的意思。燕京城拿下，还与不还的主动权仍操在他手里。如果他不愿还，要找个借口，

第二十三章

1

还不是很容易的事情吗？除非发生了迫使他不得不交割的客观事实，否则是很难改变他的主观意图的。

在与赵良嗣旷日持久的谈判中，他没有虚度时日，他做好了一切军事准备。赵良嗣辞别回去的第二天，他就发动一场迅雷不及掩耳的突击战。他自己亲率大军直扑居庸关，同时征调在应州的粘罕一军直下南口，另派宗室大将挞览统军直下古北口，三路并进，会师居庸关下。

辽将闻风丧胆，纷纷逃走。阿骨打不费一矢，就夺得关隘，打开了燕京城的北门锁钥。十二月初六，粘罕和挞览两军才完成任务，率师来会。阿骨打在居庸关口摆开队伍，将士们披坚执锐，簇拥在他左右。这时银甲耀目，战鼓震天，单等他的马鞭一举，这支所向无敌的大军就浩浩荡荡地向燕京城进发。

大军行至中途，消息传来，辽政府已经瓦解，耶律大石与萧皇后往迤西一带逃去，萧干遁出松亭关〔一〕，往迤北一带逃走。燕京城里乱作一团，左企弓、虞仲文、刘彦宗、康公弼、曹义勇等汉儿大员已准备向金军乞降。阿骨打听到消息，心里又高兴又失望，高兴的是理想已经实现，失望的是，他希望马扩亲眼看到，以便向宋人大大夸耀一番的燕京城下之战，肯定是无法实现的了。

马扩利用阿骨打的诺言，更不怠慢，马上带着那五百名铁骑，跑在大军之前，径扑燕京。他没有遭遇到任何抵抗。到达城下时，城门洞开，城内留下的少数番汉马步军都已逃散。左企弓等一行"投拜人"与他岔开了道路，已经出城数十里前去投拜阿骨打。马扩唾手之间，就抢先突入燕京城。

辽军已走，金朝的大军尚未开到，这时马扩就成为燕京城的主人。他必须利用这几个时辰，做好一些必要的工作。他首先在通衢上张贴起安民告示，严令后来陆续进城的部队遵守军纪，禁止任何杀掠番汉军民等行为。然后派出岗哨和街道巡逻队维持城内秩序。马扩是利用阿骨打的名义，利用阿骨打的侍卫部队来钤束阿骨打的军队，保护燕京人民的生命财产的，这件事他做得十分得意。

接着，他直往中书省和析津府两处去接管他们收藏的舆图、编籍等。可惜晚了一步，卖国有道的左企弓、刘彦宗等人早已想到这一招，一并取去献给阿骨打，作为他们的见面礼了。马扩扑了一个空，又马上到监狱去把一应囚犯都释放出来。杨可世入燕之役，受到汉儿的支持，辽政府恨透了老百姓，在几天之内，把一应嫌疑犯都抓起来审判，以致监狱有人满之患。在监狱里，马扩还碰到几个老相识，宣抚司同僚贾评、西军将领王渊以及另一个在安次一战中被俘的正将胡德章都在监禁中。马扩把他们一齐打发回去，还要他们回宣抚司去通风报信。当时马扩不知道贾评、王渊在卢沟河畔演出的一幕丑剧，反而同情他们战败被俘的遭遇。事后才了解了真相，马扩今后还要和王渊打交道，再也没有原谅他的寡廉鲜耻的行为。

做好了这些事情，他在燕京的任务算是完成了，过了一夜，天明就去找阿骨打辞行。

当时阿骨打正在金殿上张着黄幄，接受辽降臣的舞蹈拜贺。五十五岁的阿骨打童心未泯，似乎觉得接受这批人的跪拜叩首是十分有趣的事情，这是他一生中偶然有的逢场作戏。

听说马扩来了，阿骨打就高声嚷道："快请马宣赞上殿受贺！"于是马扩挨着阿骨打的座次，排列在粘罕、斡离不前面，也分享到这份快活。

受降式完全按照阿骨打的指挥进行，它既不是女真式的，又不是契丹式的，也不是汉式的。三样都不是，三样都有一点儿，它是阿骨打创新的杂拌儿，叫作"三不像"。这在熟娴礼仪的左企弓看来，自然感觉到不是味儿，他叩首播笏，准备有所陈述，不想阿骨打完全不理会他这一套，挥挥手，把他赶下金銮殿。

演完了这出趣剧，马扩起身告辞。阿骨打没有理由再把马扩留下来，他就慷慨地派了那五百名铁骑护送马扩回到雄州去。

2

2

燕京的残辽政权本来就是一个从夹缝里诞生出来，在夹缝中幸存下来的政权。

存在决定意识，根据这个在夹缝中生存的客观事实，它的绝大多数的统治阶级也相应地产生了一种"夹缝里的哲学"，成为他们的思想基础，并且由此导致出现许多严重的错觉。

这些严重的错觉之一，在对付宋、金夹攻的问题上，他们一开始就认为他们与天祚帝的残余力量有着明确的分工。天祚帝的任务是专门应付尾随追击的金军。他们的任务是专门应付想收渔翁之利的宋军。他们各有各的任务，各有各的专业，互不纠缠，互不干扰。

这个错觉来源于宋、金之间的"海上之盟"。海上之盟规定宋朝可以取回燕云之地，宋人把它看成当然的权利，辽人也把它看成宋朝单方面拥有的专利权。完颜阿骨打赌神罚咒的誓言不但欺骗了宋朝的统治者，同时也欺骗了残辽的君臣们。他们全都相信阿骨打是个非礼勿视、非礼勿动的至诚君子，对于已经划给宋朝的燕云之地，连正眼儿也不会瞅一下。因此当辽的统治者以全力对付前门白沟河畔的宋军时，后门居庸关几乎处于不设防的状态中。

从这个政权开始建立的三月起直到八月中旬为止的半年中，前门口警报频传，后门口却果然是太太平平的。粘罕侵入云州与山后之地，声称是由于军事上的需要，属于暂时借道的性质，以后果然不再越雷池一步。云州是耶律淳和萧皇后的政权达不到的地区，对他们不关痛痒。直到八月中旬以后，完颜阿骨打来到奉圣州，气氛才紧张起来。居庸关的守将们感觉到这条战线上也可能发生什么意外，一再驰报萧皇后。当时萧皇后已经把耶律大石扣留起来了，正忙于对他的部属进行抚慰、调停的工作，以便为李处温接管兵权铺平道路。李处温新官上任，忙得不可开交，哪有闲工夫管到居庸关方面的事情？这也是一条历史规律，凡是忙于内争的，一定疏于外防。这些重要的警报都被搁置起来，丢在脑后了。

十月底，辽军在燕京城内经过一天的喋血苦战后，又一次大败刘延庆统率的宋军，一直追到滹沱河，举朝欢腾。这时萧干、萧斡里剌、耶律大石等统兵大员都在南方前线布置新的防线。到了十二月初，乐极生悲，忽然一声晴天霹雳，完颜阿骨打亲自率领的大军，一夕之间，已经兵临关下。这个突如其来的打击，把萧皇后吓得魂灵儿出窍，她怎么料想得到在那夹缝里忽然钻出一只真的大虫来？事到如今，她再聪明能干，也回天乏术了，左思右想，只好步天祚帝的后尘，办得一个"逃"字。

可是萧皇后毕竟是工于心计的，在居庸关告急的当晚，她就火速地把耶律大石、萧干等召来，要他们把能够作战的奚、契丹军统统带出燕京，到松亭关去集中候命。在逃命之际，毕竟也需要有武装保护。

萧皇后自己在离开燕京之前，又演出一出拿手好戏，叫作"辞庙哭灵"，辞列祖之庙，哭先帝之灵。然后集合留守大臣，向他们慷慨诀别，说要亲自去和金军决战："战如不胜，不复与诸卿相见矣！数月崎岖，忧患相共，今日诀别，汍澜沾襟。"说到这里，眼泪果然像断了线的珍珠般挂下来。

如果说，她第一次在宫门口演出的那出悲剧曾经起过鼓舞人心、化险为夷的意料不到的效果，那么历史不会重演了。现在这出悲剧的重复演出，徒然变成贻笑千古的喜剧。听她诀别的留守大臣当场也不得不奉陪流出几点吝啬的眼泪，心里却巴不得早点散场，好让他脚底加油，尽快地去安排迎降新主子的大典。他们本来是"人尽可君"的，不一定要钉牢一个萧皇后。

经过那一次扣留事件以后，耶律大石与萧干之间的裂痕再也无法弥缝。面临着两个部族的存亡生死关头，他们产生了重大的分歧。奚贵族对天祚帝早已失却信心，不愿再逃到云中去跟他同命运。他们要求萧干逃到迤北的老家去观望一下，得机再开创一个局面。萧干听从了部下的意见，拒绝再和耶律大石一起西行。耶律大石认为这是临危叛变的行为，坚决不答应。两个闹僵了，部下们列阵对峙，准备火并。亏得萧皇后及时从燕京赶到松亭关，她插身在两军之间，左右劝说，最后总算决定了各走各的道路，彼此都不干涉。

萧皇后本人是奚族人，与奚贵族有着血统上的联系。但是经过这些日子来天翻地覆的变化，她更加信赖耶律大石的才智忠诚，宁可跟他往西走。主张独创局面最力的萧斡里剌被耶律大石说服了，最后毅然决定背弃他的部族，与皇后、林牙一起西行。

其实无论往西，还是往北，同样都是危险重重、前途茫茫的。但是前者的危险性更大。要在金军密布，到处掘下陷阱，到处张开天罗地网的夹缝中，找出一条生路，平安地逃到云中阴夹山鸳鸯泺（这是辽历代皇帝避暑的处所，最近天祚帝逃到这里），除非产生奇迹，否则就叫人难以想象了。果然，他们在逃亡中几次碰到金军的尾追和拦击，几次打退他们，自己的人马也溃散了又集合，集合了又溃散几次。最后粮尽兵散，只剩得少数人马相随，不幸又遭到完颜活女快速部队的追赶。完颜活女是批亢捣虚、寻缝钻隙的能手，他的部队常会在人们料想不到的地点和时间出现。耶律大石挺身应战，苦苦缠住了活女，在寡不敌众的情况下，战败被俘，萧皇后却趁耶律大石苦战之机溜掉了。后来他们又经历了千辛万苦，最后只剩得萧皇后、萧斡里刺和一个向导奇迹般地到达目的地。

萧皇后去见天祚帝时，心里是有恃无恐的。第一，她明确地感到天祚帝一向对她个人抱有好感，妇女们一般都过分重视这种私人间的感情，用它来代替政治上的利害关系，这往往是要差之毫厘，失之千里的；第二，她失国后，没有跟随她哥哥逃到迤北去，宁愿颠沛流离、历尽艰险地回到天祚帝身边来，说明她尽忠于国，无愧于心。这两点想法都带有浪漫主义的色彩，还有比较现实的第三种想法，她相信在此前或以后陆续从燕京逃到鸳鸯泺来的契丹贵族中，她仍拥有相当的威信。天祚帝要团结、笼络他们，一定还有许多仰仗她本人的地方。

她错了！这三种想法，没有一种救得了她的命。

天祚帝耶律延禧是个精神狂瞽、喜怒失常的典型的亡国之君。凡是长期握有无限权力而又缺乏一定的控制力，不能够控制住自己的感情去运用这种权力的人，很容易陷入这种类型。他久已痛恨耶律淳夫妻乘他之危，篡夺了他的皇帝之位。燕京政权历次下达的文告中都有谴责天祚帝失德的话，这原来不过是些官样文章，他们要不是这样立言措辞，就无以解释自己的这个新政权是在什么基础上建立起来的。可是在天祚帝看来却有切肤之痛，恨不得把他们夫妇拿来生吞活剥，以雪心头凤恨。今天好不容易萧皇后自投罗网来了，他怎肯把她轻易放过。

天祚帝在自己豪华的，挂满了狐皮、貂幕的行帐中接见萧皇后。

"不知皇后陛下驾到，"天祚帝用了一种已经把爪子搭上老鼠的身体，还想戏弄它一下的猫儿的心情，愉快地说，"臣耶律延禧有失远迎，死罪，死罪！"

萧皇后一听兆头不好，急忙正容回答道："贱妾夫妇，丧家失国，辜负陛下的重托。今日只身来此领罪，悉听陛下发落。"

"皇后陛下言重了。耶律延禧离开燕京时，并不曾把江山托与皇叔、皇后，今日怎谈得到辜负的话？"天祚帝哈哈笑道，"再说，耶律延禧在五京中失陷其四，也不曾向哪个请罪，皇后失去了区区一个燕京城，又何足道哉！只是耶律延禧在衍庆宫后苑那间密室中庋藏了一些财物，皇后可曾顺手捎来？"

"陛下密室，都经封存，贱妾何人，怎敢擅自启视？此来带得些许盘缠，途中几经金兵追赶，都已散失。今日空手来见陛下，无以献赆，乞宥死罪。"

"耶律延禧怎敢以区区金宝见怪皇后，只是听说陛下与李处温的那个小兔崽子在密室中优哉游哉，让那个小兔崽子享尽人间艳福，怎说不敢启视密室？左右们可曾听说此话？"

左右们哄然一声回答道："此话是实！"

"皇后可听真了他们的话？却不是耶律延禧在此胡说乱道。可知宝物都落到李处温一家去了，怨不得皇后今天空手来此。这笔账可要算算清楚。"

萧皇后知道自己已难免一死，不敢再作申辩。天祚帝玩弄够了，这才咧开嘴唇，卷一卷鲜红的舌尖，亮出雪白的牙齿，恶狠狠地说："萧普贤女，你篡夺大宝，丢失社稷，朕不罪你。你滥施恩典，靡尽国帑，朕也不怪你。只是你宠信嬖幸，污乱宫禁，败坏皇室名誉，朕那九皇叔死后，还叫他蒙上不洁之名。如此之人，岂容再让她复载于天地之间。朕今天为九皇叔治你闺门不肃之罪，你死后有知，休怪朕手下无情。左右们，把萧普贤女吊在那杆旗杆上，一顿乱鞭，把她打死。"

可怜萧皇后冒着万死一生的危险逃到鸳鸯泺，竟不容她分说两句，就丧生在天祚帝暴怒的皮鞭下了。

天祚帝自己的命运也好不了多少。

在金军多次穷追细搜下，鸳鸯泺也住不下去了，他东奔西窜，逃命不遑。两年后，仍在武州附近被金朝大将娄室捕获。后来与另一名高级俘虏、另一种类型的亡国之君、宋徽宗的儿子钦宗皇帝赵桓度过了将近四十年猪狗不如的俘虏生活后，金海陵王[一]在一次带有虐杀狂的马球比赛中，故意命令这两名年龄都已超过六十岁、头童齿豁的俘虏皇帝，各人指挥一支马队驰逐，最后都被预先安排好的骑士撞下马来，踩死在万蹄之下。

萧干的奚王也是短命的。几个月以后，被郭药师的常胜军大败于峰山，他的队伍被打散了，剩得少数几个人落荒而逃，结果还是被部下所杀。送往东京去的奚王的首级，值得宋朝朝廷大事夸耀一番，并成为郭药师爬上更高官阶、发展更大野心的垫脚石。

只有耶律大石才是真正杰出的英雄。

他被金军俘获后，仍然保持一个统帅的尊严，丝毫没有减少他的勃勃英气。他被送到粘罕的营帐里，粘罕以礼相待，不敢丝毫怠慢。传说，两人赌博双陆，耶律大石连赢几盘，不肯稍为相让，粘罕陡然起了杀心，想谋害他而又犹豫着不敢动手。耶律大石乘夜盗取了粘罕的骏马逃走了。这种传说显然是臆测之词，不合情理，但是耶律大石被金军所俘，后来又从金军那里乘间逃脱却是事实。

耶律大石恢复自由后，凭着他的威名声望，有许多契丹人跑来跟随他。他带着部众一路往西去，希望打开一个局面。那时萧斡里剌也从天祚帝那里逃出来，集合一部分人马，与他会合，从此成为他的主要辅佐。天祚帝被俘后，契丹余众都设法去投奔他。他们到达回鹘时，已经成为拥有七万人马的大部队。他要求借道西行。回鹘王慑于他的声势，答应他的要求，并在宫廷里大宴三日，然后又送他许多战马牛羊，充实了他的军需物资。他们越过葱岭，打败西方各国的联军十万人，进兵寻思干，直达起儿漫，建立起一个历时八十八年，地跨东亚、中亚，幅员之广超过金朝的西辽王朝。在那个地区里，它是当时唯一的大国。

耶律大石两次打败北宋军队，使得奄奄一息的燕京残辽政权回光返照，后来又在已经死亡的契丹王朝的遗体上借尸还魂，建立起西辽王朝，成为继完颜阿骨打之后又一个开国的雄主。从他个人历史看来，这些成就之获得，绝非偶然。

历史不是按照人们的主观意图进行的。

可是历史也从来没有忽视过人们的主观能动性。人们的一切努力都要从客观的后果中反映出来。完颜阿骨打和耶律大石的努力方向是要建立各自的王朝，好像北宋和残辽的君臣们的努力方向是要拆毁各自的王朝一样，从最后结果来看，他们的努力都没有白费。他们求仁得仁，求智得智，求晴得晴，求雨得雨。这几个朝代的兴亡，都要给他们记上一笔功劳。

上面提到的这些人物的归宿和许多历史事件都是发生在完颜阿骨打取得燕京以后的几个月、几年以至几十年以后的事情。把它们集中到一起来叙述，纯然是为了行文上方便的缘故。

3

左企弓已经是个七十开外年纪，顶着满头白发、拖着一把美髯的老官僚了。他的同僚给他加上一个徽号，称之为"美髯公"。做官的人唯恐爵位不高，官衔不多。耶律淳即位之初，已拜他为燕国公，现在他又得了这个恭维性的称号，成为双料公爵。按理来说，他应当是十分满意的了，可是事实并非如此，他的美髯、他的皓发、他的年纪都不能遏制他与日俱增的功名心、嗜进心，可以说这个人一生中唯一的本领、唯一的欲望、唯一的嗜好就是做官。按照资格，在天祚帝的政府中，他已经是爵高望重、首屈一指的南面官。到了耶律淳、萧皇后的政府中，他又进一步加官晋爵，仍然保持着很高的地位。但是李处温以拥戴之功，在名义和实权两方面都居他之上。李处温门第虽尊，职位却一向比他低得多，让这个宦场上的后生小子凌躐于他的头顶上，这是他绝对不能容忍的事情。他只好怪自己没有养下一个好儿子博得皇后的欢心，让这股裙带风连儿子带老子一齐送上青云。当萧皇后"辞庙哭灵"，向他们诀别之际，他又恨自己没有当上番汉马步兵都元帅，手里没有兵力，不能把皇后扣留起来，当作一件奇货卖给大金皇帝。

他们这样一种类型的官僚是每个封建朝廷中的主要构成者，是庙堂之上必要的点缀品。只要爬到这个地位，他们的思想意识、言语行动就会不知不觉地纳入这种轨道。他们具有典型的意义，在当时的辽、宋、金各朝廷中都不缺少这一类官僚。

他们追求的目标是明确的，到了必要的时候，使用的手段也可以是肆无忌惮的，一切都为了做官、升官。但在表面上，却要装得体容有度，道貌岸然。道貌就是他们的保护色。他们永远不会满足于既得利益，与道貌岸然的外表截然相反，在内心中常常是怨天尤人的。在辽政府中，他怨恨李处温父子，怨恨耶律大石。投降了大金以后，他又妒忌地发现在迎降诸人中，只有刘彦宗眼明手快，处处抢了他的先着，每每受到大金皇帝的青睐。而他自己很清楚，在大金皇帝心目中他不过是一枚老朽无用之物，只是利用他的童颜鹤发、美髯长须，在朝堂上摆摆样子而已。而在新创的大金皇朝中，朝堂集会也是无足轻重的事。

他的估计相当正确。现在是需要扭转这种局面的时候了。

他发现机会已经来到，既不需要一个能够博取内宠的好儿子，也不需要一支为他开路的军队，只消动一动笔就能取得大金皇帝的信任，突出于诸降臣，特别是突出于刘彦宗之上而成为新朝的佐命元勋。

马扩首先夺门而入燕京时，曾在通衢大街上张贴安民告示，大意说金军入城，不久即将交割与大宋朝廷，望应番汉军民等各安生理，毋自惊扰，并严禁金军骚掠，违者以军法从事，等等。左企弓打的主意就是要在这篇告示上做文章。这是为大金皇帝的利益着想的头等大事。他的后半段的富贵荣华就靠这篇文章。

左企弓和马扩曾在北极庙见过一面，当时，彼此都没有好感。马扩是连主张降宋的李处温也十分瞧不起的，何况是明目张胆地主张降金的左企弓等人。他把这些汉儿一律看成甘心事虏的臣妾，一旦危亡又都想自找出路的趋利小人，他们都是一丘之貉。当他在北极庙看见左企弓的白发红颜，不免要在心中暗骂一句"皓髯匹夫"。左企弓曾在几次御前会议中力主杀死马扩，先已对他有了刻骨仇恨，见了面时，限于礼数，不得不敷衍两句，心里也自骂他"无知黄口"。迎降金朝以后，他又曾在通衢上、在金殿上遇见过马扩两次，看他带着五百名铁骑横冲直撞，还听说他侵入自己的禁区以内，居然闯到中书省来索取图籍档案，更加感到痛恨。

左企弓本来是个身长六尺七寸的高个子，可是从先天带来的软骨病，使得他常常挺不起腰板，伸不直脊梁骨，把他从头顶到地面的距离缩短了七寸。现在碰到他的新主子大金朝的诸位郎君、大将，乃至小小的猛安、谋克，甚至一名普通的士兵，他都不免要侧身俯首，伛偻而行，把他的身长足足又缩短了一尺。这使他看起来好像一只煮熟的刚从锅子里捞起来的大龙虾。

可是龙虾有龙虾的哲学，对于征服者，它固然是一只煮熟了的弯腰哈背的龙虾，对于其他的人，却是一只须髯怒张、瞪眼竖眉的活虾了。对于征服者叩头屈膝、鞠躬尽瘁一番，这是理所当然的。但是对于同样都是战败国的宋朝使节，也要让他张了黄幄，在金殿上受辽臣之贺，还要他这个德高望重的美髯公向他跪拜叩首，这却使他感到十分不公平了，他不免又要在心里骂一声"无知黄口"。

气愤、不平还是小事，令他日夜悬心、十分害怕的是，一旦大金皇帝真的践约把燕京城以及附郭割还给宋朝了，叫他左企弓怎么办？他左氏家族树大根深，久已习惯了燕地生活，还有良田千顷，都是燕京近郊的膏腴之地。要跟大金皇帝北迁，到那苦寒穷瘠的会宁府去，自己先不愿意。如果大金皇帝一时慷慨，把他当作燕京城的附着物，连城带人一齐移交给宋朝，那就更加危险了。他深恐落到宋人手里，特别怕碰到马扩这样深明他底细的人，一旦行遣，就会有杀身灭族之祸。他左思右想，要跟着走或留下来，这两条路都行不通。

像左企弓这样一个处世哲学非常现实，而又屡经风险，在宦场斗争中积有丰富经验的老官僚，对于自身的利害关系是十分清楚的。他虽然老态龙钟，头脑却并不颠顸。

与大金朝的诸位郎君厮混了半个多月，多少了解了一点他们的真心实意以后，他就动足脑筋，壮了胆子，一手拿着从街头撕下来的安民告示，一手拿着他精心结构的献策，匍匐往见大金皇帝。献策的后面，还附有一首律诗，最后的两句是："君王莫听捐燕议，一寸河山一寸金。"

就诗论诗，这两句确实有点道理，不愧是好句。可笑的是这两句好诗恰恰出于早已把自己的民族灵魂出卖给契丹贵族，现在又想把这座燕京城从契丹贵族手里稗贩给女真贵族的卖国专家左企弓。这说明作诗、写文章与行动是截然不同的两回事，相信"言为心声"的人未免是太老实了。

但就达到他个人目的而言，这首诗可算是献得十分及时、十分讨好。这不仅因为它投了阿骨打之所好，更重要的是它为阿骨打提供了一个冠冕堂皇的理由，就是旧辽的军民大臣只愿臣服大金朝，不愿让燕京城交还给宋朝。大金皇帝应天顺人，既然旧辽军民不肯交还燕京，他怎肯做这等违拂人情物议的蠢事？其实阿骨打本来就可以随心所欲地代替旧辽军民说话，用不着左企弓献诗后才想到这一层。把统治者的意志说成是臣民们的意志，这原是略具政治技巧的封建统治者惯用的办法，但对于草创朝廷不久，还没有进化到这种文明程度的完颜阿骨打来说，这确是个新鲜玩意儿。左企弓的献诗，启迪了阿骨打的睿智。他顿时对左企弓另眼看待，唤左右赐一个锦墩与他，要他按照这一层意思，当殿拟一道告示，复贴在马扩的告示上，表示大金皇帝接受旧辽军民的恳求，无意撤退军队、割让城池。他以此作为向宋朝示意的一个试探球。

这个消息很快就通过宣抚司传到东京朝廷，它对于正在做着接收燕京的黄粱美梦的宣和君臣，不啻是当头一棒，把他们打得目瞪口呆、晕头转向。把一座热热闹闹、正在筹备庆贺大典的东京城，顿时卷进到一股冰冷的寒流中去。

用兵是势所不能的，只好再派人去哀求。赵良嗣、马扩都是原经手人，当然非去不可。朝廷还怕他们的地位不高，说话不能取信于金人，又特别加派了官家的侍从大臣周武仲与赵良嗣分别担任国信使副，派马扩为计议使，要他们不惜重赂厚遗，务必要把燕京城拿回来，给朝廷挽回一点面子。

上次还算是协商借兵，这一次是真正的哀求了，哀求他们撤兵让地。这当然又是一次十分艰苦、异常屈辱的旷日持久的谈判。可以想象，大虫已经吞进一块肥肉，正在细细咀嚼品尝它的美味，要从它的喉咙口掏出这块肥肉来，这是何等艰苦的谈判！阿骨打这次又退居幕后，连斡离不也不好意思露面了。谈判的主要代表是讹鲁观，他一口咬定旧辽的军民大臣不愿金朝交割燕京，大金皇帝怎能违天逆人，沮丧他们向化之心？既有实力地位做他的后盾，又有应天顺人为他的借口，道理总是在他的一边，说话偶然"梢"一次"空"，又有什么大不了！

幸而恰巧是金方自己提出来的理由，发生了一点纰漏，这才使得谈判稍有转机。

完颜阿骨打在燕京城里住了三个月，在他细细地咀嚼品味了这块肥肉时才发现它带着一根大骨头，一不小心，就会折断他的牙齿，哽住他的喉咙。

左企弓立下了第一件大功后，更要显能逞异，又建议对燕京城内外的老百姓，不分上中下三等民户，一律采取杀鸡取蛋的办法，重赋厚敛，把他们身上最后的一滴油水全都挤榨出来。有人认为左企弓久住燕京，身为汉儿，对于当地老百姓多少还会留一点香火之情。这个推想完全错了。左企弓要保护的只限于他的那个阶层，或者范围再缩小一点，只限于他的家族的利益。只要博得主子的欢心，哪管别人死活。凡是女真人想不到的赋敛办法，他都代他们想到了，真是有隙必钻，无孔不入。阿骨打接受他的厚敛政策，短期内就显出两方面的效果：一方面是迅速地增加了女真贵族的财富，另一方面逼得很多老百姓投入西山义军，抗击金朝。

这些义军和景州、檀州、蓟州的义军都广通声气，在刘延庆溃败、阿骨打灭辽入燕以后，又间接为他们补充了大量的人力、物力。金朝的厚敛政策，进一步扩大了他们的群众基础。当时义军已经发展到这样的规模，不但活跃于城郊四周，还有好多次突入城内，杀死不少个别的和小股的金军。大队金军被派去"剿灭"他们时，他们霎时间就走得无影无迹。金军恶狠狠地进山搜杀，恰似进了迷魂阵一般。在那些巉岩危石、密林丛树之间，只看见这里那里都有一簇堆一簇堆的旌旗在招展，也听到马蹄嘚嘚，扬起一片飞尘。及至跑近一看，却是阒无人影，连马也不见一匹。他们正在疑神疑鬼之际，忽然铜锣齐鸣，出现了不计其数的人马旗帜，把他们包围在险隘的小路和断头的山径中，最后一个个地被歼灭掉。

阿骨打忍耐不过，有两次带了银术可、阇母等大将，亲自上山去征剿（阇母后来成为对付游击战的专家）。义军利用熟悉的地形、相当成熟的游击战术和深厚的群众基础（群众很快就摸熟了金军的规律，随时通风报信，使他们对金军的行动了如指掌），毫无畏怯地进行抗击。他们倏来倏往，忽隐忽现，不怕你完颜阿骨打亲自出马，照样把阿骨打打得六神无主、七窍生烟。完颜阿骨打身经百战，是见过大场面的军事领袖，在混同江、达鲁古、宁江州、黄龙府诸战役中，面对着几万、十几万以至多到二三十万看得见的有形的辽军进行野战、攻城战，都是所向无敌、无坚不摧。现在碰到了这支无形的影子部队、幽灵部队，面对着他从未经历过的神出鬼没的游击战术，却束手无策、罔知所措了。

吃了这点苦头，他才记起历史教训。他叫刘彦宗读着五代时契丹族的第二代皇帝辽太宗耶律德光入侵中原的历史。耶律德光打败了后晋石重贵（这个石重贵比起他的叔父皇帝石敬瑭来，多少还有一点人的气味，他不甘心做契丹人的儿皇帝，与耶律德光打了一仗，还在阳城遭遇战中大败契丹军）的正规军，进入大梁以后，野心勃勃地要想久占中原。他派人到处打草谷[1]，残害百姓，引起愤怒的反抗，使他迅速陷入"人民战争"的汪洋大海中。他焦头烂额，一筹莫展，要想活着逃回老家去而不可能，终于变成了一只腊干的帝羓[2]，被搬运回国。他在濒死前说了一句可以成为一切侵略者的殷鉴的名言："我不料汉儿们如此难以统治……"

阿骨打深有体会地听着这段历史时，特意把左企弓传来，叫他跪在一旁，低头认罪。阿骨打一面数落着这个左老头，熟读本朝历史，明知道有这段公案，偏偏不早向他奏明，反而做成圈套，叫他上当。一面挥舞起手里的皮鞭就在左企弓雪白的头颅上乱打，使得这老头左右躲闪，颏下一部美髯不住地乱抖。这种责罚，对于尚未完全脱离部落统治的施刑者完颜阿骨打来说，固然是家常便饭，习以为常。可是对于久在汉化已深的辽政权中当过执政大臣的受施者左企弓来说，却是一种奇耻大辱了。

以后阿骨打遭受一次军事上的挫败，左企弓就难免要受一次鞭挞。一般说来，统治者的鞭子落到驯服的奴仆身上的机会要比落在反抗的奴隶身上多（对付后者，他们使用的是刀子，但并不是说驯服的奴仆就没有挨刀子的机会了，事物总是相对的）。左企弓既然蓄意要做一个佐命元勋，就逃不了随时被召唤到大皇帝的行帐中去领受一顿鞭子的命运。但是，后来他看到在阿骨打的暴怒中，连"谙班勃极烈"[3]、阿骨打的兄弟完颜吴乞买、大太子粘罕、四太子兀术等郎君也免不了要挨到这种鞭子，他就产生了另外一种想法。挨鞭子固然使肉体痛苦，挨到大金皇帝亲自落下的鞭子却是一种精神上的荣誉，因为他已经高升到与郎君们同样有权利接受皇帝鞭挞的地位了。这比什么燕国公、美髯公还要高贵得多。以后他再受到这种刑罚时，不但不以为耻，反而把它看成一种高级的待遇、一种特别的享受。

使得完颜阿骨打近来常常发作暴怒的原因，除受挫于义军外，还有他的体力与精力在这几个月中大大地衰退了。当他知道辽太宗耶律德光终于没有能够活着回到老家去的历史以后，一种不祥的预感把自己的命运与耶律德光的命运联系起来，他有一种说不出的理由感觉到自己也回不到上京去了。有一天，他把吴乞买、斡离不、兀术等亲信召来，意气特别颓丧地与他们说到近来碰到的一些拂意之事，说到这个局面将不知道要如何了结，说到自己的体力不支，说到他的事业可能要等到他们那一代才能完成（这说明他并没有真正接受历史教训）。然后他表示了一个具体意见，如果宋朝政府愿意付出一大笔"赎城"费用，可以暂把燕云之地割还宋朝。

现在是大虫自愿吐出这块肥肉了。

他的一句话使谈判急转直下，变成一个单纯的讨价还价的经济问题。女真人的胃口还是那么大，讹鲁观、撒卢母要尽花招，漫天讨价。宋朝的使节们做不了主，回京向官家请示，官家又改派吏部侍郎卢益借衔为工部尚书，代替周武仲为国信使与赵良嗣、马扩再度去燕京磋商"赎城"费用。北宋政府在使节官衔上的加码促使女真人在赎城费用上加码，谈判仍然几次陷入僵局。最后还是斡离不出场，提出了具体的数字和办法。北宋政府除应允每年付出五十万两匹银绢外，再一次付出所谓"燕京代税钱"一百万缗，金政府收定款项后，准定于四月上旬撤兵，交割燕云之地。

金方出尔反尔，说话梢空，本来很难相信这次开出的条件就可以算数。有一次马扩谒见阿骨打，发现他憔悴骨立，精神极度疲惫，与在奉圣州行帐外面较射时意气如云的阿骨打比较起来，仅仅不过几个月之隔，前后就判若两人。在这段时期内，女真人不期而然地流露出对大皇帝健康的关心，现在经马扩亲眼看到证实了，这才相信女真人急于要结束这场谈判，斡离不这次的开价确实具有一定诚意，前途是比较乐观了。

以后剩下来的扫尾问题，是关于款项交付的办法。

这两年，北宋政府的岁入达到建国以来的最高峰，这就是说计臣们用了魔术师般的手法，把官儿们特别是那个权贵集团吃饱了的"馂余"上缴给政府的款项仍然达到空前的水平。但是水涨船高，宣和君臣的挥霍浪费，在历史上也同样是空前的。即使有了那么多的超额收入，仍然弄得入不敷出，国库如洗。在伐辽一役中，王黼又变出新花样，以"免役代伇"为名，从全国，特别从河北、河东、山东诸路的老百姓身上搜刮得六千万缗（这是多么可惊的数字，这笔免伕钱引起的直接后果是一两年后以高托山、张万仙等为领导的大规模的农民起义运动），以两千万缗供御用，权贵集团以及各级经手人上下其手，中间克扣了不下三千万缗，真正用于军事的不足一千万缗。现在要一举拿出五十万两匹银绢和一百万缗大钱也感到有些为难。不得已，只好恳求对方以珍宝和实物作价。这一点金方倒是乐于接受的，在折价之际，它又可以讨得不少便宜。

四月初，谈判结束，大部分款项付讫，阿骨打勉强打起精神，举行国宴，欢送宋朝的使节们。

这时，阿骨打对左企弓已经形成一种看法，认为这个读书人给他的毕生事业带来了很大的麻烦。可阿骨打毕竟是个雄才大略的开国英主，既然他自己接受了左企弓的建议，付诸实行，事情搞坏了，不能把责任全往下面推。除当殿鞭挞以外，左企弓倒也没有受到其他的处分，今天欢饮酬酢的宴筵上，还让他出席作陪。左老头受宠若惊，带头奉觞为大金皇帝陛下祝寿，然后挨次下来为诸郎君祝寿，少不得也要在宋使面前周旋一番。他捧酒到马扩筵前时，两个冤家又碰上头，左企弓正待在自己心里骂一句"无知黄口"时，忽然听到阿骨打开口了："南朝如许大事，你几个使人商量了，功绩不小。来日回去交差，就让童贯前来交接城池，也好教你赵皇帝喜欢。"

"这都是大皇帝加惠敝朝，陪臣回朝后敬当转奏官家，不忘盛德，永敦睦好。"

卢益的谀辞，徒然增加阿骨打对他的鄙视，他直率地说："卢尚书尚是初来，诸事多所未谙。"他指着赵良嗣、马扩两个加上说："俺与他两位多打交道，像马宣赞这样遇事力争，辞色不挠，可算得是不辱使命了。"

这一句煌煌天语，使左企弓这副久已失聪的耳朵忽然灵敏起来。他大惊失色，马上咽下那一句已经滑到喉咙口的咒骂，把全身弯得更像一只煮熟的龙虾，高举酒杯，直到他的鞭痕尚未平复的额头上，诚惶诚恐地说一句："敬祝马宣赞千秋长寿！"

第二十四章

1

现在是大功告成、大家可以弹冠相庆的时候了。

收复燕云是伐辽战争这篇大文章的正题，何况他们事前已经估计到燕京城在交割之前必遭一番洗劫无疑，毕竟燕京是首善之府，他们去舐别人的"馋余"，多少还有点余沥可尝，因此童贯、蔡攸两个不怕担一点风险，坚持一定要他们亲自统率大军去"收复"燕京，免得再舐自己人舐过的第二道"馋余"。至于云州，虽然同样是边防重地，是燕京侧翼的屏藩，又是直趋河东路的要隘，使节们费了多少口舌，好容易才把它从阿骨打、粘罕的虎口中挖出来。但由于它以贫瘠出名，童、蔡两个对它不感兴趣，甚至派一名大员前去接收，也怕再引起军事、外交上的麻烦而耽搁下来。他们的方针是先拿下燕京，云州之事慢慢再说。后来边疆的麻烦事件果然层出不穷，吓得宣抚司再也不敢提到接收云州之事。直到两年半以后金军大举南下时，即使在形式上，云州及其附近之地也没有一天归宋朝所有过。两支南下的金军，其中一支就是以云州为出发地的。

要配得上由宣抚使副亲自去收复这个国都的大场面，童、蔡两个在军事上作了如下的布置：首先派姚平仲为先遣使，入城去和金人的留守部队洽商交割事项。一定要谈得千妥万当、万无一失以后，才由知太原府张孝纯所属的河东军统领李嗣本率领五万名河东军为前队首先入城。这是对张孝纯努力补充兵源有功的一个报酬。然后才派种师中为"副都总兵"和杨可世、王禀一起率领西军主力为"中坚"，跟着入城。"副都总兵"是临时创置的职衔，用以位置这个难以位置的种师中。他们既不愿畀种师中以副帅的正式头衔，又怕不给他一个隆重的名义、地位，无以服西军将校之心，特别是无以解他们重用刘延庆以致丧师败军之嘲。所以想出这个名义来，让他"权"一下，事后仍可撤销。

第二次伐辽战争时期任命的副都统制何灌一败之余就带着高俅的两个侄子托词逃走。这时他们真正重用的是降将郭药师。继中坚部队以后，由郭药师率领常胜军，护卫他们宣抚使副两个入城。最后以西军的将领马公直、苗傅二人统率京师的禁卫军殿后。这最后的一支军队不过是拖一条尾巴而已，万一发生变化，它不可能起什么作用。

要纠集这多的军队，再加上种种公私的准备工作，都需要花费一定的时间，以至超过姚平仲与金留守长官粘罕约定交割之期五天以后，李嗣本的河东军还逗留在中途，没有开到京郊，童贯和蔡攸的旌节仍然留在雄州城，尚未渡过白沟河。

这时完颜阿骨打倒真的已如约退到松亭关外，粘罕的军队也早撤离云中，只有他本人还留守在燕京城里。

急于要赶回去分赃，不至于在实际利益方面落在诸郎君后面的粘罕这时也等得不耐烦了，他对姚平仲口出怨言，责备宋朝言而无信，还威胁说："宋军倘再愆误，发生变化，乃贵朝自取之咎，休怪俺粘罕无情。"以豪爽出名的姚平仲，办起外交事务来也是干净利落，他得体地回答道："大事已定，并无少疑。接收燕京，稍误数日，乃是本朝敦礼之处。如若先期而来，岂不又要惹起贵朝的疑虑？太子久与我朝使人往来，怎不懂得两国间的礼数，何问之有？"

粘罕的一句恐吓，"发生变化，乃贵朝自取之咎"，吓得童、蔡两个无限惊慌，他们神经紧张地传令种师中做好战斗准备（他们自己是做好万一战败了就溜之大吉的准备）。这一夜，全军刀出鞘，箭上彀，的确过得十分紧张。几次谣传金军前来劫寨了。李嗣本的河东军刚刚赶到城郊，一听前线有情况，无事先自忙乱起来，一部分士兵发生"营啸"之变——半夜里乱叫乱嚷，乱奔乱跑，自相践伤。结果反而退了二十里安营。

幸喜得第二天拂晓之前，马扩从东京赶回宣抚司，童贯一见，如获至宝，马上拉住他一个劲儿地问："众人虑金军劫营，马宣赞以为如何？"

"阿骨打早已撤至松亭关，粘罕也急于回国，某可保其不来。宣抚千万传令诸军安定，按序进军入城，休堕入奸人之计，为金军所笑。"

第二天，大队人马重新整理了队伍，挨次前进，过了辰刻，前军、中坚相继进城，果然是风平浪静，不费一矢之功。粘罕的留守部队早一天都已撤走。原来昨夜的惊扰，就是有人看见北门外留守部队的撤走而引起的，真可谓是"庸人自扰"了。傍晚时分，童、蔡两使也进了城。去年四月间，童贯出师时，曾向官家借用御用钧容直，如今真正到了派正经用场的时候。他们用出吃奶的气力，一路敲敲打打、吹吹弹弹，进得城来，希望吸引全城的遗民都出来夹道欢迎"王师"，重睹汉家威仪。这一个目的果然达到了，几乎所有走得动路的居民都跑到街头上来欢迎王师。可是他们的人数稀稀朗朗，恰似久旱龟裂的田地上还剩下屈指可数的几棵萎瘪枯干、垂头丧气的稻穗一样。实际上他们只是一群科头跣足、鹑衣百结的乞丐花子。原来阿骨打在撤退之际又纳用了刘彦宗的"釜底抽薪"之计，把全城所有的仕宦富室、平民贫户、商铺邸店、贾人工匠以至优伶娼妓、僧尼黄冠以及还有一点劳动力的无业游民，连同他们的金银财宝、物资用具、衣着粮食、器皿家生一股脑儿席卷而去。这里留下来的只有极少数的老弱病残以及无人照顾、自己又无以为生的鳏寡孤独和叫花乞丐，真是名副其实的"遗民"了。

金军不但胁裹去大多数的人民，搬走了一切搬得动的动产，大军临走前又进行一次大破坏，把城堞楼橹、宫殿居室、寺院庙塔、桥梁道路等搬载不去的不动产全都破坏了。这真是一次彻底友好的交割，彻底到居然没有留下一所像样的房屋勉强可供宣抚使驻节之用。偌大的一座燕京城只剩得一堆堆的瓦砾砖石、焦土枯草、断垣残圮、烧烬余屋。还剩下一些一时破坏不了的石柱石础、石桥石阶，也已疮痍满目，面目全非，把一座繁华壮丽的燕京城变成为一片尘封蛛网、狐兔横行的废墟。这真使童贯以下的全体军官大吃一惊。

北宋朝廷花了几年时间，消耗了大量钱粮，损折了几万人马，最后还要加上"岁币"和一百万缗的赎城费，赎回来的就是这样一座空城、一片废墟。

身为统帅的童贯、蔡攸处身在这座破烂凄惨的空城里也感到不是味儿。他们一向惯用物质价值来衡量天下的一切事物，既然到手的这座空城已毫无物质价值之可言，他们再要逗留在这里也大可不必了。好在它虽然没有物质价值了，但仍具有一定的抽象价值，不管怎样，他们总算是把舆图上的燕京城收复回来了，也就立了不世之功，他们在燕京只停留了十天，就急于凯旋回朝去领受赵官家的赏赐。出门一趟，总要捞回一点东西，才可算得不虚此行。

在北道整整熬了一年的蔡攸还坚决地推辞掉官家要他担任的"燕山路安抚使"的新职。童贯顺水推舟，乐得做个现成人情，向朝廷推荐河北路转运使詹度担当此职。詹度对此觊觎已久，只恨自己的资格还够不上当安抚使，一旦童贯做了人情，把蔡攸推出去的官职转让给他，真叫作天从人愿、喜出望外。

五月中，朝廷复文下来，还赍来了一颗新铸的"燕山路安抚使"的煌煌银印。童、蔡两个急忙把这颗银印，连同这座空城一并交割给詹度，率领禁军，快马加鞭地凯旋回朝。

当童贯、蔡攸急不可待地想要离开是非之地的燕京的同时，东京朝廷里也同样是唯恐再生意外，惶惶不可终日。

原来杨可世入燕的捷报递到东京时，朝廷的反应过于敏捷了，它马上发出几道诏书，明谕我军已收复燕京，准备择日告庙，并明谕开封府作速筹备庆贺大典。结果奇袭之师失败，还赔上刘延庆十万大军的溃散，发出去的诏书却像驷马既驰，无法追回了。这使得朝廷大坍其台，成为举国人民的笑柄。

这一次，官家和王黼等人吸取了惨痛的教训，矫枉过正，把事情推向反面。

四月十七日，童、蔡两宣抚统率大军进入燕京，在形式上收复燕京了讫。二十二日一篇洋洋洒洒，把历史追溯到二百年以上、把事实夸大了几十倍的《复燕奏》已经递给东京，又一次在字面上收复燕京了讫。朝廷仍然在字里行间看出有什么不妥当的地方，唯恐再生枝节，迟迟不敢公开发表这个消息。连带童、蔡两个要求凯旋的奏章，也被耽搁了大半个月，累得他们在燕京城里日夜提心吊胆，寝食不安。

直到五月中旬，东京的市民们才在利泽门、新郑门、西水门、万胜门、固子门、西北水门等各道城门口看到张贴着三省同奉圣旨的黄榜，通告今年端午节的龙舟竞渡，因筹备不及，改期于六月初大军凯归后，一准举行，希应军民人等一体知照等因奉此……这总算是官方第一次非正式地承认收复燕京属实，大军即将凯归，而人们也懂得改期举行竞渡，其目的就是为了庆祝胜利。

东京市民向来是最通情达理的，他们完全谅解官方唯恐再闹一次笑话，因而迟迟不敢正式发表胜利消息的一番苦衷。可是他们自己早从其他渠道中探悉得确实消息，用了民间的形式，先期庆祝起来。锣鼓和炮仗，似乎是两件最富于感染性的宣传品。自从有人敲响了第一声锣鼓，点放了第一响炮仗以后，连日来东京的大街小巷中锣鼓喧天，炮仗震耳，从早到夜，从晚达晨，几乎没有间歇之时。没有人为这两件感染品写过考证文章，锣鼓肯定是在奴隶社会中就早发明了的，鞭炮不知始于何时，但到了太平极盛之世的宣和年代，这两件都使用得这样广泛，使得偌大的一座东京城好像从锣鼓和鞭炮的海洋中漂浮起来，一不小心，就有陆沉之虞。

五月下旬，童贯、蔡攸带着禁军胜利归来。他们献给官家个人的礼物是黄金四千两、径寸大小的东珠一百颗，其他犀角、水晶等宝物称是。这不是从辽宫中得来的战利品，金军撤退时，连宫廷中那间密室也破坏得寸瓦不全，哪会有宝物遗留下来？实际上，东珠是赵良嗣从军费的"羡余"项下向金人做了一笔交易，用重价收买下来的。黄金原来就是拿去给金人折价的财物，詹度花了一番手脚，转手之间，又把它"折"回来了。以风雅著名、自称酷爱书画文物的官家也并非对于这些物质价值很高的礼物不感兴趣。童贯用它们来封官家的嘴巴，于是六千万缗的免伏钱就成为一笔无人敢于去过问的糊涂账。这对于童、蔡，还有在东京作遥远控制的王黼和其他有关人员来说，虽然在燕京捞不到多少好处，但就这一项收入而论，也是十分可观的。他们总算没有白打这一仗。

除珍珠、黄金以外，童贯还给官家带来一颗灿烂光亮的明星，它就是残辽的降人，袭燕之役的败将，常"胜"军统领郭药师。童贯在《复燕奏》中大肆吹嘘郭药师的战功，说得天花乱坠，我佛点头，其缘故是可以推想而得的。首先，童贯不可能承认在这场战争中我方是战败者，既非战败，就需要有一个统率军队打败敌方的大将；其次，童贯又不愿承认在这场胜利的战争中，与他处处持相反意见的西军将领有多大的劳绩，于是合于逻辑的结果，就是炮制出这个常"胜"将军郭药师来填充其缺。

其实说句良心话，郭药师的常胜军倒也不是一败不胜的，它立有一次真正的战功，那是在几个月之后，在口外峰山一战。经过激烈的鏖战，彻底打垮了奚军，萧干本人也在众叛亲离的情况中被杀。不过那是未来的事情。在复燕之役中，无论郭药师，无论西军其他的将领都没有什么值得夸耀的战功。可是，童贯既能制造出这场与事实大相径庭的胜利，自然也能炮制出这个与真情完全不符的胜利的将军。这符合朝廷的需要、官家的需要以及他们这一群主持战争者的需要。童贯这一举是深契圣心的。事实上，童贯已经在官家面前密保郭药师充任"燕山路安抚副使"和"燕山府同知"两个要职，也得到官家的予允。官家在一次召见中，给予郭药师破格的恩遇，当殿把两只贮冰用的大金盆指名赐给他，并且面嘱在六月初五举行的龙舟竞渡的庆功大典中，要他单独陪侍御侧，以便在廷臣和东京人民的心目中提高他的地位。

这可以说是北宋朝廷中对于一向受到歧视的武人一次特殊、破格的待遇。

官家准备在那天把郭药师当作一盘新鲜当令的樱桃推荐给东京的老百姓，以满足他们的"荐新欲"。那个祝捷的盛典将代替端午节，成为一个重大的节日，成为全国欢腾的高峰。这消息传开后，几天来每天都有成千上万的东京人在金明池一带穿梭似的往来进出，想先看到在预筹盛典中将有什么新花样翻出来，以便向别人夸口。

2

2

三月初和四月上旬，马扩等一行使人都曾回到东京来向官家述职请示，并且携同阿骨打派来的使节向朝廷商定交割燕云的具体事项。

马扩等一行人使命的重要性随着官家终于了解了在军事上不能取胜，只得依靠他们这几个使人的口舌才可能把燕京争回来、赎回来这个耻辱的事实而增加了。因此，不管官家的事务如何繁忙，只要一听说使节们回来，他就立刻安排接见，并且过问谈判中的细节。

当金方提出具体数字后，官家垂询道："金人与我乃友善之邻邦。借兵相助，古有成例。当年回纥相助唐肃宗、唐代宗收复两京，也只索取得些许金帛犒军。如今金人何故要添出这许多岁物？"

官家一向手面阔绰，屡次表示可以不惜重赂厚遗，务必把燕京赎回来，及至听到具体数字后，又有些大惊小怪起来。其实伐辽一役，几千万缗的钱粮都像河水般地淌出海去，又何在乎这区区小数。大约他感到颜面有失，有损他的自尊心，所以有此一问。

三个使人根据各人的处世哲学以及对官场生活适应的程度，各自作了不同的答复。

"女真诸酋，贪暴成性，唯利是从，其他均在所不恤。倘非臣等苦争，所索尚不至此。"赵良嗣也终于看清楚阿骨打以及诸郎君的贪婪面目，预料到将来边境多事，自己脱不了干系，他的富贵美梦已自打破了一大半，现在向官家预伏一笔，让官家的思想有点准备也好。

"幸赖陛下神武圣德，有以折服阿骨打，不然边患岂能如此容易得了？"卢益答非所问，模棱两可，有点像提出警告，乘机又颂圣一番，说明他确实不愧为一个官场老手。

只有马扩回答得最率直。他同意赵良嗣对女真诸酋的分析，然后不客气地指出："此乃本朝选帅不当，军次失律，兵威不立之故。"

选帅不当，不但指责童贯、刘延庆等军事负责人，并且也把矛头指向派童贯为宣抚使、派刘延庆为都统制的官家本人了。官家听了，神色不怿者良久。幸亏赵良嗣善于转圜，等官家问到善后的交涉情况时，趁势推崇马扩的功劳道："计议善后，臣等几次与阿骨打折冲，其间马扩犯颜力争，出力最多。"

听得这句好话，官家这才回嗔作喜，说道："闻得马扩颇知书。"

"马扩虽系西军出身，"赵良嗣代为回答道，"昔年曾中武举。"

官家又问马扩中的是哪一榜的武举。

"臣系秦嘉玉榜尘忝，"官家既然当面问到，马扩只好据实回答，还不免要加上一句说，"久受陛下教育，愧无寸进。"才算应对得体。

这一句说得文绉绉的话，补救了刚才的冒犯，果然中了官家之意。当下他称赞道："卿倘非知书，安能出使专对？"

言下也含有他知人善任的意思。选帅不当，造成两次伐辽战争的失败，他身为天子，固然不得辞其咎，选择使人却十分妥当，所以能够完成任务。

这次召对并无论功行赏的性质，何况马扩又以言语得罪了官家。但是出乎意料，偏偏在当天晚上，奉到御笔，马扩特除武翼大夫、忠州刺史并阁门宣赞舍人。

武翼大夫是官阶，忠州刺史是虚衔，所谓"遥郡横行"，只是给了武官这个身份，并非真正派他到四川忠州去当地方官。阁门宣赞舍人是官家接见官员时，专司接引的武官。还是马扩第一次使金时，朝廷就借了这个官职给他，可算是久借不还了，这次才得到真除。

大军凯归后，使人们又奉诏陛见一次，这时谈判结束，真正轮到对他们进行论功行赏的时候了。马扩又转一阶，升为武功大夫、和州防御使，这已经是中等以上的武官。

马扩从最起码的承节郎起家，跟随父亲航海到金朝去参加"海上之盟"的外交活动，前后数年之间，升到现职，在当时朝廷里，已是一个出名的干员了。在这段时期中，他做的工作是好是坏，对历史有功有罪，对人民有利还是不利，这很难用一句话来评定。但他在工作中表现出来的才能，虽然受到一些人的妒忌、抹杀以至恶毒的中伤，却仍为大部分人，特别为当时几个朝代的最高统治者所欣赏。

马扩是在他的时代中见到过各朝皇帝最多的一个人。这些皇帝代表着各自的利益，这种利益有时是共同的，有时互有矛盾，有时更是截然相反，水火不容。联金灭辽，在一段时期内，宋、金的利益一致，对于辽却是莫大的灾祸了。在共同的利益中又有尖锐的矛盾，谈判赎回燕京城的艰苦过程，就说明有着共同利益的宋、金两朝发展到这个阶段时，矛盾已突出到主要地位。但是奇怪的是，这三个利害关系相互不同，甚至绝对矛盾的朝代的最高统治者对于马扩个人的才能都是一致推许，欣赏备至。在辽，他受到萧皇后和后来成为西辽国王的耶律大石的赞赏。在金朝，他受到完颜阿骨打的称扬，比较起来，本朝的道君皇帝是最后赏识他的才能的皇帝，主要还是依靠敌国、邻国的统治者对他的揄扬，才开始对他注意起来，不过到底也把他升官晋禄了。

受到各个朝代的最高统治者的赏识和揄扬，这只能说明马扩的思想意识还没有离开他们的范畴，而他的才能也只能够为他们这个阶级的利益服务。

如果不是后来变动得很大、变化得很快的历史环境——那是一个把民族矛盾和阶级矛盾交织在一起的动荡的壮丽的历史环境，影响了他，改造了他，玉成了他，使的思想意识有所发展，有所突破，甚至与他原来的阶级意识有所决裂，如果不是后来那个历史环境使得他的才能能够对民族和人民的利益有所贡献，那么截至此时，马扩即使对他所隶属的这个民族和国家抱有无限热忱，希望做出一番对它们有益的事业，从客观效果来检验，他毕竟不过是封建皇朝中一个干员而已。

以后马扩的官阶基本上停留在这个阶段上下，一度从防御使升为观察使，他的职位也稍有变动，当过短暂的枢密院副都承旨和有名无实的沿江制置使，这些都不足为马扩重。重要的是他的事业有了重大的发展，远远不是那些官职的范围所能限制。他不是像大多数封建官员以他们的职位、名分，而是以他的反侵略、反压迫的光辉事业记录在历史上。因此在我国历史上，他是一位应当受到较高评价的英雄人物。

3

马扩两次回京述职，都曾抽空回家和家人会面。

奇袭燕京城的军事计划，在一年半以前，曾经是他和刘锜的美妙构思。一旦成为事实，不幸又以失败告终，他们谈到这一战役的经过时，感到十分遗憾。他们不但痛恨刘光世的怯懦无能、刘延庆的以私废公，也批评了杨可世在战争中采取的错误措施。

但是要长谈是不可能的。马扩的公务如此忙碌。阿骨打派来的使臣，倘非由他和赵良嗣两个终日接伴，就要在东京城内的大街小巷中乱跑，行径犹如间谍，以至他们两个要轮班回家过一晚的机会也没有捞到。马扩只剩得向家里人请安问好，简单地交换几句话的时间。

五月下旬，大军凯旋，马扩也随同宣抚司一起来到东京享受那一份也有他的罪过在内的“光荣”。凑在那些热闹的庆祝胜利的日子里，百务俱废，这才有了一段钦赐“在家休沐”的时间，让他可以安住几天。

“书札平安知信否？梦中颜色浑非旧。”不相信书札中平安的话而相信在自己梦中看到的憔悴劳顿的丈夫，相信他每天、每时、每刻都处在“虽九死其犹未悔”的危险境地中的婵娘，现在是成天地、每时每刻地可以看见丈夫，和他在一起生活了。但她还不能够相信这是真实的，仍然疑心这仅仅是一场梦。

她分明记得三月初，他第一次没有经过预告就突然回家来的那天。他先去看了刘锜哥哥，刘锜娘子惊喜若狂地把她唤去。在过去的一年中，她有过多少次在梦中与他订了重见之期，又在梦中把这个约期无限地延宕下去，以致她失却了与他重新会面的信心。如今他真的回来了，他们只隔开一道打开的门、隔开一道帘帏，她清楚地听到他和刘锜哥哥正在激越地谈论什么的声音。只要再走动一步，跨过门槛，她就可以与他厮见了。她还有什么顾虑呢？难道刘锜哥哥是外人，不好意思当他的面跟他相见？不，在刘锜哥哥面前，她绝没有这种顾虑，也没有其他的顾虑，只是幸福来得太突然了，她思想上没有准备，竟然踌躇在帘帏以外，过了好久都没有进去和他厮见。这是一个习惯于不幸而不太能够相信自己是个幸福的人的思想状态。这使刘锜娘子十分奇怪了，最后还是她把婵娘推进门去。

四月上旬又有一次意外的见面。婵娘劈头第一句就问他可以在家里待多久。她没有为这一意外的见面感到高兴，倒反害怕很快就要来的离别。她的害怕当然是很有理由的，那一次他在家里前后不过待了半个多时辰，和她只说了几句话。不过他告诉她燕京即将收复，不久他又可回东京来了。她不相信这话，在那一段时期中，一切可以给她带来幸福的消息，她都看成安慰她的虚言假话。这些虚假的安慰曾使她付出重大的代价，现在即使是她最信任的丈夫的话也不能够使她相信了。

可是丈夫的话实现了。

现在的一次不再是瞬间的见面，而是整天整天地相处在一起了。她还唯恐这是一场梦，唯恐在这场醒得太快、醒得太早的好梦中，丈夫的形象又从她的手指缝中滑掉。她下死劲地攥紧丈夫的手——从马扩的一面来说，他起初还不太能够适应这股来势太猛的爱情热浪的袭击。但是像一切勇敢而正直的人一样，他能够正确理解并且迅速判断出善良和真挚的感情加以无条件地接受。何况他还有过那次在战场上去决死的瞬刻中对亸娘感到歉意的自我谴责。克服了最初的不习惯后，他就完全敞开自己的感情世界，让亸娘闯进去，自由地、尽情地去掬取她需要得到的东西。亸娘费劲地用指甲掐痛自己的指窝，有时还要求丈夫来掐她。偶然离开的时候，她就一而再再而三地洗着、搓着、补着他换下来的衣服，洗擦他的兵器、盔甲，抢着去调理玉逡狻，为它洗刷、喂食。固然因为这一切都是属于丈夫所有的，对她具有无限的亲切感，更重要的是从它们身上来体验一种实体感，用来证明眼前的一切都是现实的生活而不是一场梦。

现在亸娘就在梦一般的心情中度过她一生中有限的这幸福的几天。

不知道是否存在过那种真正无私、不需要酬报的爱情。亸娘确实没有向丈夫索取过什么。但当爱情的果实一旦落到她的手里，她也要尽情地享受它。她甚至尝试着要用他们的爱情筑起一道高墙，把他和自己禁闭在高墙之内，而把那个锣鼓喧天、鞭炮震耳的现实世界隔绝在高墙之外。爱情是她精神生活中的居室、衣着、粮食、炉灶、柴火、锅子，爱情可以代替这一切，除了它，她不再需要向那个高墙之外的世界伸手去索取什么了。

刘锜娘子完全理解她的这种心情，她似乎用力地把他们两个推进高墙去，而自己站在墙门口充当一个司阍的角色，不让其他人闯进这个禁区。

但是他们只获得有限的成功。

所谓公务俱废，只限于极短促的一段时间。作为时局的风云人物，宫廷、政事堂、宣抚司仍然不时要把他召去，以备咨询。在东京的庆祝活动刚刚开始，从燕京

[1] 平州辖境在今河北省东部陡河流域，治所在今卢龙县。

[2] 事实上阿骨打撤出松亭关后，已经感到严重的体力不支，只得到附近的白水泺去养病，不久后病逝。他终于没能回到上京去。

就传来了令人不安的消息。

首先传来了故辽平州[1]节度使张觉举兵抗金的不寻常的消息。

张觉拥兵自雄，不愿向金朝屈服。完颜阿骨打的大军撤出松亭关以后，就命令左企弓、虞仲文、康公弼等降员取道平州、滦州，入榆关回到上京去，一路上带有宣慰残辽官兵的任务。张觉手里握有两万名精锐士卒，并且一向对左企弓等大员不满。他接获左企弓等已来到平州前站的"滚单"后，做好准备，一俟他们入境，就把他们全部扣留起来。左企弓以己度人，做梦也没想到在这风卷残云的局势中，居然还有这样不识时务的蠢汉敢于反抗大金皇帝。他手无寸铁，只好束手受缚。张觉当着数万军民之面，数以叛辽不忠、降金不义、为虎作伥、戕害燕民等十大罪状，把左企弓、康公弼、虞仲文、曹义勇等几个辽奸，一一送到绞刑架上绞死，然后在一场出其不意的突击战中打败了金朝大将阇母的军队。

这是在消灭残辽政权的战争中，金人遭遇到的一次真正的挫败。

这个消息对于宋朝也是非常重要的。由于读音的近似，马扩最初错认为这个张觉就是去年接伴他的礼部郎中张毅。柔若无骨的文员张毅居然能够做出这样一番事业，倒也使他心惊。但是这个小小的错误，并没有妨碍他对事态之演进做出正确预测的几种可能性。一种比较小的可能性是张觉继续扩大战果，金军暂时无力消灭他，让他作为一支以恢复残辽政权为号召的割据势力而存在。这种形势，即使出现，也是短暂的。金军决不允许在这个要冲地区内留下一股敌对的势力，它稍作部署后，势必要派出大军去扑灭它。张觉兵力单薄，一旦抵抗不住时，或则请兵求援，或则败退到我方来请求收容，这两种可能性都很大。总之，在这种情况下，我方无中立之可言，应当采取什么态度，事前必须做好考虑，免得临时惊慌失措。

此外又传来一个更加惊人、但是还没有被证实的消息说阿骨打已经旅死在军中了。[2]

马扩判断这个消息有几分可靠，因为在谈判的最后阶段中，他几次看见阿骨打，已经尪羸骨立、疲态毕露，有支持不住之势。当时马扩就与赵良嗣交换过意见，认为在谈判中，金方由不愿交割燕京的立场突然转变到有条件地交还，其主要原因就是阿骨打已经病入膏肓，急于要回去解决内部问题。

如果阿骨打逝世，根据金朝兄终弟及的传统继承方法，目前已被称为"谙班勃极烈"的完颜吴乞买将继承皇帝之位，这大概是无疑问的。但并不等于说金朝内部的矛盾已全部解决。据马扩观察，女真诸酋在阿骨打个人绝对权威的统治下，维持了表面上的团结和和平，不过内部也是矛盾重重的。吴乞买为人喜怒无常、才具有限，他一旦继承大位，必须依靠二太子斡离不辅助他处理军国大事。斡离不在女真诸贵族中才能威信都是数一数二的人物，用他来辅佐吴乞买，并预定为吴乞买的继承人，这是阿骨打早已深谋远虑地布置下的一着棋子。可是大太子粘罕久握重兵在外，多立战功，已经培养出一股个人的势力。他本人又是个桀骜不驯、野心很大的军事领袖，吴乞买继位以后，他能否俯首帖耳地听命于斡离不，这就很难说了。在谈判过程中，马扩发现斡离不和以粘罕为背景的讹鲁观、撒卢母多有凿枘之处，斡离不的主张取得胜利时，粘罕本人也会露出悻悻不满之色。阿骨打在世一天，粘罕绝不敢有什么异动，一旦阿骨打弃世，两雄不并立，可能会爆发一场火并。据马扩的分析和估计，吴乞买继位后，为防止内部分裂，马上发动一场对我朝的战争以缓和他们的内部矛盾，这种可能性是极大的。马扩一向认定宋、金之间终必动兵，阿骨打逝世的消息如属确实，战争很可能在短期内爆发，因此他一再建议当局要做好应战的必要准备，首先是停止西军的复员，相机在燕山、河北、河东前线配备重兵，加强国防。

在那些疯狂的庆功的日子里，马扩不祥的推论和令人厌烦的建议显然不可能得到当局者认真的考虑，但他已成为辽、金问题的专家，目前赵良嗣还逗留在燕京办理一些财务上的未了事宜，因此北边发生了一些情况，当局者理所当然地要把他找去，从他手里稗贩得一些资料转卖给官家，以表示他们在军事外交方面渊博的知识。有时官家本人也要把马扩召上金殿，有所垂询，目的是当大臣们向他奏陈时，他自己心里也有个底，表示自己是个精明强干、励精图治的皇帝，不为臣下所左右。君臣双方的表演都不符合他们的实际，当他们做着这样对等的表演时，彼此都明白对方的资料从何而来，不禁在心里匿笑。

这对于马扩来说，真是"买椟还珠"了。知识的本身只是一只空盒，建议的内容才是珍珠。他们零售趸批地买去他的知识，却不认真考虑采纳他的意见，这使他十分焦急。

这些实际的军事、外交事务占去马扩主要的注意力。当他充分享受婵娘的爱情时，一受到朝堂和宫廷的召询，就会使他从精神到肉体暂时都逸出她的爱情高墙以外，翱翔在实际事务的天空中。

不管朝廷是否接受他的意见，他马扩对边境的国防事务是早已生死以之了。他锲而不舍地提出问题，提出建议，希望这些顽石终于有那么一天会点头。

可是形势逼人，允许他在里面回旋的时间已是十分有限的了。

4

此外，家里还有一个刘锜娘子这位爱情的义务司阍阻挡不住的闯入者，他经常要叩门而入，甚至是越墙而入，进来打扰他们的伉俪生活。

他就是赵隆。

经过名医邢倞小心翼翼的治疗，加上这一年多以来䄖娘、刘锜娘子的加意护理，赵隆的病体早已康复。前线需要他的时候他不能去，等到他能去的时候，前线早已不需要他去参谋了。现在他仅仅是为了关心并且希望尽可能快地获知这方面的消息，才逗留在东京。而这些消息常常是令他沮丧、令他十分气恼的。有几回他大发脾气说这次一定要卷铺盖回西北去了，结果还是受到惰性规律的支配，继续受坏消息的折磨，继续大发脾气，而仍然无限期地逗留在东京。

他期待的是胜利，得到的却是不断失败的消息。第一次战争的挫失，种师道的受责、刘延庆的被任命、奇袭燕京之役的功败垂成、第二次战争的大溃败以及拿回燕京城的可耻的交易等，无论在当时或事后得知了，都使得这个与军队有着血肉联系的老军人感到无限失望、无限愤懑。

现在他的气愤集中在郭药师身上。

他带着老年人的健忘，老是把这个得不到满意答复的问题一再提出来问："童贯那头阉驴作甚要把这个姓郭的鳖蛋带到京师来厮见官家？"

他一直记不得这个姓郭的鳖蛋的名字，这个名字与宗教相联系，而与军人毫不相干。记不得名字，索性就叫他鳖蛋，鳖蛋是他们西军中对于一个瞧不起的军人最侮蔑的称呼。郭药师是降将，在传统的老军人的心目中最瞧不起的就是降将。此外，赵隆还带着一股激愤的心情猜到童贯的别有用心。童贯之所以要抬高郭药师的身价，其目的就是要打击西军的威信，贬损西军的地位。他打算把郭药师留在燕京，担当起北方边防第一线的重任，以便把西军调回去陆续复员。赵隆的猜想是有根据的。种师中只做得半个月左右的"副都总兵"，接收燕京的大事一了，宣抚司就忙不迭地撤销这个临时职衔，并以优待为名，恩准他回西北老家去休沐。杨可世目前虽仍在燕京，童贯也不喜欢他，已列入几个月后复员将领的名单之中。只有王禀在滹沱河一带转战有功，被太原知府张孝纯看中了，通过宣抚司，再三挽请他留在河东，主持太原军区的防务。很明显，童贯要扩大并培植常胜军作为自己的本钱以与西军抗衡，并且用来代替那个实在抬举不起来的刘延庆。

当马扩不能够给赵隆一个满意的答复时，邢倞出来补充了："俺听得郭药师被拜为检校少保、燕山路安抚副使兼同知燕山府事后，迎着童贯就跪下来叩头谢恩。童贯一把把他搀扶起来，道：'少保如今是与咱同功一体、并起并坐的朝廷大员了，为何要行这等大礼？'郭药师感激涕零地回答道：'宣相是药师的再生父母，药师只知道见了父亲就拜，不知其他。'乐得童贯从骨髓缝里都钻出笑容来。"

"阉驴生不生得出鳖蛋？这个俺没见过，倒要请教太医。"赵隆想出一句恶毒的话来发泄他的气愤。

"天下之大，无奇不有。"邢倞带着博物格致的幽默感，一本正经地回答，"童贯还有两个亲儿子呢，又安知他就生不出一个鳖蛋？"

这个有点渲染得过分的小道新闻，没有得到消息灵通人士刘锜的证实，东京人向来善于捕风捉影，添油加酱。把郭药师讲得如此不堪，可能出于他们的想当然。刘锜曾和郭药师打过交道，郭药师奇袭之计，受到刘锜的支持。在筹备袭燕的过程中，也认为他思虑周密，胆大心细，是个将才。但同时也感觉到他胸有城府，凡事都不肯随便表态，居心难于窥测。刘锜说了一件真事：官家把两只贮冰的大金盆赐给郭药师后，他带回下处，把跟随他进京来的伙伴一起召来，先说了一番官家深恩厚德，如不图报，猪狗不如的话。然后慷慨陈词：俺郭某今日渥蒙官家厚赐，都是诸君之力，诸君合该得到这份赏赐，郭某何功之有？当场就把金盆剪开了，一一分给部下，自己一无所取。

从封建官场的角度看来，把官家赐的金盆剪开分给部下，至少是对官家不敬。有人把这件事奏知官家，官家不以为忤，反而夸奖郭药师薄己厚人的作风，是个"廉能之将"，还说："此乃郭药师能得部下死力之故，异日必能捍卫边疆，为帝室屏藩。"

马扩是促成常胜军反正的联系人之一，他知道甄五臣策动反正，确具诚意，郭药师当时多少有点被迫的性质。但常胜军反正是在他使金以后，情况不甚了解。马扩与郭药师有过几次接触，大致印象与刘锜相似，还没有形成一个明确的看法。现在他也提起一件值得注意之事：这几天郭药师常带着部将到京郊的西南角牟驼岗一带去转。牟驼岗是官府畜牧之地，马匹云聚、秋豆山积，更兼地势高敞，俯视京师，有高屋建瓴之势，是屏障京师的军事要地。郭药师身为降将，好不容易被童贯第一次带到东京来，大相国寺、马行街等繁华之处都不足引起他的兴趣，却一再到牟驼岗去察看，居心何在？

"贤侄，贤侄！你们不信，且信老拙的一句话。"赵隆根据他们提供的这两条线索，立刻就得出自己的结论，"依俺看来，这个姓郭的……鳖蛋分明是一个当朝的安禄山。"

仅仅根据这些薄弱的证据，就把郭药师比为唐朝的大叛逆安禄山，赵隆这个结论未免下得太性急了。刘锜、马扩心里也未必认为这位老上司的意见是绝对正确的。但是驾驭降将，恩威并施，两者都要保持一定的分寸，刘锜、马扩都感觉到官家如此破格地优待郭药师确是过分了。这样做，倒真是在炮制一个安禄山，如果郭药师的野心和实力，当时还没有发展到像安禄山在天宝末年那么大的程度。从这点来看，他们的老上司、老丈人的忧心忡忡，并非毫无理由，这就怪不得他一天要几次闯进女儿的高墙去破坏他们的宁静生活。

六月初五，转瞬即至，这几天东京城里郊外，为了这场庆典，已形成一股疯狂的气氛。但在刘锜家里是另外的一种气氛，他们几乎没有人提起金明池竞渡。第一个赵隆，说到庆祝大典就有一肚皮的气，他说："今日之事，可耻莫甚，还有什么面皮谈到庆祝？"亸娘一心只想留在高墙内，根本不想出门去玩。刘锜娘子现在是以亸娘的意志为意志、亸娘的忧乐为忧乐，亸娘愿意留在家里，她自然也要留在家里。事实上，刘锜娘子已经暗暗地拟定一项计划，她准备到了六月初五那一天，在自己家里举行一个小小的庆祝宴会，庆祝他们得以安度去年此时只有她和丈夫两个心里明白的一场真正的危机。去年五月二十六日初战失利和以后一系列的败讯，六月初三马扩单骑陷阵、下落不明等消息如果当时封锁不严，泄露给亸娘父女知道了，在这个家庭里可能会发生什么事情，或者说还可能有什么事情不会发生？这才是这个家庭里最值得庆祝，值得大家干一杯酒的节日。

刘锜娘子的这项庆祝计划受到丈夫的赞同，他们打算暂时让亸娘父女闷在葫芦里，然后在祝杯的时候，出其不意地宣布去年的危机，要大家高高兴兴地过这个节日。

但是初三晚上，刘锜接到镇安坊派人送来的一张字条，把他们的计划打乱了。

这字条是一首《更漏子》的小词，那娟秀的笔迹分明出自师师手笔。词牌下面还赘上了"小词代柬，寄刘四厢、马宣赞"这个命意显然的题目：

别愁多，欢绪少，满眼紫葳红蓼。

抛旧谱，弄无弦，日长如小年。

香雾薄，卷珠箔，结想芳洲杜若。

看飞舸，竞中流，旧盟还记否？

这首小词的节拍，提醒了刘锜、马扩的诺言，命意虽然明显，调子却是低沉的，似乎她有什么心事，寓词寄意。这却形成了一种压力，迫使刘锜、马扩不得不前去应约。

要实践去年的这个约定，就必须破坏目前的这个庆祝计划，这倒使得刘锜踌躇起来。何况去年他还说过这样的漂亮话："娘子若有差遣之处，只消遣一介之使相召，刘锜岂敢不直趋妆召奉候？"说这种话是要兑现的，否则就不像个男子汉了。刘锜把眼睛瞟着词笺，口中只问："兄弟看此事怎处？"

刘锜娘子看见丈夫踌躇，也跑来大声念出了师师的词，及时替他解了围。

"大丈夫一言既出，驷马难追。你两个既与师师有约在先，岂可不践？"她征求了婵娘的同意，在明决之中不无讽刺地说，"丈夫和兄弟先去陪师师看竞渡，晚晌回家来领咱的这杯祝酒，两全其美，有何不可？"

第二十五章

1

刘锜、马扩准时到达镇安坊，悄悄地走上阒无人影的醉杏楼，最后才发现师师独自支颐坐在阁子的里间。她在沉思着，她的表情是严肃的，这说明她在小词中强调的那个"心头的结想"是实有之事，是真情实感的流露，并非诗词中的习惯用语、陈词滥调。

但是一看见他们来到，她的神情迅速转换了，她变得兴高采烈，容光焕发，似乎要把心事瞒过他两个。

"二位联袂来此，何其姗姗来迟？"她完全略去了客套，以一种好像每天见面的熟朋友那种亲切的语调责问道，"倒累得师师几度上楼，凝伫延颈，望眼欲穿了。"

费长房[1]有缩地之术，师师也有缩时之术。她故意选择了"联袂"这个词儿，一下子跳跃过一年三个月的时间，把他们拉回到去年春间在醉杏楼这场快叙的回忆中去。师师从来是重感情的人。她重视这两个朋友，是因为她确信他们两个对她也抱着同样的感情和深切的理解，这两样似乎很容易得到，实际上在许多朋友之间，特别在师师所处的特殊境况中都是十分难得的东西。

师师高高兴兴地请他们两位在阁子里小坐。她虽然需要友情，却没有试图要他们帮助她一起来解开心头之结，这个结既然属于她个人的秘密，好朋友也无能为力，何况她从来没有在朋友面前诉痛说苦的习惯。他们小谈一会儿，师师就用一个含有歉意的浅笑把他们留在阁子里，自己翩然走进后室去梳妆打扮了。

师师神情的转换，没有逃过两个朋友的眼睛。这一转换，如果出之以虚伪，那原是她们那一行职业的长技，可是刘锜、马扩都不是用这种眼光来看待她。他们认为她的一切都出自衷心，因此当她进入内室时，他们联想起去年的印象，不约而同地感觉到师师的变幻莫测。她有时是一片乌云、一片彤云，有时又好像一片被落日渲染、返照着的晚霞，带着万紫千红、千变万化的绚烂的颜色。她又好像是一支放在掌心中的磁针，为了寻找正确的方向，一直在游移、振荡。

今天，她的这个特点，更为显著。

她一向以"冷"的性格闻名于时，今天却表现出很大的热，热到足够把周围的空气都燃烧起来的程度。她一向不喜欢到热闹场所去抛头露面，自从出了大名，特别从官家赐幸以来，她更加自重身价、轻易不愿出门去和那些凡姝俗艳争胜斗

〔一〕即折扇。有人考证始于金章宗时，其实北宋时已由高丽传入中国。

妍，今天她却是这样兴致勃勃、这样迫不及待地要求他们两个陪她去金明池，而她一向又是很少对朋友们提出个人要求的人。所有这些，对她都是反常的行为。这还不算，尤其使他们大吃一惊、疑讶不止的是，他们原以为今天她会像往常一样换一套优昙花般纯洁的月白色的缎襦或者换一件与她一向的性格举止十分和谐的天蓝色的绉衫出门。这两种颜色都是她平常最爱穿着，也是由她起始穿着以后，大家学习模仿，风靡了东京城的。但是他们猜错了，她走出梳妆间时，身上竟然穿一件隐隐织着水纹的绯色罗衫，曳着同样颜色和花纹的裙裾，这一套窄窄小小的服装适合骑马之用。她的鬓边系一朵用绝薄的绢纱制成的蝉儿，这大约就是古书上所说曹丕之姬莫琼树佩戴的"缥缈如蝉翼"的蝉鬓。

人们都知道师师一向不喜欢艳装，不喜欢过于鲜艳的色彩，更加不喜欢周学士刻意求工的一句名词——"平波落照涵绯玉"，认为它过于雕琢，就近于不自然了。叫他们意料不到的，她今天居然就穿了这套根据这句词设计织染颜色和花纹的衣服，亭亭玉立地站在他们跟前，似乎要他们鉴定一下这套衣服对她是否合身。

认定某一个人只适合穿着某一种颜色、某一种式样的衣服，这原来就是一种偏见。现在他们看到师师忽然穿了这套他们从未在她身上见过的裙衫，同时也发现了一种在她身上很少发现过的娇艳明媚的姿态。问题不在于衣服，而在于人的风度韵姿。只有具有师师这样的风华绝代，才能够随心所欲地把自己打扮成为她所愿意打扮成的人。如果没有师师那样的风度，没有师师那样的艺术兴趣而具有同样的惊世震俗、标新立异的炫耀感，那就只能贻笑千古，成为历史的话柄了。今天师师打破她本人的成规——这个成规师师只用来突出自己，并不用来束缚自己——似乎立意要以她个人的美来和整个东京妇人的美的总和来挑战。她具有这样坚定的信心，自信只有她个人的美才能够为今天这场庆祝惨胜典礼的宝塔尖上结成一个金光灿烂的塔顶，没有她，就完成不了这场庆典。

这种心理既是反常的，也是不足为训的。当她忽然意识到在她尊重的朋友刘锜、马扩面前暴露了这个弱点时，她好像一个任性的孩子立意要干一件坏事，忽然发现宽容的母亲一双微露谴责的眼睛正在盯着她那样不自禁地脸红起来。如果说，师师的眼波就是一泓碧水，那么她脸上的红晕就是被那种羞惭意识返照出来的"绯玉"。她因为羞惭而脸红起来，又因为情不自禁的脸红而增加了羞惭。这时案几上正好放着一把聚骨扇[1]，她顺手拿起来，用拇指和食指轻轻一扭，把它展成一个半月形，就用它把自己的羞惭的脸庞遮盖起来。

　　这把非凡的折扇是用一种名为"兰竹"的竹骨制成的，不知道出于自然还是出于人工，扇子一经展开，或者轻轻扇着的时候，就有一股似有若无、似远若近的蕙兰清香透送过来。折扇背后，恰巧是刘锜、马扩看得见的那一面，画着一幅《听筝图》。这是官家继《听琴图》之后特别加意精绘的又一幅人物画的结构。这一次，他吸取了《听琴图》失败的经验教训，乖巧地只让听筝人出现在画面上（调筝人也许就隐藏在扇子的那一面呢。在艺术上，他即使再有把握也不敢唐突地把她画上去）。听筝人的神情是专心致志的，又似乎是别有会心的。他在凝神屏息地听筝，从口角边露出的一丝欣然的微笑中，仿佛可以想象到那跳跃在高山流水之间的铮铮的筝声。它和听筝人的神情完全凝合为一了，表明他确实是个知音。

　　作画者在题款处题了弦外之音、神韵不尽的"寄调筝人"四个字的上款。下款一个他常用的"天水一人"的花押以外，还有"吉人"一个署名。官家的御讳，一般只出现于谁都不会去问津的天潢玉牒（在宋朝时，这本帝王的家谱称为《仙源类谱》）中，久已逸出人们的记忆以外。在这里，忽然无意邂逅，刘锜、马扩都不禁会心地微笑起来。

　　师师得到这把扇子才不过三天，那是官家作为送她三十一岁华诞的礼物，巴巴结结地画好，又巴巴结结地亲自送来。当他终于明白了自己权力的限度，知道不可能使师师属于自己所有以后，他用这幅画来表达自己甘心退处在一个彼此都可以接受的，即他站在师师的视线之外，却是在会心处正在不远的地位上来赞美她、欣赏她、保护她，在精神上拥有她的心愿。

　　送去折扇的那天，他还冒天下之大不韪，问了一句："师师可愿到金明池去看龙舟竞渡？"作为庆祝他一生中最重大的丰功伟绩，在庆典的预定节目中，他本人还有种种表演。在内心中，他十分渴望师师去参观，但又怕碰她的钉子，几次吞吞吐吐，欲问又止，最后才敢提出来问。没想到师师一反常态，竟然一口答应了，还准备接受他为她细心安排的一个优越的位置——最靠近"水殿"和"五殿"的一个彩棚，这样就可以使她在他的视线监视之下参观竞渡。官家受宠若惊，认为她是为了凑他的高兴才接受邀请的，这一喜真是非同小可。今天又为她作了种种安排，使她可以毫无困难地进入金明池大门，参观竞渡。

　　官家的设想不能谓之不周，可是他不但在处理军国大事上，即使在处理个人生活事务上也常是这样差之毫厘、失之千里的。他以为这样卖力一番，一定能够博得师师的一声称赞了，实际上他得到的恰恰是它的相反。毛病出在这幅《听筝图》

上。师师的心理也许是过于复杂、过于微妙、过于深不可测了，不是自作聪明的官家所能管窥蠡测。师师的确愿意官家不声不响地站在那会心处正在不远的彼此默契的地位上来庇护她，却不愿意他主动地把这层曲折的意思表达出来。这把扇面在师师看来不啻是官家的一个宣告，宣告的形式确是很具诗意的，显出他迎合师师的一番苦心，但同时也明白宣告了他已经放弃进一步争取师师的努力。这伤害了师师的自尊心。今天师师的精神亢奋，表现为异乎寻常的兴奋、愉快，其中潜在的原因，也许就是为了他送她的这把扇子。

他们相将走下醉杏楼时，刘锜问道："师师今天穿了这身骑装，想是打算骑马到金明池去？"

"到城外二十多里路，不骑马，难道走去不成？"师师笑笑，然后加上说，"早起内里驱来了一辆什么七香宝车，要咱乘坐。这样六月暑天，闷在珠帘内受这份活罪，咱却不愿意。倒是驾车的那匹胭脂马长得有趣，咱吩咐他们配了鞍辔来，备咱今天骑乘。"

"那辆宫车呢？"

"咱要他们驶回去又不肯。只好让小蘗两个乘了，先去棂星门口等候咱们。"

"今天人挤，路上车、马、肩舆又多，"刘锜摇摇头，"俺早知道了，还是劝师师乘车去妥当些。"

"咱有一年多没骑马了，今天好容易发这个心，四厢休扫了咱的兴。再说有你这位马军司四厢都指挥使，还有单枪匹马搅入辽军阵内的马宣赞在左右两侧护卫，还怕师师出什么马上事故？"

让丫鬟们乘坐应该具有出降帝姬那样身份的贵妇人才能乘坐的七香车，让大小宫监们鞠躬如仪地去伺候她们，自己却穿了一身艳装，连面幂也不戴一个，就打算骑了胭脂马出城去，这与其说出于任性，还不如说她心里有所感触，而这个感触又不能够形诸语言，让朋友们来分担的。可是她的任性也到了极顶，想到哪里，就做到哪里，以作践宫廷为快，以违背官家的旨意为乐，完全不考虑可能带来的后果。对她的处境十分了解的刘锜还想说句话规劝她，但是她兴高采烈地抚玩着手里的丝鞭，一面请刘锜笼住马头，一面把裙裾拽上一把，双足并在一边，一翻身就侧身斜坐在雕鞍上。看到她这一团豪情、一片稚气，刘锜只好把那句忠告咽下喉咙去。

"四厢是怕师师掉下马来摔死在大街上吗？"师师明明猜中了咽在刘锜喉咙口

的那句话，偏偏扯到另外一面去，免得在此时听到不入耳的箴规。她故意做了一个危险动作，几乎从马背上滑下来，然后灵巧地纠正了它，马上坐稳说："咱跟小旋风学过半年骑术，什么骗马、淌马，什么镫里藏身，样样都会。还要替师师担心，岂非杞人忧天？"

有好几道城门都可以通往金明池，除官家和他的卤簿大队要从西城的正门利泽门出去，行人一律不准通行外，其他万胜门、固子门、新郑门、大通门等都可以通行。刘锜特意选择了比较僻静、路也比较好走的万胜门出城去。但是对于拥有一百万人口的东京城来说，今天势必有四分之一，或许达到三分之一，甚至二分之一的居民都挤向同一目标出城，这几道城门实在令人感到太少、太窄了。即使在街道上、城门口维持秩序的禁军们都认得刘锜，想尽办法地要让他们一行人优先通行，但是到得万胜门城门口时，挤着、拥着的人们已经乱哄哄地排成了几条长达一二里的不规则的长龙，他们只得驻马下来，排在人丛后面，等着挨到他们时才能出城。

一段路跑下来，师师已是汗水淋漓，几条汗巾都已经湿透了，再加上烈日当空，风沙扑面，更使她口渴难忍。她事前准备好的饮料，连同那只行囊，匆遽之间，都让小蓁她们带走了。这里城门内外，有的是出售零食的地摊小贩，偏生切急之间，找不到一个出卖茶水的。这一口水，现在对于师师是这样需要，而又这样难得。幸喜得有着单骑搅阵经验的马扩在"玉狻猊"颈脖上挂了一瓶水，他连同当作瓶盖的锡杯一起递给师师，师师等不及把水倒进锡杯，一把接过水瓶，打开盖子，一骨碌地把满瓶的水都喝干了。

这时万头攒动，万人拥挤，众目睽睽，都看见穿了一身绯色裙衫，毫无遮拦地骑在胭脂马上，显得有些心跳气促的李师师就着一只水瓶口子忙忙地喝水的情景。这肯定要成为明天东京市上盛传一时的新闻。明知道会产生这种后果的师师，对此毫不介意。她只笑了一笑，把水瓶递还给马扩，抱歉地说道："原想给宣赞、四厢留些下来解渴，谁知道一骨碌都把它喝干了，只好停会儿加倍奉还。"

出得万胜门，城外的道路宽阔了，这才得到扬鞭疾驰的机会。

＊师师走马万胜门。

在风沙之中，师师背后的那片纱帔和鬓边簪的蝉翼都好像要飞起来的样子。师师几次回手把鬓蝉整好。刘锜紧紧勒缰追随，心里也暗暗吃惊师师高明的骑术，到底是马戏班子里学来的玩意儿，不同凡响。

"金明池已经在望，"师师高高兴兴地回过头来笑笑，"幸无差池，四厢、宣赞总该放心了。"

可惜这句洋洋得意的话，也被漫空的风沙吞没了，他两个没听清楚，倒累得师师吃进一口沙子。

金明池也有十多道门，其中棂星门算是正门，平日常年关闭，逢到节日，也只有少数特权人物才能从这里进出。大多数挤在门口的平民观众只有观看御驾和宫眷们进出这道门的权利。按理来说，今天他们既然特意来参观竞渡，理应早点从其他的门进去找个优先的地位看竞渡，可是东京人的所作所为不能以常理来衡量，他们的特点是对自己作为的目的性不很明确。明明来看竞渡，偏有那么多看不厌御驾和卤簿的市民等候在棂星门门口，宁愿放弃优先的位置，先看一看御驾再说。开封尹深明东京人的心理，他不必采取什么强迫的措施，就可以使御驾所到之处永远保持一个维持朝廷体面所需的热闹的场面。

师师一行人抵达棂星门时，奉命伺候她的内监已经在门口恭迎玉驾了，没有内监带领，她们进不了这道门，更无法找到自己的彩棚。恰巧与此同时，官家的玉辂也已驾到。按照旧例，驾幸金明池观竞渡，只需要出动四分之一的卤簿。今天因为举行庆功大典，从官方的意图来说，竞渡只能算是余兴节目，因此官家特命出动二分之一的卤簿，以增加喜庆和隆重的气氛。卤簿前驱，早已进入门内去布置一切。

玉辂行到时，官家虽然早在意料之中，但仍然十分满意地看到有那么多的"臣民"在门口迎他的驾。为着给他们一项特别的恩典，官家下令挽士们在人丛中间把玉辂向前后左右推来推去地来回三次。这样的回旋，有个专门名称，叫作"鹁鸪旋"，目的是让军民士庶人等可以在更近的距离中看清楚御容。按惯例，"鹁鸪旋"只能在元宵正日中，在宣德门外举行一次，今天例外的加恩，也足以表明官家心里的高兴。

这三次回旋，加上玉辂与余下来的卤簿队的进门式要花很多时间。要等到这个行列全部进门后，才轮到师师她们以及其他的宫眷们进门。

大内监一直把她们领到预定的彩棚中。这一次师师是弃了坐骑，与小蘽她们坐着宫车进门的。今天像这样的宫车在棂星门口进进出出的有二三十辆，帝姬、皇姑

[1] 北宋朝廷灭亡后，原太宰张邦昌在金人卵翼下建立伪楚政权。

[2] 建炎、绍兴都是宋高宗赵构的年号，建炎投降派以黄潜善、汪伯彦为首，绍兴投降派以秦桧为首。

们都是这样进来的，因此没有引起人们特别的注意。她们这间彩棚得"天"独厚，它是在靠近水殿不远的河岸上，临时用翠绿、天蓝等色绢纱蒙在木架上，上面又盖着细篾、芦席搭成的一排帐篷中的一间。有一道透明的轻纱挡在面前就算是帐门。要维持宫眷和皇室中人的尊严，把棚中人的面目遮盖起来，不让庶民看清楚，同时又要让棚中人能够看得见外面的一切，这两者似乎是不可调和的矛盾，这一道带有象征性的掩盖面目的轻纱就是解决矛盾的缓冲体。师师的这间彩棚位于皇亲国戚、帝姬驸马之间而居于宰执侍从之上，这是官家的安排，谁也不敢提出异议来。宰执大臣等虽然有时也可以承恩到水殿的月台上去领受官家的赐宴，但在竞渡时，如果没有特旨侍御，按例只能携带家眷，留在次一等的彩棚中观看。

在竞渡尚未开始时，官家先在靠近月台的殿边御座上休息一会儿。五个年轻的皇子雁翅般地侍立在御座之侧，他们挨年龄顺序下来是太子赵桓、郓王赵楷、肃王赵枢、康王赵构、信王赵榛。官家的儿子很多，他让后面的四个皇子侍奉，是由于他们的才华、品貌以及其他原因讨得他欢心的缘故。至于太子赵桓，既没有才华，品貌也只是一般，母妃又没有博得官家特别爱宠。他之所以侍奉在侧，仅仅因为他是皇太子，而他之所以成为皇太子也仅仅因为他是皇长子的缘故。无论从哪一方面来说，官家对于这个太子，并无特殊的好感。

在封建朝廷中，希望长生不老的皇帝和急于要想继承大位的太子之间，往往构成一对对立面。其原因就是他们的眼光都离不开这张御座。这张御座不仅代表他们本人，也代表依附在他们周围多少人的利益。已经得到利益而且希望一直保持下去的臣僚们和尚未得到利益、急于要取前者而代之的官僚们永远是对立的。他们既然代表着对立的利益，自然要处在对立的地位上了。

赵桓是个温和顺从、优柔寡断的太子，也许他在主观上也希望成个孝子贤孙，但是正由于那种对立的地位和潜在的竞争，从他被册立为太子的第一天开始，官家就没有喜欢过他。后来太子果真如愿以偿地坐上了这张宝座，也没有表现出对于他的被继承者的利益有什么特殊的关心。他们所信任的大臣，无论是宣和年代的权奸们，靖康年间的新贵们，甚至伪楚政权[1]的热烈的拥护者和建炎、绍兴年代的投降派[2]，都是一丘之貉，他们持有相同的人生观和做官哲学。

这时水殿上除皇子们以外，果然与外间的传说相符合，外臣侍驾扈从的只有残辽降将郭药师一人。郭药师是个懂得在什么场合应当做什么事情的人，他现在扮演的是一个膺受特殊恩典的宠臣的角色，因此在他每一个毛孔中都渗透着恭敬惶恐、感恩图报的分子。官家把他召向前去，有所垂询。从双方的表情看来，官家大约问他在逆廷中可曾见识过这样盛大、隆重的庆典，他一定回答说没有。还可以断言，他一定会补充道："今日让微臣侍奉官家，欣观盛典，此乃旷古未有之殊恩，微臣唯有肝脑涂地、粉身碎骨以报皇麻。"

对郭药师得体的应对，官家满意地笑了。

截至此刻，可以说官家都在满意的心情中。

[1] 五代时建立于山西省的地方政权，它受到契丹贵族的支援。

[2] 五代时建立于四川的地方政权，当时拥两川、陕、甘边区之地。

[3] 五代时建立于长江中下游的地方政权。

2

第二十五章

金明池是坐落于京郊西区、方圆约有九里的人工湖泊。它开凿于周世宗显德四年，已有一百多年的历史。周世宗柴荣是一个具有开国创业气象的英主，他之所以没有完成统一全国，结束二百年来事实上早已割据分裂，而于五十年来连名义上也是割据分裂的局面，仅仅因为在三十八岁的英年上，一场突然发作的炎症夺去他宝贵生命的缘故。

周世宗在他短促的在位期间，制订了非常精密、正确的统一全国的通盘规划，并且一一付诸实施。他始终把军事的重点放在对付已经占有燕云十六州形胜之地的北方强敌契丹贵族身上，他知道燕云一日不收复，黄河流域一日不得安宁。他即位之初，就在山西高平山区打败北汉军[1]以及支持北汉军的契丹骑兵。以后经过大规模的淘汰和整训，训练出一支强劲甲于全国的陆军。然后回师西北、东南，打败后蜀[2]和南唐[3]两个具有威胁力量的地方政权，以巩固自己的后防。用兵于两淮及长江流域需要水军，他开凿金明池的目的就是为了在自己直接关注下训练出一支可以与他的陆军相匹敌的水军。像所有开国雄主一样，他们有所创建，绝不是为了吃喝玩乐，而在于实现自己的雄图，至少在统一以前的一段时期都是这样的。北宋初期的统治者也还把金明池用于原始的目的，宋太祖屡幸造船务，观习水战，这个造船务就设在金明池边。他们训练的这支水军称为"虎翼军"，含有"为虎添翼"的意思。

到了北宋中期的统治者，早已失去开国帝王的创业精神，把这个训练水军的金明池逐步变成游乐场所。每年三月，池水解冻以后，金明池局部开放，称为开池，让成千上万的游客拥到那里去，车水马龙，熙来攘往，好一片升平气象！到得百多年后，经过一而再，再而三的改造修建，金明池已变得面目全非，即使熟悉本朝掌故的人，也早已忘却它的原来用途。只有端阳节龙舟竞赛的一方仍然使用着虎翼军这个传统名义，人们从这条线索中才会淡淡地想起在某一个古老的年代中，它曾经有过游乐以外的正经用途。

北宋政府经营一切消费性的玩乐事项，从来都是不惜工本的，还美其名曰："取之于民，用之于民。"小小的外郡州县，有些名胜古迹，就要建造起楼台亭阁，摩崖勒石，以垂千古，何况在首善之区的东京府。偌大的一个湖泊，经过真宗、仁宗、英宗、神宗、哲宗几代皇帝的加工，不断浚深扩大，并且在它周围围起一道雕花精镂的水磨砖墙，墙内又修建起不少新的建筑，真想把它建成一座人工的瀛洲仙岛、蓬莱阆苑。到了徽宗即位以前，它已接近到完美的程度。

一个人有一个人的性格，一座城市有一座城市的性格，一个朝代有一个朝代的性格。如果把一座军用的金明池改为游乐场所，并且不断踵事增华的过程看成北宋朝代性格化的过程，这种说法也可以成立。

徽宗皇帝是使这个朝代的性格达到典型程度的主宰者，又是制造一个虚假的花花世界的多面手。到了宣和时期，金明池规模宏大，建筑豪华，完全达到一座离宫的水平。沿着它周围砌的那道延绵迤逦的宫墙本身就是一件艺术品。宫墙四面都开着三道门。正北偏西的一道门是正门，造得最讲究、最宽大，可容几辆马车并驱而进。正门门柱两旁都建有高耸入云的阙观，用来象征日月双辰，这道门就称为"棂星门"。在双阙之间的门顶上又建造了一座标名为"宝津楼"的飞楼。设计宝津楼的时候，没有考虑到它的用途。后来想到竞渡之日，可以让教坊司的乐伎在这高楼上吹弹歌唱，以助雅兴，于是成为成例。以后每到竞渡之日，开封府就要把歌伎们召来演奏。登上宝津楼必须通过日月双阙的楼梯，别无他途，因此发生了一个奇怪的现象，这道神圣不可侵犯的棂星门到了竞渡之日成为官家、宫眷以及歌伎们共同可以进出的大门了。

车驾进入棂星门后，沿着一条宽广整齐的御道行进，它由东折南，经过几百步路，就到达雄伟壮丽的"水殿"。水殿虽然造在金明池东岸，却有一半的面积深深伸入水中，使它成为一座名副其实的水殿。殿外还有一个和殿的本身面积同样大小的月台。官家和皇子们接见郭药师的时候，月台上早已搭起几座黄色的帐篷，许多锦衣侍卫都侍立在帐篷外，护卫官家。甚至对宋朝的朝仪也已十分娴熟了的郭药师在奏答了官家的垂询之后，就后退几步，做出一个随时都准备退到月台上与侍卫们一起站班以护卫官家的姿势，表示他不敢僭越地享受单独侍奉官家的特权。他的谦恭知礼的态度，无疑博得了官家十分的欢心，官家不但不让他退到月台去，反而做了一个手势，要他站近一些。

在盛夏六月其他的日子里，或者在中秋节，官家偶尔高兴，也借月台这个宽敞凉畅的处所赐宴宰执大臣。这是一个人人望得见，等闲时却进不去的所在，确是一座可望而不可即的海上仙府，受到赐宴的臣僚能够在月台上盘桓几个时辰，都认为是膺受一项特殊的光荣。

水殿和月台还是原有的建筑,宣和皇帝又进一步从月台开始一直延展到湖中心处填修了一个十字形的人工半岛,这才是匠心独运的高级设计。半岛上布满着细茸般的碧莎,遍植奇卉异葩,还有嶙峋的怪石和小巧玲珑的亭台。一队队从江南运来的"花石纲",除供应"艮岳"和宫苑外,也分润到这里,使它成为皇家的第三座园林。宫苑和艮岳都是皇家独享的禁地,只有这第三座园林才具有半开放性质,半岛和水殿虽然不准游人闯入,金明池开放之日却允许他们在远处饱饱眼福,这也算得是"皇恩浩荡"了。

在半岛十字交叉的地基上,官家又因地制宜地建造了五座宫殿,与水殿遥遥相对。五殿正中的一座是圆形圆顶,门窗也都雕成穹形,殿里陈设布置的桌椅案几也相应地制成圆形、半圆形和穹形。弧形的线条是圆殿设计上的特点。圆殿四周有四座面积较小,但是同样精致、同样豪华的长方形的宫殿。这种圆与方、圆顶与四角峥嵘的铣顶,高与矮、大与小、平面与立体相结合的别开生面的五座宫殿,是我国建筑史上一个杰构。它们每一座都有一个既是象形,又有会意,既是颂圣,又有迎神的漂亮的赐名,但是东京的老百姓并不是宫廷文艺的欣赏者,他们笼统地称之为"五殿",或者分别称之为"圆殿""东殿""南殿""西殿""北殿"。

五殿虽然都是独立结构的建筑,却有重檐飞廊相接通。殿外一式是丹墀朱栏、白石玉阶,凭栏四望,全湖胜景,全在一览之中,这里才是参观竞渡最优越的地位。竞渡将要举行之际,侍卫们按照老规矩,迅速用一套制作得十分精巧的锦步障,从水殿的月台开始,直到五殿,把十字岛的纵部遮盖起来。人们只听得一阵环佩叮咚之声,有时也夹杂些嬉笑声,就知道官家、圣人、宫嫔、待年的帝姬和皇子、王妃们都通过这条走道进入五殿来看竞渡了。这时观众的情绪骤然紧张起来,可是距离竞渡的正式开始还早得很呢!老资格的观众们正好利用这段空隙先欣赏欣赏宝津楼上歌伎们正在演奏的乐曲。

锦步障撤去以后,观众们的眼睛也随着耳朵集中到宝津楼上。十字岛屿的北端有一座拱形桥直通到宝津楼所在的北岸。这座桥的特点是桥脊造得特别高,这样才能与离地百尺的宝津楼互相配合,取得和谐的效果。东京人根据这道桥的形象称之为"骆驼虹"。这是一个宫廷文艺和大众口语相结合的典范的名称。"骆驼"是东京市民的象形的看法,这个"虹"字才是官家设计时的命意所在。这道桥有意漆成一轮轮的黄、橙、红、紫等各种色彩,以蔚蓝的天幕为背景,横弓在碧水粼粼然的湖面上,真像是一道雨后彩虹。但是"骆驼虹"只具有装饰意义,很少实用价值。车马都不能在这条设计得太陡的桥面上通行。人们即使步行，扶着栏杆，一步步地走着，一个疏忽，也会发生倾跌之虞。有过执事的宫嫔从桥顶上滚下来，造成伤害的事故，因此桥的两端，长年封锁着。而在这个节日里，恰巧成为宫廷与歌伎之间的障碍物。桥上不能通行，只有在划船的能手操纵下，小船才能从桥下排列得十分整齐的二十五道双行雁柱之间曲折通过，直达北岸。

花了很多人力、物力造的一道桥梁不能供人们使用，实际上只是一个带有装饰性的玩具而已，这大概是建筑史上罕见的实例。可是在宣和时代，这不值得奇怪，因为那个年代的本身就是一个"玩具年代"，一切都是为了玩儿，一切人工制造出来的事物，大而至这座虚假的花花世界，这场伐辽战役，小而至这道骆驼虹，这个隆重的庆典，无一不是制造出来供许多人，供一部分人，或者供一个人玩乐之用的。

竞渡比赛的起点既不在宝津楼所在的北岸，也不在水殿所在的东岸，而在空旷疏落的西岸。西岸没有什么重要的建筑物，只有垂杨蘸水，绿荫如云。比赛的终点在湖中心十字岛屿的尽头处。那里竖着一根长竿，竿上挂下来一匹整匹的素绢，上面写着"宣和五年龙舟竞渡庆贺收复燕山路盛典"十几个大字。长竿顶上又挂着金牌、银牌、金杯、银碗、宝石、彩帛等利市物，作为竞赛优胜者的奖品，在灿烂的阳光下闪闪发光。

所谓"龙舟竞渡"，这"龙舟"二字是名不副实的，实际上，比赛双方所用的船只一律称为"虎头船"。参加比赛的十条狭长的小船，船头都雕成虎头的形状，还油漆成在端阳节这一天特别应时的虎黄色。既然称为"虎翼军"，船舷两侧原来都刻画着老虎的翅膀，但是经过一百多年的流传，这一对在实际应用中毫无作用，反而造成累赘的翅膀早被省略掉。因此只剩得船头上的虎头形还保持当年训练水军时留下的遗迹。

可是端阳节是以龙舟竞渡出名的，为了使"龙舟"两个字有着落，比赛前首先从南岸的"奥屋"[1]里慢慢地驶出一条长达二十丈、宽达三丈半，上面建有层台楼观的真正的巨龙。它的出现总要引起一阵喧呼，人们不禁要重复已经重复了多次的旧话，说"当年隋炀帝下江都看琼花，也不曾坐过这样豪华、讲究的大龙船"。有人神经过敏地推想官家既然造了这样大型的龙船，肯定要乘坐它临幸江南的，立刻有人排出了一张随驾临幸江南的名单：蔡京、蔡攸、王黼、童贯、高俅、张邦昌、李邦彦等都在其列，身为苏州人的朱勔当然是向导，可不能忘记今天刚冒出尖儿来的一株新笋郭药师。

　　准备载运官家到江南去的这条"龙舟"，现在从金明池的南岸驶出。它昂起龙首，翘着龙尾，全身闪亮出细纹雕刻涂了金漆的金色鳞片，果然十分威武。它慢慢地向湖中心比赛的终点处驶去。这条龙舟的实际用处是在比赛时供执事人员在上面发号施令。龙舟三层楼的顶上，站着两名顶盔贯甲的武士，他们一个是"龙翔队"（与赛的一方）的掌队，人们都识得他是东京城里大大有名的"高四爷"，高俅的兄弟高伸。另一个是"虎翼队"（与赛的另一方）的掌队，一个曾在比赛中多次获得奖品的老兵。高伸手执彩旗，另一个手执画角，虽说二人站在同样高的地位上，有着同样的发号施令权，但无论从身份、地位，从衣饰的朴素和奢华，从神情的骄亢和淡漠来比较，前者显然是高人一等的，从两个掌队的悬殊地位，就可以看出这是一次不平等的竞赛。

　　两个掌队都在船楼顶上等候，等到一切准备工作都已就绪，比赛起点的执事人员挥着绿旗向他们示意比赛可以开始了。这是一个紧张的瞬刻，宝津楼上的乐曲早已停止，全场静悄悄地把视线都集中在龙舟顶上。这时高伸转身向一个站立在岛屿尽头处身穿锦衣的侍卫长官说了一句话，侍卫长官立刻飞身向五殿奔去，接着又飞奔回来，向高伸传达了官家的口令。必须通过官家的口令才能开始比赛，这就在形式上保持了这场比赛是由官家直接主持和指挥的。在这个过节中，高伸和侍卫长官直接或间接同官家转了话，并且执行他的指示，因此他们需要有相当高的品级和身份，那名老兵站在一旁自然是相形见绌的了。

　　侍卫长官的一句话刚说完，高伸就伸出彩旗向着起点的方向挥舞起来。虎翼队的掌队跟着也吹响了画角。早已在西岸边上一条浮标线上作势待发的十条虎头船，单等信号一发，就马上划动船桨，像离弦之矢一样急遽地冲破浮标线出发。

　　比赛开始了。

3

所谓"虎翼军",跟北宋朝廷里许多军队的番号一样,早已名存实亡。现在参加竞赛的一方,是多年前从江南各地的"厢军"[1]中抽调出一批士兵加以适当的训练而组成的一支队伍。

没有人认真负责管理这支队伍,如果他们还能够成为比赛的一方,主要是依靠他们的军人的荣誉感和自觉性。他们中间多数的划手年龄已超过三十岁,有的已到四十开外,早已到了不得不退出比赛的极限。但由于后继无人,找不到候补者,更为了要维护这支队伍过去在比赛中常常得到胜利的荣誉,特别因为要不辜负东京百万市民对他们的热烈支持和深切同情,他们年复一年地留下来继续为本队效力。

在这个玩具式的朝廷里,既不需要一支真正可以作战的水军,也并不希望这支以军队名义参加竞赛的队伍能够获得胜利。仅仅为了给当局者提供一个一年一度参观竞渡的乐趣,才没有正式撤销这支队伍。他们没有固定的上级机关,没有固定的经费,常常关不到饷,平日衣衫褴褛,饮食不继,似乎他们作为人的实体存在于当局者的心目中,只限于在端阳节前后的旬日中——今年因比赛推迟,总算在当局者的心目中多活了一个月。只有到了比赛前几天,才有人发一套半新不旧的锦背心、锦裤给他们,才有人讽刺地问到他们,今年能不能够像往年一样拼凑起一支比赛的队伍。

可是他们确是货真价实的军人,并不因为受到当局者的歧视、蔑视、无视而泄气。他们日常到金明池来练习划船、练气力、练技巧、练速度,他们的技巧已达到这样一个高水平,能够从拱形桥下的雁柱之间间不容发地穿来穿去,而不让船头、船尾碰着石柱一点儿。

比赛的对方,叫作"龙翔队",这是官家亲自为它题的名字。

在封建社会中,"龙"是皇帝的代称,"龙翔队"沾着一个"龙"字,表示它经过官家点头认可,是作为宫廷代表的一支队伍。实际上,这支队伍的成员也并不是在宫廷中执事的侍卫或内监,而是当朝权贵、大臣的子弟们,是一群对划船有着业余爱好,特别因为预期着在竞渡的当天可以大出风头的公子哥儿。他们之所以有资格代表宫廷是因为他们的父兄都是官家的亲信,他们理所当然地就自认为是宫廷中的人物,而官家本人也乐于把这个名义授畀给他们。他们仗着朝廷的权势,借父兄之余荫，已拥有各级挂名的官职，平日成群结队，鲜衣怒马，徜徉于东京市寰，为非作歹，偶尔高兴，也带着一批豪奴到金明池来练习练习划船。

他们既是宫廷的代表，当然拥有无限优越感。难道这一群花子似的虎翼队队员可以和他们平起平坐成为比赛的一方吗？不！他们生来就是贵族，落地于公卿的摇篮里，在富贵的襁褓中包裹长大，向来眼高于顶，岂可与这些贩夫走卒为伍？他们从来不把这些叫花兵放在眼里。在金明池练习划船时，两队相逢，他们总是忍耐不住地要戏弄和欺侮对方。最客气的是让船儿靠拢对方的船，冷不防一划桨劈进水里，让浪水四溅，溅得他们满身都是湿漉漉的。再不然就仗着人多势大，几条船联合起来，把对方的一条两条船直逼到湖岸边，有时索性把对方的船儿掀翻了，让这些花子落进湖水里去洗个冷水澡。开封府是他们老子拼了股子开的店铺，开封府里的缉捕使臣都是他们雇用的恶奴豪仆，高兴起来，打死个把人都是芥末般的小事，让几个花子兵洗个冷水澡又算得什么。看到水军们忍气吞声、敢怒而不敢言，他们真真感到一阵由衷的快乐。

在人类中，总是免不了有那么一小撮以别人的痛苦为自己的快乐的人。

东京的市民们对这两个队伍的爱憎也是泾渭分明、毫不含糊的。龙翔队只受到宫廷以及少数关系者的支持，虎翼队却受到百分之九十五以上的人民的支持。老百姓也是幸灾乐祸的，他们幸权门之灾，乐豪家之祸，他们希望受到灾难的就是这批专以别人的痛苦为自己的快乐的公子衙内，当然上面还有他们的支持者，下面还有爪牙们。因此不难推想在这场比赛中，绝大多数观众的感情在哪一方。

只有到了接近比赛的前几天，龙翔队中也有几个头脑比较清楚的人开始想到胜利不一定属于自己的一方，在他们拥有的一切优势中只排除实力比赛这一项。在比赛场上开封府尹和他的缉捕使臣未必能够帮他们的忙。为了夺取胜利的荣誉，他们考虑了两项对策，一是想办法补充自己一方的实力，重金礼聘一些真正的划船好手为本队效劳；二是跟虎翼队谈判，只要他们在比赛中肯让出一头地，就可以得到十倍于奖品的酬谢。第一个方案即使实现，也只存在百分之五十的获胜机会，要靠得住最好还是谈判。开封府尹盛章自告奋勇，出面去做谈判的居间人。谈判中，他恩威并施，许了愿心以后，继之以威胁。他说："你们众位要识得时务，才可算为俊杰。不然惹怒了官家，那还了得？高太尉也不是可以随便得罪的。殿前司要寻你们一个不是，不把众位一个个刺了面发配到沙门岛去才是怪事哩！"

十倍于奖品的报酬和沙门岛这两条道路由他们自行选择。按照常理，开封府尹盛章很容易就可做成这笔交易，不幸他的谈判对象却是一些异乎"常理"的人。虎翼队队员们为了不辜负东京人对他们的殷切期望，也为了要维护"人"的尊严性，毫不犹豫地拒绝了盛章的居间说项。

在五方杂处、鱼龙漫衍的一百万东京人中间有着各式各样的人。

有胼手胝足，终年不得一饱的劳动人民；有肠肥脑满，终天只想玩出一些新花样来消遣他们过剩的生命的上层人物。

有那么一批可以列入护驾到江南去的名单中的权贵，在他们手下有一大批手脚并用的哼哈二将、立里客、开封尹、缉捕使臣等。可是在茫茫人寰中也有不怕触怒权贵，一定要在角抵中跌他一跤以快人心的小关索李宝，也有不怕触犯高俅、宁可先替李宝去治病的医士邢倞，也有苦口婆心地规劝师师远避官家的何老爹。在这次竞渡中有盛气凌人不可一世的龙翔队队员，同时也有富贵不能淫、威武不能屈、贫贱不能移的一群虎翼队队员。

无论哪一种人都以为自己手里掌握着真理。

龙翔队的队员们认为胜利必须属于他们、光荣必须属于他们是真理；它的支持者、拥护者承认他们的真理为真理；开封府尹盛章以提出这样的建议来保护龙翔队的胜利和光荣是真理。当人们思考着自己的行动时，莫不以为自己才是真正的真理的掌握者。

但是真理掌握在绝大多数人的心里。

他们的直觉是真理。

或许他们在某个阶段受到某种现象的蒙蔽，或许他们也做错过一些事情，有过不正确的思想，一旦澄清了翳障，在他们清醒了的内心中所持有的衡量尺度就是真理。

盛章出面谈判遭到虎翼队严词拒绝的消息如此迅速、如此广泛地传遍了东京城，以至今天有二三十万人出来参观比赛，关心他们间的胜负，热切地希望虎翼队痛击龙翔队，把它打得落花流水。这就是清醒的东京人的真理。

4

在棂星门外作着三次鹁鸪旋时，官家坐在玉辂里，隔开一道珠帘，他凭着情人特有的视觉，在万人海里，三次都发现师师以及护卫着师师的刘锜和马扩。

自认为对于师师拥有个人专利权的官家，坐在玉辂里，第一眼见到师师今天比往常更加神采焕发，不禁产生了拥有那种特权的情人很难避免的虚荣感。他为师师的突出的美感到自豪。

"今天东京城里的妇女倾城而出，都到这里来了。试看有哪个比得上她的容姿绝代、迥出尘寰？朕在万人丛中，一眼就认出了她，可知她真不愧是个尖儿！"官家满腔得意地想道，"幸喜得那日邀请了她，她也高高兴兴答应出来为朕捧场。不然的话，今天少了一个她，岂非缺典？"

在祝捷庆典中少了一个师师，就是"缺典"，官家想出这句双关语，心里更是得意。

官家也注意到刘锜、马扩与她在一起。那天邀请师师时，她已经说明去年就与刘锜、马扩有约在先，可能他们会来践约，劝官家不必再派宫车来照料她了。师师既然这样说过，态度又是十分光明俊伟，对此，官家也不觉得有任何疑虑的理由。

当鹁鸪作着第二次的回旋时，官家透过万头攒动，仍旧把他固执的视线落在师师驻马的处所。他发现她除了一向有的"容姿绝代，迥出尘寰"，今天她身上又多出了一点什么他无以名之的新奇的东西。师师身上似乎蕴藏有一个无穷尽的矿苗，他永远可以从她的矿苗中发掘出新的宝藏来。后来他把这个无以名之的新奇东西概括成为一个问题："是什么使得师师今天显得这样出奇地神采焕发、热炎灼人？"这个问题在他心里酝酿一会儿，迅速就发展成为一个大大的问号。一个没有解决的问号放在心里好像一团发了酵的面粉放在被絮里一样，顷刻间就要成倍地膨胀起来。

但是到得第三次再见到她时，这个问号解决了。他发现使得师师今天神采显得异常焕发、热炎灼人的原因是她穿了一身绯色裙衫。官家的视觉虽然十分灵敏，他的感觉却是相当迟钝的。师师穿一套绯色裙衫，这本来一望可知，他却要等到第三次看见她时，才发现这个。可能他是想得过头了，反而忽略了眼前的东西，人们对于太专注的事物，常常会产生这种"舍近求远""明察秋毫，不见舆薪"的错觉。

但是这个新发现确是非常重要，使他又惊又喜。

原来这里还有一段历史渊源。有一年杏花盛放的时节，他在醉杏楼上看到"杏"花人面相映红，不禁多了一句嘴，说："这杏花开得如火如荼，娇艳欲流。如果师师你啊，也肯穿上这绯色的裙衫，与杏花争妍，不知要怎样'沉醉东风'哩！"

这一句想讨好师师的话，显然没有达到目的，反而产生了相反的效果。她向来不喜欢别人的意志强加在她身上。

"这满箱子的衣服，"师师指着里间的箱椟，漫不经心地回答，"有红有绿，高兴穿什么就穿什么，值得什么'沉醉东风'的？"

这个回答扫了官家的兴。

自从说过这句以后，又经过几度花开花谢，几度残红满地，几度绿子满枝，官家一直没有忘记这番对答，可也不敢再提。师师究竟一次也没有穿过绯色的衣服。无论如何他没有料到今天师师居然会换这套裙衫出来，更没料到这套衣衫穿在她身上竟会产生如此惊人的效果。这双重意外，怪不得要使他惊喜欲狂了。

但是，今天有着几十万的观众，她摒弃了他细心周到地为她准备好的宫车，就这样穿了一身艳服，骑匹特别耀眼的胭脂马，毫无遮拦地跑到这里来，似乎有意要在稠人广众之间炫耀自己的美丽，这在别人固然无足为奇，可是在师师身上……这与她平日的行径实在太径庭了，这里到底包含着什么意思？

旧的疑问刚刚解决，新的疑问又迅速产生，当玉辂推进棂星门，折往水殿时，官家心里又涨满一团发酵的面粉。

可是这个新的疑问也得到自己满意的解答了。

他猛然想起刚才师师驻马在棂星门门口时，曾展开他赠予的折扇，轻轻扇了几下。想到这个微小的，却是事关重大的动作，顿时又使他放下心来。

"莫非她想到今天来到这里，一言一动、一颦一笑、一簪之轻、一扇之微，都逃不过朕的耳目，所以特为穿了这套朕向往已久的绯色衣衫，佩了朕特别赠予的扇子，在这大喜的日子里，遥相庆贺，让朕在心里高兴一番的？"赠扇之举，是官家的得意杰作，师师当时又是毫不犹豫地接受了他的赠予，这一定给予官家十分深刻的印象。再加上今天本身就是个欢庆的节日，因此他总是往好处去想，得出的结论总是非常乐观的。他还亲切地对自己说："师师，师师！你兰心蕙质，用意如此体贴周详，真不枉朕十余年来对待你的一番苦心了。"

第二十五章

4

到得水殿上，要举行种种的仪式，皇子们要向父皇祝贺胜利，他自己又要蓄意炮制一个北宋版的安禄山[1]，暂时分去了他的心。等到这一切都匆匆过去以后，他又忍不住把眼睛往师师占用的彩棚中瞟去。这间彩棚是他亲自选定的，与御座并无间隔，他可以毫不费力地找到它。现在人们的视线都集中在他身上，又随着他的视线之转移集中到师师身上。一道遮住他的珠帘和一幅遮住师师的轻纱都遮不住观众们的千万道视线。人们喊喊喳喳地议论起来，这使他略具戒心。但是他发现师师对此是毫不在乎的，她仍是那么兴高采烈，仍是那么神采飞扬。她一会儿合拢手里的折扇，一会儿又把它打开，两者都是无意识的。她一会儿附着惊鸿的耳朵在说些什么，一会儿又回过头去跟刘锜、马扩说话，她的动作是那么迅速，以至她的头颈向左右转动时，一对珍珠耳珥像小孩玩的"摇咕咚"那样摇摆起来。

刘锜是官家信任的近臣，在官家心目中刘锜是个很有分量的人，马扩刚从燕山回来，他似乎就是燕山府的化身。官家知道师师去年曾与马扩见过一面，今天让他们两个来陪，一定是伺隙向他们打听收复燕山之事。这固然与她平日的郁郁寡欢、落落难合的脾气不符，但是这与此时此地的气氛是调和的。师师向来任性，有时被他拘管得紧了（用一种精神上的压力来拘管她），为了表现她的独立性，会像匹劣马似的撒一阵野。这个脾气，他也曾几次领教过。毕竟她今天是关心收复燕山这件大事，而收复燕山这个功劳，总的说来应该记在自己账上。她关心地打听这件事，目的无非是使他高兴。因此师师的异常表现，也没有引起他其他的想法。

但是有一种说不出的原因，使得官家甘冒几十万人的流言蜚语的危险，忍不住每隔顷刻就要向师师的方向转头望去。

这个说不出的原因，可能是他模糊地意识到在他和师师的关系中，曾经对刘锜有过某种回忆。虽然时隔数年，刘锜早已用自己的谨慎的行动改变了他的看法，但是那个淡淡的印象并没有从他的回忆中完全抹掉，而刘锜身上使他不期而然地感到的那种分量，此刻对他似乎也形成一种压力。

当龙舟慢慢地从奥屋中驶出来，吸引着观众注意力的时候，师师也像所有的观众一样焦急地望着龙舟，希望它快点驶到终点。那时官家已经通过十字岛上的锦步障，从水殿移驾到五殿中一个靠近师师方向的方殿中坐下来。这是十分不谨慎的举动，因为无论是按照旧例，还是要选择一个参观竞渡的最显豁的位置，官家都没有理由坐在这座偏侧的方殿上。但是发酵的面粉里已经掺入一点酸素，这时他对师师的注意力已经远远超过他对竞渡的兴趣，远远超过他对观众的戒心，再也顾不得这些无关宏旨的小节了。

这座方殿距离师师的彩棚更近，他看得也更加真切。他从师师的表情中看出她与全场的人一样着急的心理，这是可以理解的。这艘龙舟也是个大玩具，看起来庞然大物，富丽堂皇，自己却不能行驶，要依靠岸上的人夫纤引，行程十分缓慢，一段路要走好半天。安排这个传统节目的想法，大约是要用这艘龙舟的缓行来衬托停会儿竞渡的虎头船的高速度。不拘泥于成例的官家却在心里想到这个办法不妥，明年一定要改革，事前就让它碇泊在终点，省得大家望眼欲穿。

官家这个想法并非他自己希望竞渡快些举行，而是希望竞渡的紧张的场面，能够迅速吸引去师师全部的注意力。

可是龙舟仍然以牛步化的速度驶行，这时发生了严重的问题。

官家感觉到她已经注意到他对她的执拗的凝视。有两次，她抬起头来把眼光看到他凭栏俯伏的地方。但是后来的一次，当他的视线将要去攫获她的视线的时候，她迅速躲避开去。她收回了自己的视线，一面转过头去和刘锜说话，一面打开折扇使劲地扇了几下，似乎不耐烦地要把那拘管得她太紧的执拗的视线从她身边扇开去。这几扇非同小可，他感觉到这是一个不稳定的情人从他的掌握中逃离、退却的不自觉的信号。这使他诧异、惊疑，并且把已经在他心里解决了的这一套绯色裙衫为谁而穿的问题重新提了出来。这一次问题是带有倾向性的成见提出来的，因而格外严重。

不用说，刘锜是最大的嫌疑人，但是这个怀疑不难证实。按照官家的想法，刘锜是军人，曾经提出整顿虎翼军的方案，而且一度有人主张让刘锜去主管那个虎翼队。刘锜无疑是虎翼队的支持者和同情者，而他自己，不管怎样，人们公认他是龙翔队的后台了。他只要弄清楚停会儿在两队比赛中，师师同情、支持的是哪一个队，就可以看出她的倾向性，也可以判断出今天这套裙衫她究竟为谁而穿的。

官家这一猜，又是差之毫厘，失之千里。师师确实有点精神异常，这次是由那幅倒霉的《听筝图》引起的，她确实支持虎翼队，但并非因为刘锜的缘故。东京城里一百万人口中有九十五万人都倾向于虎翼队，师师是染局匠王寅的女儿，有过一段孤苦伶仃、流浪街头的童年生活，这使得她的思想感情不可能不与大众呼吸相通、休戚相关。她不可能不支持虎翼队。官家与她的个人的密切关系，不能够改变她的根本立场。官家似乎从来没有想到过这个问题，为什么以他的宫廷的名义组织起来的比赛队伍如此不得人心，而他本人偏偏又愿意把自己至高无上的名义让它利用，支持它、偏袒它，使得自己也成为人民谴责的对象？这是一个在愚人也许偶尔会想得到，而在自信心特别强的聪明人却往往不会加以考虑的问题。

5

竞渡比赛是在金明池西南一块用浮标线划出来的水域中进行。从湖西岸的起点到湖中央十字岛屿尽头处的终点，比赛全程恰恰是七百二十丈，四里整。

所谓浮标线，是几根串联着许多漆了鲜艳颜色的长方木块的粗索，系在湖岸上和湖中的木桩上，固定在一定的位置上，作为比赛时用的界线。除起点、终点各有一道横列的浮标线外，赛区中间又系着十道纵列的浮标线，划分成十条航道。参加比赛的每一条虎头船只允许在自己的航道内划行。船和航道都编了号，龙翔队以天干、虎翼队以地支编号，从左起纵列第一条航道是龙甲字号、虎子字号、龙乙字号、虎丑字号……一条航道间隔着另一条，一条虎头船靠着另一条，比赛就是这样捉对儿进行的。虽然双方使用同样颜色、同样式样的船，但由于划手们穿着明显不同颜色和不同式样的服装，再加上质地、料子上的差别，使观众一望就可以区别出两个队伍来，绝不会混淆。

授奖的方法分为团体和个别两种，个别奖授予前五名到达的划手，第一艘到达的划手们享受着最高荣誉，每一名划手都可领到一块金牌。团体奖授予前五艘到达终点的总成绩较好的一队，得到一只镌了字的金碗。

每艘船上都有一名旗头，他手执锦旗，背心朝着终点，站在船头上，他是一船的司令者，作用相当于战争时一个小队的旗头。在整个比赛过程中，他都要挥舞彩旗，一方面是为本船的划手们打气，看到哪个划手有点差劲泄气时，他就把彩旗指向他，拉破嗓子，大声吆喝，鼓励他加油；另一方面，舞旗的本身也是一项艺术，随着船尖儿破浪劈水、疾速前进，他也摇摆着自己的身体，适应着船的倾仄度，把旗子舞得飕飕作响，舞到酣处，只看见一片彩色的光轮罩住他的全身，犹如一轮风车在船头上飞速旋转。按照规矩，观众也要为突出的旗头的舞旗表演大声喝彩。

船头上有一名站着的旗头，船尾上有一名坐着的司舵，前后相对。余下来每艘船上都有十名划手，他们既不是坐，又不是站，而是半立半坐在左右舷，使得船的两边都有五支划桨。他们既要增加速度，又要用有节奏的均匀的动作，尽量保持船只的平衡。在竞渡中，覆舟是常有的事，一条船翻了，不但使自己失去得奖的机会，也会影响到团体的总成绩，那是竞渡中最可耻的失败了。

划手们也像观众一样焦急地等候龙舟的迟迟其行。他们带着一定要战胜对方的决心，凝神以待，单等信号一发，就抢先出动。这在观众的肉眼中几乎完全分辨不出来的第一桨，虽然仅仅也就数尺之差，却严重地影响以后竞赛的进程，影响划手们的心理，因此划手们十分重视这第一桨，一定要抢在别人之前出发。划出这一桨以前，他们心里有许多得失荣辱的考虑，划出了这一桨以后，所有的抽象概念都被从他们的脑子里挤跑了，剩下的只有拼足气力向终点急遽冲去这一实际的努力。这是一个正常的划手在比赛前和比赛中正常的心理状态。

这时宝津楼上的歌伎们也用出了和划手们一样的劲道，十分卖力地吹弹着各种管乐和弦乐。在龙舟的第二层楼上，双方都备有大鼓，急遽地敲打出一套"得胜令"，用来催动自己方面的船只飞速前进。由于经济基础的悬殊，以致发出来的鼓声也大不相同。龙翔队是从绷紧的新鼓中发出清脆好听的"咚咚"声，虎翼队是从古老的败鼓中发出迟钝的"笃笃"声，这不仅在划手们，在二三十万观众的听觉中也一听就能区分明白。

由于去年竞渡停止举行，今年的竞渡又推迟了一个月，直到今天才来举行。长期的暌隔，更增加了今天这场比赛的白热化程度。龙翔队向对手提出的"和平建议"遭到拒绝后，他们横下了心，加强第一项措施，就是不惜工本地聘请了一批真正年轻力壮的划船好手来代替自己。几乎每一艘船上都有三四名，甚至六七名新手。他们还怕不能取胜，把最好的、第一流的划手们都集中在龙丙字号船上。如果得不到团体的优胜，他们希望至少这艘"丙字号"可以独占鳌头，夺得个别的冠军。如果没有这样的把握，他们怎肯付出五百贯钱的代价，而且在一段时期中，还让这几名好手成为他们府第中的座上客？

权贵的子弟们为了夺取这场光荣，不惜把他们剽窃得来代表官家的专利权以及可以使他们大出风头的大好机会拱手让给他们的雇用者。他们自己改充旗头和其他可以在今天这场比赛中出头露面的执事人员。当然充当旗头也不是轻而易举的，他们舞旗的技术也像划船的技术一样不高明，当虎头船疾速往前冲时，他们站在船头上，一个节奏失调，就有掉下金明池去洗个冷水澡的危险。不过这份虚荣心大得足以使他们忘记一切危险。他们如果不能够站到终点，宁可蹲着、坐着、跪着、躺着、爬着，当一名不称职的旗头，成为东京人的笑柄，也不愿丧失这个最后出风头的机会，好在划手们的卖力足以弥补他们舞旗技术上的缺陷。雇用者和被雇用者之间早已达成一项契约，还有一大半的酬劳——所谓"欢喜钱"要等到划手们获得优胜的名次才能到手，雇用者不怕他们不卖力。

　　比赛在最初的三四十丈航程中，局势混沌，还看不出明显的优劣。早在跃跃欲试的"龙丙字号"划手们没等掌队高伸高高伸出他的贵手挥动锦旗，就违反规则抢先一步出发。它占到了这点便宜，旗头韩侣——蔡絛的大舅子就乐得满脸通红，大声吆喝，似乎锦标已经到手的派头儿。可是贴在它旁边的"虎丑字号"紧紧跟住它，两船相距不过寻丈之间。后面六七条船似乎在平行线上前进，观众几乎分不出它们的先后。只有"龙戊字号"的旗头蔡攸的儿子蔡行在出发之初，船儿一个起步前冲时，站不住脚，跟跄地跌滑进船舱。蔡行是贵人，划手们急于救护他，乱了手脚，这艘船明显地被抛落七八丈之遥。

　　比赛一开始，观众们的好恶就明显不过地表现出来。

　　"丙字号"的犯规，相差只在几微之间，被它滑过去了，可是蔡行的失足，却引起大家长久不息的哄笑。"丙字号"暂时领先时，大家保持沉默，全场中只有少数几声稀稀落落的掌声，后来连这几声稀落的掌声也感到"孤掌难鸣"而停止了。在标志着第一段航程即第一个一百丈将结束的地方，"丑字号"的划手们一声发喊，突然超前，超过了"丙字号"。喝彩声就好像万炮轰鸣，震撼全场，持续了好久。第三航段开始时，韩侣声嘶力竭、叫破喉咙地为划手们打气，一个靠近他的被雇用的划手手脚略慢一些，韩侣一脚飞去，踢得他满口流血。这一脚起了作用，划手们都拼出吃奶的气力来使划船再度领先。全场观众又恢复了沉默，似乎斜着眼睛在问："看你横行到几时？"这时"龙丁字号"赛船歪出航道，越出浮标线，妨碍了"寅字号"前进的速度。对于这样明显的犯规行为，站在龙舟上的公证人假装没有看见，不采取任何措施来阻止它。愤怒的观众立刻就用嘘嘘声、哧哧声以及怪声大叫向这个不公正的公证人王黼的儿子、官拜待制、绰号叫作猢狲待制的王阁孚提出抗议，把一口恶气出在他头上。

　　随着比赛的白热化，人们看清楚虎翼队的赛船超过它左右两边的龙翔队的船只半身或一身的距离时，他们的情绪就高涨起来。"丑字号"第二次超越"丙字号"，并且把距离拉开到一丈以上时，人们的情绪又出现一次高峰，他们发疯似的呼喊，用足了全身之力挥手蹭脚，似乎要把自己这份气力增加到划手身上去，使他们能够牢固地保持优势。

　　这是一块测验人心向背最明显的试金石，人们爱什么、厌恶什么都明摆着，没有丝毫的掩盖。如果在这个关键时刻，官家发出严厉的口旨，以全体发配到沙门岛去威胁，要观众们改变自己的支持点，他所能够得到的结果，无非是淹没在群众的一阵笑声中罢了。一个封建统治者的权力在一定场合中也有它的限度，他能够凭自己的爱憎遴选臣僚，却不能够改变广大群众的爱憎。而且大多数的情况是这样，他越是喜欢的嬖臣就越受到群众的憎恶。

但是这个时候，官家并不关心千万群众的爱憎，他只关心一个人的爱憎。他的眼睛一直没有离开过师师，与其说他也坐在方殿上参观比赛，不如说，他只不过看了从师师的表情、神态、动作中反映出来的比赛的情况而已。现在他的最后幻想已经破灭了，答案已经明明白白地写在她的醉杏似的面庞上。她的兴奋、她的呼吸急促、她的狂喜、她的惊愕、她的坐立不安，她坐下去又站起来，使得鬓边那片蝉翼好像蝴蝶那样上下翻飞着，她用聚拢的扇骨重重地敲打另一只手的骨节也不知道疼痛，所有这些异乎寻常的举动都与虎翼队的每一条赛船超前或落后有密切的关系。感谢官家给她安排了这样一个优越的位置，使她可以丝毫不受阻碍地看清楚比赛中的每一个细节，因此官家也可以从这些动作中看到比赛的全貌，看到虎翼队的优势正在确定，比他自己看起来还清楚些。

比赛进行到中途以后，胜负的形势已经变得明朗起来。

不懂得策略的"丙字号"划手们在前半段航程中和"丑字号"死拼硬干，用尽气力，现在虽然还勉强保持第二名的位置，却已有后劲不足、难以为继之势。不顾韩侣的乱踢乱骂，划手们一有机会就偷出一只手来抹掉从额头流到眼睛里来的汗水，趁势喘一口气。旗头韩侣也索性停止舞旗，把锦旗揉成一团，在脸上乱揩。"丑字号"的划手们还在引逗他们，故意略略放缓速度，使他们赶上来，使得两条船保持前后衔接的距离。虎翼队的战略思想是豁出这条"丑字号"，与"丙字号"拼得两败俱伤，只要拖垮了它，就可以让其余的船稳取胜利。

进入到第六段航道时，虎翼队战略思想的优越性明显地表现出来了。这时"丙字号"疲态毕露，不但落后于"丑字号"，并且也被原来紧跟在它后面的"辰字号"追上了，显然已失去夺标的希望。"子字号""卯字号"仍然以稳健的速度，跟在稍后。只有"寅字号"因为不断地受到邻舟的干扰——这是龙翔队的战略思想，他们事前认为"寅字号"可能要夺标，故意让"丁字号"用不正当的手段去打扰它，这一战略也获得成功，使得"寅字号"与后面的几条赛船混作一团，不能脱颖而出。最后的一条是"戊字号"，它一开始就落在后面。赶不上去，又不允许中途退出，就索性安步当车，自甘下游起来，以至远远望去，它好像浮在湖面上的一只大水鳖拖着的一根长尾巴。

在最后的一段航程中出现了混乱。害人自害的"丁字号"，在一个过火的犯规动作中覆了船，全体划手连同旗头、掌舵全都成为落汤鸡。一直稳稳地占着第五名位置的"卯字号"这时忽然以惊人的速度和持续的后劲超越了前面四条赛船，冲到最前面去。好像全场观众一样，师师兴奋得忘乎一切，忘乎官家的存在，她用扇骨撩开薄薄的门帘，把身体一直伸出彩棚以外，好像使用着檀板般熟练地使用着扇骨为"卯字号"的突前击节称赏。看来她不但以看到虎翼队的胜利为满足，还希望看到龙翔队的全军覆灭才痛快。这也是全场观众的感情。当比赛将近结束，"卯字号"以超越"辰字号"一丈多、超越"丙字号"不下二十丈的优秀成绩接近终点时，她清脆地叫了一声好。即使隔开相当距离的水面，即使混杂在万众喧腾的喝彩声中，官家仍然从她的嘴巴和全身倾前的动作中意识到这一声叫好，那是一把锥子猛然扎进他的胸膛去的一声叫好。

实际上这场比赛还不到半个时辰，对于官家却好像挨过了难于忍受的痛苦的十年时间。

最后结果揭晓了：团体奖当然属于虎翼队，个别奖顺序下来的名次是"虎卯字号""虎辰字号""虎寅字号""虎丑字号"。龙翔队只有"丙字号"勉强获得一个殿军，它翻了一条"丁字号"，另外还有一个旗头掉进水里去。如果称之为"全军墨矣"那一点儿也不过分。

在他一生中曾经参观过二三十次比赛，并且在他即位以后，基本上主持每次比赛的发奖仪式，已经成为这方面斫轮老手的官家，这时似乎处在失魂落魄的状态中，忘记了他应该做的事情。

优胜者已经排成队伍，等候受奖，他却仍然茫茫然地坐在方殿中不知道要干什么才好。懂得旧例的銮仪使姚友仲及时提醒官家，要他出殿来主持授奖仪式。奖品已经用滑车从长竿上取下来。姚友仲把奖品一一递给官家，官家茫茫然地接过奖品，茫茫然地按照姚友仲的提示把奖品授给优胜者，不但没有说两句照例应有的勖勉的话，连得他们的脸也没有看清楚。当时不但受奖者和在一旁侍立的执事人员、内监们，连得坐在较远的观众们也看得出官家面色苍白，双手颤抖。

官家的失态，可以被解释为以他的名义参加比赛的一方失败了，使他失望，使他受到一点刺激。但实际情况要严重得多，他茫茫然失去的不仅是原来对它抱有希望、攸关他个人荣誉的龙翔队的胜利，更重要的是他失去了原来已认为获得了专利权的师师的心。没有其他的打击比得上这对于他的致命的一击了。

　　祝捷大典原来预计的规模要隆重得多。竞渡以后，还要举行"水傀儡""水秋千"等余兴项目，与民同乐。然后掉过头来，在"余"兴节目之余，再举行一个正规化的官方仪式，由在朝的太宰王黼和在野的太师蔡京带头率领百僚，上水殿来向官家祝颂一番，官家照例也有几句谦逊之词："燕山收复，旧恨湔雪，此乃祖宗之灵，暨诸卿之硕画鸿猷所致。朕何功之有？"

　　这才是官家在今天这场庆典中的正戏。所有君臣之间的对答，事前都拟好稿本，双方照本宣读都要琅琅入耳，以便史官记入《起居注》，载入《丝纶簿》，将来好在国史上添一笔，传之千秋万祀。官家今天专心诚意地把师师请来，他的内心中与其说让她参观竞渡，毋宁是希望她来看一看这个祝捷大典的仪式，听一听他的琅然天音。然后到下一次去醉杏楼访问她时，可以装出漫不经心的样子问她："那天朕在水殿上的对答，师师听来是否得体？"

　　如果能够博得师师的一声称赞，他就会感到非常满意。

　　这一切都想得非常美妙，可是事情发生了急遽的变化。传旨官黄珦走到百官面前宣旨道："官家宸体违和，一切庆贺的仪式都蠲免了。"

　　官家临时改变计划，停止庆典，他不待卤簿启行，自己带着宫眷，就乘坐玉辂启驾回宫。几十万观众，在议论纷纷中也迅速地走散。一场盛典以如火如荼开始，以草草终场结束，真可算作一场惨典了。

6

师师走马万胜门，
四厢献露大士瓶。
虎翼风生胜竞渡，
龙体不豫辍庆典。

　　嘌唱名家张七七、安娘，讲史名家李
慥、尹常卖等杂剧界艺员在一夜之间便编成了脚本、唱词，并且把这几件事情有机
地联系起来，串成一个有情节、有描述、有起伏、有首尾的故事，在剧坛上演唱。
这出故事新颖的内容，生动的、加油添醋的细节描绘，充分满足了强烈希望了解内
幕新闻的东京市民的胃口。不用说，它们在几天以内就不胫而走、不翼而飞，风靡
了东京城，还有扩大到京东、京西以及江淮各路之势。

　　师师、四厢都是东京人崇拜的对象，在讲唱时除不贬损他们的身价以外，还采
用了隐射的方法。这个风流绝代的师师可能是赵师师、钱师师，这个英雄出众的四
厢可能是孙四厢、李四厢，可是听众们一听就知道这师师、四厢指的是谁，连带也
知道了作为他们陪衬的全部角色是谁。以讲五代史出名的尹常卖把时代背景推前了
一百七十年，这庆的是打败契丹人的大典，这条"龙"变成英武绝伦的周世宗柴
荣。周世宗有没有收复过燕京城，有没有在这道美人关下顿兵老师，这些都无关宏
旨。讲唱不是搞历史考证。他们需要考虑的只是在不触犯时忌的条件之下，满足市
民的需要。而像北宋朝廷那样显然缺乏效能的政权，对于民间文艺也常常采取
"不痴不聋，不作阿翁"的放任态度。

　　可是也有人要利用它们。

　　高俅从来没有忘记过丰乐楼上的一箭之仇，加上他又是初五那天竞渡中失败一
方的龙翔队的实际负责人。旧恨新仇，并在一起，化成一股恶毒的怨气。现在抓住
了这个大好机会就想报仇雪恨了。

　　高俅虽然以"睚眦必报"出名，但他报仇的对象一般都是他流落江湖时结下
冤仇的市井人物，他们无权无势，报了仇不用考虑后果。现在他要对付的却是像刘
锜这样的人物，既是官家的亲信，又在军队中有很大的潜势力，那是需要慎重考虑
的。

　　高俅无疑是个流氓，却是个不彻底的流氓。他惯于在仇人背心后面戳一刀，不

过戳上去以前，要想一想这一刀下去后对自己会产生什么影响再敢动手。彻底的流氓是戳了再说，不彻底的流氓要想想再戳，在流氓界他也只居于第二流。

对此，他去请教了他的把兄弟张迪。张迪是搜集、了解、推断、分析这些情报的超级专家。他自己早已听到过这些讲唱，并且通过郑皇后和乔贵妃，设法让官家本人也听到它们。在他的政治测温表中指示着官家对刘锜的恩宠已经骤然降低，但还没有达到可以把他一棍子打死的程度。他替高俅出的主意是向官家建议把刘锜远远地调到外路去，先拔去这一枚眼中之钉，然后相机考虑进一步的措施。

其实不用高俅建议，经过这番金明池事件以后，官家本人即使没有改变刘锜是个可用之才的看法，但在东京城的范围之内，再也不可能与他覆载于同一块皇天后土之间了。官家个人的安危忧乐系于刘锜所在的远近，把他推得越远越好，东京附近之地还不能使他完全放心。因此借着高俅"一力推荐"的机会，官家毫不犹豫地下了一道手诏任命赵隆为陇右都护（只是作为刘锜的陪客），刘锜为陇右副都护。

官家对刘锜还是天高地厚，圣恩隆重，降下了手诏的第二天，特把刘锜召来，温词安慰道："卿久在朕左右，勤于王事，劳怨不辞。老父在家瘫痪了两三年，也无暇回去省视。如今朕特擢卿为陇右副都护，有卿与赵隆两人在彼，朕可释西陲之忧矣！卿此去得便就可回籍去省视老父，以尽人子之责。朕待卿始终如一，卿回去后，休忘朕恩数，庶几忠孝无亏。"这段话说得冠冕堂皇，不愧是煌煌天语，接着就道出了他的本意所在："日来天气正好，卿摒当了行李，早早与赵隆启行，长为国家的屏藩，也好叫朕放心。"

刘锜心里完全明白这一次人事调动的背景是什么。

在官场中，调动本是正常的事，他身为军官，效力疆场，分属当然。过去他曾多次要求出任军职，都遭到拒绝，这次却于无意中邂逅得之。只是如今北边多事，正是需要人手之际，却偏把他调到闲散之地西北边境去，还说什么"长为西陲之屏藩"，杜绝了他真正为国效劳的机会，这才使他抱憾无穷。

诏旨下得这样急迫，官家催逼得又是这样紧，赵隆、刘锜只得择日在月底动身。

蝉娘与刘锜娘子的离别真像是一次生离死别。

扎根于东京的刘锜娘子一旦要离开东京城，本来是不可想象的。最近一年半以来，她与蝉娘朝夕厮伴，几乎完全绝足于繁华场所。一种潜在的意识在她内心发展起来，她感到自己在变了，不断地向好的、向上的方向变化。只有在这样一种自觉之中，人们才感觉到他活着更有意义。刘锜娘子并不是一个生来就具有深度的人，但她善于向生活中吸收善良、正直、豪侠的成分，使她成为一个能够向深处揳入的人。她自己意识到婵娘就是使她转变的原因。如今晴天霹雳，丈夫突然调职，迫使她不得不离开东京，这还可以容忍，但因此也要离开婵娘，这却宛如割去了她一块心头肉。婵娘在东京也没有多久可住了，等到父亲和刘锜娘子离开东京后，她也要随同婆母回到保州去住家。婵娘从来没有意识到她能够给刘锜娘子带来什么有益的东西，如果她意识到这个，就不可能给刘锜娘子带来什么影响了。她只感觉到刘锜娘子是她生活中的光辉，离开刘锜娘子，她的生活就变得暗淡，好像一个多思的孩子在傍晚落日时常感到的那种空虚感一样。可是她的空虚感还要沉重得多，那是一种即使把她的生命抽出一部分来也无法加以填补的空虚感。

终于到了分手的一天。

在汴河边舣舟话别之际，刘锜娘子独自强作慰藉，教婵娘放心，说婵娘的爹有她在一旁照应，管保比婵娘自己还要照应得周到。说着，她自己先就掉下眼泪。婵娘听了半天，竭力要想理解而仍无法理解她说的是什么。婵娘牵住了刘锜娘子的衣带，似乎牵着这根衣带就能使日月停驶，使时间与空间永远停留在这一点，河边舣着的这条船就永远无法驶离了。

"细君一串泪，堕地作铮钹，化作鲛绡珠，持以赠远行……"不擅长作诗的马扩竟然也吟成了四句，希望刘锜能把它续成。这时刘锜也心乱如麻，无心续诗，他从行囊中抽出一支竹笛，呜呜咽咽地吹起来，让一缕笛声掩盖其他的一切，在水边柳荫中回荡。

夕阳还挂在柳梢上，无情的舟子不断地催促着要启碇，打断了刘锜的笛声。马扩、婵娘告别了早已沉醉的赵隆以后，不得不从船舱里起身，刘锜和刘锜娘子又把他们送上岸来。现在只剩得说一句话的时间了。

"执手相看泪眼，竟无语凝咽……"

没有给马扩续诗的刘锜这时做了一个希望用沉醉来麻痹离别痛苦的手势，补足了他娘子的词意："今宵酒醒何处？杨柳岸晓风残月。"

在长亭饯别的酒筵中，他们都喝了那么多的酒，可是醇酒也不能够麻痹痛苦。到了夜深酒醒，痛定思痛时，他们彼此都会感到这从心头剜下来的肉再也不得再生了。

7

官家对刘锜的惩罚是费尽心机的（惩罚还没有轮到马扩，可能是因为官家把他看成从犯，可以罪减一等，也可能是目前还要派他用场，内定缓刑。如果属于后面的一种，一旦轮到他的时候，前后账通算，就不可能像对刘锜那样客气了），而师师对官家的惩罚却是更加严厉的。从此以后，官家再也得不到师师的允诺前往醉杏楼去探访她。她和官家将在天翻地覆以后，在谁也料想不到的场合中被迫再次见面的，那是他们间的最后一面。

看来，一切都到了结束阶段。六月初五不欢而散的庆功大典似乎是东京人最后一次盛会。一种不祥的末日感悄悄地罩上了东京人的心头，再也揩拭不去。他们也明白算总账的日子终于就要到来了。

平州事件的发展，一如马扩预料，张觉被加强了的金军打败后果然逃到燕京来要求收容。举棋不定的北宋政府先是听从郭药师的建议，暗中收容了他并加以保护，后来在金人严词责诘下，慌了手脚，又把张觉出卖，绞死后斩了首级送去给金人。严厉的金朝政府，显然不会因北宋政府这个乖乖听话的举动，恩赐它一块糖吃，反过来却成为不断挑衅以及后来入侵的借口。

不过这种借口并无多大意义，金人要向宋朝用兵是势所必然的，如果没有这个借口，也可以另外制造一个，要制造借口还不是很容易的事情？这时阿骨打已经逝世，以吴乞买为第二代皇帝的金政府早已制定了对宋用兵的国策，决心要使北宋皇朝成为辽朝之续。边境纠纷，层出不穷，几乎每天都会发生事端。有见识的人都看到一场新的战争已无法避免。

两年前马扩曾经把这种可能性向当局者提出来，要当局者预作绸缪之计，受到王黼、童贯的责备，说他是杞人之忧，说他沮坏两朝的邦交，有妨国计。好大的帽子！如今这种可能性已经发展到这样明显的程度，即使他们这帮人，心里也有点惴惴然起来。可是宣和君臣的政治原则是"不见棺材不哭娘"。金朝大军入侵的警报正式到来的前一天，他们仍然不放弃金军未必会来的幻想，警报正式来到以后，他们也还抱着金军未必就会杀到东京来的幻想，及至东京失守后，他们（包括靖康君臣）也还抱着金军未必就会灭人之国、俘杀君臣的最后幻想。

在日益紧张的局势中，马扩写的条陈和建议真可以塞满一口专柜了。当局者表面敷衍一下，实际上还是相应不理。与其相信他令人厌烦的未雨绸缪之计，还不如相信自己的幻想，乐得再快活几天。不过马扩的地位变得重要了，即使是他们这一帮，也要把他留在东京以备咨议，以表示他们忧国之忧，日无虚夕。

以后河北军政长官换了几个人，河北宣抚使童贯一度失欢于官家，被勒令致仕，代之以好吃的谭稹。谭稹端整好一席人肉筵宴，张开歪嘴，准备把整个河北路都吞下肚里，可是郭药师的常胜军是一块硌牙的石头，一口咬下去，就崩掉两颗门牙。谭稹吃不成酒席，只好回老家，仍旧让童贯来当宣抚使。燕山路安抚使好像走马灯似的从詹度换到王安中，从王安中换到蔡靖。人换了，政策还是不变，这叫作"换汤不换药"。北宋朝廷在河北边防问题上的一贴万应灵药是倚郭药师为长城。常胜军的军额逐渐扩大到四万人。北宋政府把全部赌注都押在郭药师这张王牌上，一个具体而略微的北宋版的安禄山确在形成了。

河东的防务也是吃紧的，粘罕的大军一直驻在云州、蔚州、应州一线，虎视眈眈。通过马扩和赵杰的活动，董庞儿和其他多支义军受抚，董庞儿本人还被改姓名为赵诩，但是义军的作用没有被北宋朝廷重视，这些军队散处在河东、河北前线，受到恶劣的待遇。义军保持自己的活动，也不太愿意为宋朝所用。

边防线上充满着愁云悲雾，战争随时都可能爆发。这种岌岌可危的形势也反映到东京人的日常生活中来。从张觉事件以后，投在东京人心头的那片阴影越来越浓厚，揩拭不掉了。人们似乎都在等待末日的来临。

但是这场大祸真正来到的日子，要比马扩预料的晚一些。金朝贵族的内部调整，一再推迟了出兵的时间。从宣和五年秋冬到宣和七年冬季金军出动之期，这中间整整隔开两年的时间。如果北宋政府真有决心做好准备工作，来应付这一场意料之中的侵略战争，它仍有充分的时间。可是它什么都没有做。

这两年宝贵的时间就在北宋政府的幻想、坐待中白白地浪费了。

汉民族是个伟大的民族，它和生活在我国境内的许多民族一样有光辉的历史和灿烂的文化。在某些历史时期中，譬如西汉中期、东汉初期，特别在唐朝前期，它是踔厉风发、充满信心的。在对待少数民族问题上，它表现得气魄宏大，善于与它们推心相处，吸收、融混其精华，使之在统一国家的领导下，共同对全世界的文明做出重大的贡献。

可是在宋朝，这个民族看来有些黯然失色，特别当它危亡之际，更显得奄奄无力，无所作为。当然这和当时统治者的领导有着密切的关系。不仅宣和君臣，就整个宋朝统治来看，在对待少数民族关系上是消极的、疲软的。伐辽战争的失败，金军的南侵，长期的南北分裂，投降派的活跃，一些地方政权游离于统一的朝廷以外，这些都是它的必然后果。而首当其冲的宣和君臣当然要负更大的责任。

要正确、全面地评价某些历史阶段的民族关系，不能排斥统治者的作用，无论从积极的一面或消极的一面、进步的一面或落后的一面来看，都是如此。

当然，人民是历史的主人翁，是历史的创造者。像任何时期一样，北宋人民勤劳、勇敢、智慧，他们创造出丰富的物质财富和精神财富，特别在科技发明方面更有了突出于前朝的伟大成就，而面对着当时敌对的少数民族统治者的侵略，他们同样发扬了敢于反抗异族压迫的优秀传统，表现出无比的勇敢、刚毅和坚韧，与统治者的表现截然不同。